KB235334

우리 문학 속 타자의 복원과 젠더

푸른사상 학술총서 15

우리 문학 속
타자의 복원과 젠더

서정자

푸른사상
PRUNSASANG

　여성문학연구가 본령인 나의 작업은 처음부터 여성주의 시각의 페미니즘 문학연구였다고 할 수 있다. 여성문학연구의 일 세대라 할 나의 연구는 여성작가의 작품에 드러난 타자체험으로 저절로 페미니즘 문학연구가 되었다. 그러나 책 제목에 페미니즘이라는 용어를 넣은 적은 없다. 이번에 '젠더'나 '타자'를 제목에 넣는다. 나의 생각이 특별히 바뀌어서 그런 것은 아니고 페미니즘 문학이론에 변화가 온 것이다. 페미니즘 문학연구는 본래 생물학적 성의 의미인 섹스보다 사회적으로 형성된 성 젠더에 초점을 두어왔다. 시몬느 드 보부아르가 『제2의 성』(1949)에서 "여자는 태어나는 것이 아니라 만들어진다."라고 주장한 데서 시작된 젠더개념은 1980년대 포스트구조주의를 거친 다음 포스트페미니스트들에 의해 여성을 강조하지 않는 개념으로 페미니즘에 대체하여 사용하게 되었다. 여성을 본질주의적 성격으로 주체화하려는 제2세대 페미니즘의 주장은 여성 특유의 정체성을 주장하면 여성만의 위치, 장소, 입장으로 인해 여성을 진리, 절대타자, 초월적 모성으로 신비화할 위험성이 있고, 여성은 존재하지 않고 오직 의미의 불가능성이 여성적이라고 하면 현실의 여성이 겪는 역사적 맥락에서의 구체적 정치성을 상실할 위험이 있다. 주디스 버틀러의 젠더정체성 논의가 주목을 받는 것은 이러한 위험을 교묘히 빠져나가기 때문이다.

　「여성문학연구의 현황과 전망」에서 썼듯이 젠더비평이론이 다양해지고 정교해지고는 있으나 이를 적용하는 데서 나아가 우리 여성문학이론의 정립을 위해서는 우리 여성작가와 작품연구가 선행되어야 한다는 나의 생각이 이 책에 담겨있다. 학문연구도 유행이 있어서 80년대부터 시작한 나의 여성작가와 작품연구 분야는 이미 시작 당시부터 소위 유행에 뒤떨어진 것이었다. 그것은 우리 문학연구에서 배제되어 뒤늦게 시작된 여성문학연구가 지닌 어쩔 수 없는 운명이라고 생각해왔다. 그러나 우리 학문의 이론 정립을 위해서는 귀납적 연구가 절실히 요청된다는 점에서 우리 문학 속 타자의 복원은 여성문학연구가 최우선해야 할 과제다. 여성문학이 우리 문학을 '완전히' 접수 내지 점령하였다고 해도 사태는 마찬가지다. 신경숙의 『엄마를 부탁해』가 다른 남성작가들이 이루지 못한 미국 상륙과 더불어 세계 34개국에 번역 출판된 사실과, 신인문학상 입상작이 15년래 여성이 거의 차지한다는 현실에서도 그렇다.[1]

우리 문학사에서 여성문학은 타자화되고 배제되어 왔으며 타자로서 문학을 해야 했던 여성작가들은 주류에서 배제되지 않기 위해 남성작가의 시선으로 쓴 문학과 여성의 현실을 쓰는 방식의, 이중의 글쓰기를 해왔다. 여성작가의 문학 속에는 이러한 타자체험, 젠더의식이 있다. 가부장의식에 철저히 길들여진 남성과 젠더이데올로기 소유자들 속에서 이루어진 우리 여성작가와 소설은 이 타자체험으로 전복을 꾀한다. 타자화된 삶을 사는 여성은 주체로 선 다음에도 남성들로부터 인정을 받아야 한다는 또 하나의 강박에 시달려 왔던 것이 우리 근대 여성의, 여성문학의 역사다.

나의 여성작가와 작품을 연구하는 방식은 우선적으로 작품 전모를 파악하는데 미련하게도 매달리는 것이었다. 물론 작가연구도 가능한 자료

---

1 권영민 교수의 「한국여성문학의 방향」 강연.(2012. 9. 15. 영인문학관)

를 확보하기 위해 끊임없이 발로 뛰고 추적한다. 그런 작업 이후에 문학 속의 타자체험을 주목한다. 속도가 느릴 수밖에 없다. 나는 종종 일본 작가 마스모토 세이초의 「어느 고쿠라 일기전」에서 주인공 고사쿠가 모리 오가이의 고쿠라 체재시기의 일기를 복원하는 이야기를 생각한다. 주인공이 죽은 다음 잃었다던 오가이의 일기는 찾은 것으로 소설이 끝나, 고사쿠가 유일하게 몰입했던 작업이 그만 허무해지는 결말이 아쉽지만 지금도 고사쿠가 고쿠라 일기를 복원하려고 사람들을 만나고 이야기를 듣고 채록하고 하는 그 작업이 그렇게도 매력적으로 읽힌다. 이 소설이 아쿠타가와 상을 타게 된 이유는 무엇이었을까? 인간에겐 '복원하기'에서 기쁨을 느끼는 뭔가 본능 같은 것이 있는 것이 아닐까 생각해보게 하는 소설이다. 어쨌든 나는 작가가 쓴 작품 모두를 읽기 전에는 글을 쓰지 못한다. 작가의 전기적 사실이나 작품을 찾아 연보를 작성해 나가는 일이 디지털시대를 맞아 한결 성과를 올리게 된 것은 기쁜 일이다.

정년을 맞게 되면 누구나 정리를 하기 시작한다. 나도 그랬다. 『박화성 문학전집』 내는 것으로 나의 일을 마치려고 했었다. 그런데 뜻대로 되지 않았다. 야마다 요시코 교수를 만난 것이다. 그로 하여 박화성연구회를 만들게 되었다. 그러다 보니 계속 일을 하게 되었다. 세계한국어문학회를 만들게 됐고 학술대회를 열고 저널을 만들었다. 그렇게 해서 계속 논문을 쓰고 스터디 팀에 끼어 책을 들여다보고 있게 됐다. 2009년 1월, 모인 논문을 엮어 급히 책을 내려고 서둘렀다. 계획을 유보했던 건 6개월 시한부 생명 선언을 받았던 건강이 다행히 무사했기 때문이었다. 좀 더 공부해서 부끄럽지 않은 책을 내자 했던 것이 3년이나 지나 문득 너무 늦는구나 생각하고 푸른사상에 연락을 했다. 그렇게 나오게 된 게 이 세 번째 책이다. 3년 전의 파일을 새로 정리하지 않으면 안 될 것 같아서 박화성 논문을 빼고 새로 넣은 논문이 여섯 꼭지니 부지런히 쓰기도 했다. 『김명순 문학전집』도 냈다. 이제 작가들이 어떤 어려움 속에서 글을 써왔는지 보인다. 여성작가의 체험을 가로지르는 작업이 가능해졌다. 시간이 허락한다면 그 작업을 해보고 싶으나 역시 체력이 문제다.

현직에 있는 것도 아니고 나이도 많은 연구자라면 책을 내주기에 결코 좋은 조건이 아닌데 한봉숙 사장의 배려로 책이 나오게 되어 감사하기 짝이 없다. 김말봉 연구서를 쓰는 중에 책을 내고 있고, 박화성 연구도 꿈을 꾸노라니 나이를 모르고 덤비는 내 모습이 좀 부끄럽다. 요즘은 어딜 가든지 앞으로 나서지 않으려고 한다. 나이가 그렇게 가르친다. 그럼에도 불구하고 최근 나혜석학회 초대회장을 맡게 되었으니 면목이 없다. 누가 오라고도 않지마는 강의를 할 생각이 없고 그동안 하지 못한 공부를 해서 부족한 실력을 메울 생각뿐이었지만 고마웠던 건 모교의 교수들과 비평숲길 멤버들이다. 학회 현대문학분과의 월례세미나가 비평숲길이라는 멋진 타이틀 아래 꾸준히 이어져왔고 나도 함께 한다고는 해왔다. 지방대학에 근무하였기에 이런 네트워크에 소속하기 어려웠던 학문적 갈증이 이곳에서 많이 해소되었다. 가치란 자기가 지불한 대가에 의해서 결정된다고 했다. 나의 부족한 학문은 나의 이런 나이를 잊은 무모한 열정으로, 학문을 향한 뜨거운 열망으로 용서되었으면 하고 바란다.

학문의 길로 인도해 주신 스승님들이 갈수록 더욱 크고 감사하게 생각이 된다. 모교의 김남조 선생님, 채훈 선생님, 이인복 선생님과 이능우 선생님, 김용숙 선생님, 이을환 선생님, 다시금 마음 한가운데에 모셔보곤 한다. 석·박사과정 때 강의를 해주신 김윤식 선생님, 이재선 선생님, 신동욱 선생님, 김현 선생님, 전광용 선생님, 기억하고 닮고자 애를 썼다. 전공이 소설인지라 강의 신청은 하지 않았지만 학부에서 지도 하셨던 정리를 잊지 않으시고 늘 격려해주셨던 정한모 선생님, 너무 일찍 타계하셨다. 불초 제자이지만 선생님들의 가르침이 내 문장에 스며 있기를.

선배님들을 발견한 것도 지난 3년간에 일어난 변화이다. 정명숙 선배의 치열한 학구열을 발견한 것은 큰 소득이었고, 문학을 향한 타는 열망의 추은희 선배님의 문학사랑, 허영자 선배님의 추상같은 문학하는 자세, 박기원, 김녕희, 조순애 선배님의 후배사랑도 마른 논에 물대주시듯 뜻하지 않은 단비였다.

에구사 미츠코 교수와 가졌던 대담내용을 권말부록으로 싣게 허락해준 하타노 세츠코 교수에게 감사를 드린다.

2012. 9. 14
광교산 아래에서

제3부　여성작가의 글쓰기 방식

제4부　자기의 서사화와 타자윤리학

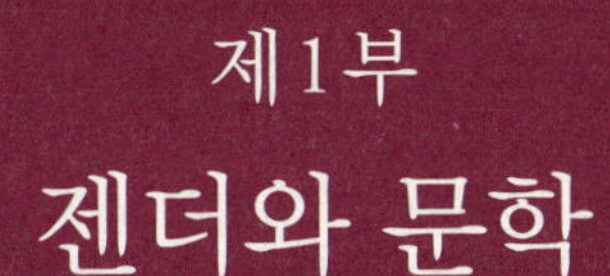

제1부
젠더와 문학

여성문학연구의 현황과 전망

1. 들어가면서

최근 한 장의 사진으로 필자는 적지 않은 도전을 받았다. 박화성의 일본여대 유학시절 교정에서 찍은 사진인데 이 사진을 전집화보에 실으면서 "일본여대 교정에서 한국유학생들과"라고 사진 설명을 붙였다.[1] 야마다 요시코 교수가 그 설명은 작가가 쓴 것인지 아니면 편자가 붙인 것인지를 물어왔다. 그 사진에 일본여대의 학원사전에 나오는 인물이 있다는 것이다. 부리나케 일본여대 학원사전을 찾아보니 과연 같은 얼굴이 있었다. 일본여대의 4대 교장을 지낸 여성이었다. 더욱 놀라운 것은 그 사진에 박화성의 일본생활에서 중요한 역할을 한 세이케 부인의 얼굴이 있다는 것이었다. 사진 속의 인물들은 한국유학생들(만)이나 영문과 학생들(만)이 아니었던 것이다. 사회사업학부를 졸업한 세이케 부인

---

1 작가는 그냥 '일본여대 교정에서'라고만 사진에 써 놓았다.

의 자서전을 읽고 있다며 보내온 야마다 교수의 메일은 무척 고무적이었다. 박화성의 일본체험이 밝혀지면 박화성 연구는 한결 깊이 있게 될 것이다.

문제는 박화성 연구를 해온 필자가 이 사진의 얼굴들이 한국유학생의 누구였는지를 확인해볼 생각조차 하지 않았다는 점이다. 지난 여름 박화성 연구를 하는 야마다 교수와 목포지도 여행을 할 때 이미 필자는 지금까지 해온 박화성 연구에 대해 깊이 반성을 하지 않을 수 없었다. 박화성은 '사상성을 띤 작가'라는 고정관념에서 한 치도 벗어남이 없이 십여 편의 글을 썼으나 그것은 박화성 문학 해명의 극히 부분에 불과한 것이었다는 자각이었다. 지도를 들고 문학현장을 찾아보면서 야마다 교수의 자세한 읽기에 놀랐으며 선입견이란 좀 더 확대한 표현을 허용한다면 방법론이란 한 작가의 작품을 제대로 읽을 수 없게 하는 맹목이 되게도 한다는 깨달음이 왔다. 물론 방법론 없이 작품을 본다는 것은 있을 수 없다. 그러나 작품에서 출발한다는 기본 원칙과 사진까지 꼼꼼히 읽는 '자세히 읽기'의 중요성을 새삼 확인한 사건(?)이었다. '자세히 읽기' 역시 연구방법이지만 방법론에 대한 끊임없는 탐색과 함께 우선하는 자세히 읽기, 이것이야말로 연구자가 명심해야 할 계명이었다는 생각이 새삼스러웠던 체험이었다.

한국여성문학학회의 영문표기는 Feminism and Korean Literature이다. 여성문학연구는 페미니즘 문학연구가 된다는 확실한 기호이다. 페미니즘 문학의 범위에 여성이 쓴 문학이 포함되고 있으며 진정한 여성문학이라면 반드시 페미니즘 문학의 성격을 띠기 때문에 여성문학연구란 페미니즘 이론을 수용하여 연구에 나아가지 않을 수 없다. 지난 10여 년 여성문학연구는 난만히 꽃피었으며 한편 페미니즘 비평이론 역시 수용하고 적용하는데 급급하리만큼 홍수를 이루었다고 할 수 있다. 그러나 페미니즘 문학연구의 붐을 지나 여성문학을 넘어서 근대의 젠더화를 구상하는 단계에 이르고 보니 우리 여성문학연구의 현황과 전망을 다시금 짚어보는 일이 너무나 필요하게 되었다. 페미니즘 비평이라는 용어를 쓰기보다 젠더비평, 젠더의식 등 여성에 편향하지 않으며 남녀를 구분하지 않으려는 경향이 문학연구를 지배하고 있다.

여기에서 잠깐 생각을 해보자. 비평과 학문의 차이란 '방법의 엄밀성'이라고 하지만 학문을 하는데 있어서 비평관이란 필요한가. 비평관이란 무엇인가. 학문이라는 것은 자신의 비평관이 있어서 하는 것이 아니라고 생각해왔다. 뭔가 쟁점이 되는 것을 풀어나가기 위한 방법을 찾다보면 비평이론을 논거로 제시하게 된다. 그러니 새로운 방법이 나오면 연구자는 이 새로운 방법에 관심을 갖지 않을 수 없고 새로운 방법은 새로운 성과를 도출해내는데 결정적인 역할을 한다. 김윤식 교수의 비평방법론강의를 들을 때였는데 김윤식 교수는 비평방법에는 영미 비평 즉 신비평만 있는 것이 아니다, 라는 비판에서 강의를 시작하였다. 김윤식 교수의 소설연구방법은 주로 루카치를 중심으로 한 일련의 마르크시즘 문학예술론이었다. 그러나 김윤식 교수는 당신의 학문을 정리하는 자리에서 자신은 헤겔주의자가 아니라고 천명했다고 해서 화제가 되었다. 필자 역시 식민지 치하의 문학을 읽고 논하면서 작가의 역사의식과 현실인식을 잣대로 평가한다고 하였다. 식민지 시대 여성작가를 연구한 필자는 연구한 내용으로 볼 때 현실주의 문학론자라고 해야 할지 모른다. 그러나 나는 어떤 논자가 될 실력도 없거니와 연구방법과 나는 무관하다고 천진난만하게 생각하고 있었다. 학문하는 자세에서 이것은 옳은 것인가?

김주연 교수는 작가의 선택은 비평가의 팔자라고 하였다. 식민지 시대 여성작가연구를 하고 있는 필자는 팔자 때문에 동반자문학이론을 공부한 셈이다. 그리고 여성작가를 선택했기에 필연적으로 페미니즘에 관심을 갖지 않을 수 없었다. 여성중심주의 시각으로 여성문학연구를 하는 것, 그것은 필자의 여성문학연구에 확신을 주는 비평이론이기도 하였다. 그런데 지금은 이 '차이'를 강조하는 여성중심주의가 탈식민 주의의 비판에 밀리고 근대의 젠더화에 밀리고 있는 중이다. 백인중심 주의이며, 계급, 인종을 무시한 이론이며 물적 토대가 없는 공허한 이 론에 불과하다는 것이다. 프랑스 페미니즘을 바탕으로 한 '여성글쓰기' 를 방법으로 한 글을 요즘 읽으면 격세지감마저 느끼게 된다. 새로 거 듭 등장하는 비평방법은 여성문학연구에 새로운 활력을 불어넣는 한편 으로 이미 연구한 성과를 무색하게 만든다. 이런 현실은 무성한 페미니 즘 비평이론에 관심은 필요하지만 한 걸음 물러서서 선입견이나 방법 론에 지나치게 의존하지 않는 자세가 바람직하지 않았는가 반성을 하 게 된다.

그러나 새로운 방법론은 새로운 연구대상의 가치를 창출한다.[2] 이 글 을 쓰기 위해 새로운 방법론으로 창출해놓은 여성문학연구의 성과를 살 피는 동안 필자는 즐거웠다. 여성문학연구를 위한 우군이 이렇게 도도 하게 출현하고 있는 것이다. 여성문학연구는 지난 20여 년간 한국문학 연구의 주류에 당당히 입성하였으며 눈부신 성과를 내었다. 80년대에 여성소설연구를 할 때만해도 여성문학연구는 너무나 영성하여 어느 작 가에 대하여 언급한 단 한 줄의 글이 생광스러웠다. 그러나 지금은 한국 여성문학학회가 있고 30여 호에 이른 저널에 매호 수많은 논문이 실리 고 있다. 이 연구저널에 실린 논문 외에도 무수한 저서와 이론서, 그리 고 학위논문이 쏟아지다시피 하는 작금이다. 1998년에 발간된 『여성주

---

2 이태숙, 「근대성과 여성성 정체성의 확립」, 『여성문학연구』 3호, 2000. 6, 11면.

의 철학 1』의 서문을 보면 "20년 전까지만 해도 철학 탐구 속에 여성과 여성의 경험을 더 많이 포함시키고자하는 프로젝트가 현재와 같이 엄청난 성과물들을 산출해낼 수 있을 것이라고 예견한 사람은 없었다."라고 하였는데[3] 우리에게도 지난 20여 년 동안 여성, 또는 여성문학과 관련한 성과물이 다 읽어내기에 벅찰 정도로 많이 나왔다.

우리 여성문학연구는 그동안 서구 페미니즘 비평이론에 기대어 이루어져 왔다. 서구 페미니즘 이론에 기댄 여성문학연구가 우리 여성문학연구에 일정한 길잡이가 되어준 것도 사실이며 성과를 이룬 것 역시 부정할 수 없다. 우리의 갈 길이 보이지 않았을 때 서구의 이론은 우리의 여성 현실을 읽는 틀로서 참으로 유익했다. 그러나 이제 서구 페미니즘 이론에 추종하는 여성문학연구에 재고를 해야 할 시점에 오지 않았는가, 생각해본다. 따라서 이 글은 편의상 한국여성문학학회가 내놓은 『여성문학연구』를 중심으로 한국여성문학연구의 현황을 살펴보고 전망하는 것으로 표제에 답하려고 한다.

2. 페미니즘 문학연구의 현황

모든 학회지가 그렇듯이 『여성문학연구』는 매호 특집을 싣고 있다. 학술대회의 주제발표 논문이 특집으로 꾸며지는 것이다. 이 특집의 이슈를 살피면 연구의 동향과 흐름이 쉽게 파악될 것이다. 여성문학연구 방법에는 두 가지 흐름이 있는데 하나는 서구 페미니즘 이론을 바탕으로 한 연구와 서구 페미니즘 이론에 따라 적용하기보다 '우리'의 페미

---

3 앨리슨 M 제거 · 아이리스 마리온 영 편, 한국여성철학회 옮김, 『여성주의 철학 1』, 서문, 서광사, 2005, 21면.

니즘 이론을 구축하려는 노력이 그것이다. 제1호는 「한국여성문학의 선 자리, 갈 길」 특집으로 창간호로서 갈 길을 모색해본 당연한 주제다. 이 주제에 대하여 글을 맡은 세 필자(이상경, 정영자, 변신원)는 각각 다른 측면에서 이 주제에 접근하고 있다. 이 창간호의 특집은 여성문학 학회가 결성되기 전 여성문학이 걸어온 길을 요약적으로 보여준다는 의미가 있다. 이 중 주목되는 것이 이상경의 「한국여성문학론의 역사와 이론」이다. 여성문학비평이론이 본격화된 80년대 후반부터 민족문학계 열의 여성문학론과 해외유학파가 주축이 된 또 하나의 문화가 주도하 는 여성문학론이 뚜렷하게 대비되었는데 이상경의 글은 민족문학계열 의 여성문학론을 대변하면서 나혜석과 임순득의 글을 인용, 한국여성 문학론의 복원과 재인식이 필요하다고 썼다. 비록 학생운동에서 사회 운동으로 이전을 모색하던 여성활동가들이 사회 전반의 변혁운동 속에 서 여성운동을 사고하며 만들어낸 『여성』의 논리를 잇는 글이지만 "1990년을 전후하여 외국의 페미니즘 이론이 물밀 듯이 소개되면서 한 국의 여성현실과 동떨어진 논의들도 단지 그것이 새롭다는 이유만으 로, 또 혹은 외국에서 논의되고 있다는 이유로 수용되어 한국의 여성문 학은 여성의 현실에 대한 문제제기가 아니라 이론을 적용하기 위한 대 상으로 전락한 느낌마저도 있다"며 한국여성문학론의 복원과 재인식을 강도 높게 주장하고 있는 것은 여성문학연구의 오늘에 비추어볼 때 대 단한 기개였다는 느낌이 든다. 서구 페미니즘 추종을 비판하면서 한국 의 여성문학은 한국 여성의 현실에 맞는 이론을 개발하고 구축해나가 야 한다는 주장은 얼마나 바람직한가? 그러나 그것이 가능하기 위해서 어떻게 해야 한다는 지점에 이르면 나혜석과 임순득만으로는 논리의 성립이 미흡하다는 아쉬움이 남는다. 그러나 이상경은 「1930년대의 신 여성과 여성작가의 계보연구」 등 한국여성문학론 연구에 지속적인 노력을 보여주고 있다.

그러나 『여성문학연구』의 연구동향은 주로 서구 페미니즘 이론을 바탕으로 전개되었다. 먼저는 여성글쓰기요, 다음은 근대성, 탈근대성 연구, 페미니즘 미학 등이다.

1) 여성글쓰기

여성주의 문학비평이 본격적 문학비평이론을 수립하는 전 단계에서 여성해방이론이나 여성학의 도움을 받았다는 것은 여러모로 의미심장하다. 여성문학 또는 페미니즘 문학은 여성운동과 밀접한 관련을 가지면서 성립하였다. 근대 초기, 두 가지 중요한 사회문제라고 인식하였던 여성과 노동자의 문제는 근대를 추동하는 강력한 화두였다. 여성운동 제1의 물결에 힘입은 바 여성해방론의 수입은 우리 신문학에 큰 영향을 미쳤으나 문학사에서는 이 뚜렷한 사실을 외면하고 남성 중심의 문학사에서 여성해방이라는 코드를 배제하였다. 그러나 여성해방론은 문학 또는 여성문학비평에 영향을 미쳐 신문학 초기의 남성문학뿐만 아니라 같은 시기 우리 여성작가들의 페미니즘 소설들 그리고 30년대 여성소설과 임순득의 여성문학비평을 낳는데 큰 영향을 미쳤다. 80년대 후반의 여성주의 문학비평도 여성학의 발전에 힘입은 바 크다. 초기의 여성문학연구가 여성학회지에 실리고 있는 것이 그 반증이라 할 것이다.

80년대 아네트 콜로드니, 엘레인 쇼왈터를 비롯한 영미 여성문학 비평가들의 페미니즘 비평이론의 수용은 여성중심주의로 집약되었다. 여성중심주의는 여성문학연구에 논리적 근거를 제시해준 최초의 본격적 비평이론이었다. 지금까지 남성중심주의 사회에서 사적 영역에 방치된 채 억압되었던 여성체험을 공론화하고 여성작가와 작품을 발굴하고 복원하며 남성이 쓴 문학에서 왜곡된 여성상을 지적해내는 이미지비평 등 여성문학연구는 활기를 띠어갔다. 그러나 여성성의 정체성을 규명하는 한계에 부닥친 여성중심주의는 프랑스 정신분석 비평의 도움을 받으면서 여성글쓰기(écriture féminine)로 나아갔다. 이 여성글쓰기와 근대성연구 및 탈근대성 페미니즘, 이 비평방법은 여성문학학회 저널이 창간된 시점부터 주목해온 서구 페미니즘의 주 갈래들이다.

그러나 여성글쓰기에 대한 논의를 보면 제2호의 특집 「텍스트전략으로서의 여성글쓰기」, 제5호의 기획 「한국 사회에서 페미니즘 문학의 정체성과 방향」, 제8호 특집 「여성적 글쓰기」가 모두이다. 그러니까 15호의 연구저널 중 이 세 호만이 여성글쓰기를 중심 이슈로 삼고 있다. 창간호 바로 다음에 여성글쓰기를 특집으로 하고 있는 것은 당시의 여성문학연구방법으로 여성글쓰기가 단연 중심에 있었음을 보여주는 것이나 곧 이은 제5호의 기획은 여성글쓰기의 정체성에 대한 재고이자 전망에 대한 회의를 쟁점으로 삼고 있다. 말하자면 여성비평방법으로서 여성글쓰기에 대해 정면 탐색을 보여주는 것은 제2호의 특집뿐이다. 제2호의 특집 필자는 고전문학의 경우 여성한시와 장편여성소설을 대상으로 여성글쓰기 방식을 살피고 있고, 현대문학의 경우 박경혜, 최혜실, 김승희, 정순진이 각각 여성글쓰기에 대한 성과를 내놓고 있다. 여기에서 잠깐 짚고 갈 것이 여성문학비평이 창작에 미치는 영향이다. 비평가가 의식을 했든 하지 않았든, 여성문학비평은 우리 여성작가들에게 상당한 영향을 미쳐왔던 것으로 보인다. 김환태는 비평가가 과연 작가에게 창작방법을 가르칠 수 있을까라고 의문한 바 있지만 여성체험을 적극 드러내는 경향의 여성글쓰기는 창작에 영향을 미쳐 90년대 여성문학의 한 특성을 이루는데 일정한 기여를 한 것으로 보고 있다. 비평은 비평계뿐만 아니라 창작계에 영향을 미친다는 점에서 비평가의 사명을 새삼 숙고하게 된다.

주목되는 것은 제5호의 「한국 사회에서 페미니즘 문학의 정체성과 방향」 기획이다. 정끝별은 김승희, 신현림, 천양희, 나희덕 등 여성시인들의 시를 대상으로 쓴 「여성성의 발견과 '여성적 글쓰기'의 전략」을 다음과 같이 맺고 있다. 여성글쓰기는 "사회·자연·신화와 같은 외부적 현실 속에서 여성 자신의 정체성을 찾아내려는 통합지향의 언술 전략과, 욕망·무의식·공포 등으로 가득 찬 여성의 내면을 통해 자신의 정체성을 구현해내려는 내적 분열의 언술 전략으로 크게 그 특징들을 정리할 수 있"으나 문제는 이러한 언술 양상이 비단 여성시인에게만 발견되는 것은 아닐 것이라는 점이라고 하였다. 그는 어쩌면 여성시인들이 남성시인과는 '전혀 다른 방식'으로 자신들의 경험을 표현하거나 '전혀 다른 상상세계'를 구축한다는 것 자체가 불가능한 일인지도 모른다고 하면서 그러나 여성적 글쓰기의 실체가 여전히 모호한 채로 남아있다고 할지라도 '주변'부터 시작하여 남성적 질서를 분열 시키고 수정하는 작업으로서의 여성적 글쓰기는 여성의 경험을 여성의 눈으로 복권시키면서 여성의 창조적인 상상력과 전복적인 에너지의 근원들을 드러내 언어·성·정체성 간의 복잡한 상호관계를 확인하는 '과정'으로서 의미가 있다고 하였다.[4]

권명아는 이 여성적 글쓰기를 "소위 여성적 정체성이라고 구별되는 새로운 정체성의 서사는 사실은 근대의 자기 동일적인 정체성의 서사가 아닌 타자성의 서사를 지향하는 것이었다. 그러나 소위 여성정체성의 서사라고 일반화되는 서사의 경향들은 근대의 자기동일성의 문법과

---

4 정끝별, 「여성성의 발견과 '여성적 글쓰기'의 전략—90년대 이후의 여성시인들을 중심으로」, 『여성문학연구』 제5호, 2001, 332면.

동일한 패턴을 답습한다"고 지적한다.[5] 문학의 죽음은 이 남성적 서사의 해체와 밀접한 관련을 지니는 것인데 여성정체성의 서사는 근대적인 정체성의 서사와 구별되는 차이의 서사가 '나' 의 서사로 복귀하므로 그는 '나' 의 서사로 복귀하는 딜레마를 '서로' 의 서사를 지향함으로써 지양할 수 있다면서 그 예를 신경숙의 작품 「부석사」를 들어 설명하고 있다.[6]

같은 기획의 필자 박정애는 「 '무한한 다양성과 단조로운 유사성' 의 한가운데」에서 "한국사회가 이미 전근대, 근대, 탈근대의 양상들이 뒤섞인 복잡다단한 혼종의 사회일진대 한국사회의 여성정체성을 고정되어 있고 단일한 어떤 것으로 설명할 수 없을 것이다."라고 하면서 페미니즘이 봉착한 여성성 정체성 논의를 고뇌한다. 포스트(모던)페미니즘의 여성이나 여성성 또한 없으며 엄밀히 말하자면 여자가 존재한다고 말할 수 없다는 주장에 기대어 페미니즘은 하나가 아니다, 자기만이 진리이고 나머지는 분파주의라고 매도할 수는 없는 것이라고 자유주의 페미니즘, 문화주의 페미니즘, 에코페미니즘, 탈식민주의 페미니즘 모두가 공존할 수 있는 근거를 생각해본다.[7] 이에 이르러 여성글쓰기 전략이 봉착한 딜레마와 여타 페미니즘의 공존을 용인해야 하는 현실을 고뇌하는 연구자의 모색이 빛을 발한다.

---

5 권명아, 「새로운 주체성의 서사를 위한 기획과 여성적 주체의 서사」, 『여성문학연구』 제5호, 2001, 347면.

6 양진오는 「여성문학의 위기, 어디에서 오는 걸까?」라는 글에서 삶의 현장과 접속하지 않은 자아와 욕망의 범주에 갇혀버린 여성적 글쓰기의 상투화를 비판한다. 이 글은 전경린의 「검은 설탕이 녹는 동안」과 신경숙의 소설들을 대상으로 하고 있다. 『실천문학』, 2003.8, 382~392면.

7 박정애, 「무한한 다양성과 단조로운 유사성의 한가운데」, 『여성문학연구』 제5호, 366~367면.

여성글쓰기의 연구현황은 이론에 합당한 작품이 실은 빈약하게 나타나고 있다는 점이 우선 문제임을 지적하지 않을 수 없다. 신문학 초기의 김명순 등의 글이나 소설보다 시가 주로 다루어진 것은 여성글쓰기의 이론을 적용하기 어려운 현실을 반증하는 것인지도 모른다. 작품에서 출발하기보다 이론에서 출발하고 있는 페미니즘 문학연구의 문제점이다.

2) 근대성연구, 탈근대페미니즘, 기타

2006년 10월 있었던 한국여성문학학회의 하반기 정기학술대회의 주제는 「매체와 여성문학, 여성문화」이었나. 이날의 현대문학 발표에서 여성문학 즉 여성이 쓴 소설이나 시 등은 전혀 등장하지 않았다. 학술대회 주제에 나타났듯이 매체에 나타난 여성정체성과 담론의 구축을 살피는 자리였기 때문이다. 문학연구가 문화연구로 이동하는 추세는 여성문학, 즉 페미니즘 문학만이 아니다. 2005년 12월에 열렸던 한국현대소설학회의 학술대회 주제도 「한국현대소설과 매체」였다. 이처럼 근대, 또는 문화주의로 집중되는 문학연구의 추세에 대하여 천정환은 문학의 영토를 고수하려 하면 아무런 새로운 것을 생산할 수 없기 때문이라고 못박는다. "문학의 위기에 대한 사유의 입각점을 이동시켜 문학을 외부 화시키는 것인데 여기서 문학의 영토를 끝없이 재확인하려는데 함정이 있다. 그것은 문학에도 인문학에도, 아무런 새로운 것을 생산하지 못하게 한다. 이러한 인식이 '문화'에로 시선을 확대하는데 결정적인 역할을 했다"고 하면서 "문제는 특정한 시대의 상부구조와 이데올로기, 그리고 그 한 영역으로서의 예술존재방식 자체이지 그 예술이 자율적으로 획득했다고 믿어지는 체계속의 지식과 해석이 아니게 되었다"며 "문학사너

머의 문학연구인 '문화론적 문학연구'의 동인은 여기 있다"[8]고 하였다. 문자의 권력과 독자의 탄생에 주목하여 매체 또는 책읽기에 관심을 갖는 것이다. 말하자면 문학이 위치했던 자리에 문학을 낳게 한 특정한 시대의 상부구조와 이데올로기를 놓고 근대담론이 조직화되는 과정 내지 그 현장을 읽는 것이다. 그리하여 문학은 '외부화' 된다. 문학만의 자리가 없어진 것이다. 같은 책에서 권보드래는 이러한 텍스트의 확장에 대하여 "방법론의 지평이 현대문학 자체 내에서 타개된 일은 없다시피 되었다. 예외가 없진 않았으나 대개 역사학이나 철학의 성과를 빌려왔을 뿐이다. 현대문학은 근본적으로 선조(先祖) 불분명, 정체성 불명의 상황을 벗어나지 못했다"라고 하면서 "요즘 한국현대문학의 전공자들이 '근대학' 이라 부름직한 영역, 특히 '문화연구' 라 부를 수 있는 영역에 적잖이 진출하고 있는 것은 이 같은 불명 혹은 잡종성 때문일 것이다."라고 했다. "현대문학이라는 이름 아래서는 거의 무엇이든지 할 수 있다. 20세기 중반 이후 사회학이 그러하듯이, 텍스트라면 무엇이든 현대문학의 대상이 된다."[9]라고 하였다.

　제2호에 실린 최혜실의 「신여성의 고백과 근대성」은 여성글쓰기 전략의 특집에 실린 글이지만 근대성연구로 분류해야 할 것이다. 신여성의 고백체 담론을 근대성의 문제와 연관시키면서 근대 극복의 논리와 의미를 살펴보고 있기 때문이다. 나혜석, 김명순, 김원주의 고백체담론은 근대를 이끌어가는 확고한 논리를 잠식해 들어가서 전복시키고 다양화시키는데 유효하였다고 논증하고 있다. 고백체담론 내지 여성글쓰기에 대

---

8 장석만 외, 「근대의 문학 탈근대의 문학」, 『한국 근대성연구의 길을 묻다』, 돌베개, 2006, 79면.
9 장석만 외, 위의 책, 57~58면.

한 새로운 가치 창출과 함께 보여준 근대의 풍경들은 자못 새롭고 광범해 이로부터 신여성연구가 러시를 이루었다.

이어서 나온 제3호의 특집 주제는 「하위주체로서의 여성과 근대문학」이다. 이 특집에서 주목되는 글은 이태숙의 「근대성과 여성성 정체성의 정립」이며 같은 호의 기획 「여학생 여급과 공공영역의 수사학」 중 김양선의 「식민주의 담론과 여성주체의 구성―『여성』지를 중심으로」 역시 근대성연구의 성과로서 주목되는 글이다. 이태숙은 여성문학을 정당하게 자리매김하기 위해서는 근대성 자체를 여성문학의 관점에서 바라보아야 하며 여성성이야말로 근대성의 역동적 계기가 된다고 한다. 한국 근대문학에서의 식민성은 흔히 근대성에 대립되는 입장에서 논의되어 왔으나 일제의 식민성은 자기 동일화의 대상으로서의 식민성이라는 독특한 양상을 띠므로 이를 간과해서는 안 된다고 경고한다. 그러한 관점에서 하위주체로서의 여성주체와 식민성을 논의해야 한다고 역설하고 같은 맥락에서 흔히 산업화, 서구화를 근대화로 간주하는 논리에서 배제되어왔던 성욕의 문제가 근대적 여성주체의 정립에서 가지는 의미도 논의되어야 한다고 하였다.

김양선은 여성들이 발간 및 집필의 주체였던 1910~20년대의 여성지가 여성성과 근대성이 서로 충돌 결합하는 논제들을 쟁점화하면서 이 논제들이 근대의 복합성을 체현해가는 과정을 보여주었다면 유력 일간지에서 발간한 30년대의 여성지는 논쟁적 성격보다는 종합교양지의 성격을 띤다는 것을 주목한다. 여성이 자발적으로 참여한 잡지가 아니므로 기존의 지배담론에 포섭될 가능성이 그만큼 높다고 보고 담론을 주도한 주체의 변화양상과 여성에 관한 담론의 변화양상을 통해 식민지 권력의 실체를 엿본다. 이 특집과 기획 이후로 본격적 근대성연구가 이어진다.

제4호의 특집은 「동아시아의 근대성과 '신여성' 문학」이며 역시 매체와 관련한 연구이다. 夏曉虹의 「신문기사에서 소설까지 : 胡仿蘭 事件 分析」은 자못 충격적이다. 放足[10]으로 인해 시부모로부터 자살을 강요당한 후팡란의 사건이 만청 시기라는 특수한 시공간에서 담론을 생산하는 주체들에 의해 뉴스 화되고 소설화되면서 굴절을 겪고 변형되는 것을 추적한 글이다. 이 특집에는 일본의 에구사 미츠코가 요사노 아키코의 작품을 중심으로 본 일본의 신여성문학론도 실렸다. 여성주체 담론, 동아시아 담론을 중심으로 한 근대성연구와 탈근대성 페미니즘 연구는 번갈아 이슈로 등장한다. 몸의 정치학이 그것이다. 제5호 특집에서 변신원, 김미현 등은 「여성의 몸, 몸의 담론」을 문제 삼는다. 변신원은 「페미니즘과 몸으로 길 찾기」에서 니체의 말 "내 몸은 나의 전부이며 그 이외의 아무것도 아니다. 영혼이란 몸의 어떤 면을 말해주는 것에 불과하다"를 인용하면서 몸은 사회적 요구에 따라 통제되어왔지만 통제의 메커니즘을 읽기 시작하면 세계를 재해석 구축할 수 있다고 한다. 초기 페미니즘을 형성해온 자유주의와 마르크스주의 페미니즘은 육체가 정신보다 열등하다는 학문의 지배적 전통에서 자유롭지 못하나 포스트모더니즘의 사유방식의 대두로 주변적 요소들이 중심으로 부상하고 육체에 대한 새로운 인식이 이루어진다. 페미니즘은 몸으로 길 찾기에 나선다. 은희경, 허수경 등의 글에서 여성의 육체의 은유를 구원의 힘 우주의 원리로까지 확장해보며 신중하게 페미니즘의 길 찾기를 시도한다.

김미현은 탈근대적 저항으로 몸의 복원을 강조할 때도 여성의 몸은 몸 자체로 다루어지지 않는 점을 문제 삼는다. 몸은 모든 문제의 해결책으로 이상화되거나 동물적인 본능을 배설하는 곳으로 폄하됨으로써 양극화된

---

10 放足 : 전족을 푸는 것.

 •• 우리 문학 속 타자의 복원과 젠더

반응을 보인다. 그래서 여성들의 몸은 훼손된다는 것이다. 성적인 대상이 되는 대신 자신의 목소리를 잃어버리고, 자신의 오른 쪽 유방을 잘라냄으로써 모성성을 약화시키고 인간성을 강화시킨다. 이런 순응의 극단에 인어공주가 있고 저항의 극단에 아마조네스가 있다. 다리와 유방 사이에 탯줄이 잘린 배꼽이 있고 이는 남자의 몸 역시 온전치 못한 기표다. 오정희, 전경린, 이윤기의 소설을 대상으로 절묘한 몸의 정치학을 보여준다.

제7호와 제10호의 특집은 각각 「현대문학에 나타난 제국주의와 여성수난」, 「한국문학에 나타난 전쟁과 여성」이다. 「현대문학에 나타난 제국주의와 여성수난」은 미국, 프랑스, 일본의 정신대소설, 베트남전쟁, 한국전쟁소설들을 중심으로 제국주의와 여성수난을 문제 삼는 제국주의 담론과 문학연구이다. 권명아는 '여성=수난자' 라는 주체화가 구성되는 특정한 재현 체계에 주목하고 여성을 정치적인 영역에서 배제해온 근대 체계의 문법과 긴밀하게 연루되어 있는 것을 황순원의 소설들에서 읽어낸다. 제국주의에 의한 여성수난이라는 문제는 역사적인 반영뿐 아니라 본질적으로 민족주의 서사를 위한 여성적인 것의 미적 동원의 형식을 취한다는 것이다. 이상경은 김정한의 소설을 제국주의의 여성억압과 그에 저항하는 과정에서 여성주체가 형성되는 경험을 재구성하고, 작가의 민족의식이 문학에서 일본 위안부문제의 역사와 현재성을 탐구하는 것으로 확대되는 과정을 분석한다. 한국에서는 민족의식과 여성의식이 배타적이기보다는 상호 상승하는 작용이 강했다고 하였다. 이외에도 『여성문학연구』는 제11호에서 「여성문학사의 지평 확장을 위하여−새로 읽는 여성작가」를 이슈로 하여 경계 밖의 문학인 전혜린과 1세대 극작가 박현숙을 조명한다. 또한 한걸음 뒤로 물러서서 제12호에서는 「근대 한국여성의 서양인식, 서양체험과 문학」을 기획하여 콜론타이, 엘렌 케이, 입센의 사상에 대한 인식과 교육 주체로서의 여성과 서구유학의 문제, 서양 체험을 통한 신여성의 자기구성 방식 등의 논문을 게재한다. 근대에 영향을 미친 페미니즘을 점검하는 작업이다. 이어 제13호에서는 「한국문학에 나타난 가족의 내부와 외부, 그리고 여성─과거에 대한 성찰에서 미래에 대한 전망까지」를 특집으로 한다. 주목되는 글은 김미현의 「가족이데올로기의 종언」이다. 제14호는 「여성문학공간과 ‘다른’ 문학의 생성」을, 제15호는 「여성문학연구의 쟁점과 반성적 성찰」을 특집으로 한다. 제11호의 특집에서부터 즉 2004년부터 『여성문학연구』는 어떤 의미에서 답보상태를 보여주고 있다. 그것은 이번 하반기 학술대회에까지 이어지고 있는 형국이다.

여성문학연구가 걸어온 길을 되돌아보면 거대담론이 사라진 90년대의 빈자리를 포스트모더니즘 페미니즘이 대신하였다는 평가가 있다. 21세기(포스트모던 시대가 시작되었다고 보는)가 시작되면서 여성비평은 우리 문학의 주류에 등장하였다. 그러나 이어 등장한 문학의 위기론과 함께 부상한 근대성연구와 탈식민주의 페미니즘과 여성학 쪽의 민족주의 담론 등 짧은 기간 난만한 이론의 부침이 이어져 사실 여성문학연구는 이 이론의 이해와 적용에 급급한 양상을 띠게 된 것도 사실이다. 이제 차분히 여성문학연구에 대한 반성과 성찰로 새로운 도약을 꿈꾸어야 할 것이다.

3) 페미니즘 미학과 여성문학연구

김복순은 제15호 『여성문학연구』 일반논문 「페미니즘 미학의 기본 개념과 방법」에서 "최근 한계에 부딪쳐 답보상태에 놓인 페미니즘 문학연구는 미학 이론 및 문학연구방법론의 새로운 틀의 정립을 통해서만 그 돌파가 가능하다. 현재 페미니즘 연구는 남성중심주의 비판 및 해방이라는 애초의 문제의식을 상실하고 미시적 연구에 머물거나 사료적 해석에 그쳐 제 몫을 제대로 수행하지 못하고 있다"고 한다. '차이'의 개념은 보편성, 객관성, 특수성 등의 개념과 어떻게 연관되는지, 반영과 젠더와의 관계는 어떠한지, 리얼리티 확보 여부와 전형, 전망의 문제, 좋은 문학과 나쁜 문학의 기준 및 지배 정전(dominant canon)의 문제, 문학의 가치 등을 제대로 논의하려면 그간의 남성중심주의적 이론들을 극복하는 새로운 미학이론을 정립함으로써만이 가능하다고 본다.[11]

김복순은 "젠더 중립적인 것으로 보이는 방법, 이론, 실천에는 '여성'뿐 아니라 '우리'도 소거되어 있다. 기존 페미니즘 이론가들은 여성만 제거되어 있다고 보았는데 '우리'의 소거는 인간 및 인간의 행위를 연구하는 모든 이론의 정합성을 거부하게 만든다는 점에서 위험하다. 특정 젠더의 경험이 일반화를 낳고, 그것에 반례를 듦으로써 취약해지는 이론(방법)들에 정합성이 있다고 보기는 어렵다"고 하고 예술, 재현의 주체, 미적 판단의 주체 개념에서 여성이 배제되어 왔다는 사실은 미가 이데올로기임을 천명하는 것이라고 한다. 그는 미학적인 파악 능력과 인식 능력은 동일하다는 사실에 주목한다. 미학 없이는 어떤 인식도 없으며 따라서 현실은 '어떤 서술 아래의 현실'이다. 현실구성은 서술자 및 서술방식과 긴밀하게 연결될 수밖에 없다. 말하자면 소설은 서술자의 세계관과 이데올로기에 의해 세계를 재배치하는 예술형식이라는 점에서 전통적인 미학을 극복하는 논리를 전개한다.

신수정은 같은 책 일반논문 「감정교육과 근대남성의 탄생―이광수의 초기 단편을 중심으로―」에서 이광수의 초기소설 중 『청춘』에 실린 작품들은 여성적 자질로 간주되어온 덕목들을 활용하고 전유하는 수행적 여성성을 통해 새로운 감수성과 내면적 도덕률로 무장된 근대 남성의

---

11 김복순, 「페미니즘 미학의 기본 개념과 방법」, 『여성문학연구』 15호, 2006.6.30, 174면.

상을 제시하는데 결정적인 역할을 했다고 본다. 그는 우리 시대의 젠더 발명가라는 것이다. 이 글에서 신수정은 김복순의 「『무정』과 소설형식의 젠더 화」[12]에 대해 『무정』에 나타난 소설형식의 젠더화 양상을 분석하고 있기는 하지만 소설 장르 자체의 젠더적 혁명성과 그것의 독특한 기제까지 밝히고 있는 것은 아니라고 김복순의 논문에 관심을 보인다. 형식이 함축한 젠더이데올로기를 규명하는데 성공한 이 논문은 그간의 페미니즘 수사학의 특수성에 대한 강조나 페미니즘 이미지비평의 내용주의를 넘어서는 일정한 성과를 거두고 있는 것은 사실이나 남성텍스트에 대한 배제주의나 페미니즘 이미지비평의 이데올로기적 편향성을 다시 확인하는 과정이 될는지 모른다는 경계를 보인다. 김복순은 이러한 우려에 대해 앞의 글에서 새로운 페미니즘 미학은 여성중심적 미학이 아니라 여성중심주의를 벗어나는 미학이다. 페미니즘 미학과 페미니즘 문학연구방법론의 과제는 차이를 규명하는 것에서 더 나아가 미학의 젠더, 방법의 젠더를 규명하는 것이며 미학과 문학이 어떤 방법론을 통해서 남성적 지배 권력을 이론적으로 뒷받침하면서 구성되고 담론화되었는지를 고찰한다고 밝히고 있다.

『여성주의 철학』을 보면 "놀라운 것은 이제까지 예술비평과 미학에서 비교적 많은 여성주의의 성과물이 나오지 않았다는 것이다. 즉 미학적 이론 안에 있을 수 있는 남성중심적 편견을 탐구하는 작업이나, 여성의 사회적 위치에 관한 이론화 및 여성주의 철학의 관점에서의 자아와 지식에 관한 이론화가 미학적 탐구에 공헌한 바에 대한 연구가 더 이루어지지 않은 것은 뜻밖의 일이다. 논리학과 언어학에서도 여성주의 탐구는 상대적으로 덜 발달한 것으로 보인다."라고 되어 있다. 김복순에 의

---

12 김복순, 「페미니즘 미학과 보편성의 문제」, 소명출판, 2005 소수.

해 페미니즘 미학이 새로이 전개되는 것을 지켜볼 일이다. 이것은 페미니즘 비평의 새로운 대안이 될 수도 있다.[13]

3. 여성문학연구의 전망 – 맺음말

여성문학의 현황을 살피면서 그 전망을 읽어본 것은 나의 무지와 부끄러움으로부터 벗어나 보려는 시도였을 수 있다. 동시에 나의 연구방법에 대한 점검의 의미도 있었다. 이 글이 발표된 이후 여성문학학회는 공저 『한국여성문학연구의 현황과 전망』[14]이라는 본고의 표제와 같은 책을 냈다. 여성문학학회 출범 10주년을 기념하는 작업이자 국문학연구 분야에서 기존의 남성 중심적 문학연구관행을 수정하는 정도에 그치지 않고 여성문학연구가 독자적인 연구방법론으로 자리 잡았다는 자부심의 열매라는 선언이 담은 책이다. 이 책은 학술지 『여성문학연구』에 발표된 논문에 한정하지 않고 국내에서 발간된 모든 학술지를 대상으로 여성문학연구의 소중한 성과들과 쟁점을 추려 모았다. 본고는 여성문학연구의 현황을 『여성문학연구』에 실린 성과물을 중심으로 살폈는데 이는 현황을 정확하게 요약 정리하는데 목적이 있는 것이 아니라 여성문학연구의 흐름을 살피는데 주안점이 있었으므로 보다 자세한 내용은 이 책을 참고하면 좋을 것이다.

이 글은 한국여성문학연구의 현황과 전망을 살피기 위해 한국여성문학학회의 저널 『여성문학연구』 제1호부터 제15호와 최근의 학술대회의

---

13 앨리슨 M 제거 · 아이리스 마리온 영 편, 한국여성철학회 옮김, 『여성주의 철학』 1, 앞의 책, 26면.
14 한국여성문학학회 편, 『한국여성문학연구의 현황과 전망』, 소명출판, 2008.

발표문까지를 대상으로 여성문학연구의 흐름과 전망을 살핀 것이다. 서두에서 필자는 여성문학연구의 개인적 반성으로 글을 시작하였다. 방법론이 새로운 가치를 창출하기는 하나 도리어 작품을 읽는데 맹목이 되게 하는 우려도 배제할 수 없다는 지점에서 학문에 있어서 비평관이란 어떤 것인가도 의문해 보았다. 여성작가와 작품연구를 선택했기에 필연적으로 페미니즘에 관심을 갖지 않을 수 없었다. 1988년 박사학위논문을 여성문학연구로 써내면서 여성문학연구 1세대가 된 필자는 이래 쏟아져 나오는 페미니즘 문학비평이론을 공부하고 적용하는데 상당한 곤혹을 느꼈다. 외국문학 전공도 아닌 터에 영문학, 불문학 등 외국문학 전공자들의 도움 없이 이해가 어려운 이론을 거침없이 이해하고 적용하는 신진들의 출현은 경이롭기까지 하였다.

이 글이 목표하는 것은 실은 여성문학연구가 어디에서 출발하여야 하며 그 목표하는 바가 무엇이어야 하는 것인가에 대한 작은 고민이다. 서구이론을 바탕으로 하는 문학이론이나 방법에서 출발하는 문학연구가 하나의 관행이 된 오늘의 현상에 대한 반성이다. 다양하게 생산되는 젠더비평이론과 그에 따르는 반론의 수없는 부침을 목도하면서 우리 여성문학연구의 현황을 살펴 앞으로 나아갈 방향을 모색해 보고자 한 것이다. 우리 여성문학연구는 서구의 이론을 적용하여 여성문학의 특성을 구명하려는 노력과 아울러 우리 여성문학론을 정립하고자 하는 두 가지 방향으로 전개되어왔다. 그러나 페미니즘 문학연구에만 해당되는 문제점이 아니지만 팽배한 알레고리적 문학연구는 여성문학연구가 나아가야할 방향에서 어떤 반성이 있어야 하는지를 보여준다고 생각한다. 알레고리적 문학연구란 노드롭 프라이의 용어인데 간단히 말하면 귀납적 연구가 아니라 연역적 연구를 말한다. 학문이란 개별적 현상들을 관찰하고 이를 종합하고 일반화하는 것이다. 즉 학문은 귀납적이어야 한다는 것이다. 이때 결실로 나타나는 것이 이론이다. 시간이 지나면서 이론에 맞지 않는 개별적 현상이 발견된다면 이론이 보다 보편적이기 위하여 이론은 계속적으로 확장 수정되어진다.[15] 이렇게 학문 활동은 귀납적으로 이론을 만들어내는 게 주지만, 이론을 개별적 현상에 적용해보는 단계도 물론 포함한다. 하지만 연역적으로 이론을 현상에 적용해보는 것은 이론의 적합성을 증명하기 위한 학문 활동의 마지막 단계이지 적합성 증명 자체가 학문 활동의 온전한 전체가 되는 것은 아니라는 것이다.

우리 여성문학연구에서 무엇보다도 부족한 것은 작가와 작품연구라고 나는 생각해왔다. 1세대 여성문학연구자이기 때문에 이런 생각을 하는지도 모른다. 그러나 귀납적 연구를 통해서만이 우리 여성문학이론을 만들어낼 수 있다고 볼 때 개별적 작가와 작품 연구는 무엇보다 선행되어야 할 연구 분야이다. 아직도 작가와 작품의 발굴 단계에 머물고 있는 여성문학연구를 이글의 모두에 쓴 것처럼 자세히 읽기를 통해 개별적 현상들을 관찰하여 이를 종합하고 일반화한다면 우리 여성문학연구의 이론은 드디어 출현할 수 있을 것이다.

한국여성학의 대모 이효재 선생도 해외페미니즘 이론에 경도한 여성연구에 경종을 울린 바 있지만 분리주의라 비난을 받거나 말거나 자료가 더 유실되기 전에 우리 여성작가와 작품연구에 좀 더 노력을 기울였으면 한다. 보관하기 귀찮아서 시어머니 K작가의 사진과 유품을 진작 불에 태워버린 며느리 이야기를 들은 것이 한 달 전이다. 소중하게 다가 갔으면 건질 수 있었던 것들이 아닌가. 해외이론 적용을 무엇보다 중요

---

15 김명주, 「문학과 종교연구 주요 잼점과 방법론 성찰」, 『문학과 종교』 16권 3호, 2011, 177면.

시하는 학술연구재단의 논문 심사하는 기준 역시 바뀌어야 할 것이다. 잊지 말아야 할 것은 신문학사 백 년이 넘는 동안 배출한, 아마도 2천5백을 헤아리는 여성작가 중 작가와 작품의 연보가 충실하게 된 것은 불과 몇 사람에 지나지 않는다는 사실이다.

(2006, 『숙명어문학회』학술대회 기조발표, 2012, 수정)

심윤경의 『달의 제단』과 "왜 여성인가"

여성문학의 새로운 전략을 향하여

1. 들어가며

왜 여성인가? 이 명제는 왜 아직도 여성문학인가고 묻고 있다. 지난 3월 2일 우리 국회는 2008년부터 호주제를 폐지한다는 민법안을 통과시켰다. 참으로 오랫동안 여성계에서 호주제 폐지운동을 펼쳐왔지만(그래서 그 취지와 필연성이 충분히 설명되었음에도 불구하고) 막상 호주제 폐지 법안이 통과되자 이에 대한 (남성)네티즌의 비난은 자못 원색적이었다. 호주제까지 폐지되었으니 이제 확실한 여성상위시대가 아니냐는 반응에 빠르게 진행되는 저 출산율도 여성의 지위가 향상됨으로써 생겨난 부작용인양 여기는 분위기였다.[1] 동아시아, 한중일 국제학술대회가

---

1 한국의 가부장제에 대한 토의 석상에서는 항상 상반된 두 가지의 의견이 대립되어왔다. 하나는 "한국여성들의 권한은 이미 너무 세어서 여권신장을 할 필요가 없다"는 주장인데 이런 주장을 하는 이들은 전통적으로 모권이 강했다는 점, 여성이 결혼 후에 성(姓)을 남편의 성으로 갈지 않았다는 점, 그리고 현대에 와서도 여성이 경제권(소비권)을 쥐고 있다는

열리는 것은 이런 현상에 대응하는 측면에서도 매우 바람직한 일이다. 세계화 시대 서구중심의 문화종속에서 벗어나 여성과 여성문학을 보는 시각을 동아시아적 시각으로 확대할 필요가 시급하기 때문이다. 세계의 중심이 동아시아로 이동하고 여성의 진출과 사회적 변화가 급격히 진행되는 것이 한국만이 아니라는 것[2]을 보여줄 뿐 아니라 여성문학의 정체성을 재점검하는데 이 국제 학술대회도 한몫을 하리라고 생각한다.

우리 여성문학의 역사는 현대소설의 경우 1917년 나혜석, 김명순으로부터 88년이 지나고 있고 수많은 여성작가를 배출하여 그 업적이 적지 않게 쌓였다. 여성문학비평 역시 30년대 최초의 여성문학 평론가 임순득이 등장한 이래 80년대와 90년대를 거치면서 학계와 비평계의 노력으로 장족의 발전을 이룩한 것이 사실이다. 그러나 여성작가의 소설에서 아직도 페미니즘 소설이 주종을 이루고 있는 현상을 보더라도 여성문학의 필요는 줄어들지 않고 오히려 증대하고 있다고 보아야 한다. 여성의 사회적 지위와 권리가 뚜렷하게 신장되고 있음에도 여성억압의 역사는 계속되고 있다는 반증이다.

이와 같은 상황에서 최근 필자는 한 여성작가의 소설을 읽고 충격을

점을 강조하고 있다. 반대로 칠거지악, 재가 금지법, 호주제의 존속 등 극히 억압적인 가부장 사회에서 비인간적 대우를 받아왔다고 강조하는 주장도 있다. 이 두 입장은 어느 정도 타당성이 있으며 이처럼 상반된 견해가 팽팽할 정도로 한국사회의 가부장적 현실은 단순하지 않다고 조혜정 교수는 말한다. 조혜정, 『한국의 여성과 남성』, 문학과지성사, 1988, 62면.

지난 5월 17일 뉴스에서는 스위스의 세계경제포럼이 발표한 세계 남녀평등지수에서 한국의 남녀평등지수는 58개국 중 54위로서 중국(33위), 일본(38위), 방글라데시(39위), 말레이시아(40위), 태국(44위), 인도네시아(46위)보다도 뒤지는 것으로 나타났다. 사정이 이런데도 우리나라에서는 여성의 지위향상이 너무 지나치다고 보는 견해가 지배적이다.

2 존 나이스비트, 『메가트렌드 아시아』, 한국경제신문사, 1996, 316면. 이 책의 필자는 아시아에서 여성이 부상하는 현실을 자세히 분석 제시하고 있다.

받았다.[3] 동인문학상 심사에 오른 이 작품을 보고 작가 박완서가 이 작가는 자기가 어떤 일을 '저지른 줄 모를 것이다'라고 말했듯이 심윤경은 여성의 억압을 고발하고 비판하는데서 그친 것이 아니라 상당히 과격한 결말을 '저지른' 소설을 쓰고 있다. 작가는 『달의 제단』이라고 명명한 이 제단에 우리나라 전통적 남성중심주의 즉 가부장제를 올리고 화염으로 불태우는 것으로 결말을 짓고 있다. 가부장제 이데올로기의 화형식이라 이름 할 만한 이 소설은 그 주제에 있어서는 결코 새로운 것이 아니다. 이미 근대 초기부터 진행되어온 전통부정의 우리 현대사에서 족보라든가 종손이라든가 혈족주의는 이미 그 의미를 상실한지 오래이기 때문이다.[4] 그러나 이러한 종가를 중심한 근대 속의 전근대[5] 가부장제의 허위성과 폭력성을 이만큼 정면으로 고발한 작품은 없었다는 점에서 이 소설은 매우 문제적이다.

아울러 필자는 최근 중요한 평론집을 읽었는데 이동하 교수의 『한국문학과 인간해방의 정신』[6]이 그것이다. 여성문학비평을 모아놓은 이 책은 우리 문학에서 남성비평가가 여성비평을 책으로 엮어낸 적이 일찍이 없다는 점에서 무엇보다 큰 의의를 지닌다. 이 저서가 제목에서 여성비평을 내세우고 있지 않으나 이 책의 거의 모든 내용은 여성비평이다. 벌써 오래 전이지만 조혜정 교수가 「박완서 문학에 있어 비평이란 무엇인

---

3 심윤경, 『달의 제단』, 문이당, 2004.
4 김미현, 「가족이데올로기의 종언」, 『여성문학연구』 제13호, 한국여성문학학회, 2005.6. 149면. 김미현도 심윤경의 소설이 '문제의식의 측면에서 볼 때 신선한 소설이 아니'지만 21세기에도 여전히 가부장제의 망령이 사라지지 않고 있다는 점에서 '낡았기에 오히려 충격적으로 다가온다'고 하였다.
5 임옥희, 「청바지를 걸친 중세의 우화들」, 『당대비평』, 2000 봄호, 권명아, 『가족이야기는 어떻게 만들어지는가』, 책세상, 21면에서 재인용.
6 이동하, 『한국문학과 인간해방의 정신』, 푸른사상사, 2003.

가」[7]라는 글에서 박완서 문학에 대하여 보인 비평가들의 반페미니즘적 현상을 누누이 지적한 적이 있다. 이 시대의 남성비평가들이 쓴 글이 남성우월주의, 남성중심주의 의식에서 한걸음도 벗어나지 못하고 있다는 사실은 여성해방에 공감하는 독자들을 실망시키기에 충분하였다. 김문집을 필두로 남성비평가가 여성문학에 대해 언급한 적은 있으나 진정한 의미에서 여성해방비평에 나서거나 이를 책으로 엮을 만큼 활동을 보여준 적이 없다는 점을 감안하면 이 저서는 우리 여성문학사에서 귀중한 위치에 자리매김하여도 좋으리라 생각한다. 저자는 이 책에서 매우 심각한 문학현실을 지적하고 있는데 그것은 우리 신문학사상 여성문제를 여성해방의 시각에서 소설화한 작가는 이광수, 채만식 이래 한 사람도 없다는 것이다. 최근의 소설까지 광범위하게 책읽기를 해온 비평가의 이 말은 실로 충격적인 증언이다. 그는 이문열의 『선택』을 이야기하면서 이 『선택』에 나타나는 반페미니즘이 이문열이나 몇 작가에 한하여 나타나는 것이 아니라는데 문제의 심각성이 있다고 하였다. 소설이 이토록 보수적인 장르인가에 대해서는 따로 살펴볼 흥미를 갖거니와 페미니즘 내지 젠더의 시각은 이미 비평의 방법으로 그 자리를 확고하게 굳히고 있는 현실에서 앞으로 비평 쪽의 전망은 소설에 비해 어둡지 않다고 보아도 좋을 듯하다. 어쨌든 남성작가의 소설에서 페미니즘이 거의 뿌리를 내리지 못하고 있는 것이 현실이라고 할 때 심윤경이 가부장제 구현의 압축이자 전형인 종가 효계당을 소설의 제단에 올린 것은 새로운 주제는 아니지만 문제적이다.[8]

---

7 조혜정, 「박완서 문학에 있어 비평이란 무엇인가」, 『작가세계』, 1991 봄호, 97~144면.
8 필자가 보기에는 심윤경의 데뷔작 장편 『나의 아름다운 정원』도 가부장제 사회에 대한 고발이다. 혹독한 가부장제의 가정을 그리면서 동시에 군부독재를 고발하는 소설로 보았다.

케이트 밀레트가 『성의 정치학』에서 우리 사회는 가부장제 사회라고 갈파한 것처럼[9] 지금 우리의 사회는 가부장제 사회이다. 우리나라의 경우, 역사적으로 부계친족 체계가 제도화된 것은 조선조 이후로서 조선조에서는 정치구조가 다른 어떤 변수보다 가부장제의 구체적 표출에 작용하였다.[10] 조선조 중기 이후 지배계층 간의 갈등이 노출되는 것과 시기를 같이하여 관직의 기득권을 가진 훈구파에 비하여 이념적 실천을 주장하는 사람들은 주자가례의 보급으로 나타났으며 가례의 적극적 수용은 성리학적 도덕의 구체적 실천이었다. 결과적으로 관혼상제를 중심으로 한 예학은 부계혈통 중심의 가족주의를 강화하였고 가족 내 서열은 보편적 사회 구성과 연결되어 군신 및 사대부의 전화라는 신분적 관계와 연결 되었다.[11] 종가는 가부장제의 구체적 구현체인 것이다.

가부장제에 대한 논의는 여성의 억압체계를 밝히기 위한 문제의식에서 출발한 것이다.[12] 이이효재 교수나 조혜정 교수도 여성을 억압하는 체계로서 가부장제를 가장 문제시하고 있다.[13] 이에 이 글은 심윤경의

---

9 케이트 밀레트, 『성의 정치학』, 현대사상, 1976, 52면.

10 서구에서는 자본주의 생산구조가 가부장제의 구체적 표출에 영향을 주고 있다. 조옥라, 「가부장제의 이론」, 『한국여성연구 1 – 종교와 가부장제』, 청하, 1988, 145면.

11 최재석, 『한국가족 제도사 연구』, 일지사, 1993, 359면.

12 조옥라, 앞의 책, 같은 곳.

13 이이효재는 여성들의 주체성 확립이 가족의 민주화 즉 가부장제의 극복으로 시작될 수밖에 없다는 확신을 갖고 있다고 말한다. 『조선조사회와 가족』, 한울 아카데미, 2003, 10면. 조혜정 교수도 "나는 지구상에서 가장 오래, 그리고 가장 교묘하게 인간성을 억압해 온 가부장제는 이 시대에 와서 타파되어야 하고 또 타파될 것이라고 믿고 있다. (중략) 일상생활 속에 깊숙이 침투해 있는 가부장적 구조의 변혁을 위해 여성 해방주의자들은 일상적 삶을 근원적으로 해체하고 재구성해나갈 새로운 단어를 만들어 가야 하는 것이다."라고 여성억압체계로서 가부장제를 가장 문제시하고 있다. 『한국여성과 남성』, 앞의 책, 서론, 46면.

장편소설 『달의 제단』이 가부장제 이데올로기를 어떻게 제단에 올려 불
태우고 있는지 살펴보는 것을 중심으로 해서 전개한다. 심윤경은 우리
전통의 계승과 부정이라는 이중서사전략으로 전통복원과 함께 가부장
제 고발을 하고 있다. 종가나 언간 등 전통의 아름다움을 깊이 있게 천
착하여 보여주면서 동시에 전통적 이데올로기인 가부장제 이데올로기
를 날카롭게 비판하고 있는 것이다. 이러한 서사전략은 전통의 계승과
발전이라는 측면에서 바람직한 것이면서 동시에 버려야할 인습의 고발
이라는 두 가지 목표지점에 도달하기에 매우 적합한 방법이다. 적의 무
기로 적을 치는 바이링궐의 전략이라 하겠다.[14] 전승과 고발이라는, 양
면이 상충되어 보이는 이 서사전략은 작가가 말한 바 국적이 있는 우리
소설미학의 새로운 면을 개척하는 길이자 동시에 가부장제의 폭력성을
드러낸다는 두 가지 효과를 낳는다. 페미니즘은 서구의 이론을 무분별
하게 수용하고 있는 식민지적 방법의 전형으로 비판받아왔다. 심윤경의
소설에서 우리 여성문학의 정체성, 동시에 우리 페미니즘의 논리를 찾
아볼 수 있다는 점은 커다란 소득이다. 작가의 이중서사전략은 남과 여
의 두 화자를 동원함으로써 여성억압의 체계인 가부장제의 실체를 남녀
양면에서 입체적으로 보여주고 있기도 하다. 왜 '아직도 여성인가?' 라
는 질문을 가지고 심윤경의 소설을 읽어본다.

---

14 우에노 치즈코는 젠더전략으로 바이링궐을 채택한다. 적의 무기로 싸우는 것. 남성의
   언어와 여성의 언어, 그 언어를 거꾸로 사용해 지금까지 누구도 알지 못했던 현실을
   읽어내고 만들어 가는 것이다. 우에노 치즈코 · 조한혜정 지음, 『경계에서 말한다』, 생
   각의 나무, 2004, 61면.

2. 가부장제 사회와 심윤경의 『달의 제단』

1) 가부장제와 종손 길들이기

(1) 효계당의 종손 3대

효계당이란 서안 조씨의 종가를 이름 한다. 종가란 법령상의 용어가 아니고 종법제의 영향을 받은 풍속의 관념이다. 소설에서 종가는 종손의 입을 통해 정신적 뿌리라고 강변된다. 그러니까 효계당이란 서안 조씨의 정신적 지주이자 뿌리인 셈이다. 종가에 관한 풍습을 복원하는데 많은 지식과 자료를 동원한 작가는 그러나 효계당이 어떤 한자를 쓰는지 밝혀 놓고 있지 않다. 짐작컨대 孝系堂, 효를 잇는 집의 뜻이 아닐까 미루어볼 뿐이다. 종가라면 구체적인 '집'을 의미하는 것처럼도 생각된다. 주인공이 효계당의 지붕 위에 푸른 불길을 보고 있다거나 푸른 불똥이 뚝뚝 떨어지고 있다는 표현을 하고 있는 것처럼 효계당은 구체적인 집을 이름 하는 것 같다. 서안 조씨 양정공의 불천위 제사를 받드는 종가 효계당, 할아버지 조창선이 생애를 기울여 중건한 효계당은 대문간채 열 칸, 행랑채 열두 칸, 헛간채 열 칸, 안채 여덟 칸, 사랑채와 서고 열네 칸, 별채 여섯 칸으로 이루어진 큰 집이며 사당과 별묘 연못과 정자까지 딸려있는 '집'이다. 그러나 효계당이란 구체적인 집을 지칭하면서도 이 중 어느 가옥을 두고 지칭하는지 분명치 않다. 그런 점에서 효계당은 집이라는 의미보다 '가문' 또는 '대대로 내려오는 집안'의 의미가 승하다고 하겠다.

이 효계당에 사는 사람은 두말할 것 없이 종손이다. 현재 이 효계당의 주인은 주인공 상룡의 할아버지 조창선으로서 15대 종손이다. 할아버지와 함께 사는 상룡은 일찍 아버지를 여읨으로써 17대 종손으로 할아버지의 뒤를 잇게 됐다. 뒤를 이을 종손이므로 차종손이라고도 부른다. 20

여 년 전에 상처한 할아버지는 재혼하지 않고 홀로 살고 있으며 상룡 역시 아직 총각이니 종손은 있으되 종부는 없는 종가이다. 16대 종손, 상룡의 아버지는 20여 년 전에 스스로 목숨을 끊었다. 명가의 종녀인 어머니 해월당 유씨도 10년 전에 죽어 불천위 제사에다 일 년이면 이십여 차례 제사가 있는 효계당의 안살림은 달시릇댁이 맡고 있다. 또 한 사람 바깥일을 보아주는 정서방이 있지만 소설에는 거의 등장하지 않는다. 종가에서 일을 보아주는 달시릇댁네나 정서방을 제외하면 이 종가에는 15대 종손 할아버지 조창선과 17대 종손 상룡 두 사람이 살고 있는 셈이다.

17대를 내려오는 효계당이지만 소설에서 주목하고 있는 종손은 할아버지 조창선과 주인공 상룡의 아버지(이름은 나오지 않는다), 그리고 상룡, 3대의 종손이다. 할아버지가 중건하기 전의 효계당은 쇠락을 거듭하여 부조묘(不祧廟)는 헐어 옛 모습을 알 수 없는 지경이 되었고 불천위 교지를 받은 양정공의 신위는 효계당 다락 한 구석에 남색보자기로 싸인 채 묻혀 있었다. 할아버지 조창선이 별묘를 복원하고 불천위 제사를 다시 지내기 시작한 것은 이제 20여 년이 되었을 뿐이다. 할아버지 조창선은 효계당의 종손이라는 자부심을 원동력으로 믿기지 않는 자수성가의 일생을 살아낸 인물이다. 어린 시절에 이미 잡풀이 무성하게 쇠락해버린 효계당을 다시 일으켜 세우겠다는 포부를 세우고 맨손 막노동에서부터 시작해 1천억 원 가까이 되는 거부를 이룩한다. 재산을 모으자 전국에 뿔뿔이 흩어져 연락조차 되지 않던 일가들을 모아 종가로서의 위신을 세우고 흩어진 묘지들을 정리하였으며 족보를 뒤지고 인근 원로들의 희미한 기억까지 낱낱이 더듬어 내 가족묘원 황명산을 복원한다.

요약해본 바 위의 사실에서 공통으로 등장하는 20여 년 전이라는 시간은 효계당에서 중요한 변화가 일어난 시간이다. 효계당 중건의 포부를 가진 할아버지가 재산을 모아 드디어 종가의 복원을 이룬 시기요, 할아버지가 상처를 한 시기이며 동시에 상룡의 아버지가 자살을 한 시기인 것이다. 또 상룡이 종손으로 낙점된 시기이기도 하다. 할아버지가 상처를 한 것은 효계당의 복원과 상관이 없지만 그 이후 할아버지가 재혼을 하지 않고 홀로 지내고 있는 것은 효계당의 복원과 전혀 무관하지 않다. 상룡의 아버지가 자살을 하게 된 계기가 바로 종부를 맞는 일과 관련이 있듯이 할아버지는 당신이 꿈꾸는 '종가의 도원경'을 현실화하기 위해 품격을 갖춘 여자라야 종부가 될 수 있다고 생각하고 있기 때문이다. 아버지는 이미 서울에서 중학교 미술교사인 서영희와 혼인신고를 하는 등 부자의 절연마저 불사하면서 반역을 시도했지만 아들 상룡을 낳은 후 결국 돌아와 명가의 종녀(宗女) 해월당 유씨와 결혼식을 올린다. 그로부터 6개월 후 아버지는 돌연 자살을 한다. 아버지는 할아버지에게 두 가지 거역을 하고 있다. 첫째가 종통을 이어받으라는 명령을 어기고 서울에서 취직을 한 것이고 둘째가 서영희와 혼인신고를 한 것이다. 그리고 종부와는 옷고름도 만진 일이 없이 덜컥 죽어버림으로써 할아버지는 종손 아들로부터 엄청난 좌절을 겪는다.

　문제는 이러한 아들의 죽음을 불사한 반역에 대하는 할아버지의 자세이다. 작가는 그것을 '강력한 압착력'이라고 표현한다. 불균형하거나 치명적인 부분도 모두 제압하여 하나로 뭉뚱그리는, 범속한 사람의 수준을 훨씬 뛰어넘는 강력한 압착의 능력이다. 종가의 복원과 권위의 회복을 위해서라면 비정한 결단 정도는 당연한 것이며 이에 대한 일말의 회의나 재고의 여지를 보이지 않는 것이 종손 조창선의 모습이다. 목적을 위해서는 부정(父情) 따위는 하찮은 감정에 불과하다. 칠기류 한 점 없는 할아버지의 검소한 침소와, 이와는 대조적으로 기천만 원을 호가하는 호피 보료가 놓이고 우각과 흑단으로 아자 문양을 촘촘히 흑백 입사해 넣은 먹감나무 연상이 있는 사랑방. 검약한 공간에서는 선비의 풍모가 꼿꼿이 살아있고, 호사한 공간에서는 재력과 세도가 투사되어 상대방을 제압하는 할아버지는 조선조 선비의 염결한 절조와 세도에 버금할 재력의 양날의 칼을 갖추어 옛 종가가 지녔던 권위를 효계당에 오롯이 복원한 장본인이자 주인공으로 돌아왔다. 할아버지는 종가를 위해서는 하찮은 감정놀음 따위를 강력한 압착력으로 흡수하는 전형적인 지배자 가부장의 모습을 보여준다.

20여 년 전의 시간은 상룡에게 종손으로 낙점된 사실 말고도 엄청난 사건이 있었던 시기였다. 생모 서영희로부터 적모 해월당 유씨로 양육의 책임이 바뀌어진 것이다. 아버지와 혼인신고를 한 서영희가 서류상으로 며느리임에 분명하건만 종가에선 종부인 해월당 유씨가 엄연한 적모이다. 할아버지가 보기엔 반쪽 적자인 상룡이 종손에 낙점된 것은 만 세 살로 20여 년 전후의 시간은 상룡에게 삶의 나침반이 바뀌는 대변혁이 일어난 시간인 것이다. 그로부터 20여 년 상룡은 할아버지와 해월당 유씨의 손에서 성장한다. 이 20여 년 전은 실제로 1980년 전후로서 1960년부터 이어진 군사정권의 시대임도 참고하여야 할 것이다. 이 시기는 바로 가부장제의 권위를 더욱 강화시킨 시대이었다.[15]

소설은 상룡의 성장이 종손으로 키워지는데 목적이 있었으며 동시에 그것이 상룡에게 얼마나 큰 그늘을 지웠는지를 그리고 있다. 어머니로부터 버림을 받았다는 상처에다 아들을 돈과 바꾸었고 하루도 남자가 없이 견디지 못한다는 음녀 어머니의 소문은, 질투와 원한의 불길을 상룡에게 향해 음남음녀의 초열지옥을 날마다 되풀이하는 해월당 유씨의 저주와 함께 상룡으로 하여금 할아버지가 원하는 패기 있는 종손이 아니라 심약하고 소극적인 성격이 되게 한다.

---

15 이이효재, 『조선조사회와 가족』, 앞의 책, 10면. "1970년대 경제성장을 추진시킨 박정희정권은 '한국적민주주의' 라는 이데올로기로서 가부장제를 더욱 강화시켰다."

여기에서 효계당의 종손 3대는 철저한 가부장제 의식에 의해 엮어져 있음을 알 수 있다. 가부장제란 남성이 여성을 지배하고 연장의 남성이 연소의 남성을 지배하는 것이다.[16] 그러니까 할아버지는 연장자로서 아들과 손자에게 절대 권력을 행사해온 것이다. 아버지는 죽음으로 항거했으나 '집안에 먹칠한' 수치로만 남고 상룡은 할아버지의 철저한 통제 속에서 온순한 종손으로 성장할 수밖에 없다. 대학의 시간표까지 확인하여 상룡을 밀착 관리하는 할아버지에게 상룡은 잠시의 탈선도 용인되지 않도록 지배되고 있다.

문제는 할아버지가 상룡을 늘 못마땅해 한다는 점이다. 상룡은 그것이 자신이 반쪽 적자이기 때문이라고 생각한다. 종가란 혈통을 무엇보다 중시하기 때문이다. 혈통이 끊어지는 것은 종가의 불명예이며 그것도 적손으로 이어져야 하는 것인데 상룡은 종부의 자식이 아니기 때문에 반쪽 적자인 셈이다. 이제 상룡은 군대를 다녀와 자신을 불만해 하는 할아버지 앞에서 다시 차종손의 역할을 계속해야 한다. 군대에서 제대해 돌아온 상룡에게 할아버지는 상룡의 10대 조모 소산할매의 묘에 부장되었다가 발굴된 언찰을 주며 해독을 하라고 한다. 이 언찰 해독을 중심으로 할아버지의 종손 길들이기가 다시 계속된다.

(2) 언간과 종손 길들이기

심윤경이 『달의 제단』에서 보인 전통복원의 서사전략 중 하나는 조선조 언간[17]의 도입이다. 소설 속에 고딕체 글씨로 씌어져, 궁체의 붓글씨를 연상하게 하는 이 언간은 규방문학의 한 형태로서 궁중에서나 여염

---

16 케이트 밀레트, 앞의 책, 53면.
17 작가는 소설 속에서 언간, 혹은 언찰이라고 쓰고 있으나 언간으로 통일하여 쓰기로 한다.

에서나 여성들의 대표적 문체였다는 점에서 독자로 하여금 여성문학의 정수를 맛보게 한다. 언서 또는 언간을 소설 속에 도입하는 것은 물론 조선조라는 시대배경의 개연성을 돕기 위한 것이지만 오늘의 소설기법으로서도 대단히 신선한 시도이다. 이 언간은 훈민정음 창제 이후 궁중 여인들이 한문이 아닌 언문으로 서찰을 쓰기 시작하여 점차 일반 서민의 부녀자들에게까지 확산하였던 것이다. 사대부들로부터 천대받던 언문이 부녀자들 손에서 점점 세련미를 더해가면서 내간체 문장이 생성된다.[18] 이 내간체, 언간을 소설 속에 도입한 것이 이 작가가 처음은 아니다. 한무숙의 단편 「이사종의 아내」는 바로 이 언간, 내간체의 편지 아홉으로 이루어진 소설이다. 언간으로 소설을 만들었을 뿐 아니라 황진이에게 빠진 남편 이사종으로 하여 받는 아내의 고통을 편지에 토로함으로써 젠더소설로도 성공한 예이다. 그러나 작가 심윤경의 말대로 사전 3개를 다 뒤지면서 우리말을 찾아내어 직조해낸 언간의 결은 실로 아름다워 그 속에 담긴 사연이 내간체의 여성적 숨결에 혼연 일치되면서 독자로 하여금 사건 속으로 쉽게 빠져들게 한다.

언간의 해독은 할아버지의 손자에 대한 종손 훈련 또는 종손 시험에 해당하는 것이었다. 해독이 필요할 만큼 독해가 어려운 언간이긴 하지만 할아버지가 언간의 내용을 전혀 알지 못하고 상룡에게 해독하라고 넘겨주지는 않았을 것이다. 알지 못하고 넘겨주었다고 하더라도 할아버지는 언간 속에 밖으로 알려져서는 안 될 내용이 있을 수 있음을 경계함으로써 이 언간의 내용에 대처하는 종손의 모습을 기대하고 있다.[19] 온

---

18 김일근, 『언간의 연구』, 건국대출판부, 1998.
19 심윤경, 『달의 제단』, 앞의 책, 18면. 앞으로 페이지 수만 기록. 할아버지는 "함부로 소문을 내지 말도록 해라. 우리 집안을 음해하려는 세력이 무슨 삿된 수작을 펼칠지 알 수 없는 일이다."라고 한다.

순하기만 하고 패기가 부족한 종손을 종손답게 만들기 위해서는 언간에 나타난 조상의 흠결을 덮어내는 유연성과 강렬한 압착력이 있어야 한다고 여긴 것이다. 할아버지는 '꼿꼿함'과 '유연성'이라는 대비적 양면성이 "원래 하나였던 듯이 천연하게 어우러져있었기 때문이다."(15면)

소설은 10대 조모 안동 김씨 소산할매의 무덤에서 나온 언간의 해독에 따라 주인공 상룡과 할아버지가 그에 반응하는 구조로 되어 있다. 그래서 언간은 소설의 각 장 말미에 제시되고 새 장에 그 언간의 반응이 나타나는 것인데 경오 계하 스무 닷샛날의 첫 언간부터 둘째 경오 납월 념이일, 셋째 신미 사월 열 아흐날 언간까지는 주인공 어은이가 시집가서 첫 시부 생신을 치르고 회임하며 아들 민재를 낳아 별 탈 없이 잘 살면서 문안 아뢰는 내용이어서 이에 대한 반응 없이 조손의 관계는 무난히 지난다. 할아버지와 손자가 팽팽한 대결구도로 되는 것은 네 번째 언간 임신 삼월 회일의 언간을 해독하여 할아버지에게 올린 때부터이다.

이 네 번째 언간에는 어은이의 남편이 병환에 들면서 이 집(효계당) 용마루에 원귀가 있다는 소문과 그 내력을 전한 내용이 담겨 있다. 언간에서 거둘이가 말하는 판서나으리, 14대조 원찬할배는 서안 조씨 집안에서 유일하게 배출한 당상관이다. 서안 조씨가 자랑하는 조상의 추문이 적힌 언간인 만큼 할아버지가 분노하는 것은 당연하다. 벼슬까지 하고 낙향한 어른이 아랫것의 딸년에게 욕심을 내 생목숨 둘을 앗아갔다는 이야기다. 그 여비(女婢)가 정인과 도망하는 것을 잡아다 총각을 때려 죽이자, 처녀(여비)는 혀를 깨물고 죽었다. 그 이후 그 할배의 세 아들 중 둘은 흉사를 하고 하나는 성기능을 잃는 사고가 났는데 사람들은 죽은 처녀가 손 각시가 되어 해코지를 했다고 한다. 게다가 아들을 셋이나 두었던 판서어른이 일가를 수소문하여 양자를 들였다고 쓰여있다. 이 대목은 매우 중요한 것으로 족보에는 이 양자를 한 사실이 나타나 있지 않고 고자가 되었다는 셋째 아들 대환이 아들을 낳아 큰아들 대종의 후사를 잇게 한 것으로 되어 있다.(110~111면) 거기에 지나던 탁발승이 이 댁의 용마루에 산발한 손말명(처녀가 죽은 귀신)이 엎디어 있으니 불공을 드리자고 하였다가 되레 매타작을 당했고 이후 여러 대에 독자로만 이어오고 절손지경에 이르는 일이 잦은 것은 효계당에 내려진 저주 때문이라는 것이 이번 언간의 내용이다. 이 해독을 읽고 난 할아버지는 격노한다.

이 언간을 두고 할아버지가 보인 반응은 상룡이 우려했던 바였다. 그렇다면 상룡은 할아버지의 그런 반응을 염두에 두고도 유연성과 강력한 압착성을 발휘하여 할아버지의 격노를 미리 막지 않고 방치한 셈이다. 이 네 번째 언간을 계기로 할아버지와 상룡의 가치관의 대립이 수면 위로 떠오른다. 할아버지가 언간 해독의 노트를 두고 '삿된 수작'이라고 한데 대해 상룡은 "몹시 당황스럽고 사귀가 맞지 않는" 일이라고 느낀다. 상룡은 가감 없이 적힌 대로 옮겼을 뿐인데 할아버지는 상룡이 마치 그 일을 지어낸 듯이 화를 내는 것이다. 할아버지는 마침내 이렇게 말한다. "네 놈은 이 허튼소리를 보고도 아무 생각이 들지 않더냐? 그저 쓰인 대로 읽고 내 앞에 내미는 것이 네 모든 할일이더냐? 그러고도 이 집안의 종손이라고 할 수 있느냐?"

상룡도 알고 있다. 진정한 종손의 정신을 지닌 자라면 집안의 수치가 되는 이 언간을 처음 접하자마자 울분과 격노를 이기지 못하고 할아버지에게 달려가 구들장에 머리를 찧고 이 요망하고 부끄러운 풍설을 보게 된 불운을 울부짖고, 사설을 지껄인 간특한 주둥이에게 천만 배의 저주를 맹세했으리라는 것을. 이것이 곧 할아버지가 기대하는 모습일 터였다. 그러나 상룡은 언간을 충실하게 옮기는 게 우선이며 모든 언간의 해석이 끝나야만 전체적인 평가와 분석이 가능하리라 생각했다. 설령 언간의 내용이 집안의 명예와 배치될지라도 언간은 그 나름의 가치가 있는 것이라고 생각한다. 그리고 뭔가 대책을 세워야 하는 일이라면 할아버지가 알아서 할 것이라고 생각한다. 상룡은 종손으로서가 아니라 어디까지나 객관적인 시선으로 언간을 보고 있다. 노트는 찢기고 언간은 불에 태워진다. 그리고 할아버지는 다시 새 언간을 상룡에게 주고 밖으로 나가버린다.

학교에서 배운 상식-언간은 개인 소유물이기 전에 국가적인 문화재이고 언간의 훼손은 규율위반이라는-과 할아버지가 강변하는 종손의 열정이 각각 극한의 대척점에 있어 상룡은 심한 혼란과 갈등을 느낀다. 갈등을 느낀다고 하지만 상룡의 생각이나 갈등은 할아버지에게 아무런 영향을 미칠 수 없다. 할아버지의 가부장제적 사고로는 종손은 어디까지나 연장자의 의견에 무조건 복종하는 것이다. 이 갈등은 지배당하는 상룡 혼자서만 느끼는 것일 뿐이다. 할아버지가 화가 나서 던진 명함책 속에서 생모의 명함을 발견한 상룡은 서울의 생모를 찾아가고 방탕한 생모의 모습에서 충격을 받아 병신 정실을 강간하는 범죄적 상황으로 소설은 급진전한다.

할아버지가 상룡이의 소심하고 패기 없음을 불만스러워 하지만 이런 성품은 사실 할아버지가 조장한 기미가 있다. 야무지고 똘똘해서 차종손이 종손에게 대드는 것을 원치 않았기 때문이다. 상룡이 전공을 택할 때도 할아버지는 상룡의 뜻을 꺾어버린다. 조카 상필에게는 너그럽고 적극 지원하면서도 상룡이 가장 재능을 보이는 미술을 선택하지 못하게 한 것이 그러하다. 생모가 미술교사였기 때문이라고 해도 미술에 재능이 있는 상룡에게 기껏 환쟁이가 될 뿐이라며 무안을 주어 막는 등 사사건건 상룡의 기를 꺾는다. 결국 상룡은 국문학으로 절충적 선택을 하고 말았다. 할아버지 자신이 상룡을 조용히 종가나 지킬 그릇으로 만들고 있는 것이다.[20] 그런 상룡인지라 할아버지의 생각에 반대할 수 없다. 언간 해독은 그런 의미에서 또 하나의 종손 길들이기인 것이었다.

언간 해독의 과정에서 할아버지와 상룡의 대립이 극으로 치달은 것은 일곱 번째 언간 해독 이후이다. 언간의 주인공 소산할매 어은이가 천금 같은 아들 민재를 두창에 잃고 남편 와병 중에 둘째 아기의 태기가 있음을 알리는 다섯째, 여섯째 언간을 지나 일곱 번째 언간은 어은이의 남편이 죽어 시아버지가 그 아내도 뒤따라 죽음이 당연하다고 하는 내용이 들어있다. 다만 뱃속에 아기가 있으니 출산을 기다리되 만일 딸을 낳으면 자진하라는 엄명을 내리고 있다. 이 언간에 대해 상룡은 "사연이 비장하고 극적이어서 공개된다면 큰 주목을 받을 것이라"고 생각한 데 반해 할아버지는 "소중한 것이 삿된 수작에 농락되어서는 안 된다"고 하여 두 조손간의 생각은 더욱 팽팽히 대립한다. 이 언간의 해독노트를 올리고 상룡이 정실과의 관계를 알리고 결혼시켜달라고 고백을 한 것은 허위와 폭력으로 점철된 언간의 내용과 전혀 무관하다고 할 수 없다. 정실의 출산이 머지않은 상황에서 두 사람의 결혼이 급해지기도 했지만 언간에서 나타난 조상들의 허위와 가식이 상룡으로 하여금 '감히' 할아버지에게 거래를 청할 용기를 갖게 했다고 볼 수 있다.

해독을 위한 마지막 언간을 할아버지로부터 받아든 상룡이 정실과의 관계를 고백하는데 할아버지는 단 하루의 유예도 없이 날이 밝자 사람을 시켜 정실을 개 끌듯이 끌고 가 낙태를 하게 한다. 할아버지의 종손에 대한 길들이기는 끝내 일방통행이다. 종가가 신앙인 할아버지는 상룡이 정실을 얼마나 사랑하는지 따위에는 일말의 관심도 없다. 오직 당

---

20 심윤경, 위의 책, 47면. "상룡이가 할 일은 조용히 이 종가를 지키는 일이네.(중략) 나는 두 아이를 다르게 훈육하고 있네."

신의 생각에 상룡이 따라주기만 요구한다. 연장자의 아랫사람에 대한 전횡이요, 횡포다. 마지막 언간은 어은이의 갓난이 딸이 할아버지의 발에 밟혀 죽고 어은이 역시 비통 속에 자진하며 남긴 유서이다. 이 언간을 두고 할아버지와 상룡은 몸싸움에까지 이르고 할아버지는 언간에 불을 지르며 효계당과 함께 산화한다. 할아버지의 종손 길들이기는 결국 실패하고 만 셈이다.

2) 가부장제 신화 벗기기와 해원의 의미

(1) 가부장제 강화 2백 년과 그 폭력성

언간이 소설 속에 등장함으로써 소설의 시간과 공간은 이백 년을 격한 시공으로 확대된다. 여성문제를 당대 현실에만 제한하여 문제 삼아 왔던 관행에 비해서 이 언간의 등장으로 소설은 2백 년을 격한 두 가부장제 현실을 직접 마주치게 한다. 따라서 오늘의 가부장제의 근원을 살필 수 있을 뿐 아니라 가부장제의 해악을 역사적으로 들여다볼 수 있다. 오늘의 여성억압의 현실이 조선조에 그 뿌리를 두고 있다는 사실을 모르는 사람이 없다. 그러나 조선조의 그것에까지 손을 뻗어 문제를 구체적으로 규명하는 시도는 없었다는 점에서 『달의 제단』의 서사전략은 적절하다.

앞에서 더러 언급하였지만 의성 김씨 어은이의 언간에는 결혼해서 불과 4년 동안에 겪어야 했던 고난이 자세히 씌어있다. 소산할매 어은이의 생존 시기는 언간에 명시된 경오년, 신미년, 임신년, 갑술년으로 미루어 짐작해야 하는데 17대조가 임진란 시의 조상인 것, 이 소산할매가 주인공 상룡의 10대 조모라는 것 등을 두루 참작해 대략 1810년경이라는 계산이 나온다. 1800년대는 조선조 후기로서 유교적 가부장제의 전통이 우리 삶에 깊게 뿌리내려 집단적 의식과 공동체적 삶을 지배하고 있던 시기이다.[21] 가부장제에 기반한 조상숭배는 가족종교를 이루어 인간의 생사화복과 혈통계승에 관한 원시신앙을 벗어나지 못한 데서 배타적인 부자중심 혈연주의와 성차별의 가치관이 집단의식에 깊이 잠재하게 된다.[22]

조선왕조는 중국의 종법(宗法)―가족의 위계성(位階性), 집합성과 공산성, 가족의 영속성―을 받아들여 가족을 가부장제로 변화시켰다.[23] 즉 고려시대의 처가살이 혼속의 기반이 된 부모 동속적인 친속관계 및 상속제도를 중국식 이념형으로 개혁해 부계조상숭배를 중심으로 한 종족제도의 특성을 띠게 된 것이다. 조상제사를 남자 중심으로 받들고 참여케 함으로써 딸, 외손, 사위를 제사상속에서 제외시키며 재산상속에서 차별했다. 종족이나 족보에서도 점차 배제 당하게 된다. 조선조의 가족은 부계조상숭배를 위한 가계계승과 제사상속을 위한 수단으로 시집살이의 혼인과 부자중심의 직계가족의 형태를 띠었다.

조선조의 종족집단은 남계자손만으로 구성된 제사집단이다. 조상숭배와 제사가 중심이 된 종족관계는 제사를 담당하는 종자(宗子)의 존재가 중요하며 이에 따라 가부장의 권위를 누리게 된다. 종가는 4대조의 제사를 담당하고 관할할 뿐 아니라 무엇보다 종손의 혈통을 계승하는 책임을 져야 한다.

종가 효계당의 이야기를 하고 있는 『달의 제단』이 종가의 두 가지 사명, 즉 제사와 종손의 혈통 잇기의 문제를 다루는 것은 너무나 당연하

---

21 이이효재, 앞의 책, 11면.
22 위의 책, 같은 곳.
23 박병호, 『한국법제사고』, 법문사, 1974. 이이효재 위의 책(63면)에서 재인용.

다. 『달의 제단』에는 의성 김문 겸숙공의 유월장과 효계당의 불천위제
가 그려지고, 혈통 잇기를 위해 살인을 마다하지 않는 이야기가 언간과
소설에 등장한다. 의성 김문 현암공파 14대 종손이 백세 가까운 나이에
별세하자 오일장(五日葬)이나 달을 넘기는 유월장(踰月葬)이므로 순장만큼
의 예는 된다는 상례가 치러진다. 의성 김문의 15대 종손 김승균 회장도
서안 조씨의 종손 조창선처럼 자수성가하여 거부가 되어 종가를 지키고
있는 인물이다. 요즘의 종가는 옛날과 달리 문중의 재산을 관리하는 법
적 근거가 없어 종손의 능력에 따라 유지되고 있는 현실이 눈여겨보아
진다. 서안 조씨의 불천위제와 함께 상례나 제례는 전통복원의 차원에
서 묘사되는데 이 제례의 장면에서 제시되는 문제점은 종부를 구하기
어려운 현실이다. 상룡이와 의성 김문의 차차종손 재학의 대화를 통해
"종가라는 게 일 년에 스무 번씩 제사지내고, 전국에서 할배들 모여 들
고, 새북(새벽)에 법석대고 절하고 상 차리고, 이런 데 시집와 살 여자가
어디 있느냐"는 말과 함께 그래서 이 종가문화라는 것이 풍전등화라고
한다. 서안 조씨의 불천위제에서도 역시 달시룻댁이 내놓는 종부 들이
기 근심으로부터 시작한다.

> "봐라 이 제사일이 좀 많고 복잡나. 대대손손 권세조상 모시는 그거이 다
> 영광스러운 일이지만, 이를 주관하는 사램은 참말로 자게 일 아이믄 몬하는
> 기그든." (183면)

  상룡은 달시룻댁의 헌신이 아니었으면 오늘날 효계당이 이만한 품위
를 유지할 수 없었을 것이라고 생각한다. 달시룻댁은 요새 종손집 혼반
이 하도 내려가 "으른 많제 제사 많제 어데 젊은 처자가 오고 싶어 하겠
나." 한다. 상룡은 이때 할아버지가 종혼을 성사시키려다 실패했다는 이
야기를 듣는다. 중신을 섰던 해목어른에게 할아버지가 하도 역정을 내

니까 해목어른이 필리핀 각시라도 하나 구해주마고 했다는 이야기(186면)가 나올 정도로 요새 집집마다 종손 치우기가 하늘의 별 따기다. 종가의 운명이 풍전등화가 된 것은 실은 종손이 없어서가 아니라 종부지망자가 없기 때문이라는 현실은 가부장제가 어떻게 유지되어왔는지를 보여주는 것이다. 가부장제는 여성들의 헌신과 희생,―그 희생이 강제로 이루어졌다는 점에서 여성노동의 착취―위에서 성립할 수 있었던 것이다. 가부장제가 여성억압의 구조적 실체라는 것을 한눈에 보여주는 대목이다.

다음 언간에 나타난 소산할매의 고난도 바로 가부장제가 낳은 비극임을 보게 된다. 위에서 살핀 대로 가부장제가 강화된 조선조 후기에 여성은 그 절대적인 피해자로 살 수밖에 없었다. 종손의 혈통을 계승하는 문제와 관련하여 가부장 남성은 여성을 폭력적으로 지배하고 탄압하는 모습으로 나타난다. 소산할매 어은이의 친정할머니에게 보낸 언간은 조선조 후기에 여성이 겪어야 하는 억울한 사연을 절절히 적고 있다.

조실 어은이[24]는 시집오자 곧 태기가 있어 아들을 낳는다. 비극은 이 아들이 돌림병에 희생이 되면서 시작된다. 이어 남편이 와병하고 죽는데 이런 우환은 종부가 잘못 들어온 탓이라고 하여 어은이는 남편의 임종도 지키지 못하고 거적을 깔고 대죄해야 하였다. 계대의 의무는 여성에게 절대적이어서 아들을 낳지 못한 어은이는 남편을 뒤 따라 죽으라는 시아버지의 명령에 따라 자진하여 죽는다. 아들을 못 낳은 대신 열행으로써 가문에 기여하라는 뜻이다. 어은이의 비극은 남편이 죽고 자진

---

24 언간의 필자이자 주인공인 어은이는 남편이 살았을 땐 조실(曺室)로 불리고 남편이 죽자 자신의 이름 어은이라 불린다. 남편이 죽음으로써 시집에서 설 자리가 없음을 나타내는 대목이다.

하는 데에만 있었던 것이 아니라 뱃속에 든 아이가 아들이 아니고 딸이 었기에 그 아이가 시아버지의 발길에 밟혀 죽는 것을 보아야 했던 처절함에서 그 극을 달린다. 어은이는 시아버지의 엄명에 죽을 수밖에 없게 된 사연을 친정할머니에게 호소하는데 친정할머니는 자진하지 말고 친정 소산으로 오면 살게 하겠다고 답장을 보낸다. 그러나 유서인 마지막 언간에서 어은이는 "내 목숨을 구하고자 소산으로 가면 내 몸뚱이는 친정에 누가 될 것이며 어린 것은 뒷방살이 불쌍한 처지가 될 것이니"라고 한다. 출가외인인 딸은 친정에 가도 설 자리가 없으며 외손 역시 마찬가지다.

가부장제의 이론에 따르면[25] "부계 혈통 체제의 경직화와 가문 중시 현상에 따라 여성적 삶의 통제가 강화되며 그 통제의 성격은 비인간적으로 흐르게 된다. 열녀관과 재가금지, 그리고 출가외인 이데올로기가 가장 대표적인 예가 될 것이다."라고 했다. 여성억압의 극치는 딸아이를 밟아 죽인 사건에서 보듯 딸에 대한 성적 차별이다. 가부장제의 역사는 다양한 잔인성과 야만성을 보여준다. 인도에 있어서의 아내의 순사, 중국의 전족으로 인한 절름발이 불구자, 이슬람의 평생 베일을 써야하는 치욕, … 여성을 팔고 노예화하며 타의에 의한 혼인과 유년기의 혼인 축첩과 매춘 등과 같은 현상은 아직도 일어나고 있다.[26]

부모를 잃는 망극지통[27], 남편을 잃는 성붕지통, 아이를 잃는 비도산고(悲悼酸苦) 세 고통을 빠짐없이 겪고 모든 불행의 원인은 시집온 지 오년 안에 생긴 재앙이니 며느리가 부덕한 탓이라는 억울한 죄까지 뒤집

---

25 조옥라, 앞의 책.
26 케이트 밀레트, 앞의 책, 91면.
27 어은이는 세 살 때 부모를 잃었다.

어쓰고 자진하면서 언간은 끝난다. 소산할매 그는 말한다. 8만 8천 번 윤회 하더라도 나무나 돌로 다시 태어날지언정 비잠주복(飛潛走伏) 무엇이든지 암수 나뉘고 어미가 새끼 낳는 것으로는 다시 나지 않겠다고. 가부장제와 아들계대의 부계혈연주의가 낳은 조선조 여인 잔혹사이자 여성억압의 증언이다.

언간에 나오는 노예 여비(女婢)의 죽음은 바로 지배자 남성의 폭력이었다. 자신의 욕망을 위하여 아랫것의 딸을 탐하다가 정인인 총각을 살해하고 여비로 하여금 혀를 깨물고 자살하게 한 것 역시 가부장제 이데올로기가 낳은 폭력이요, 비극이다. 언간에 나타난 조선조의 여성억압이 계대의 의무를 중심으로 나타났다면 소설에서는 정실의 사랑과 납치 사건에 집중적으로 나타난다. 정실은 효계당의 안주인의 빈자리 대신 그 많은 제사 등 종가의 일을 도맡아하는 달시룻댁의 딸이다. 거대하게 비대한 몸집에 어린애 손목같이 가는 발목을 가져 걸음도 제대로 걷지 못하여 학교에서 노상 놀림을 받는 정실이는 추비한 몸을 가졌음에도 우여곡절 끝에 상룡과 사랑하는 사이가 된다. 그러나 상룡의 아이를 가진 것을 듣자 할아버지는 정실을 데려다 낙태를 시켜버린다. 상룡이나 정실의 의사를 묻지 않은 강제였다는 점에서 언간의 소산할매와 정실은 같은 가부장제의 희생자이다. 여성들의 희생위에 쌓아올린 가부장문화, 이것은 바로 남성중심주의의 여성억압의 문화이요, 남성지배와 폭력의 문화이다.[28]

---

28 다이애너 기틴스, 안호용 · 김홍주 · 배선희 옮김, 『가족은 없다』, 일신사, 1997, 92면. 가부장제는 여성, 어린이, 그리고 기타 열등한 사람의 종속과 봉사를 필요조건으로 하는 남성의 권위, 특히 아버지의 권위를 전제로 하는 불평등한 제도이다.

(2) 불타는 효계당과 해원의 의미

이 소설을 읽어나가다 보면 가장 중요한 정실의 캐릭터가 쉽게 이해되지 않는다. 언간의 소산할매와 병치된 희생자인물로서 정실을 놓고 보면 의문이 다소 풀리기는 한다. 소산할매가 딸을 낳음으로써 자신도 딸도 죽음에 이르렀듯이 병신이자 천물인 정실이 종손 상룡의 아이를 배자 할아버지에 의해서 강제로 납치되어 낙태를 당하고 죽음에 이르기 때문이다. 그러나 가부장제의 희생자인물로 만들기 위해 그려진 정실의 캐릭터는 괴기하여 그 의미를 파악하기 어렵다. 김형경에 의하면 남성은 어머니이면서 또한 창녀적인 여성을 이상형으로 생각한다고 한다. 사랑의 이름으로 남자를 구속하거나 강제하지 않고 사랑에 대한 반대급부를 요구하지도 않는 헌신하고 복종하고 자신을 바치는 그런 여성이며 그러나 이런 이상적 여성은 존재하지 않는다[29]는 것이다. 김형경이 존재하지 않는다고 말한 이 이상적 여성의 품성을 지닌 여성이 정실이다. 대지와 같은 모성을 지니고 뒤꼍 두엄 집에 산다고 하는 것이나 상룡이 뿐만이 아니라 평지상회 김씨나 민재아제 등 원하는 남자마다 몸을 열어준 창녀적 면모의 무지한 정실은 그 한없이 넓은 포용성에서 대지의 품성을 닮았다. 그러나 김미현은 정실을 어브젝션된 여성의 몸으로 설명해 보이고 있는데 정실의 몸은 접근하고 싶지 않게 더럽고 추하다는 점에서 기존의 대지적 모성이나 허여적 여성의 이미지와는 다르다고 한다. 추비한 정실의 몸에 오이디푸스화된 깨끗한 상룡이 자아를 되비춰보고 진실을 자각하게 된다는 것이다. 정실의 어브젝션된 몸에 점령당함으로써 기존의 이데올로기에서 밀려나고 분리되고 방황하는 매혹당

---

29 김형경, 『사랑을 선택하는 특별한 기준』, 문이당, 2001, 21면.

하는 희생자가 되는 것이 상룡이라는 설명이다.[30]

어쨌든 정실의 몸은 괴기하여 상룡은 정실과 가까이 하기는 커녕 마주하기도 꺼리는 존재였다. 그러나 상룡이 정실로부터 하나의 구원을 얻게 되는 것은 분명하다. 그런 점에서 상룡과 정실의 만남은 상룡의 해원(解冤)과도 같은 것이라고 명명해볼 수 있다. 언간을 해독해 가는 동안 할아버지의 바람과 달리 아버지의 법을 내면화하기를 거부한 상룡의 자아는 어머니를 찾게 된다. 어머니를 찾아갔다가 돌아와 정실을 범하게 되는 상룡에게서 읽을 수 있는 것은 아버지나 어머니로부터 거부당한 방황하는 자아이다. 할아버지로부터 인정받지 못한 존재였으나 어머니로부터 자신의 존재를 확인받고 싶었던 상룡이 어머니로부터도 거부당함으로써 일종의 존재의 공황상태에 빠진 것이다. 그러나 비록 아버지의 법을 따른 강간의 형태로나마 정실을 범하고 뜻밖에 정실로부터 구원을 얻게 되는 스토리라인은 상룡의 해원을 보이는 것이라 일러 무리가 없다.

이 소설의 제목이 '달의 제단'이듯이 이 제단에는 풀어야 할 원혼들의 한이 있고 이 한을 풀기 위한 제물이 필요하게 마련이다. 결론부터 말하면 상룡 역시 소산할매나 혀를 물고 죽은 여비(女婢)나 해월당 유씨나 정실처럼 해원이 필요한 희생자인 것이다. 그 원한은 가부장제로 비롯한 희생이었다는 점에서 가부장제 폭력에 희생된 여인들의 원한과 상룡의 한이 다를 바 없다는 작가의 주장이다. 그러나 상룡이 할아버지와 함께 달의 제단에 제물로 오르므로 그 자신 여인들의 원한을 풀어줄 매개자로서 스스로 해원이 이루어질 필요가 있었던 것이다.

정실은 어머니 달시룻댁과 아비 없이 살고 있다. 달시룻댁이 남편으

---

30 김미현, 「가족이데올로기의 종언」, 『여성문학연구』 제13호, 147~148면.

로부터 버림받은 것처럼 정실도 아비로부터 버림을 받는다. 정실의 아비가 한번은 효계당으로 달시룻댁을 찾아왔다가 정실을 보자 그 괴기함에 뺑소니를 친다. 정실은 행랑채 식구이기에 할아버지의 법으로부터 자유롭고 그래서 오직 모성 가운데서 성장한다. 상룡 역시 오직 달시룻댁에게서만 모성을 느낀다. 정실은 모성의 결집체와 같다. 가부장제의 논리에 함몰된 신비화된 모성이 아니라 원초적인 의미의 모성이다.

> 한결같이 우직하게 돌아오는 사랑과 믿음의 메아리는 끝없이 목말라하고 두려워하며 의심 내는 내 상처받은 마음에 더할 나위없는 치료제가 되어주었다. 태어나면서부터 불신과 배반, 엽기와 경멸에 절어 살아왔던 나는 흔히 연애에 동반되는 감정의 줄다리기를 견뎌낼 심적인 여유를 가지지 못했다. 근본은 밑바닥까지 알면서도 무조건적이고 전폭적인, 무모하고 맹목적이라 할 수 있는 애정과 신뢰를 보내주는 사람, 내가 사랑할 수 있는 건 정실뿐이었다. (176면)

어브젝션된 몸이거나 모성의 결집체이거나 상룡이 정실을 통해서 해원이 이루어지는 것만은 분명하다. 이십이 넘도록 월경을 치르지 못한 불모의 여자였으나 상룡의 뜨거운 사랑은 드디어 정실에게 잉태의 기쁨을 안겨주는데, 정실을 사랑한다던 상룡은 다시 정실의 잉태를 알고는 사태수습이 난감해 책임 회피할 궁리에 전전긍긍하는 모습을 보인다. 그러나 정실은 상룡이 다른 여자와 결혼해도 상관없으며 자기는 아기를 키우며 살겠다며 한없이 관대하다. 이러한 정실에게서 상룡은 방황하던 자기정체성을 찾게 되고 할아버지와 몸싸움까지 할 수 있는 새로운 상룡의 모습으로 거듭난다. 말하자면 드디어 해원을 한 것이다.

『달의 제단』은 일종의 판타지라 할 기법이 쓰이고 있다. 원찬할배 때부터 쌓인 원한이 효계당의 지붕에 푸른빛으로 이글이글 불타는 것으로 묘사하는 데서부터 비합리적 판타지기법이 등장하기 시작한다.

> 높직한 죽담위에 올라앉은 효계당은 당당하고 어딘지 위압적인 모습이
> 여전했다. 그날 어린 나를 놀라게 했던 것은 푸른빛으로 이글이글 불타오르
> 는 효계당의 용마루였다. 유난히 높고 쏟아질 듯이 물매가 싼 효계당의 지
> 붕위에는 나를 경풍하게 만든 알 수 없는 푸른빛이 불길처럼 일렁이고 있었
> 다. 집어삼킬 듯한 불길이 거세고 무서워, 나는 그만 자지러지게 비명을 울
> 리며 울기 시작했다. (12면)

판타지기법은 해원의 방식으로 쓰일 때 본격적으로 차용된다. 우선 상룡과 정실이 해월당 유씨가 거처하던 안방에서 사랑을 나눌 때 해월당 유씨는 번번이 등장하여 이들의 사랑을 지켜본다. 아니 지켜보는 것으로 작가는 서슴없이 묘사한다. 상룡의 상상 속에서 이루어지는 것으로 묘사되는 것이 아니다. 이러한 묘사는 현실 내지 합리적 사고를 바탕으로 하는 리얼리즘의 기법이라 할 수 없다. 일종의 판타지기법이라 할 이러한 기법은 정실의 그로테스크한 캐릭터 묘사나 상룡의 정력제로 두엄국을 먹이는 대목 등으로 현실과 환상을 수시로 넘나든다. 작가는 천연스럽게 정실이 뒤꼍의 두엄을 국에다 풀어서 상룡에게 먹였으며 그것을 먹은 상룡은 왕성한 정력을 과시한다고 되어 있다.

작가의 등단작인 『나의 아름다운 정원』은 알레고리기법이 사용되었다고 말해진다.[31] 그뿐 아니라 최근 작가가 발표한 단편은 상징과 알레고리로 엮어져 있다.[32] 작가가 알레고리나 상징기법에 능숙한 것을 보여주는 예다. 이 소설에서 본격적으로 판타지기법이 등장하는 것은 정

---

31 오창은, 「집의 상상력과 공감의 '성' 정치 심윤경론」, 『실천문학』, 2005 봄호.
32 심윤경, 「죽은 말들의 사회」, 『실천문학』, 2005 봄호.

실을 할아버지가 보낸 검은 양복을 입은 사람들에게 빼앗기고 할아버지와의 대화에도 실패한 뒤 너는 더 이상 종손이 아니다라는 선고를 받은 상룡이 해월당 유씨와 접촉하는 데서부터이다. 종손의 굴레를 벗은 상룡이 해월당 유씨의 안방에 가서 해월당 유씨와 대화를 나누는 대목이 있다. 죽은 뒤 10년이 되도록 자신의 안방을 떠나지 못한 여인 해월당 유씨의 혼은 상룡에게 정실에게 아기를 갖게 한 것은 자기이며 자신의 배를 정실에게 빌려주었다고 한다. 상룡은 죽은 해월당 유씨와 대화를 함으로써 어린 날 악의적인 오해가 제풀에 벗겨지는 것으로 되고 상룡은 옷을 벗고 누워 해월당 유씨가 상룡의 몸 위에 엎드리도록 한다. 판타지기법으로 해원을 시도하는 것이다. 마치 「금오신화」의 한 대목을 읽는 것 같다. 작가가 언간을 소설에 도입한 것과 같이 고대소설의 판타지기법을 도입하여 해월당 유씨의 원한을 풀어주는 대목이다. 임옥희에 의하면 환상은 꿈이 너무나 두려워서 현실로 도피하도록 해주는 것이 아니라, 그 꿈을 끝 간 데까지 추구하도록 해주는 장치라고 한다.[33] 해월당 유씨의 원한을 풀어주는 이 대목은 상룡과 여성의 유대를 암시하는 것으로 읽을 수 있다. 할아버지의 눈에는 벌거벗고 누운 망측한 모습일 이 장면이 중요한 것은 상룡이 '아버지의 법'을 위반함으로써 전복을 꾀하고 있다는 점 때문이다. 이들 여성 희생자들과 상룡 자신이 다를 바 없는 가부장제의 희생자임을 깨닫고 먼저 그들과 화해를 기도하고 있다는 사실 때문이다.

이 판타지기법은 소설 『달의 제단』 결말처리에서 매우 적절하게 사용된다. 정실을 잃은 상룡은 자신이 이미 생명체가 아니라고 생각한다. 자

---

33 임옥희, 「환상, 그 위반의 시학」, 『페미니즘과 정신분석』, 여이연, 113면. 여성들은 환상으로부터 전복적인 힘을 찾아낼 수 있다.

아를 분실한 가죽자루이며 할아버지도 마찬가지로 우주의 미아라고 생각한다. 가부장제의 신화가 붕괴하는 장면이다.

누대 수백 년 동안 우리 집안에 왜 그토록 집요하고 참악한 불운이 거듭되었는지 나는 깨달을 수 있었다. 우리는 이것의 임자가 될 수 없는 존재들이었다. (273면)

상룡이 진실이라고 주장하는 언간을 할아버지가 불붙여 사방으로 던지는 바람에 효계당이 불길에 휩싸이는데 정실을 찾는 상룡은 지붕 위에 머물고 있는 여인들의 손에 의해 구제된다. 굴러 떨어지려는 상룡을 붙잡은 것은 강보에 싸인 갓난이를 안은 어린 새댁(소산할매)이며, 반듯한 이마의 해월당 어머니이며, 상룡의 눈물어린 연인 정실이다. 해일처럼 일렁이는 효계당의 지붕 위에서 죽은 여인들과 아직 살아있는 상룡은 두 손을 맞잡은 채 잠시 머무른다. 붉은 화염이 도깨비불처럼 둥실 떠올라 한쪽 끝부터 만월 속으로 빨려 들어가기 시작한다. 만월 속으로 빨려 들어가는 것은 해원의 의식이요, 그녀들을 끌어당기는 달의 강한 흡인력은 여성의 억압된 역사가 결국은 여성을 해방시키리라는 예시이기도 하다. 앞에서 언급한 적의 무기로 적을 치는 바이링궐의 전략이 적중한 장면이다.

안타깝게 마주잡은 두 손은 조금씩 풀려간다. 상룡아, 상룡아, 손을 꼭 잡아라. 여인들은 눈물 젖은 얼굴로 안타깝게 외쳤고, 효계당의 원혼들이 한줄기 푸른 기둥으로 길게 뻗어 올라 달 속으로 스며들었을 때 상룡이는 매운 연기와 불길 넘실거리는 땅 속으로 내리꽂힌다. 달의 제단에 바쳐진 것이다. 달 속으로 스며드는 해원의식은 희생자 여성들에게 작가가 베푸는 씻김굿이다. 그러나 여성들과 마찬가지로 희생자가 된 상룡은 효계당의 불속으로 떨어져 가부장제와 가부장제의 권화인 할아

버지와 함께 산화한다. 불타는 효계당은 바로 이 가부장제의 화형식이
자 희생제의이다. 가부장제는 여성에게 희생을 강요할 뿐만 아니라 남
성에게도 결국 희생을 요구하는 것임을 작가는 보여주고 있다.

3. 『달의 제단』과 왜 '아직도' 여성인가?
─ 여성문학의 새로운 전략을 향하여

　금년은 여성의 발목을 잡아오던 호주제 폐지 법안이 통과된 역사적인
해이다. 호주제 폐지 실현이 가시화되자 보인 부정적 반응은 여성의 오
늘에 대해서 심각하게 생각하는 계기가 될 수 있다. 유엔 인간개발보고
서의 WEF(스위스 세계경제포럼)의 보고서가 보여주는 것처럼 세계에서
는 물론 아시아에서도 하위그룹에 속하는 한국의 남녀평등지수는 하루
속히 여성을 보는 시각을 아시아와 세계로 확대할 것을 요청하고 있다.
거대한 변화의 물결을 외면하고 있는 듯한 우리의 여성현실은 또한 여
성문학의 현실을 말해주는 것이기도 하다. 조혜정 교수의 비판에서 보
듯이 남성비평가의 글이 여성을 타자로 대상화하여 여성작가의 글을 비
하하기 일쑤이며 이동하 교수의 지적처럼 신문학사 이래 이광수와 채만
식에 뒤이을 페미니스트 남성작가를 한 사람도 가지지 못했다는 사실은
우리가 "왜 여성인가?" "왜 아직도 여성을 논해야 하는가?"의 이유를
충분히 드러내는 점이다.
　지금까지 여성문학은 여성중심주의의 시각에 서 있었다고 말할 수 있
다. 여성의 체험을 바탕으로 여성문화 찾기 및 여성의 글쓰기에 나아감
으로써 남성의 문화에 필적할 여성문화를 건설하여 남녀 평등한 세계로
나아갈 수 있다는 전략이었던 것이다. 그러나 이제 이러한 전략은 한계
에 달하였다. 우에노 치즈코가 인용하고 있는 다음 글은 오늘날 여성문

학연구에서 반드시 상기해야 할 대목이다.

최근 여성사의 높은 질적 수준에도 불구하고 여성사가 역사학 분야 전체에서는 여전히 주변적인 위치에 머무르고 있다는 사실 속에서 나타나는 모순은, 학문적인 분야에서 지배적인 개념과 맞붙어 싸우지 않는, 또는 적어도 이들 개념이 지니는 힘을 뒤흔들어서 반드시 개념 자체를 변용시키고자 하는 것과 같은 형태로 맞붙어 싸우지 않는 서술적인 접근법의 한계를 분명하게 나타내고 있는 것이다. 여성에게도 역사가 있었다든가 서양문명의 중요한 정치적 변혁에 여성도 참가했었다는 사실을 증명하는 것만으로는 여성사연구자에게 충분하지 않았던 것이다. 여성의 역사라고 할 경우, 대체로 페미니스트가 아닌 역사학자의 반응은 일단 승인은 하고 그 다음 격리하든가 또는 깨끗하게 잊어버리는 것이었다. '여성에게는 남성과 다른 역사가 있었다고 하니 페미니스트들에게 여성사를 하도록 하자. 우리는 관계없는 듯하다.' 또는 '여성사라는 것은 성이라든지 가족이라는 것에 대한 연구이니까 정치사나 경제사와는 다른 곳에서 하도록 하지 않으면' 이라는 식이다. 여성의 참가에 관해 반응이 있다고 해도 겨우 슬쩍 관심을 보이는 정도였다. '여성도 프랑스 혁명에 참가했었다는 것을 알았다고 해도 혁명에 대한 내 이해가 변하는 것은 아니다.' [34]

여기에서 주목할 것은 여성중심주의 전략의 한계를 분명히 지적함과 아울러 "학문적인 분야에서 지배적인 개념과 맞붙어 싸우지 않는, 또는 적어도 이들 개념이 지니는 힘을 뒤흔들어서 반드시 개념 자체를 변용시키고자 하는 것과 같은 형태로 맞붙어 싸우지 않는 서술적인 접근법의 한계를 분명하게 나타내고 있는 것"이다. 권명아는 "여성의 글쓰기 행위에 대한 재정립을 위하여 다양한 모색을 하였지만 그것이 과연 문

---

34 조안스콧, *Only pradoxes to offer*, 우에노 치즈코 · 이선이 역, 『내셔널리즘과 젠더』, 박종철출판사, 1999, 240~241면에서 재인용.

 •• 우리 문학 속 타자의 복원과 젠더

학제도의 남성중심성에 얼마만큼의 효과적인 변혁을 가져왔는가는 의문스럽다”면서 공적 영역과 사적 영역이라는 남성적 영역과 여성적 영역의 경계를 넘어서기 위해 “근대 자체를 젠더화하기”를[35] 제안한다.

“지배적인 개념과 맞붙어 싸우는” 전략으로서 이 글은 심윤경의 『달의 제단』에 주목하였다. 주인공 상룡의 할아버지 조창선의 뜨거운 삶에 초점을 맞추고 종가와 전통적 삶의 복원이라는 서사전략으로 가부장제의 허구의 실체를 드러내는 이 소설은 바로 지배적인 개념과 맞붙어 싸우는 글쓰기를 보여주고 있다. 이중서사전략이라 할 『달의 제단』의 서사전략은 그런 점에서 적의 언어로 적을 치는 새로운 전술로 젠더문학의 한 전범을 보여주었다.

심윤경은 『달의 제단』에서 종가의 문화를 전통복원 차원으로 묘사하면서 할아버지 조창선이 손자 상룡을 종손으로 길들이는 모습을 그린다. 상룡의 아버지도 이미 할아버지의 명령을 거스름으로써 자살을 해야 했던 것으로 할아버지의 손자 기르기는 바로 종손 길들이기이다. 이는 남성이 여성을 지배하는 가부장제 억압의 또 하나의 얼굴로서 연장자의 연소자에 대한 억압이다. 또한 종가문화의 핵심인 제사를 묘사하면서 작가는 그 무엇보다도 종손이 결혼하기 어려워진 문제를 앞세워 제기하고 있다. 일 년에도 수십 차례의 제사를 치러야하는 종가의 종손이 장가갈 처녀를 구하기는 하늘의 별따기가 되어 종부란 앞으로는 ‘필리핀에서’ 구해 와야 할 만큼 인기 없는 자리임을 보여줌으로써 그동안

---

35 권명아, 「근대극복의 기획과 페미니즘」, 『맞장 뜨는 여자들』, 소명출판, 2001, 25면. 이블린 폭스 켈러도 『과학과 젠더』에서 과학의 젠더화 작업이 얼마나 중요한지를 역설하고 있다. 과학은 순수한 인식적 노력도 아니며 우리가 생각했던 대로 비개인적이지도 않다. 과학은 사회적인 활동일 뿐만 아니라 깊이 개인적인 활동이다. 이블린 폭스 켈러, 민경숙 · 이현주 역, 『과학과 젠더』, 동문선, 1996, 16면.

가부장제가 여성 노동의 착취와 희생 위에 성립하고 있었음을 분명히 했다.

동시에 작가는 조선조 언간을 소설 속에 도입하여 2백 년의 시간을 거슬러 올라가 유교적 가부장제가 조선조 후기에 이르러 더욱 강화됨으로써 남성이 여성에게 얼마나 큰 해악을 끼치면서 잔인과 폭력을 자행해 왔는지를 들춰낸다. 오늘의 여성억압의 뿌리가 2백 년 전 조선조에 뻗어 있으며 가부장제 이데올로기가 허구와 해악으로 가득 차 있음을 정면으로 고발한 것이다. 언간과 소설진행이 병렬구조를 지니고 있음으로 해서 작가의 의도는 이중으로 설득력을 갖춘다.

효계당 지붕 위에 원귀로 머물고 있는 원혼들의 해원을 맡을 상룡은 할아버지로부터는 물론 아버지와 어머니로부터 모두 거부당해 자아정체감의 공황에 처하나 정실의 사랑으로 구원을 얻고 새로 태어난다. 자신의 원한을 정실의 사랑에서 해원을 한 상룡은 판타지기법을 통하여 해월당 유씨부터 해원의식을 통해 구원하기 시작한다. 가부장제를 불에 태울 만큼 과격한 결말처리를 하고 있는 작가는 2백 년을 종가의 지붕에 떠도는 원혼의 해원을 위해 판타지기법을 구사하여 이 여성들의 원한을 풀어준다. 주인공 상룡은 달의 제단에 오른 희생물이자 구원자인 것이다.

『달의 제단』에서 주목되는 것은 여성억압의 뿌리 탐색을 통한 가부장제 비판, 그리고 능숙한 우리말과 여성언어의 구사만이 아니라 작가의 탐색열기에 필적할 결말처리의 화끈함이다. 고발하는 차원을 넘어 종가에 불을 지르고 주인공을 함께 불타게 함으로써 원한어린 혼백들을 해원하여 여성상징인 달로 돌려보내는 구성은 이 소설의 가부장제에 대한 비판의 강도를 보여주는 것이며 "지배적인 언어에 맞붙어 싸우는" 소설의 모습을 보여주는 것이 아닐 수 없다. 일찍이 이처럼 뜨거운 결말의 페미니즘 소설은 없었다. 그런 점에서 『달의 제단』은 이미 그 주제가 낡았지만 정면으로 맞붙어 싸우지 않았던 가부장제의 실체를 폭로할 뿐 아니라 지배적인 언어에 맞서 보인 소설의 예가 되었다는 점에서 오늘의 우리 질문 "왜 여성인가?"에 매우 적절한 답을 보여주는 소설이라고 생각한다. 지금까지의 전략으로는 제도적 문학뿐 아니라 여성과 남성 일반에게도 거의 영향을 미치지 못해왔기 때문이다.

(강남대 한중일 심포지엄 주제발표, 2004)

콜론타이즘의 이입과 신여성기획

1. 들어가는 말

콜론타이즘이 엘렌 케이의 사상과 함께 근대 우리 신여성의 의식에 큰 영향을 미친 여성해방사상이었음이 밝혀진 이래[1] 엘렌 케이의 영향에 대한 연구는 진척이 있었던데 반하여 콜론타이의 사상과 그 영향에 대해서는 별로 진척이 된 것 같지 않다. 최혜실 교수가 신여성을 대상으로 근대의 풍경을 깊이 있게 파헤친 『신여성은 무엇을 꿈꾸었는가』에서 콜론타이즘을 본격적으로 소개하고 콜론타이즘의 실천자로서 사회주의 여성운동가 허정숙의 삶을 그 구체적인 예로 언급한 정도 외에 콜론타이즘과 관련한 깊이 있는 연구나 관심은 거의 없었다고 보인다. 최혜실 교수가 보여준 콜론타이즘 소개는 2, 30년대 신문잡지에서 소개된 연애

---

1 서정자, 「일제강점기 한국여류소설연구」, 숙명여대 박사학위논문, 1987, 『한국근대여성 소설연구』, 국학자료원, 1999, 58~60면.

론의 수준을 넘어 콜론타이의 신여성론을 찾아 요약 소개하는 등 콜론타이의 사상에 보다 가까이 다가가고 있다.[2] 우리나라에 소개된 콜론타이즘은 「붉은 사랑」과 함께 "연애는 사사다. 매력을 감하면 서로 육체적으로 결합되는 것은 자유"라는 연애 유희론[3]의 일면 정도로 이해하는 수준이었으나 콜론타이가 신여성론을 펼쳤다는 것을 처음 밝혀 제시한 것은 콜론타이의 사상에 대하여 새로운 이해에 나아갔다는 점에서 중요한 글이었다.

사실 콜론타이의 신여성론은 연애유희론과 함께 우리 문학에 끼친 바 영향이 크다. 그럼에도 불구하고 콜론타이의 신여성론은 연애론 소개에 묻혀 일반에게 알려지지 않았던 것 같다.[4] 유학 등으로 일본에서 사회주의 사상과 더불어 콜론타이의 사상을 접한 작가들은 이 콜론타이의

---

2 최혜실, 『신여성은 무엇을 꿈꾸었는가』, 생각의 나무, 2000, 139~144면.

3 연애유희론은 콜론타이의 연애론을 약칭하는 용어이다. 현민도 「푸로문학과 연애」에서 이 용어를 쓰고 있는데 신윤선 역의 콜론타이의 『연애와 신도덕』(1947, 신한사)에 이 용어가 나온다. 진정한 연애에 대용하는 연애를 연애유희라고 한다.

4 잡지에 콜론타이 문학과 사상을 소개한 글에서 찾아볼 수 있었던 콜론타이의 글은 『적련(붉은 사랑)』, 『연애의 길』, 『위대한 연애』의 세 소설과 「아일랜드에 있어서 노동계급의 상태」, 「계급투쟁」, 「부인문제의 사회적 기초」, 「사회와 모성」 5편 정도의 논문이었다. 이 중 가장 많이 언급되는 것이 소설 『적련』인데 이 소설은 우리말 번역으로 출판이 되지 않았는지 당시에 출판된 판본으로는 찾아지지 않는다. 입센의 『인형의 집』이 신문에 연재되었던 것에 비추어보면 그 성가에 비해 잘 이해가 되지 않는 부분이다. 꼼꼼히 조사한 것은 아니지만 신문이나 잡지에서 책 출간광고 역시 보지 못해 우리말로 출판이 되지 않은 것이 아닌가 의심된다. 신문 잡지에 글을 쓴 필자들은 일어로 된 책을 읽고 글을 쓴 듯 어느 필자는 일어판으로 읽었다고 쓰기도 했다. 그러나 『조선지광』(1928.11)에 "『신사회의 연애관』 30원, 『사회주의 부인관』 10원, 시문사(경성부 돈의동 60-3)"라는 광고가 있는 것으로 보아 콜론타이의 저서 『연애와 신도덕』은 베벨의 『부인론』과 함께 일부 번역 소개가 되었던 것 같다.

신여성론 등에 영향을 받아 프롤레타리아 신여성 인물을 창조하였던 것으로 보인다. 예를 들면 채만식의 「인형의 집을 나와서」처럼 입센의 『인형의 집』을 제목에 넣고 주인공 이름도 노라라고 하여 여성인물 설정에 여성해방사상의 영향을 직접적으로 드러냈듯이 콜론타이의 신여성론도 연애유희론과 함께 프로문학의 여성인물과 그 성격에 적지 않은 영향을 끼쳤다고 보인다.

앞서 최혜실 교수의 글에서도 콜론타이즘을 실천한 사람으로 허정숙을 들었지만 1931년 7월 『삼천리』도 붉은 연애의 주인공으로 허정숙을 들고 있고 송계월도 1932년 11월 『신여성』에 「조선의 콜론타이 허정숙론」(게재는 되지 못함)을 쓰고 있는데 송계월의 기사는 읽을 수 없어 그 내용을 알 수 없으나 앞의 『삼천리』의 기사는 연애유희론의 실천자로서 사회주의 운동가의 쉽게 이혼하고 결혼하는 사생활을 선정적인 기사로 쓰고 있다. 이광수가 『혁명가의 아내』에서 주인공 공산의 아내 방정희를 방탕무쌍한 패륜녀로 그리고 이를 통해 사회주의 진영을 조롱하고 있는 것처럼[5] 콜론타이즘은 연애유희설에 대한 관심에 초점이 놓인 소개가 대부분이었다. 그러나 최혜실 교수는 허정숙이 이러한 자유분방한 연애관을 가졌으면서도 '연애를 사사'로 본 콜론타이의 연애관을 잘 소화하고 지켰다고 보았다. 자신의 이념, 사업의 동지로서 연인을 택하였으며 따라서 연애의 과정이 자기 발전의 과정과 일치하며 부수적으로 상대남성이 활동 집단의 보호자가 되는 혜택도 누리게 되었다는 것이다.[6] 연애유희론의 일면에만 초점을 맞춘 편협한 영향만이 아니라 여성

---

5 이광수, 『혁명가의 아내』, 우신사, 1992. 이에 대해 이기영이 반론으로 쓴 「혁명가의 안해와 이광수」(『신계단』, 1933.4), 「변절자의 안해」(『신계단』, 1933.5)는 유명하다.
6 최혜실, 앞의 책, 143면.

의 경제적 독립과 성적으로 반역해야 한다는 콜론타이의 신여성론의 영향을 언급하고 있는 점이 지금까지의 콜론타이즘론에서 한걸음 나아간 것인데 이 콜론타이즘이 우리 문학에 미친 신여성 인물에까지 나아가지 못하고 성의식에 미친 영향에 그친 것은 10, 20년대 소설을 대상으로 논의한 탓일 것이다.

콜론타이의 소설 『적련(붉은 연애)』이 알려지면서 콜론타이의 사상은 바로 이 붉은 연애의 연애관으로 굳어지게 된 것 같다. 다음은 『삼천리』(1929.9)의 기자가 근우회의 중앙위원장이자 여성평론가인 정칠성을 만나 『적련』에 나타난 콜론타이의 성도덕에 대한 비판을 들은 내용이다. 기자는 "세계의 평론계와 사상계를 그렇게도 몹시 흔들어놓던 러시아 콜론타이의 소설 『적련』 기타 여러 가지 양성관계의 신도덕 문제에 대하여 조선의 여류사상가들이 너무도 안타깝게 침묵을 지키고 있기에 오늘은 '분개하여' 그 비판을 들으러 왔다"고 한다. 그러나 비판은 기자가 하고 정칠성은 『적련』의 내용을 '비판하지 않고' 긍정하는 답변을 한다. 기자와 정칠성의 문답내용을 요약하면 다음과 같다.

> ①문－가정을 돌보는 것보다 사회적 일이 더 중요한가./답－그렇다. ②문－연애할 시간이 없으니 생리적 충동을 구하는 일이 옳은가/답－현실을 잘 본 말이다. ③문－그렇다면 정조관념은 아주 무시하는 것 아닌가/답－정조를 너무 과중하게 평가할 필요는 없을 것이다. ④문－연애가 사사다 개인의 일인즉 어쨌든지 좋다는 것인가/답－그럴 수는 없다. 그러나 개인의 연애생활이 계급 투쟁력을 미약하게 하고 사회적 의무를 등한히 하므로 감시를 해야 한다. ⑤문－결혼생활 중 연애가 사라질 때는 헤어져야 하는가/답－헤어져야 한다. ⑥문－이혼을 하려는데 왓시릿사 같이 잉태했다면?/답－낳아야 한다. 그래서 육아원이 있는 것이다 ⑦문－인형의 집 노라와 『적련』의 왓시릿사의 해방이 어떻게 다른가/답－인형의 집 노라는 가두에서 굶어죽고 얼어 죽는 해방이지만 왓시릿사는 모든 것에 철저하게 자유스

럽게 되지 않았습니까?[7]

콜론타이의 성도덕을 한 치의 의심 없이 받아들이고 있는 정칠성의 전위적 대응이다. 정칠성의 이러한 개방적으로 보이는 성 의식은 붉은 연애를 무차별하게 수용하는 무분별한 자세로 읽히는 것이 아니라 이러한 답변을 하게 하는 보이지 않는 확신을 느끼게 한다. 말하자면 이 인터뷰는 콜론타이가 주장한 연애유희론의 본질은 빠지고 그 결과만 논의한 형국인 것이다. 그러나 김억의 「연애의 길을 읽고(콜론타이)」(『삼천리』, 1932.2)의 '게니아의 연애'[8]가 소개되자 콜론타이즘에 대한 이해는 자유분방한 연애로 고정화되었다. 김명순, 김일엽, 나혜석의 분방한 자유행적과 1926년 김우진, 윤심덕의 정사사건, 그리고 박인덕[9] 등 유명여성인사들의 이혼사건이 줄을 이으면서 형성된 자유연애에 대한 극도의 비판적 분위기 속에 콜론타이의 자유분방한 연애관은 매우 부정적으로 소개될 수밖에 없었을 것이다. 엘렌 케이 사상의 신도덕, 즉 사랑이 없는 결혼은 매음이라는 논리는 콜론타이 사상 역시 마찬가지였지만 엘렌 케이 사상은 모성보호론으로 말미암아 오랫동안 사회적 지지를 받았던데 비해서 콜론타이의 연애관은 시종 부정적인 수용의 양상을 보인다. 그러나 이러한 신문 잡지의 비판적인 수용양상에도 불구하고 콜론타이즘은 우리 문학과 여성에 매우 큰 영향을 미치고 있다. 콜론타이즘은 우리 문학에서 첫째 지식여성이 노동자 주인공으로 등장하는 새로운 여성인물을 등장하

---

7 정칠성, 「적련 비판 ─ 꼬론타이의 성도덕에 대하여」, 『삼천리』, 1929.9.

8 게니아의 연애란 콜론타이의 소설 『연애의 길』에 나오는 것으로 어머니가 사랑하는 남자와 관계한다던가 자기가 밴 아이의 아버지가 누구인지도 모르는 연애이다. 유철수, 「성애 해방론 비판」, 『동광』, 1931.8, 91면.

9 양주삼 외 8인, 「박인덕 여사 이혼에 대한 사회적 비판」, 『신동아』, 1931.12. 몽통구리, 「박인덕 여사 가정에서 사회로 ─ 조선이 낳은 현대적 노라」, 『신동아』, 1932.1.

게 했다. 둘째 '주의자연애' 모티프로 나타난다. 이 지식인여성노동자 주인공의 등장과 주의자연애 모티프는 우리 프로문학에서 뗄레야 뗄 수 없는 주요요소이며 이는 콜론타이 사상 중 연애론만이 아니라 신여성론을 참고할 때 그 영향관계가 밝혀지는 부분이다. 지식인여성노동자 주인공의 등장은 콜론타이의 신여성론 즉 신여성기획과 관련이 있으며 '주의자연애'는 일이 연애보다 우선한다는 연애유희론과 관련이 있다. 따라서 우리는 콜론타이의 신여성론 등 그의 사상을 이해할 필요가 있다.

위에서 언급했듯이 우리 신문 잡지는 콜론타이의 사상을 소개하는데 연애관 결혼관을 소개하는데 치우쳐 있었다. 이와 같은 현상은 근대와 개인의 자각이라는 시대적 사회적 이유로 연애에 대한 관심이 높아진 탓이기도 하지만, 한편 연애관에 대한 비판을 통해 여성이 사적 영역에서 공적 영역으로 진출하는 것을 억압하는 하나의 기제로 작용할 수 있었던 것도 한 원인이었다. 여성의 자각과 해방을 기치로 내세우면서도 한편으로 모성을 강조하는 잡지 『신여성』의 경우를 그 한 예로 들 수 있다.[10]

---

10 이돈화는 『신여성』 제2호의 권두언 「세상에 나온 목적」에서 "여러분 속지 마시요"라고 전제한 다음 "과거의 모든 이들이 우리에게 가르쳐준 교훈의 태반은 허위요, 處變(때에 따라 변한다는 뜻인 듯)이며 수단이며, 진실된 일이 있으니 그것은 곧 각자의 개성이라고 하였다. 이 자기의 본래성을 찾은 여성이 신여성이라는 혁신적인 글을 싣고 있다. 그러나 『신여성』 제4호에 김윤경이 쓴 글을 보면 「여자의 세력이 얼마나 큰 것을 자각하라」는 제목으로(잡지서두에 실린 논설로서 『신여성』의 社是가 반영된 글이라고 볼 수 있다.) 사회에 나가는 각 여학교졸업생에게 첫 번째 당부로 '부인운동에 대한 오해'를 하지 말라고 하고 있다. 성적 도덕문제, 여자 직업 또는 노동문제, 여자 참정권문제, 모성보호문제, 여자 교육문제 등 부인문제가 많은 중에 인형의 家나 엘렌 케이의 자유이혼론만 보고 모성보호론 같은 것을 망각하는 때문에 감정의 변화대로 자유이혼이 가한 줄 주장하는 이가 있으나 이는 자기 스스로 인격자멸을 기도하는 창기, 음부를 化成하여 사회로 하여금 원시야만의 시대로 환원케 하는 것이라고 부인운동에 대하여 대단히 강도 높은 경계를 하고 있다.

본고는 이기영의 『고향』과 박화성의 『북국의 여명』을 중심으로 '노동자여성 주인공'과 '주의자연애'가 콜론타이의 신여성기획과 어떻게 관련이 되는지 우선 살펴보고 콜론타이즘에 대한 사회적 비판에도 불구하고 진보적 성의식을 적나라하게 증언함으로써 연애유희론과 정면 대결하는 박화성의 주의자연애가 대담한 '누이'의 탄생에까지 이어지는 것을 살펴보려 한다. 동시에 '주의자연애'와 '지식인여성노동자'의 등장으로 나타난 대담한 신여성 '누이'의 탄생이 우리 근대에 놓이는 의미도 생각해보아야 할 것이다.

2. 콜론타이즘과 신여성기획

1) 콜론타이의 신여성기획

콜론타이의 『연애와 신도덕』[11]을 보면 첫 장이 신여성의 장이다. 노동자여성을 대표적 신여성으로 내세우고 있는 콜론타이의 신여성론은 콜론타이즘을 비판적으로 수용, 반응하면서 신여성기획에 참여한 신문 잡지와 함께 우리 문학에도 영향을 미쳤을 것을 확인하게 하는 장이다. 이 책에는 먼저 '신여성(새로운 부인)[12]'에 대한 장이 있고, '연애와 신도덕', 그리고 '성관계와 계급투쟁'의 장이 있다. 우선 '신여성'장을 보자.

---

11 콜론타이의 저서를 요약 번역한 것으로 보이는 林房雄 역, 『연애와 신도덕』(일어판)은 1928년 세계사에서 출간되어 있고 이 책 내용의 일부가 1947년 신윤선 역으로 신학사에서 『연애와 신도덕』으로 번역 출간되어 있다. 콜론타이 사상의 이해를 돕는 것으로 영어판 *New Woman*을 읽고 요약 소개한 최혜실 교수의 위의 글이 있는데 본고는 신윤선 번역의 『연애와 신도덕』을 주로 참고하였다.

12 신여성을 새로운 부인이라고 번역한 것은 일본어판이 그렇게 쓰고 있기 때문인 듯하다. 본고는 혼선을 피하기 위해 신여성으로 통일하여 사용한다.

콜론타이의 '신여성'론은 세계문학에 나타난 신여성론이며 미래의 신여성론이다. 콜론타이의 문학적 명성을 있게 한 것이 『적련』 등 소설과 함께 이 '신여성' 장이 아닐까 싶게 매력적이고 설득력 있게 신여성론을 펼치고 있다. 먼저 그는 조르주 상드와 같은 신여성이 여성적 자아와 인간적 자아를 주장하고 있었던 시대에 플로베르가 『보바리부인』을 쓰고 있는 것, 톨스토이가 가혹한 현실이 수많은 여성의 손목을 쇠사슬로 매놓은 시대에 『안나 카레니나』와 같은 소설을 쓴 것에 대하여 비판한다. "속고 버림받아 고민하는 존재, 복수심이 강한 여자, 아름답고 매력적인 야수, 비겁하고 우둔한 동물, 순진무구한 가련한 소녀" 이런 여성이나 그리는 작가와 시인은 의식의 맹목성을 보이는 것이라고 지탄을 마지않는다. 콜론타이는 제5타입의 히로인, 독신여성이야말로 신여성이라 이름할 수 있다고 하면서 세계의 명작 희곡과 소설의 주인공 중 독립적이고 자각된 이 신여성의 모습을 감성적인 필치로 제시하여 특히 작가들에게 감동적 호소의 효과를 주었을 것 같다. 콜론타이가 신여성이라고 명명한 독신여성(부인)[13]은 우선 감정을 이겨내며 의지가 강하고 경제

---

13 맨 앞에 걸어가는 것은 부인노동자 마틸데(하우프트만의 소설 「마틸데(*Mathilde*)」의 히로인)이다. 다음에는 맨발의 타치야나(막심 고리키의 「표박자의 각서」의 히로인), "나는 나다 내가 가지고 있는 것은 전부 내 자신의 힘으로 창조한 것이다"라고 죄인이면서도 의기양양하게 서있는 여우(가수) 막다(주더만의 「고향」의 히로인), 일을 사랑하여 결혼을 거부하는 여의사 러 코로제로(콜레트 이블의 「과학의 여왕」의 히로인), 그 옆을 뛰어가는 정열적인 사회주의자 테레사(슈닛 스렐의 「광야의 길」의 히로인), 연애에서 인생의 내용도 목표도 찾지 않는 여성작가이자 편집자 아그네스 페트로브나(스체브키나 쿠페르니크의 「그들 속의 한 사람」의 히로인), 사려 깊은 자유인 베라 니코디모브나(포다 벵코의 「안개 속」의 히로인), 폐결핵환자 메리(뷔니 쳉코의 「생활의 저울 위에서」), 그 곁에 닳아빠진 구두를 끌면서 일자리를 찾아 뛰어가는 여전사 타리아, 그 곁의 안넷트의 반항적인 조소가 들린다…안나, 미라, 리디아, 내리, 이들에게 연애란 생활의 심포니 속에 있어서 잠깐 삽입된 멜로디에 불과하다. 루네, 마야, 그는 남편의 그

적으로 독립한 여자다. 연애할 때도 독점을 원치 않으며 자신의 감정과 자유를 존중해줄 것을 요구하는 대신 타인의 그것도 인정한다. 동시에 남자가 경제적 도움을 주지 않는다거나 무관심하거나 심지어 부정을 저지르는 것조차 용서할 수 있으나 아내의 정신적 자아, 아내의 혼을 무시하는 것은 결코 용서하지 않는다. 그러나 오늘의 현실은 조화롭고 완전한 연애를 구하는 모든 순진한 여자들을 기만하므로 여자들은 연애의 끈을 용감히 절단하고 그들의 이상을 찾기 위하여 전진한다는 것이다.[14]

경제적 독립 요구를 갖고, 국가, 가정, 사회의 온갖 노예화에 항거하고, 여성의 권리를 위하여 싸우는 이들 독신여성의 뒤에는 수많은 여성들이 따르며 그들은 대군을 이루어 우리의 앞을 걸어간다고 콜론타이는 특유의 선동적 문장으로 신여성의 탄생을 역설한다. 그러나 독신여성이 곧 콜론타이가 제시하는 미래의 신여성이 아니다. 그는 독신여성이자 노동자여성이라야 대표적 신여성이라고 한다. 이 독신여성이자 노동자여성이 곧 '신여성'의 대표적 타입이라는 콜론타이의 신여성기획은 우리 문학에 독신노동자여성이 등장하도록 영향을 미쳤으리라고 보인다.

그는 독신이자 노동자인 신여성이란 대자본주의 경제제도의 아들이

림자 남편의 반향이 되려는 유전적 경향과 부단히 싸운다. 우타, 그는 생애를 통하여 정신의 냉정함과 자아의 존중함을 견지한다. 타아니야, 결혼을 했으나 남편과 사이좋은 친구로서 서로의 자유를 속박하지 않는다. 입센의 에리다, 의식적으로 정열을 빠져나가는 안나 쎄나노브나, 해방된 영국여학생 파니, 각성한 반역적이고 탐구적인 안나 마르, 로망 롤랑의 세실, 부인참정권 운동자 줄리아 프랑스, 유태 색시 마리 안틴….
(콜론타이가 예시한 작가와 주인공 이름은 『세계문예대사전』에서 찾아보았으나 확인이 되지 않은 경우가 많아 일어식 표기를 그대로 둘 수밖에 없었다. 후일 이들 작품을 연구 소개하는 전공자의 글을 기대한다.)
14 A. 콜론타이, 신윤선 역, 『연애와 신도덕』, 신한사, 1947, 45면.

며 이 신여성은 노임에 고용된 여성노동력의 증대에 의해서만 비로소
하나의 타입으로 나타날 수 있다고 하였다. 즉 생산조건이 변해서 노동
인구가 급증하면 가정에 있는 여성도 노동자로 나섬으로써 경제적 독립
을 획득하게 되는데[15] 새로운 경제적 독립이라는 자본주의의 가시덤불
길로 나온 여성은 아버지나 혹은 남편의 원조 없이 독립하게 되며 종래
의 도덕과 부덕 즉 수동성, 헌신, 온순, 우아는 무익유해하다는 것을 알
게 되며 동시에 가혹한 현실은 독립한 여성에게 능동성, 저항력, 과단,
대담, 즉 종래 남자의 특징이고 특권이라고 보아온 적극성을 요구하게
된다. 현재의 자본주의 현실은 온갖 양식으로 과거의 부인에 비하여 극
히 남자에 가까운 타입을 창조하게 한다는 것이다. 한편 이러한 현실에
적응하지 못한 구여성에게는 아무런 자리도 없다. 따라서 여러 사회계
층의 여성 사이에 일종의 자연도태가 생긴다. 내적으로 수동적인 자는
가정으로 부엌으로 달아나고 더러는 매음의 탁류로 던져진다. 즉 형식
적인 결혼을 하거나 거리로 나서거나 한다.

그는 노동하는 여성이야말로 온갖 사회계층의 대표자인 진보적 여성
군이라고 본다. 이 신여성으로의 정신개조는 '사회의 밑창에서' 수행된
다. 노동여성에 있어 명료한 계급적 이데올로기는 생존투쟁을 위한 하
나의 무기이다. 이러한 신여성은 새로운 도덕을 지닌다. 위대한 연애를
기초로 하는 결혼은 정신과 육체의 화합이며 미래의 인류에 있어서도
변하지 않는 이상이다. 그러나 이 위대한 연애는 극히 희귀한 운명의 선
물로서 다만 소수의 행복자만이 향유할 수 있는 것임에 불과하다는 것
을 잊어서는 안 된다고 그는 말한다. 위대한 연애가 없을 때에는 그것을

---

15 최혜실, 「서구와 일본 페미니즘 이론과의 관계」, 『신여성은 무엇을 꿈꾸었는가』, 생각
　의 나무, 2000, 142면.

연애유희로 대용한다. 위대한 사랑이 전 인류의 재산이 되려면 정신을 고결하게 하는 연애학교를 통과하지 않으면 안 되는데 연애유희도 역시 인간의 마음에 연애능력의 집적을 가능케 하는 학교라는 것이다.[16] 신여성에게 허락된 이 신도덕은 계급투쟁기의 비상책으로서 가정이나 연애보다 일이 중요하므로 생리적 충동에 따라 연애를 대용하는 것이 용인되며 개인의 연애생활은 계급투쟁력을 약하게 하므로 '감시'를 해야 한다고 보고 있는 것이다.[17]

드물게도 콜론타이의 연애관을 '번역하여' 싣고 있는 동아일보의 기사를 보면[18] 남자나 여자를 물론하고 각자 직업을 소유하는 장래에는 전문 직업 여성은 연애라는 것을 생활의 제일 위(位)에 두지 않는다. … 자기의 직책을 항상 (남편이나 연인보다도) 제일 위에 둘 것이다, 라고

---

16 연애유희론에 의한 폐단이 무수히 제시된다. 이는 어디까지든지 혁명직후 소련의 과도적 현상이었다는 것. 프롤레타리아 성애론을 논하는 거의 모든 논객은 이 연애유희론을 비판하고 있다. "빨간연애의 여주인공 왓시리사와 같이 큰일을 제일의로 하는 것은 좋다. 일을 위하여 눈물을 흘리지 않는 것도 좋다 그러나 나는 삼대의 연애의 게니아와 같이 자기어미가 사랑하는 남자와 관계하고 또는 자기가 밴 아이의 아버지가 누구인지도 모르고도 태연한 종류의 연애에 찬성할 수 없다. 게니아는 당의 일을 잘 본다니 잘 본다고 하자, 그러나 그의 성적관계는 과도기적 일 현상에 불과하다. 그 과도기적 현상을 그대로 승인하고 그것을 정당시하는 것은 큰 오류를 범하는 것이다. 그것은 마치 객관적 정세가 그러하다고 주관적 노력을 소홀히 하는 것과 같은 잘못이다. 게니아식의 찰나적 연애를 당연한 듯이 생각하는 것은 코론타이의 잘못이고 그런 생각을 퍼쳤으면 큰 해독을 끼친 것이다. 게니아와 같이 성적 욕구를 물마시듯 하지 않아도 생리적 정신적 고통을 느끼지 않고 도리어 당의 일을 더 잘 볼 수 있을 것이다." 유철수, 「성애해방론 비판」, 『동광』, 1931.8, 진상주, 「푸로레타리아 연애의 고조─연애에 대한 계급성/동경에서」, 『삼천리』, 1931.7, 「코론타이주의란 어떤 것인가?」, 『삼천리』, 1931.11 등 다수.

17 정칠성, 「적련비판─꼬론타이의 성도덕에 대하여」, 앞의 글 참조.

18 K.W.P 역, 「콜론테 여사 장래사회의 연애관」, 『동아일보』, 1929.12.1. 콜론타이의 사상을 번역하여 실은 드문 경우이다. 대부분은 필자가 독후감 형식으로 비판적으로 썼다.

되어 있으며 『적련』의 블라디미르도 이렇게 말한다. "운동이 우선이고 그 다음이 사랑이요! 그렇게 생각지 않소 바샤(왓시릿사)?"[19] 이러한 연애유희론의 논리가 영향이 되어 나타난 한 양상이 '주의자연애', 즉 동지애다. 사랑보다 일을 우위에 놓는 연애이다. 일종의 신여성기획이라 할 이러한 콜론타이의 사상은 당대 공산주의자들에게 승인을 받지 못하는 등 문제가 있었으나 러시아에서나 우리 문학에 무시 못할 영향을 끼쳤다. 이기영의 『고향』이나 한설야의 『황혼』에서 지식인 여성이 노동자로 취업, 등장한다든지 주의자연애를 보여 준다든지가 그 예이고, 박화성의 『북국의 여명』 등 그의 소설에서 나타나는 철저한 주의자연애와 대담한 누이의 탄생이 콜론타이의 신여성기획과 밀접한 관련을 지니고 등장하기 때문이다.

2) '지식인여성노동자'의 등장

이기영의 장편 『고향』의 여주인공 안갑숙은 부잣집 딸이자 여학교를 졸업한 인텔리이면서도 제사공장의 여공으로 취직을 한다. 갑숙은 인순이가 고향의 새로 생긴 제사공장에 취직했을 때부터 관심을 보이며 노동자로 취직하기를 원하는데 한설야의 『황혼』의 주인공 여순도 같은 경우로서 가난하고 도와줄 가족이 없기는 하나 여학교 출신 신여성이 여공으로 취업한다는 경우는 프로문학에서 제시하는 신여성기획의 하나로 특이한 인물설정이다. 『고향』에서도 여공이란 '보통학교도 채 나오지 못한' 학력이라고 나오듯이 갑숙의 여공으로의 취업은 작가의 신여성기획이 반영된 대목이 아닐 수 없다. 돈이 되는 일이라면 체면도 무엇

---

19 A. 콜론타이, 김제헌 옮김, 『붉은 사랑』, 도서출판 공동체, 1988, 23면.

도 돌보지 않는 아버지 안승학이 경호의 출생비밀을 손에 쥐고 경호를 데려다 기른 권상철로부터 한밑천 뜯어내려는 기도가 딸의 탈선으로 불가능해지자 본처 순경의 배를 칼로 찌르고 갑숙이도 해치려들어 갑숙이 집을 나와 옥희라는 이름으로 위장 취업을 한다는 것으로 되어 있지만 갑숙의 노동자로서의 변신은 갑작스럽다는 느낌을 준다. 그러나 『고향』의 갑숙이 공장에 취업하게 되리라는 것은 미약하게나마 작품의 곳곳에 암시되어 있다. 또 희준이 인순의 여공 취업을 두고 "원체 그런데 들어가는 것이 좋습니다"라고 말하고 있는 점이나 노동의 신성성에 대하여 되풀이 강조하고 있는 점 등은 여공을 통해 작가가 걸고 있는 기대를 느끼게 한다. 갑숙은 공장노동자가 가장 좋은 직업이라고까지 말한다.

> '그럼 당신은 이 공장에 오래도록 있을 터인가요?—
> "네! 한동안 기술을 다 배우기까지는….."
> "혹시 공장보다 나은 곳이 있어도요…?"
> <u>"여자의 직업으로 공장보다 나은 데가 어디 있겠어요."</u>
> 갑숙이는 은근히 고소를 머금으며 말을 이어서,
> "설령 있다고 하더라도 가고 싶지 않어요…"[20] (밑줄 인용자)

이 장면은 자신의 친아버지가 머슴 곽첨지라는 사실을 알고 난 경호가 길러준 권상철의 집을 나와 역시 제사공장의 감독으로 취직해 역시 옥희라는 이름으로 위장 취업한 갑숙이와 만나서 대화하는 장면이다. 이 대화에서 갑숙이 보이는 태도는 여성노동자에 대한 선호를 넘어 어

---

20 이기영, 『고향』, 『한국소설문학대계』, 동아출판사, 1995, 442면. 같은 시기 쓰여진 강경애의 『인간문제』에서 첫째가 부두 노동자가 된다든가 선비, 간난이가 여공으로 취업하는 상황과 비교해보면 갑숙이의 위장 취업이 분명해진다.

떤 사명의식을 느끼게 한다. 후일 이 사명의식은 갑숙으로 하여금 멀리하던 경호를 "제일 가까운 동무"로 받아들이게끔 한다.[21] 경호는 갑숙이를 사랑하는데 갑숙은 비록 몸은 빼앗겼으나 어려서부터 좋아하던 희준을 다시 만나면서 경호를 멀리해왔던 것이다. 희준을 사랑하는 갑숙이 경호에게 처녀를 빼앗겼다는 대목은 전후 맥락으로 보아 잘 이해가 되지 않는 점이나 이 역시 콜론타이의 신여성기획을 참고하면 이해가 되지 않는 것도 아니다. 콜론타이의 연애유희론의 실천자가 되기 위해서는 경호와 '사랑'으로 맺어지는 것이 아니라 '주의'로 맺어질 필요가 있었던 것이다.

> '나도 아버지의 유전을 받아서 음란한 여자로 태어났나? 왜 그 때 순진한 우정으로 못 사귀었던가….'[22]

그러나 갑숙은 돌연히 경호와 결혼하기로 결심하는데 이런 갑숙의 행동은 '주의자연애'라고 하는 주의자의 특이한 연애의식을 감안하지 않고는 이해하기 힘든 점이다. 갑숙은 경호를 사랑하지 않으면서도 경호의 아버지가 머슴 곽첨지임이 판명되자 머슴 아버지를 부끄러워하는 경호와 달리 오히려 경호를 동정하며 이 머슴 아버지는 "시대적 양심에 조금도 가책당할 것이 없지 않느냐"고 경호를 깨우친다. 갑숙은 머슴 곽첨지를 아버지로 잘 모시겠다고 다짐한다. 확실한 노동자가족의 탄생이다. 이런 갑숙·경호의 결혼은 희준과의 대화에서 그 성격이 분명해지

---

21 이 대목에서 작가는 갑숙이 <u>독신생활을 못하고</u> 결혼하는 것은 경호와 혼전관계가 있었던 때문임을 굳이 변명처럼 설명한다. 콜론타이의 신여성기획에서 <u>독신이자</u> 노동자 여성을 대표적 신여성으로 본 것을 떠올리게 하는 부분이다. 밑줄 필자.

22 이기영, 위의 책, 120면.

는데 경호와의 결혼은 사랑해서가 아니라 '경호와 함께 일하기 위해서', 즉 사랑보다 일을 우위에 놓은 결혼의 형태임을 갑숙은 분명히 밝힌다. 경호와 갑숙의 관계는 바로 콜론타이의 '연애보다 일이 우선'인 연애유희론의 영향이자 '주의자연애'의 한 형태인 것이다.[23] 우리는 갑숙의 이러한 결심에도 불구하고 갑숙의 희준에 대한 사랑이 작가에 의해 계속 '동지애'로 묘사되고 있는 점 역시 주목하지 않을 수 없다. 이 역시 콜론타이즘의 영향으로 나타나는 주의자연애인 것이다.

갑숙의 지식인여성노동자로서의 활동을 잠시 보자. 갑숙의 활동은 파업과 소작쟁의에 대한 지원으로 나타난다. 감독에게 불손한 언어를 보였다는 죄목으로 파면 당한 동료를 복직시키기 위한 동맹파업을 성공시킨 갑숙은 희준을 중심으로 한 소작쟁의의 지원에 나선다. 수재로 농사를 망쳤으니 소작료를 탕감해달라는 소작인들의 요구에 지주인 민판서의 잘해주라는 허락에도 불구하고 마름 안승학이 나쁜 전례가 된다고 버티므로 작인들이 추수를 미루며 쟁의를 하는데 양식이 없어 실패할 지경에 빠지자 갑숙은 경호를 통해 희준을 만나 활동자금을 전한다.

박훈의 집에서 함께 만난 외에 옥희(갑숙)와 희준이 정면으로 만나는 것은 이것이 처음인데 아버지의 죄를 자신이 대신 사죄하겠다는 갑숙과

---

23 河文湖, 「코론타이 여사의 사상과 문학」, 『신가정』, 1934.12, 116면.
　　－콜론타이는 사회건설을 위해서는 개인의 감정을 희생해야 한다고 주장하였으나 연애보다 일이 중요하다－그러나 그러한 것인가 하고 보면 일처다부, 일부다처적 폴리가미적 사상의 시인은 우리들의 용인하기 어려운 것이며 일찍이 소비에트연방의 현실도 또 그것을 훌륭하게 증거를 세우고 있는 것이다. 원만한 사회의 건설을 위하여 활동에 나아가는 남녀가 '동지애'의 결핍의 이유로 때때 그의 대상을 바꾸는 것을 시인하여 가려는 콜론타이 여사의 사상에 대하여는 소련에서도 많은 비판을 내렸다." 이렇게 콜론타이즘에 대한 비판을 하고 있으나 이 문맥에서 콜론타이즘의 일면을 이해해 볼 수 있다.

의 대화 중 희준이 갑숙을 사랑하고 있었다는 고백을 듣고 갑숙은 그전처럼 <u>무의식한 여자라면</u> …(밑줄 인용자) 정을 태우게 하는 사내를 저주하였을 터이지만 지금은 그렇게 할 수 없다는 생각을 하는 등 갑숙의 내면이 드러난다. 의식 있는 여자로 되는 과정이 잘 드러나 있지 않으나 갑숙의 행동을 지배하는 것은 바로 이 '의식'이다. 이때 이룰 수 없는 사랑을 괴로워하면서 앞의 '동지애'가 설명된다. 희준은 이렇게 말한다.

> "아까도 잠깐 말한 바와 같이 우정(동무 – 연재본)의 사랑이 제일 큰 줄로 난 압니다. 다른 사랑은 이 우애(동지 – 연재본)적 사랑에서 모두 파생된 것으로 볼 수 있을 줄 압니다. 그러므로 만일 두 가지의 사랑을 동시에 겸할 수가 없다면 우리는 우정(동지 – 연재본)의 사랑으로써 만족할 수밖에 없겠지요. 설사 다른 것이 부족할지라도 우리는 떳떳이 그 방면은 희생해야 할 줄 압니다."[24]

두 사람의 안타까운 열정은 동지애, 정신적 사랑을 다짐함으로써 탈선을 하지 않고 무마가 된다. 그리고 갑숙이 안승학을 궁지에 넣을 수 있는 지혜까지 알려주어 쟁의는 성공하게 된다. 쟁의에 성공한 희준이 갑숙과 다시 만난 자리에서 이렇게 말한다.

> 저는 그 후로 며칠 동안 사랑이라는 문제에 대해서 남녀 간의 애정이라는 문제에 대해서 생각해보았습니다. 그 결과 모든 형태의 사랑, 애정이라는 것이 근본은 극단의 개인적인 것이면서 실상은 사회적인 물건이요, 극단의 감정적인 물건인 것 같으나 사실은 이지적인 것이라고 생각하게 되었습니다. (중략) 그런 까닭으로 우리들의 사랑이라는 것은 이와 같은 사회적인 그 처지의 기준 위에서 성립되고 평가되어야 합니다. 그런데 내가 동무를 사랑

---

24 이기영, 위의 책, 583면.

했었다던지, 혹은 앞으로 하겠다든지 하는 것은 물론 우리의 처지에 있어서 또는 사회적으로 보아도 아무 부자연한 것이 없겠지요. 같은 부류의 일을 위해서 손목을 마주잡고 나가는 동지로서 아무런 불순한 점이 없다고 하겠지요. 그러나 이성간의 사랑은 단순한 개인과 개인의 결합만이 그 전부가 아닐 것입니다. 육체적 결합을 초월하고서 결합되는 사랑! 동지적 사랑이라 할까? 이런 사랑이야말로 육체적 결합을 전제로 하고 출발하는 연애라는 것보다 더 크고 힘 있고 영구적인 사랑인줄로 나는 생각합니다.[25]

갑숙과 희준의 관계의 변화는 어떤 갈등의 단계를 거치지 않고 희준의 발화로 처리되고 있어서 현실감이 부족하다는 지적이 있을 수 있으나[26] 콜론타이의 연애관이 드러나는 대목으로서 소위 붉은 연애에 해당하는 성적 신도덕보다 주의자연애 동지애는 숭고하리 만치 진지하고 거룩하게 그리고 있는 중요한 대목이다. 이기영의 『고향』에는 갑숙이 경호와 혼전관계를 갖는 정도 외에 성적으로 문란한 모습이 보이지는 않는다. 희준이 여러 여성에게 성적 매력을 느끼는 정도라고 할까. 콜론타이 연애론의 요란한 소개와 비판에 비교되는 점이다. 콜론타이의 신여성기획은 이기영의 『고향』에서 여성주인공 갑숙을 통해 콜론타이적 신여성과 신도덕을 형상화하게 하였으나 지식인 여성으로서 노동자로 입신하여 농민들의 투쟁을 적극적으로 도우며 머슴 곽첨지를 아버지로 한 경호와 결혼하기로 함으로써 확실한 노동자가족을 낳는 데에 역점이 두어졌다. 연애감정은 동지애로 극복하는 모습을 보여 신문 잡지에서 비판하는 성문란의 형태를 보이지 않는 점이 특징이다. 말하자면 이기영은 신여성의 형상화 성공여부를 떠나서 콜론타이의 신여성론과 연애유

---

25 이기영, 위의 책, 620면.
26 이선옥, 「이기영소설의 여성의식연구」, 숙명여대, 박사학위논문, 1995, 99면.

희론의 본질을 잘 반영한 작가라 하겠다.

3) '주의자연애' 모티프

'주의자연애' 모티프를 소설의 주 모티프로 삼은 작가는 박화성이다.[27] 문제작 「하수도공사」에서 동권과 용희가 사랑하는 사이이면서도 '일'이 중요하여 기약 없이 헤어진다든가 「비탈」에서 주희와 정찬이 협조하여 노동쟁의를 성공시키면서 애인관계인 정찬과 수옥의 사이보다도 정찬과 주의자인 주희의 사이가 가까워진다든가 하는 대목이나 「중굿날」의 국범이가 돈을 구했으면서도 팔려간 애인 금례를 뒤쫓아 구하러 가지 않는 것도 '주의자연애'의 예를 보여주는 것이다. 1935년 『조선중앙일보』에 연재된 장편 『북국의 여명』은 이 주의자연애 모티프의 전형을 보여준다. 위에서 살펴본 갑숙이처럼 지식인여성노동자가 소설의 주인공으로 등장하지는 않으나 철저히 '주의자연애'를 실천한 주인공이 등장하는 소설이 박화성의 『북국의 여명』이다.

"선각자이요, 진보적인 남녀동무들의 성생활의 일면과 사생활의 일면"을 그렸다는 작가의 말[28]과 같이 콜론타이즘의 영향이라고 밖에 설

---

27 김말봉도 그의 데뷔작 「망명녀」에서 주의자연애를 그리고 있다. 주인공의 S언니인 윤숙이 명월관 기생으로 전락한 동생 산호주(최순애)를 몸 값 삼백 원을 치르고 구해내는데 구원은 그로써 완성되는 것이 아니고 주의자인 윤숙 언니의 애인 윤의 지도로 사회운동에 동경을 갖게 되면서야 술도 아편도 끊고 삶에 의욕을 느끼게 된다. 윤과 순애는 가까워지고 윤숙은 순애를 위해 윤과 결혼으로 맺어주려 한다. '주의자연애'의 좋은 예이다. 기생이라는 사회의 밑바닥의 삶을 체험한 순애의 전위성을 인정하고 사랑보다 일을 위해 쉽게 사랑의 대상을 바꾸는 것이다.

28 「박화성, 진보층의 이상과 고민을」, 『삼천리』, 1935.11, 74면. 서정자 편, 『박화성문학전집』 18, 푸른사상사, 2004, 234면.

명이 되지 않는 전위적 성의식에 대한 증언이 박화성의『북국의 여명』
에는 등장한다.『북국의 여명』은 프롤레타리아 투사의 성장소설로서 박
화성은 이 소설에서 콜론타이즘의 연애유희론과 정면대결을 펼쳐 보인
다. 콜론타이즘의 영향을 확인한다는 의미에서 우선 작가가 진보적인
남녀동무들의 성생활의 일면을 그렸다는 대목을 보자. 먼저 주인공 효
순이 약혼자 최진과 나누는 대화이다.

> "하기는 내가 최선생과 한 방에서 밤을 지냈다는 조건만으로 허혼 했다
> 는 건 지금 생각해도 현명한 태도는 아니었어요. 일 학기부터 전선에 나서
> 서 실천운동을 하는 동무들과 좀 사귀어 보니깐 아주 그들은 정조문제에서
> 여간 해방된 게 아니던데요. 그러고 성 문제를 초월한 것처럼도 보이고 이
> 성이란 별다른 게 아니라는 듯이 마구 남녀동지가 한방에서 뒹구는데 나는
> 보기가 좀 딱했지만 그들은 뭐 아주 예사로 여겨요. 그러구도 일들은 척척
> 잘들 해나가요. 그걸 보니까 나는 아주 그들에게 비해서 봉건적이고 인습적
> 이고 관념적이에요."
>
> (중략)
>
> "그거 보세요. 일을 하려면 그렇게 되지 않을 수 없습니다. 아마 효순씨
> 에게는 그들의 행동이 퍽 방종하다고 생각되었을 겝니다 마는 오히려 그들
> 에게는 백퍼센트의 양해를 주어도 좋을 겝니다. 그렇지만 우리 유학하던 그
> 때라든지 그 전에 남녀유학생 수가 적을 때에는 뭐 남녀학생의 풍기라는 게
> 그 이상 문란했거든요."
>
> (중략)
>
> "글쎄 십칠팔 세 중학생들이 전문학생인 여자들과 공공히 부부생활하고
> 지낸 일이 없나, 좋아하는 남녀끼리 부동해서 온천에를 댕긴다, 어디를 간
> 다 해 가지구 마구 터놓고 부부처럼 지낸 일이 없나, 거 참 듣기에도 무시무
> 시하리만큼 대담무쌍한 연애행동들을 취했었지요. 그러니까 순전히 연애중
> 심의 애욕 갈등에서 그런 불건전한 생활들을 하던 그들에게 비한다면 일정
> 한 주의와 목표아래서 투쟁을 위하여 그러한 태도를 가지게 되는 그 동무들

이야말로 과연 진실의 이해를 드려도 좋을 겝니다."29)

이 문맥대로라면 김동인의 「김연실전」에 나오는 이야기가 사실이었음을 보여주는 증언30)이자 진보적 학생들의 진보적 성생활의 충격적 내용인데 최진은 한걸음 더 나아가 '일정한 주의와 목표 아래서 투쟁을 위하여' 그러한 태도를 가지는 그 동무들에게 진실로 이해를 하라고 한다. 한편 오순정의 눈을 통해 보여주는 진보적 유학생의 성생활도 역시 나온다. 남편 김철수를 병으로 잃은 오순정은 효순과 조카사위 백상현과 함께 동경으로 온다. 일찍 홀로된 것을 동정한 시아버지의 배려로 유학을 온 것이다. 이께부꾸로 근방에 집을 한 채 얻어 상현과 남녀대학생 넷이 함께 살게 되었는데 순정은 뜻밖의 장면을 목격한다. 순정은 효순을 찾아 그 통에 휩쌔선 못살겠는데 어떡하면 좋겠느냐고 호소한다.

"글쎄 우리 셋이 자고 있지 않겠수? 그런데 나하구 같이 있던 여학생의 동무가 자다가 일어난단 말야. 나는 그때 잠이 깼었에요. 아 그러더니 새이 장지문을 바시시 열구서는 남자들 자는 방으루 가만히 들어가지 않았겠어요?"
"저런 그래서?"
하고 효순은 길 가운데 우뚝 서면서 물었다.
"글쎄 그 방에 갔으면 장지문을 닫아야할 게 아니우? 문을 열어놓은 채로 가길래 내가 가만히 고개를 돌려보았지요. 전등은 껐지만 늦게야 돋은 달빛이 비쳐서 창이 훤하니깐 그 방에서 하는 모양이 아주 잘 뵈요."

---

29 박화성, 『북국의 여명』, 위의 책 제2권, 345~346면.
30 박화성의 증언을 그대로 믿어야 할는지 의문의 여지가 없지는 않다. 박화성이 유학한 1927년 이후의 유학생과 10, 20년대 초의 유학생과는 시기적으로 몇 년의 거리가 있기 때문이다. 그러나 박화성 유학 당시의 풍속을 정면으로 '폭로' 하고 있는 증언의 강도로 볼 때 이는 사실로 인정해야 할 듯도 하다.

(중략)

"그 여자가 방으루 들어가서는 맨 끝에 자는 남학생의 이불을 살그머니 떠들구 들어가겠나요. 자 어서 걸어가시며 얘기해요. 그러더니만 남자도 깬 모양인지 부스럭 부스럭 소리가 나구 그러길래 그만 난 이쪽으루 돌아눠서 눈을 딱 감어버렸지."

(중략)

"그러더니만 남자들이 여자들을 불러 가는데 그 때두 전등은 켜놓지 않았에요. 그리구서는 다섯이 뭘 하는지 숙덕숙덕하는데 뭐 기침소리하나 나지 않구 숙덕숙덕 소리두 귀를 기울여야 들리지 잘 안들려요. 난 아마 잠이 들었던 게야. 아침에 일어나보니깐 여전히 곤하게 자구 있겠지."[31]

『북국의 여명』은 한 여성이 프롤레타리아 투사로 성장하는 과정을 자세히 보여주는 우리 문학사에서 드문 소설인데 그중에도 진보적 대학생들의 성생활의 장면은 충격적이다. 이때 순정의 호소에 답변하는 주인공 효순의 답변이 이 대목의 백미다. 물론 앞서 최진과의 대화에서 이런 운동권의 개방적 성도덕에 대해 자신의 생각을 정리한 탓이겠지만 효순이 순정에게 하는 말과 태도는 차분하면서도 전위적이다. 서술자는 말하는 효순의 안경 속 눈은 "영리하고 총명하게 보였다"고 쓰고 있다.

"지금은 첨이니깐 그러지 인제 차차 나레루하면 순정이도 그들과 합해질 게고 그 여학생들이란 나도 모르는 이들이겠지만 상현씨의 친구들이니만치 다 좋은 사람일 테구 또 남녀가 그렇게 문란히 지내는 것처럼 보이는 것두 무슨 성적 문제에 관해서만 그러는 것들이 아닐 테니까 그저 꾹 참아가며 두고 보란 말이야."
하고 말하는 효순의 안경 속 눈은 영리하고 총명하게 보였다.[32]

---

31 박화성, 『북국의 여명』, 위의 책, 361~362면.
32 위의 책, 363면.

진보적 유학생들의 방종하다고 할 만한 사생활을 '상현씨의 친구들이
니만치 다 좋은 사람들 즉 운동가' 들이 하는 일이니 '문란히 지내는 것
처럼 보이는 것두 무슨 성적 문제에 관해서만 그러는 것들이 아니' 라는
말은 효순의 '주의' 에 대하여 거의 절대적으로 신봉하는 자세를 보여주
는 것에 다름 아니다. 그 주의에 콜론타이 사상도 포함되어 있을 것은
물론이다. 이와 같이 콜론타이의 연애유희론의 성의식 수용을 대담하게
보여준 작가는 이 성의식과 함께 역시 연애유희론의 실천이라 할 수 있
는 '주의자연애' 모티프를 중심으로 소설을 전개한다.

주인공 효순은 자신의 일본 유학비를 대준 최진과 약혼을 하기 전 조
건을 건다. 사랑보다 주의사상이 중요하니 주의사상에 변동이 생길 때
에는 약혼은 무효로 하자는 것이다. 철저한 '주의자연애' 다. 주인공 효
순이 ××동경지회 최고간부[33]가 되자 공립학교 교유인 최진은 자신의
직장유지에 문제가 있다며 운동에 나서지 말라는 편지를 보내오고 이는
곧 약혼 때의 다짐을 어기는 것이라 효순은 최진에게 파혼을 통고한다.
주의사상이 먼저이고 사랑은 그 다음이라는 '주의자연애' 식 다짐은 결
혼에도 그대로 적용된다. 효순은 웅변가요, 주의사상에 해박한 실력을
갖춘 김준호와 결혼하는데[34] 검거선풍에 쫓겨 귀국한 후 다시 목포에서
삐라사건에 연루돼 남편이 투옥되자 정성껏 옥바라지를 하나 남편이 전
향을 하고 가출옥을 해 나오자 비겁자라며 집을 나가 홀로 북국으로 떠

---

33 ××동경지부 최고 간부란 근우회 동경지부위원장을 말한다. 실제로 박화성은 1928년
   1월 21일 창립대회에서 위원장으로 선출되었다. 서정자, 『한국근대여성소설연구』, 국
   학자료원, 1999, 69면.
34 소설만이 아니라 박화성의 결혼반지에는 Be faithful to L.I(사랑과 이즘에 충실하자)라
   고 새겨져 있는 등 실제로도 그런 생각을 가지고 있었다. 서정자 편, 전집 2권 『북국의
   여명』 화보.

난다. 이는 바로 '주의자연애'의 진면목을 보여주는 것이다.

이경훈은 『오빠의 탄생』에서 오빠-누이 구조는 부모 버리기이며 동지관계로서 근대의 시간성이 새롭게 발생하는 지점이자 시대정신이라고 한 바 있는데[35] 『북국의 여명』은 이 '오빠-누이'의 구조를 보이고 있다. 효순의 아버지는 아들과 딸을 서울로 평양으로 유학을 보낼 만큼 개명하였지만 첩을 얻어 아내와 자식들로부터 등을 돌려 결국 가족들의 배척을 받고 끝내 몰락한다. 이로 인해 효순은 아버지를 '버리고' 오빠-누이 동지관계 구조의 삶으로 가게 되는 것이다. 이 '누이'는 오빠의 일본 유학을 위해 교사생활을 하면서 학비를 댔으며, 이 오빠는 누이를 무척 아끼고 자랑스러워한 나머지 친구들과 누이가 한 자리에서 자연스럽게 대화를 하는 분위기를 만든다. 아버지의 몰락은 효순에게 가부장적 억압으로부터 해방을 의미하였고 부재하는 아버지의 자리에 오빠가 대신 들어서지만 이때 오빠는 아버지에 의해 가부장적 질서가 수행될 때보다 수평적인 입장에서 부드러운 형식으로 아버지 역할을 수행한다.[36]

『북국의 여명』은 주인공 효순이 노동자로 입신하지는 않지만 투사로 성장하는 과정과 단계를 우리 소설사에서 가장 직접적으로 보여주는 경우라 그 점만으로도 문학사적 의의가 있는 소설이다. 주의사상에 절대적인 신뢰를 가진 효순은 일요일마다 높은 수준의 연구회에서 사상공부를 하는 한편 토요일 오후엔 조선여자들끼리만 모여서 독서회를 열고 ××투쟁의 방법과 정책들을 논의하는 등 이론과 실천 양쪽 모두에서

---

35 이경훈, 『오빠의 탄생 — 한국근대문학의 풍속사』, 문학과지성사, 2003, 54면.

36 M Hirsch, *The Mother/daughter plot : narrative, psychoanaiysis, feminism*, Indiana, 1989, 제2장 참조, 김복순, 「「경희」에 나타난 신여성기획과 타자성」, 『인문과학논총』 23호, 명지대학교 인문과학연구소, 2001에서 재인용.

일류투사가 되기 위하여 전심을 다한다.[37] 그리하여 각 단체의 투사들을 많이 알게 되었고 그들의 주최인 여러 모임에도 빠지지 않고 출석한다. 그곳에서 매번 정열적이고 날카로운 언론에 감동을 받아 "나도 일해 보겠다"는 새로운 욕망을 갖게 되던 중 비로소 실제운동에 가담할 의사를 가지고 선배인 동지들의 지도를 받아 ××동경지회를 조직하고 최고 간부가 되었던 것이다.

이처럼 『북국의 여명』은 콜론타이의 연애유희론의 실천을 보여주는 '주의자연애' 모티프 소설이며 오빠-누이의 구조로 된 삶에서 가부장적 억압으로부터 해방된 모습과 아울러 '일'을 위해 남편과 자식까지 떨쳐버리는 대담한 여성인물이 등장하는 소설이다. 임헌영은 『북국의 여명』이 "사회 민주적 민족해방 투쟁의식 노선에 입각하여 그 외의 다른 모든 노선에 대하여 가차 없는 비판을 가하면서 여주인공이 이념적으로 일관된 투지를 보여준다는 점에서 근대 소설사에 흔하지 않은 예에 속한다"[38]고 하였다. 오빠와 남편은 전향하지만 효순은 전향하지 않는다. 아이들마저 늙은 어머니에게 맡기고 붙잡는 남편을 떨치고 용감하게 북국을 향하여 떠난다. 어떻게 이러한 '누이' 효순이 탄생하였을까? 또는 탄생이 가능하다고 작가는 생각하였을까? 콜론타이의 영향을 생각하지 않고는 이해하기 어려운 대목이다.

---

37 이 독서회의 도서목록에 콜론타이의 저작도 들어 있었을 것이다.
38 임헌영, 「한 지식인의 사상적 초상-박화성의 『북국의 여명』에 나타난 이념상-」, 사단법인 한국소설가협회 주최, 박화성선생 탄생백주년기념 세미나 주제발표논문, 2004.6.3.

3. 맺음말

우리는 콜론타이즘의 이입이 우리 문학에 미친 영향을 살펴보는 작업을 위하여 글을 시작하였으나 영향관계의 단서를 제시하는 수준에서 글을 맺어야 하게 되었다. 콜론타이의 이입과 그 성격 규명이 전제되어야 하는 관계상 문학에 미친 영향을 깊이 있게 논의할 수 있는 자리가 되지 못한 탓이다. 콜론타이즘은 당시 신문이나 잡지가 입을 모아 비판했던 연애유희론적 성의식만이 아니라 여성노동자 주인공이라는 신여성기획을 제시하고 있어 작가들이 신여성상 내지 여성인물기획에 참고하였을 것으로 보고 '지식인여성노동자 주인공'의 등장과 '주의자연애'를 중심으로 그 영향관계의 유무를 증명해보는데 역점을 두고 살펴보았다. 콜론타이즘의 영향관계에서 당시 신문 잡지에 소개된 수준만으로 비교에 나설 수 없을 뿐 아니라 콜론타이의 신여성론이나 신도덕론 등 여러 저작들이 중요한 영향을 미쳤으며 우리 문학에서 위의 두 가지 양상이 드러난 것을 밝혀낸 것은 수확이나 콜론타이 저작의 자료가 충분하지 못하였던 것은 논의를 전개하는데 아쉬운 점이었다고 하겠다.

콜론타이즘은 그 전위적이고 혁명적인 신도덕론으로 하여 당시 센세이션을 일으켰던 여성해방사상으로 엘렌 케이 사상과 함께 우리나라 신여성기획에 많은 영향을 끼친 사상이다. 당시의 지도적 여성들의 결혼과 이혼을 보더라도 사랑이 남녀결합의 기준이 됨으로써 전통결혼의 해체를 부르짖은 엘렌 케이 사상과 콜론타이즘이 얼마나 큰 영향을 미쳤는지 알 수 있다. 문학에서도 이러한 현상은 나타나는데 콜론타이즘의 경우 그것이 관념적 인물로 그려지거나 투사적 인물로 그려지나 콜론타이의 말한 바 제5의 히로인이자 분명 새로운 유형으로서 신여성이 '지식인여성노동자' 주인공으로 등장하고 있는 점과 '주의자연애' 모티프로 등장하고 있음이 주목되었다. 본고는 이기영의 장편 『고향』과 박화성의 장편 『북국의 여명』을 중심으로 위의 '지식인여성노동자' 등장과 '주의자연애' 모티프가 어떻게 콜론타이의 영향과 관련되는지를 살펴보았다. 이 과정에서 이기영과 박화성의 두 작품이 콜론타이즘의 영향을 논하지 않고는 이해할 수 없을 것을 논증해보았으며 따라서 콜론타이의 신여성론과 연애유희론이 우리 문학에 미친 영향이 다대하다는 결론을 이끌어낼 수 있었다. 이에 보다 광범위한 고찰은 앞으로 남은 문제이며 동시에 이 두 작품의 예를 보더라도 이 신여성은 밑으로부터 올라오는 신여성은 아니었다는 점, 즉 근대 서구사상의 이입에 의해 형성된 인물이라는 점에서 남자의 시선이요, 남성적 세계의 인물이라는 점 역시 심도 있는 분석이 요청되는 부분으로 보였다. 즉 여성노동자로 성장하는 갑숙이나 투사적 인물의 성장을 보여주는 박화성의 『북국의 여명』의 효순은 역시 콜론타이의 사상을 밑그림으로 하여 자신의 세계를 그려간 이중적 타자의 존재인 것이다. 김복순 교수가 파농의 용어를 패러디한 '누런 얼굴 하얀 가면'의 식민성[39]이 지배하는 식민지의 피지배자로서 이들의 신여성기획은 차분히 점검을 해보아야 할 대상이다. 그러나 본고는 콜론타이의 신여성기획이 우리 신여성기획에 영향을 미쳤다는 발견으로써 논의를 맺어야만 하였다. 콜론타이의 신여성론을 비롯하여 콜론타이의 사상의 이입과 그 영향은 앞으로 우리 근대 신여성기획과 관련하여 깊이 있게 논의를 진행하여야 할 것으로 보인다.

(『여성문학연구』 제12호, 2004)

---

39 김복순, 앞의 논문.

제2부

우리 문학 속의 타자들

축출, 배제의 고리와 생존의 글쓰기

* * *

디아스포라 관점에서 본 김명순의 문학

1. 들어가면서 — 자이니치 김명순

본고는 한국 근대 최초의 여성작가로 문단에 등단하여 시, 소설, 희곡 등 170여 편(개고 본 포함)의 방대한 작품을 낳았으면서도 일본으로 가서 디아스포라의 삶을 택하지 않을 수 없었던 김명순(1896~195?)의 삶과 문학을 살펴봄으로써 지금까지 밝혀지지 않은 한국문학사의 어두운 일면을 부각해 보고자 쓰인다. 김명순 문학연구는 우리 문학 속 타자의 형성과정을 살피는 일이기도 하다. 근대 국민, 국가, 민족이 형성되는 신문학 초기에 여성이, 여성작가가, 여성문학이 어떻게 타자화되고 축출 배제되었는지 김명순의 문학세계는 뚜렷이 보여주고 있다. 김명순은 우리의 근대가 서구 중심의 근대를 모방하는 단계에서 철저한 동일자의 시선으로 축출되고 배제되었다. 특히 근대에 등장한 신문과 잡지 등 매체가 여성작가와 문학을 등장시키는 한편 타자화하고 축출하는 데 앞장서는 등 양면성을 보이는 점은 실로 아이러니라 하겠다.

지금까지 김명순의 문학연구에서 김명순이 해방 후 귀국하지 않고 일본에 남았다는 사실의 의미를 주목해 본 경우는 없었다. 김명순은 소위 자이니치의 삶을 택해 일본에 남은 문인이다. 필자는 10년대 여성문인 김명순과 나혜석, 김일엽 세 사람이 각각 다른 신분과 환경에서 나고 자랐으면서도 똑같이 파멸의 길을 걸어간 이유를 여성해방사상의 수입 내지 영향에서 찾아 본 바 있다.[1] 이후 나혜석의 경우, 단편「경희」와「회생한 손녀에게」의 발굴을 시작으로[2] 시, 수필, 평론 등 많은 문제적 작품이 발굴되어 나혜석의 문학은 이제 페미니즘 문학의 선구로서만이 아니라「경희」등의 문학적 성과로 1910년대 한국문학에서 뚜렷한 위치를 차지하게 되었다.[3] 반면 김명순의 문학에 대해서는 최근에 이르기까지 적지 않은 연구가 쌓이기는 했으나, 전기적 자료의 부족과 작품 수집의 미비 및 오류로 연구가 본 궤도에 오르지 못한 아쉬움이 있다[4]. 이런 상

---

1 서정자 · 박영혜,「근대여성의 문학활동」,『한국근대여성연구』, 숙명여대 아세아여성문제연구소, 1987.

2 서정자,「나혜석연구」, 한국여성문학연구회 창립심포지엄 주제 발표, 1988.7.7.『문학과 의식』제2호, 1988. 서정자 편,『한국여성소설선 I 』, 나혜석의 단편「경희」발굴 후 최초 수록, 갑인출판사, 1991.

3 『한국근대민족문학사』에 나혜석 문학이 언급되고 창비의『한국현대대표소설선』1에 나혜석의 단편「경희」가 실렸으며『범우 비평판 한국문학전집』은 나혜석 편(36)을 출간하였다.

4 지금까지의「김명순 소설연구」중 중요논문은 다음과 같다. 이태숙, 송명희의 글을 제외한 대부분의 논문이 훌륭한 방법적 접근에도 불구하고 잘못된 작가 작품연보를 바탕으로 한 한계를 안고 있다.
정영자,「1920년대 여성문학 김명순편」,『한국현대여성문학론』, 도서출판 지평, 1988.
정영자,「김명순소설연구─최초의 창작집 발행과 여성해방」,『한국여성소설연구』, 세종출판사, 2002.
김정자,「김명순, 그 사랑과 어둠의 사변가」,『월간문학』, 1991.1.
김복순,「지배와 해방의 문학」,『페미니즘과 소설비평─근대편』, 한국여성소설연구회, 한길사, 1995.

황에서 최근 김명순 문학작품을 발굴하여 성실한 서지확인 작업을 거친 논문이 나와[5] 이를 바탕으로 김명순 문학의 성격을 디아스포라 관점으로 규명해보게 된 것은 무척 다행이라고 생각한다.

김명순(1896~195?)은 평남 평양군 융덕면 1리 3통 1호에서 김희경(金羲庚)[6]의 장녀로 출생하여 평양 남산현학교, 야소교학교를 거쳐 서울로 유학, 진명여학교 보통과를 졸업하고, 새 학제로 개설된 중학과에 입학하였으나, 보통과나 대동소이한 학과공부에 실망, 중퇴하고 1913년 9월 일본으로 가 1년간 시부야 상반여학교에서 준비과정을 거친 후, 도쿄 국정여학교 3학년에 편입한다. 1년 반 재학 후 특수한 사정에 의해 귀국한 김명순은 숙명여자고등보통학교 4학년 2학기에 편입, 한 학기 수학 후 1917년 3월에 졸업했다.[7] 같은 해 9월에 『청춘』 현상문예작품모집에 응모하여 단편소설 「의심의 소녀」가 삼등에 당선하여 문단에 등단하였으

최혜실, 『신여성은 무엇을 꿈꾸었는가』, 생각의 나무, 2000.

이태숙, 「고백체문학과 여성주체―김명순을 중심으로」, 『우리말글』, 우리말글학회, 2002.12.

송명희, 「자유연애를 신봉한 용감한 신여성 '김명순'」, 『김명순작품집』 해설, 지만지고전선집, 2008.

5 남은혜, 「김명순 문학연구」, 서울대 석사학위논문, 2008.2.

신혜수, 「김명순 문학연구―작가의식의 변모양상을 중심으로」, 이화여대 석사학위논문, 2009.7.

6 어머니의 이름 미상.

7 이상 진명여학교 학적부 및 숙명여자고등보통학교 학적부 참고하여 작성. 숙명여자고등보통학교 학적부에는 1916년 편입 시 보호자 아버지 김희경의 직업이 군참사라고 되어있고 주소는 '평양부 육로리 18번지'라고 원적의 주소와 달리 쓰여 있다. 본인의 가족 및 가정생활 정황란에 부, 형1, 자1, 제5, 매2, 하녀2, 하남 2, 여동생 일인은 평양으로 시집갔다고 되어있으나 이때 부친이 생존해 있었다는 기록은 잘못된 것으로 보이며 형제자매가 십여 명에 이르고 있음은 이채이다. 진명여학교 보통과 입학시 보증인에 구한국보병 참령이던 중부(仲父) 김희선(金羲善)의 이름이 있다. 일본 육사 출신의 군인인 숙부가 있다고 하였는데 그가 김희선인지는 확실치 않다. 그동안 김명순의 학적과 가족에 대한 오류가 많아 길게 인용한다.

며 1918년 김명순은 다시 일본 유학길에 올라 전문부에 적을 둔 것으로
보이나 아직 정확한 학교명, 전공 등은 확인이 되지 않은 상태다. 1921
년 8월 귀국하여 왕성한 작품 활동을 하였으며, 창작집 『생명의 과실』
(1925), 『애인의 선물』(1930?)을 내고 1930년 초(추정)에 일본으로 건너
가 그곳에서 고학으로 계속 수학을 하였고, 도중 잠시 귀국한 시기를 빼
면 그는 1950년대 후반 타계하기까지 향년 60여 년의 후반생 30여 년을
일본에서 보냈다. 조국에서 축출, 배제되어 외국으로 나가 살지 않으면
안 되었던 그의 비극적 삶에 초점을 맞추어 그의 문학을 살펴보면 그가
생존을 위해 쓴 대항문학[8]의 진면목이 드러난다.

　포로, 고통, 언어, 극복 등으로 표상되는 용어 디아스포라는, 1990년
대에 들어 이주노동자, 무국적자, 다문화가족, 언어의 혼종성 등 초국가
적(transnational)인 문제들이 일반화되면서, 다른 민족의 국제이주, 망명,
난민, 이주노동자, 민족공동체, 문화적 차이, 정체성 등을 아우르는 포
괄적인 개념으로 사용되고 있다.[9] 본고는 사프란의 디아스포라 개념 정
의와 특성을 바탕으로[10] 이산의 상태를 문제 삼기보다 지식인이 처한

---

8 대항문학의 용어는 서경식의 저서에서 차용한 것이다. 서경식은 대항서사라는 용어를
　사용하였는데 출전 저서는 정확히 기억하지 못하여 찾지 못했다.
9 김응교, 「이방인, 자이니치, 디아스포라 문학」, 『한국근대문학』 21, 근대문학회, 2010.
　상반기.
10 디아스포라 문제를 학술화시킨 학자는 사프란(William Safran)이다. 사프란은 디아스포
　라를 "국외로 추방된 소수집단 공동체"라고 정의하면서 그 특성을 여섯 가지로 나누어
　설명하고 있는데 ①특정한 기원지로부터 외국의 주변적인 장소로 이동한다. ②모국에
　대한 "기억, 비전 혹은 신화"같은 집합적 기억을 보존한다. ③거주하는 나라에서 받아
　들여질 수 없다고 믿는다. ④때가 되면 "돌아갈 곳"으로 조상의 모국을 그린다. ⑤모국
　을 위해 정치적, 경제적으로 헌신한다. ⑥디아스포라 의식은 모국과의 관계에 의해
　"중요하게 규정된다." 김응교, 「이방인, 자이니치, 디아스포라 문학」, 위의 발표 논문
　에서 재인용.

상황을 다루는 레이 초우의 디아스포라 글쓰기 관점을 차용한다. 레이 초우는 최근 활발하게 이루어지는 디아스포라 문학에 대한 논의는 "역사적인 우연이라기보다는 지적인 현실, 즉 지식인이 처한 현실 상황에 대한 것"라고 정의하고 있다.[11] 본고는 디아스포라를 낳은 과정, 즉 지식인이 처한 상황에 역점을 두고 김명순의 문학을 축출과 배제의 과정에서 살아남기 위해 하나의 대항문학, 생존을 위한 글쓰기를 이룩하였다고 보고 그의 문학을 디아스포라 관점으로 살펴본다.

김명순이 근대 최초의 현상문예 당선 작가라는 기념비적 존재이면서도 축출 배제되어 일본으로 가서 망명생활을 하게 된 데는 근대에 등장한 인쇄매체, 신문과 잡지가 결정적인 영향을 미쳤다. 베네딕트 앤더슨의 유명한 상상의 공동체 이론에 의하면 활자어의 변화, 거기에 인쇄술과 자본주의가 상상의 공동체인 근대민족과 국가를 창조하는데 기여했다고[12] 보는데 신문과 잡지 인쇄매체는 민족과 국가의 권력을 대신하여 김명순을 국외로 추방하였다. 존 프랭클은 국가와 민족주의가 신문이라는 새로운 매체의 지면 위에서 동시에 창조 정의 되는 실례를 애국가문학을 통해 보여준 바 있다.[13] 김명순의 작품 곳곳에 나타나는 비극적 인식이 소실의 태생이라는 출생에서 비롯한 것으로 보는 견해가 지배적이나 본고는 소실의 딸이라는 태생적 콤플렉스와 함께 그를 평생 동안 따

---

11 —diasporic consciousness"is perhaps not so much a historical accident as it is an intellectual reality—the reality of being intellectual :Rey Chow, *Writing Diaspora: Tactics of Intervention in Contemporary Cultural Studies*, Indiana University Press, 1993, p.15. 김응교, 위의 논문에서 재인용.
12 베네딕트 앤더슨, 『상상의 공동체』, 나남출판, 2006년 5쇄, 제3장 '민족의식의 기원' 여기저기.
13 존 프랭클, 『한국문학에 나타난 외국의 의미』, 소명출판, 2008, 208면부터.

라다닌 매체의 폭력이 여성작가 김명순을 우리 문학 속의 타자로 위치 지었고, 김명순의 대항문학을 낳게 하였고, 끝내는 국외로 추방하는 결과를 낳았다고 본다.

인쇄매체는 김명순의 인생 첫 출발에서부터 엄청난 상처와 부담을 안게 만들었다. 첫 일본 유학기인 1915년 7월 30일부터 8월 13일 사이 『매일신보』는 세 차례에 걸쳐 평안남도 평양 사는 김의형의 딸 기정(箕貞)의 실종사건을 보도한다. 이 사건으로 김명순은 단 한 마디 변명도 해보지 못한 채 순결, 정조, 결혼 이데올로기의 치명적 희생자로 인생을 출발하게 된다. 매체는 사실보다 강력한 힘을 가진다. 이 보도는 김명순의 삶에 끈질기게 영향을 미쳤다. 이와 함께 1923년에 일본에서 출간되어 선풍적 인기를 끈 나카니시 이노스케의 소설 『여등의 배후에서』[14]의 여주인공 권주영이 김명순을 모델로 한 것이라는 소문은 김명순을 다시 화제의 주인공이 되게 하고, 1924년 11월에 김기진이 『신여성』지에 쓴 「김명순씨에 대한 공개장」은 김명순에 대한 평판에 결정적으로 영향을 미쳐 작품 발표할 길을 막아버렸다.

오늘날에도 인터넷의 악플에 시달린 연예인들이 자살을 불사하듯이, 김명순도 매체로 인한 오해와 나쁜 평판에 시달리고 고통당한 나머지 두 차례나 자살을 시도한다. 이 모든 보도와 공개장이 실명을 썼기 때문에 김명순은 결혼이나 작가적 생명에 회복할 수 없는 치명적 피해를 입는다. 매체로 인한 피해는 이십여 년에 걸쳐 남성, 가부장제, 민족, 국가의 고리를 따라 파장이 증대되었다. 김명순은 지면을 얻지 못하는 대신 창작집을 내는 등 이에 대항하였으나 결국 더 이상 조선에 머물 수 없다고 절망, 일본으로 떠난다.

---

14 남은혜, 앞의 논문, 51면.

여성작가를 탄생하게 한 근대의 인쇄매체는 여성작가 김명순을 잔인하게 짓밟아 축출, 배제하였으며 문단과 조국에 발을 붙이지 못하도록 추방해버렸다. 김명순의 문학은 바로 이러한 저널리즘에 시달리면서 한사코 글쓰기로 맞서 싸워 이룩한 것이다. 자신에 대한 오해에 저항하는 의식은 1925년 여성 최초 창작집 『생명의 과실』에서 유명한 단 한 줄의 머리말로 요약 되어있다. "이 단편집을 오해받아 온 젊은 생명의 고통과 비탄과 저주의 여름(果實·인용자 주)으로 세상에 내놓습니다."[15]

문단 데뷔작 「의심의 소녀」는 이러한 매체의 폭력에 대항하고자 쓰인 '대항서사'일 수 있고, 이어 수필에서도 이에 대항하는 김명순의 내면 표백을 읽을 수 있다. 본고는 이러한 매체의 폭력과 그에 대응하는 작가의 대항서사 내지 생존의 글쓰기를 소설을 중심으로 살펴보고, 일본으로 건너가 디아스포라의 삶을 사는 동안 쓴 작품들을 통해서 김명순의 디아스포라 의식을 살펴보도록 구성한다.

2. 축출과 배제의 고리

1) 여성작가와 매체─상처와 영광의 양면성

앞서 언급하였듯이 1915년 7월 30일자 『매일신보』에는 "동경에 유학하는 여학생의 은적 어찌한 까닭인가"라는 제목 아래 한 여학생의 행방불명 기사를 실었다.[16] 부친의 이름과 보병소위 두 사람의 이름만 한 글

---

15 김명순, 『생명의 과실』, 한성도서, 1925.4 이하 인용문 현대문으로 고쳐 씀.
16 이 기사는 동경에서 먼저 폭로되어 서울로 전해졌다. (「붉은 연애사로 동경을 울니든 여시인 김명순양」─백화난만의 기미여인군, 『삼천리』, 1931.6, 24면) 『매일신보』의 기사는 다음과 같다. "평안남도 평양(平南 平壤)사는 김의형(金義衡)의 딸 기정(箕貞)(十

자씩 바꾼 가명이고 김기정(진명여학교 학적부에 이름을 기정(箕貞)으로 고친 흔적이 있다.)이라는 김명순의 이름은 실명 그대로 표기되어 나왔다. 유학중인 여학생이 연애하는 남성과 행방불명이 되었다는 기사는 정조를 상실하였다는 광고나 다름없고, 김명순의 출신지, 재학 중인 학교의 이름과 위치까지 자세히 표기되어 김명순은 빠져나갈 여지가 없게 되었다. 8월 5일자 신문에 이응준(李應俊)의 실명이 실리고 청혼하였으나 승낙을 하지 않아 저지른 일이라는 기사가 나간 후 8월 13일자에는 "리 쇼위는 별로 긔정을 사모ᄒ야 그 부친의게 결혼승낙을 청구ᄒ 일이 업다ᄒ더라"[17]고 쓰고 있어서 보도가 진행될수록 김명순은 이응준으로부터 공개적으로 외면을 당한 불리한 입장이 되었다. 이때 김명순이 투신 자살 소동을 벌였고 그로 인해서 김명순의 부친은 학비 지출을 중단했다는 설이 있으나 이때 부친은 사망한 뒤다.[18] 이로 하여 김명순은 강간을 당한 여자로 알려지게 된다. 앞서 숙명여자고등보통학교의 학적부 자료를 참고하여 김명순이 일본의 국정여학교를 4학년 2학기에 중퇴하

七)은 목하 동경에서 미국인의 경영하는 사곡면마졍(四谷傳馬町)파푸데스트교회녀자 학교에 긔슉중인바 지나간 이십사일 오참에 외출하듸로(원문대로) 행위불명이 되야 동학교 사감이 사곡경찰셔에 보호슈석을 청원하얏스나 아직 종적을 아지 못하얏더라. 그녀자는 그전부터 국뎡오번뎡(鞠町五番町)근처 하숙에 있는 류학성으로 목하 마포연 대부 보병소위 리모(麻浦聯隊附 步兵少尉 李用準)(二十三)이라는 한 청년과 셔로 연연 불망하는 사이라 한즉 리를 생각다 못하야 료사를 빠져나간 것이 안인가 하는 말이 잇 고, 또 그 여자의 동성으로 부하대기(府下大畸)이백삼십구번듸에 류슉중인 김긔동(金 箕東)(十六)은 누이의 일을 넘녀하야 각쳐로 차져단이는 모양도 가련하더라(동경뎐 보)." 심원섭의 『일본 유학생문인들의 대정·소화체험』(소명출판, 2009) 33면을 참조 하면 당시의 동경은 도덕적 일탈을 참 자기를 찾는 수행의 과정으로 보기도 하였다고 한다. 이는 김명순의 사건 내지 소문이 확대 재생산되는 배경이 되었을 수 있다.

17 남은혜, 앞의 책, 22면.
18 박노준, 임종국, 『흘러간 성좌』.

고 서울 숙명여학교로 편입했다고 하였는데[19] 바로 이 대목이 당시의 김명순을 잘 보여주는 자료이다. 한 학기만 더 다니면 졸업을 할 4학년 학생이 그것도 2학기에 중퇴를 하고 귀국하였다는 것, 숙명여학교에 편입하여 한 학기 만에 졸업을 하고 있는 것은 당시의 김명순의 처지를 한눈에 알 수 있게 한다. 이때의 김명순을 한 학년 아래의 박화성은 이렇게 적었다.

가만히 보니까 상급생들은 김명순과 어울리지 않고 명순은 언제나 외톨이였다. (중략) 그는 자기가 지은 시를 신이 나서 억양을 붙여가며 읽었다. 그 읽는 모습이 주책없는 것 같으면서도 황홀경에 들어있는 것 같이 경건하게도 보여서 나는 가끔씩 조용히 그의 상대자가 되어 주었다.[20]

「의심의 소녀」는 이러한 상황에서 김명순이 쓴 작품이다. 『매일신보』의 보도로 말미암아 일본 유학지에서 쫓기듯 돌아와야 했던 김명순, 동급생으로부터 소외를 당하는 김명순, 언제나 외톨이로 지내야 했던 김명순은 자기 동일성 회복을 위해 글쓰기를 선택하고 잡지 『청춘』의 현상소설 모집에 응모하기로 마음먹은 것이다. 급한 마음 때문이었을까. 이 소설은 후에 표절이라는 낙인이 찍힌다. 1942년 2월 『신시대』에 실린 「춘원·요한 교담록」에는 김명순의 당선작이 "창작이 아니라는 것이 드

---

19 숙명여학교 학적부에 김명순이 국정여학교 3학년에 편입학 하였다가 4학년 2학기에 중퇴하였다고 기록되어 있는데 박화성은 숙명여학교가 3학년제로 김명순이 2학년에 편입한 것으로 적고 있다. 전문학교에 입학하기 위해서는 4년제를 마쳐야 하는데 일본에서 마치지 못한 것을 숙명여학교에서 졸업한 경우는 어떤 방식이었는지 알 수 없다. 「칠면조」의 주인공 순일은 TS학교에 입학할 때 도쿄에서 여학교를 마쳤다고 하고 있다. 김명순의 학력이 분명치 않아 적어 본 것이다.
20 박화성, 「눈보라의 운하」, 서정자 편, 『박화성문학전집』 14, 푸른사상사, 2004, 71면.

러났지만"이라는 춘원의 언급이 나온다. 어떤 작품을 어떻게 표절하여 창작이 아니라는 것인지 부연 설명이 없어 표절논란은 아직도 계속 되고 있으나 춘원이 직접 말하고 있다는 점에서 믿지 않을 도리도 없다.

「의심의 소녀」는 김윤식 교수의 평가처럼 노인과 범네가 빚는 신비적 분위기, 소녀적인 꿈의 청신함, 동리와 단절된 상황에서 빚어지는 분위기와 플롯의 특출함과 세련된 문체 등이 일본 명치기의 어떤 작품을 모방한 것이 아닐까 의심이 된다는 작품이다.[21] 필자 역시 표절이나 모방의 가능성이 있다고 보는 쪽이다. 그 이유는 첫째, 우리의 농촌 마을 구조나 가옥구조는 이 년씩이나 이웃과 사귀지 않고 지낼 수 있게 되어있지 않으며, 둘째, 백발옹이 범네와 이사 왔을 때와 이사 갈 때 이장을 찾는다는 근대적 방식은 구한말의 관습이 아직 그대로 남은 당시의 마을풍속에서 개연성이 없는 설정이다. 셋째, 평안도 사투리를 토지어라고 한다든가 이장, 국장, 별장, 담요 등과 함께 근대적이기는 하나 생소한 용어가 상당히 많다는 점 등이 그 이유이다. 디테일에서도 문제가 발견되는데 예컨대 싸리문을 반만 열고 서있는 범네의 모습을 묘사하는 대목을 보면

> 범네는 심심함을 못 이김이든지 싸리문 안에서 문을 방긋이 열고 내다보고 섰다. 기시 동리 이장의 딸 특실이가 그 어머니를 찾아 방황하는 양을 보고 살며시 문밖으로 흰 얼굴만 나타내어 자기를 쳐다보는 특실이를 향하여 미소하며 은근하게
> 「네가 특실이냐?」 특실이는 반갑게 그 토지어로
> 「응 너의 할아버지 어디 가셨니?」[22]

---

21 김윤식, 「인형의식의 파멸」, 『한국문학사논고』, 법문사, 1973. 222~223면.
22 김명순, 「의심의 소녀」, 『청춘』 제11호, 1917.9, 64면.

"살며시 문밖으로 흰 얼굴만 나타내"려면 나무로 만든 번듯한 대문이든가, 일본집의 현관처럼 문 안쪽이 어두워야 '흰 얼굴만 나타낸'다는 표현이 가능하다. 싸리문 안에서 문을 열고 방긋이 열고 내다본다, 흰 얼굴만 나타낸다, 는 표현은 우리나라의 시골 싸리문 앞에서 연출되기 어려운 장면이다. 싸리문은 높이가 낮고 넓은 마당과 이어져 햇볕에 안팎이 환히 노출되어있기 때문이다. 위에 든 생소한 용어와 함께 '신사', '여중의 안녕을 축하였다', '조국장의 별장', '단도로써 자처하다', 등등 우리의 풍습이나 용어와 거리가 먼 것들은 일본소설에서 차용했다는 의심을 일으킬 만하다.

> 평양 대동문 외에는 저등 빛이 바짝바짝 불야성이요, 강위에는 오늘이 좋은날이라고 선유하는 소선(小船)이 루비 홍옥 같은 등불을 밝히고 남녀 성을 합하여 수심가를 부르며 오르락내리락 한다.[23]

주요한의 「불노리」보다 2년 앞선 이 작품에서, 대동강변의 생동감 있는 묘사나, 범네의 옷차림 등, 색의 조화가 절묘한 것은 김명순의 글쓰기 수준이 만만치 않음을 보여주는 것이다. 그렇다면 줄거리만 모방하여 번안하는 수준이었을까.

어쨌든 김명순이 자신의 동일성 상실을 회복하기 위해 소설 쓰기를 택했을 때 이 「의심의 소녀」가 갖는 의미는 다음 두 가지로 요약할 수 있다. 첫째, 아름다운 여자아이라는 뜻의 가희라는 이름을 범네라고 바꾸고 있는 데서 작가의 저항의식을 볼 수 있는 점[24]과 둘째 전통적인 여

---

23 김명순, 위의 책, 65면.
24 1924년에 쓴 「탄실이와 주영이」에서 탄실이를 이리 새끼나 호랑이 새끼에 비유한 대목이 있다. 김명순, 「탄실이와 주영이」, 『조선일보』 제5회, 1924.6.16. "그 애가 일본 건너갈 때를 생각하면 그건 양의 새끼 같은 착한 여자가 아니고 이리 새끼나 호랑이 새끼 같았지"

자의 길인 칠거지악을 거부하고 죽음으로 항거한 가희 모친의 도전이다. 매체로부터 받은 상처를 매체를 통해 치유코자 하였다는 점에서 『청춘』지의 현상문예작품 모집에 응모, 3등으로 입상한 것은 소기의 목적을 달한 영광이자 그 의의가 없지 않다. 그러나 김명순은 서간체로 쓰인 수필에서 자신의 여전한 고통을 진솔하게 표출한다.

「××언늬에게」는 김명순의 수필 중 백미이다. 「의심의 소녀」를 쓴 다음에도 여전한 작가의 고통스런 심경이 나타나 있다.[25] 먼저 작가는 시골로 가서 수건을 쓰고 굵다란 목면 치마적삼을 입고 밤 줍기, 면화 고르기 등 노동에 몸을 맡기고 있다. 노동과는 상관없이 자란 김명순이 ○촌에 가서 노동과 자연 속에 파묻히려 한 계기가 무엇인지, '고통의 감회가 흉금을 무찔러들면' 사람들의 눈을 피해 산골짜기로 들어가 마음껏 느껴 운 이유가 무엇인지 궁금한 내용의 수필이다. 김명순은 자신의 고통과 정면으로 대결하여 번민하고 있다. 이것은 1915년 이 소위로부터 받은 충격과 상처로 인한 고통이 아니라면 이해가 되지 않는 문장이다. 김명순은 유시(幼時)에 보았던 "제일 곧고 그중 보기 좋게 가지 뻗었던 참나무"가 —그 나무가 어찌하여 「벼락」이라는 심지 사나운 것의 침습을 피(被)(입었·인용자 주)하였사오리까."라고 자신이 이 소위로 말미암아 입게 된 고통을 보기 좋은 참나무가 벼락을 맞은 것에 비유한다. 그 나무 불쌍한 생각은 김명순의 '마음에 깊이 인상지어져 떠나지 않으며' 그 인상은 '때로 말할 수 없는 공포를 주며' 거기에서 벗어날 수 없다고 하였다. 어떤 잘못이 있기에 그같이 좋던 나무를 '영구히 형벌하려

---

25 1918년 9월 『여자계』에 발표한 수필인데 수필에서 지난해 가을부터의 일을 추억하고 있으므로 그 지난해가 1917년이라고 추정하여 이 글이 「의심의 소녀」 당선 이후에 쓰인 것이라고 본 것이다.

고 뿌리까지 말려서 아주 소생할 희망마저 없게 하였'는지, 의문하는 대목은 김명순 자신이 입은 고통의 깊이를 느끼게 한다. 참으로 그 나무가 소생치 못할 것을 알고 '그 무성하였던 옛적을 회억(回憶)할 때는 소리쳐 느끼며, 일신을 전율하였다'고 한다. 이유를 알 수 없이 당한 이 수난, 곧 형벌은 자신을 영구히 뿌리까지 말려서 소생할 희망조차 없게 하려는 것일까 자문하는 처절한 김명순의 고뇌가 구구절절이 울려오는 수필이다.

이 수필에서 고뇌에 찬 김명순이 대자연과 노동에서 정신적 고통을 극복하려는 자세가 신선한데, 문장 역시 건실하여 「조로의 화몽」이나 「초몽」의 화려체와 크게 다르다. 10년대의 김명순은 「의심의 소녀」에서 보여준 계산된 짜임과 세련된 문장을 수필에서도 보여주고 있으며 김명순 자신을 놀아보는 성찰과 함께 밤 따기, 벌레 많은 면화 고르기, 조 이삭 자르기, 콩 따기와 바늘을 쥐고 바느질하기 등 농촌의 삶을 구체적으로 제시하는 글쓰기를 보여줌으로써 김명순이 지닌 문학적 자질을 웅변으로 증명하고 있다. 풍요한 자연의 묘사와, 자신의 내면을 대변할 적절한 객관적 상관물의 배치, 식물의 저장과 가옥의 수리 등 절기의 풍속을 짚어 현실감을 높이면서, 다듬이 소리, 조모님이 물레를 부 부 돌리는 소리의 청각적 이미지까지 동원하여 이 서간체의 짧은 수필은 1910년대 우리 문학이 이룩한 수필문학의 높은 경지를 보여주고 있다. 「의심의 소녀」의 표절설에 실망한 독자라면 능히 그 기대를 만회하고도 남을 글이다. 두 작품의 공통점은 감상성이 배제되어있다는 것인데 이를 김명순 초기문학의 한 특징으로 말해 볼 수 있겠다. 이 소위로부터 받은 충격과 『매일신문』 기사로 하여 받은 피해의식은 「의심의 소녀」보다 「××언늬에게」에 뚜렷이 반영되어있고 김명순은 글쓰기를 통해서 자신을 직시하며 생존의 길을 모색해 나갔다. 김명순은 이 글을 쓴 후 숙망의 제2차 일본 유학길에 오른다. 매체는 처녀 김명순에게 낙인을 찍었으나 작가로 등단할 꿈을 꾸게 하였다. 그러나 작가라는 영예의 성취에도 여성 김명순에게 씌워진 굴레는 벗겨지지 않는다.

2) 축출과 배제의 고리—근대 민족, 국가, 그리고 여성

김명순의 제2차 유학에 관련한 전기적 자료는 거의 없다. 재학한 학교명을 알지 못하기에 학적 확인도 불가능하다. 이 시기의 김명순의 학적을 짐작해 볼 자료는 단편 「칠면조」와 『창조』뿐이다.[26] 또 「칠면조」대로라면 제2차 유학 초기에 이미 김명순은 고학을 하고 있었던 것으로 보인다.[27] 수필 「××언늬에게」를 쓴 이후 1918년 일본으로 건너가서 1921년 8월까지 약 2, 3년간 일본에 머물었다고 볼 수 있[28]는데 이 시기에 김명순이 『창조』의 동인이 되었다가 이유를 알 수 없이 축출된 사실이 『창조』의 '나믄 말'과 '창조 잡기'[29]에 쓰여 있다. 이때 김찬영이 새 회원으로 입회하고 있는 사실에서 김찬영과의 관계 때문에 배제되었을 가능성을 추정해 볼 수 있다.[30] 『창조』 동인이 되었다가 곧 배제된 사실은 김명순에겐 뼈아픈 일이었을 것이다. 김명순이 마주한 영광과 상처의 양면을 지닌 매체의 얼굴이다.

제2차 일본 유학 후 귀국하여 처음 발표한 단편 「칠면조」(1921)와 중

---

26 제2차 유학시 재학한 학교는 교토 TS학교 가정과(「칠면조」), 도쿄음악학교 재학(『창조』) 등 두 가지로 나온다. 교토 TS학교 가정과는 교토 도시샤 대학 전문부를 가리키는 듯 하나 확실치 않다.

27 김명순, 「칠면조」 주인공은 입학면담 중 학비에 대해 묻는 질문에 "지금껏 고학한 사실을 말할 필요가 없다고 생각하면서"라고 속으로 생각하고 있다.

28 1921년 8월에 발표한 시 「환상」에 "1921.8 동경서,"라는 부기가 있어 추정한 것이다.

29 나믄말, 『창조』 제7호, 1920.7. 70면, 창조 잡기, 『창조』 제8호, 115면.

30 『전집』 작업 중 남은혜가 이 자료를 찾아냈다.

편 「도라다 볼 때」(1924), 장편 「외로운 사람들」(1924)은 김명순 소설문학이 이룩한 주목할 만한 성과이다. 단편 「칠면조」는 김명순이 심기일전하여 숙망의 두 번째 유학길에 오른 때를 쓴 것인데 그러나 전문부에 입학하고자 유학길에 오른 그는 막상 현실과 부딪쳤을 때 인간관계에서 실수가 잦았고, 사람들과의 소통이 어려웠다고 쓰고 있다.

이 소설은 액자소설로서 니나 슐츠 선생에게 보내는 편지 형식인데 대인관계에 서투른 주인공의 '말'이나 '돌출행동'이 실수라기보다 내포작가가 신빙성이 가지 않는다고 느껴지게 하는 소설이다. 그러나 화자가 자신의 행동이 경솔했음을 액자부분에서 미리 고백하고 있다는 점에서 내포작가의 태도가 감상성을 배제하고 자신을 정시하려는 노력을 보였다고 보아도 좋을 듯하다. H선생에게 불손하게 대답하고 돌출행동을 한 것, Y청년의 가는 길을 막은 줄도 모르고 자꾸 말을 시킨 것, 주인공이 좋아하는 D씨가 찾아와서 일본여성에게 조선말을 가르칠 수 있겠느냐고 물을 때(D씨는 주인공이 군색한 것을 알고 있는 듯하다) 단번에 거절한 것 등은 대인관계에 잘 적응하지 못하는 데서 온 부적응의 솔직한 고백이라 하겠고, 친구인 Y여사가 전보를 치면서 잔돈을 주인공에게 빌렸다가 과자점에 들어가 잔돈을 바꾸어서 즉시 돌려주므로, 주인공이 집에 가서 달라고 하자 '신경질적으로 퉁명스럽게' 어서 받아두라고 하며 돌려주는 장면의 기술은 '소외'나 '배제'의 기미를 느꼈던 체험의 묘사로 보인다.

출신지역 차이가 문화적인 차이로 드러났던 것인지, '돈이 없어' 친구 Y여사의 집에 숙식의 신세를 지는 탓으로 업신여김을 받은 것인지 알 수 없으나 M여사와는 다정한 Y여사가 다음날 아침 분을 많이도 바른다고 핀잔을 주는 장면을 작가는 이어 그리고, 소설은 불쾌해하는 주인공의 감정만을 제시하고 해결을 보여주지 않는다. 여기에 작가가 보여주고자 한 말 못할 상처가 숨어있어 보인다. 친구 Y여사는 '칭찬인지 빈정거림인지' 박흥국 씨에게 김명순이 '천재'라고 소개한다. 자전적 소설이니 짐작컨대 현상문예 소설 당선 사실을 두고 하는 말로 풀이된다. 그렇다면 친구는 이 소위와의 신문보도사건도 알고 있을 것이다. 주인공이 불쾌하여하면서도 대꾸를 하지 못하는 대목, 여기에 친구들로부터 '소외' 내지 '배제'를 당하는 김명순의 '외로움'이 나타나있다.[31]

두 번째 유학을 마치고 1921년 후반에 귀국하여 창작과 번역시를 발표하면서 작품 활동을 하던 김명순은 나카니시 이노스케의 소설 『여등의 배후에서』의 주인공 권주영이 김명순을 모델로 한 것이라는 소문으로 다시 사람들의 입에 오르내리게 된다. 이에 대항하여 「탄실이와 주영이」 연재를 시작하나 문제의 태영세와의 관계를 기술하는 대목에서 연재는 중단되고 있다. 이익상이 『여등의 배후에서』를 번역하여 『매일신문』에 연재하기 시작하는 1924년, 『조선일보』 문화면을 독차지하듯 이어지던 김명순의 왕성한 작품 활동은 그만 꺾이고 마는 것이다.

그런 위에 11월, 김기진의 공개장으로 김명순은 다시 치명상을 입게 된다. 김기진은 『신여성』 11월호에 「김명순씨에 대한 공개장」, 「김원주씨에 대한 공개장」을 나란히 게재하는데 두 여성을 비난하는 논조는 같지만 이 공개장은 거의 전혀 김명순을 표적하여 쓰인 것처럼 작가 김명순의 작가적 미숙성에 대한 공격, 불륜에 집중되어있다. 김명순은 이에 대한 반박문을 써서 『신여성』에 전달하였으나 게재거부를 당한다.

'신여성 인물평'이라는 기획의 일환으로 쓰인 「김명순씨에 대한 공개

---

31 이 「칠면조」는 2회 연재 후 미완으로 중단되었다. 『개벽』, 1922년 2월호, '開闢社廣告部'에 "小說 「七面鳥」의續稿는作者의事故로因하야本號에揭載치못하엿나이다"라고 안내되어 있다(남은혜 논문). 소설에서 주인공은 여관에서 글을 쓴다고 되어있는데 김명순의 불안한 생활을 보이는 것도 같다. 연재를 중단한 이 사고가 무엇인지 알 수 없다.

장」 1장에서 김기진은 읽지도 않은 작품을 평하면서 김명순의 인신공격을 하고 있으며, 2장에서는 어머니의 반(半)기생 핏줄을 폭로하여 김명순이 우울과 퇴폐의 히스테리를 지닌 무절조한 여자가 된 것은 태생적으로 '나쁜 피'의 소유자인 때문이다, 라고 역시 인신공격에만 집중한다. 단지 희소성 때문에 조선에서 문인으로 행세해온 그는 이제 정열도 없고 뻗어 나아갈 힘도 없는 이미 과거의 여성이라고 매도했다. 이렇게 더할 수 없는 모멸의 언사로 '김명순 죽이기'에 나선 그가 진정으로 하고 싶은 말은 이것이었다. "그가 동경서 임노월군과 동서하고 있을 때에는…"으로, 김명순이 사귀던 남자를 김원주가 또 남편으로 삼았다는 사실의 폭로다. 바로 다음 페이지에 쓴 「김원주에게 보내는 공개장」에서 김원주가 재혼을 했으며 그 상대가 임노월이라는 사실부터 앞세운 것이 그 증거다. 김기진은 이런 부도덕한 일은 기생첩의 딸에게서나 볼 수 있는 일이라고 만천하에 공개하며 고발하였다.

김기진의 공개장에서 폭로한 임노월과 김명순, 김원주의 삼각관계는 김명순의 귀국으로 사실상 김원주의 승리가 된 그런 싸움이었던 것으로 보인다.[32] 한 번도 사랑을 해본 적이 없다는 고백처럼 사랑을 하지는 않았을지라도 이 사건은 김명순에게 무심할 수는 없었을 것이다. 이때 발표한 시 「유언」이나 「저주」는 김기진의 공개장이 아니더라도 김명순이 적지 않게 상처를 받았음을 나타낸다.[33] 그러나 놀라운 것은 이러한 상황에서 중편 「도라다 볼 때」(1924), 장편 「외로운 사람들」(1924)을 써서

---

32 별그림(김명순), 「렐없는 소식의 일절」, 『신여성』, 1924.9. 참조
33 김명순, 유언 탄실이 세상이여 내가 당신을 떠날 때/ 개천가에 누웠거나 들에 누웠거나/죽은 시체에게라도 더 학대하시오/그래도 부족하거든/이다음에 나 같은 사람이 있더라도/ 할 수만 있는 대로 또 학대하시오/그러면 나는 세상에 다신 안 오리다/그래서 우리는 아주 작별합시다(『조선일보』, 1924.5.29)

발표하고 있다는 것이다. 만일 신진비평가로 이름을 날리며 문단에서 새 권력으로 등장한 김기진이 실명으로 잡지에 살인적 폭로 고발을 하지 않았다면 김명순의 문학은 좀 더 풍요롭고 볼 만하게 전개되었을 것이다.

김명순이 겪은 매체의 폭력은 1927년에도 이어져 김명순을 '은파리'에 등장시켜 김기진과 같은 논리로 풍자를 해서 개벽사가 고소당하는 일이 있었다.[34] 이 가십을 쓴 필자나 잡지 편집자는 소위 엘리트지식인들이었다. 나라와 민족을 위해 일하는 그들은, 나라와 민족을 만들기 위해 애국을 부르짖으면서 여성을 위해서는 여권은커녕 새로 유입되는 여성해방론에 귀도 기울이지 않고, 조선조 가부장의식을 그대로 지닌 채 여성을 단죄하고 축출하는데 앞장섰다.[35]

엘렌 케이 사상이나 콜론타이의 신여성론 등에 대해 김명순이 직접 언급한 것은 없다. 여성해방에 대한 자기 생각을 표명한 것도 없다.[36] 그러나 김명순이 일본에 유학하고 있었을 때는 세이토의 등장 이래로 입센의 노라와 엘렌 케이 사상이 유학생들 사이에 널리 퍼져있을 때였다. 나혜석이나 김일엽, 김명순 이 세 사람이 도쿄에서 받은 문화 충격은 주로 성의식의 혁명적 변화로 표면화해 이것은 정조이데올로기에 사로잡혀있는 조선사회에 큰 파장을 일으켰고 그들을 스캔들의 주인공이 되게 하였다. 그 중에 김명순이 가장 큰 피해자가 된 것은 제도권 결혼

---

34 남은혜, 앞의 논문 37~38면 참조.
35 전미경, 앞의 책, 계몽 지식인들은 기회가 있을 때마다 '국가'를 강조하였고, 남녀동등론 역시 '국가의 범위 안에서 논의하였다.' 170면. (근대계몽기의)남녀동등론의 한계는 무엇보다도 여성의 시선으로 본 '여성'을 발견할 수 없다는 것이다. 171면.
36 새로 찾은 설문에 대한 응답은 김명순이 대단한 페미니스트였음을 보여준다. 「부친보다 모친을 존숭하고 여자에게 정치 사회문제를 맡기겠다」, 『동아일보』, 1922.1.7.

을 하지 않은 때문이라고 본다.[37] 그의 독신주의를 '은파리'가 조롱하고 있듯이 결혼하지 않은 김명순은 매체의 폭력을 막아줄 안전판이 전무했다. 그는 '우리'에 포함되지 않은 존재였던 것이다.

중편 「도라다 볼 때」는 『조선일보』 발표본과 창작집 『생명의 과실』에 게재한 개고본의 내용이 다르다. 『조선일보』 발표본 약 160장의 길이를 120장 길이로 줄였다. 문제는 연재본이나 개고본 모두 기생전력을 가진 첩의 딸로 설정한 소련의 핏줄이다. 소련은 고모에게 맡겨져 성장하는데 고모는 소련의 핏줄을 부정하다고 염려하고 의심하여 결혼을 서두르며, 원본인 연재본에서는 작가가 이 저주의 피를 뽑아버린다는 뜻에서 주인공을 자살하게 만든다.

> 아 아 모든 것이 다 나를 저버린다. 그것은 고사하고 내 몸이 나를 저버렸다 나는 지금까지 내가 이같이 못난 것인 것을 몰랐던 천치다. 몸을 더럽히고 종 같이 자유도 잃어버리고 살면서 아직도 효순씨를 못 잊었다가 세상이 다 비웃는 이때까지도 옆 눈도 안 뜨고 공부할 그를 못 잊을 천치이다. 내몸에 도는 모든 피가 나를 저버리고 만다. 온 여자를 다 더럽히고 싶던 아버지의 피가 몸을 더럽히면서도 사랑하는 사람을 못 잊어서 죽어 버렸다 하는 어머니의 피에 섞여서 나 같은 천치가 되었다.

여기서 주목되는 것은 김명순이 어머니의 핏줄만을 문제 삼는 것이 아니라 "온 여자를 다 더럽히고 싶던 아버지의 피"를 저주하고 있는 점이다. 김명순은 여러 곳에서 기생이나 첩을 들이는 남성들의 행태를 비

---

37 최혜실, 『신여성은 무엇을 꿈꾸었는가』, 생각의 나무, 2000, 김명순은 처음부터 그 결혼제도로부터 추방당하였다. 결혼제도로부터 추방당하였기에 '우리'로 받아들여지지 못했다. 362~363면 참조. 송명희도 이 점을 지적했다. 「자유연애를 신봉한 용감한 신여성 김명순」, 『김명순작품집』, 2008, 앞의 책, 16면.

판하고 있다. 1910년대 독일에서는 순수혈통이 아닌 백인여성이 다른 인종의 남자와 한 번만 성교를 해도 그 피가 오염된다는 학설이 발표되고 또 그 주장은 널리 받아들여졌는데 김명순도 당시 이런 일설을 들었는지 자신의 글에서 이 나쁜 피 이야기를 공공연히 거론한다.[38] 자신의 출신 성분으로 많은 억압을 받으면서도 자신의 불리한 점을 정면으로 거론하는 점은 김명순 문학에서 미덕이라고 보아야 할 것이다.

본고는 이 소설에서 주인공이 온정에 특히 민감한 반응을 보이는 것에 주목한다. 소련이 효순을 사랑하게 된 것은 따뜻한 배려가 계기가 되고 있다. 고모 류애덕(연재본에서는 엄애스트)은 너무나 쌀쌀했고 소련의 핏줄을 경계하여 "온정을못밧은 그는 반드시쾌활한인물이되지못하고, 그성격에 어두운그늘을많히백히우게되여서 공연한눈물까지흔하엿다。그러한소련이가 인천서 송효순을 맛낫슬쌘무엇인지 왼몸이 녹을쯧한따쯧함을아럿다"고 한다. 일본인 선생들과 학생들을 인솔하고 인천 측후소에 갔을 때 만난 효순이 조선 사람인 것이 반가웠고, 기계실에서 설명할 땐 동경 어음이 분명하게 일본말을 쓰다가 소련에게만 귀밑말로 조용히(아마도 조선말로 · 인용자) 속삭이듯 말을 걸어준 것이 더없이 따뜻하게 느껴져 그때부터 소련은 효순을 사랑하게 된다.

그러나 효순에게는 아내가 있고 소련 역시 고모의 서두름으로 최병서와 결혼을 하게 되어 두 사람은 맺어질 수 없다. 효순도 소련을 사랑하여 괴로워하나 하우프트만의 「외로운 사람들」과 달리 "우연치안한, 긔

---

38 김억과 김기진 등이 참석한 「만혼타개 좌담회」에서도 김기진은 어느 생물학자의 말을 들건대 일단 딴 남성을 접한 여자에게는 그 신체의 혈관의 어느 군데엔가 그 남성의 피가 섞여있지 않을 수 없대요. 그러기에 혈통의 순수를 보존하자면 역시 초혼이 좋은 모양이라 하더군요. 라고 말하는 대목은 이미 많은 연구자들이 인용한 바다. 『삼천리』, 1930.6.

회로 영영잇처지지못하도록 맘이맛던, 한동무가, 어듸서 당신과쏙가티 고생하며 힘쓸것을 잇지안으시겟지요, (중략) 우리에게는 요한네쓰와 마알에게오는파멸은업슴니다"라고 연재본과 달리 개고본에서 두 사람의 사랑을 영적인 사랑과 이해 속에 긍정적으로 맺어준다. 자신을 이해해 줄 사람이 없어 자살을 하는 요한네스에 공감하는 김명순의 외로움을 우리는 여기서 만나게 되며, 영적 사랑을 강조하는 김명순의 이상주의 경향이 '외로움'을 극복하는 방식이었음도 보게 된다. 이 소설 역시 매체가 이 소위와의 사건을 비롯하여 임노월과의 관계 등 자신을 방종한 여자로 보는 데 대한 발명 및 대항서사의 모티프가 담겨 있다. 신문 연재본에서 신문의 왜곡보도가 엄애스트 여사의 삶에 치명적 상처를 주는 것으로 쓴 것도 김명순의 서사가 매체의 폭력에 대한 대응이자 대항이라는 것을 반증한다.

「외로운 사람들」은 중편소설(2백자 원고지 4백장 분량)로 김명순의 회심작이다. '최씨가 사람들'이라고 명명할 만하게 부모와 순희, 상철, 순철, 금희 네 남매 등 최씨가(崔氏家) 이대의 삶을 중심으로 식민지 조선 청년들의 사랑과 이상을 다룬 문제작이다. 순희와 뎡택, 뎡택과 전영, 순철과 장씨, 순철과 청국 왕녀 순영 등 순희와 순철의 사랑을 중심으로 이야기가 전개되면서 만주 여순공대로 유학간 순철의 유학기와 일기, 청국 왕녀가 등장한다. 만주 소재의 북방문학적 성격을 내보이는 한편, 조선의 공업을 일으켜 식민지 조선에 기여코자 노력하는 순철과, 인도주의로 농촌에서 계몽운동을 하는 정택의 사상과 노력이 비록 연대하여 운동에까지 이르지는 못하나 김명순 문학의 미래비전으로 등장하는 역작 중편이다.

이 작품에서 주목되는 것은 청국 왕녀 순영의 존재다. 청국 왕의 일곱번째 비의 딸 왕녀 순영은 외사촌 정대영의 소개로 왕궁에 와 조선어를 가르치는 순철과 가까워진다. ×군이 마적단을 이용하여 왕가의 일족을 몰살하고 불을 지르는 바람에 겨우 목숨을 건져 순철의 기숙사에 피신한 순영은 정대영에 의해 조선의 여학교에 보내진다. 순영은 자나 깨나 졸업하고 귀국할 순철을 기다린다. 그러나 조혼하여 아내가 있는 순철은 귀국한 후 순영에게 이런 사정을 말하지 못하는 중 순영은 외로움에 병들어 죽고 만다. 아내와 순영 사이에서 괴로워하면서 순영을 제2부인으로 할 수 없어 순영을 멀리하는데 근대 매체에서 형성된 가족론, 일부일처제가 힘을 얻으면서[39] 사랑보다 제도가 우선되는 현실을 그린 점에서 주목되는 부분이며 망명한 왕녀의 디아스포라적 삶이 그려진 점도 매우 특이하다면 특이한 점이다.

이 소설에서 김명순이 자신의 변명을 위해 배치한 인물이 전영이다. 전영은 사랑을 감정의 장난처럼 여기는 무책임한 남성으로 하여 직장에서 축출되고, 병들어 농촌에 와서 봉사를 하며 지내는데 과거가 드러나 동네사람들의 지탄으로 다시 축출될 궁지에 몰린다. 무책임한 남성인물은 김명순을 배신하고 김원주에게로 간 임노월을 떠올리게 하며 동네사람들의 지탄으로 궁지에 몰리는 전영은 김명순을 떠올리게 한다.[40] 전영은 뎡택의 사랑과 보호로 재생의 길을 걷게 되는데 김명순은 전영 외에도 순희나 금희 등에 자신의 과거 내지 성격을 부여하는 등 자신을 억압하는 타자들에 소설적 대응을 보여주고 있다. 글쓰기를 통해 생존을 모색하는 작가의 모습은 여기에서도 확인된다.

---

39 전미경, 『근대계몽기 가족론과 국민생산프로젝트』, 소명출판, 2005, 98면부터 참조.
40 임노월이 김명순을 떠나 김원주와 동거하게 된 것은 나혜석이 김우영과 최승구의 묘에 간 것, 최린과 있었던 스캔들만큼이나 세간의 주목을 끌었던 것 같다. 이 사건은 1922년에서 1923년 사이에 있었던 일로 보인다.

3. 김명순의 문학과 디아스포라

1) 망명과 귀향-암암한 고아의식

수필 「네 자신의 우혜」는 김기진의 공개장 등으로 절망에 빠져 고통하는 김명순을 적나라하게 보여주는 글이다. 이 수필은 신문이나 잡지에 실리지 않고 『생명의 과실』에 초고로 발표되었다. 역시 초고를 올린 것으로 알려진 「대종없는 이야기」는 최근 남은혜가 출전을 찾았는데(『신여성』, 1924.11, 「렐없는 이야기」), 필명이 金一蓮으로 되어있다. 1924년 후반에 김명순은 글을 발표할 지면을 얻지 못하고 있었다. 『생명의 과실』에 실린 「대종없는 이야기」가 심일련이라는 가명으로 「렐없는 이야기」로 실렸다는 사실도 그가 지면에 이름을 내놓을 수 없었던 사정을 반증하는 것이다.

김명순은 수필 「네 자신의 우혜」에서 28년의 삶 모두가 쓰라리고, 지루하고, 억울하였다고, 북망산 무덤 사이보다 무시무시하고 꺼린 고개를 눈물에 어린 채 더듬어 넘어왔다고 한다. "한사람의게밧은 한능욕과, 멸시로된-네모든수치의 저수지(貯水池)가, 어느날하로 잇칠날이잇섯스랴."해서 그 근본 원인은 이소위와의 사건에 있고 이후 어느 하루 그 저주에서 벗어난 적이 없으며 그로 인해서 그는 모든 세상에서 돌리어졌고-축출-외로운 절벽에 홀로 서게 되었다고 한다-배제-. "추방에서 방랑에서 유리에서, 엇은 것이 그 무엇인가"고 묻는 김명순은 이 나라를 떠나지 않을 수 없게 되었다고 한다.

김명순은 계속해서 이 도시에는 빵이 없고 집이 없고 동무가 없다고 절규한다. 집이 없는 것은 가정을 이루지 못한데 원인이 있을 것이고, 매체의 폭력으로 모두가 등을 돌리니 동무가 없고, 신문사와 잡지사가 김명순의 글 싣기를 거부하니 고료수입이 끊겨, 빵을 얻을 수 없었을 것이다. 김명순의 작품연보를 보면 1924년 6월부터 7월까지 자전소설 「탄실이와 주영이」를 한 달간 연재한 후 작품 발표가 뚝 끊긴다. 1925년 『생명의 과실』을 출간하고 나서 그 여력으로 『조선일보』, 『조선문단』, 『동아일보』 등에 몇 편의 시가 실리는 정도다.

1927년을 맞는 새해 첫날 자살을 기도했고[41], 같은 해 1월 『매일신보』에 입사, 기자생활을 하고, 영화 출연을 결심하기도 하지만[42] 제2창작집 『애인의 선물』을 낸 다음 1930년경 그는 기어코 일본으로 망명의 길을 떠나고 만다. 『애인의 선물』에는 그동안 발표한 시와 소설, 희곡이 실려 있지만 「분수령」 같은 소설 역시 지면을 얻지 못해 초고를 싣고 있으며 최근 발굴하여 소개할 때까지 제2창작집 『애인의 선물』의 존재는 전혀 알려지지 않았다. 매체들도 이 책의 발간을 기사로 취급해주지 않은 것이다.

이후 김명순의 작품은 1934년 일본에서 쓴 시 「석공의 노래」를 『동아일보』에 발표하였을 뿐, 약 7년간 공백기를 가지며[43] 1936년 귀향하여 1939년까지 쓴 시, 수필, 소설 등이 그러니까 김명순의 마지막 작품이 된다. 김명순의 작품연보를 살펴보면 김기진의 공개장이 김명순의 작품활동을 끝내게 하는데 결정적 역할을 했음을 알 수 있다. 문학을 시작하는 데도 매체의 폭력이 계기가 되었고, 문학을 마감하는 데도 매체의 폭력이 결정적 역할을 하였음은 운명의 아이러니라고 해야 할는지 모른다.

---

41 김명순, 「잘가거라 1927년아」, 『동아일보』, 1927.12.31.
42 서정자·남은혜 공편저 『김명순 문학전집』, 푸른사상사, 2010은 김명순의 동명이인의 작품들을 골라냈고, 영화 역시 동명이인의 출연으로 혼란된 출연작을 정리했다. 김명순이 출연하기로 되었던 영화는 1927년 「광랑」 한 편뿐이다.
43 『문예공론』, 1929.6. 「모르는 사람갓치」 이후부터 1936년 『매일신보』 「귀향」까지.

8년 만에 귀국하여 발표한 수필 「귀향」에서 눈에 띠는 것은 가톨릭에의 귀의와 제일조선인에 대한 혐오를 내비친 일이다. 어린 시절 독실한 기독교인이었다가 믿음을 버렸던 김명순은 일본으로 건너가 가톨릭에 귀의하고 거기서 만난 P씨를 사랑하고 의지한다. 그러나 그는 모종의 사건에 휘말려 2년간 만나지 못하고 있는 상태다.

> (시 「부금조(浮金彫)」 · 인용자 주)이러한 글을 쓰던 나는 동경에서 병 치료에 골몰하고 아직도 돌아갈 길은 아득하였다. 매일 병원에 왕래하면서 의복으로나 행동으로나 저열하여지는 조선취미에 하품을 하고 숙박소에서는 매운 것을 먹을 줄 모르면 조선 사람이 아니리라는 무지한 자랑에 구토하였다.

일본에 있으면서 목격한 조선인들의 행태를 비판하는 이 대목은 김명순이 조국에 갖는 서운함, 비정함에 대한 비판의 일면을 드러내고 있다. 매운 것을 먹을 줄 모르면 조선 사람이 아니라는 식으로 김명순을 몰아붙인 재일조선인 동포의 모습이 보이는 듯하다. 김명순은 일본에서도 축출 배제에 민감한 반응을 보인다. 누군가의 도움을 받지 않고서는 귀국할 방도가 없어 어렵사리 표를 구해 귀국하는 디아스포라 김명순에게서 그러나 모국은 언제나 돌아가고 싶은 곳이었다.

소설 「해 저문 때」는 수필 같은 자전적 소설이다. K는 서울에서 페터를 추억하며 쓴 편지를 추려본다. "모란봉일대의 마른나무가지들은 금향색으로 불그레한 빛을 띠어가나이다. 부벽루 위에 서서 능라도 근처를 굽어보노라면 인공으로는 본도 뜨지 못할 자연의 조화를 그 아름다운 그림 속에 찾았나이다. 맑고 깨끗이 흐르기로 유명한 강물 밑에 마름(藻荳)들이야말로 말할 수 없이 아름답더이다. 마치 유록색의 조화랄지요! 마탄의 물소리도 의구히 은은한듯합니다." 그러나 지금의 평양은 인가가 너무 많이 들어서서 우아한 맛을 잃어버렸다고 한다. 그리고 페터를 고향에 초청할 수 없는 형편을 슬퍼한다. K는 십년 만에 고향에 돌아와도 찾아 볼 친척도 친구도 없는 천애의 고아다.

K는 이어 매체의 폭력에 대해 직설적인 비난을 쏟아놓는다. 이번에는 그들을 소학교 동창이라고 구체적으로 지칭하기까지 한다. ‘그들’은 (내가)조선에서 생활상 안정을 얻을까 하여 갖은 포학을 다하고 있다, 언론에 글을 써주고 유쾌한 때를 가져 본 적이 없다, ‘그들’은 조선을 떠나있던 재작년에도 저들의 경영지에 K의 악평을 써서 분한대로 동경 앵전 경시청(東京櫻田警視廳)에 고발한 일까지 있었다. ‘일일이 저들의 악행을 적는다 해도 황무지에 잡초 하나를 뽑는 것밖에 안 될 것’이고 “저들은 전일에도 나의 젊음과 약함을 기회로 갖은 험구, 갖은 악설을 다 내 일신상에 모아 놓으려고 하던 것입니다” 그런 그들은 이제 페터와 K의 깨끗한 우정마저 빼앗아가려고 한다며 작가는 원망의 칼날을 매체와 언론인을 향해 정면으로 겨눈다. K는 이같이 인정에 주린 여자를 상상이나 하겠느냐고 하면서 어린아이 하나를 거두어준 이야기를 꺼낸다.

나는 이 며칠 전에 수은동(授恩洞) 뒷골목에서 어린아이를 하나 거두어주었지요. 그 아이는 어딘가 나의 모습이 있다고 하더니 자세히 들여다보면 P씨의 모습도 완연합디다. 그 어린아이는 어떻게 나를 따르는지요. 잠시도 나를 떠나고 싶어 하지 않으므로 일리나 되는 길을 나를(따라)타들타들 걸을 때가 많습니다. 나는 단지 그 어린아이와 P씨를 사모하는 마음만을 소유하고 있습니다. 전일의 생활을 전부 저들의 사기에 잃었으므로 나는 일상 외국에 살고 싶습니다.

이 「해 저문 때」에서 K가 거둔 아이는 잠시 함께 하다가 돌려 줄 생각이 아니고 앞으로 K와 함께 살아가려고 하고 있다. 안석영은 「조선문단 30년사」에서 “어느 때인가 오래지 않은 일이다. 어느 고아의 손목을 이

끌고 다니든 탄실을 보았다. "그 애가 누구요" 하고 물은 즉 얻어다 기르는 아이인데 누구의 말을 듣거나 여러 가지로 추측해 보면 모 여배우의 아이가 아닌가 한다고―물론 탄실씨 역시 그 아이의 정체를 모를 것이요, 그 아이 자신도 제가 누구인지 모를 것이다."라고 하였는데 소설의 내용과 일치하고 있다.[44] 김명순의 아들의 정체는 지금까지 밝혀지지 않았다. 이 소설과 안석영의 글은 김명순의 아들이 낳은 아이가 아니라 수은동 뒷골목에서 거둔 아이라는 것을 밝혀준다. 김명순은 일본으로 건너가면서 이 아이를 데리고 간 듯 전영택의 『김탄실과 그 아들』에 아들과 함께 살고 있다.

소설 「해 저문 때」는 마치 망명선언과도 같다. 전일의 생활을 전부 언론인들의 사기(詐欺)로 잃었으므로 외국에 살고 싶다는 것이다. K는 계속한다. "페―터씨 나와 내가 구하여준 시몬의 약하고 어린 두 몸이 인간생활 수평선에 가 닿으려면 이 험한 생활의 고해를 어찌하여야 하겠습니까? 때마다 앞이 암암할 뿐입니다." K는 다시 미개한 언론인들은 남의 험 잡기를 도마 위의 고깃점같이 생각한다며 언론에 대한 적의를 보이며 소설을 마치는데 이 소설은 1938년 1월에 발표된 것이다.

귀국해 있던 이때 김명순은 몇 편의 글을 더 발표한다. 단편 「라엘」과 「Favorite」 두 작품[45]은 찾지 못했고, 특이하게 소년소설 몇 편과 시가 있다. 역시 1938년에 발표한 「시로 쓴 반생 기」에는 동경에서의 김명순이 그려져 있다. /아침 학교 저녁 학교/그다음에 과자장사/명태같이 마른 나는/외로운 인생이었다.…어렵게 고학하면서도 공부를 손에서 놓지 않는 김명순을 볼 수 있다.

---

44 안석영, 「조선문단30년사」, 『조광』, 1938.11. 313면.
45 신혜수의 앞의 논문 작품 목록에 처음 제시됨.

2) 돌아오지 않은 길 — 한 줄기 온정을 찾아서

위의 글에서도 언급하였지만 김명순은 늘 외로웠다. 매체로부터 벼락을 맞듯 깊은 상처를 입은 김명순은 사람들로부터 소외를 당하여 늘 한 줄기 온정에 목이 말랐다. 1930년에 이미 일본에 살기를 결심하거나, 해방 후에도 돌아오지 않고 소위 자이니치의 삶을 선택한 데는 조국에 대한 원망과 이 외로움이 원인이었을 것이라고 본다. 김명순의 호가 '서양을 지향하는 풀'이라는 뜻의 망양초이듯이 니나 슐츠 선생과 독일에서의 삶도 꿈꾸어 본 그이지만 일본으로 가서 삶을 붙인 것은 한 줄기 온정이 그를 일본에 남게 하였다고 본다. 그렇다면 그의 글에 나타난 일본은 김명순에게 어떤 곳이었을까?

김명순이 남긴 작품 중 망명지인 일본을 배경으로 쓴 소설이 있다. 「고아원」과 「고아원의 동무」, 「고아의 결심」이 그것이다. 이 글에서 고아들이 간단한 해산물(海産物)이나 수세미, 소금 콩, 사탕 콩, 낙화생 따위의 봉지를 광주리에 가득 담아 집집마다 들어가서 시가보다 이삼 전씩 비싼 것을 사달라고 간청한다고 쓰여 있는데 이는 김명순이 고학하는 방식과 같아서 김명순이 이 고아원과 어떤 관련이 있지 않았나 생각된다. 이 소설은 일본인을 등장시킨 소설이라는 점에서 희귀한 자료에 속한다. 물론 일본이나 일본인을 깊이 있게 다룬 내용은 아니다. 그러나 일본인을 호감을 가지고 쓰고 있는 점이 매우 특이하다. 이 소년소설과 단편 「칠면조」, 「탄실이와 주영이」 등에 나오는 일본인을 중심으로 김명순의 일본에 대한 의식을 엿보기로 한다.

고아원 시리즈의 세 소년소설은 연작으로 쓰인 것인데 당연히 고아원 이야기이다. 도쿄 시곡(市谷)고아원은 내선인(內鮮人 조·일) 공동경영의 체제여서 일본인 감독도 있고 주목사라는 조선인도 있다. 고아원의 아이들은 그 출신이 다양해 눈길을 끈다. 관동대진재에 미국인 양친을 잃은 시몬과 어머니가 틈만 있으면 이 고아원에 와서 고아의 뒤를 보아주다가 세상을 떠나 도리어 딸이 이 고아원으로 와서 신세를 지게 된 릴리가 있다. 일본아이 이시꼬, 고짱 외에 조선아이는 주목사의 딸 복심이가 거론되는데 조선인 주목사는 심사가 곱지 못한 사람으로 고아들에게 알려져 있다. 이 주목사와 대조되는 사람은 의학박사 산본씨의 부인이자 신전구 동경부협의원 케(K) 부인과 여시인(女詩人) 뿌렌타노 여사다. 김명순은 이 두 여성에 대하여 호감을 보이며 소개한다. 케 부인은 조악(粗惡)한 물품이나마 고가로 사주고 "애국부인회 회원으로 가장 아름다운 인간사(人間事)를 잘 처리하여 호화로운 상류 부인으로 못 먹고 헐벗은 사람들에게 음식 주기와 의복 주기를 재미로 아는 이"라고 쓰고 있고, 여시인 뿌렌타노 여사도 고아들에게 따뜻이 대하는 사람이라고 했다. 이에 반해 주목사는 자기의 딸 복심이의 피부병 옴을 낫게 하려고 새로 들어 온 이시꼬를 한 방에 넣고 옴을 손으로 쓸고 만지게 하여 피부병을 옮긴 비인간적인 목사로 그렸다. 심지어 고아들이 맛있게 음식 먹는 모습조차 싫어한다.

일본인에 대해 케 여사에 대해 호의를 보이는 정도로, 인물의 개성을 파고 든 묘사는 아니지만 악한 주목사와 대조적으로 그렸다는 점에서 김명순이 조선과 조선 남성에 대해 갖고 있는 혐오를 읽을 수 있고, 그에 반하여 일본인의 친절을 부각하고 있는 점을 놓칠 수 없다. 작가는 일찍이 「칠면조」에서도 일본인의 친절한 모습을 그렸다. 주인공이 K부로 가는 기차에서 만난 노인과 청년은 백정촌 S기숙사를 묻는 주인공에게 약도까지 그려가며 친절하게 길을 가르쳐준 것이다. 김명순은 누군가 따뜻하게 대해 준 사람은 반드시 쓴 듯하다. 조선인으로 따뜻하게 대해준 이는 「칠면조」의 박부인 한 사람이다.

다음, 소설에 그려진 일본에 대한 인상도 주목된다. 「탄실이와 주영이」에서 처음 일본에 갔을 때 일본인들의 친절에 감명 받는 대목이 나온다. 숙부가 진명여학교에 김명순이 기생의 딸인 것을 알리고 외출을 절대 금지시켰으므로 김명순은 감옥살이와도 같은 생활을 했다 한다. 그러다가 도쿄에 와서 일인 선생과 동무들이 친절히 도와주고 어디든지 데리고 가서 구경시켜주는 등 진영여학교에서는 한 번도 경험해 보지 않은 따뜻한 인정을 보여주자 비로소 어머니에 대한 사랑이 아름다운 것이었음도 알게 되었다는 것이다. 또 친절한 일본인으로 「탄실이와 주영이」의 길참령 부인이 있다. 조선인과 결혼한 길참령 부인은 독부 같은 일본미인이었다고 김명순은 쓰고 있다. 한마디도 실수하지 않는 날카롭고 민첩한 말솜씨에 나긋나긋 버들가지 같은 몸매를 지니고, 사람을 끄는 매력을 지닌 여자라고 했다. 사람들은 조선 사람과 사는 계집이라고 한층 내려다보다가 그를 만나보고는 그만 허리를 굽혔다는 것이고, 조선유학생들도 처음에 말만 듣고는 믿지 않다가 그를 만나고 가서는 일본여자에 비해 조선여자는 더럽고 뻣뻣하다고 스스로 부끄러워했다는 것이다. 길참령과 길참령 부인은 탄실을 심히 사랑해서 그가 학비 곤란으로, 그 어머니의 돈 보내지 못할 터이니 속히 돌아오라는 편지를 받아들고 울 때 그 집에 와서 머물게 했다. 한 집에 있게 된 뒤, 길참령 부인은 피아노를 치고 탄실이가 노래를 하게 했고, 어떤 때는 '시비공원과 아지부 ×연대' 근처를 으스름 저녁 때 함께 산보를 하기도 했다. 길참령 부인은 탄실을 여러 사람에게 소개하기를 좋아했고 탄실도 그처럼 아름다운 부인과 친척사이같이 다니는 것이 결코 싫지 않았다. 이것이 「탄실이와 주영이」 마지막 회에 처음 나온 길참령 부인에 관한 정보이다. 미완의 소설이기는 하나 길참령 부인이 전체 소설에서 차지하는 비중이 별로 없는 데도 비교적 길고 자세하게 썼는데 이는 길참령 부인에게 김명순이 보이는 도가 넘는 호의가 아닐 수 없다. 이 역시도 고아원의 산본 박사 부인 케 여사처럼 한 인물의 내면에까지 들어가도록 어떤 사건이나 의미 있는 계기가 있는 상태의 기술은 아니다. 그러나 김명순은 이런 정도의 것에도 인정에 목말라 타는 갈증을 채워야했던 것 같다. 그리고 그런 정도의, 표피적인 인정마저도 조선에서는 기대할 수가 없었던 것이라고 보지 않을 수 없다. 김명순을 일본으로 망명하게 하거나 해방 후에도 귀국하지 않고 일본에 남게 한 것은 이런 작은 인정이었다고 본다.[46]

일본에서 김명순이 쓴 글은 지금까지 발견된 것은 없다. 김명순 소설로 「人生行路難」이 오오무라 마스오(大村益夫), 호테이 도시히로(布袋敏博) 공편 『근대조선문학일본어작품집(近代朝鮮文學日本語作品集)』(1901~1938) 창작편(創作篇) 5 (녹음서방(綠蔭書房), 2004)에 실려 있으나(발표지 『조선급만주(朝鮮及滿州)』 358~359호(1937년 9~10월)) 상편의 필자는 김명순, 하편의 필자는 김명희로 되어있을 뿐 아니라 필자를 포함해 몇 사람의 독후 소감을 모아본 결과 이 소설은 김명순의 이름만 빌렸을 뿐 김명순의 소설이 아니[47] 라는 쪽으로 결론을 내렸다. 전영택은 「내가 아는 김명순」[48]에서 "명순은 일본말로 작품을 써가지고 일본 잡지사에 가서 팔아보려고도 하였"다고 쓰고 있다. 그러므로 앞으로 일본에서 쓴 김명순의 글이 발굴될 가능성은 있다.

김명순에 대한 인쇄매체의 폭력은 김명순이 일본으로 망명을 떠난 뒤

---

46 『경성을 뒤흔든 11가지 연애사건』에서는 1939년 김동인의 『김연실전』 연재가 김명순으로 하여금 일본으로 떠나게 했다고 하고 있는데 이 충격과 좌절이 김명순으로 하여금 영구귀국을 하지 않게 한 결정적 요인이었을 것 같기도 하다.

47 김명순 자료를 구해준 야마다 요시코 교수에게 감사드린다.

48 전영택, 「내가 아는 김명순」, 『현대문학』, 1963.2, 『늘봄 전영택전집』 제3권, 목원대출판부, 676면.

에도 이어졌다. 김동인의 『김연실전』(『문장』, 1939.3~1941.2)이 쓰이고, 이명온의 『흘러간 여인상』(1956), 임종국, 박노준의 『흘러간 성좌』(1966)가 잇따라 나와 더러 김명순의 입장을 변호하기도 했지만 김명순에 대한 오해는 돌이킬 수 없도록 고정되었다. 전영택의 단편 「김탄실과 그 아들」은 그 중 객관적으로 쓰인 글로 보인다. 그리고 해방 후 일본에서의 김명순을 알리는 유일한 자료이기에 기록적 가치가 큰 소설이다. 그러나 「김탄실과 그 아들」에 대해 임종국은 "비정한 방관의 이야기"라고 하였다. 그 이유로 소설 속의 아들이 두 차례나 자살을 기도한 것을 들었다. 당자로서 절박했을 자살에 Y라는 목사이자 소설가인 화자가 끝까지 방관하였다는 것이다.[49] 여기에 김명순이 그렇게도 갈망하였던 온정 대신 비정만이 드러난 소설 「김탄실과 그 아들」의 문제가 있다.

소설에서 어머니(김탄실)를 청산 도립뇌병원에 입원시킨 아들 정일은 C총무의 지갑이 든 손가방을 훔치고 자살 소동을 일으키는 등 문제를 일으키기 시작한다. 그러던 어느 날 이 기독교 회관 이사장대리인 Y의 방에 정일이 찾아와서 취직을 할 테니 신분증명을 해달라고 한다. 그도 Y가 어머니의 옛 지인이라는 것을 들어서 알고 있었던 것이다. 그러나 정작 하고 싶은 말은 다른데 있었다.

> "선생님 저는 정말 믿을 데가 없어요. 저는 지금까지 사랑을 모르고 자라났어요. 어머니도 아마 저 같애서 그런 병이 생겨났나 봐요. 정말 어머니는 저렇구 저는 믿을 데가 없어요." 정일의 좌우 쪽 큰 눈에서 눈물이 뚝뚝 떨어진다.[50]

---

49 임종국, 「김탄실과 그 아들—비정한 방관의 이야기」, 『한국문학의 민중사』, 실천문학사, 1986, 360면.
50 전영택, 「김탄실과 그 아들」, 『현대문학』, 1955.4.

Y는 목사답게 원론적인 사랑과 믿음만을 전하고 훈계한다. 이때 정일은 아무 말도 아니하고 눈물만 흘리고 있다가 어머니 이야기를 자랑인 듯 말했다고 되어있다. 그러나 이 순간 정일은 자신의 본마음을 내보인 것을 후회하고 재빨리 착한 아들의 얼굴, 가면으로 돌아갔다고 느낀 것은 필자의 오버센스인지 모르겠다. 그리고 다시 자살 소동이 났을 때 C총무는 모자와 손가방을 들고(뒷수습 차) 먼저 나가고 Y선생은 손님과 같이 택시를 타고 어디로인지 달려갔다고 되어있다. 정일의 자살에 아무런 조치를 하지 않고 끝까지 방관자의 자리를 지킨 것이다. 김명순과 그 아들에게 조국은 끝까지 비정했던 셈이다.

매체로부터 치명상을 입고 그 회복을 위해 문학에 매진했던 김명순은 한줄기 온정을 찾아 자기를 따르는 아이의 손목을 쥐고 일본으로 건너갔으나 그곳에서의 삶은 어떠했는지 차마 묻기도 조심스럽다. 그러나 분명한 것은 소설에 나오는 그 돼지우리도 같고 닭장과도 같은 움막을 뒤뜰에 짓고 살도록 허락한 기독교청년회관 사람들의 온정이다. 그들이라고 그 돼지우리 같은 집을 회관 뒤뜰에 두고 싶었겠는가. 더구나 정신이 온전치 않은 여자를. 그러나 그들로 하여금 그렇게라도 붙여 살게 한 것은 한줄기 온정이 아니었을까? 그 점을 조선과 일본 사회의 차이로 김명순은 느껴 알고 있지 않았을까? 그 온정을 한국에서 간 Y가 밀어 없앤 것은 아니기를 바라는 마음이다.

김명순의 사망 시기는 1950년대라고 일단 말할 수 있을 것 같다. 전영택이 1955년 이 소설을 발표한 후 세계작가대회 참석하느라 다시 도쿄로 갔더니 김명순은 이미 세상에 없었다고 했다.[51] 몇 회의 세계작가대회였는지 알 길이 없으나 한국문인협회 초대이사장을 역임한 해가 1961

---

51 전영택, 「내가 아는 김명순」, 앞의 책, 679면.

년이니 아마 이 무렵 도쿄에 갔다고 보면 김명순의 사망 시기는 1953년 이후 1960년 이전이 될 것이다. 이 청산뇌병원은 지금도 있으나 국립정신병원이 되어 환자의 기록을 열람할 가능성은 없다고 한다. 만일 아들이 살아있다면 7, 80세가 되어있을 것이다.

4. 나오며 – 한국문학사의 그늘

지금까지 김명순의 문학연구에서 김명순이 해방 후 귀국하지 않고 일본에 남았다는 사실에 주목한 경우는 없었다. 김명순은 소위 자이니치의 삶을 택해 일본에 남은 문인이다. 한국 근대 최초의 여성작가로 문단에 등단하여 시, 소설, 희곡 등 170여 편(개고 본 포함)의 방대한 작품을 낳았으면서도 일본으로 가서 디아스포라의 삶을 택하지 않을 수 없었던 김명순(1897~195?)의 삶과 문학을 살피는 일은 한국문학사 속 타자의 형성과정을 부각하는 일이기도 하다. 본고는 김명순이 근대 최초의 현상문예 당선 작가라는 기념비적 존재이면서도 축출 배제되어 일본으로 망명, 디아스포라의 삶을 살기까지 인쇄매체, 신문과 잡지의 폭로성 기사가 결정적인 영향을 미쳤다고 보고 김명순의 문학은 바로 이러한 저널리즘에 시달리면서 한사코 글쓰기로 맞서 싸워 이룩한 생존의 글쓰기이자 대항문학이라고 보았다.

먼저 김명순을 피해자의 삶으로 출발하지 않을 수 없게 한 『매일신보』의 이 소위와의 사건 보도를 위시하여, 『창조』 동인 가입 및 탈퇴 사건, 나카니시 이노스케의 『여등의 등뒤에서』 주인공의 모델 소문과, 김기진의 「김명순씨에 대한 공개장」 사건 등 김명순에게 치명적 피해를 안긴 매체의 폭력을 적시하고, 거기에 대항하여 쓴 글들을 통해 매체의 폭력이 김명순의 삶과 문학을 어떻게 파괴하고 짓밟았는지, 또 김명순

특유의 대항서사를 낳았는지 살펴보았다.

등단작 「의심의 소녀」는 짓밟힌 자기동일성의 회복을 위해 작가가 모색한 생존의 글쓰기였다. 표절설이 있으나 대항서사로서의 의미를 찾아볼 수 있었으며 수필 「××언늬에게」는 벼락 맞은 나무에 자신의 처지를 빗대 고통을 호소하는 글쓰기를 통해 자신을 직시, 생존의 길을 모색하는 생존의 글쓰기를 보여주었다. 단편 「칠면조」는 새로운 숙망을 안고 제2의 유학의 길에 올라 부딪쳐야 했던 인간관계에서 부적응, 소외, 배제의 문제를 소설화한 것으로 소외와 배제의 과정에서 작가의 말 못할 숨은 상처와 고뇌가 드러나는 작품이다.

동거하던 노월 임장화가 김원주와 결혼을 하자 김명순은 적지 않은 충격을 받으나 오히려 중편 「도라다 볼 때」(1924), 중편 「외로운 사람들」(1924), 「탄실이와 주영이」 등의 역작을 연달아 발표하는 의욕적인 활동을 보인다. 중편 「도라다 볼 때」는 신문연재본에서 자신과 같은 '나쁜 피'의 소유자를 주인공으로 내세워 자살을 감행하는 비극을 그리나 나쁜 피는 기생인 어머니의 핏줄만이 아니라 온 여자들을 울린 아버지 핏줄도 나쁜 피로 고발하고 있음이 주목되었다. 『생명의 과실』에 실은 개고본에서는 하우프트만의 「외로운 사람들」의 요한네스와 같이 자살하는 비극이 아니라 두 사람의 사랑이 영적인 사랑과 이해 속에 영속하리라는 희망을 주며 마무리 한다. 자신을 이해해 줄 사람이 없어 자살을 하는 요한네스에 공감하는 김명순의 외로움을 우리는 여기서 만나게 되며, 영적 사랑을 강조하는 김명순의 이상주의 경향이 '외로움'을 극복하는 방식이었음도 보게 된다. 이 소설 역시 이 소위와의 사건을 비롯하여 임노월과의 관계 등 자신을 방종한 여자로 보는 데 대한 변명 및 대항서사의 의미가 담겨 있다.

중편 「외로운 사람들」은 '최씨가 사람들' 이라고 명명할 만하게 부모와 순희, 상철, 순철, 금희 네 남매 등 최씨가(崔氏家) 이대의 삶을 중심으로 식민지 조선청년들의 사랑과 이상을 다룬 문제작이다. 이 작품에서 주목되는 것은 청국 왕녀 순영의 존재다. 청국 왕의 일곱 번째 비의 딸 왕녀 순영은 ×군이 마적단을 이용하여 왕가의 일족을 몰살하고 불을 지르는 바람에 겨우 목숨을 건지나 조선으로 와 순철의 사랑만을 갈구한다. 조혼하여 아내가 있는 순철은 일부일처제가 수립되어가는 중에 순영을 제2부인으로 할 수 없어 갈등하는데 순영은 외로움에 병들어 죽고 만다. 근대 매체에서 형성된 가족론, 일부일처제가 힘을 얻으면서 사랑보다 제도가 우선되는 현실을 그린 점에서 주목되며 망명한 왕녀라는 특이한 디아스포라의 삶이 그려진 점도 주목된다. 이 소설의 순희, 순영, 금희, 전영 등에 작가의 변명과 고뇌의 표백이 나타난다는 점에서 이 역시 대항서사, 생존의 글쓰기에 수렴된다.

실명으로 사생활을 폭로 고발한 김기진의 공개장은 국민 만들기에서 여성은 제외되었음을 보여주는 예이기도 하다. 조선조 가부장적 사고의 단죄로 김명순은 문학적 재능을 더 펴지 못하고 망명을 하게 된다. 창작집 『생명의 과실』은 또 다른 방식의 대항이었으며 이는 단 한 줄의 머리말에 나타나있다. "이 단편집을 오해 받아온 젊은 생명의 고통과 비탄과 저주의 여름(果實·인용자 주)으로 세상에 내놓습니다."

8년 만에 귀국하여 발표한 수필 「귀향」에는 가톨릭에의 귀의, 재일 조선인에 대한 혐오가 내비치며 소설 「해 저문 때」에서는 매체와 언론인들에 대해 직설적인 비난과 공격을 하고 있다. 그리고 아이를 하나 거두는 이야기는 의문에 싸였던 김탄실 아들의 정체를 밝히는 근거가 되었다.

본고는 김명순이 상상의 공동체 민족과 국가 만들기에 앞장 선 매체의, 사실을 압도하는 힘에 희생이 되어 끝내 망명을 하는 김명순의 삶과 문학을 추적하고, 망명지로 일본을 택하고 해방 후 귀국하지 않은 이유를 조국에 대한 뿌리 깊은 원망과 일본에서 만난 한줄기 온정에서 찾았다. 그의 글에서 발견되듯이 비록 표피적인 관심이나마 김명순을 따뜻하게 대하고 받아들여준 사람과 땅은 일본, 일본인이었음은 실로 아이러니다.

김명순의 마지막 목격담이 되는 전영택의 단편 「김탄실과 그 아들」에서 마지막까지 비정한 방관자의 시선이 있었음을 확인하였다. 우리 근대의 매체와 김기진, 김동인, 전영택의 태도에서 근대사의 비극을 낳은 동일자의 시선을 확인하는 일은 고통이다. 한국문학사의 그늘, 김명순에게 근대의 그늘은 참으로 차고 비정하였다. 김명순의 마지막 목격담이 되는 「김탄실과 그 아들」에서 작가 전영택이 마지막까지 비정한 방관자의 시선을 보인 것은 그래서 더욱 안타깝다. 김명순의 문학은 이미 10년대에 축출과 배제의 억압에 항거하는 대항서사를 이룩하였고, 이러한 대항문학을 평생에 걸쳐 이룩하고 있었다는 점을 놓쳐서는 안 될 것이다. 김명순의 문학적 성격은 이 대항문학에서 찾아야 하며 문학사적 의의 또한 그러하다. 본고는 23편(2편 미발굴)의 소설에 그 대상을 한정하였으나 그 외 150여 편의 시와 수필, 희곡 기타의 글들도 대항문학으로서 다시 보고 김명순의 문학사적 위상을 재고해야 할 것이다.

(『세계한국어문학』 제4집, 2010)

나혜석의 문학과 미술 이어 읽기

1. 들어가면서

미술과 문학 그리고 젠더비평에 걸쳐 뚜렷한 업적을 남긴 나혜석에 대한 연구는 다양한 분야에서 연구한 결과물을 한 자리에 모아 터놓고 살펴볼 수 있는 주제적 프리미엄이 있다. 이른바 통섭이 가능한 것이다. 나혜석에 대해서는 기념사업회가 주동이 되어 그 역사, 미술, 문학, 여성, 기타 다방면의 시각으로 접근하는 연구업적을 매해 쌓아오고 있어서 학제 간 연구 교류가 가능한 장으로 역할을 하고 있다. 지난 십수 년 동안에 나혜석의 미술과 문학 그리고 그의 삶을 주제로 한 수많은 논문이나 저술이 나왔다.[1] 그러나 화가이자 작가, 페미니스트를 아우르는 존재

---

1 서정자 편, 나혜석기념사업회 간행, 『정월 나혜석전집』, 국학자료원, 2001의 참고문헌 및 나혜석 학술대회 논문집 참조. 최근에는 아동용 인물전 나혜석 편도 나왔다. 한상남 글, 김병호 그림, 『저것이 무엇인고』, 샘터, 2008.2.22.

로서 나혜석의 학제적 연구는 아직 본격적으로 이루어지고 있지 않다. 이에 이 글은 문학과 미술을 연계하여 나혜석을 읽어보고자 쓰여진다.

문학연구자로서 나혜석 미술의 연구업적을 살펴볼 때 가장 안타까운 것이 나혜석 그림의 남아있는 숫자가 적어서 오는 문제이다. 적을 뿐 아니라 남아있는 작품들이 과연 나혜석의 작품인지 진위를 확실히 가리지 못하는 데서 오는 혼란으로 나혜석 미술에 대한 논의가 공전하는 안타까움이다. 얼추 잡아도 4, 5백점의 작품이 넘게 헤아려지는 것이 나혜석의 그림인데[2] 현재 나혜석의 그림으로 알려진 것은 40점 정도이며 선전 도록에 실린 것 18점을 빼면 20여 점의 작품뿐이고 이들조차 대부분 진위가 불명해 나혜석 미술의 실체를 만나기 어려운 아쉬움은 무엇보다도 심각한 듯하다.

지금까지 나혜석 문학연구는 나혜석이 화가이자 문인이라는 특수성을 간과하고 미술과는 분리된 자리에서 소설, 시, 페미니스트 산문 등 문학 장르에 국한하여 연구, 논의해왔다. 색채로 말한다면 활자라고 하는 흑백의 세계에서 한 걸음도 나오려고 하지 않은 셈이다.[3] 나혜석 연구에서 가장 활발했던 페미니즘의 시각에서 본 연구는 문학을 필두로 하여 미술에서도 나혜석의 회화에 페미니즘이 반영되었는가가 관심의 초점이 되어 왔다. 따라서 실증적 작업보다 페미니즘 이론 및 시각에 편중하는 동안 우리 문학에서 지금까지 단편 「경희」가 화가 나혜석에 의해 쓰여졌다

---

2 1921년 제1회 개인전에서 6, 70점, 조선미전에 출품한 작품 20점(낙선작 포함), 대련과 북경에서 전시회를 하려고 준비했던 수백의 작품, 수원 불교 포교당에서 가진 전시회에서 전시한 작품 7, 80점, 진고개 미술관에서 열린 전시회의 작품 2백 점 등이 그것이다.

3 안숙원, 「나혜석 문학과 미술의 만남」, 『나혜석 학술대회 논문집 I』, 정월 나혜석기념사업회, 2002, 3~81면. 안숙원 교수는 이 글에서 문학과 미술이 공동으로 지닌 시점이라든가 공간성 초점화 등을 문학에 적용하여 나혜석의 문학과 미술의 접점을 시도한 바 있으나 어디까지나 문학연구의 입장에 서 있다.

는 가장 기본적 사실을 놓쳐왔다. 본고는 단편 「경희」의 주인공이 일본의 여자미술학교 학생이라는 사실을 밝히고 「경희」에서 나혜석이 보여준 미술관과 나혜석이 주장한 '여자도 사람이외다'가 예술을 통하여 사람이 되겠다는 선언이었음을 밝히면서 논의를 시작한다. 나혜석은 국가상실(1910)의 충격 속에 유학(1913)을 하여 일본에 대한 저항의식을 내면화하였으리라 보이고, 한편 이때 일본에서 자연주의에 대항하여 일어난 인터내셔널리즘과 개인주의 등에 적지 않은 영향을 받았을 것으로 짐작된다. 이 시기 사상을 대표하는 동인지 『명성(明星)』과 『백화(白樺)』, 그리고 『청탑(靑鞜)』은 문학과 미술운동을 선도하는 잡지였으며 동시에 여성해방운동을 이끌고 있었다. 나혜석은 여성해방사상과 아울러 예술을 통해 진정한 사람이 되는 '길'을 여기서 발견하였음에 틀림없다.[4]

---

4 라이초, 「원래 여성은 태양이었다」, 『靑鞜』 1911.9. 한일근대문학회 역, 『세이토』, 어문학사, 2007.9. 44~54면.

『靑鞜』의 발기인인 히라츠카 라이초는 이 글에서 진정한 '나'에는 남성 여성의 성차별이 존재하지 않는다. 여성이라는 것은 인격의 쇠퇴라고 본다. 원래 여성은 태양, 곧 진정한 인간이었는데 지금은 달이 되었으며 그러므로 진정한 자유해방이란 은폐된 태양을 찾는 길이며 숨어있는 천재를 발휘하는 것이다, 라고 하였다. 그는 세이토가 여성내면에 숨어있는 천재를, 특히 예술에 뜻이 있는 여성의 중심이 되는 천재를 발현하는데 좋은 기회를 부여하는 기관이라고 쓰고 있다. 사람이 되는 것은 곧 예술가가 천재를 발휘하여 진정한 인간에 이르는 길이라고 본 것이다. 이것이 『靑鞜』, 여성해방사상의 근간이다.

江種滿子 교수도 논문 「1910年代の日韓文學の交点-「白樺」・「靑鞜」と羅蕙錫-」에서 나혜석이 유학한 시기 일본은 『白樺』, 『靑鞜』 그리고 아나키즘 등 개인주의 사상이 주류화하는 교점이었으며 나혜석이 이 사상의 영향을 받았다고 보고 있다. 武者小路實篤 志賀直哉 有島武郎 등이 동인이었던 『白樺』는 미술평론이나 서양미술에도 주력하여 다이쇼 중기에 전성시대를 맞이한다. 이들의 자장에서 나혜석이 영향을 받았다고 보는 것이 에구사 미츠코 교수의 주장이다.

심원섭, 『한일문학의 관계론적 연구』, 국학자료원, 1998. 67면부터, 「1910년대 일본 유학생 시인들의 대정기 사상체험」 참조.

일본 여성해방운동의 대표적 잡지『청탑』의 사상이 예술을 통해 여성의 천재성을 구현하는 것, 다시 말해서 예술을 통해 여성해방, 즉 사람에 이르는 것이었다면, 『청탑』의 자장 안에서 그 영향이 분명한 우리의 나혜석 연구는 달라지지 않으면 안 될 것이다. 즉 나혜석의 문학과 미술은 별개로 읽어야 할 것이 아니라 함께 읽고 검토해야 한다는 뜻이다. 이는 페미니즘 연구나 역사연구 모두에도 해당이 되는 것이라고 본다. 이에 이 글은 나혜석의 문학과 미술을 잇는 읽기를 시도해보고자 한다. 그리하여 흑백으로 남은 나혜석의 예술에 생명의 색채를 올려보려 한다.

나혜석은 그의 삶에서 가장 행복했던 순간은 예술적 기분을 깨닫는 때라고 하였다.[5] 사람의 행복은 부나 명예를 얻었을 때 오는 것이 아니라 예술에 일념이 되어 있을 때 전신을 씻은 듯 맑은 행복이 온다는 것이다. 또한 나혜석은 "지금 생각건대 내게서 가정의 행복을 가져간 자는 내 예술이 아닌가 싶습니다. 그러나 이 예술이 없고는 감정을 행복하게 해 줄 아무것이 없었던 까닭입니다."라고도 하여 나혜석 자신이 예술에 몰입하였던 삶을 고백하고 있다.[6] 나혜석은 그림이란 "영을 움직이고 피가 지글지글 끓고 살이 펄떡 펄떡 뛰는" 것이어야 한다고 매우 강렬한 언어를 사용하고 있으며[7] 이 표현은 좋은 그림을 이야기할 때 되풀이 쓰고 있다.

이러한 그의 예술적 열망이 그의 그림에 어떻게 나타나 있는가? 나혜석 정체성의 본질은 선구적인 예술가라는 점에 있다.[8] 즉 예술가로서의

---

5 나혜석, 「이혼고백서」, 『삼천리』, 1934.9. 서정자 편, 『(원본)정월 라혜석전집』, 국학자료원, 2001, 473면.(이하 전집으로 표기, 인용은 현대문으로 통일함) 사람의 행복은 부를 득한 때도 아니오, 이름을 얻은 때도 아니오, 어떤 일에 일념이 되었을 때외다. 일념이 된 순간에 사람은 전신 洗靑(세청)한 행복을 깨닫습니다. 즉 예술적 기분을 깨닫는 때외다.
6 나혜석, 「이혼 고백장」, 『삼천리』, 1934.8, 『전집』, 450면.
7 나혜석, 「조선미술전람회 서양화 총평」, 『삼천리』, 1932.7, 『전집』, 542면.

나혜석의 정체성이 규명되어야 하는 것은 나혜석 연구의 본질이라는 말이다. 그런 나혜석이 그림이 없어 다음과 같은 말을 들어도 반론을 하지 못하는 형편이다. "지금 전해지고 있는 유작들은 ─내 생각에─그녀의 불꽃같은 예술혼이 반영된 것이 아니라 오히려 그 불꽃같은 휴식처로서 그림을 그렸던 것이 아닌가 생각게 하는 것이다. 그렇다면 그녀에게 있어서 그림은 창조가 아니라 감성의 소비였다는 것인데 나는 그렇게까지 말하고 싶지 않다."9)라는 혹독한 평가를 듣고 있는 것이다.

흑백도록으로 남은 나혜석의 미술은 이에 대한 답변을 일단 유보하고 있다. 나혜석의 실물 그림이 우리 앞에 나타날 때까지 나혜석의 예술에 대한 이러한 평가를 한없이 견디어야 하는가? 나혜석의 그림과 색채를 찾아보려는 작업은 그래서 시도된다. 붓으로는 할 수 없으나 문학과 미술을 왕래하면서 그 일을 기도해 볼 수는 있다. 그의 예술혼은 그림뿐 아니라 글에도 나타나 있을 것이니 이 작업은 단순히 나혜석의 그림을 추정하고 상상하는 작업에 그치는 것이 아니라 나혜석의 문학, 또는 예술혼의 표상을 찾아내는 일에 이르기를 꿈꿀 수도 있다. 고흐의 그림은 심야의 해바라기처럼 뜨거운 것이라 한다. "그러한 표찰이 붙기 쉬운 것은 그림 자체에서 연유하기 때문이기도 하겠지만 또한 그가 남긴 많은 편지 때문이기도 하다.… '만일 우리가 고흐의 편지 및 그 생활에 관한 기록을 갖지 않았더라면 그의 작품의 의미는 전혀 달라졌을 것'"이라고 말한 사람은 철학자이자 정신 병리학자인 칼 야스퍼스다.10) 나혜석의

---

8 장혜전, 「캐릭터로서의 나혜석 연구」에 대한 토론문, 제5회 학술대회 2002.4.27. 『나혜석학술대회논문집 I 』, 5~76면.

9 유홍준, 「나혜석을 다시 생각한다」, 제1회 나혜석학술대회, 1999.4.27, 위의 책, 1~9면.

10 칼 야스퍼스, 「스트린드베리와 고호」, 『스웨덴버그와 횔덜린 사이의 비교 연구』, 김윤식, 「고호의 과수원」, 『문학과 미술사이』, 일지사. 1979. 7면에서 재인용.

글에서 잃어버린 그림을 찾아보고 글에서 찾은 빛과 색채를 나혜석의 그림에 올려 본다는 말은 그리하여 시도해 볼만한 작업이 된다.

2. 나혜석의 글에서 찾아 본 나혜석의 예술

1) 화가 나혜석이 쓴 「경희」 다시보기

필자는 김윤식 교수의 위에 인용한 글이 실린 『문학과 미술사이』를 읽다가 놀라운 발견을 하였는데 그것은 색은 음조와 같다는 것이었다. 빛깔이 곧 음조라는 이 말은 나혜석의 단편 「경희」의 풀리지 않던 한 대목을 풀어줄 귀중한 자료가 될 것으로 보였다. "고흐의 편지 속에는 '빛깔의 오케스트레이션' 이라는 말이 자주 나온다. 색은 음 혹은 음조와 같다. 빛깔이 바로 음조이다. 인상파는 빛깔의 변주에 전 생명을 건 것이고, 이는 음악의 구성과 꼭 같다. 인상파의 선구자 그리고 고갱과 고흐의 대선배인 세잔느는 항용 모티프(motive)를 찾아 나선다는 표현을 썼다. 그림의 주제를 찾아 나서는 것이 아니다. 빛의 파장과 함께 부동(浮動)하는 인상을, 즉 색을 칠하는 것이 아니라 색조를 편성하는 것이다."11) 빛깔의 오케스트레이션, 빛깔이 바로 음조라면 나혜석의 단편 「경희」의 주인공 경희가 아궁이의 불빛을 보며 피아노의 음률을 떠올린 것은 바로 인상파의 기법에서 비롯한 연상이었다는 이야기가 된다. 단편 「경희」의 한 의문이 풀리게 되었다. 문제의 대목은 이렇게 쓰여 있다.

> 경희는 불을 때고 시월이는 풀을 젓는다. 위에서는 "푸푸" "부글부글" 하는 소리, 아래에서는 밀짚의 탁탁 튀는 소리, 마치 경희가 동경음악학교 연

---

11 김윤식, 위의 책, 8면.

주회석에서 듣던 관현악주 소리 같기도 하다. <u>또 아궁이 저 속에서 밀짚 끝에 불이 당기며 점점 불빛이 강하고 번지는 동시에 차차 아궁이까지 가까워지자 또 점점 불꽃이 약해져 가는 것은 마치 피아노 저 끝에서 이 끝까지 칠 때에 붕붕하던 것이 점점 띵띵하도록 되는 음률과 같이 보인다.</u> (밑줄 인용자)[12]

　이 인용문을 보면 분명히 작가 나혜석은 "색은 음 혹은 음조와 같다. 빛깔이 바로 음조이다."라는 말을 알고 있었다고 보인다. 나혜석은 빛깔이 곧 음조임을 알았기에 위와 같이 쓴 것이다. 다만 위의 대목을 돌연히 제시하고 있기 때문에 동경음악학교 연주회석에서 들은 관현악주 소리와 여학생 경희가 음악시간에 배운 피아노 음률 자랑을 하느라고 불을 때면서 이런저런 생각을 하는 것으로 느끼기 쉬웠다.

　여기서 잠시 생각해야 할 것이 지금까지 나혜석의 대표작 「경희」 연구자들이 경희의 신분에 대해 분명한 인식을 갖지 못해 온 사실이다. 주인공인 여학생 경희를 신교육을 받은 신여성으로 보았을망정 그가 일본 유학생이라는 사실 위에 전문학교 수준의 유학생일 수 있다는 생각을 하지 못한 것이다. 그것은 바로 불꽃을 보고 음률을 연상한 '미숙한 행동' 때문이었을 것이다. 그러나 불빛의 변화무쌍한 변화를 보고 음률을 떠올리는 것이 바로 인상파가 생명을 걸고 추구하는 방법에서 나온 것이 분명하다면 미술학도인 작가 나혜석은 「경희」의 주인공 경희가 '일본 유학중인 여학생'에서 그치는 것이 아니라 '일본 유학 중인 미술학교 학생'이라고 말하고 있는 것이다.[13] 인상파의 기법을 구사한 소림만오(小林萬吾)에게서 가장 많이 배웠다, 나의 그림은 후기인상파와 자연파

---

12 나혜석, 「경희」, 『여자계』, 1918.3, 『전집』, 108면. 이하 인용문 현대문으로 바꿈.

13 안숙원은 이 여학생이 유학생이라는 것만 있지 무엇을 전공하는 지가 제시되지 않고 있다, 라고 쓰고 있다. 안숙원, 앞의 논문, 3~86면.

의 영향이 많다고 말하고 있는 나혜석이 아닌가. 구미여행 이전까지 그린 나혜석의 유화에는 인상주의와 아카데미즘의 절충된 경향이 나타난다고 한다.[14]

지금까지 살펴 온 것처럼 작품 「경희」의 주인공 경희는 일본의 여자미술학교 학생인데[15] 나혜석이 이 작품을 써서 발표한 1918년은 미술학교를 졸업한 해이다. 나혜석은 이 글이 발표될 무렵인 1918년 3월 도쿄 여자미술학교를 졸업하고 4월에 귀국한다. 그러므로 나혜석은 이때 경희를 통하여 자신의 미술관을 펼쳐 보일 만한 미술지식이나 식견을 어느 정도 갖추고 있었다. 경희가 밀짚을 아궁이에 지피며 불빛에서 음률을 연상하는 것으로 쓴 것은 미술학교 졸업생인 나혜석이 자신의 미술관의 일단을 주인공 경희를 통해 펼쳐 보인 것이었다. 그런데 경희는 왜 이러한 미감을 느끼지 못하는 사람으로 시월이를 말하였을까?

여기에서 또 하나 작품 「경희」를 연구해 온 연구자가 놓친 부분이 있는데 그것은 시월이에 대한 것이다. 단편 「경희」에는 올케도 나오고, 사돈마님, 경희 어머니, 경희 아버지, 떡장수, 수남 어머니, 한 걸음 나아가서 동생도 나오지만 경희가 함께 대화하면서 이야기를 끌어가는 동반자는 시월이라는 사실이다. 시월이는 경희네 집 하인이라는 인물에서 그치는 것이 아니라 경희의 당당한 대화자다. 시월이는 점동이까지 낳은 하인이지만 경희가 조카보다도 더 좋은 장난감을 점동이에게 사다줄 만큼 가깝게 생각하는 식구였고 아마도 나이 차이도 별로 나지 않아 경희와 시월이는 상전과 하인관계를 넘어 친구와도 같은 관계였을 것이

---

14 안나원, 「나혜석의 회화연구―나혜석의 회화와 페미니즘관계를 중심으로」, 이화여대 대학원 미술사학과 석사, 1998. 36면.
15 당시 미술학교에는 여학생이 입학할 수 없었으므로 여자미술학교 학생이라고 해도 틀리지 않다.

다. 그래서 경희는 "(풀을) 열심히 젓고 앉은 시월이는 이러한 재미스러운 것을 모르겠구나 하고 제 생각을 하다가 저는 조금이라도 이 묘한 미감을 느낄 줄 아는 것이 얼마큼 행복하다고도 생각"하는 등 시월이를 자신의 동격 대화자로 놓고 있다. 고대소설에서 여주인공의 대화자는 항용 가까운 몸종인 것을 무수히 보아 온 우리이다. 시월이는 소설에서 내내 경희의 곁에 등장하고 있으며 경희의 생각과 행동을 지켜보며 반응한다. 이 시월이에 대한 비중을 그동안 너무 가볍게 보아온 것도 우리가 「경희」를 잘못 읽게 된 원인의 하나라고 생각한다.

시월이보다 행복하다는 생각을 하던 경희는 지금 시월이보다 행복하다는 생각으로 만족을 할 때가 아니다, "문득 저보다 몇 십 백배 묘한 미감을 느끼는 자가 있으려니 생각할 때에 제 눈을 빼어 버리고도 싶고 제 머리를 뚜드려 받히고도 싶다"고 미술학도의 자세로 돌아온다. 미술학도 경희는 자기가 알고 있는 것보다도 미술의 세계가 요구하는 재질, 즉 천재성이 얼마나 대단하고 중요한지를 알고 있기에 절망을 느끼기도 한다.16) 여기에서 그러나 그것은 미술가가 되기 위한 나혜석의 열정을 표현한 것이기에 이렇게 격정을 보이던 경희는 곧 그런 생각 모두가 "재미도 스럽다"고 할 수가 있었다.

「경희」에서 앞의 장면에 이어 미술적 시각이 이어 드러나는 곳이 다락 벽장 소제 장면이다. 경희는 방학이 되어 집에 오는 때마다 다락 벽장 소제를 하는데 서울 학교에 있을 때와 일본에서 왔을 때가 대조적으

---

16 주 5) 참조. 나혜석이 「이상적 부인」에서 숭배하는 인물로 쓴 요사노 아키코는 잡지 『明星』을 창간한 요사노 뎅캉이 남편이며 『明星』은 나혜석이 영향을 받았다고 한 고바야시 만고(小林萬吾)의 미술학교 선생 구로다 세이키(黑田淸輝)가 창설한 白馬會(1896)와 연계해서 문학미술잡지를 표방한 편집으로 큰 특징을 나타내고 있었다. 나혜석과 『白樺』, 『明星』, 『靑鞜』의 영향관계는 고를 따로 하여 밝혀 볼 필요가 있다.

로 그려져 있다. 일본에서 돌아 온 미술학교 학생 경희의 다락 벽장 소
제 방법은 서울 학교에 다닐 때와 달리 건조적이고, 응용적이라 전혀 다
르다는 기술이다. 여기에서 가정학, 위생학, 도화시간, 음악시간이 등장
하나 이것이 곧 미술학교의 수학 과목은 아니다.[17] 그러나 서울에서 학
교 다닐 때와는 다르게 청소를 한다고 대조적으로 쓰고 있으므로 미술
학교에서 배운 '방법'을 소제할 때 적용하고 있다고 보아도 무리가 없
을 것이다. 곧 청소와 정리 등, 일을 하면서 색채와 구도 등 미술지식을
응용하는 일이다.

그런데 이번 경희의 소제방법은 전과는 전혀 다르다. 전에 경희의 소제
방법은 기세적이었나. 동쪽에 놓았던 제기며 서쪽 벽에 길린 표주박을 쓸고
문질러서는 그 놓았던 자리에 그대로 놓을 줄만 알았다. 그래서 있던 거미
줄만 없고 쌓였던 먼지만 털면 이것이 소제인 줄 알았다. 그러나 이번은 다
르다. 건조적이고 응용적이다. 가정학에서 배운 질서, 위생학에서 배운 정
리, 또 도화시간에 배운 색과 색의 조화, 음악시간에 배운 장단의 음률을 이
용하여 지금까지의 위치를 전혀 뜯어 고치게 된다. 자기를 도기 옆에다 도
놓아 보고 칠첩반상을 칠기에도 담아본다. 주발 밑에는 큰 사발을 받쳐도 본
다. 흰 은 쟁반 위로 노르스름한 전골방아치도 늘어본다. 큰 항아리 다음에
는 병을 놓는다. 그리고 전에는 컴컴한 다락 속에 먼지 냄새에 눈살도 찌푸
렸을 뿐 아니라 종일 땀을 흘리고 소제하는 것은 가족에게 들을 칭찬의 보수
를 받으려함이었다. 그러나 이번에는 이것도 다르다. 경희는 컴컴한 속에서
제 몸이 이리저리 운동케 되는 것이 여간 재미스럽게 생각되지 않았다. 일부
러 빗자루를 놓고 쥐똥을 집어 냄새를 맡아 보았다. (밑줄 인용자)[18]

---

17 윤범모 교수의 『화가 나혜석』에 제시된 나혜석의 학적부에는 가사 과목은 있으나 가정
　학, 위생학 과목은 없다. 그림도 목탄화, 유화, 용기화, 국화 등으로 세분되어있다. 현
　암사, 2005. 125면.
18 나혜석, 「경희」, 『전집』, 114면.

인용 중 밑줄 친 부분에서 보듯이 여기에서도 색과 색의 조화, 음악의 장단 음률이 등장하고 있다. 색과 색의 조화, 음악의 장단 음률을 따라 배치를 달리해보면서 구도를 잡고 응용해 보고 있는 것이다. 불을 때거나 소제하면서 부딪치는 일상에서도 미술적 시각과 논리의 적용을 쉬지 않는 미술학교 학생 경희를 여기서 다시 확인할 수 있다. 소설 속에서 경희는 김치도 담그고 불도 때고 다락 청소를 하는 등 가사노동, 즉 일을 즐겨서 하고 있는데 위에서 보듯이 일을 하면서도 예술적 영감을 얻고자 내면으로는 끊임없이 모색을 그치지 않는 경희를 보여주고 있는 것이다. 여학생에 대한 부정적 관념을 씻으려는 의도만으로 일을 하고 있는 것이 아니라 일에 대한 경희의 뜨거운 열정이 예술에 대한 열정으로 줄긋기를 해볼 수 있는 성격묘사이기도 하다.

『세이토』의 창간호를 보면 경희를 통해서 보여주고 있는 나혜석의 생각이 창간호에 실린 내용과 관련이 없지 않다는 것을 알 수 있다. 앞에서도 보았듯이 라이초의 글과 나혜석의 주장이 상당히 근접해 있다. 이를테면 가사노동이 '숨어있는 천재를 발현함에 있어 부적당하므로 모든 가사의 번쇄(煩瑣)를 싫어한다'는 라이초지만 시라하파(白樺)의 로댕호(특집)에서 영감(靈感)을 기다리는 예술가를 비웃었다는 로댕에 공조하는 대목은 「경희」의 경희가 일에 대해 뜨거운 열정을 보이는 대목을 설명할 수 있다. 로댕처럼 일하면서 영감을 받겠다는 자세로 시라하파(白樺)의 영향을 보여주는 대목이기도 하다.[19]

이러한 경희가 결혼을 강권하는 아버지에게 저항을 하고 '사람'이 되겠다는 독백의 장으로 서사는 이어지는데 이때 경희가 사람이 되는 것

---

19 『세이토』, 앞의 책, 47면과 김윤식, 앞의 책, 「운명의 낭비자상─로댕, 릴케, 발자크」, 36면. "조각가 로댕은 계속 일에 몰두함으로써 영감의 찾아옴에 도달하고 있었다."

은 여성해방의 의미만이 아니라 예술 즉 '화가'가 되는 길이기도 하였던 것은 역시 라이초의 글에서 확인한 바다. 경희는 사람이 되려면 웬만한 학문, 여간한 천재가 아니고서는 어려우며 사천년래의 습관을 깨트리려면 실력과 희생이 있어야 한다고 말한다. 스타엘 부인의 기재, 잔다르크의 용진 희생, 포드 부인과 같은 강고한 의지는 여성이 해방되기 위해서만 필요한 것이 아니라 구체적으로 '화가'의 길을 가려는 경희가 가져야 할 덕목이었던 것이고, 화가로 입신하기 위해서 사천년래의 인습에 맞서는 여성해방의 의지가 너무나 당연히 요청되었던 것이다. 일에 대한 열정은 화가로서 입신하고자하는 로댕적 열정이었고, 사람이 되자는 부르짖음 역시 화가로 뚜렷이 서겠다는 다짐 위에 이루어진 것이었다.

2) 나혜석의 글에서 찾은 잃어버린 그림들

앞장에서 나혜석이 사람이자 예술가를 지향하는 소설의 주인공을 그린 것에서 나혜석이 문학을 통해서 자신의 예술관과 여성해방사상을 피력하고 있음을 보았다. 여기에서 확인할 수 있는 것은 나혜석은 문학과 미술 등 예술을 통해서 자신을 세워나가고자 하였다는 것, 즉 예술을 통해서 사람이 되고자 하였다는 것이다. 이때 주목하게 되는 것이 나혜석의 미술이다. 그러나 앞장에서 언급한 것처럼 불행하게도 현재 남아있다는 그림은 진위가 불명하거나 도록의 흑백도판뿐이라[20] 그의 미술을

---

20 윤범모 교수는 나혜석의 인간과 예술을 조명한 『화가 나혜석』에서 현재 나혜석의 작품이라고 傳稱되는 그림에 대하여 하나하나 검토하고 위작 가능성이 높다고 결론을 내린 다음 출처가 확실한 조선미전의 작품은 도판자료에 의거하므로 상대적으로 그 가치가 높고 비중이 크다고 하였다. 「전칭작품의 진위문제」, 『화가 나혜석』, 212면 이하.

논하기에는 매우 미흡한 현실이다. 그가 한국 최초의 여성소설을 썼으며 최초의 페미니즘 소설을 썼다고 해도 나혜석 예술의 본령은 미술이기에 안타까움은 더하다. 이에 우리는 글 속에서 나혜석의 잃어버린 그림과 색채를 찾아 그가 추구한 예술세계에 접근하는 통로의 하나로 삼고자 한다. 나혜석이 남긴 다양한 형식의 글에는 잃어버린 그림의 제목과 그가 즐겨 택한 색채와 빛이 찾아진다. 잃어버린 그림의 제목이나 구도를 찾아 그의 그림목록에 더해보고, 빛과 색채로 그의 그림에 생명을 부여해 봄으로써 나혜석 예술의 살아있는 실체에 접근해 본다.

먼저 지금까지 알려지지 않은 그림제목이다. 나혜석의 글이나 인터뷰 기사 속에는 제목으로만 남은 그림들이 있다. 흑백 사진으로 남은 나혜석의 그림이 나혜석의 미술세계를 보여주는 거의 모두의 자료라면 ① 제목으로만 남아있는 나혜석의 그림을 찾아보는 것. ② 이 제목과 관련되어 보이는 나혜석의 상황과 연관 지어 그림을 상상해보는 것. ③ 제목은 없으나 나혜석이 그림 구도로 잡아 본 글들로 나혜석의 그림을 상상해 보는 것 등은 일종의 잃어버린 그림 찾기로서 나혜석 미술세계를 보완하는 작업의 의미가 있다. 위작일지도 모른다는 의혹을 가지고 보아야 하는 전칭(傳稱)그림보다 나혜석이 직접 쓴 글이나, 기자가 보고 쓴 그림제목과 글은 활자를 통해서나마 나혜석의 그림을 직접 만나는 신선함이 있다. 그림보다야 못하지만 흑백도판의 조선미전 그림과 함께 나혜석의 미술세계를 확실히 접해 볼 수 있는 새로운 방법이자 자료라고 본다.

조선미전 출품작[21]을 염두에 두면서 앞의 ①과 ②에 해당하는, 남아있

---

21 나혜석이 조선미전에 출품하여 입선 또는 입상한 작품 제목을 보면 다음과 같다.
    제1회(1922) 〈春이 오다〉(입선), 〈농가〉(입선),
    제2회(1923) 〈봉황성의 남문〉(4등 입상), 〈봉황산〉(입선)
    제3회(1924) 〈추의 정〉(4등 입상),〈초하의 오전」(입선)

는 나혜석의 그림제목과 이 제목과 관련되어 보이는 나혜석의 글을 찾아 나혜석의 미술세계로 찾아들어가 본다. 나혜석은 「나의 여자미술학교시대」[22]에서 "그를 따라 교토에 가서 졸업제작으로 〈압천부근(鴨川附近)〉을 그리고 있는 중이었습니다."라고 하였다.[23] 압천은 교토에 있는 내이다. 나혜석은 또 1920년 6월 『신여자』에 기고한 글 「4년 전의 일기 중에서」에서 미술학교 재학 시 압천변을 걷던 때를 쓰고 있다. 압천 중에서도 하무천을 자세히 쓰고 있는데 하압신사를 들어서니 청천이 용출하는 수세지가 청징투명경과 같이 잔잔하였고 경내는 노수거목의 삼림이 무성하고 임중에는 청류한 하무의 천파(川波)가 있어 하일 납량으로 유명하다고 썼다. 사람들은 하무천(賀茂川) 물 가운데 장막을 치고 평상을 놓아 신사 영부인으로부터 자녀를 거느리고 느런히 앉아 먹으며 누우며 옷고름을 풀고 시원히 바람을 쏘이고 앉은 자가 보인다고 하였지만 인물보다 풍경을 즐겨 그린 초기의 나혜석의 작품경향으로 보아 하압신사 경내의 노수거목의 숲과 청류한 하무의 천파를 그리지 않았을까 싶다.[24] 제목은

제4회(1925) 〈낭랑묘〉(3등 입상)
제5회(1926) 〈천후궁〉(특선), 〈지나정〉(입선)
제6회(1927) 〈봄의 오후〉(무감사입선)
제9회(1930) 〈아이들〉(입선, 〈화가촌〉(입선)
제10회(1931) 〈정원〉(특선 : 제12회 일본 제전 입선), 〈나부〉(입선, 〈작약〉(입선)
제11회(1932) 〈소녀〉(무감사 입선), 〈창가에서〉(무감사입선), 〈금강산 만상정〉(무감사입선) 이상 18점.
『전집』, 760면. 윤범모, 앞의 책, 149면.

22 나혜석, 「나의 여자미술학교시대」, 『삼천리』, 1938.5, 『전집』, 288면.
23 「여류예술가 나혜석씨」, 『동아일보』, 1926.5.18. 기자는 "졸업시험에 출품한 씨의 작품은 수십 명 일본여자 가운데 뛰어나 이것을 심판한 선생은 장래를 위하여 길이 축복하였다고 합니다."라고 쓰고 있다. 『전집』, 504면.
24 나혜석, 「4년 전의 일기 중에서」, 『신여자』, 1920.6, 『전집』, 220면.

나오지 않지만 이때 방문한 교토 길전정(吉田町) 청년회 기숙사 김우영의 방에는 나혜석의 화액이 걸려있다고 쓰여 있다. 이 글을 쓴 시기가 1920년의 4년 전, 즉 대략 1916년에서 1917년 무렵이라고 보이니 김우영의 방에 걸렸던 그림과 함께 〈압천부근〉은 나혜석의 작품 중 가장 초기에 그린 작품에 해당할 것이다.

1921년 나혜석은 경성일보사 내청각에서 첫 개인전을 열어 6, 70점의 그림을 전시하였다. 남아있는 작품은 없으나 이 전시회를 보고 쓴 글에서 그림 제목 〈신춘〉이 찾아진다.[25] 이 전시회 그림의 내용은 알려지지 않은 가운데 의과계통 공부를 지망하던 오지호가 이 전시회 유화의 생생한 표현력에 감탄한 나머지 화가가 되기를 결심했다는 일화를 바탕으로 오지호가 감탄한 내용이 표현뿐만이 아니라 내용, 즉 민족, 또는 향토적 내용의 그림이었을 것으로 추정하고 있으니[26] 이 〈신춘〉도 향토적 분위기의 그림이 아니었을까 한다. 이해에 나혜석은 제1회 서화협전에도 작품을 출품, 몇 점 전시하였으나 작품 내용은 알 수 없다.

1924년에 만날 수 있는 나혜석 그림의 제목으로 〈일본영사관〉과 〈단풍〉이 있다. 기자 최은희가 안동 나혜석의 집을 방문했을 때[27] 응접실 좌우 벽에는 산수화, 인물화가 가지런히 걸리었고, 내년 미술전람회에 출품할 〈일본영사관〉과 〈단풍〉도 벌써 맞추어 놓았으며 이층 화실에는 몇백 종이라 헤일 수 없는 가지각색 그림이 빈틈없이 서있었다고 한다. 일본영사관은 만주에 있는 일본영사관일 것이다. 이 그림들은 선전에

---

25 이병기, 『가람일기』 1, 1921년 3월 20일자, 146면. 이상경, 『인간으로 살고 싶다』, 한길사, 233면에서 재인용.
26 박래경, 「나혜석 그림, 풀어야 할 당면과제들」, 『원본 라혜석전집』 발간 기념 나혜석 바로알기 제4회 심포지엄주제발표논문, 2001.4.27. 나혜석 학술대회논문집 1, 4~15면.
27 「여류화가 나혜석 여자 가정방문기」, 『조선일보』, 1925.11.26, 『전집』, 502면.

출품되지 않았다. 〈일본영사관〉과 〈단풍〉을 비롯하여 모아진 많은 작품은 최은희와의 인터뷰에서 말한대로 세계 일주 떠나기 전에 대련과 북경에서 전람회를 통하여 정리하였을 것으로 보인다.[28]

세계 일주를 다녀오자 곧 김우영과 이혼을 한 나혜석은 1931년 〈나부〉, 〈정원〉, 〈작약〉을 제10회 선전에 출품하여 〈정원〉이 특선에 입상하였는데 〈정원〉이 파리의 클뤼니 박물관을 그린 것이며 그 페미니즘 미술적 의의에 대해서는 박계리가 논한 바 있고[29], 이 입선작 중 〈작약〉에 대해서는 나혜석이 언급한 두개의 글을 찾을 수 있다. 러시아를 향해서 하얼빈을 떠나 만주리를 지날 때(기차는 : 인용자) 황무지 좌우 수풀 속에는 백색 천연작약이 흐드러지게 피어 있다[30]하였고, 다음 프랑스 쌀레씨 집 마당에도 덩굴 작약화가 있다고 하였다.[31] 이로 볼 때 나혜석이 작약을 그린 것은 이 여행에서의 감동이 동기가 된 것으로 보인다. 〈작약〉은 세계 일주 후 그린 다른 그림들과 함께 그다지 호평을 받지 못했다.

나혜석은 1933년 나혜석의 미술학사를 찾아 탐방을 온 기자에게 서화협전에 출품하려고 그려놓은 〈뉴욕 교〉, 〈정물〉, 〈나의 여자〉, 〈마드리드 풍경〉, 〈총석정〉과 조선미전에 출품하려고 그려놓은 〈삼선암〉, 〈정물〉[32] 등을 보여준다. 나혜석은 이들 그림에 대하여 다음과 같이 설명을 하고 있다. "〈뉴욕 교〉, 저것은 영국 갔을 때 거기서 그린 것이고, 〈정물〉은

---

28 이 전시회에 대한 신문기사 등 증빙 자료는 아직 찾지 못했다.

29 박계리, 「나혜석의 회화와 페미니즘—풍경화를 중심으로—」, 제7회 나혜석 학술대회 발표논문, 2004.4.23. 이 논문이 나혜석의 글과 그림을 연계하여 작품 〈정원〉의 페미니즘적 의미를 밝혀낸 첫 성과이다.

30 나혜석, 「소비엣 러시아행」, 『삼천리』, 1932.12, 『전집』, 577면.

31 나혜석, 「구미 시찰기」, 『동아일보』, 1930.3.28, 『전집』, 666면.

32 서양화가 나혜석씨—서화협전, 조선미전에 출품하는 여류화가들—『신가정』, 1933.5, 『전집』, 553면. 〈삼선암〉은 〈금강산 삼선암〉이라고도 표기 되어 있다.

일본 있을 때 그리고, 〈나의 여자〉는 노르웨이에 갔을 때 거기서 사는 조그만 여자아이 하나를 돈을 주고 모델로 삼아서 그 나라 풍속을 그대로 그린 것이고, 〈마드리드 풍경〉은 마드리드에서 그린 것입니다. … 〈총석정〉만 작년 여름 금강산 갔을 때 그린 것입니다." 주로 서화협전에 출품할 작품에 대해서만 설명을 하고 있는데 세계 일주 여행 중 스케치한 것을 바탕으로 작품 제작을 하고 있고, 〈총석정〉은 산수를 그린 풍경화일 것으로 짐작된다. 조선미전에 출품하려고 그려놓은 것이 〈삼선암〉, 〈정물〉이라고 하였는데 〈삼선암〉과 〈정물〉은 낙선하였다. 이중 〈삼선암〉[33]은 여자미술학사 인터뷰에 실린 잡지 사진에서 캔버스 앞에서 화필을 들고 앉은 나혜석 옆에 세워진 것을 볼 수 있다. 나혜석은 이와 별도로 2, 3일 후 개성에 가서 〈선죽교〉를 그리겠다고 하고 있다. 오늘날 남아 있는 〈선죽교〉는 진품으로 보고 있는 작품 중 하나인데 제작연도가 1933년이 되는 셈이다.[34]

〈마드리드 풍경〉은 나혜석의 스페인 여행기에 마치 이 그림을 보는 듯한 내용이 쓰여 있다. "아카시아 삼림 위에는 청람색 강한 광선이 쪼여있고 그 사이로는 백색 석조건물이 보이고 파초가 너그러진(원문대로) 가운데는 여신 동상이 처처에 있고 기염 차게 토하는 분수 가에는 웃통 벗은 노동자, 아이들이 한참 무르녹은 멜론을 벗겨들고 앉아 맛있게 먹고 있다."[35] 이 글은 한 폭의 그림 구도인데 청람색 강한 광선이 쪼여있다는 표현은 청람색에 빛이 함께 하고 있다는 표현으로 해석된

---

33 다른 글에서는 〈금강산 삼선암〉이라고 쓰고 있으나 동일한 작품으로 추정된다.
34 윤범모는 이 인터뷰 시기가 5월인데 작품 〈선죽교〉의 계절이 가을인 것을 의문하고 있다. 그러나 곧 가려다 나중에 갔을 수도 있는 일이다.
35 나혜석, 「정열의 서반아행」, 『삼천리』, 1934.5, 『전집』, 622면.

다. 푸른 유월의 하늘과 함께 세계 일주 후 나혜석은 청람색에 상당히
끌리고 있다. 그 외에 윤범모의 저작에서 새롭게 찾아지는 나혜석 그림
의 제목이 몇 개 있으나[36] 당대에 직접 그림을 보고 쓴 글의 경우로 제
한함에 따라 본고에서는 논외로 한다. 염상섭의 소설 「추도」에도 S여사
가 가지고 있던 프랑스에서 그린 나체화의 언급이 있다.

다음은 나혜석의 글에서 찾아 본 그림구도이다. 이대로 스케치를 하
였다면 그림으로 이어졌을 기록이라고 판단된다.

> ─지평선이 창천과 합한 듯한 복잡한 색채, 황무지에는 영란 꽃이 반짝이
> 고 양군과 우군이 한가로이 거닐고 있다. 그윽한 이 한 폭 그림은 네가 항상
> 말하던 집터를 연상하게 한다.[37]

> ─여기(산마르코 : 인용자) 온 후 화제는 풍부하나 연일 강우와 또 구경으
> 로 인하여 마음만 안타까워 할 뿐이고 한 장도 못 그렸다. 이날은 마침 볕도
> 나고 하기에 소품 한 개를 그렸다.[38]

> ─남청색 뜨거운 볕 아래 흙을 밟으며 돌아오니 멀리 보이는 고성은 희랍
> 의 건물 같고 푸르게 흐르는 물 좌우편에는 무슨 식인지 이상스러운 토벽
> 문이 있어 그 근처는 절경을 이루어있다.[39]

> ─눈은 푹푹 쏟아져 저 먼 산은 흐려지고 가까운 수목은 그 형상이 완연
> 해진다. 거기 고귀한 사슴 떼가 입을 눈 위에 박고 거니는 것은 또한 보기
> 좋았다.[40]

---

36 〈해인사 홍류동〉, 〈독서〉, 〈학서암 염노장〉, 〈만공선사초상화〉, 〈프랑스농가(나희균)〉
　 등이 그것이다.
37 나혜석, 「아우 추계에게」, 『조선일보』, 1927.7.28, 『전집』, 664면.
38 나혜석, 「이태리미술기행, 산 마르코」, 『삼천리』, 1935.2, 『전집』, 656면.
39 나혜석, 「파리에서 뉴욕으로, 톨레도」, 『삼천리』, 1934.7, 『전집』, 627면.
40 나혜석, 「태평양 건너서 고국으로, 요세미티」, 『삼천리』, 1934.9, 『전집』, 641면.

－북청으로 가서 일행을 만나 혜산진으로 향하였나이다. 厚岐嶺 경색은
일폭의 남화이었나이다.[41)]

－新乫浦로 압록강 상류를 일주하는 광경은 형언할 수 없이 좋았었나이
다.[42)]

－늦은 봄 저녁공기는 자못 선선함을 느꼈다. 동문(수원 : 인용자)을 들어
서니 높이 보이는 연무대는 옛 활 쏘던 터를 남겨두고 사이로 흰 하늘이 보
이는 기둥만 몇 개 달빛에 비취어 보인다. 그 옆으로 자동차 길을 만들어 놓
은 것은 과연 연인 동지 Y와 K의 발자취를 기다리고 있다. 그 길을 휘돌아
나서니 나타나는 것이 달빛에 희게 벚꽃이 흐무러지게 피어있다. 꽃 사이로
방화수류정 화홍문이 보인다. 거기에는 사람들의 점심 찌꺼기로 남겨놓은
신문지 조각이 바람에 날리고 있을 뿐 인적은 고요하다.[43)]

－홍류동(해인사 : 인용자)은 실로 진외의 선경이다. 바위와 돌, 돌과 바
위에 사이와 사이로 유유히 흘러내려 성산정 앞 높은 석대 위에 떨어지는
웅장한 물소리, 무성한 나무, 흉금을 서늘케 하고 머리를 가볍게 한다.[44)]

－거기서 나와 북으로 뚫린 좁은 길로 조금 내려가 도랑을 건너 한참 올
라간다. 올라가다가 숨을 쉬고 숨을 쉬어 올라가니 낭떠러지에 조그마한 기
와집 암자가 있다. 이것이 희랑조사가 기도하던 希朗臺이다. 대 뒤에는 천
년이나 된 보기 좋은 소나무가 있어 일견에 남화의 격을 이루고 있다.[45)]

---

41 나혜석, 「이혼 고백서」, 『삼천리』, 1934.9, 『전집』, 470면.
42 위의 책, 같은 곳.
43 나혜석, 「독신여성의 정조론」, 『삼천리』, 1935.10, 『전집』, 372면.
44 나혜석, 「해인사의 풍광」, 『삼천리』, 1938.8, 『전집』, 293면. 윤범모는 〈해인사 홍류동〉
　　이라는 그림을 나혜석의 해인사 풍광이라는 글에 인용된 최치원의 시의 분위기와 흡
　　사하다고 하였다. 윤범모, 『화가 나혜석』, 앞의 책, 244면.
45 위의 글, 『전집』, 300면.

─건물(影子殿)의 구조는 현재 조선 목공으로서는 도저히 상상하기 어려운 것이라 하여 각처에서 목공이 와서 도본을 그리어 가는 일이 많다고 한다. 유화의 재료로도 훌륭하다.[46]

─그리고 나서 여관 동북에 있는 국일암을 찾아 갔다. 건설연대는 모르겠으나 상당히 고건물일다. 사람도 그리 없는 듯하여 쓸쓸하였다. 정문 앞에는 고목의 괴목이 있어 역시 유화 재료로 훌륭하였다.[47]

이상 그림이 전해져 오지는 않으나 나혜석의 글이나 기자가 보고 쓴 글에 나오는 그림의 제목[48]과 그에 대한 언급, 그리고 나혜석이 그림구도로 잡아 본 글을 모아보았다. 그림은 없으나 제목이 전해지는 것이 11점, 작품 구도를 보여주는 글이 11개, 대략 22점의 그림이 잡혀졌다. 그림제목을 찾아 나혜석이 쓴 글과 연관을 지어보는 과정에서 가장 그럴 듯한 만남이 〈마드리드 풍경〉인 것 같다. 작품 구도를 보이는 글은 나혜석이 어떤 대상을 만났을 때 예술적 감흥을 느껴 유화의 재료로 좋다고

---

46 위의 글, 301면.
47 위의 글, 302면.
48 글에서 찾은 11개의 그림 제목을 정리하면 다음과 같다.
　〈압천 부근〉(1918) 도쿄 미술학교 졸업 작품
　〈신춘〉(1921) 첫 개인전에서 가람 이병기 교수가 가장 감명 받은 작품
　〈일본영사관〉(1925) 기자 최은희가 안동 집에서 본 그림
　〈단풍〉(1925) 기자 최은희가 안동 집에서 본 그림
　〈뉴욕 교〉(1933) 영국에서 그린 것
　〈정물〉(1933) 일본에서 그린 것(안나원의 논문에 나오는 〈정물〉과 같은 것인지 모른다)
　〈나의 여자〉(1933) 노르웨이에서 그린 것
　〈마드리드 풍경〉(1933) 스페인에서 그린 것
　〈총석정〉(1932) 풍경화로 추정
　〈삼선암〉(1931) 풍경화로 추정
　〈정물〉(1933)

여기는지를 알 수 있게 한다. 드넓은 대지, 거수노목의 삼림, 고운 꽃, 남청색 뜨거운 볕, 빛이 함께 한 청람색 하늘, 웅장한 자연과 물소리, 역사적 의미가 있는 아름다운 고건물 이런 것들이 나혜석에게 예술적 영감을 주는 것 같다. 나혜석이 후기인상파 화가들이 추구했던 예술을 이야기할 때 썼던 표현대로 위대한 자연 앞에서 예술의 정신을 창조적으로 개체화하려 했던 나혜석, 만상을 응시하여 인생과 같은 값되는 작품을 낳으려했던 나혜석을 여기에서 만날 수 있다 하겠다.

조선미전의 나혜석 출품작의 경향을 시기별로 정리한 윤범모에 따르면 농촌 실경시대(1922~23)에는 일하는 여성에 초점을 두었고, 건축물 풍경시대(1924~26)에는 만주의 고건축 혹은 서양의 고건축에 초점을 두었으며, 다양한 소재의 재차 모색기(1930~32)에는 인물, 건축, 정물, 풍경 등 다양한 소재를 선택하였다고 하는데 글에서 찾아 본 작품 구도의 내용과 상당히 근접하고 있다. 그림 제목과 작품 구도는 잃어버린 나혜석 그림의 한 단서로서 나혜석 예술의 실체를 보여주는 중요한 자료라고 생각된다.

3) 나혜석의 글에서 찾아본 빛이 함께 한 색채

이제 색채를 살펴보기로 한다. 나혜석의 글에서 찾아 볼 수 있는 나혜석의 색채는 어떤 것이 있을까? 이들 색채를 통해서 나혜석의 미술을 느껴 볼 수는 없을까? 고흐의 경우처럼 나혜석도 글에서 나혜석 미술의 진정한 표상을 찾아낼 수는 없을까. 우선 단편 「경희」와 「규원」의 묘사를 잠깐 보자.

새벽닭이 새날을 고한다. 까맣던 밤이 백색으로 활짝 열린다. 동창의 장지 한 편이 차차 밝아오며 모기장 한 끝으로부터 점점 연두색을 물들인다.[49] (「경희」)

> 마루에는 어린애의 기저귀가 두어 개 늘어 놓여 있고 물주전자가 놓여있
> 으며 물찌끼가 조금씩 남아 있는 공기가 서너 개 널려있다. 또 거기에는 앵
> 두 씨가 여기저기 떨어져있고 큰 유리 화 대접에 반도 채 못 담겨 있는 앵두
> 는 물에 젖어 반투명체(半透明體)로 연연하게 곱고 붉은 빛이 광선(光線)에
> 반사되어 기름 윤이 흐르게 번쩍번쩍한다.[50] (「규원」)

이 두 묘사에서 두드러지는 것은 광선과 색채의 등장이다. 「경희」에
나오는 묘사는 날이 밝아오는 것을 까만색, 백색, 연두색의 대조적인 색
채로 그리고 있다. '모기장 한끝으로부터 점점 연두색을 물들인다.'는
묘사는 참으로 신선하다. 연두색이 이처럼 시선하게 느껴지는 것은 빛
이 함께 하고 있기 때문이다. 모기장 한끝으로부터 연두색을 물들이는
것은 광선이련만 연두색만 눈앞에 클로즈업되는 문장이다. 빛을 받아
점점 연두색을 물들이는 역동성을 지녔기에 연두색은 살아 있다. 까맣
던 밤이 백색으로 열린다고 한 표현도 마찬가지이다. 빛이 함께 하고 있
는 색채, 즉 색채만이 아니라 광선이 등장하고 있는 것이다.

그런가하면 갑자기 수십 년 뒤로 물러간 듯 고대소설의 문투로 구여
성의 비극을 그린 「규원」의 모두에서도 광선이 함께한 묘사는 생동감의
극치를 이루어 이글의 필자가 화가라는 것을 실감하게 한다. 앵두는 물
에 젖어 반투명체가 되어있고 그 붉은 빛은 광선에 반사되어 기름 윤이
흐르게 번쩍번쩍한다고 묘사하고 있다. 실로 빛의 발견이 아닐 수 없다.

1918년 발표한 나혜석의 시 「광」은 근대의 계몽적인 의미나, 돌아간
약혼자 최승구에 대한 그리움을 상징적으로 표현한 것으로 읽혀 왔으나

---

49 나혜석, 「경희」, 『여자계』, 1918.3, 『전집』, 115면.
50 나혜석, 「규원」, 『신가정』, 창간호, 1921, 『전집』, 128면.

이 시는 화가 나혜석이 바로 빛의 발견을 노래한 것이다.[51] 이 시 「광」
은 나혜석이 쓴 최초의 시이자, 미술학도 나혜석이 그림에서 빛의 중요
성을 깊이 인식하고 쓴 시이다. 빛에게 "아무것도 모르고 자는 나를 깨
운 이상에는 내게 불이 일어나도록 뜨겁게 만들라"고 부르짖고 이것은
빛의 사명이자 화가인 나의 직분이다, 라고 다짐한 노래로 그가 빛에 대
하여 얼마나 절실하게 느끼고 있었는지 알 수 있게 하며 이 빛은 화자의
머리맡에 와서 좋은 음악을 불렀었다는 대목에서 "색은 음 혹은 음조와
같다. 빛깔이 바로 음조이다", 라는 후기인상파의 아포리즘을 충분히 알

---

51 이 논문을 발표한 제11회 나혜석 바로알기 학술대회에서 토론을 맡아 준 송명희는 학
　술대회가 끝난 후 이 시 「광」의 존재를 일깨워주고 토론에서 보인 주장과 달리 나혜석
　의 미술관이 후기인상파라는 것을 확실히 보여주는 작품이라는 의견도 덧붙여 주었다.

　그는 벌써 와서 내 옆에 앉았었으나 나는 눈을 뜨지 못하였다.
　아아! 어쩌면 그렇게 잠이 깊이 들었었는지!

　그가 왔을 때에는 나는 熟睡 중이었다.
　그는 좋은 음악을 내 머리맡에서 불렀었으나
　나는 조금도 몰랐었다.
　이렇게 귀중한 밤을 수없이 그냥 보내었구나.

　아아, 왜 진시 그를 보지 못하였는가.
　아아, 빛아! 빛아! 정화를 키어라.
　언제까지든지 내 옆에 있어다오.
　아아, 빛아! 빛아! 마찰을 시켜라
　아무것도 모르고 자는 나를 깨운 이상에는
　내게 불이 일어나도록 뜨겁게 만들어라.
　이것이 깨워준 너의 사명이요
　깨인 나의 직분일다
　아! 빛아! 내 옆에 있는 빛아!
　나혜석, 「光」(밑줄 인용자) 『여자계』, 1918. 3, 『전집』, 197면.

 •• 우리 문학 속 타자의 복원과 젠더

고 있었음을 증명해 주기도 한다.

1933년 여자미술학사를 세운 나혜석은 학사 설립을 알리면서 돌린 취의서에 광과 색의 세계를 강조하고 있다.[52] 학생모집을 위한 광고에서 나혜석은 광과 색의 세계에 "많은 신비와 뛰는 생명이 거기"에만 있으며 여성이 해방되어 할 일이 여성의 잠재력을 발동시켜 미술을 하는 것이라는 논리, 즉 여성해방과 예술을 겸하여 생각하는 세이토(靑鞜)의 사상을 여기에서도 계속 피력하고 있다.

한편 나혜석은 자신의 그림에 대하여 후기인상파적 자연파의 경향[53]이라 하고 자아의 표현과 예술의 본질을 잊지 않으려 한다.[54] 그런가 하

---

52 광과 색의 세계! 어떻게 많은 신비와 뛰는 생명이 거기만이 있지 않습니까. 갑갑한 것이 거기서 시원해지고 침침하던 것이 거기서 환하여지고 고달프던 것이 거기서 기운을 얻고 아프고 쓰리던 것이 거기서 위로와 평안을 받고 내 맘껏 내 솜씨 내 정신과 내 계획과 내 희망을 형과 선의 상에 굳세게 나타내는 미술의 세계를 바라보고서 우리의 눈이 띄어지지 않습니까? 우리의 심장이 벌떡거려지지 않습니까? 더구나 오늘날 우리에게야 이 미의 세계를 내놓고 또 무슨 창조의 만족이 있습니까. 법열의 창일이 있습니까. 더구나 무거운 전통과 겹겹의 구속을 한꺼번에 다 끊고 독특하고도 위대한 우리의 잠재력을 활발히 발동시켜서 경이와 개탄과 恐縮의 대박 만인에게 끼칠 방면이 미술의 세계 밖에 또 무슨 터전이 있다고 생각하십니까. (후략) 「여자미술학사 — 화실의 개방 파리에서 돌아온 나혜석 여사」, 『삼천리』, 1933.3, 『전집』, 550면.

53 ─나는 학교시대부터 교수 받는 선생님으로부터 받은 영향 상 후기인상파적 자연파적 경향이 많다. 그러므로 형체와 색채와 광선에만 너무 주요시하게 되고 우리가 절실히 요구하는 개인성 즉 순 예술적 기분이 박약하다. 그리하여 나의 그림은 기교에만 조금 진보될 뿐이요, 아무 정신적 진보가 없는 것 같은 것이 자기 자신을 미워할 만치 견딜 수 없이 고로운 것이다." 그리하여 "구도를 생각하고 천후궁을 찾아갔다." 나혜석, 「미전출품 제작 중에」, 『조선일보』, 1926.5.20~5.23, 『전집』, 507~509면.

54 ─후기 인상파의 화가들은 자아의 표현과 예술의 본질을 잊지 아니하였다. 즉 예술의 정신을 창조적으로 개체화하려고 하였다. 그들은 고래로 전해오는 미와 추의 무의식한 것을 알았다. 미추를 초월하여 인정미로 만상을 응시하여 인생과 같은 값되는 작품을 작하려 하였다. 그러므로 그들은 자연이 설명이 아니오, 인격의 표징이오, 감격이었다." 나혜석, 「파리의 모델과 화가생활」, 『삼천리』, 1932.3, 『전집』, 526, 7면.

면 데생의 중요성을 강조하기도 하였다.[55] 빛과 색채, 자아의 표현, 그리고 데생을 중요시하면서 예술의 본질을 늘 생각하던 후기인상파 지향의 화가 나혜석은 초기에 원색을 즐겨 사용한 것 같다. 선전에 출품하여 입선한 〈지나정〉에 대하여 쓴 글을 보면 "지금까지의 원색, 강색보다 간색 침색을 써 보느라고 한"[56]것을 보거나, 이보다 먼저 쓴 글에서 지면의 색과 그림자 색을 좋아한다는 것을 보아 나혜석이 차츰 간색과 침색을 쓰고자했음을 알 수 있다. "김창섭씨의 「교회(敎會)의 이로(裏路)」는 나의 좋아하는 그림 중의 하나이다. 지면의 색과 그림자 색을 매우 즐겨한다.…[57] 그런가 하면 세계 일주를 다녀온 무렵 나혜석은 청람색을 자주 언급하고 있다(〈마드리드 풍경〉). 귀국해서 쓴 글에서도 그런 경향이 보인다. "대륙적이고도 남성적이고 적극적인 세계 어느 나라에서도 볼 수 없는 자랑할 만한 확실하고 쾌활하고 청명하게 푸른 물감을 쭉 뿌린 듯한 조선의 유월하늘은 다년간 이리저리 유랑생활을 하던 자에게는 한없는 자릿자릿 함을 느끼게[58] 한다고 하였다. 유월의 하늘을 표현하는데 아홉 가지의 형용사를 붙이는 나혜석의 색채는 이번에도 하늘이라는 빛이 함께 하고 있다. 그 유월의 하늘빛은 우리의 상상 속에서 찬란하다. 대륙, 남성, 적극, 세계 어느 나라에서도 볼 수 없는, 확실, 쾌활, 청명, 쭉 뿌린 푸른 물감 등은 이 시기 나혜석의 미술세계를 나타내는 키워드

---

55 —데생은 윤곽 뿐의 의미가 아니라 칼라 즉 색채 하모니 즉 調子를 겸용한 것이외다. 그러므로 데생을 확실하게 한 모델을 능히 그릴 수 있는 것이 급기 일생의 일이 되고 맙니다." 나혜석, 「이혼고백장」, 『삼천리』, 1934.8, 『전집』, 452면.

56 나혜석, 미전출품제작 중에, 앞의 글, 512면. 나혜석이 쓴 수필 「만주의 여름」은 그림 〈지나정〉을 감상하기에 더없이 도움이 되는 글이다. 만주 여름의 묘사가 놀랍다. 『신여성』, 1924.7, 『전집』, 222면.

57 나혜석, 「일 년 만에 본 경성의 잡감」, 『개벽』, 1924.7, 『전집』, 226면.

58 나혜석, 「조선미술전람회 서양화 총평」, 『삼천리』, 1932.7, 『전집』, 537면.

로 보인다. 말하자면 원색→침색 간색→대륙, 남성, 적극, 확실, 쾌활 청명을 섞은 쭉 뿌린 푸른 물감의 순서로 그의 작품의 색채 기조가 변화하여 간 것으로 말할 수 있다.

나혜석이 작품 구도로 이어질 만하게 경치를 묘사하면서 색채까지 언급한 주목되는 글에 「사년 전의 일기 중에서」가 있다.

> 작일 장야현 송정리에서 출발하여 중앙선으로 금조 9시 30분에 名古屋에 도착하여 10시에 동해도선 下關행 열차를 승환하다. 지금까지에 보던 경치와는 딴판이다. 동해도선 경색은 많이 쓰다듬은 것일다. 어여쁘고 아당스럽다. 해면으로 탁 터진 데도 많고 광야에 전전(田畠)도 즐비하다. 그러나 중앙선 좌우측은 이와 반대라 할는지, 判異라 할는지 경색은 자연대로 있다. 울숙불숙 서 있는 산도 어푸숨 하거니와 아무렇게 흐르는 내(山谷)도 귀엽다. 山이 있고 峀이 있고, 川이 들어가고 나오고, 먼저 있고 나중 있고 뒤에 있고 앞에 있어 그것은 말할 수 없는 자연의 미를 떨치고 있다. 나는 웬일인지 이러한 데가 좋다. 무슨 까닭인지 모르나 개천가에 있는 돌은 모두 눈과 같이 희다. 거기에 차차 떠오르는 아침 광선이 비취일 때에 레몬옐로우 가란스로즈 색을 띤 것은 얼마나 아름답고 어여쁜 색이라 할는지 어떻다 형언할 수 없다. 창 옆을 떠날 수 없이 景色에 半狂하였다. 어깨를 으쓱으쓱하기도 하였다. 어느 곳에는 뛰어 내려가서 한번만 꼭 밟아보고 싶은 곳도 많다.[59]

위 인용문을 보면 나혜석이 일본 중앙선의 경색을 무척 좋아한 것을 볼 수 있다. 경색은 자연대로 있다, 울숙불숙 서 있는 어푸숨한 산, 아무렇게 흐르는 귀여운 내(山谷), 山이 있고 峀이 있고, 川이 들어가고 나오고, 먼저 있고 나중 있고 뒤에 있고 앞에 있는 것이 말할 수 없는 자연의 미를 떨치고 있는 이러한 데가 좋다, 이렇게 중앙선의 경색을 세세히 묘

---

59 나혜석, 「4년 전의 일기 중에서」, 『신여자』, 1920.6, 『전집』, 215면.

사한 다음 "무슨 까닭인지 모르나 개천가에 있는 돌은 모두 눈과 같이 흰"데 그 흰 돌들에 "차차 떠오르는 아침 광선이 비취일 때에 레몬옐로 우 가란스로즈 색을 띤 것은 얼마나 아름답고 어여쁜 색이라 할는지 어 떻다 형언할 수 없다. 창 옆을 떠날 수 없이 景色에 半狂하였다."고 한 다. 이 색채에 빛이 함께 하고 있는 것을 눈여겨보지 않을 수 없다. 어깨 를 으쓱으쓱하기도 하고, 뛰어 내려가서 한번만 꼭 밟아보고 싶기도 하 다고 하였다.

이런 정도의 감동이면 그림으로 그리지 않았을 리 없다. 이 글은 나혜 석의 50호의 대작이라는 〈삼선암〉(1931)[60]과 〈금강산 만상정〉(1932)을 떠올리게 한다. 〈삼선암〉은 조선미전에서 낙선을 하였고, 〈금강산 만상 정〉은 무감사입선을 하였으나 이때 출품한 나혜석의 작품은 "시들어지 는 꽃과 같이 빛도 향기도 없어져 간다"는 혹평을 받아 두 작품 다 그다 지 좋은 평을 받지는 못하였다. 그러나 그림의 구도가 중앙선에서 본 경 색과 비슷한 풍경화이기에 이 회색 도판에 15년 전에 나혜석을 半狂시 컸던 색채를 올려보고자 한다. 나혜석은 금강산을 일본의 일광(日光) 등 세계적인 경승을 능가하는 절경이라고 말한 바 있는데 일본의 경색을 그리지 않고 금강산의 경색을 그린 데에 나혜석의 민족의식을 읽을 수 있다고 한다면 지나친 해석일까.

우선 하얀 돌에 떠오르는 아침광선이 비쳐 창조한 레몬옐로우, 가란

---

60 나혜석은 일본 제국미술전람회에서 〈정원〉이 입선을 하였지만 이때 함께 출품한 작품 이 〈삼선암〉이다. 그런데 이 작품은 일본 미술계의 관심을 모으지 못했다. 다음해인 1932년 나혜석은 〈금강산 만상정〉을 선전에 출품하여 무감사입선을 하였고 1933년 나 혜석은 〈정물〉과 함께 〈삼선암〉을 조선미술전에 출품하겠다고 말하였다. 이 두 작품 은 분위기가 비슷할 것 같다. 나혜석, 「나를 잊지 않는 행복」, 『삼천리』, 1931.11, 『전 집』, 434면.

스로즈의 색을 상상해 본다. 여기서 레몬옐로우 색은 알만 하지만 가란스로즈가 어떤 색인지 알 수 없어 필자는 일본의 교수에게 도움을 청하였다. 이상경 교수가 현대어로 풀어 쓴 『나혜석전집』에는[61] 글랜스로즈로 나와 있으나 번쩍이는 장미색이란 좀 어색한 표현 같아서였다. 레몬이 열매이니 가란스도 열매이어야 하지 않을까 싶어 문의를 한 것인데 머루의 currants가 아닐까 하는 답이 왔다.[62] 머루빛 장미색, 이건 정말 어울린다 싶었다. 보랏빛 나는 붉은 색이다. 가란스로즈가 해명이 되니 나혜석의 색 두 가지가 분명해졌다. 이 색채에 빛이 함께 하고 있다는 점을 잊어서는 안 되리라. 〈금강산 만상정〉의 하단 前面을 채우고 있는 바위와 돌은 흑백도판에서 희게 보인다. 그 위에 차차 떠오르는 아침 광선이 비추는 레몬옐로우와 커런츠 로즈를 투명하게 또는 농담의 빛깔로 올려본다. 나혜석이 半狂하였던 일본 중앙선의 경색을 능가할 금강산의 농담(濃淡) 암록(暗綠)의 자연미에 아침광선과 어울린 흰색, 레몬옐로우, 커런츠 로즈의 찬란한 하모니가 열린다. 나혜석이 반광하던 아름다운

---

61 이상경, 『나혜석전집』, 태학사, 2000, 197면.

62 이름을 밝히기를 원치 않은 일본의 Y교수는 currant 외에도 칼라 명으로 cassis rose color(까치밥나무 열매 빛 장미색)가 있음을 알려주었다. 후자가 보다 붉은 빛이 도는데 본고에서는 발음이 유사한 currant를 취하며 수고해준 Y교수에게 감사를 드린다. 그런데 이 논문을 읽은 일본 文敎대학 에구사 미츠코 교수는 "논문 중에 가란스로즈라는 색깔이 나오는데 저는 바로 「ガランス」(표기는 가란스인데 머리가 탁음이 됩니다)를 떠올렸습니다. 이유는 2가지입니다. ①대정 8년에 요절한 화가 村山槐多 유고집에 『槐多の歌へる』라는 것이 있는데 有島武郎가 서문을 쓰고, 서평도 발표했습니다. 그 서평에 인용된 槐多의 시 중에 「一本のガランス」라는 자극적인 작품이 있습니다. 젊은 槐多는 세계와 생명 전체를 ガランス 색으로 잡았습니다. ガランス는 불어로 「garance」, 일어로 「茜」(아카네)인데 탁한 붉은 색, 어두운 붉은 색입니다.(*일본말로 아카네 색이라면 주로 석양의 색깔을 말할 때 씁니다. Y교수 주) 색상은 서정자 선생님 이미지에 가깝지만 서양화 세계에서는 잘 알려진 색깔인 것 같습니다."라고 알려왔다. 에구사 교수에게 감사드린다.

경색이다. 이렇게 나혜석의 글을 통해 〈금강산 만상정〉에 빛이 함께 하고 있는 색채를 가해 보자 살아있는 그림이 눈앞에 그려졌다.

3. 빛의 화가 나혜석 — 나오면서

돈 맥클린의 노래가 있는 동영상 「빈센트」의 배경은 불타는 색채의 아름다운 고흐의 그림이다. 고흐의 삶과 나혜석의 삶은 비슷한 점이 많다. "이 세상은 당신처럼 아름다운 사람에게 어울리는 곳이 아니에요." "이제 알 것 같아요, 당신이 무얼 말하려 했는지. 온전하게 살려고 얼마나 고통을 받았는지, 그것으로부터 자유로워지려고 얼마나 애를 썼는지. 그들은 아직도 들으려고 하지 않고, 아마 언제까지나 그러하겠지요.…"[63] 그러나 우리의 나혜석에게는 그 그림이 없다. 회색빛 도판으로만 남은 것이다.

그리하여 나혜석의 글 속에서 나혜석의 그림 및 빛과 색채를 찾아 문학과 미술 이어 읽기를 시도해 보았다. 이 글은 나혜석 예술의 정체성을 확인하기 위한 미술 읽기이자 나혜석의 문학 읽기이기도 하다. 무엇보다도 미술적 시각으로 읽을 때 나혜석의 「경희」가 새롭게 해석이 되었고, "나는 사람이외다."라고 선언했던 유명한 나혜석의 여성해방선언은 『세이토(청탑)』의 여성해방사상과 미술적 성향이 짙은 『백화』파의 자장 아래 예술을 통해 사람이 되어 서려는 선언에 다름 아니었다는 것을 밝히면서 나혜석 예술의 정체성을 찾아 나서 본 것이다.

---

63 This world was never meant for one as beautiful as you.………/Now I think I know/what you tried to say to me/how you suffered for your sanity/how you tried to set them free/They would no listen/They are not listening still /Perhaps they never will.

나혜석은 도쿄 여자미술학교로 유학을 가서 『세이토(청탑)』의 사상을 만났다. 예술가를 지망한 나혜석으로서는 감성 넘치는, 그러면서도 지극히 강렬한 언어의 라이초의 글과 요사노의 글에 크게 감명을 받았으며, 그뿐 아니라 백화(白樺)파의 영향도 적지 않게 받았다고 보인다. 예술을 통해 사람이 되어 서려는 나혜석의 사상은 "인형이 아니라 사람이라"는 노라이즘을 한 단계 올라선 것이다. 예술을 통해서 사람이 되려는 매우 독특한 『청탑』의 여성해방사상, 미술적 성향이 짙은 『백화』파의 영향 등은 별고를 필요로 하는 나혜석 예술의 형성에 중요한 영향을 미친 일본의 근대사상이지만[64] 문학과 미술 성향이 짙은 『세이토(청탑)』와 『백화』 등으로부터 영향을 받아 나혜석은 보다 적극적인 자세로 예술과 여성해방을 지향해 갔다고 보인다.

"색은 음 혹은 음조와 같다. 빛깔이 바로 음조이다. 인상파는 빛깔의 변주에 전 생명을 건 것이고, 이는 음악의 구성과 꼭 같다."라고 하는 인상파의 미술관은 단편 「경희」의 주인공 경희의 일견 미숙해 보이는 행동을 새롭게 해석하는 열쇠가 되었고 「경희」의 주인공 경희가 미술학교 유학생임을 밝히는 단서가 되었다. 이로써 나혜석의 문학과 미술의 접점을 확보하고 나혜석이 남긴 수많은 글에서 나혜석 미술을 찾아 읽는 작업을 통해 나혜석 예술의 실체, 또는 정체성을 규명해 나아가고자 하였다.

그리하여 제목으로만 남은 나혜석의 그림 11개를 찾았으며 그 그림을 뒷받침하는 기록도 찾아냈다. 또한 나혜석이 그림을 그리고 싶다고 느끼며 잡아본 구도 11개를 찾아냈으며 여기에 나혜석의 문학에서 찾은

---

64 구노 오사무 · 쓰루미 슌스케, 심원섭 옮김, 『일본 근대사상사』, 문학과지성사, 1999, 11~32면.

나혜석의 '빛이 함께 한 색채'로 나혜석의 그림세계에 생명감을 불어넣어보았다. 미흡하나마 나혜석 예술이 지닌 감동의 한 끝을 확인한 느낌이다.

이상 살펴온 나혜석의 미술세계는 첫째 '빛이 함께한 색채'의 세계라는 것이다. 나혜석 자신이 언급한 바도 있으며 문학적 묘사에서도 이 빛이 함께 한 색채의 표현이 생동하는 효과를 내고 있음을 확인할 수 있었다. 둘째 나혜석은 위대한 자연 앞에 섰을 때 예술적 감흥이 크고 이를 화폭에 옮기고자 한다는 것이다. 후기인상파의 화가들이 재래의 미와 추에 대한 무의식을 비판하고 자연을 설명이 아니요, 인격의 표징이자, 감격으로 보았다고 이해하였던 것처럼 나혜석도 풍경화를 즐겨 그리며 그것을 인격의 표징으로, 감격으로 표현하고자 하였다. 셋째 나혜석은 원색보다 간색, 침색을 쓰는 쪽으로 차츰 변화하다가 대륙, 남성, 적극, 확실, 쾌활, 청명을 섞은 쭉 뿌린 푸른 물감과 같은 색을 즐겨 사용하였다. 이 모든 색채는 언제나 빛이 함께 하였다.

넷째 나혜석은 역사적 의의가 있는 고 건축에 관심을 보였다. 고건축에 쌓인 세월과 거기에 담긴 사연에 남다른 관심을 보였다. 선전에서 특선을 한 〈천후궁〉도 천후의 사연을 자세히 적을 만큼 '사람'과 관련을 가진 고 건축물에서 예술적 영감을 얻었다.

초기에 쓴 일기의 한 대목에 나오는 흰색에 아침 햇빛을 더한 레몬옐로우, 커런츠 로즈의 색채로 〈금강산 만상정〉에 색채를 올려본 작업은 구도와 색채를 적절히 만나게 해보려는 작업이기도 하고, 나혜석의 민족의식과 예술이 혼연일체가 된 나혜석의 예술혼을 접합해 본 것이기도 하다. 위와 같이 정리해 나오면 나혜석 예술의 정체성은 나혜석 자신이 규정하였던 후기인상파적이요, 자연파라는 것이 가장 적절한 표찰로 되돌아오게 된다. 위대한 자연 앞에서 빛이 함께 하는 생동하는 색채로

(민족의) 혼을 담아내려고 하였던 나혜석, "차차 떠오르는 아침 광선이 비취일 때에 레몬옐로우 가란스로즈 색을 띤 것은 얼마나 아름답고 어여쁜 색이라 할는지" 모른다며 半狂하던 나혜석, "영을 움직이고, 피가 지글지글 끓고, 살이 펄떡 펄떡 뛰는" 예술을 지향했던 나혜석 예술혼의 정수에 한 끝이나마 닿았다는 점을 본고는 보람으로 삼는다. 나혜석의 예술을 한마디로 규정해 본다면 '빛의 화가 나혜석'이 되리라고 생각한다.

이러한 나혜석의 예술탐구가 그의 사람이 되는 길에 어떤 기여를 하였는지? 즉 예술은 그를 진정 해방하였는지? 나혜석의 문학과 미술 이어 읽기는 방법론의 적용에 따라 보다 심화될 수 있으리라고 본다. 예술을 통해 사람이 되고자 했던 그의 발목을 잡은 것은 당시의 젠더담론이었다. 그는 젠더담론을 넘어서는 선택을 했고 그리하여 이루고자 하였던 화가 나혜석의 예술은 설 곳을 잃어갔다. 그러나 나혜석은 그림으로 해서 우리에게 세계로 나아가는 창으로, 존재의 심연으로 향하는 문으로 미래로 통하는 채널로 남을 수 있었다.

(『현대소설연구』 제38호, 2008)

정월 나혜석의 문학세계와 그 위상

1. 그림과 글쓰기, 나혜석의 두 날개

나혜석의 「경희」가 발굴되어 세상에 알려진 것은 1988년이다. 1918년 3월에 발표된 소설이니 김동인이나 염상섭보다 일찍 한국 근대소설사에 등장한 작가이자 작품이다. 또 나혜석의 처녀작 「부부」가 쓰인 1917년은 한국 근대문학의 기념비라는 이광수의 장편 『무정』이 『매일신보』에 연재 발표된 시기와 맞물린다. 이 시기에 나혜석의 소설이 세 편이나 쓰인 것은 나혜석 문학의 위상을 말해주는 것이다. 그럼에도 나혜석의 문학은 70여 년간 묻혀있었다. 로잘린 마일스에 의하면 여성이 소설을 쓰게 된 이유는 여성의 해방과 밀접하게 관련이 있다. 부르주아 형식이라 할 소설의 등장이 부르주아 운동이라 할 여성해방과 동시에 일어났기 때문에 대부분의 여성작가들이 다른 예술 형식에 대한 관심을 차단하고 소설에 몰두하게 되었다는 것이다. 우리 근대문학의 발생과 여성해방사상의 유입이 밀접한 관련이 있고 나혜석이 여성해방사상 수용과 함께 소설을 써 발표하고 있음은 의미심장한 것이다.

1913년 일본으로 유학을 간 나혜석은 1911년 9월에 창간하여 일본을 휩쓴 일본 최초의 여성 문예잡지 『청탑(青鞜)』을 주목하였던 것 같다. 그림 공부를 하러 도쿄의 여자미술학교에 유학을 갔으면서 가자 곧 여성 비평 「이상적 부인」(1914년, 『학지광』 3호)을 써서 발표하고 있다. 어쩌면 글부터 썼다는 이 사실이 그가 『청탑』으로부터 영향을 받았다는 가장 뚜렷한 증거일는지도 모른다. 최근 국문학 분야에서나 일문학 분야에서 일본의 『청탑』 문학운동과 신여성의 관련을 짚어보는 연구가 활발히 진행되어오고 있다. 그러나 여성해방사상과 관련 말고 나혜석의 글쓰기가 『청탑』의 문학운동에서 촉발 되었을 것이라는 가장 기본적인 그러나 매우 중요한 사실을 놓치고 있는 것 같다. 『청탑』의 문학운동에 촉발되어 글쓰기에 나아갔을지라도 나혜석의 글쓰기는 『청탑』의 문학적 성과보다도 높게 평가된다. 일본문학연구자 에구사 미츠코 교수는 나혜석의 소설 「경희」가 당시 일본 여성작가의 어느 소설보다 월등하다고 평가하였다.[1] 나혜석의 페미니즘 소설은 여성문제만을 다룬 것이 아니라 식민지 현실을 극복하려는 의지를 담아 동시대 이광수 등의 소설을 능가하는 성과를 이룩하였다. 그의 본업은 화가였지만 화가로서의 활동보다 글쓰기 활동을 먼저 시작하고 있는 점을 보더라도 글쓰기는 그림에 못지않게 그에게 중요한 '일'이었다. 그는 화가로서 성공하기를 바랐으나 글쓰기 역시 스스로 자부하는 분야였다. 말하자면 그림을 그리면서 여기(餘技)로 글을 썼던 것이 아니라 그림과 글 두 가지가 다 그에게 등가의 의미를 갖는, 의욕적 대상이었다.

---

1 권말부록 에구사 미츠코, 서정자 대담 참조.

나혜석의 글쓰기는 당시의 이광수 단편들과 비교해 보아도 주제나 형식면에서 우수하다는 연구결과가 나와 있다. 나혜석은 문장이나 구성 등에서 빼어난 문학적 글쓰기를 보인다. 이렇게 탄탄한 글쓰기를 보이기까지 나혜석은 글쓰기에 적지 않은 노력을 기울였고 소양도 갖추었음을 보여주는 몇 가지 예가 있다. 여성비평 「백결생에게 답함」을 보면 나혜석의 도도한 문장론이 나온다. 논문이란…감상문이란…이렇게 그 문장의 차이를 명백히 하고 백결생의 비난이 부당함을 논박하는 것[2]을 읽으면 나혜석이 문학창작의 이론에 이미 통달하고 있었으리라 능히 짐작할 수 있다. 그뿐 아니라 나혜석은 한글 맞춤법 강의에 나가 수강하는 모습을 보였고, 이혼 후 "나를 가정생활에서 떠나게 해준 까닭에 제전에 입선을 하게 되고 돌비(突飛)한 감상문을 수 편 쓰게 되"[3]고…하여 그림만이 아니라 글을 쓴 것에 같은 비중으로 자부심을 보였다.

지금까지 나혜석의 글은 신여성으로서의 삶과 페미니즘을 구명하거나 연구에 필요한 자료로 동원된 반면, 문학에 대한 본격적 평가는 제대로 이루어지지 않았다. 전집이 나오고 평전이 나왔으나 그의 문학에 대한 위상정립은 되어있지 않다. 이 글은 나혜석의 문학세계를 조감하여 그의 문학적 키워드를 추출함으로써 그의 문학이해를 돕고 장르별 대표작이 갖는 한국문학사 속의 위상을 짚어보기로 한다. 이미 알려진 것처럼 여성문학은 한국문학사 주류에서 논의된 적이 거의 없었다. 더구나 나혜석의 문학은 88년 단편소설 「경희」가 발굴 소개될 때까지 거의 주목받지 못했다. 80년대 이후 페미니즘이 문단의 관심분야로 크게

---

2 나혜석, 「백결생에 답함」, 서정자 편, 『원본 정월 라혜석전집』, 국학자료원, 2001, 336면. (이하 전집으로 표기)
3 나혜석, 「신생활에 들면서」, 『전집』, 485면.

부각되면서 이미 10년대에 발표된 나혜석의 페미니즘 소설이 소위 "창조된 고전"의 반열에 서게 된 것이다. 정전이라, 고전이라 명명되는 것은 이렇듯 정치 사회 문화적 요청에 의해 만들어지는 것이다. 여성의 지위가 향상되고, 페미니즘의 물결이 다시 일어나지 않았다면 나혜석의 문학은 아직도 묻혀있었을 것이다. 나혜석의 문학은 그처럼 여성의 지위와 밀접한 관련을 맺고 있으며 나혜석 역시 생애를 두고 여성에 대해 탐구하며 글을 썼다.

필자는 2001년 『원본 정월 라혜석전집』을 편하면서 나혜석의 글을 시, 소설, 희곡, 콩트, 수필, 여성비평, 미술비평, 페미니스트 산문, 여행기 등으로 나누어 정리하였다. 이는 전통적 장르구분과 다른 것이다. 나혜석의 글쓰기가 여성해방의식의 기조 위에서 쓰였고, 일찍이 시도된 바 없는 여성체험을 바탕으로 다양한 글쓰기를 하였기 때문에 여성의 시각으로 장르를 나누는 것이 타당하다. 이 중 소설과 여성비평, 페미니스트 산문을 중심으로 그 문학적 위상을 점검해보았다. 나혜석 문학세계를 조감하기 위해 초기~1914년부터 1920년까지, 중기~1921년부터 1927년까지, 후기~1930년부터 1938년까지 셋으로 나누어 살폈다. 나혜석이 남긴 작품은 시 6편, 소설 8편(2편 미발굴), 희곡 1편, 수필 22편(2편 미수록, 1편 미발굴), 여성비평 12편, 페미니스트 산문 11편, 미술비평 7편, 구미여행기 19편(설문응답 등 기타 7편) 총 76편(기타 제외)이며 시의 경우는 산문 속에 쓰인 시를 뽑아 합하면 더 많은 편수를 기록할 수 있다. 섬세하고 예리한 화가의 눈은 만만치 않은 독서로 쌓은 해박한 지식을 바탕으로 하여 다시 보아도 감탄할 독특한 문학세계를 이루었다.

2. 정월 나혜석의 문학세계와 그 위상

1) 키워드로 본 나혜석의 문학세계

(1) '빛'을 찾다

나혜석의 초기문학은 '빛'을 찾아 나아가는 길이었다. 1914년 12월 『학지광』에 실은 「이상적 부인」은 나혜석이 여성해방사상을 만나 이를 '내적 광명' 곧 빛으로 인식한 글이다. 처음 발표한 글인데 여성의 억압을 벗어날 수 있다는 여성해방사상은 나혜석에게 진정 어둠을 밝히는 '빛'이었을 것이다. 또한 미술학교에서 나혜석은 후기 인상파 기법을 배워 '빛'을 도입한다. 그 감동을 쓴 것이 시 「광(光)」인데 이에 비견할 글이 여성비평 「이상적 부인」이다. 나혜석이 일본에서 접한 여성해방사상을 담은 이 글은 우리 문학사상 획기적인 비평문이다. 근대계몽기 여성해방에 관한 글은 신문 기사나 신소설의 여성해방론 등이 있기는 했으나 본격적 여성해방론, 여성비평(feminist criticism)은 나혜석의 글이 처음이다. 이광수가 여성해방에 관해 1916년 「조혼의 악습」부터 1918년 「신생활론」 등까지 8개의 논설을 썼으나 남녀평등이 가한지 판단할 능력이 없으나 여자의 인격을 절대함이 정당할 줄 믿는다는 매우 소극적 태도다. 이에 비해 나혜석의 논조는 매우 적극적이다. 유길준 역시 『서유견문기』(1895)의 '여자 대접하는 예모'에서 서양여성의 지위와 교육, 여성의 활발한 사회활동을 긍정적으로 소개하면서도 "나는 내가 본 대로 기록할 따름이며 좋다 나쁘다 비평은 하지 않겠다."라고 조심스런 태도였다. 이광수는 유길준보다는 나아갔으나 소극적 태도를 취하는 점이 비슷하다. 그들은 남성이었기에 여성의 억압에 대한 실감이 부족했고, 당시 사회가 남녀평등론을 받아들이기에 얼마나 완고한 남성 중심사회인지를 잘 알았기 때문이라 보인다.

나혜석은 「이상적 부인」에서 자신이 이상적이라고 생각하는 이는 과거에서 현재에 이르기까지 아직 찾지 못했고, 또한 자신의 이상은 비상한 고위에 있다 하였다. 이상적 부인에 가까운 자로 여성해방사상을 실천한 카츄샤, 막다, 노라 등 여성해방문학작품 속의 인물과 작가 스토우(헤리엇 비처 스토우) 부인, 라이초(히라츠카 라이초) 여사, 요사노(요사노 아키코) 여사 등 이들 이상적 부인들의 면면은 나혜석의 이상과 그 바탕의 하나인 여성해방사상의 성격을 알려준다.

나혜석의 여성비평은 1917년 3월 「잡감」, 1917년 7월 「잡감―K언니에게 줌」에 이어지면서 그의 이상은 좀 더 구체화된다. 비평문을 먼저 발표한 다음 나혜석은 소설을 썼으며 아직 발굴은 되지 않았으나 분명히 존재한 단편 「부부」(1917년 6월 ?) 외에 「경희」, 「회생한 손녀에게」 3편에서 빛과 색채를 도입해 놀랄 만큼 생생한 묘사를 보여준다.

최원식 교수는 "나혜석의 「경희」는 주목할 작품이다. (중략) 이 전통적 공간은 경희의 존재로 하여 표면적인 평화에도 불구하고 안으로는 긴장이 팽팽하다. (중략) 작가의 수법이 썩 능란하다. 군소인물들을 그려내는 붓질도 일품이다. (중략) 과연 나혜석은 뛰어난 화가이다. 경희는 우리 근대소설이 산출한 가장 매력적인 성격의 하나가 아닐 수 없다."고 극찬을 하고 그러나 4장에 이르러 갑자기 신파조로 떨어져 경희의 매력적인 성격은 일거에 파탄 나고 그 맛깔스런 문체도 영탄조로 붕괴된다고 하였다.[4] 그러나 에구사 미츠코 교수는 바로 이 마지막 장 "경희가 아버지에게 결혼을 안 하겠다고 말한 뒤에 고뇌하는 모습이 아주 감동적으로 그려져 있

---

4 최원식, 「한국근대단편의 성립과정」, 임형택 외, 『한국현대대표소설선』 1, 창비, 1996.6.25, 444~445면.

다"고 보았다.[5] 그리고 창문을 열어젖히니까 태양빛이 들어와 캄캄했던 골방이 환해지는 장면은 자신의 몸 전체로 받아들인 태양의 빛을 통해서 경희 자신이 그동안 생각했던 것들을 새로이 재확인하는 장면으로 "나는 조선의 여자이기 전에 우주의 인간이다"라는 인식을 하는데 이때 절대적으로 작용하는 것이 바로 태양빛이라고 하였다. 이 태양빛을 에구사 미츠코 교수는 일본의 히라츠카 라이초의 영향으로 본다.[6] 단편 「회생한 손녀에게」의 "깍두기로 영생하는 내 기특한 손녀여!"라는 마지막 문장이 보이는 상승적 결말부분도 나혜석의 이러한 빛에 대한 확신을 보여준다.

나혜석이 여자미술학교를 졸업하고 귀국하여 대중 앞으로 나아갈 때 그는 이러한 비전과 확신을 가지고 있었다. 1919년 1월 20일부터 2월 7일까지 『매일신보』에 연재한 만평은 명절 전후의 여성가사노동의 고단함과 구가족제도의 모순 등을 그리면서 경쾌한 문장을 곁들여[7] 나혜석

---

5 에구사 미츠코, 서정자 대담, 앞의 글.
6 에구사 미츠코, 「1910年代の日韓文學の交点―「白樺」・「靑鞜」と羅蕙錫―」, 文敎大學 文學部, 2007.3 참조.
7 이 만평 중 두 개의 글만 예로 들어본다.
  설달대목 3
  다듬이가 끝이 나니 바느질감이 그득하다. 한종일 하고 밤까지 하여도 열흘 안에는 좀처럼 끝이 날듯도 싶지 않다. 아씨들은 할머니한태 솜 재촉만 연해 한다. 할머니 솜 어서어서 피어주셔요 저고리 솜이요 "오냐 아무리 하여도 늙은이의 일이라니 어디 젊은 아이들과 같으냐" "할머니 천천히 쉬어가며 하셔요 끼워놓기만 했다가 나중에 한꺼번에 솜을 두지요" "오냐 천천히 하마 너희는 둘이고 나혼자니까 따를 수가 없구나. 해는 벌써 지는구나. 아이고 그 해야 밝기도 하여라…" 『매일신보』, 1919.1.31.
  초하룻날 10 라혜석여사필
  "형님 무엇이어" "금수토일세" "네, 봅니다 잘 들으십시오 마른고기 물 얻고 새 그물을 벗어나니 복록이 날로 돋으리로다 형님 퍽 좋소 아마 새해는 작은집이 떨어지려나 봅니다" "아이구 작히나 좋을까마는" 동서끼리는 한가히 앉아서 윷을 놀아 윷괘책을 보고 있다. 『매일신보』, 1919.2.7.

의 계몽주의적 비전을 잘 보여준다.

(2) 대중과 소통하다

나혜석 문학의 중기는 1921년부터 1927년까지이다. 이 시기에 나혜석
은 전시회로 선전 출품활동 등으로 활발한 화가로서의 활동을 보이며
동시에 글쓰기를 통해서도 대중과 소통하는데 앞장섰다. 1921년 3월에
한국 최초의 유화개인전을 연 것은 그가 그림으로 대중에게 다가가고자
한 역사적인 기획이다. 한편 염상섭 등이 낸 문예동인지 『폐허』에 시
「냇물」, 「사(砂)」를 발표했고 이어 「회화와 조선여자」를 『동아일보』에 발
표하여 미술에 대한 일반대중의 관심을 일깨웠다. 전시회 전후에 「인형
의 가」 삽화를 그리고 노래 「인형의 가」의 가사를 썼다. 그는 글쓰기에
서 장르에 구애받음이 없이 시, 소설, 평론, 만평 등 다양하게 썼으며 그
의 앞에는 언제나 계몽을 해야 할 조선 대중이 있었다.

나혜석 글쓰기의 핵심이라 할 수 있는 소설은 1921년 미완으로 「규
원」 1편을 발표한 이후 1926년에 「원한」을 발표했다. 이 시기엔 나혜석
의 관심이 그림에 보다 주어져 있으며 초기에 비해 글쓰기가 매우 다양
해진다. 소설, 시, 미술 에세이와 페미니스트 산문, 그리고 수필을 합해
10편이 넘는 숫자다. 이 시기에 나혜석이 주로 쓴 글은 본격문학이라 할
시나 소설보다도 자신의 생각을 그대로 풀어 쓴 감상문이 주류를 이룬
다. 1921년 9월에 남편의 임지를 따라 만주 안동현으로 거주지를 옮겨
비교적 안정되고 조용한 시간을 가질 수 있었던 때문인지 그림제작을
열심히 하는 한편 계몽적 내용의 글도 열심히 썼다. 글 역시 대중에게
다가가고자 하는 방식이었다.

우선 유명한 시 「인형의 가」는 글자 그대로 여성을 계몽하는 내용이
다. 여성비평 「부인의복 개량문제-김원주형의 의견에 대하여」(1921)

역시 계몽을 위한 글이다. 이런 비평이 대중을 향한 페미니즘적 계몽활동이라고 한다면 페미니스트 산문에 분류한 「모된 감상기」는 이 페미니즘을 자신의 삶에 적용한 예이다. 이 「모된 감상기」는 『동명』에 4회 연재한 글로서 그 길이가 100장에 달하고 아이를 가질 때부터 낳아 기를 때까지 거의 2년의 시간 동안 어머니 되기의 체험을 쓴 글이다. 자신의 체험을 바탕으로 고정관념화된 모성본능, 즉 모성애를 회의하는 글이다. 오늘날에도 모성본능의 담론이 통념화되어 있는 판에 이와 같은 혁신적인 발언은 당시로선 남녀 간에 받아들이기 어려웠을 것이 불문가지다. 자신의 체험에 비춰 여성에 관한 고정관념을 새롭게 검증하기를 마지않았던 나혜석은 자신의 체험을 다른 여성과 공유하고자 신문에 공표하였다. 이 역시 대중과 교류하고자 한 나혜석의 자세를 보여주는 것이다. 여성체험이 어떻게 박탈당하고 억압 조장되는지를 다룬 아드리엔느 리치의 『더 이상 어머니는 없다』가 나온 것이 1976년인 것을 생각하면 나혜석의 「모된 감상기」의 선구성이 확인된다.

「강명화의 자살에 대하여」, 「부처간의 문답」, 「일 년 만에 본 경성의 잡감」 역시 나혜석의 계몽의식이 살아있는 글이다. 「생활개량에 대한 여자의 부르짖음」 역시 『동아일보』에 7회 연재한 글로서 그 길이가 60여 장에 달하는 꽤 긴 글이다.[8] 이 글은 2년 전에 쓴 「나를 잊지 않는 행복」과 같은 주제인데 조선여성들에게 자신을 사랑하는 마음, 다른 이를 사랑하는 마음, 남자를 사랑하는 마음을 가짐으로써 생활을 개량할 근본 힘을 얻으라 하면서 이에 덧붙여 생활을 개량하려면 여자 한편만의 힘

---

8 이러한 긴 글은 아무리 연재하는 글이라 하여도 평소에 글을 쓰는 습성이 없이는 불가능한 일이다. 1920년 6월에 발표한 「4년 전의 일기 중에서」가 보여주듯이 나혜석은 일기를, 그것도 길게 쓰고 있었다고 보인다. 나혜석은 하루 치 일기를 대략 2백 자 원고지 20장 가량 길이로 쓰고 있었다.

으로는 어렵다는 것을 말하고 "여자는 이 이상 더 그대들에 대하여 절대 맹종할 수 없고 절대 희생할 아무 남은 것이 없"으니 절대 이기(주의자)인 남자가 생활 도수를 일부만 내려 우리 생활개량을 쉽게 하라고 충고하기도 한다. 여성들만이 아니라 남성들의 자각도 촉구하고 있는 점은 남성의 의식개혁 없이 남녀평등이 이루어지기 어렵다는 절감한 그의 현실의식을 나타낸다. 「만주의 여름」이 글자 그대로 훌륭한 묘사로 성공한 수필이라면, 짧은 수필 「경성에 온 감상의 일편」(1926)에서는 뜻밖의 보수성을 보여주기도 한다. 이 모든 글들에서 대중과 더불어 소통하고자 하는 나혜석의 모습을 볼 수 있다.

(3) 세계를 꿈꾸다

1930년부터 1938년의 후기는 1년 8개월 동안 가진 화려한 세계 일주와 파리 체류경력이 이룬 여행기가 그의 글쓰기의 소중한 업적으로 남았다. 세계를 둘러 본 아까운 식견을 이혼사건으로 충분히 펴보지 못한 안타까움이 있으나 그가 생애 동안 추구한 '빛'이 그림으로 페미니스트 산문으로 열매를 맺은 소중한 시기이다. 그러나 그의 선구자적 의식과 행동은 우선 남편과 가족들로부터 이해를 받지 못했듯이 대중들로부터도 외면을 받는 빌미가 되었다. 그러나 그림이 팔리지 않게 된데 비해[9] 그의 글은 대중들에게 인기가 있어 『삼천리』의 고정필자가 되었다. 1930년부터 1938년까지 나혜석은 51편의 글을 쓰고 있다. 다른 기간의

---

9 이번 나혜석학회 창립총회에서 나혜석의 엽서와 편지를 발굴한 자료가 발표되었다. 이 때 나혜석이 제전에 입선한 작품 「정원」을 팔아달라는 내용의 편지가 공개되었다. 일본의 야나기하라 부처에게 이런 편지를 보내게 된 것은 국내에서 나혜석의 그림을 팔기 어려워진 상황을 말해주는 증좌일 수 있다.

거의 배가 넘는 양이다. 최린과의 연애사건으로 당하게 된 이혼(1930년 11월), 이혼고백서 공개, 세인의 상식을 넘는 위자료 청구 소송(1934년 9월) 등이 줄을 잇는 가운데 나혜석은 여행기를 필두로 글을 썼다. 나혜석은 일본 유학 시 미술잡지 『백화』 등을 통해 접했던 유럽의 미술을 보며 세계를 꿈꾸었고 드디어 세계를 보았던 것이다. 글을 통해 그는 그가 만난 세계를 보여주었다.

1930년 동아일보에 10여회 연재하여 세계 일주 여행기의 선을 먼저 보인 구미시찰기는 1932년 12월호부터 『삼천리』에 다시 본격적으로 연재를 시작하여 1934년 9월호로 끝낸다. 이 시기에 나혜석이 쓴 글은 구미여행과 관련된 37편을 빼면 나머지는 14편 정도다. 그만큼 구미여행과 관련한 글을 주로 썼다. 세계 일주 여행기는 최초의 세계 일주 여행문학[10]이라는 의미도 있지만 각종 미술관 탐방과 그곳에서 만난 명화에 대한 감상 및 안내로 오늘날까지 참고가 될 만하다. 이 해외 탐방 기간 여성운동가와 만나 인터뷰를 하거나 구세군 탁아소(미혼모가 낳은 아이) 심방 등은 여성문제에 대한 남다른 관심과 사명감이 없이는 쓸 수 없는 글이다. 자신의 사상과 삶의 일치라는 나혜석의 일면이 여기에서도 나타난다. 파리에서 그림공부도 하면서 그는 세계를 가슴에 안고 꿈꾸었다. 근대라고 하는 신문물을 거침없이 받아들인 그로서는 유럽과 미주를 돌아보고 일본에서 마주쳤던 '세계'를 확대하여 보다 높이 날고자 하였던 것이다.

최근 발굴된 편지를 보면 나혜석은 남편 김우영이 도쿄에 가서 세계 일주 여행이 결정을 받아온 지 불과 23일 만에 여행에 나서고 있다.

---

10 유길준의 『서유견문』과는 다른 문학적 여행기라는 의미에서 그렇다.

지난달 27일 구미시찰사령을 받았습니다. 그후 여러 가지 준비하고 있는 중인데 어제 남편도 도쿄에서 돌아왔습니다. 18일 쯤에는 시베리아를 경유하여 구주각국 20개국을 시찰하고 또 저는 프랑스에 체재해서 회화를 연구하려고 합니다.[11]

세 아이들은 시어머니와 유모에게 맡기고 떠나는 길, 20여 일의 준비는 참으로 숨이 찼을 것 같다. "나는 실로 마련이 많았다. 그만치 동경하던 곳이라 가게된 것이 무한히 기쁘련마는 (중략) 그러나 나는 심기일전의 파동(波動)을 금할 수 없었다." 당시의 감각으로 젖먹이를 두고 어미가 2년여 집을 떠난다는 사실이 얼마나 어려운 결단이었을지 짐작할 만하다. 세계를 향한 나혜석의 꿈은 그렇게도 강렬했던 것이다. 나혜석이 부부동반으로 세계 일주 여행과 프랑스 유학을 떠난다는 소식은 사람들의 이목을 집중시켰다. 대구, 수원, 서울, 곽산, 안동, 봉천까지 역마다 모인 지인들의 환송을 받고 더러는 내려서 며칠 씩 각종 환송연에 참석하기도 하며 부부는 하얼빈에 도착한다. 나혜석은 "장춘만 해도 서양냄새가 난다."고 해서 달라진 분위기를 전한다. 세계는 곧 서양이 아니던가. 부산서부터 신의주까지는 백색 정목에 빨간 테두리 정모 쓴 (일인) 순사가 번쩍이는 칼을 잡고 "불령선인 승강에 주의하고" 섰으며, 안동현에서 장춘까지는 누런 군복에 약간의 적계(赤系)를 띄운 정모를 쓴 만철지방주임순사가 피스톨 가죽주머니를 혁대에 매어차고, 장춘서 만주리까지는 검은 회색무명을 군데군데 누벼 복장으로 입고 어깨에 삼등군졸의 별표를 붙이고 회색 정모 비스듬히 쓰고 일본 유신시대 버린 칼을

---

11 나혜석의 서한, 야나기하라 기찌베 서한 1165번, 1927년 6월 15일자, 모모야마학원대 사료실 제공.

사다가 질질 길게 차고 가슴이라도 찌를 듯한 창검을 빼들고 멀거니 휴식하고 있는 중국 보병이라 해서 조선, 중국, 만주의 순사와 군졸들의 모습을 화가답게 대조적인 색채어로 묘사하고 있다. 가는 곳마다 여성들의 생활을 특히 주의해서 살폈고 극장, 오락기관, 구락부, 공원 등 신문물과 문화에 특히 관심을 가지고 관찰하고 있다.

중국, 만주, 시베리아, 모스크바, 폴란드, 스위스 제네바, 인터라켄, 베른, 파리, 벨기에 브랏셀, 베를린, 런던, 안트와프, 암스텔담, 헤이그, 스페인, 성세바스챤, 마드리드, 뉴욕, 워싱턴, 시카고, 로스앤젤레스, 샌프란시스코, 하와이, 일본을 거쳐 온 그의 여행기는 그의 꿈이 현실화하는 현장으로서 당시의 독자들에게 그 소재의 신선함만으로도 압도적이었을 것이다.

그러나 세계를 꿈꾸던 나혜석은 이혼으로 좌절의 글쓰기를 해야 했다. 자신의 지난 시절을 이야기하는 글들도 그렇지만 독신으로 사는 현재를 기술한 수필 「여인 독거기」(1934), 「애화 총석정 해변」(1934.8)도 초기와는 반대로 하강적 결말로 바뀌어있다. 이런 상황 속에 쓰인 것이 페미니스트 산문 「이혼고백장」, 「이혼고백서」(1934.8~9)이고 「신생활에 들면서」(1935.2)이고, 소설 「현숙」(1936.12)이다. 「이혼고백장」, 「이혼고백서」는 대단한 반향을 불러일으켰고, 최린에 대한 위자료 소송사건과 같은 시기(1934.9.18)에 발표된 글이라 그 상승여파는 대단하였던 모양이다. 나혜석에게 이것은 '의도된' 사건이었다. 「이혼고백장」이 남편 김우영에게 쓴 글이었다면 고소사건은 변호사를 통해 최린에게 보낸 '글'이었다. 그 내용이 상충되는 부분이 있었다 해도 고소를 위한 글은 재판에서 유리한 입장에 서기 위해 의도적으로 내용을 바꿀 수 있는 일임을 생각할 때 나혜석의 생각과 다르게 표현된 것을 문제 삼을 수는 없을 것이다.

새로운 형식으로 새로운 도전을 꿈꾸어 간 나혜석, 그러나 「신생활에 들면서」(1935.2)를 쓰고 파리로 '죽으러' 가려 한다. 세계로 날려던 파랑새는 파리로 가지 못하고 수필 「해인사의 풍광」을 쓰며 내면세계로 침잠해 든다. 세계를 향해 비상하려던 그의 꿈은 아쉽게도 도중에 날개를 접어야 했다. 그러나 그는 그림으로 글로 대중과 함께했고 무엇보다 자신의 삶을 던져 진실이 무엇인지 보여주었다.

2) 정월 나혜석의 문학세계와 그 위상

(1) 유일하게 국권회복에 대해 쓰다

나혜석의 문학에서 가장 큰 비중을 차지하는 것은 소설이다. 시도 6편을 헤아릴 수 있고 수십 편의 수필이나 산문에 삽입되어있는 시형식의 글들을 뽑는다면 작품 숫자는 늘어날 수 있으나 나혜석 문학의 중심을 이루는 것은 역시 소설이다. 나혜석은 모두 8편의 소설을 썼다. 그러나 남아있는 소설은 6편이다. 단편소설로 「부부」(1917.6?, 『여자계』), 「경희」(1918.3, 『여자계』), 「회생한 손녀에게」(1918.9, 『여자계』), 「규원」(1921.7, 『신가정』), 「원한」(1926.4, 『조선문단』), 「현숙」(1936.12, 『삼천리』), 「어머니와 딸」(1937.10, 『삼천리』)과 장편소설 『김명애』(1933.12)를 썼다. 단편 「부부」(1917.6?, 『여자계』)는 미발굴이고, 장편소설 『김명애』는 미간행 중, 원고가 일실되었다. 작가로서 소설 8편이란 결코 많지 않은 숫자이고 그중 두 편이 전해지지 않은 형편이나 이 소설들은 발표시기가 20년에 걸쳐있고 첫 3편은 10년대에, 20년대에 2편, 30년대 3편이라는 고른 분포를 보이고 있어 작가 나혜석의 소설세계를 논할 만하다. 특히 나혜석의 초기소설 「경희」와 「회생한 손녀에게」는 우리 문학사에서 반드시 언급해야 할 문제작이다. 최근 한국문학전집에 나혜석 편이 당당히 들어간 것은 이에 대한 반증이다.[12] 20년대에 쓰인 「규원」과 「원한」이나 30년대의 장편소설 『김명애』, 「현숙」과 「어머니와 딸」도 나름대로 논의할 만한 작품이지만 10년대에 쓰인 「경희」와 「회생한 손녀에게」는 나혜석 문학의 위상을 결정지을 대표작이다. 나혜석의 단편 「경희」는 일제 식민지 시기, 그것도 10년대의 참으로 귀중한 정보가 담겨있어 문학작품으로만이 아니라 사회, 역사, 교육, 여성, 미술 등 다방면에 걸쳐 중요한 증언을 하고 있고 문학연구자로서 보더라도 끊임없이 그 의의가 발견되는 실로 살아있는 명작이다. 「경희」는 일본 유학 중인 여성지식인이 주인공으로, 당시 사회문제로 등장한 여학생에 대한 부정적 담론을 불식시키고, 축첩이라는 인습에 고통을 당하면서도 여자란 이런 고통을 감내해야 한다는 고정관념에 저항하여, 문벌과 재산을 혼인의 조건으로 보는 전통적 결혼을 거부하며, 새로 다가오는 시대에 어떤 여성이 되어야 할 것인지 심각하게 고민하는 청년여성의 내면을 그리고 있는 문제작이다. 그 형식 역시 현대소설의 구성이나 문장, 묘사 등을 갖추고 있어 실로 신문학사의 자랑스러운 문학유산이라 할 수 있다.[13] 최근 연구에 의하면 이 일본 여자유학생은 미술학교 학생임이 논증되어, 「경희」의 주인공 경희는 나혜석 자신이 그대로 투영된 인물로서 「경희」는 자전적 소설이며 일본 유학 중 쓰였지만 일본 여성작가의 작품을 능가한다는 평가를 받기도 해[14] 그 가치가 더욱 빛난 작품이다. 따라서 이 소설을 면밀히 분석해 나가면 나혜석 예술의 바탕도 규명이 가능하며 나혜석이 호흡한 일본의 당시 예술적 풍경도 그려진다. 사립여자미

---

12 임형택 외, 『한국현대대표소설선』 1, 창비, 앞의 책.

13 최원식, 앞의 인용 참조.

14 에구사 미츠코, 서정자 대담 참조.

술학교에서 쌓은 미술적 소양과 일본 여성문학운동의 영향 아래 꽃피운 나혜석의 「경희」는 화가 나혜석만이 그려낼 수 있는 색채와 묘사가 나타난 작품이기도 하다[15] 나혜석은 자신의 소설적 재능에 여성해방사상을 수용하여 남성작가가 도저히 흉내 낼 수 없는 여성체험의 소설미학을 이룩해 내었다. 나혜석 문학의 강점은 나혜석이 자신을 객관적 대상으로 관찰하여 보편적이고 진정한 여성의 모습을 그려내려고 부단히 노력하였다는 데 있다.

나혜석은 동시대의 이광수나 나혜석 뒤에 등장한 김동인, 염상섭, 전영택 등이 여성문제 소설을 먼저 쓰고 있는 것과 같이 여성문제소설, 즉 페미니즘 소설을 썼다. 식민지 현실을 외면하고 여성문제를 소설화하고 있는 이런 현상은 작가의 현실도피로 지목된다. 여성문제를 소설화하고 있는 점에서 나혜석은 이광수 세대의 작가이다. 그러나 나혜석은 이광수들과 달리 민족의식을 드러내는 소설을 썼다. 「회생한 손녀에게」가 알레고리 형식의 상징성을 통해 국권상실의 아픔을 그리고 있다면 「경희」는 주인공이 이상으로 그리고 있는 여성상이 모두 조국을 구원하는 여성영웅으로 설정하여 제시하고 있다는 점에서 「경희」 역시 여성문제 소설을 넘어 식민지 현실에 대응하는 지식인의 사명을 드러낸 소설이라 평가할 수 있다. 이처럼 10년대 나혜석의 소설은 근대 최초 페미니즘 소설로나 민족문학으로 그 의의가 매우 크다.

「경희」의 경희는 전통적 결혼을 강요하는 아버지의 2, 3일에 걸친 회유에 저항하고 끝끝내 김판사네 집으로 시집가는 것을 거절한 후 점심 들라는 권유도 마다하고 골방으로 와서 고민한다. 아버지는 "계집이라

---

15 서정자, 「나혜석의 문학과 미술 사이」, 앞의 논문 참조.

는 것은 시집가서 아들 딸 낳고 시부모 섬기고 남편을 공경하면 그만이
니라." 할 때에 "그것은 옛날 말이에요, 지금은 계집애도 사람이라 해
요, 사람인 이상에는 못할 것이 없다 해요, 사내와 같이 돈도 벌 수 있
고, 사내와 같이 벼슬도 할 수 있어요, 사내 하는 것은 무엇이든지 하는
세상이에요"라는 경희의 대답에 아버지가 "머 어쩌고 어째? 네까짓 계
집애가 하긴 무얼 해. 일본 가서 하라는 공부는 하지 아니하고 귀한 돈
없애고 그까짓 엉뚱한 소리만 배워가지고 왔어?" 무서운 눈으로 꾸짖던
아버지가 새삼 두렵다. 아버지가 하시는 말씀대로 나 같은 것이 무얼 하
나 하는 자괴가 파고든다. 남들이 하는 말을 흉내나 내는 것이 아닌가.
부잣집 맏며느리의 쉽고 편한 길을 두고 제 팔이 아프도록 보리방아를
찧어야 겨우 얻어먹게 되고 종일 땀을 흘리고 남의 일을 해주어야 겨우
몇 푼돈이라도 얻어 보게 되는 길, 이르는 곳마다 천대뿐이요, 사랑의
맛은 꿈에도 맛보지 못할 길, 발 뿌리에서 피가 흐르도록 험한 돌을 밟
아야 할 그 길은 뚝 떨어지는 절벽도 있고 날카로운 산정도 있다. 물도
건너야 하고 언덕도 넘어야 하고 수없이 꼬부라진 길이요 갈수록 험하
고 찾기 어려운 길이다. 이렇게 남들이 가지 않은 길의 험난함을 고민하
는 부분을 무려 2백 자 원고지 42장에 걸쳐 쓰고 있는 것은 주목을 요한
다. 소설이 모두 4장으로 나뉘어 쓰였는데 그중 한 장을 온통 이 고민 장
에 할애하였다. 이는 무엇을 말함인가. 진정성이다. 나혜석은 남의 말을
흉내 내는 정도의 고민이 아니라 진정으로 시대와 조선사회에 필요한
사람이 되어야 할 것을 고민한 것이다. 이때 경희가 이상적으로 생각하
는 여성영웅이 등장하는데 단편 「경희」의 이상적 여성은 1914년 여성비
평 「이상적 부인」에 등장하는 신여성과 다르다. 여성해방에 앞장 선 카
츄샤, 막다, 스토우 부인, 라이초 여사, 요사노 여사가 아니라 여성을 넘
어서서 나라를 구하거나 그에 준하는 업적을 남긴 여성을 제시하고 있

다. 스라아루 부인, 잔다르크는 모두 나라를 구한 여성영웅이다. 나혜석
의 이상적 부인에 구국의 여성영웅이 새로 등장하고 있는 것을 주목하
지 않을 수 없다. 동시에 영국 여권론의 용장 횟드 부인이 등장한다.

> 수천년래의 습관을 깨트리고 나서는 여자는 웬만한 학문, 여간한 천재가
> 아니고서는 될 수 없다. 나파륜(나폴레옹)시대에 파리의 전 인심을 움직이
> 게 만든 스라아루 부인과 같은 미묘한 이해력, 요설한 웅변, 그러한 기재한
> 사회적인물이 아니고서는 될 수 없다. 살아서 오루렌을 구하고 사함에 불란
> 서를 구해낸 짠다크 같은 백절불굴의 용진, 희생이 아니고서는 될 수 없다.
> 달필의 논문가, 명쾌한 경제서로 이름을 날린 영국여권론의 용장 횟드 부인
> 과 같은 어론에 정경하고 의지가 강고한 자가 아니고서는 될 수 없다. 아아
> 이렇게 쉽지 못하다. 이만한 실력, 이러한 희생이 들어야만 되는 것이다.

국권을 상실한 지 8년…. 주인공 경희는 드디어 이런 결론을 낸다.
"경희도 사람이다. 그 다음에는 여자다. 그러면 여자라는 것보다 먼저
사람이다. 또 조선사회의 여자보다 먼저 우주 안 전 인류의 여성이다.
이철원 김부인의 딸보다 먼저 하나님의 딸이다. 여하튼 두말할 것 없이
사람의 형상이다. 그 형상은 잠깐 들씌운 가죽뿐 아니라 내장의 구조도
확실히 금수가 아니라 사람이다. 오냐, 사람이다. 사람으로 보이지 않는
험한 길을 찾지 않으면 누구더러 찾으라 하리. 산정에 올라서서 내려다
보는 것도 사람이 할 것이다. 오냐, 이 팔은 무엇 하자는 팔이고 이 다리
는 어디 쓰자는 다리냐?" 여자도 사람이외다. 라는 경구는 이렇게 해서
나왔다. 나혜석은 여성의 문제에서 출발했으나 여성을 넘어 인류의 여
성, 우주의 여성, 곧 사람을 지향하고자 했다. 나혜석의 눈은 이렇게 세
계를 향해 열려있었으며 그리하여 소설은 페미니즘 소설을 넘어 민족문
학의 스케일로 올라선 것이다. 이 의식이 이어서 「회생한 손녀에게」를

쓰게 한 것이다.

「경희」에 대한 관심에 비하면 학계에서 단편 「회생한 손녀에게」는 그다지 주목하지 않았다. 그러나 일제 식민지 지배에 대한 저항의 차원에서 민족의식을 드러낸 소설로 이 작품은 반드시 재평가되어야 할 작품이다. 「회생한 손녀에게」는 알레고리기법으로서 서간체 형식인데 할멈이라고 불리는 주인공이 손녀에게 일방적으로 말하는 서간체 양식이다. 이 할멈은 손녀라고 이름 붙인 여학생이 위병이 들어 갖은 약을 써도 낫지 않아 애를 쓰던 중 깍두기를 담가서 가져다 먹여 나았다고 한다. 이 진술의 과정에서 할멈 자신의 체험이 고백되는데 이 고백의 내용이 나혜석 자신의 체험인 최승구의 죽음과 그를 돌보지 못한 죄의식과 일치되어서 이 소설은 그 회한을 바탕으로 자신이 나이팅게일 같은 천사가 되고 싶다는 내용을 담은 소설이라고 읽히기도 한다.[16] 그러나 소설의 중심은 깍두기를 먹고 병이 나았다는 은유에 있다. 그리하여 손녀가 병든(국권이 상실된) 조국이라면, 할멈은 그 조국을 돌보고 회생시켜야 할 사람으로, 깍두기는 민족의식으로 「회생한 손녀에게」는 이렇게 민족의식을 은유 또는 상징으로 드러낸 소설인 것이다. 이 소설을 발표한 몇 개월 후 나혜석은 3·1운동과 연루되어 옥고를 치른다.

이 소설에는 몇 가지 일치되지 않는 오류가 발견된다. 손녀는 어린 학생인 모양인데 할멈은 이렇게 말한다. "오냐 어서 커라. 네 호리호리한 허리로 피아노 앞에 앉아서 오냐 어서 뜯어라 네 그 꼬챙이 같은 손으로 바이올린을." 이 문장대로라면 손녀는 피아노도 치고 바이올린도 뜯으며 책상 앞에 앉아서 공부도 한다. 어린 손녀에 대한 기대가 개연성이 부족하다 할 정도로 대단하다. 이는 할멈이 병들어 호리호리한 조국에게 거는

---

16 김재용·이상경 외, 『한국근대민족문학사』, 한길사, 1993, 220면.

무한대한 기대라고 읽을 수 있다. 그리고 또 "손녀야, 사위스러운 말이다마는 만일 네가 그대로 죽었으면 어찌할 번했을까. 지금 생각만 해도 몸이 으쓱해지고 마음이 간질간질해온다. 참 아슬아슬 하였다. 이 아무데도 의지할 곳 없는 너만 믿고 살던 할멈은 어디다 의탁을 하고 누구를 믿고 살아가랴. <u>어멈 찾으며 산지사방으로 울고 다니는 어린 자식들을 참혹하고 눈물이 나서 어찌 보았으랴.</u> "17) 밑줄 친 부분은 매우 갑작스런 정보이다. 이 손녀는 앞서 말한 대로 3살에 어미 잃은 10여 세의 어린 아이다. 그런데 이 손녀가 죽으면 어멈 찾으며 산지사방으로 울고 다니는 어린 자식이 있다고 한다. 여기서 작가 나혜석이 손녀로 지칭한 대상은 조국이라는 은유가 확실해진다. 이 소설이 발표된 해는 1918년이니 나라를 잃은 지 8년이다. 손녀는 잃어버린 조국이라고 보아야 할 또 하나의 근거다.

이 소설을 쓸 무렵의 일기인 「4년 전의 일기에서」에는 일녀에 대한 노골적인 반감이 나타나 있으며18) 소설화되지는 않았으나 삶에서 황옥사건 등 독립운동을 도운 사실은 이미 입증되어 있다.19) 나혜석은 10년대에 국권회복을 고민하는 소설을 쓴 유일한 작가가 되었다.

(2) 여성비평, 생애동안 추구하다

여성비평은 여성해방사상이 드러난 논설을 말한다. 말하자면 나혜석의 여성해방사상의 성격이 드러난 글이다. 여성비평은 초기 3편, 중기 3편, 후기 5편으로 나혜석의 전 문학 활동기간 고르게 쓰이고 있다. 전집

---

17 『전집』, 123면.

18 나혜석, 「4년 전의 일기 중에서」, 『전집』, 216면. "저것들이 우리나라에 가서 땅을 집고 주름을 잡고, 제로라고 놀겠구나."

19 박환, 「나혜석의 민족의식 형성과 민족운동」, 나혜석 학술대회 제2회 나혜석 바로알기 심포지엄 발표논문, 1999.12.10, 「나혜석 학술대회 자료집」, 앞의 책, 2~125면.

에 여성비평으로 분류되어 나란히 게재된 「이상적 부인」(1914), 「잡감」(1917), 「잡감—K언니에게 여함」(1917), 「부인의복 개량문제」(1921), 「백결생에 답함」(『동명』, 1923.3.18), 「강명화의 자살에 대하여」(1923.7.8), 「구미여성을 보고 반도여성에게」(1935.6), 「독신여성의 정조론」(1935), 「영미부인참정권운동자 회견기」(1936), 「런던 구세군 탁아소를 심방하고」(1936), 「영이냐 육이냐 영육이냐」(1937.12) 등 11편의 여성비평을 이어 읽어보면 나혜석의 여성해방에 대한 생각이 일목요연하게 떠오르고, 그가 일본에 유학하여 접한 여성해방사상이 차츰 어떻게 뚜렷해지고 이를 스스로 체화해 나갔는지, 또한 세계 일주 이후 직접 서양의 여성현실을 보고 난 후 그의 여성해방사상이 어떻게 성장 발전하는지 분명히 윤곽이 그려진다. 비록 부르주아의 시각에서 여성해방을 수용하고 주장하는 한계를 지녔더라도 그의 주장이 6, 70여 년이 지나서 구체화되고 이슈가 되는 현실을 목도할 때 그가 얼마나 선구적이었으며 그렇기에 그의 삶이 얼마나 고달팠을 것인지 미루어 짐작이 가는 글들이다.

　나혜석의 비평 문장을 대할 때면 그의 선구적 주장뿐만 아니라 해박한 지식과 조리 있는 논리, 설득력 있는 문장에 감탄을 금할 수 없게 된다. 오늘날 그가 살아서 이 땅의 여성현실과 사회 현상에 대하여 비평과 논리를 전개한다면 얼마나 볼 만한 것이 되어 나올 것인가 새삼 그의 존재가 커보이도록 그의 사회현상의 해부와 문제점의 적시는 감탄을 불금케 하는 바 있다. 나혜석의 첫 글, 「이상적 부인」(1914)은 나혜석이 일본으로 유학을 간 다음해에 발표된 글로 그의 나이 20세, 만 19세의 문장이다. 오늘날로 치면 대학교 일학년생의 리포트쯤 될 것인데 그 수준이 당시 도쿄 유학생 명문재사들의 잡지 『학지광』에 실릴 만큼 대단한 것이었다. 탈아입구의 정책 아래 꽃피었던 여성해방의 기치가 양처현모교육주의로 후퇴하는 시기에 나온 「이상적 부인」은 나혜석이 호흡한 일본의 문화적 대기가 점점이 반영되어 이 「이상적 부인」 한 편을 면밀히 분석하면 당시의 일본문화계를 엿볼 수 있을 정도다. 나혜석은 소설과 잡지를 읽고 연극을 보았으며 여성 정책에 관심을 기울였다. 나혜석은 삼일여학교시절부터 가졌던 기독교신앙과 진명여학교 시절 접했을 여자교육론으로 대변되는 구한말 근대 계몽기담론으로 어느 정도 의식이 깨어 있었을 터이나 여자미술학교 선배들이 많이 참여한 세이토(청탑)의 문예운동을 접하고 영향을 받은 흔적이 이 「이상적 부인」에 적지 않게 나타난다. 나혜석은 먼저 이상이란 무엇인가 질문을 하는데 그가 정의하는 이상이란 두 가지라고 한다. 하나는 욕망의 이상이자 감정적 이상이고 또 하나는 영지(靈智)적 이상이라는 것이다. 이 영지(靈智)라는 단어는 히라츠카 라이초의 글에 많이 나오는 말이다. 니체주의자인 듯 히라츠카는 여성천재의 출현을 돕는 일이 세이토의 창립목적이라고 하는데 이 영지적 이상이라는 것에 대하여 나혜석의 부연 설명은 없다. 다만 자신의 예술이 지향할 바를 이 영지적 이상에 두고 있는 듯 읽힌다. 욕망의 이상이나 감정적 이상 역시 당시의 일본 문화계를 이해하기 전에는 정확히 알 수 없다.

　나혜석은 이어 부인의 개성에 대한 연구가 없고 자신의 이상은 비상한 고위(높은 수준)에 있기 때문에 이상적 부인이라 할 부인이 없다고 전제하면서 이상적 부인에 근접한 카추샤, 막다, 노라, 스토우 부인, 라이초 여사, 요사노 여사를 예로 들고 그들을 부분적으로 숭배한다고 말한다. 이들 인물의 앞에 붙인 이상적 부인의 단서를 보면 '혁신(革身)으로 이상을 삼은 카츄샤', '이기(利己)로 이상을 삼은 막다', '평등주의로 이상을 삼은 스토우 부인', '진의 연애로 이상을 삼은 노라 부인', '천재적으로 이상을 삼은 라이초 여사', '원만한 가정을 이상으로 삼은 요사노 여사' 등에서 보듯 이들이 지닌 미덕이 곧 나혜석이 지향하는 이상의 편린들로 이해된다. 나혜석은 이들의 장점을 취하여 이상에 근접하도록 생장하여야 할 것이라 하였다.

양처현모주의와 온양유순을 강요하는 현실을 비판한 나혜석은 지식, 기예를 갖추고, 어떤 일을 당하든지 좌우를 처리할 능력을 구비하고, 그 시대의 선각자가 되어 실력과 권력으로 사교 또는 신비로 내적 광명의 이상적 부인이 되어야 할 것이라고 하였다. 이렇듯 쉬지 않고 자기의 책임을 다하면 이상의 일생이 될 것이라 하고 나혜석 자신은 예술을 위해 무한한 고통과 싸우며 나아갈 것이라고 하였다. 여성비평으로서 「이상적 부인」은 아직 이상에 불과한 수준이지만 양처와 현모가 되기 위해서가 아니라 여성이 자기를 자각하고 이에 나아 갈 이상적 여성의 길을 제시하고 있다는 점에서 한국 여성비평의 출발점이라는 큰 의의를 지닌다.

3년 후에 쓰인 여성비평 「잡감」(1917)은 제목처럼 감상에 가까운 연설 문장이지만 비난과 타격으로 시끄러운 학우회 망년회는 반성과 혁신의 기운을 불러 진보가 된다고 언니를 깨우치며 여성도 사람같이 된 연후에 얌전한 여자가 되어보자는 주장이 담겼다. 「잡감—K언니에게 여함」(1917)도 편지 형식으로 온량공겸과 삼종지도의 때늦은 가치관을 벗어나서 조선여자도 사람이 될 욕심이 있어야겠다는 주장을 다시 펴고 있다. 서구의 여성의 지위를 역사적으로 일별한 후에 루소의 천부인권설을 바탕으로 여자도 남자가 하는 모든 일을 할 수 있다는 것이 20세기의 무대이니 조선여자도 이에 참석할 욕심을 가져야 하겠다고 한다. 이 두 여성비평은 여자도 사람이 되어야겠다는 말로 요약된다. 여자도 사람이 되어야겠다는 말은 입센의 『인형의 집』에 나오는 말이지만 나혜석의 페미니즘을 대표하는 문장이 되었다. 나혜석은 여성운동을 이끌어 내려던 것은 아니었으며 예술을 통해서 목표에 도달 하고자 하였다. 그중의 한 방편이 글쓰기이다.

나혜석의 여성비평은 20년대에 들어 그 실천의 하나로 보이는 「부인의복 개량문제」(1921)로 이어진다. 나혜석이 김일엽의 의견에 대하여 덧붙이는 형식의 글인데 나혜석의 주장은 김일엽에 비하여 계몽주의 또는 국가주의에 구속되지 않는 당당함으로 자유롭게 의견을 펼쳐 보인다. 한복의 아름다움을 살리면서 편리하게 내의나 주머니 단추를 단다거나 색채와 옷감을 달리하자는 것으로 한복의 아름다움을 버리고 검박에 맞춘 김일엽의 의견을 비판한다. 검박은 게으름의 표적이고 망하고 쇠할 증거일 수 있다며 "작일의 사치품이 금일의 실용품이라"는 서양의 속언을 소개하고 적절한 허영과 사치가 오히려 경제에 도움이 된다는 선구적 논리를 편다.

20년대의 여성비평에서 주목되는 것은 나혜석의 페미니스트 산문 「모된 감상기」를 읽고 쓴 백결생의 「관념의 남루를 벗은 비애」(『동명』, 1923.2.4)에 대한 반박문이다. 나혜석은 감상문은 경험을 종합한 결론이 아니라 오직 그 직각한 당시의 사실을 솔직하게 위선 없게 쓰려는 것이 유일의 목적이므로 이에 대해 논박한다는 것은 본래 말도 안 된다고 전제한다. 이 논술문과 감상문의 차이로써 반박의 부당성을 주장한 나혜석은 백결생이 부인문제에 무식하여 뒷걸음치자는 주장을 하고 있다면서 자신이 쓴 「모된 감상기」의 타자로서의 체험을 재삼 당당하게 주장함으로써 전복의 계기를 마련한다. 여성의 삶에 대한 이야기는 사적 담론에 불과하므로 여성체험을 기록하여 공표함으로써 여성의 억압적 현실을 공론화하면 문제해결의 계기를 마련할 수 있다는 뜻이다.

세계 일주 중에 영미부인참정권운동가를 회견하고 런던 구세군 탁아소를 심방하는 등의 나혜석의 행적은 그가 여성해방문제에 얼마나 큰 관심을 갖고 있는지 보여주는 것이다. 「영미부인참정권운동자 회견기」(1936)와 「런던 구세군 탁아소를 심방하고」(1936)는 구미여행 중에 가졌던 체험을 쓴 것인데 「영미부인참정권운동자 회견기」의 경우 글을 통해서만 만나보았던 휫드 부인과 펑크허스트의 부인참정권운동단원을 만난

감회는 새로웠을 것이다. 나혜석이 소설 「경희」에서 자신이 지향해야 할 여성영웅으로 횟드 부인을 쓴 바 있는데 이 횟드 부인은 이 인터뷰 기사에서 영미참정권운동의 1세대로서 3세대인 노처녀가 20년 전 시위운동을 할 때 너무 늙어서 나오지 못하고 창문을 열고 앉아서 내다보았다고 나온다. 영국 여권운동자의 시조인 횟드 부인(Mrs. Fawccet). 그는 죽었다고 나혜석은 썼다. 나혜석의 이 인터뷰는 나혜석이 직접 정리했는데 참정권운동의 원인과 주론(主論), 운동방식, 참가단체의 숫자, 군중의 반응 등을 묻고 남녀의 차이에 대해서도 의견을 물어 답을 받아 적었다. 현대 영국여성의 노동권, 여성의 지위 등도 물어 영국의 여성운동의 현황과, 여성지위의 현재와 문제점 등을 소개하는 알찬 내용이다. 이때 나혜석은 20년 전 시가지시위 때 둘렀던 띠를 기념으로 받고 싶다고 하면서 "내가 조선에 여권운동자 시조가 될지 압니까."한다. 역사적인 인터뷰가 아닐 수 없다.

「런던 구세군 탁아소를 심방하고」도 런던 체재시 방문했던 구세군 탁아소 방문기인데[20] 역시 문답 형식으로 정리하고 있다. 미혼모 탁아시설과 미혼모들의 수용방식, 그리고 그 운영방식을 자세히 묻고 시찰 한 것을 기록하였다. 나혜석은 문명의 산물 사생아 탁아소가 조선에도 미구에 생기리라고 전망하며 글을 맺고 있다. 이들 회견기는 나혜석의 여성 비평적 관심이 낳은 구체적 성과물이며 여성계에 알리고자 잡지에 발표하고 있음은 여성비평사에 기록될 역사적 의미가 있다 하겠다.

여성비평의 전개 중에서 30년대에 들어 10년대의 내용과 크게 달라진

---

20 나혜석이 런던에 체재할 때 주인집이 구세군 신자였던 관계로 동경 있는 구세군 대좌 산실군평 씨의 딸이 탁아소의 간사로 있다는 말을 듣고 방문했다. 산실군평 구세군 대좌는 공창폐지운동을 했다.

점은 정조론이 등장한 것이다. 구미여행으로 서구의 정조관을 보고 느낀 데 이유가 있겠으나 무엇보다도 자신의 체험이 더 절실한 이유였을 것 같다. 나혜석은 「독신여성의 정조론」(1935)에서 앞으로는 독신으로 사는 시기가 늘어날 것이며 이를 위해 유곽과 남자유곽이 필요하다는 가정 해체론에 가까운 혁신적 정조론을 펼친다. 그의 페미니스트 산문 「이혼고백장」과 「신생활에 들면서」에도 정조는 취미라는 말이 나오지만 10년대에 등장하지 않은 섹슈얼리티의 문제를 정면에서 논하는 등 나혜석 여성비평에 새로운 이슈가 등장하고 있다.[21]

이 정조론이 바탕이 된 연애관을 보여주는 글이 「영이냐 육이냐 영육이냐」(1937.12)이다. 모윤숙의 「나의 연애관」을 읽고 쓴 글인데 나혜석은 이 글에서 남성중심주의가 낳은 성녀 이미지의 내화라 할 모윤숙의 연애관, 즉 연애할 고상한 대상이 있거든 그를 마음속으로 사랑할 것이고 결혼까지 이르지 않도록 함이 좋지 않겠느냐는 의견에 대하여 꿈나라에서 노는 소녀의 연애관이라 비판한다. 진정한 연애란 영과 영이 부딪칠 때 생리적 변동이 생겨 이유 없고 타산 없이 영육이 일치되는 것이다. 영육을 분리하여 사랑을 한다면 다른 이성이라는 대상을 향하게 되니 이는 공상 망상이요, 풍기문란이라고 한다. 사랑을 이상이라 한다면 결혼은 실현이며 사랑하고 결혼할 수 있을 때 자아완성에 이를 수 있다 하여 영을 편애하고 육을 멸시하는 것은 구라파 각국에서도 17~9세기의 일이요, 연애관을 순서대로 밟을 필요가 없으니 20세기의 연애관을

---

21 浦川登久惠, 「羅蕙錫, の離婚後の言論活動――一九三〇年代を中心に」, 우라카와는 나혜석이 이 시기에 "정조는 취미다" 등 혁신적인 정조론을 발표한 데는 일본의 10년대, 20년대, 30년대의 정조론 논쟁과 관련이 있을 것이라고 보고 있다. 그 가운데에는 히라츠카 라이초의 "여성인 것 그 자체가 훌륭하다"는 여성찬가적인 사상이 마음의 지주가 된 때문이라고도 보았다. 『朝鮮學報』 222집, 2012.1, 4장.

보급시킴이 가하다는 주장이다. 이렇듯 나혜석의 여성비평은 여자도 사람이다, 라는 자각에서 자신의 체험과 세계의 여성과 만나면서 폭이 넓어져 섹슈얼리티 논의에 이르기까지 개방적이며 전위적인 자신의 주장을 뚜렷이 하였다. 첫 여성비평 「이상적 부인」에서 말한 바 여성선각자로서 자신의 책임을 다하고자 노력한 것이다.

3) 타자체험으로 전복의 언어를 쓰다

페미니스트 산문이란 페미니스트 의식이 반영된 산문을 말한다. 페미니스트 산문은 여성비평과 겹치는 부분도 없지 않다. 동시에 수필과도 겹친다. 나혜석은 이런 글들을 감상문이라 일컫고 있다. 그러나 페미니스트 산문을 따로 분류한 것은 페미니스트 의식을 뚜렷이 가지고 글을 쓰는 이것이 나혜석 글쓰기의 한 특징을 이루고 있다고 판단하였기 때문이다. 이시기 여성작가에게서 페미니스트 의식을 가지고 이처럼 독특한 글쓰기를 하고 있는 경우는 거의 없다. 그림과 함께 글쓰기에도 치열한 작가의식을 지녔던 나혜석은 반드시 소설이 아니더라도 상황에 따라 다양한 형식으로 자신의 체험과 생각을 펼쳐놓았다. 페미니스트 산문의 대표적 글은 「모된 감상기」와 「이혼고백장(서)」와 「신생활에 들면서」이다.

「모된 감상기」는 앞서 언급을 하였지만 여성으로 겪은 체험을 여성의 눈으로 정시하고 지금까지 고정관념에 묻히고 가려있던 여성의 고통과 허위의식을 드러낸 문제 산문이다. 무엇보다도 모성애라는 것이 본능이 아니었다는 고백적 선언은 만천하의 독자들에게 커다란 충격이었을 것이다. 이 모성부정론은 일본의 히라츠카 라이초에 의해서 일찍이 논의된 바 있다 하나 나혜석의 경우 "발상에 참고는 했을지라도 글의 분량이라든지 경험의 구체적 진술, 그리고 자신의 경험에 근거하여 모성이 여성에게 생물학적으로 본능적으로 주어진 것이라는 점을 부정하는 것은 라이초와는 다른 나혜석 고유의 것"이[22]며 에구사 미츠코 교수도 일본에 「모된 감상기」와 유사한 글이 없다고 증언을 해주었다. 모성부정론만이 아니라 첫 임신을 알게 된 이후 겪은 심리적 갈등이라든가 분만시의 고통을 잊지 않도록 기록한 대목들은 "내가 여자요, 여자가 무엇인지 알아야 하겠소. 내가 조선 사람이요, 조선 사람이 어떻게 해야 할 것을 알아야 하겠소."[23]라고 쓴 10년대 여성비평 「잡감―K언니에게 여함」의 한 대목 그대로 여성이 무엇인지 두 눈 똑바로 뜨고 자신을 대상화하여 관찰하고 있는 근대인 나혜석의 시선이 여기에 있다. 이 모성이 본능이 아니라 사회적 산물이라는 것은 1976년에 이르러 아드리안느 리치에 의해 『더 이상 어머니는 없다』로 제기되었음은 위에서 적었다. 2년여의 긴 기간의 체험을 기억에 의존해서만 정리하였다고 보기에는 그가 제시한 감정과 체험이 놀랍도록 생생하다. 심지어 진통의 체험을 기록해놓고 있는데 이는 그의 글쓰기에 대한 열정을 말해주는 것이기도 하다. 아기를 가진 후의 당황과 고뇌가 거의 대부분을 차지하고 아기를 낳고 기른 부분의 기록이 상대적으로 짧은 것은 아이를 기르면서 이런 모된 감상에 변화가 없다는 의미인지도 모른다.

백결생은 나혜석의 글에 대한 반박문에서 남성중심주의의 고정관념을 한 치도 벗어나지 않은 입장에서 여성비하의식, 여성역할에 대한 편견 등을 나열하며 신여성에 대한 불신과 구 관념과 도덕을 버린 대신 받아들인 신사상―여성해방사상―이 공허하여 여성들이 방황한다며 모된 자의 부당한 불평은 구여성만도 못하다고 단죄하였다.

나혜석은 페미니스트로서 부부, 가정 외에 여성 자신이 주체로 서야 한

---

22 이상경, 「나혜석의 여성해방론」, 『한국근대여성문학사론』, 소명출판, 2002, 188면.
23 『전집』, 323면.

다는 등 실천을 강조한다. 페미니스트 산문 「부처 간의 문답」은 부부가 나누는 대화 속에 하얼빈에서 본 아라사 가정의 남편이 가사를 돕는 장면을 예를 들며 조선 가정에서 남편의 시중을 드는 노예적 여성의 역할을 비판하고 남편에게 자고난 자리도 손수 개고 세숫물도 떠다 씻으라고 한다. 가사분담으로 가정에서 남녀의 성역할을 개량해 나가려는 생각은 「나를 잊지 않는 행복」에서 지금까지 자기를 잊고 살아온 조선 여성들에게 자기를 찾으라는 주체로서의 자각을 강조하는 것으로 이어진다. 「생활개량에 대한 부르짖음」은 앞에서 언급한 것처럼 여성의 가사노동에 대한 가치를 재평가하도록 남성들의 각성을 촉구한 글이다. 「부처 간의 문답」에서 서양으로 여행을 다녀오고 싶어 하고, 모험객, 탐험객이 되고 싶어 하던 나혜석은 드디어 남편과 함께 세계 일주를 하고 돌아온다. 사람은 어떻게 살아야 좋을까, 부부 간에 어떻게 하면 화합하게 살 수 있을까, 구미 여자의 지위는 어떠한가, 그리고 즉 그림의 요점이 무엇인가 이 네 가지를 알아올 숙제로 하고 간 그는 급기야 「이혼 고백장」을 쓰는 처지가 된다.

구미여행기 연재가 끝나는 시점이자 자전적 소설 『김명애』를 쓴 다음인 이 시기는 나혜석이 자신을 충분히 되돌아보았을 때다. 경제적으로 어렵기도 했던 그는 최린을 상대로 위자료 청구 소송을 하는 한편 「이혼고백장」을 써서 발표한다. 장편소설을 쓰면서 한 번 거른 내용일 텐데 남편 김우영을 만나 결혼하고 이혼하기까지의 과정, 이혼 후의 심경에 이르기까지 과정을 숨김없이 써서 세상을 놀라게 하였다. 십일 년간의 부부생활, 화가생활, 구미만유, 시어머니와 시누이의 대립적 생활, 최린과의 관계(최린을 C라고 표현), 역경에 든 재정, 이혼, 이혼 후, 어디로 향할까, 모성애, 금욕생활, 이혼 후 소감, 조선사회의 인심, 청구씨에게 등으로 나누어 쓴 「이혼고백장」(서)에는 페미니스트 나혜석이 가부장제

사회와 맞섰다가 철저히 패배해야 했던 과정이 소상히 그려져 있다.

신여성에 대한 비난과 경계를 의식하면서 여성계몽과 남성들의 자각을 '부르짖을' 때도 여성들의 자각을 이야기한 다음 조심스럽게 의견을 개진하던(「생활개량을 위한 여자들의 부르짖음」) 나혜석, 구여성의 비극을 소설화할망정 신여성을 정면으로 다루지도 않았던 나혜석은 세계일주와 파리 체류를 하는 동안 남성중심주의가 극도로 완강한 조선의 분위기를 그토록 까맣게 잊어버렸던 것일까? 나혜석이 다시 파리로 가려고 마음먹으면서 돌아와 다시 적응하는데 몇 년이 걸릴 것을 걱정하는 대목이 있다. 구미 여행에서 돌아와 적응하는 여유를 가질 수 없이 닥쳐온 불행들, 시삼촌 가족들의 급작스러운 동거, 김우영을 자극하여 이혼을 부추기는 남성군, 나혜석의 파멸을 보고자 하는 심리들을 나혜석은 미처 살피고 대처하지 못했다. 남편도 그 속에 포함된 가부장제도 속의 남성이라는 사실을 깨닫지 못했다. 상업적 저널리즘에 익숙해진 대중의 눈에는 이러한 나혜석이 선정적인 화젯거리였을 뿐이었다. 「아아, 자유의 파리가 그리워」(1932)에서 나혜석은 "내가 지금까지 조선대중의 생활을 떠나 별천지에서 살았던 것이 다시 조선인의 생활로 들어서려면 농촌생활의 정도로부터 살아볼 필요가 절실히 있었다."[24]라고 자탄을 하였던 것이다. 나혜석 스스로 그 두 사건이 일으킬 파장을 알았을 텐데도 자신의 삶을 사적인 담론의 공론화를 위해 솔직하고 대담하게 공개하는 자세는 아무리 높이 평가해도 충분하지 않다.

---

24 「전집」, 440면.

3. 맺음말

나혜석의 「경희」는 1918년 3월에 발표된 소설이니 김동인이나 염상섭보다 일찍 한국 근대소설사에 등장한 작품이다. 또 나혜석의 처녀작 「부부」가 쓰인 1917년은 한국 근대문학의 기념비라는 이광수의 장편 『무정』이 『매일신보』에 연재 발표된 시기와 맞물린다. 이 시기에 나혜석의 소설이 세 편이나 쓰인 것은 나혜석 문학의 위상을 말해주는 것이다. 1913년 일본으로 유학을 간 나혜석은 일본 최초의 여성문예잡지 『청탑(靑鞜)』을 주목하였던 것 같다. 그림 공부를 하러 도쿄의 여자미술학교에 유학을 갔으면서 가자 곧 여성비평 「이상적 부인」(1914년, 『학지광』 3호)을 써서 발표하고 있다. 그의 본업은 화가였지만 화가로서의 활동보다 글쓰기 활동을 먼저 시작하고 있는 점을 보더라도 글쓰기는 그림에 못지않게 그에게 중요한 '일'이었다. 그는 화가로서 성공하기를 바랐으나 글쓰기 역시 스스로 자부하는 분야였다. 말하자면 그림을 그리면서 여기(餘技)로 글을 썼던 것이 아니라 그림과 글 두 가지가 다 그에게 등가의 의미를 갖는, 의욕적 대상이었다.

전집이 나오고 평전이 나왔으나 나혜석 문학에 대한 위상정립은 되어 있지 않았다. 이글은 나혜석의 문학세계를 조감하기 위하여 시기별 그의 문학적 키워드를 추출해보고, 한국문학사 속의 나혜석 문학의 위상을 짚어보기 위해 쓰였다. 나혜석의 문학은 재래의 장르 구분이 아닌 여성의 시각으로 시, 소설, 희곡, 콩트, 수필 외에 여성비평, 미술비평, 페미니스트 산문, 여행기 등으로 나누어 볼 수 있는데 이 글은 나혜석의 문학 전반을 살피면서 소설과 여성비평, 그리고 페미니스트 산문을 중심하여 그 문학사적 의의를 살펴보았다. 초기에 '빛'을 찾고, 중기에 대중에 다가가 소통하고, 후기에 세계를 향하여 자기를 펼치려 꿈꾼 나혜석은 화가의 눈

과 선각자의 사명으로 신문학 초기 남성작가들이 해내지 못한 여성문제
와 상실한 국권의 회복을, 은유와 상징으로서 소설화하여 문학사적 위상
을 뚜렷이 하였다. 따라서 나혜석은 10년대 문학사에서 유일하게 국권회
복을 소설화한 작가로 평가 되었다. 여성비평의 경우, 초기의 여자도 사
람이다, 라는 양처현모교육의 비판에서 20년대 계몽적 실천을 거쳐 30년
대 타자로서의 체험이 녹아있는 혁신적 정조론과 영육이 조화된 연애관
을 주장하는 전복적 글쓰기에 나아간다. 그런가 하면 구미 여행의 산물로
쓰인 여성참정권운동가 회견기나 미혼모 탁아소 방문기 등은 나혜석이
생애를 두고 여성문제에 관심을 갖고 추구하였음을 증명하는 것이다. 그
는 생애 동안 여성문제를 추구하고 그 답을 구함으로써 우리 여성비평사
에 길이 남을 업적을 이룩하였다고 평가할 수 있었다. 나혜석은 자신의
체험을 솔직하고 대담하게 고백하고 공개하여 여성억압의 현실을 공론화
한 보기 드문 선각자다. 당대에는 비난과 소외의 고통을 겪었으나 한국여
성사에 길이 남는 업적을 이룩하였다. 나혜석이 이룩한 소설과 비평, 페
미니스트 산문 등은 아무리 높이 평가해도 부족하며 여성문학에 인색한
문학사기술에서도 나혜석의 문학을 외면하고는 근, 현대문학에서 도도한
흐름을 이룬 여성문학을 논할 수 없을 것으로 믿는다. 이외에 우리가 자
랑스럽게 내놓는 나혜석 문학으로 여행기를 들 수 있다. 지면상 언급을
하지 못했으나 한국 최초의 세계 일주 여행기는 나혜석 문학의 다양성과
나혜석 예술의 향기를 보여준다는 점에서 그의 미술비평과 함께 결코 빼
놓을 수 없는 업적이며 이에 대한 언급은 다음 기회로 미루기로 한다.

(『나는 나혜석이다 특별전』 논고, 2011. 수정)

나혜석의 문학과 일본체험

● ● ●

「식민지기 조선문학자의 일본체험에 관한 총합적 연구」
도쿄 심포지엄 참가기

1. 나혜석을 주제로 대화하다

지난 2006년부터 일본 니가타현립대학의 하타노 세츠코(波田野節子) 교수가 이끄는 일본학술진흥회 과학연구비 보조연구 「식민지기 조선문학자의 일본체험에 관한 총합적 연구」 프로젝트에 박화성 관련 협력 교수로 참여해 왔다. 2006년 연세대에서 있은 첫 세미나에 이어 2007년 니가타 여자단기대(현 니가타현립대)에서 열린 프레 심포지엄에서 하타노 교수가 나혜석에 대해 관심을 보이면서 에구사 교수의 논문[1]을 소개하였다. 하타노 교수는 이광수를 중심으로 한국문학을 연구하는 일본인 교수로 『무정』을 일어로 번역하여 출간하였고, 한국어로 저서 『무정을 읽다』를 출간하기도 한 일본의 대표적 한국문학연구자로 이번 프로젝트

---

1 에구사 미츠코(江種滿子), 「1910年代の日韓文學の交点－「白樺」・「靑鞜」と羅蕙錫－」文學部紀要20－2, 文敎大學 文學部, 2007.3, 별쇄본.

의 대표연구자이다. 그는 이광수 제2차 유학 시기 연구를 위해 나혜석에 대해 조사하면서 나혜석에 대해 꼭 알아야 했다고 하였다. 2008년 10월 30일부터 11월 2일까지 나흘 동안 열린 도쿄 심포지엄에서 에구사 교수와 나혜석을 주제로 대담을 하게 된 것은 말하자면 예상 외로 주어진 주제였다고 할 수 있다. 논문으로는 「나혜석의 문학과 미술 이어 읽기」[2]를 마친 참이기는 하였으나 대담에 나서기는 준비가 부족하다 싶어 망설여졌으나 나혜석의 일본에서의 체험이 그의 연구에서 중요하다는 것을 절실히 느낀 참이었기 때문에 여러 가지 질문도 할 겸 에구사 교수와의 대담을 수락하였다.

에구사 미츠코 교수는 일본문학 전공 원로교수로 젠더 시각으로 일본문학을 연구해왔으며 최근, 저서 『나의 신체, 나의 언어』를 출간하여 학계로부터 주목을 받고 있었다. 대담을 위한 연구업적 자료 교환은 하타노 세츠코 교수가 번역팀을 가동하여 해결하여 주었고, 이 과정에서 예상외의 소득이 있었다. 에구사 교수가 나의 논문을 읽고 나혜석의 색채 중 가란스로즈를 찾아 해명해준 것이다. 나혜석의 「사년 전의 일기 중에서」에 나오는 색채 가란스로즈를 커런츠 로즈로 해석을 하였는데 에구사 교수가 가란스로즈는 붉은 보랏빛으로 村山槐多라는 화가가 즐겨 사용한 색채어이자 불어라는 것을 알려준 것이다. 나혜석 연구에 중요한 한 대목을 풀어주어서 대단히 고마웠다. 이런 준비과정에서 에구사 미츠코 교수가 미술과 문학에 깊은 소양을 지녔다는 것을 알게 되었다. 에구사 교수와의 대담이 기대되었다. 에구사 미츠코 교수의 인적사항[3]과

---

2 서정자, 「나혜석의 문학과 미술 이어읽기」, 『현대소설연구』 38호, 2008.8.
3 江種滿子(에구사 미츠코) 文敎大學 文學部 敎授, 廣島縣生 お茶の水女子大學國文敎
科, 東京 敎育大學大學院博士課程 修了. 日本近現代文學專攻·女性學 文學博士. 編著
書『女が讀む日本近代文學－フェミニズム批評の試み』(共編著), 1992. 『靑鞜』を讀む』

하타노 교수가 구상한 대담 기획은 다음과 같다.

> 나혜석이란 인간과 문학이 어떻게 형성되었을까?
> 거기서 일본 유학이 어떻게 개입했을까?
> 그것을 나혜석 담론(소설, 잡감)을 통해서 밝힌다.

> 0. 問題의 發端 : 羅蕙錫의 「理想的婦人」과 「경희」의 만남
> 1세기 후의 日本에서 1세기 후의 韓國에서
> 1. 羅蕙錫이 留學한 1910년대 —1910년대 한국과 일본은 어떤 시대였을
> 까? 日本 1910년대 대정 데모크라시 白樺 靑鞜 宮本百合子 自我伸長 個性
> 女性의 天才 自由戀愛 自由結婚 良妻賢母 母性
> 　韓國 1910년대 ＊ ＊ ＊
> 2. 留學과 自己形成 —— 무엇을 배우냐? 그 당시 유학이란 어떤 것이었
> 을까?
> 3. 사람이고, 여성이고, 조선 사람인 근거를 어디서 찾으려고 했을까?

이 기획은 나혜석이 일본 유학할 당시 시대와 문화적 배경을 짚어보고 나혜석 문학과 관련하여 그 영향관계를 살펴보는 것이 초점이라고 하겠다. 에구사 교수는 젠더시각으로 1910년대 일본문학과 나혜석의 교점을 조명하고 있어서 이미 나혜석의 문학에 미친 일본의 대정 데모크라시의 문화적 영향에 대하여 확신을 갖고 있는 터였다. 나로서는 나혜석이 '빛의 화가' 라는 예술적 정체성을 밝히면서 나혜석의 일본 유학시절의 체험을 규명해야 할 필요성을 절실히 느끼고 있었던 시점이었다.

대담이 있기 전날 저녁 도쿄 YMCA호텔에서 만난 에구사 교수는 나

(共著) 1998. 『大庭みな子の世界—アラスカ・廣島・新潟』 2001. 『わたしの身体、私の言葉——ジェンダーで讀む日本近代文學』 2004 ほか.

혜석의 문학에 대하여 격찬을 아끼지 않았다. 청탑 회원 등 수많은 일본 여성작가의 작품들이 낭만적이고 예술성이 높은 데 반해 나혜석의 작품이 계몽주의적이라는 나의 의견에 대해서 나혜석의 소설은 일본여성의 소설에 비할 수 없이 완벽한 구성을 가진 훌륭한 작품임을 거듭 언급하여 오히려 내가 놀랄 정도였다. 에구사 교수가 말하는 단편 「경희」의 탁월한 점은 공간 구성에 있다고 한다. 그러면서 에구사 교수는 단편 「경희」에 나오는 한국의 가옥 구조를 매우 궁금해 하였다. 사랑, 뒷방, 툇마루, 안방, 다락, 마루, 마당 등 우리가 너무 익숙하여 주목하지 않았던 공간이 에구사 교수에게는 이해하기 어려운 공간 구조이기는 하나 소설 구조에 중요한 역할을 하고 있는 점을 높이 샀다. 村山槐多의 화집을 가지고 와서 직접 가란스로즈 색채로 그린 그림을 보여주기도 하였는데 핏빛에 가까운 보랏빛의 가란스로즈는 매우 인상적이었다. 나혜석과 같은 해에 태어나 18세인 1914년에 화가로 데뷔한 村山槐多, 1919년 2월 24세로 병몰한 시인이자 화가인 村山槐多를 나혜석이 알았던 것은 아닐까 생각되었다.[4]

대화를 통해 이날 밤 내가 만들어 본 질문지는 대담 속에 나오므로 생략한다(권말부록 참조). 질문은 자연히 나혜석의 일본체험에 대해 궁금한 부분을 내가 질문하는 형식이 되고 에구사 교수가 답하게 되었다.

2) 나혜석의 동경 유학과 근대

가란스로즈는 나혜석이 1916년이거나 1917년에 쓴 일기 「사년 전의

---

4 에구사 미츠코 교수가 밝혀준 가란스로즈 설명은 앞의 논문 「나혜석의 문학과 미술 사이」 각주에 수정되어 실렸음.

일기 중에서」에 나오는 색깔이다. 나혜석은 일본의 나가노 송정리에서 출발하여 중앙선을 갈아타고 올 때 아침을 맞았던가 창밖의 떠오르는 아침광선에 비친 경색이 아름다워 반광할 만큼 경탄을 한다. 가란스로 즈라는 색채에서 보듯이 나혜석의 용어에 당시 일본의 문화적 배경의 관련을 볼 수 있음에 앞으로 나혜석 연구가 어떻게 더해져야 할지 알 수 있겠다. 나혜석을 보다 깊이 읽는 것은 "서구사회를 중심으로 전개되어 왔던 여성문제 인식의 틀을 넘어서는 것으로 개별 사회들에서 나타나는 여성문제의 다양한 성격을 이해하고 이론적으로 구명하려고 하는 보다 주체적인 문제를 반영하는"5) 것이다. 논의의 발전을 위해서는 아시아 각국 여성들의 행동, 사상, 언설들에 관한 구체적이고 경험적인 연구가 축적될 필요가 있으며, 또한 여성들의 삶을 규정하였던 정치적, 사회적, 문화적으로 상이한 조건들이 명확히 규명될 필요가 있다.

　나혜석의 단편 「경희」를 발굴하기 이전부터 따지자면 나의 나혜석 연구는 20년을 훌쩍 뛰어 넘었다. 처음 나혜석을 읽었을 때 느끼던 당혹감을 잊을 수 없다. 「이상적 부인」에 나오는 카츄사, 막다, 노라 부인, 스토우 부인, 라이초 여사, 요사노 여사 이 여섯 여성은 일차로 만난 벽이었다. 카츄사나 노라 부인, 스토우 부인은 알만 하였지만 막다도, 라이초 여사도 요사노 여사도 누구인지 알 수 없었기 때문이다. 그로부터 20여 년이 지난 지금엔 히라츠카 라이초와 요사노 아키코6)는 여성연구자라면 모르는 사람이 없을 정도로 유명하고 상당히 깊이 소개되어있을 뿐 아니라 그들의 청탑운동에 대해서도 많이 알려졌다. 그러나 청탑을

---

5 문옥표, 편저자 서문, 「한국과 일본의 신여성 비교를 위한 시론」, 『신여성』, 청년사, 2003, 6면.

6 서경식의 『교양, 모든 것은 시작』에 요사노 아키코의 남편 요사노 텟칸이 명성황후 시해계획에 관여했다는 혐의를 받고 있다는 것이 나온다. 노마드북스, 2007.8, 157면.

통해서 나혜석이 영향 받은 구체적인 사례나 연구는 아직 본격적으로 이루어지지 않았다. 그것은 청탑만이 아니라 『白樺』, 『明星』 등 당시의 문화운동을 주도한 잡지와 인물들이 나혜석에게 어떻게 영향을 주었는지도 연구가 되어있지 않다. 이 연구를 위해서는 당시의 잡지 전반을 살펴보아야 하고 武者小路實篤, 志賀直哉, 有島武郎 등의 사상과 문학을 본격적으로 탐색하지 않으면 안 된다. 2008년 11월 2일 도쿄 YMCA호텔 2층 세미나실에서 있은 대담에서 에구사 교수의 첫 질문은 나혜석의 「이상적 부인」에 나오는 욕망이 무엇을 의미하는가, 이었다.

> 먼저 理想이라 험은 何를 云험인고, 所謂 理想이라. 즉 理想의 慾望의 思想이라. 以上을 感情的 理想이라 허면, 차 所謂 理想은 靈智的 理想이라. 然허면 理想的 婦人이라 헐 婦人은 누구인고.

「理想的 婦人」의 첫 문장에 나오는 '이상' 과 '욕망' 은 다시 살펴보면 이해하기 어려운 대목이다. 이 이상의 욕망의 사상을 감정적 이상이라고 한 나혜석은 영지적 이상을 곧 이상이라고 말하고 있다. 즉 욕망의 사상이라고 말한 이가 누군가 있고 그 욕망의 사상은 감정적 이상이라고 말한 것이다. 그런데 나혜석은 이 글의 마지막에서 "그럼으로, 나는 現在에 自己 一身上의 劇烈헌 欲望으로, 影子도 보이지 안이허는 엇더한 길을 향하야 無限헌 苦痛과 싸호며, 指示헌 藝術에 努力허고저 허노라."라고 하면서 욕망이라는 말을 다시 쓰고 있다. 앞의 욕망과 뒤의 욕망은 한자에서 차이가 있다. 그러나 사전을 보면 두 단어 함께 '부족을 느껴 무엇을 가지거나 누리고자 탐함. 또는 그런 마음' 으로 뜻은 다르지 않다. 앞에서 영지적 이상을 중심으로 이상적 부인을 논한 나혜석은 욕망으로 예술에 노력하겠다고 글을 맺고 있는 것이다. 말하자면 감정적 이상에 충실하겠다는 말로 읽히고 있다. 여기에서 '욕망' 이란 단어를

질문한 에구사 교수의 의도가 일본문학과의 교점을 시사한 것임을 눈치
챌 수 있었다. 대담에서 에구사 교수가 해석한 나혜석의 '이상적 부인'
은 무엇인가 욕망의 사상을 가지고 살아가는 여성이다.

이렇게 보아오면 靈智라는 단어도 우리가 항용 쓰는 단어가 아니며
카츄사 앞에 수식된 '혁신으로 이상을 삼은' 이라든가, 막다 앞에 '이기
로 이상을 삼은', 그리고 노라에게 '진의 연애로 이상을 삼은' 등으로
자신의 관점을 보인 점에도 주목을 하지 않을 수 없다. 이는 나혜석이
이들을 어떻게 만났는지를 알려주는 기호이기 때문이다. 『일본여성사』
를 참고한 윤혜원 교수의 글을 보면 이때 坪內逍遙가 주재한 문예협회
는 입센의 『인형의 집』을 공연하였고 이어 제3회 공연으로 헤르만 주더
만의 『고향』을 공연했는데[7] 아마도 이 공연을 나혜석이 관람했을 가능
성이 높다. 이 공연의 내용을 알아보면 나혜석이 붙인 수사를 이해할 수
있을는지 모른다.

1910년대 한국유학생은 남학생이 386명이고 여학생이 34명으로 총 학
생 수의 8.1%라고 조사 분석한 박선미의 여자유학생 의식 분석은 역시
나혜석의 글에 크게 의존하고 있다. 일본에서 이 글을 쓴 박선미도 「이
상적 부인」이 '신사조'의 영향을 받았음을 확신하였으나 신사조의 구체
적인 내용을 언급하지 않고 있으며 「이상적 부인」을 주목한 윤범모 교
수도 위의 여섯 인물에 대한 보편적 규명에 머물고 있다. 사학자인 윤혜
원 교수가 宮城肇의 『일본여성사』나 일본의 高群逸技 『여성의 역사』에
의존해, 한·일 개화기 여성을 비교한 수준에 머물고 있는 것이 오늘의
현실이다. 대정 데모크라시의 문학과 미술 등을 탐구하여 나혜석과 이
광수 등 우리 신문학사 초기의 일본 유학체험과 그 영향을 따져보는 것

---

7 윤혜원, 「한일 개화기 여성의 비교연구」, 『아시아여성연구』 14집, 1975.12, 108면.

은 문학과 미술에 전문가 수준의 소양을 갖춘 학자의 접근이 이루어져야 만 명확해질 것이다. 쓰루미 슌스케와 구노 오사무의 『일본 근대 사상사』를 번역한 심원섭의 「1910년대 일본 유학생시인들의 대정기 사상 체험」[8]을 보면 백화파의 사상이 일본 유학생의 문학에 영향을 미친 것이 분명하고 나혜석에게도 그렇지 않았을까, 또한 욕망이라는 기호도 그 틀에서 이해할 수 있을 것같이도 보인다.[9]

3) 晶月의 사상과 예술

에구사 교수가 이어 제시한 초기 나혜석 문학의 기호는 신비와 개성이다. 이 역시 대정기 사상의 영향이라는 것이다. 나혜석익 글에서 등장하는 光, 雷, 暴風雨, 庭 등 자연 가운데 인간이 있는 것을 주목하였다. 1910년대 일본의 미술 문학 평론 각서(覺書)를 요약 메모하여 온 에구사 교수의 설명에 따르면 『백화』의 동인들은 부잣집 도련님들이어서 유럽으로부터 체계적으로 미술을 유입하였다고 한다. 우키요에를 로댕에게 직접 보내고 답례로 로댕의 조각이 보내지는 식이었으며 잡지 『백화』에는 사진판으로 새로운 그림들이 계속 소개되었고, 현역화가들의 편지들이 몇 번이나 소개되었다. 백화파는 후기인상파가 중심이었고, 『明星』은 구로다 세이키가 협력한 잡지이고 화가들의 작품이 소개되어 있다. 두 잡지의 차이는 일본의 대응방식의 차이이다, 등 당시의 문화적 배경

---

8 심원섭, 『한일 문학의 관계론적 연구』, 국학자료원, 1998, 67면부터.
9 심원섭은 일본 유학시기에 쓰인 최소월, 김여제, 주요한의 작품들이 당시의 시대적 정황과 맞지 않는 낙관적 전망과 어려운 시어와 논리구조를 지녔으며 대정기 일본이라는 특수한 지적 공간에서 창작되었다는 점 등에 주목하고 당대의 지식인들과 더불어 공유하고 있던 세계관을 규명해보고 있다. 나혜석의 약혼자였던 최소월이 백화파 신봉자였다는 것은 주목할 일이다. 위의 책, 같은 곳.

에 대한 설명이 도움이 되었다.

에구사 교수는 나혜석의 「모된 감상기」가 일본에서는 그 유례를 찾아 볼 수 없는 글이라고 일본의 영향을 받지 않은 글임을 분명히 했다. 일본에서는 「모된 감상기」와 같은 글은 전연 없다는 것이다. 단편 「경희」가 일본의 여성작가와 다른 독특한 작품이라는 평가와 아울러 일본체험과 관련해서 유념해야 할 대목이다. 나혜석의 문학과 일본체험을 고구하면 나혜석의 독특한 예술세계 역시 뚜렷하여 질 것으로 보였다.

대담은 약 두 시간 계속되었으나 통역을 두고 하는 대담이다 보니 충분히 대화를 나누지 못한 아쉬움이 있었다. 다만 대정기 문화적 체험이 나혜석의 사상 형성에 영향을 미쳤다는 데 공감하고 이에 대한 연구의 필요성을 절실하게 느낀 것을 소득으로 삼고자 한다. 에구사 교수의 나혜석의 자료에 대한 성실한 섭렵과 비평은 나혜석 연구에 새로운 자극이 될 것으로 본다. 주로 묻고 답을 듣는 형식이 된 것은 나혜석의 일본체험에 필자가 모르는 부분이 너무 많았던 탓이다. 대담의 자세한 내용은 곧 출간되는 연구서에 번역 자료와 함께 실려 나올 예정이다. 정리된 자료를 참고하면 좋을 것 같다. (이 책의 권말부록 참조)

「이상적 부인」이라는 용어 역시도 어떻게 형성이 되었는지 밝혀보고 싶은 점인데 학지광에는 이런 글이 실려 있다.

여자 친목회의 출생. 김숙경 김정화 김필례 최숙자 제씨의 발기로 4월3일에 부인회를 김정식씨 댁에 개최하고 일회를 조직하얏는데 명칭은 여자 친목회라 하고 회장은 김필례양이 피선되얏다더라. 친목 뿐 아니라 여자계의 광명이 되야 <u>엘렌 케이의 이른바 이상적 부인의 생</u>을 창조하기를 간절히 바라노라[10](밑줄 인용자)

---

10 『학지광』, 1915년 5월호, 64면, 소식란.

엘렌 케이의 영향은 나혜석의 현모양처주의에 대한 비판에서 감지할 수 있으며 이 역시 청탑에서 히라츠카 라이초와 요사노 아키코가 벌인 모성논쟁과 관련이 있을 것이지만 이상적 부인이라는 용어가 엘렌 케이와 관련이 있는 듯이 쓰인 위의 인용은 나혜석의 일본체험 연구에서 엘렌 케이 역시 깊이 탐구하여야 할 것을 제시하고 있다.

대담이 있던 전날 참가자들은 도쿄 문학 산책을 하였다. 하타노 세츠코 교수와 와타나베 나오키 교수의 철저한 준비로 참가 교수들은 안내하는 대로 이광수 홍명희가 재학했던 대성중학을 비롯하여 청년회관 자리, 나혜석과 염상섭의 하숙, 이상이 입원했던 병원, 김광섭 하숙, 김정한, 양주동, 김광섭, 조영출, 이병도의 하숙과 학지광사 자리, 최승구의 하숙, 이인직의 조선요리점 등 지금은 크게 달라진 곳이나마 그 주소를 찾아 답사하였다. 이때 나혜석과 염상섭의 하숙주소가 겹치는 곳이 있었다. 그 자리에 지금은 도시락 체인점이 들어서 있는데 그 가게 이름이 히마와리 즉 해바라기다. 나는 그동안 나혜석을 모델로 한 염상섭의 소설 「신혼기」가 왜 「해바라기」로 개제가 되었는지 그 이유를 알지 못했었는데 일본에 가서야 깨달았다. 히라츠카 라이초가 청탑을 발간하면서 "원시 여성은 태양이었다"라는 유명한 글을 쓰는데 바로 이 히라츠카의 선언에 공감한 나혜석이 그의 호를 세 개의 태양(三日月) 즉 晶月로 표기한 것을 깨달았고, 염상섭은 이 해를 따라가는 신여성들을 야유하여 소설 제목을 「해바라기」라고 했다는 것을 깨달은 것이다. 하숙터가 해바라기라는 가게가 되었다는 것은 역사의 아이러니가 아닐 수 없다.

4. 나혜석연구의 새 방향

대담을 마치고 나혜석의 초기 산문들의 가치가 새삼 소중하여 이에 대한 연구가 계속 이루어지지 않으면 안 된다고 생각하고 있다. 이 시기 나혜석의 일본체험을 깊이 연구하여 나혜석의 사상형성을 구명하면 나혜석의 예술과 삶이 보다 잘 해명될 수 있으리라고 생각한다. 「잡감」 1, 2는 이러한 일본체험에 나혜석이라는 주체가 반응한 내용이다. 「이상적 부인」에서 아직 개성에 대한 충분한 연구가 없다고 고백한 나혜석은 3년 후 「잡감」에서 자신의 의견을 뚜렷이 제시한다. 나혜석의 일본체험 연구에서 빼지 못할 주체로서 나혜석의 육성이다. 나혜석의 그림이 거의 유실된 오늘날 나혜석의 문학작품들은 더욱 소중한 자료이다.

일본에서 한국문학을 연구하는 교수들의 성실함과 노력은 말할 수 없는 감동을 주었다. 이번 문부성의 연구비 지원은 한국 문학연구로서 처음 지원받은 것이라고 한다.[11] 그 혜택 속에 협력 교수로 참여할 수 있었던 행운을 거듭 고맙게 생각하며 나혜석 연구를 함께 할 교수를 만난 것에도 감사하는 마음이다. 일본에서 한국문학을 전공으로 택하는 후진이 없어져 한국 문학연구 계승이 어려워졌다는 말을 들으니 안타까웠으며 한국에서 이들 연구자들에게 지원해줄 길은 없는 것일까 고민해야 할 때라고 생각하였다. 나혜석 대담을 비롯한 종합 연구결과가 오는 5월께 한국에서 단행본으로 출간된다고 하니 책을 참고할 수 있을 것이다.[12]

(대담내용 권말 부록 참조) (『문명연지』 10권 1호, 2009)

---

11 김응교, 「원본 실증주의와 주변인 문학」, 숙명여대 국어국문학과, 숙명어문학회, 한국어문화연구소 주최, 숙명여대 국문과 창과 60주년기념 및 세계한국어문학회 창립학술대회 "국제화 시대의 한국어문학" 주제발표논문자료집, 2008.11.8, 67면부터.

12 [과제번호: 18320060] 식민지기 조선문학자의 일본체험에 관한 종합적 연구−2006년~2008년도 과학연구비보조금 기반연구 B 2009년 5월 연구대표자 : 波田野節子(県立新潟大學), 청운출판사, 2009.

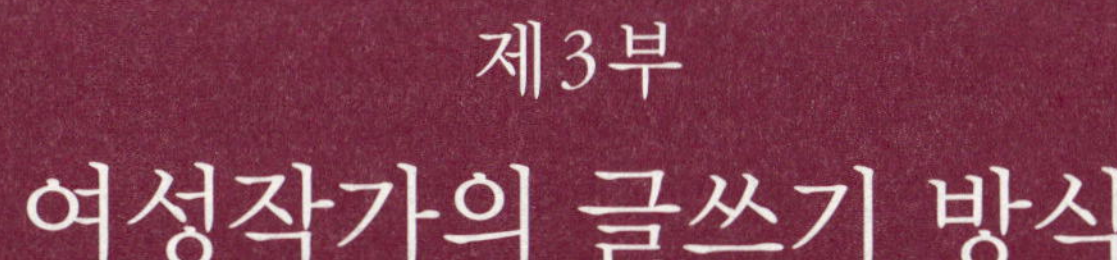

제3부
여성작가의 글쓰기 방식

이미지로 짠 태피스트리

• • •

강신재의 글쓰기 방식

1. 들어가면서

인간은 옷을 입는 동물이다. 의상은 작가가 선택하고 있는 중요한 메타포이다. 의상이란 그것을 착용하는 인간을 기원(origin) 내지는 대상(reference)으로 취급하기 때문에 의상에 관한 관찰은 자연적으로 그리고 실제에 있어 인간 자신에 대한 관찰일 수밖에 없게 된다. 그러나 인간보다도 의상을 우선적인 관심의 대상으로 설정함으로서 파격적인 시각의 전복은 물론 새로운 의미와 흥미효과를 야기하게 된다. 의상의 관점에서 볼 때 인간의 제도나 사상 등은 계절에 갈아입게 되는 헌옷에 불과하다. 인간이 자랑하는 시나 소설 역시도 옷이다. 짜고 자르고 깁기 때문이다. 인간을 옷을 입는 동물이라고 정의할 때 옷은 인간의 지위나 성격 등 모든 것을 말해주게 된다. 또는 인간은 옷을 입을 뿐 아니라 짓는 동물이므로 신에 비견할 수 있는 창조자일 수 있다. 인간이 바벨탑을 짓고 흩어질 때 "거주할 수 있는" 땅만을 찾아 흩어진 것이 아니고, 옷을 지어 입을 수 있는(habitable) 땅을 찾아 떠나게 된다. 인간이 옷을 지어 입어야 했던 또 하나의 이유는 무엇인가? 편안함(comfort)이 아니라 치장(decoration) 때문이라는 것이다. 야만인들이 옷을 입기도 전에 온몸에 문신을 새긴 것을 보아도 치장이 내용보다 중요하고 그것이 의상의 기원과 직결된다고 칼라일은 역설하고 있다.[1]

강신재는 의상을 발견하고 의상의 철학으로 소설을 쓴 작가이다. 그의 글쓰기 전략을 살펴나가면 그의 의상시학을 읽게 된다. 이미지로 짠 태피스트리, 이것이 강신재 소설의 글쓰기 전략이다. 강신재에 있어 소설은 짜는 것이다. 씨줄과 날줄을 얽고 무늬와 색채를 넣어 그는 한 편의 작품을 만든다. 강신재에 있어 현실은 자연이나 일반 사물과 같이 객관적 상관물이다. 그는 이 객관적 상관물을 소설의 무늬로서 자신의 작품에 배치함으로써 하나의 소설, 즉 예술품을 완성하였다.

강신재는 참 많이 썼다. 장편만 32편에 단편 68편 도합 1백 편의 다작이다. 단편집 3권, 수필집 3권, 총 권수 43권이다. 1924년생으로 2001년 몰이니 향년 77세, 43년간 쓴 작품이라고 해도 그 양이 특별히 많다고 할 수 있다. 국립중앙도서관 강신재 문고를 보면 도서 외에 조사한 역사 자료들이 복사 제본되어 꽂힌 것이 꽤 많이 눈에 띈다. 부지런히 조사하고 읽고, 썼다는 반증이다.

작가 강신재 자신의 생애에 대하여 알려진 것은 별로 없는 편이다. 학력이라든가 그가 쓴 작품이라든가 우리 앞에 퍽 많은 자료가 있음에도 불구하고 그는 솔직하게 자신의 삶을 보여주는 글은 별로 쓰지 않았다. 수필집이 세 권이나 되고 그 외에 쓰인 글들이 적지 않음에도 강신재의

---

1 토마스 칼라일, 「수필집 의상철학, 종이와 펜」, 『영미수필전집』, 2003.4.22, 전자책, 토마스 칼라일, 이태동 역, 「의상철학」, 장백일 편, 『세계명수필선』, 현암사, 1975.
  최병헌, 「칼라일의 의상철학에 있어 메타포와 메시지」, 『영어영문학』 제40권 3호, 1994, 461면 이하 여기저기.

삶은 이랬다고 할 만한 자료를 찾기 어렵다. 30년대 작가 이선희와도 같이 강신재는 자기의 모습을 잘 드러내지 않는다. 자기의 모습을 드러내는 대신 의상시학을 직조한다. 칼라일은 "사회는 의복에 가치를 두고 있다"[2]고 하였다. "사회는 의상을 타고 무한계라는 대해를 건넌다"고도 하였다. 강신재는 의상 자체로도 자신의 생각을 나타냈지만 다양한 이미지로 의상의 세계를 직조하여 소설을 만들었다.

강인숙 교수는 "씨는 인물 자체를 그리는 것이 아니라 그 인물의 이미지를 그린다. 그것도 아주 단편적으로 특히 단편소설에서는 짤막한 몇 토막의 말로 한 인물의 묘사가 끝나버리는 수가 있다. 그런데도 작품을 읽고 나면 인물의 인상만이 뚜렷이 남는다"고 하였다.[3]

고은 시인은 강신재는 "인간의 근본적이고 다의적인 문제에 천착하기보다는 여성의 '의식의 옷'이나 일정한 심리현상의 단면이 거의 애매한 일상성의 부분을 통해서" 제시된다[4]고 하였다.

조연현 평론가는 "한마디로 말해서 강신재는 그의 문학적 특성을 무엇이라고 규정지우기 어려운 작가다. 그만큼 그는 좋게 말해서 다양성이 많은 작가요, 나쁘게 말해서 정신의 방향이 일정해 있지 않은 작가다."[5]라고 한다.

염무웅 평론가는 "감정의 뉘앙스, 어떤 분위기나 태도, 자연현상의 심리적 변화 등의 대상에 대한 일정한 거리 유지와 그것의 명사적 파악은 결국 그녀의 소설에 어떤 투명한 이미지의 조형이라는 경향을 부여한다. … 단어 자체에 대해서 가지는 그녀의 특수한 감각을 증명하는 것"

---

2 칼라일, 「의상철학」, 위의 책, 118면.
3 강인숙, 『한국현대작가론』, 동화출판공사, 1971, 265면.
4 고은, 「실내작가론⑧」, 『월간문학』, 1969.11, 151~163면.
5 조연현, 『한국현대작가연구』, 새문사, 1981, 215면.

이라고 하여 강신재 문학의 성격을 면밀히 살피고 있다.[6]

김현 평론가는 "그녀는 항상 주인공의 안에서 일정한 양의 거리를 두고 사물을 골고루 관찰하기 때문에 죽음마저도 그녀에게 부딪칠 경우에는 삶의 한 파편, 자기감정을 자극하는 딴 모든 것과 똑같은 삶의 한 파편으로 밖에 인식되지 않는다. 그리고 이 미적 거리감 때문에 우리는 강신재의 주인공을 대부분 하이부로우한 감정의 소유자로 생각하는 것이며, 진부한 감정의 방정식만을 풀고 있지 않는 멋있는 주인공들로 생각하게 된다."[7]고 하면서 강신재 글쓰기 방식을 그림의 점묘법에 비유해 놓았다.

정영자 교수는 강신재 소설을 서정적 계열의 분위기소설로 보고 시의 이미지를 소설의 배경과 그 분위기로 원용하면서 서술중심의 표현을 묘사중심으로 변모시키는 한 특성을 보여주었다고 하였다.[8]

김미현 교수는 강신재의 글쓰기 방식이 여성적 글쓰기와 연관된다고 본다. "이런 특성이 여성글쓰기와 연결될 수 있는 것은 여성적 글쓰기가 불확정적인 태도와 미완의 개방성을 확보하면서 에둘러 말하거나 모호하게 말하기가 중심이 되기 때문이다. 여성적 글쓰기를 위해서 도입된 즉시성, 순간성, 즉흥성, 유동성, 비논리성, 직접성, 비약, 직관, 주관 등의 요소가 바로 여성적이고도 서정적인 언어의 특성과 연결"된다고 하였다.[9] 강신재 소설이 서정적 여성적이며 결말이 오픈 되어 있고 주장이 모호하다는 등의 언급들은 의상이라는 키워드로 강신재의

---

6 염무웅, 「팬터마임의 미학」, 『현대한국문학전집』, 신구문화사, 1967, 475~485면.

7 김현, 「감정의 점묘화가」, 『한국단편문학대계 8』, 삼성출판사, 1979, 421면.

8 정영자, 「강신재론―공간과 분위기를 중심으로」, 『한국현대 여성문학론』, 지평, 1988, 286면.

9 김미현, 「서정성, 감각성, 여성성―강신재론」, 『여성문학을 넘어서』, 민음사, 2002, 148면.

전문학을 소설을 꿰뚫어 보고자 하는 작업에 타당성을 부여하는 대목이다.

여기에서 한 가지 더 유념해야 할 것이 작가 강신재의 반응이다. 강신재는 자신의 소설에 대해 언급한 평론가들의 글에 대단히 부정적인 언급을 한 것이 있다는 사실이다. 고은이 "강신재의 여성은 거의 주부로서의 기능이 결핍되어 나타난다"는 것을 지적하고 있다든가 남성은 가상과 자신 사이의 관계에서 명멸할 뿐 한걸음도 더 나아가지 않아 "인간의 정면"을 발견할 수 없고 강신재는 "애욕을 버릴 수 없는 금욕주의자"로서 "왜 그는 "명순은 나다!"라고 플로베르처럼 외치지 못하는 작가인가에 그의 온갖 고혹이 피어나고 있다"[10]고 날카롭게 지적한 것들이 그런 반응을 하게 한 것으로 보인다. 작가가 평론가들의 논평에 동의하지 않은 부분이 무엇이겠는지 유념하면서 작품을 볼 필요가 있다. 지금까지 강신재 소설연구는 단편이나 50년대 소설에 편중하여 진행되어왔다. 강신재 장·단편 1백 편을 일목으로 요연하게 말하기는 어려울 것이다. 그러나 작가 강신재를 논함에 있어 전 문학을 꿰뚫는 작업이 반드시 필요하다고 보고 강신재의 글쓰기 방식을 중심으로 살펴본다.

2. 강신재의 글쓰기 방식

강신재 소설이 분노로 시작되고 있다는 것은 별로 알려져 있지 않다. 강신재 초기 소설을 보면 습작의 제목이 「분노」[11]이기도 하고 삶의 어느 대목에서 마주친 분노를 리얼하게 그려 보이기도 한다. 이 리얼한 정서

---

10 고은, 앞의 글.
11 강신재, 「분노」, 『민성』, 1949.7.

를 작가는 차츰 이미지로 변환시켜 그 짜임으로 대신 말하게 하는 글쓰기를 모색한다. 가족의 수필을 보면 강신재는 소설 「안개」를 쓴 무렵 필화라고 해야 할 일을 겪은 적이 있다고 한다.[12] 단편 「안개」에는 박완서의 장편 『살아있는 날의 시작』에 나오는 청희의 남편에 필적할 우열(愚劣)한 시인 남편이 등장하는데 이 일로 많은 이들의 입에 오르내렸다든가, C항이 나오는 소설의 인물이 자기라고 항의를 오는 소동을 겪었다든가 하는 소란이 있었던 모양이다. 생전에 가까이 지냈던 김남조 시인의 증언에 의하면 강신재는 문학인의 행사에 참가하더라도 숙박을 한 적이 거의 없이 집으로 돌아갔다고 한다. 가정에 충실하기 위함이었을까? 강신재는 등단소감(1949년)에서 글쓰기와 가정을 양립해야 한다고 말[13]한 바 있지만 작가의 전기적 사실이 알려진 바 없어 그 이유는 알 수 없다. 작품의 양이 엄청난데 이 다작이 혹 '돈'과 관련은 없었을까[14] 작가의 면모를 여러 모로 생각해보게 된다. 그러나 앞서 인용한 이런 필화사건 후에 위장의 의미로 서정소설의 글쓰기 방식을 모색했던 것이 아님은 분명하다. 이미 그 이전 「눈이 나린 날」부터 대위법이라고 불러야 할 정교한 방법으로 서정소설을 조형해내고 있기 때문이다. 강신재는 예술가로서[15] 새로운 글쓰기 전략을 끊임없이 모색하였다고 보인다.

---

12 서임수, 「어느 여류작가의 남편의 죽음」, 『삼천궁녀를 거느리는 뜻은』, 세명서관, 1990, 72면.

13 강신재, 「어린 날의 감동―당선소감―」, 『문예』, 1949.11, 124면. 강신재는 등단소감에서 어린 날 받았던 문학적 감동을 쓴 다음 "이후로도 생활과 양립시킬 수만 있으면 되도록 열심히 써볼 작정입니다."라고 가정에 충실하면서 문학을 하겠다는 태도를 나타내고 있다.

14 신사임당이 그림을 그려 화가가 된 계기를 강신재는 경제적 이유가 아니었을까 하는 매우 독특한 추측을 해 보이고 있다. 강신재, 『소설 신사임당』, 도서출판 한벗, 1987, 138면.

15 예술가는 아름다운 사물을 창조하는 사람이라고 와일드는 말하였다. 그런 의미에서 강신재 씨는 끝까지 예술가이다. 강인숙, 앞의 책, 282면.

그러나 아쉽게도 강신재는 작품연보가 아직 정확하지 않아 자료정리 차
원에서도 그의 전 문학을 대상으로 하는 작업은 의미가 있다.

1) 의상의 발견―글쓰기 전략

강신재의 소설에서 눈에 띄는 것이 의상이다. 소설에는 각종 의상이
각양의 색채, 섬유 질감, 디자인, 그리고 장식품과 함께 등장한다. 그래
서 고은은 "미의식과 사치감각이 여성과 밀접한 것으로서 강신재 소설
은 우생감을 갖는다"[16]고 하였다. 이 의상은 거의 양장으로서 요즘의 감
각으로도 신선하달 정도의 첨단이다. 실제로 소설 속에 나오는 의상의
섬유이름이 낯설어 어떤 것인지 알아낼 수 없는 것이 여럿 있었다. 이쨌
거나 강신재의 소설에서는 등단 초기 작품부터 의상이 좋은 소도구 내
지 상징적 역할을 하고 있다. 등단작은 「얼굴」, 「정순이」인데 「얼굴」의
검은 무명양말보다 「정순이」의 담홍색 블라우스의 미스터리가 매우 시
선을 끈다. 그 의미가 실로 애매하고 모호하기 때문이다. 무엇엔지 강박
의식을 지닌 어딘지 좀 부족한 언니가 애인을 동생에게 빼앗기고도 화
를 내지 못하고 언니라는 권위를 담홍색 블라우스에 담아 건네는 서글
픈 장면은 아이러니의 효과를 불러일으키면서 블라우스가 "담홍색 새틴
의 주름을 많이 잡아 지은 장미 꽃송이같이 아름다운" 것이었기에 비극
성이 고조되는 효과를 낳는다. 이 장면은 자기기만이라 할지, 시선의 폭
력이라 할지, 세계에 대하여 극도의 공포심을 가지고 있는 주인공 정순
이의 패배를 독자의 코앞에 들이미는 형국이라 당황과 충격이 적지 않
은 작품이다. 정순이라는 '못난' 성품을 잔인하도록 객관화하여 보여주

---

16 고은, 위의 글.

는 이 작품은 작가의 도덕적 판단이 유보되는 즉 열린 결말의 소설이기도 하다. 담홍색 블라우스를 동생에게 주어 무엇이 어떻게 되었다는 대목이 생략되어 있고 동시에 '어떻게 될 것이다' 라는 예상마저도 차단되어 하나의 미스터리로 되어 있다. 작가는 정순이의 민망한 비극을 독자에게 제시하고는 그만이다. 이 모호성이 독자를 당황하게 하고 충격하는 것이다. 서정소설의 긴장은 고의적인 모호성에 기인한다.[17] 작가는 이 의상을 발견하고 작품을 썼던 것 같다. 블라우스를 주고받는 이런 자매애적 상황은 지극히 여성적인 것이다. 그러나 그 속에 인간관계의 비정성이 감추어져 있다는 발견은 강신재의 작가적 센스였다 하겠다. 그러나 이 작품을 추천한 김동리는 이 작품에 대해 문장수련을 더 하라는 지적만을 하고 있다.[18] 이어 발표한 작품은 이북장사를 다니는 과부의 가난한 삶을 다룬 「성근네」로 사실주의적 글쓰기를 보이는 작품이다. 강신재는 이 작품 다음에 「눈이 나린 날」을 새로운 기법으로 쓴다.

「눈이 나린 날」은 서두부터 남편과 아내의 삶을 대조적 자연묘사로 나타내 보인다. 주인공 영숙이 북향으로 난 작은 유리창 앞에 서서 물끄러미 들판을 응시하고 있는데 들판은 새하얀 눈세계이지만 '단지' 두 빛깔로 나뉘어 있다. "양지바른 곳은 금분을 뿌린 듯이 재깍재깍하는 하이얀 빛깔로, 그리고 그늘진 자리는 수은같이 가라앉는 하늘색으로. 새 한 마리 나르지 않는 들판은 오늘은 물속같이 고요하였다."[19] 이렇게 단지 두 빛깔만의 세계에서 남편과 영숙 역시 대조적인 감정상태의 세계

---

17 랠프 프리드먼, 신동욱 외 역, 『서정소설론』, 현대문학사, 1989, 16면.
　　또한 "서정소설은 독자의 주의를 인간과 사건에서 형식적 디자인으로 옮겨놓는다. 소설의 일상적 풍경은 이미저리의 짜임이 되며 인물은 퍼스나 그 자체로 나타난다." 109면.
18 김동리, 「천후소감」, 『문예』, 1949.11.
19 강신재, 「눈이 나린 날」, 『문예』, 1950.1, 21면.

로 나뉜다. 당연히 남편은 양지바른 '금분을 뿌린 듯이 재깍재깍하는' 하얀 빛의 눈세계요, 영숙은 절망과 고통 속에 수은같이 가라앉는 '새 한 마리 나르지 않는' 고요한 눈세계이다. 칼라일은 의상은 눈에 보이는 일체의 현상과 물질을 가리키는 것이기에 사실은 인간사회뿐만 아니라 우주 역시도 그 속에 포함되어 있으며 우주의 삼라만상이 의상 자체라고 역설하고 있다.[20] 방안에서 구멍 난 양말 보따리를 풀어 깁는 아내와 제대출신이라고 존경어린 환대를 받는 남편, 장래가 보장된 남편과 성악가이면서도 집안에서 시동생 뒷바라지나 해야 하는 아내의 형편은 대조적인 눈세계와 오버랩된다. 시부모로부터 시누이를 서울로 데려가라는 명령을 듣고 아내를 영화관에 데려가는 남편은 아내의 절망을 미봉으로 대하는 불성실성을 드러낸다. 게다가 아내가 입었던 치마 위에 희뿌연 두루마기를 걸치고 나오는 것을 보고 왜 좀 더 말쑥하게 차리지 않았을까 못마땅하여 아내를 기다리지 않고 돌아서 먼저 가버린다. 본질은 외면되고 피상적인 의상이 문제되는 현실을 날카롭게 인식하고 있는 대목이다. 시누이를 한 명 더 데리고 살아야 한다는 사실 그 자체가 문제라기보다도 영숙은 까닭모를 적막감이 엄습하는 것을 느낀다. 무엇인가 자기 몸속에서 풀려서 나간 것 같은, 그리고 그것은 영영 돌아오지 않을 것 같은 허전한 마음이다. "그러나 무엇을…? 자기는 무엇을 잃어가고 있는 것일까. 영숙이는 언뜻 알아낼 수 없었다. 알아낼 수 없었으나 더 캐보려고 하지도 않았다." 남편과 아내의 상반된 삶의 위상 그것을 대위법을 써서 명료하게 펼쳐놓은 작품이다.

　강신재의 글쓰기는 한편으로 여성억압의 현실을 고발하면서 또 한편으로 의상의 발견, 새로운 글쓰기를 계속 보여준다. 단편 「바바리코트」

---

20 최병헌, 앞의 책.

는 의상의 발견 중에서도 압권이다. 숙희는 시골생활이 싫어 뛰쳐나와 미 군속 사무실에서 타이피스트로 일하며 독립해 산다. 남편 동호가 온다. 동호는 집으로 가자고 한다. 가지 않을 테면 같이 죽자고 한다. 이런 상황이 바다의 묘사를 통해 시각 이미지화하여 부각된다. "기름이 둥둥 뜨고 크고 적은 선박 나무 조각들이 검불처럼 흩어진 지저분한 바다" "탁한 남빛의, 언제나와 같이 지저분한 바다가 무엇인지 정체를 알 수 없는 혼탁한 음향 속에 무겁게 드러누워 있는 것이었다." 결국 두 사람은 죽지 않고 섹스에 의해 갈등은 일시적으로 무마된다. 즉 다시 말해서 사회적인 방법으로 해결되지 않고[21] 동호는 다시 시골로 내려간다. 이렇게 해결된 것이 아무것도 없이 끝나는 소설이 "무척 싸늘해진 공기에 그는 바바리코트를 꺼내 입고 있었다. 외국제 회색 바바리코트는 그의 몸에 썩 잘 어울린다고 하느니보다도 차라리 어떤 멋진 사람을 하나 새로 만들어 논 것 같은 느낌이었다. 바바리코트를 입은 동호는 걸음걸이마저 썩 경쾌하게 걷는 것 같아 보였다. 숙희는 그 낯익은 내용을 감싸 가지고 아주 다른 것같이 보이게 하는 옷자락을 멍하니 내려다보고 있었다."라는 문장으로 소설은 놀랍게도 충분히 완성이 된다. 숙희도 동호도 전후 혼란한 시대를 사는 가치관 상실의 세대다. 그런가하면 시골에 엄연히 존재하는 부모의 가치관과의 충돌이 존재한다. 갈등은 시골의 남편이 도시의 타이피스트 아내를 휘어잡아 데리고 내려갈 수 없다는 데 있고 소설에서 남편은 실상 아무런 해결도 하지 못하고 돌아간다.[22] 고은 시인은 이 작품이 "50년대 젊은 남자들에게 잿빛 외제 바바리코트를 유행시켰다고 굳이 말할 수 있고"라고 바바리코트의 의미를 부인하

---

21 정태용, 「강신재론」, 『현대문학』, 1972.11, 23면.
22 강신재, 「바바리코트」, 『문학예술』, 1956, 창작집 『희화』, 계몽사, 1958 소수, 284면.

면서도 '그 낯익은 내용을 감싸가지고 아주 다른 것 같이 보이게 하고 있는' 바바리코트의 옷자락을 발견하는 미의식의 도치는 상당한 수준이며[23] 그러나 이는 '미의식주의의 악습'이라고 혹평을 덧붙이고 있다. 「바바리코트」는 강신재 소설 쓰기 전략의 핵심을 보여주는 작품으로서 바바리코트가 이 소설의 주인공이라 하겠고 그로 하여 바바리코트가 유행을 하였다면 작품은 어떤 의미에서 소기의 목적을 달하였던 것이라 하겠다.

「봄의 노래」는 소위 말하는 학병소설이다. 그러나 학병에 나갔다가 머리를 다쳐 돌아와 정신병자가 된 형 친구이자 선희의 오빠인 철의 이야기는 배경처럼 거리를 두고 배치된다. "형의 친구인 철씨는 두터운 안경을 쓴 다정한 웃음을 웃는 예과 학생이었다. 인단 내음새 같은 정결한 분위기를 가지고 있다." 외모라기보다 분위기, 이미지를 묘사하는 의상시학적 글쓰기다. 그런 철이 학병에 나갔다가 폐인이 되어 돌아온 것이다. 가업도 망하고 병든 아들 철과 남편으로 집안은 몰락하고 오빠 철에게 시달리다 병이 들어 동생 선희는 죽고 만다. 어린 시절 학교에 불이 났을 때 선희를 업어서 살려낸 주인공 나는 자라서 종종 엽서를 주고받으며 '곤색 외투에 실크양말에 감싸인 날씬한 다리'의 선희를 사랑하고 있었는데 선희가 서울로 올라오지 않아 찾아간 고옥에서 선희의 죽음을 알게 된다. '두터운 안경을 쓴 다정한 웃음을 웃는 예과 학생 … 인단 내음새 같은 정결한 분위기' 라든가 '곤색 외투에 실크양말에 감싸인 날씬한 다리' 두 이미지의 부각은 학병 출전의 비극과 그 고발에 미적거리를 두면서 비극미를 노래한다. 「C항 야화」, 「야회」, 「쌘달」 역시 의상시학의 좋은 예를 보여주는 작품들이다.

---

23 고은, 앞의 글, 158면.

2) 의상의 배치 – 자아의 초상

강신재의 전쟁문학 『임진강의 민들레』는 '전장'의 이야기가 아니라 전장의 테두리에 있었던 사람들의 이야기이다. 작가는 『임진강의 민들레』에 자신의 전쟁경험의 거의를 투영하였다고 한다.[24] 이런 '말'은 인터뷰에서 물으니 답하였을 뿐 『임진강의 민들레』라는 작품을 이해하는 데 별 소용이 없는 정보이다. 작가는 이 『임진강의 민들레』에서 전쟁을 그리고 있지만 이 소설에서 전쟁이란 앞서 언급한 것처럼 소설이라는 작품을 위해 사용된 의상에 불과한 것이다. 작가가 지향한 것은 전쟁 자체에 대한 증언이나 고발이 아니라 비극적 황홀이라 할[25] 아름다움의 구극적 구현이다. 전장 속에서 피어난 아름다운 꽃 … 그것은 작가 강신재의 자아의 초상이다. 이 소설에는 잎과 꽃의 두 인물이 나온다. 잎은 배려와 헌신의 이상적 여상 옥엽이고 꽃은 작가의 자아의 초상 이화이다. 이 말을 풀이하면 "옥엽이 집착했던 것은 '생활'이다. 그러나 이화가 집착했던 것은 '생활 이상의 것들'이다."[26] 『임진강의 민들레』에는 두 가지 주목되는 문제의 장면이 있다. 이화가 숨어있는 지운에게 밥을 나를 때 만나는 인민군의 여 병사들에 대한 이화의 생각이다. 그때 이화의 시선을 통해 작가는 서슴없이 그들의 추악함을 비판한다. 아름답지 않으면 선하지 않다? 이것은 심미주의자가 아니고서는 감히 주장할 수 있는 선언이 아니다.

---

24 강신재, 「임진강의 민들레는 이렇게 피었다(대담취재)」, 『문학사상』, 1974.6, 54면~.

25 강현구, 「강신재 전후소설의 양상」, 『인문논총』 14호, 호서대 인문과학연구소, 1995, 107~119면.

26 강인숙, 앞의 책, 272면.

거리에는 화장을 한 여인은 볼 수 없었다. 만난다면 그것은 인민군의 여
병사들뿐이었다. 병원에 가는 길목에서 이화는 가끔 그 여병사의 분대와 마
주치곤 하였다. 두 줄로 늘어서서 대략 같은 시각에 골목으로부터 꺾이어
나오는 것이었다.

그들은 진 초록색 잠바스커트를 무릎 위까지 짤따랗게 입고 까만 가죽 장
화를 신고 있었다. 어깨로부터 X자로 같은 가죽의 벨트를 매고, 허리는 아
주 넓은 띠로 졸라매고 있었다. 그 모양은 모스크바의 복장을 본뜬 건지 익
조티크 하였고 나쁘지 않게 보였다. 허나 그들의 얼굴이 모든 조화를 엉망
으로 깨뜨려 버리고 있었다.

여 병사들의 얼굴에는 보기 흉한 짙은 화장이 베풀어져 있어, 그것은 아
무리 호의를 가진 눈이 본다 할지라도 추악함을 느끼지 않을 수 없는 것이
었다. 약탈품인 코티 분이나 립스틱 등속이 이들에게 분배된 것인가? 북한
정부는 피가 나도록 교육을 한 그들의 전위병인 이들 여 군사에게 자랑스러
운 약탈품으로 우선 보답하였는가.[27]

이화에게 여병사란 전쟁과 관련한 이미지로 떠올리는 것이 아니라 그
들의 익조티크한 의상만이 관심이다. 쓸 만한 의상이 화장 때문에 망쳐
졌다는 식이다. 이화야말로 지금 화장을 가지고 말할 때인가? 그러나
인민군 여병사의 얼굴에 베풀어진 보기 흉한 화장은 '아무리 호의를 가
지고' 본다 할지라도 '추악함'을 느끼지 않을 수 없다고 작가는 쓰고 있
다. 우리나라의 이데올로기에 경직된 독자의 머리로는 얼른 수용하여지
지 않는 대목이다. 이 대목의 바로 앞에는 생활을 위해 머리에 목판을
인 성악과의 호프가 나온다. 화려하고 사치롭던 그가 까만 몽당치마에
흰 적삼을 입고 맨발에 고무신을 신고 있는 것을 보며 이화는 고소한다.
의상의 변화가 곧 사람의 변화를 의미하는 것처럼 들린다. 작가는 소설

---

27 강신재, 「임진강의 민들레」, 삼성신서 『한국문학전집 33』, 삼성출판사, 1975, 128면.

속에서 악한 사람은 하나같이 추하고 밉게 그리는 관습을 보인다.

다음 문제되는 장면이 작품의 마지막 장면, 강인숙 교수의 요약을 인용한다. "다행히도 (그) 탈출이 어느 정도 성공을 거둔 순간에 그녀는 강물에 대한 심미적인 애착 때문에 죽는다. 낙조가 곱게 물들여진 임진강변에서 죽어가는 그녀의 마지막 망막에 비친 것은 한 송이의 금빛 민들레꽃이다. 그 아름다운 꽃 쪽으로 손을 내밀면서 이화는 죽는다. 그러나 그것은 꽃이 아니었다. 어느 죽은 병사의 가슴에서 떨어졌을 훈장―살육과 비극의 산 증인인 하나의 훈장이었던 것이다."28)

옥엽이 전쟁의 온갖 위협 속에서도 오롯이 살아남는 것은 그가 삶의 정령이기 때문이다. 이화가 죽어야만 했던 것은 그가 아름다움의 화신이기 때문이다. 아름다운 꽃을 향하여 손을 내밀면서 죽는 이화는 작가의 심미적 소설지향을 명시적으로 은유한다.29) "주인공은 소설에 있어서 시인의 악기이다. … 시적 고양과 모든 삶의 마주침에 대한 명상" 경험을 받아들이고 그것을 예술로서 재창조하기 위해 시인 또는 그의 주인공은 자신의 자아초상을 그려내려 하는 것이다.30) 『임진강의 민들레』는 작가의 자아의 초상이자 비장미를 구현한 이미지의 태피스트리이다. 이미지는 대상과 장면을 포함할 뿐만 아니라 주인공의 서정적 관점 안에서 이미지형으로서 존재하는 인물까지도 포함한다. … 인물과 사물의 모습

---

28 강인숙, 앞의 책, 273면.

29 임진강의 민들레에는 색채를 나타내는 어휘가 67종, 248개가 나온다. 크게 분류하면 白―71, 灰―11, 黑―47개, 靑―31개, 赤―72, 黃―16개. 무색과 유색이 반반이다. 색채에 대한 그녀의 기호는 유지빛, 황금색, 이끼빛, 물빛, 쥐색, 납색, 흑연빛 등처럼 구체적인 사물에서 온 어휘도 많이 사용하게 하고 있다. 냄새 등과 함께 각각의 인물들을 형상화하는데 있어서 기능적인 힘을 부여받고 있다. 염무웅, 앞의 글, 483면.

30 랠프 프리드먼, 앞의 책, 30면.

은 정교하게 짜인 태피스트리, 즉 인공적인 세계의 부분이 된다.[31]

의상의 배치, 이미지로 짜인 작품으로 「젊은 느티나무」, 「절벽」, 「황량한 날의 동화」, 「TABU」, 「강물이 있는 풍경」 등을 들 수 있고 장편 『파도』를 들 수 있다. 이들의 작품은 강신재 미학의 결정체들이자 자아의 초상을 볼 수 있는 작품들이다.

장편 『파도』는 자아의 초상을 그린 이미지의 태피스트리이기도 하다. 작가의 어린 날 마주친 삶에 대한 명상, 그 체험을 예술로 재창조한 것이다. 작가는 『파도』를 두고 "줄거리라든가 사람이 변해가는 과정이라든가, 그런 게 중심이 아니에요. 그저 그 고장을 스케치하듯이 정경을 잡히는 대로 그려나간 건데요, 내 생각에는 작품의 어디를 탁 잘라놓고 봐도 그것만의 분위기가 느껴지도록 부분부분을 만들어 놨어요."라고 말한 바 있다.[32] 작가의 어린 시절의 체험을 이미지화하여 자아의 초상을 그린 것으로 작가의 시선이 시간적으로나 공간적으로 내면 깊숙이 내려간 작품이다.

이 작품에서 주목할 것은 파도라는 이미지이다. 작가는 소설의 제목 그대로 파도라는 제목의 태피스트리에 원진항의 사람과 삶 그리고 자연 등 모티프를 파도로서 소설 속에 디자인하여 짜 넣고 있다. 파도는 무엇인가. 작가의 어린 시절이 투영되었다고 보이는 성아에게 그곳에서의 삶은 파도였다. 영실에게도 아버지의 삶, 언니 신실의 삶, 어머니 조씨의 삶 모두가 파도였고, 선망하는 친구 성아의 삶 역시 파도였다. 파도는 그뿐 아니라 원진시의 사람들, 이화전문을 다닌 고급창부 애경에게 남편을 빼앗긴 경식 어머니 허씨와 운천댁에게 남편 김경부를 빼앗긴

---

31 위의 책, 19면.
32 「대담취재, 파도 그 사계의 풍경」, 『문학사상』, 1974.1, 196면.

신흥동 아마이, 춘모와 히사야, 러시아 춤을 잘 추는 봉천이, 혼자 살다 옥동자를 낳은 귀동네, 구배 할아버지, 순희 아버지 최소방대장의 삶 모두가 파도의 한 자락이다. 독자는 영실의 시선을 따라 원진 여기저기를 돌아보고 삶의 파도를 만나보게 된다.

『파도』의 첫머리는 이 소설의 이미지를 상징적으로 보여준다.

> 바다에서 불어 올리는 바람은 언제나 눅진하다. 살을 에일 듯 날카로운 추위에 넉 달 동안 꽁꽁 얼어붙었던 땅이 겨우 조금 풀릴까 마음먹은 즈음부터 이곳저곳의 함석지붕을 말아 올리는 바람이 불기 시작한다. 찢기어 휘날리는 험한 빛깔의 구름조각 사이로 엷은 햇살이 잠깐씩 내비친다. 그러면 저만치 내려다보이는 겨우내 납빛으로 무겁던 바다가 일순 연초록으로 밝아지곤 하였다. 건너편 언덕배기에 층층을 이루며 게딱지 같이 들러붙은 집들의 메마른 표정에도 그런 때 무언가 화기가 도는 것 같아 보였다.
>
> 그러나 일광은 너무도 아쉬웠다. 사위(四圍)는 이내 다시 어두컴컴하고 바람은 땅 위에서―이제는 너무나 쓸어 올려 아무것도 남지 않은 땅 바닥에서―자갈돌까지 들어 올리려고 하는 것이었다.[33]

실상 파도는 바다의 그것이 아니라 땅 위의 것이었다. 삶을 말아 올리고 들어 올려 파도를 짓는 바람이 무엇인지를 보여주겠다는 상징적 서두이다. 그 파도는 가끔 엷은 햇살이 비쳐들어 일순 연초록으로 밝아지기도 하지만 '일광은 너무도 아쉬운' 것이다.

애경에게 미쳐 집문서까지 들고 나간 아버지 윤기호에 실망해 윤경식은 공부한 뒤 어머니를 데리러 오겠다고 약속하며 원진을 떠나고 성아를 좋아하는 창규는 성아가 떠난 뒤 한밤에 빈집에서 하모니카를 불며 성아를 그리워하는데 영실은 분노한다. 성아네도 성아의 아버지 백의사

---

33 강신재, 「파도」, 『신한국문학전집』, 어문각, 1981, 143면.

가 과로로 사망하자 원진을 뜬다. 신실의 타고난 창부성, 신실의 어머니가 나타나자 정신을 못 차리고 울부짖는 영실 아버지 신만갑, 이것은 원진의 바람을 닮았다. 이 모든 삶의 풍경이 각각 하나의 파도와도 같이 덮치고 부서진다. 작가가 쓴 소설 중에 작가를 가장 많이 투사하였다고 보이는 『파도』의 성아는 이 모든 원진의 파도와 일정한 거리를 갖고 있다. 성아의 집은 영실이 본 중에 가장 따뜻하고 귀족적인 장소로 일종의 유토피아이다. 영실의 눈에도 그렇게 비쳤지만 작가의 투사인 주인공 성아의 어린 시절은 상처받지 않은 원형적 시간이자 영원한 구원의 공간이었다. 이 구원의 공간에 밀려든 파도―사랑, 죽음, 배신들은 욕망의 환상도로서 작가정신의 영원한 본질, 자아의 초상을 이룬다. 자아는 내면세계와 외면세계가 결합되는 지점이기 때문에 주인공의 정신적 그림은 감각적인 마주침의 세계를 이미지로서 반영한다.[34] 그리하여 작가는 원진의 이미지 곧 의상의 배치를 통해 자아의 초상을 그린 것이다.

여기서 중요한 점 하나를 짚어두어야 할 것이 있다. 이 작가는 『파도』에서 자아와 세계는 미적 거리를 두고 합일이 아니라 분리 내지 대결이라는 형식을 분명히 하고 있다는 점이다. 영실이라는 원진 토박이는 성

---

34 경험적 서사가 진실을 목표로 하는데 비해서 허구적 서사물은 미나 선을 목표로 한다. 특히 로망스 세계는 이상적 세계로 시적 정의가 구현되며 언어예술과 장식이 서사를 꾸민다. 또한 로망스 세계는 미학적 충동의 지배를 받는다. 그래서 쇼올스와 켈로그는 서사의 본질은 로망스의 연장이라고 언급한다. 그것은 프라이가 산문 픽션 개념 밑에 네 부문의 장르 종 즉 소설 로망스 아나토미 고백을 설정한 것과도 맥을 같이 한다. 본질적으로 로망스적 요소는 시공을 초월해서 반복적으로 나타나는 원형으로 역사적 시대적 상황의 변화와 거의 관계없는 욕망의 환상도로서 인간정신의 영원한 본질과 같은 것이다(R. Schols · R. Kellog, *The Nature of Narrative*, Oxford University, 1979, 13~14면). 구체적으로 말하면 신비, 꿈, 어린 시절, 정열적인 완전한 사랑 등으로 낭만주의의 본질인 감성, 자연과도 일맥상통한다(조남현, 『소설 원론』, 고려원, 1982, 59면). 전혜자, 『김동인과 오스커리즘』, 112~113면에서 참고.

아라는 서울아이와 끝내 소통을 이루지 못한다. 성아는 따뜻하고 귀족스러운 공간에 존재할지언정 영실과 같이 시정의 여기저기에 섞이지 않는다. 그렇다고 성아가 시정의 여기저기와 관계를 전혀 맺지 않았던 것은 아니다. 크리스마스의 발표회에서 성아에게 시키려던 독창을 영실에게 여왕 역을 뺏긴 명옥이가 대신 부르게 되었다는 대목에서 보듯이 다른 아이들과 비슷한 생활을 했음에도 소설에서 성아는 영실과도 그 누구와도 교류하지 않는 것처럼 보인다. 그리고 성아는 아버지를 잃는 파도에 휩싸이기는 했으나 경식에게도 창규에게도 상처받지 않는 것으로 되어 있다. 작가는 성아를 통해 상처받지 않은 온전한 자아상을 그리고 있으나 원진이라는 세속적 세계와는 거리를 두는 인물로 만들고 있다. 작가는 거의 모든 소설에서 소설적 자아와 세계가 대결을 할지언정 세계 속으로 들어가지 않는, 미적 거리를 고수하는 자세를 견지한다. 이것 역시 강신재 소설의 글쓰기 방식의 한 특징이다.

3) 의상의 확장—리얼리티 앨범

그의 소설은 장·단편 모두 감각을 섬세하게 포착하여 서사를 밀고 나가는 힘으로 삼고 있다. 랠프 프리드먼은 이 힘을 '큰 강렬함을 향한 출렁임'이라고 한다.[35] 장편소설 역시 서정소설의 양식적 특성을 보이면서 작가 특유의 소설기법을 고안하고 있다. 서정성에는 가볍다는 느낌이 포함되어 있다. 그러나 그의 소설은 결코 가볍지 않다. 가볍지 않다는 말은 그 주제가 무겁다는 의미로 바로 가지는 않는다. 또 그의 소설에서 이야기 전개 속도는 매우 느리다. 소설의 전개가 시간적이라기

---

35 위의 책, 17면.

보다는 공간적이다. 강신재의 소설은 치렁치렁하고 길이가 짧지 않다. 그러니 그는 엄청난 분량의 소설을 남기게 됐다.[36] 강신재의 문학을 누구와 비교할 수 있을까. 서정소설가로서 강신재를 김유정과 많이 비교한다. 그러나 김유정은 단편작가다. 강신재는 우리가 고정관념으로 갖고 있는 단편작가가 아니라 놀랍게도 장편작가이다. 그가 장편소설을 30여 편이나 쓰고 있다는 이 점을 놓쳐서는 안 된다고 생각한다.[37]

강신재의 장편소설을 크게 세 그룹으로 나눌 수 있을 것이다. 제일군은 단편의 그것처럼 남자와 여자가 이루는 세계의 부조화라는 주제가 대부분인 소설이다. 주로 좌절되는 모습으로 나타난 사랑에 관한 탐구는 강신재 소설의 주요한 테마의 일부를 구성한다. 강신재의 장편소설에서 남편의 외도로 인해 자아상실, 간통, 에로스, 그리고 타나토스로 가는 이야기[38]는 『그대의 찬 손』, 『이 찬란한 슬픔을』, 『신설』, 『숲에는 그대 향기』, 『유리의 덫』, 『사랑의 묘약』, 『마음은 집시』, 『모험의 집』,

---

36 『청춘의 불문율』(1960), 『임진강의 민들레』(1962) 이후 작가는 수많은 장편을 쓴다. 『파도』(1963.6~1964.2), 『그대의 찬 손』(1964), 『이 찬란한 슬픔을』(1964.7~1965.6), 『신설』(1967), 『오늘과 내일』(1966), 『이 겨울』(1967), 『숲에는 그대 향기』(1967), 『레이디 서울』(1967), 『유리의 덫』(1968. 4. 27~69.1) 『사랑의 묘약』(1971), 『별과 엉겅퀴』(1971), 『모험의 집』(1971), 『북위38도선』(1972.9~1974), 『서울의 지붕 밑』(1976), 『마음은 집시』(1977), 『밤의 무지개』(1977), 『우연의 자리』(1970), 『지옥현란』(1979), 『불타는 구름』(1978), 『풍우』(1986)가 그것으로 역사소설을 쓰기 이전까지의 작품들이다.

37 강신재, 「예술가의 삶」, 『시간이 쌓는 꿈』, 혜화당, 1993, 101면. 강신재는 박목월 선생이 자신의 단편을 읽고 장편작가라고 한 말씀을 기억하고 있다. 당시에는 잘 이해하지 못했는데 그 이후 1976년부터 단편을 한 편도 쓰지 않고 장편만 쓰고 있다는 말로 자신이 장편작가임을 인정하고 있다.

38 삶의 충동인 에로스(eros)와 죽음의 충동인 타나토스(thanatos)는 등가인 것이다. 에로스와 타나토스는 인간존재의 근본적 요인이다. 이런 까닭에 사랑과 죽음에 관한 논의는 인간존재의 본질을 탐구하는 것이라 해도 과언이 아니다. 조용훈, 『에로스와 타나토스』 서문, 살림, 2005, 8면.

『우연의 자리』, 『불타는 구름』 등 가장 많은 숫자다. 강신재는 그의 많은 소설에서 이런 외도하는 남자와 사는 여자들의 슬픔과 고통을 그렸다. 슬픔과 고통을 겪으며 여성은 진실한 사랑을 찾아 방황하고 거기에서 자아를 발견하고 동일성을 회복한다.[39] 주로 악역을 맡고 있는 강신재 소설의 남편들은 장편소설에서 좀 더 구체적인 모습을 드러내지만 주인 공은 이 문제의 남편과 정면으로 대결하는 일이 없다. 이 남편들은 머리가 좋고 능력이 넘치나 독선이며 자기중심적이다. 아내를 집안에 가두고 구속하지만 아내가 반항하여 집을 나가도 치사하게 뒤를 캐거나 다투지 않는다. 지배할 뿐이고 명령할 뿐이다. 남성에 대한 정면 대결을 피하고, 주인공이 유한계층이기 때문에 보편적인 여성문제에 접근하지 못했다는 험은 있으나 남성에게 의지해 살 수밖에 없는 여성의 삶을 다루었다는 점에서 자연히 여성문제소설이 된다. 그러나 공간구조의 강신재 소설은 인과관계를 그리지 않고 묘사에 중점을 두어 그린다. 궁극적으로 자아의 초상을 그려나간 것이라고 할 수 있을 것이다. 주인공들은 하나같이 예쁘고 몸매도 아름답다는 공통점을 지닌다. 소녀다운 얼굴과 몸매의 여대생이 주인공인 경우가 많으나 유부녀도 사랑을 할 수 있는 요건을 가지고 있다. 아이를 낳고 생활에 찌든 그런 여자는 강신재 소설의 주인공이 될 수 없다. 이 역시 강신재의 예술지상주의의 반영이다. 아름다워야 하는 것이다.

이런 작품들과 달리 장편에서 육이오 전쟁의 모티프가 나타나는 등[40]

---

39 이다영, 「1950년대 강신재 소설연구」, 연세대 석사학위논문, 1994, 37면. 50년대 강신 재 소설에서 '좌절되는 사랑'이라는 테마는 여성인물들로 하여금 자아를 새롭게 바라 보는 상징적 계기가 된다는 점에서 의의가 있다.
40 강신재는 전후세대의 작가군으로 분류된다. 김윤식, 『현대문학사』, 일지사, 1976.

색깔을 달리하는 제2군의 작품으로『청춘의 불문율』,『임진강의 민들레』그리고 분단, 4 · 19 등 시대와 세태를 다룬『오늘과 내일』(1966), 해방정국의 혼란 속에서 보통사람들이 겪은 일상적 삶을 통해 역사적 증언을 하고 있는『북위 38도선』(1972.9~1974), 세태소설이라 할『서울의 지붕 밑』(1976)을 들 수 있다. 앞서 살핀 것처럼『임진강의 민들레』가 작가의 심미주의를 드러내는 자아의 초상이라고 한다면 4 · 19에 대한 작가의 마음의 빚을 소설화한 것이『오늘과 내일』이다. 사실 혁명이란 극대화한 낭만이다. 그러나 강신재의 소설에서 혁명은 육이오 전쟁이 그렇듯 의상으로 배치될 뿐이다. 그렇기에 마음의 빚이라고 생각했던 4 · 19의 희생에 대한 소설화도 일종의 리얼리티의 앨범이 된다. 작가는 4 · 19 전후를『오늘과 내일』이라는 혁명의 시간 한가운데 놓고 공간의 구조로 소설을 짜 나간다. 그러므로 이 공간을 이어 나갈 인물이 필요하여 그중 한 인물인 매지 마누라가 너무 많은 부분을 감당해야만 하였다는 지적도 받았다. 공간구조는 강신재의 장편소설을 스토리보다 리얼리티의 앨범에 역점이 놓이게 한다.

『오늘과 내일』의 시작은 1960년 3월 15일 정부통령 선거날이다. 매지 마누라의 세 아들, 순경인 맏이 정택, 둘째인 건달 만택, 셋째인 대학생 영택은 4 · 19 혁명이 일어났을 때 각각 순경과 학생, 건달과 학생으로 대결의 장에 서게 된다. 주인공이라면 셋째 영택이가 되겠지만 작가는 이 세 아들 중 어느 한 아들에 초점을 두기보다 고루 보여주려고 노력하면서 이야기를 시작한다. 자신도 모르게 혁명이라는 드라마의 주역이 되었기 때문이다. 3 · 15 부정선거와 4 · 19 혁명의 시기를 배경으로 작가는 신문기사 등 사실자료를 인용하면서 당시의 상황을 재구성해본다. 국회의원 김도훈은 강신재 소설의 정석대로 본부인 이안순 여사를 두고 둘째부인 오숙희와 산다. 당연히 부정부패의 정치인이고 그 아들 의대

생 준호는 주인공 영택의 친구이며 영택과 함께 데모에 나가는 제대로 된 학생이다.

큰아들 정택의 아들에 덕구가 있고, 매지 마누라의 외손주 복이가 있다. 둘째 만택이가 부정선거 치르며 깡패노릇 해 번 돈을 매지 마누라에게 두 다발이나 주었는데 복이가 어느새 훔쳐가지고 달아난다.

역사가 이루어지는 축제의 시간[41]에도 삶의 일상적 시간에는 이렇게 욕망의 환상도가 펼쳐지고 있다는 것을 보여주려는 것처럼 예성로 집사의 철물점 부엌 바닥에서는 실종이라고 수색원이 제출되어 있는 어느 바의 접대부 시체가 나온다. 4·19와 살인사건이 병행한 채 그려진다. 화랑동지회 만택이 고대 데모대를 습격하고, 영택이는 데모에 참가했다가 부상을 당하나 상처가 웬만하여 다시 데모에 참가한다. 마지막 이승만 박사와 면담을 하러 들어간 영택이 대통령 하야의 약속을 받아낸다. 맏아들 정택은 발포경관으로 붙잡혀 징역 15년을 선고받는다. 소설은 예집사의 아들 대섭이 아버지의 살인이라는 충격과 치욕을 데모에 참가함으로써 상쇄하려다 총에 맞아 죽는 것으로 그려지고, 집주름 신가의 자랑스러운 외아들 승필이도 역시 데모하다가 죽는 것으로 그려진다. 영택이를 좋아한 건이의 누나 윤미는 데모하다 총에 맞아 다리를 자르고 끝내 음독자살을 한다. 김도훈 의원은 숨어 지내다 내연의 처 숙희와 함께 잡혀 들어가고 부정축재자 노문석도 법의 심판을 받는다. 등장인물이 있고 사건이 있고 갈등이 있지만 소설은 다큐멘터리를 읽는 느낌이다.[42]

---

41 앙리 리페르브, 박정자 옮김, 『현대세계의 일상성』, 세계일보사, 1990, 16면. 폭력적이건 비폭력적이건 간에 혁명은 일상과의 단절이고, 축제의 복원이라고 한다.
42 강신재, 「오늘과 내일」, 『신한국문학전집 10』, 1981.

김도훈 의원의 둘째부인 오숙희는 청운각의 명기 향심이고 본부인 이안순 여사는 무식하고 버르르 떠들며 있는 대로의 자기를 나타내는 재주밖에는 없는 데다 물질적인 욕심이라든가 질투라든가 하는 감정만이 유달리 발달되어 있는 여자로 그려지는 등 강신재의 단골 인물구조가 등장하지만 예성로 집사의 살인동기가 분명히 나타나지 않는다든가 그 사건이 이 소설에서 차지하는 개연성이 부족하다든가 해서 이 소설을 더욱 리얼리티 앨범으로 읽게 한다.

의상의 확장 형태인 리얼리티 앨범의 또 하나의 작품은 장편『북위 38도선』이다. 작가가 이 작품의 주인공은 북위 38도선이라고 하였듯이 38선이 생겨나서부터 그 선을 경계로 한 민족이 남북으로 나뉘기까지 양쪽의 상황을 장면, 장면 따라 묘사하고 있다. 해방 전야의 쓰라린 체험과 해방 직후의 감격과 혼란 그리고 북위 38도선이 비극적인 선으로 고착되고 난 직후까지의 역정을 더듬고 있는[43]소설이다.

서장A 순이와 도마가 사는 황해도 배천, 순이의 약혼자 범갑이는 가라후도로 갔고 소년 도마는 학교에서 근로동원에 나갔다. 뜨거운 물이 솟는 우물에서 물을 긷는 순이. 온천 동네도 손님이 끊겨 폐허가 되다시피 한 일제강점기 말, 해방이 되었다. 9월 10일에 38선이 그어졌다는 소식을 듣는다.

서장B 채주사네 조카딸 결혼을 앞두고 동네 다리 중간에 38선이 그어져 마실을 간 할멈이 돌아오지 못하고 이첨지네는 사위가 오지 못하여 혼인이 이루어지지 못하는 안타까운 사연이 전개된다. 다리 양쪽에 소련과 미군의 초소가 생겨 다리를 건너지 못하게 하는데 외국어를 알아

---

43 정창범, 「38선적 여인상」, 『강신재대표작전집 6』, 삼익출판사, 1974. 「북위 38도선」 작품해설, 377면.

듣지 못한 삼봉이는 붙잡혀 온몸을 나무에 묶이는 수난을 당한다.

한편 도마는 아버지와 어머니를 찾아 서울 고모네 집에 들른다. 도마의 발길을 따라 테러와 암살이 자행되는 해방 서울의 정경이 묘사되고 강원도 춘성으로 간 도마는 이첨지 집 앞에 도착한다. 분이의 신랑 종효가 소(沼)를 건너 밤중에 닿고 그 밤으로 혼인식을 치른 그들은 도망하듯 서울로 빠져간다.

서장C 다릿목에서 주막을 하던 어미가 죽자 아들 춘석은 윗방으로 삼팔선이 지나가는 집을 나와 순사가 된 삼봉이를 따라다닌다. 한 주막에서도 삼팔선을 따라 남북의 경찰이 나뉘어 들던 곳이다.

서장D 포츠담선언, 얄타회담 등 38선이 그어지게 된 세계사적 사건이 자세히 제시된다. 도마는 분이 신랑에게 양양탄광에 가는 길을 물어 아버지를 찾아간다. 양양탄광은 좌익의 오르그가 쫙 깔려 있으니 주의하라는 말을 듣는다.

서장E 탄광에서 도마는 아버지 대신 고모네 아들 준구를 만난다. 결국 아버지는 함경도 안산리 금광에 징용 갔으리라는 것만 알고 다시 서울로 오니 친일파 고모네 최명환씨와 박신실은 더욱 떵떵거리며 잘 산다. 그 딸 영미는 양공주처럼 행동하며 오빠 준구에 대해서는 걱정도 하지 않는다.

돈에 한이 맺힌 양득우라는 사내가 있다. 38이남으로 내려와 비로소 기를 펴고 38선을 넘나들며 장사를 시작한다. 소설은 이런 스토리 속에 40년대의 폭우, 콜레라 발생, 정판사 위조지폐사건, 노동당, 남로당의 결성 등 신문 기사를 끼워 넣어 당시의 서울을 그려 보이면서 득우는 조선은행권 사오기 등 이북장사를 해서 돈을 번다. 보애는 군정청의 보좌관 최명환의 손위누이이다. 득우의 처가 보애의 조카뻘이 되는데 보애는 미션계의 종합병원 간호원 출신이고 그 남편은 신학교 교수였는데

요절하여 지내기가 무척 어렵다. 아들 용호는 행방불명이고 딸과 지내는데 양득우를 만나 이북장사에 나서게 된다. 네다바이를 당하기도 하고 도홍천이라는 기인의 도움을 받기도 한다. 평양까지 가서 친정어머니를 만나보기도 하면서 남북왕래가 음성으로나마 가능했던 시절의 남북 여기저기의 세태묘사가 등장한다.

이야기 흐름이 중심이 아니고 당대의 일상성에 가까운, 그러나 희귀한 현장증언에 중점을 둔 묘사가 주를 이루기에 한동안 가계도가 잡히지 않아 독자는 혼란을 느낄 수 있다. 보애를 중심으로 어머니가 있고 보애의 동생 ① 명환, ② 달환, ③ 보환이 있으며 명환의 처 신실의 오빠의 자식으로 도마와 순이가 있다. 도마와 순이의 이야기로 소설이 시작되지만 이들은 주인공 보애의 동생 명환의 처 신실의 오빠의 자식이라는 복잡한 관계에 있어 소설이 한참 진행된 뒤에야 이들의 가계가 파악이 된다. 득우가 이북장사 왔다가 어머니를 모시고 배천온천에 들르는데 보애가 안타까이 찾는 아들 용호는 이미 죽었다는 것을 알게 된다. 그곳에서 보애는 도마가 서울로 갔다는 소식을 듣는다. 해방으로부터 대한민국 단독정부가 서는 1948년 8월 15일까지 특수한 시대적 배경을 살던 인물들의 이야기를 써서 우리 분단현실의 비극을 다 각도로 부각시켰다. 소설 속의 박도마는 실제인물이라고 작가는 후기에 쓰고 있으나 사실적 기록과 증언에 소설의 가치가 놓여 이 소설 역시 리얼리티의 앨범이 되었다. 해방공간, 그것도 38선이 그어지고 고착화하기까지 38선을 넘어 생명을 담보하고 왕래하며 양쪽의 삶을 조망하고 있다는 점에서 중요한 현장 증언의 소설을 낳고 있으며 동시에 작가의 장편소설 수법의 한 양상을 확인할 수 있는 작품이다.

다음 제삼의 작품군은 역사소설인데 여기서는 『간신의 처』를 중심으로 살펴보겠다. 소설은 이렇게 시작된다.

임사홍의 처 순임은 夫者妻之天也라. 남편은 그 아내에게 있어 곧 하늘이
니라. 「女訓」
　　여자는 평생 죄인이라 마음 가지기를 남이 앗아가는 것만 같이 하며…
「禮記」
　　'공자가 말씀하시되 부인은 사람에게 구푸리는 것이니 이런 까닭으로 전
제(專制)의 뜻이 없고….'
　　삼종의 도, 칠거의 악이 있는도다─

　이렇게 교육을 받은 순임의 성품이 잠깐 묘사되고 주인공 순임은 곧
출가를 하게 된다. 그 다음 이 여성 주인공 순임은 소설에 내내 등장하
지 않다시피 한다. 제목을 볼지라도 『간신의 처』가 아닌가. 그런데도 당
시의 상황이 순임의 남편 임사홍을 중심으로 간신과 그 아들의 삶이 낱
낱이 묘사된다. 청년의 때에 총명하던 임사홍이 환로에 나가는 것이 늦
어지면서 권력 싸움에 뛰어들게 되고 간신으로 변하여 부끄러운 영화를
누린다. 그리고 소설의 끝, 비참한 말로에 이르렀을 때에야 순임은 통곡
을 하면서 "그러니까 내 생각이 옳았던 게야. 대감마님이 틀리셨던 게라
고. 천하를 휘어잡는 권세도 상감 버금가는 영화도 난 싫소, 해야 할 경
우가 사람에게는 있는 법이라." "다만 나는 어려워서 입도 벙긋 하덜 못
했지. 덮어놓고 따라야만 하는 줄 알고서… 목숨을 내걸고 만류를 했어
야 하는 것을….'44) 이렇게 간신 임사홍 일문이 적몰되기까지의 이야기
앞뒤에 극히 조금 처 순임에 관한 묘사가 이루어지는 이 작품은 강신재
의 글쓰기 방식을 극명하게 보여주는 예이다. 『파도』의 성아가 원진의
삶과 녹아들지 않고 세계를 응시하는 역할만 감당하듯이 『간신의 처』
등 역사소설에서도 작가는 주인공과 세계가 분리된 채 그려지고 있다.

---

44 강신재, 『간신의 처』, 신원문화사, 1995, 377면.

장편소설은 그리하여 리얼리티의 앨범을 짜 만드는 소설수법이 된다. 장편『사도세자빈』역시 그러하다. 사도세자빈의 모습은 거의 그려지지 않는 대신 영조와 사도세자 등 궁의 풍속과 제도 등 소위 의상을 그리는 데 많은 부분을 할애하고 있다. 한편『명성황후』의 경우, 명성황후의 일생을 그리면서 그의 영웅적 행적을 주로 그린다. 이는『임진강의 민들레』에서 보았던 그의 심미의식의 추구와 선을 그어볼 수 있다. 명성황후의 능란한 정치외교의 현장, 즉 시대의 의상을 따라가면서 그의 사치라든가 낭비의 대목을 눈감고 있는 것이 그것이다. 작가는 그렇게 하여 시대의 리얼리티이자 작가의 이미지앨범을 만들었다.

3. 나오면서

1949년에 등단하여 2001년 타계한 강신재는 53년의 문학활동 기간에 장·단편 1백여 편의 많은 글을 남겼다. 등단 후 10년 동안은 단편만을 발표하였으나 60년대 이후 장편에 주력하여 1998년까지 30여 편의 장편을 남겼다. 지금까지 강신재 소설연구는 단편에 한정되어 왔다. 이 글은 단편과 장편 1백여 편을 꿰뚫고 있는 강신재의 글쓰기 방식을 규명해 보려하였다. 위에서 살펴 내려온 바와 같이 강신재의 글쓰기 방식을 서정성과 감각성을 그 특성으로 하는 의상시학으로 보고 단편에서 장편에 이르는 강신재 문학의 성격을 규명해 보았다. 의상의 발견, 그 글쓰기 전략의 발단으로부터 의상의 배치를 통한 자아의 초상 추구, 후기 장편에서 의상의 확장이라 할 리얼리티의 앨범을 방법으로 한 그의 글쓰기 방식을 추출할 수 있었다.

강신재는 등단작「정순이」에서부터 의상, 담홍색 블라우스 미스터리를 소설의 중심에 놓고 결론을 유보하는 서정소설의 특성을 나타냈다.

습작에서부터 '분노'라는 정서에 관심을 보이면서 사실주의적 기법의 글쓰기를 병행한 강신재는 감정이나 정서에 미적 거리를 두어 대위법 등 행위마저도 이미지화하는 서정소설의 글쓰기를 적극 모색한다. 이러한 글쓰기는 곧 작가의 심미주의, 예술가로서의 작가의식의 형성을 드러내는 것으로, 미는 곧 선이며 추는 악이라는 등식을 보이는 등 극도의 예술지향성을 낳는다. 작가의 예술성 모색은 단편 「바바리코트」에서 의상시학 글쓰기의 성공을 보여주고, 『임진강의 민들레』에서 어느 병사의 가슴에서 떨어졌을 훈장을 민들레꽃으로 인식하며 죽어가는 이화에서 그 절정을 이룬다. 의상시학 강신재 소설의 빛나는 지점이다. 서정소설의 기법을 그대로 적용한 장편의 경우, 공간구조의 소설을 쓰게 되어 작품은 치렁치렁한 무게로 길이가 길어지는 매우 특이한 양상을 낳았으며 특히 시대와 역사물을 쓰는 경우 어떠한 사상이나 주제를 앞세우지 않고 리얼리티의 앨범이라고 명명할 만한 다양한 사건과 현장을 추적하나 주인공에 집중하는 글쓰기를 지양하는 특유의 소설문학을 이룩하였다. 단편소설에서 시작한 강신재의 문학은 60년대 이후 장편소설 집필에 집중하여 가는 동안 그의 서정소설 기법은 공간구조의 소설수법으로 이어져 그의 장편 역시 이미지의 태피스트리 직조방식으로 나타난 것이다. 이때 주인공은 세계와 거리를 두고 세계를 냉정하게 관조하거나 관찰하고 있다. 작가는 어떤 주제를 중심으로 소설을 만들기보다 작가를 둘러싼 세계를 이미지로 그려 명암으로 구조화하는, 작가가 추구한 예술지향의 소설문법을 만들어 냈다. 욕망의 환상도라고 할 수많은 장편소설에서 역사소설 쓰기로 이어진 그의 글쓰기 역시 리얼리티의 앨범이라고 이름할 만하다. 수많은 사실과 현장의 증언들을 집요하게 수집 묘사하였으나 그의 문학은 작가와 세계의 미적 거리를 결코 허무는 법이 없이 어떤 이데올로기나 주제를 강조하지 않고 열린 결말을 향해 이미지의 세계를 보여주는 방식으로 글을 썼다.

　강신재는 해방공간에 등단하여 육이오 전쟁과 순수참여문학의 논쟁을 거쳐 민족문학론의 시대를 살아오는 동안 예술성 지향에 대한 비판도 적지 않게 받은 셈이나-강신재 소설에 대해 논한 논객의 면면을 보면 대략 짐작이 된다-자신의 문학정신을 일관되게 고수하여 시적이고 감각적 이미지가 풍부한 의상시학으로 인간영혼의 그림앨범이라 할 작품세계를 이룩하였다. 이글은 강신재의 단편과 장편을 아울러 전문학을 일관하는 글쓰기 방식 내지 변모에 대하여 살폈으나 그의 장편에 대한 개별연구가 깊이 있게 이루어져야 할 것이다. 방대한 그의 문학을 짧은 글에서 충분히 논의하지 못한 아쉬움이 있다.

(『한국어와 문화』 제3집, 2007)

지하련의 페미니즘 소설과 '아내의 서사'

1. 들어가면서

지하련에 대해 밝혀진 몇 가지 사실은 우리에게 지하련의 글쓰기에 대하여 다시 생각해보게 한다. 필자는 1987년 학위논문에서 40년대 암흑기에 등단, 작품활동을 한 지하련의 해방 전 작품을 대상으로 지하련의 소설을 암호법의 세계로 언급한 적이 있다. 시대가 주인공의 직업이나 신분을 분명히 묘사할 수 없게 하였을 뿐 아니라 소설을 끌어가는 힘역시 이 모호성에 바탕을 두고 있어 마치 암호법을 사용하고 있는 듯이 보인 탓이었으나 작가의 전기적 사실이 밝혀지지 않아 그의 작품세계가 더욱 애매성에 가려져 보였던 것이 사실이다. 1989년 정영진 씨의 전기연구 「비운의 여류작가 지하련」(『통한의 실종문인』)에서 지하련에 대한 전기적 사실이 어느 정도 밝혀졌으나 가장 기본 자료인 지하련의 호적이 밝혀지지 않아 안타깝던 중 1996년 장윤영의 조사연구로 지하련의 본명과 호적 등 지하련의 출생과 가계[1]가 밝혀졌다. 여성작가 전집을 기획, 출간하면서 『지하련전집』을 비교적 먼저 발간키로 한 것은 작품 숫자가 많지 않다는 데도 원인이 있었으나 그의 문학이 주는 매력이 무엇보다 큰 이유이었다. 이제 전집 발간도 되니[2] 지하련의 소설연구는 이제 본격 단계에 들어섰다고 해서 좋을 듯하다. 무엇보다 본명과 호적이 확인된 것은 큰 성과이다. 학적은 오랜 시간 노력한 보람도 없이 여전히 오리무중인 채 확인되지 않았으나[3] 그의 부모와 형제 등 가계가 밝혀져 있는 호적과, 또 임화의 호적에 나타난 지하련의 전기적 자료는

---

1 지하련은 1912년 7월 11일 거창에서 아버지 이진우(李珍雨 : 1876년 생/ 자는 時國)와 부실인 어머니 박옥련(朴玉蓮 : 1885년 생) 사이에 외딸로 태어났다. 지하련의 본명은 이숙희로서 이현욱과 지하련은 필명이다. 지하련이 출생했을 때 부친인 이진우는 정실인 신황산(愼黃山 : 1873년 생)에게서 이미 네 아들 상만(相滿 : 1898년 생), 상백(相百 : 1903년 생), 상조(相祚 : 1905년 생), 상북(相北 : 1907년 생)과 딸 용희(容姬 : 1908년 생)를 두고 있었고, 후에 아들 상선(相鮮 : 1913년 생)을 하나 더 두었다. 이진우는 창원시 대산면 가솔리의 대 지주로 1876년 태어나 1918년까지 경남 거창군 위천면 중리 64번지에서 살다가 경남 창원군 웅남면 월림리 136번지로 전적한 후, 1926년에 사망했다. 그는 많은 재산으로 주위의 굶주리고 어려운 처지의 이웃을 잘 돌보기도 한 인물로 알려졌다. 지하련의 조카이자 이상만의 아들인 이열 씨의 증언에 의하면 동네 장날이 되면 대문 밖에 걸인이 줄을 섰고 이진우는 그들에게 양식을 나누어주었다고 한다. 또한 집안 형편이 어려워 교육 받기 어려운 사람들을 골라 중등교육을 시킨 일도 8건이 되었다고 한다. 장윤영, 「지하련 소설연구」, 상명대 석사학위논문, 1996.

2 서정자 편, 『지하련 전집』, 푸른사상사, 2003.

3 거창에서 성장한 지하련은 소학교를 마친 후 일본으로 유학, 동경소화고녀를 거쳐 동경 여자경제전문학교에 입학하나 도중에 그만두었다. 지하련이 재학하였으리라고 추정되어 확인해 본 거창 위천초등학교는 1919년 개교하였으므로 지하련이 초기 입학생일 가능성이 있으나 학적부가 한국전쟁 당시 일실 되어 현재는 1927년부터의 학적만이 복원되어 있으므로 학적을 확인할 길이 없었다. 동경 소화고녀 역시 화재로 학적부가 일실 되어(지하련 전집 화보 중 소화고녀에서 온 편지 참조) 재적 사실을 확인할 수 없었으며 동경문화단기대학으로 되어 있는 여자경제전문학교 역시 이숙희의 재적 사실이 확인되지 않는다.

지하련 소설을 규명하는데 크게 도움이 되는 것들이다.

이에 더하여 작가 최정희 소장의 편지가 육필서간집으로 출간되면서[4] 지하련의 편지 2통이 공개되었는데 필자는 이 편지에 쓰인 사연에서 지하련이 소설을 쓰게 된 계기가 최정희의 소설 「인맥」과 밀접한 관련이 있다는 사실을 발견하게 되었다. 또한 『지하련전집』을 내면서 새 자료로 공개된 수필 「회갑」[5]은 지하련의 내면 풍경을 보여주는 새로운 단서로서 지하련의 글쓰기와 최정희의 관련을 살피면서 지하련의 글쓰기 또는 소설문법을 새롭게 살펴보고자 이 글은 쓰인다.

우선, 발굴된 지하련의 본적에서 주목되는 점은 지하련이 부실의 소생으로 부유한 환경에서 자랐다는 것과, 지하련과 사이가 좋았던 정실 소생의 남자 형제 다섯 중 셋이 사회주의 사상을 받아들여 활동한 경력을 지녔다는 점이다. 지금까지 지하련과 임화의 만남에 사회주의 운동 경력이 있는 오라비의 역할이 있었으리라 짐작을 했었는데 이 짐작이 맞은 셈이다. 지하련이 부실의 소생이며 외딸로 자란 것은 지하련으로 하여금 어머니에게 아들을 대신해야 한다는 의무감을 갖게 했던 것 같으며[6], 한편 어머니 박옥련은 딸에게 바느질, 살림들을 배우도록 노상

---

4 김영식 편, 『작고문인 48인의 육필서간집』, 민연, 2001. 이 책의 지하련 서간문 해설은 이 편지를 쓴 시기를 잘못 해석하고 있다.

5 지하련 전집을 내는 중 서지학자 오영식 선생이 이 자료를 찾아 제공해 주었다. 귀한 자료를 선 듯 내준 오영식 선생께 감사를 드린다.

6 1942.9, 144면.
절에서 어머니 회갑 잔치를 하며 여생이 평안하기를 비는 글 가운데 지하련의 내면이 엿보이는 다음과 같은 대목이 있다. "어머니는 외로운 노인이셨다. 나와 가까운 친지들이 어머니에게 술을 받들고 절을 하였다. ─꿩 대신 닭이외다. 아드님 몫까지 해야 합니다─하고 내게도 술을 주며 노래하고 춤추라 하였다. 거듭 잔이 돌았을 때 나는 일어나 춤도 추고 노래도 하였다. 어머니도 즐기시며 언제 배웠더냐고 신기해 하셨다. 나는 다시 어머니 앞에 여러 번 절하다가 그대로 무릎에 엎드려 끝내 울고 말았다."

꾸지람을 했다고 쓰고 있는 것을 보아 전통적 여성의 삶을 받아들여야 한다는 강박관념도 가졌던 것 같다.[7] 전통적 여성의 삶을 받아들여야 한다는 어머니의 꾸지람은 부실인 어머니와는 다른, 정실이 되어 사는 여성의 길을 가라는 의미였을 것으로 생각되며 동시에 아들노릇을 해야 한다는 생각은 지하련으로 하여금 여성으로서만이 아니라 한 인간으로서, 또는 남성의 시각으로도 세상을 보게 하였을 것이라는 짐작이 가능하다. 이와 더불어 프로문학이 득세한 20년대에 일본 유학을 하고 있는 것과 격의 없이 가까이 지냈다는 정실 소생의 오라비들의 사회주의 사상은 지하련의 문학을 이해하는데 반드시 참고해야 할 사항이 아닐 수 없을 것이다.

한편 임화의 호적을 보면 임화는 이숙희(지하련)와 혼인하여 1936년 7월 8일자로 혼인신고를 하면서 이숙희(지하련)를 자신의 호적에 올리고 있고 지하련은 혼인신고를 한 사흘 후인 7월 11일 아들 원배를 마산에서 출산하고 있다. 임화는 지하련의 출산에 맞추어 혼인신고를 하면서 같은 날짜에 이귀례와 낳은 딸 혜란을 지하련의 딸로 입적하였는데 사흘 후 출산한 아들 원배는 4년 후인 1940년에야 출생신고를 하고 있다. 그런데 이 호적에는 이 두 아들 딸 외에 1941년, 영문(英文)이라는 딸이 또 하나 올라 있다. 임화의 첫 부인 이귀례가 낳은 딸 혜란을 혼인신고를 하면서 이숙희의 여(女)로 입적한 것은 지하련의 동의가 있어서였을 것이다. 그래서 지하련은 혜란을 자신의 소생인 원배와 함께 맡아(원주라

---

7 -사실 내게는 이렇다 할 포부라고 할 게 없습니다. 혹 평소 바라든 바가 있었다면 한 사람의 여자로서 그저 충실히 혹은 적고 조용하게 살어가고 싶었든 것인지도 모릅니다. 지하련, 「인사」, 『문장』, 1941.4.
"바누질도 안하고 여편네가 동무가 다 머냐고 어머니께서 노여 하시고…" 이현욱, 「편지」, 『삼천리』, 1940.4, 239면.

는 이름으로) 길렀을 터이다. 그러나 영문은 태어난 날짜나 입적한 날짜가 모두 문제가 있어 보이고 기르지도 않았다.[8] 1935년 10월 11일 경성부 창신정 130번지 출생의 영문은 임화와 장숙희 사이에 태어난 것으로 되어 있다.[9] 이 영문은 지하련이 임화와 결혼하기 직전이거나 그 무렵에 태어난 딸로서 1941년 11월 18일에야 호적에 오르고 있는데 그 어머니 장숙희가 누구인지는 알려진 바 없다. 임화가 여성들에게 인기가 있었다는 여러 증언[10] 외에 영문을 늦게 호적에 올리고 있는 이 자료는 이 시기를 전후하여 지하련이 남편의 여자관계로 적지 않게 갈등을 겪었을 것을 짐작하게 하는 것이다.

2. 지하련과 최정희

앞서 잠깐 언급한대로 최근에 공개된 지하련의 최정희에게 보낸 육필 서간에는 최정희와 지하련의 미묘한 감정적 대결이 드러나 있다. 남다른 친분관계에 있던[11] 지하련과 최정희가 왜 이런 편지를 쓰게 되었는지 궁

---

8 장윤영, 위의 논문.

9 혜란은 경성부 이화정 1번지에서 출생, 父 서기 1936년 7월 8일 신고라고 되어 있으며 아들 원배는 마산시 상남동 199번지에서 출생, 父 서기 1940년 5월 8일 신고라고 되어 있다.

10 백철, 『문학 자서전』, 박영사, 1975, 28면.

11 정영진, 『바람이여 전하라』, 푸른사상, 138면.
  정영진은 이 두 사람의 만남을 김유영과 관련해 추정해보고 있다. 연극에 관심이 있어 일본에서 유치진이 이끌던 학생 극예술좌의 멤버였던 최정희는 당시 지하련과 배우와 관객의 사이로 알 수도 있었을 가능성을 배제하지 않으면서 김유영이 감독한 영화에 임화가 출연하면서 이때 김유영의 아내여서 임화와도 가까웠을 최정희는 김유영과 이혼(35년 후반)하고 39년 말 김유영이 죽는 등 시련을 겪어야했고 지하련은 남편 임화의 여자관계로 고민을 하게 되자 두 사람은 서로의 고민을 털어놓고 위로를 주고받으며 가까운 사이가 되지 않았을까 추측하고 있다.

금하지 않을 수 없다. 이 편지가 쓰이기 전 1940년 4월 『삼천리』에 발표된 이현욱(지하련)의 편지는 둘의 사이가 매우 다정했음을 보여준다.

> 어제 희야가 보내준 편지 읽고 나는 참 다행하고 기뻤소. 그날 내 돌아오는 마음이 꼭 당신은 혼자일 것만 같았고 희야 수척한 몸으로선 감당하기 어려울 만큼 호된 추위일 것만 같아서 부디 일찍 잠들기만 바랐던 것인데, 다행히 희야는 일찍 잤다고 이제 말하고 또 이렇게 밝고 다정한 편지 주어 나는 참 즐겁소. 나는? 나도 희야처럼 행복합니다.[12]

이렇게 다정하였던 둘의 관계는 그해 말 다음과 같이 깨어지고 있다. 시기를 그해(1940년) 말로 보는 것은 최근 발굴 공개된 편지가 그 내용으로 보아 지하련이 처음으로 글을 써 발표한 1940년 겨울에 쓰인 것이라고 보이기 때문이다. 둘의 사이가 차가워진 원인은 지하련이 쓴 글에 있었던 것 같다. 지하련의 편지를 보면 다음과 같은 사연이 펼쳐진다.

> 지금 편지를 받았으나 어쩐지 당신이 내게 준 글이라고는 잘 믿어지지 않는 것이 슬픕니다. (중략) 이런 말하면 웃을지 모르나 그간 당신은 내게 커다란 고독과 참을 수 없는 쓸쓸함을 준 사람입니다. 나는 다시금 잘 알 수가

---

12 이현욱, 「편지」, 앞의 글, 238면.
한편 정영진은 임화의 전기 『바람이여 전하라』 142면에서 자신이 수집한 자료로 지하련과 최정희가 감상적인 기분에 곧잘 불렀다던 노래, 그 뒤 혼자가 된 최정희가 지난 세월의 아린 추억과 삶의 허무함을 탄식하며 한잔 술에 거나해지면 불렀다던 노래 '카레수수키'(枯芒)를 소개하고 있다.

오레와 가와라노 카레수수키/오나지 오마에모 카레수수키/도우세 후다리와 고노 요데니/하나모 사카나이 카레수수키
(나는야 개천가의 시들은 억새/당신도 마찬가지 시들은 억새/ 어차피 우리 둘은 이 세상에서/ 꽃필 줄 모르는 시들은 억새)

없어지고 이젠 당신이 미워지려구까지 합니다. (중략) 당신이 날 만나고 싶
다고 했으니 만나드리겠습니다. 그러나 이제 내 맘도 무한 흐트러져 당신
있는 곳엔 잘 가지지 않습니다. 금년 마지막 날 "후루사또"라는 집에서 만
나기로 합시다.[13]

이렇게 차가운 답장을 쓰게 된 원인은 지하련이 글을 쓴 데에 있었다.

그러나, 내 고향은 역시 어리석었든지 내가 글을 쓰겠다면 무척 좋아했던
당신이—우리 글을 쓰고 서로 즐기고, 언제까지나 떠나지 말자고 어린애처
럼 속삭이던 기억이, 내 마음을 오래도록 언짢게 하는 것을 어찌할 수가 없
었습니다. 정말 나는 당신을 위해—아니 당신이 글을 썼으면 좋겠다고 해서
쓰기로 헌 셈이니까요.[14]

지하련에게 글을 쓰라고 권했던 사람은 최정희였는데 막상 글을 써서
발표하자 최정희가 그 글에 대하여 비난을 했다는 것이다. 편지의 내용
이나 어조로 보아 지하련이 이에 상당히 격한 감정으로 대하고 있으며
글쓰기와 관련하여 둘 사이가 서먹해진 것을 알 수 있다. 지하련은 왜
이렇게 격해 있으며 최정희는 지하련이 글을 쓴 데 대해서 왜 비난하였
는가? 필자는 지하련이 글을 쓴 1940년, 이 시기의 최정희를 조사해 보
았다. 서영은이 쓴 『강물의 끝』은 바로 이 시기에 최정희가 남긴 중대한
증언을 기록하고 있다. 최정희는 「인맥」을 쓰게 된 계기를 다음과 같이
밝히고 있다.

자하문 밖에서 문안의 신당동으로 이사했다. 어려운 형편이었지만 방만
은 두 칸을 빌었다. 글을 쓰기 위함이었다. 하루는 아는 사람의 부인이 그녀

---

13 이현욱, 「이현욱 1」, 김영식 편, 『작고문인 48인의 서간집』, 위의 책, 144면.
14 위의 글, 같은 면.

를 찾아와서 남편을 친구에게 빼앗긴 사정을 호소하며 「내 얘기를 꼭 소설로 써 달라」고 부탁했다. 그날 밤부터 소설을 쓰기 시작하여 새벽 3시에 단편 한편을 완성했다. 그것이 「정숙치 못한 여자라고 꾸짖어도 좋습니다. 윤리와 도덕에 벗어난 일인 줄 나 자신이 더 잘 알면서도 기인 세월을 한 사람의 정숙한 여성이 되고저…」 하고 시작되는 「인맥」이었다.

얼마 후 그 소설을 잡지에서 읽어 본 아는 이의 부인이 찾아와서 「이럴 수가 있느냐」며 주먹으로 방바닥을 치며 분개했다. 그러니까 그 부인이 기대했던 것과는 달리, 소설 속에서 남편을 빼앗긴 여성은 조연에 불과했고, 주인공은 남의 남편을 빼앗은 여자로 뒤바뀌어 있었던 것이다. 거기다 작품 내용엔 남의 남편이든 누구든 그것이 진실 된 사랑이라면 죄 될 것도 없고, 남의 눈에 정숙치 못한 여인으로 비쳐지더라도 참된 의미에서 정숙한 여인이 되기 위해서라면 사회적인 지탄도 능히 감수하겠다는, 당시로선 매우 대담한 의식이 담겨 있었던 것이다.[15]

최정희의 「인맥」은 주지하다시피 1940년 4월 『문장』에 발표된 단편이다. 이 소설을 최정희는 아는 이의 부인이 "내 얘기를 꼭 소설로 써 달라" 해서 그날 밤에 시작하여 새벽 3시까지 단숨에 썼다는 것이다. 이 「인맥」은 놀랍게도 지하련의 소설 「결별」, 「가을」, 「산길」의 이야기를 이어놓은 것과 같다. 말하자면 「인맥」을 세 개의 단편으로 나누어 써 놓으면 지하련의 세 단편이 되도록 줄거리가 같은 것이다. 「인맥」의 디테일은 지하련의 소설에 나오는 것과 매우 흡사하여 '아는 이의 부인'이 바로 지하련임을 단정할 수 있게 한다. 지하련은 줄거리 이외에도 걸었던 길목, 등장인물, 분위기까지 소상하게 이야기 해주었던 것 같다. 최정희의 소설에 나오는 이런 디테일은 지하련의 소설에서 동일하게 나온다. 지하련은 최정희가 쓴 「인맥」을 보고 자신이 원하는 내용이 아니어

---

15 서영은, 『전기·소설 최정희 강물의 끝』, 문학사상사, 1984, 61~62면.

서 주먹으로 방바닥을 치며 분개했던 것이다. 그래 편지에서 지하련은 이렇게 썼다. "혹 나는 당신 앞에서 지나친 신경질이었는지 모르나 아무튼 점점 당신이 멀어지고 있단 것을 나는 확실히 알았었고… 그래서 나는 돌아오는 발걸음이 말할 수 없이 허전하고 외로웠습니다. 그야말로 모연한 시욋길을 혼자 걸으면서 나는 별 이유도 없이 자꾸 눈물이 쏟아지려구 해서 죽을 뻔했습니다." 그리고 지하련은 자신의 시각으로 소설을 '다시' 쓴 것이다. 그것이 1940년 12월 『문장』에 실린 등단작 「결별」이고 이어 발표한 「가을」(『조광』, 1941.11)이며 「산길」(『춘추』, 1942.3)이다. 1940년은 지하련과 최정희에게 소설을 가운데 두고 신경전을 벌인 한 해였던 것이다. 최정희의 소설과 지하련의 소설은 이야기와 담론의 관계를 보여주는 좋은 예가 될 수도 있고 여성소설담론의 좋은 예를 보여준다는 점에서 흥미 있는 작품들이다.

3. 최정희의 「인맥」과 지하련의 소설

백철은 최정희의 「인맥」을 평하면서 모델소설이라고 못박고[16] 심지어 거기 등장하는 인물들은 자신과 가까운 가정인(家庭人)이라고 쓰고 있다. 지하련의 「결별」에 대해서도 추천인 백철은 이 소설이 모델소설임을 의심하지 않고 "작중인물로서 작자자신을 대변했다고 추측되는 여성을 제2주인공으로 돌"렸다고 쓰고 있다.[17] 말하자면 백철은 최정희가 쓴 소설의 주인공이 실제인물이며 「결별」에 나오는 인물 역시 그렇다고 말하고 있는 것이다. 그러니까 「인맥」에서는 혜봉이 지하련이고 지하련

---

16 백철, 「문학적요설—4월 창작을 읽고 나서」, 『문장』, 1940.5, 136면.
17 백철, 「지하련의 「결별」을 추천함」, 『문장』, 1940.12, 82면.

의 「결별」에서는 제2주인공 정희가 지하련이라는 증언을 하고 있는 셈이다. 최정희의 「인맥」에 나오는 혜봉은 지하련이나 지하련 소설에 나오는 주인공과 비슷한 점이 많다. 혜봉이 동경여자경제전문학교를 나왔다든가[18], 시인과 결혼하고 있다든가, 시인과 알게 된 데에 오빠가 개입되어 있다든가, 친정이 가회동이라든가, 고향이 마산과 달리 부산으로 되어 있으나 항구이고 '해안통'을 걷는다는 똑같은 용어가 나온다든가…. 이런 디테일은 지하련의 전기적 사실이나 지하련의 소설들에 나오는 주인공과 동일하다. 무엇보다 두 작가의 소설은 이야기 줄거리가 같다. 친구의 남편을 사랑하는 이야기—두 작가는 똑같이 같은 줄거리의 소설을 쓰고 있다. 그런데 지하련은 최정희가 이 이야기를 어떻게 쓸 것이라고 기대했을까. 기대한 대로 쓰지 않았다는 대목은 어떤 것일까. 그리고 지하련은 자신의 소설에서 어떻게 그 부분을 쓰고 있을까.

두 작가의 작품을 비교하기 전에 우리는 최정희가 「인맥」을 수정하고 있는데 대해 살펴볼 필요가 있다. 최정희의 「인맥」은 『문장』에 발표된 것과 후일 『한국문학전집』 최정희 편에 실린 것이 같지 않다. 최정희는 수정이나 개작을 거의 하지 않는 작가이다. 그러나 이 「인맥」만은 상당 부분을 수정했다. 최정희의 「인맥」은 1959년 민중서관 판 『한국문학전집』에는 발표 당시의 「인맥」이 그대로 실려 있는데 나중 1974년 어문각 판 『신한국문학전집』에는 수정된 작품이 실려 있다. 최정희는 작품이 발표된 지 무려 34년이 지나서 왜 수정을 하고 있을까? 회갑을 넘긴 작가는 북에서 비참하게 스러져 간 지하련이 「인맥」을 보고 서운해 하던 것이 못내 안타깝고 잊히지 않아 작품을 수정하기로 마음먹었던 것일

---

18 최정희, 「인맥」, 『문장』, 1940.4, 7면. 주지하는 바와 같이 지하련은 동경여자경제전문학교에서 수학하였다.

까? 그러나 그럴 리는 없을 것이다. 작가에게 있어 작품이란 감정에 따라 수정하는 그런 것이 아니라 오직 작품을 위해서 수정을 할 뿐일 것이므로. 그러나 최정희의 수정한 부분을 일단 확인하는 작업은 무익하지 않을 것이다. 『문장』에 발표된 「인맥」과 74년 수정한 작품을 비교, 최정희가 수정한 부분을 찾아본다.

첫째 눈에 띄는 것은 지하련이라고 추정되고 있는 혜봉에 대한 묘사가 수정 또는 지워진 점이다. 선영이 혜봉과 같이 온 허윤을 처음 만나는 장면에서 다음과 같은 혜봉에 대한 묘사가 깨끗이 지워졌다.

> 혜봉은 「더 멋이구나. 이건 우리가 안 올걸 그랬나 부다.」 하며 더욱 크게 떠들어대는 구만요. 나는 아주 고개를 숙여버리고 아모말 없이 있을 수밖에 없었습니다. 본래부터 말재주가 없는 데다가 혜봉의 달변에 가까운 말과 또 그가 전보다 더욱 명랑하고 유쾌해하는 이런 바람에 압박되어 그 이상 달리 어쩌는 수가 없었습니다. 그렇지만 그이가 옆에 있지 않았으면야 그럴 리 없지요. 별스레 말이 안 나오고 표정이 굳어지는 것이었습니다. 그래서 그랬던지 혜봉이 말이 많아서 그랬던지 어쨌든 아모말 없이 한옆에 앉았던 그이는 의자에서 일어나며[19]

이 대목을 보면 혜봉이 말이 많다는 말이 세 번이나 거퍼 나온다. '크게 떠든다', '달변에 가까운 말', '말이 많아서', 이런 부분이 지하련의 심기를 거스르게 했을까? 정태용에 의하면 지하련은 달변 속변이었는데[20] 지하련은 자신이 경솔한 여자로 그려진 데에 발끈했을 법도 하다. 또 "혜봉은 여기까지 이야길 하는 사이에 너무 즐거워서 입을 바보처럼

---

19 최정희, 「인맥」, 『문장』, 1940.4, 5면.
20 정태용, 「지하련의 소시민」, 『부인』 3호, 1949.2, 44면.

벌름거린" 이라든가, "혜봉은 연상 웃었습니다" 이런 대목들이 지워져 있다. 그러나 지하련을 의식해서가 아니라 이런 대목은 작품에서 지워야 한다고 생각해서 지웠는지 모른다.

다음 주인공 선영과 허윤의 사랑이 보다 구체적으로 그려져 있는 부분이 지워진다. 예를 들면 어문각 판에서는 허윤이 '점잖게 선영을 나무라고 지도'하여 집으로 돌려보내는 것으로 되어 있다. 그러나 원본에는 선영은 "더할 수 없어서 그의 목을 껴안았습니다" "그이는 대답 대신에 두 팔 안에 힘껏힘껏 내 몸을 안아 주었습니다." "그이는 더 한번 그이에게 있는 왼 정열을 다해서 다시 두 팔에 힘을 넣은 후" "전신을 후들후들 평정을 잃은 것을 알았습니다. 나도 그러했습니다마는 우리는 피차에 냉정한 자세를 취하기에 노력했습니다" 이런 등등의 육체적 접촉을 그린 부분이 지워져 있다.

그러나 최정희는 친구의 남편을 사랑하는 부도덕을 정당화하는 목소리를 수정하지 않았다. 부도덕한 사랑을 정당화한 나머지 마치 부실이 정실부인에게 형님을 바치듯이 주인공 선영이 친구 혜봉을 '형'이라고 부르고 있는 것이 「인맥」이다. 비록 정신적이긴 하나 자신을 친구 남편의 제2부인으로 받아달라는 형용이다.

> 형! 저는 또 형이라 부르겠습니다. 이외에 다른―다정하고 살뜰하고 경건한 마음에서 부를 대명사가 없습니다. 「봉아」라 감히 부를 수 없습니다. 이것은 제가 그이를 (형 저도 그이라 부르게 해 주십시오. 참으로 염치 없습니다마는) 끝없이, 끝없이 경건하게 존엄하게 생각는 때문일 것입니다. 용서하십시오. 이렇게 제가 무슨 말이나 다 하는 것도 형이 제게 고맙게 살뜰하게 정다웁게 편지를 써 주시고 또 전과 같이 「영아」라 불러주신 탓입니다.[21]

---

21 최정희, 「인맥」, 『문장』, 같은 책, 42면.

최정희는 「인맥」에서 이 부분은 수정하지 않았다. 자신의 상황을 썼다는 의혹마저 살 수 있는 이 대목을 그대로 살려놓고 지하련이라고 짐작되는 인물이 경망하게 보이도록 묘사한 부분이거나 주인공과 허윤의 육체적 접촉을 그리고 있는 부분만을 뺀 것이다. 최정희의 수정부분과 이제 보아도 오히려 부자연스러운 친구의 남편을 '그이'라고 부르게 해달라는 이런 결말을 종합해보면 최정희는 지하련이 원하지 않는 방향으로 소설을 더욱 강화한 셈이다. 사랑 때문에 한 가정과 부부 사이에 끼어들어 불화를 자초하는 이런 이야기를 최정희는 끝내 '고치지 않은' 것이다. 육체적 접촉이나 반응에 대한 묘사를 지운 것과 운명적인 사랑을 더욱 강조하고 있는 점 등은 최정희가 자신의 연애지상주의를 보다 뚜렷이 하고자 한 것이요, 이 「인맥」 수정의 과정은 최정희의 생각을 더욱 웅변으로 우리에게 전하고 있다고 하겠다.

그러나 지하련의 소설을 보면 지하련 역시 연애지상주의를 부정하거나 비난하고 있는 것이 아니어서 최정희의 생각과 지하련의 생각의 차이를 알아내기가 쉽지 않다. 물론 남성의 허위의식을 비판하고 있는 것이 뚜렷한 차이이기는 하나 이것으로 방바닥을 칠만큼 분개하지는 않았을 것이다. 지하련이 최정희를 향해서 화를 냈던 것은 아내의 입장에서 이야기를 써주지 않고(!) 애인의 입장을 옹호한데서 비롯한 것이라는 이 너무나 상식적인 설명밖에는 할 수 없을 것 같다. 필자 역시 이 사실을 너무나 늦게야 짚어냈던 것은 이 사실이 너무나 상식적이었기 때문이었을 것이다. 그러니 지하련은 그의 소설에서 아내의 입장을 쓴 것이다! 그런데 그의 소설작법이 너무나 교묘하여 우리는 그의 이런 생각을 놓치고 말았던 것이다. 이유는 바로 지하련 역시 자유연애를 옹호하는 소설을 쓰고 있었기 때문이다. 우리는 지하련의 소설에서 남성의 허위의식을 읽고 그의 페미니즘 의식을 논의할 수는 있었지만 지하련이 감추고 있는 또 하나의 목소리 아내의 말을 읽지 못하였다. 최정희 소설에 대타의식을 가지고 쓴 지하련의 소설 바탕에는 최정희가 말하지 않은 아내의 입장이 숨겨져 있었을 것은 불문가지가 아닌가. 이 지극히 당연한 사실을 나는 왜 놓쳤는가. 여성소설연구는 이 말해지지 않은 부분, 가부장제 사회의 통념 아래 감추어지기 마련인 이 부분을 밝혀내는 일임을 새삼 깨닫는다.

지하련은 우선 아내의 입장에서 글을 쓰면서 자신의 체험을 객관적이고 문학적으로 완성된 작품으로 만들기 위하여 작가 나름의 서사전략을 세우고 그 위에 소설이라는 집을 지었다. 이제 우리는 지하련의 소설을 분석하면서 그의 소설문법과 소설 속에 감추어져 있는 아내의 목소리를 찾아 읽어내어야만 한다. 아내의 자리란 너무나 상투화되어 독자의 공감을 사기 어렵다. 그러기에 아내라는 인물의 내면이 그려진 경우란 극히 드물다.[22] 이 아내의 목소리를 지하련은 어떻게 감추면서 드러내었을까? 지하련은 소설에서도 그렇게 쓰고 있지만 자유연애는 새 시대의 가치관으로서 아내란 이 자유연애라는 당당한 새 윤리 앞에서 무력한 존재가 아니었던가. 남편과 친구의 배신을 자유연애라는 이름으로 묵인할 수도 없는 피해자 지하련으로서는 이 소재를 소설화하기가 실로 쉬운 일이 아니었을 것이다. 그러나 최정희조차 엉뚱한 방향으로 소설을 쓰고만 마당에 자신의 이 엄청난 충격을 소설로 써서 그 정신적 외압으로부터 벗어나지 않으면 안 되었다. 아마도 남편의 연애사건이 원인이 되어서 병이 났을 지하련은 병 치료차 생긴 여가에 이 이야기를 소설로

---

22 아내의 목소리가 소설에 나타난 경우로 백신애의 「광인수기」, 이선희의 「맏동서」가 있지만 두 작품 모두 아내라는 인물이 희화화되어 있음은 주목되는 대목이다. 아내라면 거의 구여성으로 설정되고 있는데 신여성 아내의 서사로는 이선희의 「계산서」가 거의 유일하다.

씀으로써 인생의 한 고비를 넘겼으리라.[23]

최정희의 「인맥」이 '애인의 서사'라면 지하련이 쓴 소설은 '아내의 서사'로서 이렇게 다른데 최정희는 왜 이 소설을 불쾌하게 읽었을까?[24] 지하련에게 글을 쓰라고 권해놓고 말이다. 그 답은 두 가지로 생각해볼 수 있다. 우선 지하련이 자신의 소설과 똑같은 소재로 글을 썼기 때문이었을 것이다. 최정희가 「인맥」을 발표하자 평필을 들고 길게 '요설'을 쓴 백철도 이 소설이 모델소설이라고 하지 않았던가? 그런데 지하련이 똑같은 소재의 글을 쓰고 더욱 백철의 추천을 받고 나오자 최정희는 불쾌감을 느끼지 않을 수 없었을 것이다. 둘째 최정희는 이미 문단의 대선배의 처지가 아닌가. 지하련으로서는 그 자신이 이야기를 쓰지 않을 수 없는 절박함도 있었고 최정희에게 기대한 것이 어떤 것이었는지 소설로 보여줄 필요도 있어 같은 소재로 소설을 쓴 것이나, 새로 등단하는 신인이 기성문인에게 '도전하듯이' 같은 소재의 소설을 쓴 것은 불쾌함을 주기에 충분하였을 것 같다. 이러한 두 여성작가의 마음의 거래는 우리 여성문학사의 숨겨진 작지 않은 사건이자 여성소설문법 연구의 새로운 계기를 제공하는 흥미로운 자료가 아닐 수 없다.

---

23 지하련, 「인사」, 『文章』, 1941.4, 264면.
  이현욱(지하련), 「일기」, 『女性』, 1939.11, 74면.
  이 시기에 지하련은 요양차 마산에 내려가 있었다.
24 앞의 지하련의 육필서간 참조. 최정희가 지하련의 소설에 대하여 불만을 말해서 둘 사이가 나빠졌다는 내용.

4 지하련 소설의 문법

문단에 등단한 지 얼마 지나지 않아 지하련은 수필 「소감」[25]에서 자신의 소설작법을 말하고 있다. 등단작 「결별(訣別)」 외에 「체향초(滯鄕抄)」 한 편만이 발표된 때였으니 소설을 쓰기 전에 그는 이미 자신의 소설론을 수립하고 있었음을 보여주는 자료라고 하겠다. 그에 의하면 "그 하고 싶은 말을 다 해버리는 게 소설이 아니라 어떻게 해서 내 하고 싶은 말들이 나와서 능히 살게끔 '집'을 짓느냐가 문제이고, 또 한 단편에서 자기의 하고 싶은 한마디의 말이 아무 것에도 거리낌 없이 완전히 살 수가 있었다면 그건 본망(本望)을 달한" 소설이라는 것이다. 이 「소감」은 지하련이 단편소설 작법에 대해 그 요체를 터득하고 있음을 보여주는 것으로 그의 소설연구에서 주목해야 할 자료이다.

지하련의 문학수업이 어떻게 이루어졌으며 문학적 안목이 어느 정도인지 가늠할 근거는 없으나 정태용의 글에 의하면 지하련은 대단한 문학적 감수성과 독서량을 지니고 있었던 것 같다.[26] 그런 그가 왜 경제전문학교에 진학하였을까? 그 한 이유가 경제적 토대가 중요한 마르크시즘이 세계지식인의 의식을 휩쓸고 있는데다가, 또 하나는 딸이지만 아들 역할을 해야 한다는 지하련의 의식이 반증된 때문이 아닐까 한다. 그러나 임화를 좋아한 것이나 서정주를 좋아한 것을 필두로 정태용의 증

---

25 지하련, 「소감」, 『춘추』, 1941.6.

26 정태용, 「지하련과 소시민」, "곁방에서 유쾌한 여인의 고성이 일본말, 서양말, 조선말 할 것 없이 열변, 달변, 속변이 나의 고막을 치는 것이었다. 여인의 웅변은 사나이를 포로로 하고 결국은 꼼짝달싹 못하게 해버려 대개의 사나이들은 항변이 없이 그저 유쾌하게 웃을 뿐이었다…옆방의 여자는 우리들이 잘 아는 지하련 씨라는 것은 뒤에 알았다." 「부인」, 앞의 책, 같은 곳.

언을 놓고 보더라도 지하련의 문학에 대한 관심이나 수준은 만만치 않았다고 보아도 좋을 것 같다.

지하련의 소설 쓰기에서 주목되는 점은 첫째, 앞에서도 말한 바와 같이 인물시점의 다양화와 보여주기 등의 서술전략이다. 친구 형예, 남편 석재, 아내 나, 이 세 인물의 시점에서 같은 사건을 서술하는 방식은 작가가 최대한 객관성을 담보할 수 있는 다성성(多聲性)의 창작방법이다. 같은 이야기를 서술하는데 세 사람의 화자를 동원하면 작가는 자신의 감정을 훼손하지 않으면서 작가가 말하려고 하는 목표에 자연스럽게 도달할 수 있을 것이다. 이는 동시에 문학성을 성취하는 방식도 된다. 둘째, 지하련의 소설이 구어체를 사용하는 등 언어에 세심한 배려를 하고 있는 점이다. 지하련의 소설이 발표된 『문장』지의 경우 현대 표준어에 맞는 문체로 되어 있는데 48년에 출간한 창작집 『도정』의 작품들은 문장이나 어휘가 한글맞춤법 통일안[27]을 무시한 구어체로 바뀌어 있다. 아마도 본래 구어체로 쓰여진 소설문장을 『문장』지 편집자가 맞춤법 통일안에 맞게 교열을 하였을 것이다.[28] 지하련은 창작집으로 출간하면서 이들 소설의 구어체를 되살려 놓았다. 지하련의 문학관과 문체의식을 엿보게 하는 대목이다. 셋째 지하련이 감추면서 드러낸 침묵(아내)의 목소리이다.

최정희의 「인맥」과 줄거리가 같은 「결별」, 「가을」, 「산길」은 삼각관계에 있는 인물 각각의 시점에서 바라본[29] 작품으로 정희의 남편에게 호

---

27 한글맞춤법 통일안, 1933년 조선어학회가 제정 공포한 국어정서법 통일안. 1933년 10월 19일 조선어학회는 이를 시행하기로 결의했다. 이 한글맞춤법 통일안은 1948년 공식으로 채택한 뒤 한글정서법의 법전이 되었다.

28 지하련의 다른 글, 예를 들어 『여성』에 실린 글 같은 것은 현대 철자법을 따르지 않고 구어체로 쓰여지고 그대로 활자화되어 있다.

29 서정자, 『한국근대여성소설연구』, 국학자료원, 1999, 294면.

감을 갖게 된 친구 형예의 시점(「결별」), 아내의 친구로부터 애정을 고백 받는 남편 석재의 시점(「가을」), 남편과 친구의 불륜을 알게 된 아내의 시점(「산길」), 이 세 인물시점으로 쓰여 있다. 겉 구조는 이 세 소설이 모두 남성의 우월의식과 허위의식을 그리고 있는 것으로 보인다. 그러나 속 구조는 아내의 분노를 담은 '아내의 서사' 이다.

우선 지하련의 서술전략 중에서 보여주기의 수법을 사용하고 있는 점을 보기로 한다. 작가는 등단작 「결별」에서 하고 싶은 말들을 직접 하는 것이 아니라 보여주기의 수법으로 소설이 스스로 말하게 하고 있다. 주인공 형예는 여학교를 나와 부모가 권해서 곧 결혼을 했으나 아직 아이가 없는 '새댁' 이다. 서술자는 주인공이 정희의 혼인잔치마당에 다녀오는 작은 사건을 그리면서 주인공 형예가 남편뿐 아니라 주위와 불화관계에 있다는 것을 보여주고 있다.

장면① 첫머리, 형예가 남편과 지난밤 티격태격한 일을 놓고 되새기는 장면이다. 형예는 어젯밤 남편이 남의 일에 분주한 것을 자랑삼아 이야기하는 것 같아 비위에 거슬렸다. 그런데 형예의 트집에 남편은 '관둡시다 관둬요' 하는 것으로 싸움을 피한다. 형예는 남편의 트집을 잡는 이유가 남편을 사랑하지 않기 때문일까, 생각해보기도 한다.

장면② 놀러오라는 정희의 전갈을 받고 집을 나선다. '서울신랑' 그 결패 좋다는 청년을 '함부로' 머릿속에 넣어보면서 '어느 때보다도 조심껴 화장을' 하고 흰 반회장 저고리에 옥색치마를 쨍한 가을 볕 살에 눈이 부시게 입고 나섰는데 막상 나서자 형예는 아무와도 마주치지 않으려 골목길로 접어든다. 한껏 성장한 모습을 수줍어하는 마음이 '노인네' 에게 흉을 잡히지 않으려고, 또 숱한 사람들에게도 주목받고 싶지 않아 '학교 뒤 긴 담을 돌아서도 논둑길로 큰길 두 배나 가야하는 길' 을 택하는 데서 형예가 세상의 부정적 평판에 몹시 신경을 쓰고 있다는 것을 읽게 된다.

장면③ 길에서 만난 명순을 보면서 학교 때 공부 못하고 빙충맞게 굴던 군들이 시집가선 곧잘 착한 말 듣고 잘 사는 것을 멸시하고 싶어하는 형예의 마음이 그려진다. 형예는 오히려 남편과 이혼한 지순이라든가, 게봉이나 숙히가 더 이해가 가는 쪽이다. 명순이처럼 남편이 금방 좋아지지 않는 자기를 생각하고 '흙 알을 한 줌 쥐어 누구의 얼굴에고 팩 끼얹고는 그냥 돌쳐서고' 싶다.

이렇듯 주인공의 시선을 따라가 보면 주인공 형예가 남편과도, 또 동네 늙은이의 시선으로 대표되는 외부세계와도 매우 불화관계로 인식하고 있다는 것을 보게 된다. 형예의 이런 의식은 친한 친구 정희가 결혼을 해 '서울신랑'과 다정하게 구는 모습을 받아들이지 못하는 대목에서 두드러지게 나타난다. 정희가 신랑이나 주변과 화해관계인 반면 주위와 불화관계에 있는 형예는 이제 막 결혼한 친구 정희 집에 와서 계속 정희의 마음을 상하게 하는 말을 한다. 그러나 형예는 정희의 집에서 뜻밖의 체험을 하는 것으로 된다. 형예의 심경의 변화를 보여주는 장면들은 다음과 같다.

① 우연히 고개를 돌리다가 벽에 걸린 정희신랑의 '체취가 풍기도록 고대 벗어 건 것만 같은 넥타이가 끼어진 와이셔츠며 양복'과 마주친 일이다. '체취가 풍기도록'이라는 감각적 표현에서 주인공 형예가 '남성'을 느꼈다는 해석이 가능하다. 이와 반대로 형예는 남편에게서는 남성을 느끼지 못했는지 모른다.

② 정희가 자랑하고 싶어 하는 신랑과 마지못해 인사를 했는데 그 신랑은 '좀 체로 우슬 것 같지 않은 모습이 제법 무심하게, 별루 말도 없이' 인사를 하는 것이어서 형예는 이 신랑을 머릿속에서 떨쳐내지 못하고 계속 생각을 하게 된다. 겉치레 인사와 말을 예사로 하는 남편과 다

르다는 느낌이었다는 뜻으로 보인다.

③ 혼인놀이 자리에서 형예가 잡은 윷 때문에 정희신랑이 놓은 말이 잡히고, 정희가 미리 한 말 때문인지 노래 잘할 사람으로 자신을 지목하는 듯하자 형예는 또 당황한다. 이 '당황'은 자신에게 관심을 보여주는 남성을 형예가 느꼈다는 뜻으로 읽힌다.

④ 정희가 좀 더 있다가 가라고 조르는 바람에 정희신랑이랑 늦도록 이야기를 하며 놀고 난 뒤 자정이 넘어 집에 돌아가는데 뽀얀 안개가 산에고 바다에고 김처럼 서려 있는 가을 같지 않은 밤에 해안 통을 걸으면서 형예에게 닿는 정희신랑의 말은 형예를 '전에 없이' 아름답고 즐거운 밤으로 느끼게 하고 그럴수록 형예는 '물새처럼' 외로워진다. 형예의 정희신랑에 대한 대립의식이 '이제' 사라져있는 것을 이 대목에서 알아차릴 수 있다. 세상의 모든 남편에 대해 가졌던 적대감이 정희신랑에 대해서만은 사라져 있는 것이다.

⑤ 이런 변화를 거쳐 형예는 집에 돌아오고, 돌아와 있는 남편과 대화하는 중에 형예가 정희신랑을 좋은 사람이라고 말하자 남편이 빈정대 두 사람은 또 부딪친다. 화를 내는 형예에게 남편은 '아무것두 아닌걸 가지구 이러지 말우에, 내 암말도 않으리다' 한다. 한번 불이 번쩍하도록 맞닿고 싶었던 형예는 남편의 이러한 모습에서 비굴한 정신과 그러나 '무서운' 사람을 보고 자신이 완전히 혼자인 것을 깨닫는다.

주인공 형예가 남편과 좋은 관계가 아니라는 것을 주인공과 주변의 묘사를 통해서 보여주고 있다든지, 정희신랑에 대하여 호감을 가지게 되는 단계를 섬세한 기미까지 포착하여 점층적 수법으로 보여주는 창작 기법은 지하련이 하고자 하는 말을 '말하기'가 아닌 '보여주기'를 통해 독자에게 제시하고 있는 경우이다. 지하련은 주인공 형예의 절망과 '결별'을 '보여주기'로 독자에게 설득력 있게 전달하고 있다. 이외 「결별」

은 대화나 묘사기법에서도 탁월함을 보인다. 생략과 함축, 쉽게 동화하지 않는 싸늘한 절제는 작가의 언어에 대한 세련된 감각을 보여주는 것이다. 친척들과 어울려 혼인놀이를 하는 장면은 묘사의 절정이며 해학 넘치는 종숙모의 입담은 소설에 생동감을 불어넣는 부분이다. 이렇듯 지하련은 단편 「결별」에서 하고 싶은 말들이 나와서 능히 살게끔 소설의 집을 짓는다는 자신의 창작방법에 충실하고 있으며 하고 싶은 한마디의 말이 아무 것에도 거리낌 없이 사는 효과를 내는 보여주기의 소설을 썼다고 하겠다.

남편에게는 실망을 하여 '결별'을 하고 친구 남편에게는 호감을 가지는 것으로 끝났던 「결별」에 이어 지하련은 「가을」을 쓴다. 이 「가을」에는 주인공 석재와 아내, 석재를 좋아하는 아내 친구 정예의 심리가 그려진다. 이 역시 서술자는 '보여주기'만을 할 뿐 서술자의 논평이 없다. 최정희의 「인맥」 중 중간에 해당하는 이야기라 할 것인데 「결별」의 형예가 친구의 남편을 사랑하는 구조가 「가을」이다. 말하자면 만남에서 한 걸음 더 나아간 상태. 정예라는 아내의 친구는 「인맥」의 선영처럼 '연애 관계가 무척 번거로워서 그의(주인공 석재 : 인용자) 아는 사람도 여기 관계된 몇 사람이 있다는'[30] 여성이고 그 원인이 정예의 사랑을 받아주지 않은 석재에게 있다는 같은 구조인데 「가을」 역시 보여주기 기법의 소설로서 작가는 정예의 석재에 대한 어두운 열정을 오직 정예의 행동을 묘사하는 것으로 보여준다. 독자는 정예의 행동을 그린 묘사와 이에 대응하는 석재의 행동 묘사를 통해 이 소설의 주제를 읽어야 하게 되어 있다.

「가을」에서 정예는 「인맥」의 선영처럼 좋아하는 친구의 남편을 집으

---

30 지하련, 「가을」, 『도정』, 백양당, 1949, 46면.

 •• 우리 문학 속 타자의 복원과 젠더

로 찾아가기도 하고, 엽서를 보내 만나기도 한다. 그러나 친구의 남편 석재는 최정희의 「인맥」과 달리 정예에게 관심을 보이지 않는 것으로 되어 있다. 이런 어두운 열정을 보이는 친구를 감싸고도는 아내의 '착함'을 안타까워할 뿐이다. 지하련의 「가을」에 그려진 정예와 석재의 이런 평행선의 모습은 최정희가 수정한 허윤과 선영의 모습에 가깝다. 「인맥」의 경우 원본에서 두 사람은 소위 '연애'를 하는 모습으로 그려지지만 수정본에서는 오라비가 누이를 '지도'하는 정도로 고쳐지는 것이다. 지하련은 이 「가을」에서 육체적 접촉이 전혀 없이도 전 존재를 거는 사랑이 여성에게 가능한 것을 그리고 이에 비해 그러한 사랑을 이해하지 못하는 남성의 둔감성을 드러내고 있다. 지하련의 소설에 나오는 남성은 둔감하거나 저열함으로 규정된다. 「가을」의 석재는 「결별」의 남편과 달리 자신의 그런 모습에서 '어느 거지같은 여자보다도 더 거지같은 딴 것'을 싸늘한 가을바람과 함께 느끼는 것으로 되어 그런 남성의 둔감성을 막연하게나마 자각(?)한다. 그러나 이 소설에서 왜 작가가 아내를 죽게 하였는지가 궁금하다. 정예의 사랑이 석재에게 통하지 않을 양이면 굳이 그 아내가 죽어야 할 필요는 없었을 터인데 말이다. 이 대목은 다음 장 '아내의 서사'에서 다시 언급하기로 한다.

지하련의 「산길」 역시 최정희의 「인맥」의 마지막 부분에 해당하는 이야기이다. 이제 작가는 삼각관계의 다른 각인 아내의 시점에서 친구와 남편의 연애사건을 그린다. 최정희의 「인맥」에서처럼 아내는 남편의 스캔들에 담담한 처신을 하고, 사랑 앞에 당당한 친구 연히를 아름답다고 한다. 그러나 역시 최정희와 다른 점은 남편의 태도를 면밀히 관찰하고 있는 점이다. 친구가 남편과 연애를 했다는 사실을 알고 난 아내의 심리를 충격에서부터 친구와 남편을 만나는 장면으로 차근차근 묘사해나간 부분은 이색적이라면 이색적인 소설이다. 친구가 자신의 남편을 사랑했다는 충격적인 이야기를 전달받는 장면, 그 친구와 만나서 대화(담판)를 하는 장면, 돌아와 남편의 고백(?)을 듣는 장면, 소설은 이 세 장면으로 구성되어 있다. 겉구조의 주제는 "천길 벼랑에 차 내트려도 무슨 수로든지 다시 기어 나올" 남성들의 파렴치한 행태를 고발하고 "좌우로 무성한 수목을 헤치고 베폭처럼 희게 뻗어나간 산길을 성큼성큼 채쳐 올라가는 연히의 뒷모양을" 총명하고 아름답게 보는 페미니즘 소설이지만 이 소설에는 친구와 남편으로부터 배신당한 신여성 아내의 목소리가 담겨있는 드문 소설이다. 이 역시 다음 장에서 자세히 살펴보겠다.

다음 지하련의 소설에서 주목되는 구어체의 문장을 살펴보자. 지하련은 한자말을 쓸 때 철자가 맞지 않는 것을 알면서도 발음대로 우리말을 쓴다. 예를 들면 설양(善良), 구해(拘碍), 칭양(測量), 낭감(難感), 열락(連絡)으로 쓰고 있는 것이라든가 자게급(계급), 동을 상우고, 구지(굳이) 은윽(아늑)하고, 몽총(멍청)하니, 걸낄(길)에 가 있는, 신부름(심부름) 등이 그것이다. 이런 구어체 어휘는 페이지마다 숱하게 발견된다. 또는 '그녀'로 쓰는 것이 일반인 여성 삼인칭의 경우에 '그는' 이라고 쓰는 등 문체나 어휘에 뚜렷한 자기주관이 서 있다. 구어체로 지문을 엮어 가는 문장과 함께 방언을 살려 생동감 있게 구사한 대화 역시 지하련 소설 미학의 핵이다.

> "초장부터 졌으니 누가 쑥인구"
> "아이갸, 곧은 눈썹 잡고는 말도 못한다지"
> (중략)
> 대체로 신랑이 그리 재미있게 굴지 않는 폭인데, 정희도 그저 허트로 노는 판이라 처음부터 뭐가 그리 자잘치게 재미로울 게 없는 상 보른 데도 사람들은 그저 신랑이고 신부란 생각 때문인지 무척이나 유쾌한 모양이다.
> (중략)

그러나 이통에도 셈센 아지머니라고 정히숙모가

"아이구, 노래는 무슨 노래, 신랑 눈치보니께 저녁내 실갱이 해도 노래할
것 같잖구만, 그만해도 많이 놀았을 바에야 백죄 장성한 신랑 신부한테 궁
뎅이 무겁다는 욕먹지 말고 어서 먹구 일찍암치들 가세, 가"

(「결별」, 창작집 『도정』, 99면)

이처럼 소설의 문체나 어휘는 구어체라야 한다는 작가의 생각은 앞에
서 언급한 대로 창작집 『도정』을 낼 때 『문장』지에서 고쳐 내보냈던 철
자를 모두 자신의 철자와 문체로 바꾸어내게 하였다. 사실 지하련의 구
어체 문장은 지하련 특유의 분위기와 '맛'을 일구어내고 있다. 그의 구
어체 문장은 그의 문학에서 반드시 짚고 가야할 중요한 특징이다.

5. 페미니즘소설과 '아내의 서사' – 맺음말을 대신하여

이제 지하련 여성문제소설에 감추어진 아내를 읽어보자. 감추어져 있
다고 말할 필요도 없이 지하련의 여성소설은 「결별」과 「산길」이 아내의
시점이요, 「가을」 역시 아내의 숨결이 바탕에 깔려 있다. 「결별」의 주인
공 형예는 아내로서 남성우월주의로 아내와 의사소통이 막혀있는 남편
과의 불화를 그리고 있는 소설인 만큼 이 소설은 곧 '아내의 서사'라고
할 수 있는 것이다. 여기에서 우리는 형예 말고도 지하련으로 지목되는
정희에게도 주목하지 않을 수 없다. 정희가 아내로서 남편에게 실망하
기 전의 지하련의 모습이라면 형예는 남편에게 실망한 지하련의 목소리
일 수 있기 때문이다. 신랑에게 한없이 호감을 가지고 있는 신부 정희…
이 정희에게 비수 같은 서늘한 언어로 계속 딴죽을 걸고 있는 형예. 독
자는 정희가 형예의 비뚤어진 심사로 던지는 말에 상처를 입을까 조마
조마하면서 읽게 되는데 형예의 이와 같은 대꾸는 작가 지하련의 체험

이 반영되었을 수도 있고[31] 지하련이 스스로에게 던져보는 서글픈 자조일 수도 있다. 남편과는 의사소통이 되지 않아 친구 신랑에게 호감을 갖는 형예에게서 지하련 자신이 느꼈을 수도 있는 분노, 아내 위에 군림해야 한다고 믿는 남성우월주의와 아내를 타자화하는 권위주의의 벽이 있다. 이런 것을 형예를 통해서 고발하면서 '아내의 서사'를 이룩하고 있는 작가를 보는 것이다.

「가을」의 아내는 친구 정예를 남편에게 소개하고 함께 영화를 보러 가는 등 친구와 남편 사이에서 둘 사이를 오해하거나 질투하지 않는 모습을 보이려 애썼던 매우 선량한 여성이다. 그러나 친구 정예가 남편에게 편지를 하고 만나고 하는 것에 아주 관심이 없었던 것이 아니라는 것을 죽기 전에 '정예 못 봤어요?'라는 한 마디 질문에 드러낸다. 남편과 친구 정예의 관계가 이 소설의 주제재이고 이런 여성을 대하는 남편의 반응으로 소설이 전개되기 때문에 아내라는 인물에 대해서 간과하기 쉬우나 지하련의 내면이 투사된 아내는 「결별」의 정희와 함께 매우 도덕적 인간으로 그려져 있다는 점이 주목된다. 그런데 작가는 「가을」에서 이 아내를 죽게 한다. 아내가 죽은 후에 남편 석재는 자기를 사랑하여 이혼도 하고 번거로운 연애도 벌인 정예를 만나는데 두 사람은 끝내 사랑하는 사이에 이르지 못하는 것으로 된다. 여기에서 지하련이 하고자 하는 말은 내가 죽어도 두 사람의 사랑은 이루어질 수 없다, 라는 것이었을까? 이 소설을 통해 함축된 작가는 아내가 하고 싶은 말을 이런 형식으로 간접적으로 하고 있는 것은 아닐까? 이 소설의 겉구조는 남편 석재를 정예라는 여성의 진실을 이해하지 못하는 둔감한 남자라고 꼬집는 것이지만 함축된 작가는 이 배신의 사랑을 성취시키지 않으려는 의

---

31 임화를 좋아하였던 B라는 여성은 지하련과 동향이라고 되어 있다.

도를 이야기 속에 감추었는지도 모른다.

지하련으로 지목해 볼 수 있는 작품 속의 아내는 모두 남편과 친구에게 턱없이 너그럽게 그려져 있다. 이는 무엇을 말할까? 우리는 우리 문학에서 신여성이 주인공이 되고 페미니즘이 주조가 되는 소설이 주류를 이루는 동안 새로운 사조 페미니즘에 억압된 슬픈 아내의 모습을 보아왔다. 우리 소설의 관습에서 아내란 대부분 신여성 애인에게 자리를 빼앗긴 구여성으로 그려지기 마련이었던 것에 비추어보면[32] 지하련이 그의 소설에서 조심스럽게 내보인 아내의 목소리는 주목되는 바 있다고 하겠다. 아내로 그려진 구여성들은 페미니즘의 물결이 몰고 온 '자유연애'와 그로 말미암은 아내의 자리 빼앗김에 속수무책이었던 것이다. 신여성 아내는 신여성이기 때문에 더욱 이 페미니즘 물결, 자유연애사상에 반기를 들 수 없을 것이다. 최정희가 「인맥」에서 당당하게 연애지상주의를 바탕으로 '애인의 서사'를 쓸 수 있었던 것이 그 예이다. 「가을」의 아내는 착하고, 순종하는 여성으로 그려지고 있는데 신여성 아내는 친구가 남편을 사랑하는 듯해도 정면으로 가로막지 못하고 있다. 이 아내는 「산길」에 이르러 드디어 입을 연다. 지하련이 아내로서 하고 싶었던 말은 바로 이 「산길」의 순재의 입을 통해서 나온다.

「산길」을 보면 아내 순재는 친구 문주로부터 친구 연히가 자신의 남편과 연애한다는 말을 듣는다. 친구 문주를 시켜 통기를 한다는 대담함을 보인 연히는 한 술 더 떠 다음날 순재에게 만나자는 편지를 보내온다.

순재는 처음 문주로부터 그런 통기를 받았을 때 우선 고독을 느낀다. 그 다음 남편과 관련지어 생각해보는 것이나 믿어지지 않는다. 젊은 여

---

32 정금자 · 서정자 · 이성림, 「한국문학에 나타난 전통적 여성상」, 「아세아여성연구」 제 24집, 숙명여대 아세아여성문제연구소, 1985 참조.

자의 자존심으로 해서도 연히나 남편에게 노하거나 분해할 수 없다고
생각한다. 그러나 만만치 않은 것은 남편이다.

> 설사 순재로서 ―그분은 남편인 동시에 자기였던 것이고 연히는 내 동무
> 인 동시 아름다운 여자였다고―마음을 도사려 먹기쯤 그리 어려울 것도 없
> 었으나 문제는 이게 아니라 이제 남편에게까지 이 싸늘한 이해(理解)라는
> 것을 하지 않고는 당장 저를 유지할 수 없는 사정이 더할 수 없이 유감 되다
> 기보다도 야속하기 짝이 없다.
>
> (「산길」, 『도정』, 124면)

베개를 베고 누워서 당돌하리만큼 정면으로 다가서는 연히를 떠올려
본다. 짧은 편지로도 무엇에도 누구에도 구애받고 있지 않은 걸 알아내
기 어렵지 않았기에 섣불리 노했다는 오해를 받지 않기 위해서도 순재
는 연히를 만나기로 한다. '화장도 하고 일부러 장 속에 있는 치마까지
내어 입'고 '한 번 더 거울을 본 다음' 약속 장소로 간다. 단 두 달 동안
에 놀랍도록 '이뻐진' 연히와 서먹한 인사를 나누고 둘은 소화통으로
돌아 개천을 낀 호젓한 길을 잡고 걷는다. 이 두 사람의 대면에서 당당
한 것은 애인인 연히일 것은 당연하다. 예상대로 연히는 사랑 앞에서 조
금도 거짓말을 하지 않았다, 후회하지 않는다고 말한다. 그리고 연히는
다른 건 다 이겨도 그분을 사랑하는 것만은 자신에게 이기지 말라고 한
다. 작가는 서술자를 통해 "이제야 이야기는 바른 길로 들어섰다"[33]고
쓴다. 두 사람의 만남은 한 남자를 두고 누가 더 사랑하느냐 하는 싸움
으로 된 것이다. 연히는 아내인 것을 다행으로 아느냐고 묻는다. 순재는
꿈에도 그렇지 않다고 말한다. 아내라는 유리한 자리에서 남편을 차지

---

33 지하련, 「산길」, 『도정』, 133면.

하는 것이 아니라 연히와 나란히 서서 자유로운 선택이 있게 하겠다고
순재는 말한다.

> 별루 천천이 말을 주고받는 두 여자의 얼굴은 꼭 같이 핼숙했다. 연히는
> 한동안 가만이 순재를 바라보고 있었다. 아무 표정도 없었으나 결코 무표정
> 한 얼굴은 아니었다. 순재는 자기도 모르게 얼굴을 떠러트렸으나 순간 굴욕
> 이 이에 더할 수 없었다.
>
> (「산길」 『도정』, 134면)

연히는 순재의 그 자신만만함에 '무서운 여자' 라며 "가장 자신 있는
사람만이 능히 욕을 참을 수 있는 겁니다."라는 말을 남기고 헤어진다.
이 두 사람의 만남에서 우리가 읽을 수 있는 핵심어는 '굴욕' 이다. 아내
에게 남편의 외도는 '굴욕' 이나 아내로서는 이 굴욕 앞에 사랑으로 떳
떳이 승부하겠다는 것이 아내 순재의 '말' 이다. 최정희가 쓴 '애인의 서
사' 에서 아내 혜봉이 전통적 여성의 길을 가자는 식의 자기 목소리가 없
었던 데 비하여 지하련의 「산길」의 순재는 아내로서 당당히 사랑을 내
세우고 있는 것이 주목된다. 그러나 집에 와서 남편을 만난 순재는 남편
의 "사과할 길 밖에 도리가 없다는 사람 가지고 웨 작구 야단이요? 웨
따지려구만 드오, 따져선 뭘하자는 거요? 당신 나 사랑한다는 것 거짓
말 아니요? 웨 무조건하고 용서할 수 없소?"라는 말에 오히려 안도하는
비굴한 자기를 발견하고 섬짓한다.

> 그러나 알 수 없는 일은 지금까지의 어느 말보다도 오히려 마음을 시원하
> 게, 후련하게 해주는 것이 스스로도 섬찍하고 남을 일이었다.
>
> (「산길」, 『도정』, 140면)

평화란 이런 데로부터 오는 것인가? 평화해야만 하는 부부생활이란 이런 데로부터 시작되는 것인가? 이런 생각에 '썸둑' 걸린 것이다. 작가는 「가을」에서도 여성의 이런 비굴함을 지적한 바 있다. 눈물을 흘리면서 사랑의 고백을 마치고 떠나간 정예를 보면서 석재는 "정예는 제 말대로 흉악할는지 모른다. 그러나 거지는 아니다. 허다한 여자가 한껏 비굴함으로 겨우 흉악한 것을 면하는 거라면 여자란 영원히 아름답지 말란 법일까?" 이렇게 중얼거린다. 이때 석재는 어느 거지같은 여자보다도 더 거지같은 딴 것이 싸늘한 가을바람과 함께 그의 얼굴에 부딪치는 것을 느꼈다고 되어 있다. 이 '비굴함으로 흉악한 것을 면하는' 허다한 여자 중에 아내가 들어있을 수 있다. 작가는 아내의 비굴함을 「산길」에서 펼쳐 보인 것이다. 그래서 연히의 뒷모양을 눈앞에 떠올리며 아름답게 느낀다. 신여성 아내의 내면은 이렇듯 양면적이다. 자유연애를 지향하는 사랑의 신 윤리에서 당당하게 서고자하는 반면 아내라는 안전판에서 안도하는 양면성을 지녔다. 그런 점에서 지하련이 기술한 '아내의 서사'는 남성의 허위의식을 짚어내면서 신여성 아내의 갈등을 부각한 주목되는 페미니즘 소설이라 하겠다.

(『지하련전집』 해설, 2004)

체험의 소설화, 강경애의 글쓰기 방식

1. 들어가며

북한의 강경애 문학에 대한 언급을 보면 해방 전 프롤레타리아 소설 문학이 거둔 가장 높은 창조물인 동시에 귀중한 유산이라고 하면서 반드시 "치밀한 구성, 섬세하고 생동한 세부묘사와 내면세계의 추구, 세련된 언어형상 등 정서적 산문소설의 특징을 진하게 보여준다"고[1] 덧붙이고 있다. 강경애의 소설은 되풀이 읽으면 읽을수록 감칠맛이 느껴진다. 경향소설이 지닌 프로파간다적 메시지 외에 정감마저 느껴지는 것이 강경애 소설이다. 이 감칠맛은 어디에서 오는가? 지금까지 우리의 강경애 문학연구는 비판적 리얼리즘, 경향소설에 집중되어왔고 평가역시 식민지 시대에 이룩한 리얼리즘의 탁월한 성과로 결론지어왔다.

---

1 김창현, 「강경애의 소설 작품에 대하여」, 『인간문제』, 문학예술종합출판사, 1994, 11면. 「강경애」, 『조선대백과사전 1』, 백과사전출판사, 1995, 367면 등.

그러나 그에 대한 평가는 리얼리즘의 성취에 편중되어 그의 문학이 이룩한 예술적 성취에 관해서는 별 주목을 하지 않았다. 우리는 작가 강경애의 성실한 관찰과 묘사로 인해 민중의 생동감 있는 삶뿐만 아니라 식민지 시대 역사해석에서 소외된 대중의 근대성, 일상성, 그리고 공간성마저 읽을 수 있다. 이는 그가 남다른 체험을 가졌을 뿐 아니라 그 절실한 체험을 소설화하면서 글쓰기에 고심한 결과이다. 극도로 궁핍한 농촌과 도시의 체험, 유이민의 땅이자 항일 독립운동의 거점인 간도의 체험, 그리고 여성으로서의 체험은 그로 하여금 당시의 사상적 주류이자 현실극복의 논리인 계급사상을 받아들이게 하였으나 동시에 언제나 체험에서 얻은 현실을 정직하게 반영하고자 애써 강경애 특유의 소설 세계를 이룩하였다.

작가 박화성은 강경애를 두고 "뿌리가 없는 작가"라고 한 적이 있다. 1987년 여름, 필자가 강경애의 남편 장하일에 대해서 물었을 때 장하일이 애국심이 깊고 사상이 견고하며 잘나고 똑똑한 사람이라고 하면서 한 말이었다. 박화성은 남편 김국진과 장하일이 간도의 같은 학교에 근무하는 데다 강경애와도 친해 간도를 방문하기도 하였는데 필자는 박화성이 강경애를 뿌리가 없는 작가라고 한 것은 강경애를 라이벌로 의식한 말씀인가, 싶었다. 그러나 박화성이 말한 "뿌리가 없는 작가"라는 것은 강경애가 작품에 사상성을 드러내지만 그 사상성이 박화성이 보기에 프로가 아니다, 라는 의미였다고 생각된다. 박화성의 자전적 소설 『북국의 여명』을 보면 주인공이 프롤레타리아 투사로 성장하기까지 과정이 비교적 상세하게 그려져 있다. 독서회와 각 단체의 모임, 조직활동, 실천운동 등 물샐틈없는 단련을 거쳐 투사가 탄생하는 것이다. 이런 과정을 거친 박화성의 눈으로 보면 관념을 앞세우기보다 체험에 바탕하여 소설을 쓴 강경애가 뿌리 없는 작가로 보인 것은 당연하였는지 모른다.

박화성의 지적처럼 강경애는 그의 사상적 뿌리가 튼튼하지 못했는지도 모른다. 또한 강경애는 사상적 지식에서 장하일의 지도를 받았는지도 모른다. 강경애의 짧은 글 「원고 첫 낭독」에는 남편 장하일이 강경애의 첫 독자가 되고 강경애는 남편의 지적을 존중하여 글을 고친다고 되어 있다. 작가가 자신의 글을 타의에 의해 고친다는 것, 그리고 그것을 곧이곧대로 고백한다는 것은 상식으로 이해하기 어려운 일이다. 그러나 여기에 강경애의 작가수업방식을 엿볼 한 단서가 있다. 강경애는 배우기 위해서라면 어떤 길도 갔던 것이다. 일찍이 17세 되던 1923년, 숭의여학교 3학년 재학 중 동맹휴학사건의 주모자로 퇴학을 당해 고향에 돌아왔다가 양주동과 서울로 가서 동거한다. 이때 동덕여학교에 편입하여 1년간 다닌 강경애는 양주동과 헤어져 다시 고향으로 돌아가는 엄청난 일을 '저지른다'. 이때 양주동을 따라간 것은 배우기 위해서였다. 배움에 대한 강경애의 열정은 양주동의 글에서 넉넉히 읽을 수 있다.[2] 그러나 강경애는 양주동에게 실망하고 그를 떠난 것으로 되어 있으며(1924년) 이후 강경애의 양주동에 대한 글(1931년)에서 이를 확인할 수 있다. 강경애의 스승으로서 양주동은 그 기간이 일 년이 채 되지 못하였던 것 같다. 18세 때의 이 출분은 사실 아무나 할 수 있는 일이 아니다. 강경애의 학비를 대며 지원한 형부는 그래서 돌아온 강경애의 뺨을 때렸고 그로 해서 강경애는 이후 중이염으로 오랫동안 고생하였다. 당시의 용어로 본다면 자유연애에 빠진 문제의 신여성이었다.

그의 두 번째 스승은 남편 장하일이었다. 강경애의 수필 「고향의 창

---

2 양주동, 『문주반생기』, 신태양사, 1960.

공」을 보면 강경애가 얼마나 치열하게 공부하고자 하였는지 알 수 있다.

> "문예란 말만 들어도 나는 입을 헤하고 벌리던 그 때라 신문이나 잡지 권을 애써 얻어 들여 가지고는 시간 가는 줄을 모르고 붙잡고 있다. (중략) 지금도 그러하지만 그때야말로 눈에 비쳐지는 문구란 문구는 모를 것밖에는 없다. 어떤 때는 책 한 권을 다 읽고 나도 머리에 남는 것이란 아무 것도 없다. 재독을 한다, 삼독을 한다, 내지 오륙 차를 거듭해도 점점 더 아득하다. 나는 기가 있는 대로 치밀어서 벌떡 일어나 미친년같이 온 방을 휩쓸다가도 못 견디어서 밖으로 튀어나간다." (밑줄 인용자)

누구의 도움도 받을 수 없이 안타깝게 독학을 하던 이런 상황에서 강경애는 장하일을 만났다. 양주동과의 전력은 고향에도 머물지 못하게 해서 강경애는 (만주 일대를) 수년간 방랑을 하고 병을 얻어 돌아온 시점이었다. 다시 고향에 돌아와 아내가 있는 장하일을 만났으며, 두 사람은 결혼을 하고 그 까닭에 장연에 살 수 없어 인천을 거쳐 간도에 간 것으로 되어 있다. 겉으로 보기에는 당시 유행인 자유연애나 불륜인 듯하지만 강경애와 장하일은 사제관계 또는 동지관계였던 것이 분명하다. 그렇지 않고서야 남편에게 원고를 읽어 듣게 하며 비평을 기다릴 이치가 없지 않겠는가. 배우기 위해서는 도덕적 비난도 무릅쓴 여성, 문학을 위해서는 자존심 따위를 돌아보지 않은 여성이 강경애였다.

강경애의 소설은 사실 장하일을 만난 이후 변화를 보인다. 그러나 강경애의 소설은 현실극복의 논리로서 사회주의적 전망을 수용하면서도 관념에 빠지는 것을 극도로 경계하는 양상을 보인다. 그에게는 이데올로기에 상응할 절실한 현실체험이 있었다. 체험을 바탕으로 하지 않은 소설 쓰기란 있을 수 없지만 그의 체험은 다른 작가와 비교할 수 없는 높은 강도를 지닌 것이었다. 이 강렬한 체험은 그의 문학을 규정하고 창작방법을 창출한다. 말하자면 체험과 관념을 끌어안고 씨름을 벌이는 형국이다.[3] 강경애의 체험과 그 글쓰기 방식에 역점을 두고 그의 문학을 살펴보기로 한다.

2. 체험의 소설화, 강경애의 글쓰기 방식

1) 궁핍체험의 묘사와 빈궁소설

강경애의 전기적 자료는 극히 부족한 편이다. 남북한의 자료를 모아온 짧지 않은 연구기간에도 불구하고 그의 부모의 성명도 아직 밝혀지지 않았을 정도이다. 이규희, 양주동, 안수길, 현경준, 최태응의 기록과 작가가 남긴 기록, 이상경 등의 노력에 의한 북한의 자료를 보태보아도 강경애의 연보에서 해명되지 않은 부분은 적지 않다. 그러나 이제는 지금까지 찾아본 강경애의 전기적 요소들에서 작가 강경애를 읽어내는 일에 좀 더 적극적이어야 할 것 같다. 1906년 황해도 송화군 송화에서 가난한 농민의 딸로 태어난 강경애는 다섯 살에 아버지를 잃었다. 가난 때문에 고모 집으로 갔으나 역시 주리면서 살아야 해서 어머니는 나이 많고 불구자인 최도감의 후취로 개가해 간다. 열 살에 장연여자청년학교를 거쳐 장연소학교에 다니면서도 월사금과 학용품값이 없어 도둑질을 생각할 정도로 궁핍한 학교생활이었다. 형부의 도움으로 1921년 평양 숭의여학교에 진학할 수 있었지만 역시 궁핍한 학교생활을 해야 하였다. 양주동을 만나 서울에 와서 동거하다가 1924년 9월 헤어졌는데 헤어

---

3 김기진, 「구각에서의 탈출」, 『신가정』, 1935.1, 영인본 453면. 팔봉은 "강경애가 현실을 껴안고 씨름하는 것은 전혀 독자만이 볼 수 있는 장관의 하나이다."라고 하였다.

진 이유는 양주동의 절충주의적 사상 때문이라고 보는 견해가 지배적이
나 강경애 친구의 동생인 고일신 씨(작가 이무영 씨 부인)의 증언에 의
하면 가난으로 둘의 결혼이 불가능한 때문이었다고 한다(고일신 씨를
만난 이규희 선생의 전언). 그의 삶에는 궁핍이 늘 따라다녔다. 그의 궁
핍한 생활에 대해서는 자전적 소설 「원고료 이백 원」에 잘 나타나 있다.
그의 소설에서 궁핍은 핍진하게 그려져 최서해, 이기영, 조명희 등과 나
란히 그 우열을 가릴 수 없을 정도이다.[4] "현실의 소재는 예술작품 속에
기계적으로 반영되거나 사실적으로 정착되는 것이 아니라 작가의 세계
관에, 작가의 현실에 대한 태도에 의하여 변형되는 것"이지만 "그럼에
도 불구하고 소재는 역시 양식적 형성의 가장 본질적인 한 모멘트라는
것을 강조할 필요가 있다"고 누시노브는 말한다. "세계관은 또한 예술
작품 그 자체에 있어서도 직접 표현된다. 만일 작가가 피차의 행위로써
자기의 견해라든지 찬성 또는 부정 등을 하나도 직접 표시하지 않는 경
우일지라도 <u>작품 속에 묘사되는 사건이나 그 성질의 객관적 의의는 작
품 자체의 세계관과 사상적 방향을 규정한다.</u> "[5]

강경애의 소설에 묘사된 궁핍상은 "소설적 관습을 깨뜨린 것이며"
"소설이 과연 이 지경에까지 이르러도 좋은가를 묻지 않을 수 없는 벼랑
에까지 몰고 간 것으로" 특히 「지하촌」은 "식민지 한국의 궁핍상을 가장
확실히 보여준" 작품이라 여겨져 온다.[6] 강경애의 궁핍묘사는 곧 작가
의 세계관과 사상적 방향을 보여주는 것이다. 그는 초기에서 후기로 갈
수록 궁핍묘사의 강도를 높이고 있는데 궁핍묘사의 중심을 이루는 것이

---

4 이상경, 「작품해설―강경애의 시대와 문학」, 『강경애전집』, 소명출판사, 2002, 827면.
5 누시노브, 「세계관과 방법의 문제 검토―문학과 양식의 문제, 특히 소재에 대하여」,
  『창작방법론』, 문경사, 1949, 74~75면.
6 김윤식, 「지하촌」, 『한국문학명작사전』, 일지사, 1979, 270면.

'먹는' 묘사이다.

강경애는 감각적 묘사에 출중하다. 시각, 청각, 후각, 촉각 등 감각적 묘사를 통해 묘사하고자 하는 대상을 생동감 있고 실감나게 표현해 낸다. 이러한 감각묘사에 뛰어난 강경애의 묘사에서 유독 등장하지 않는 감각이 미각묘사이다. 그의 글쓰기 방식을 살피기 위해 우선 절묘한 감각묘사부터 살펴보자.

나는 듯 마는 듯 송진내 그윽이 피우는 그 소나무! (후각 「동정」)

담배연기가 물큰 스칠 때 그의 코가 벌름 하는 것을 나는 놓치지 않았습니다. (후각, 시각 「동정」)

밤은 어지간히 깊어진 듯 나는 깊은 산림 속으로 들어서는 듯함을 내 뺨에 찰싹 느꼈습니다. (촉각 「번뇌」)

술내를 밥 김처럼 피우면서 (후각 「번뇌」)

계순이가 한 빨래는 박꽃처럼 희고 부드러우며 비누와 양잿물 내가 일절 없고 맑은 샘물 내가 몰씬하니 나지요. (시각, 후각 「번뇌」)

그의 타는 듯한 얼굴이 갑자기 흐려지므로 나는 등불의 관계인가 하고 등불을 쳐다보다가 다시 그를 보았습니다. (시각 「번뇌」)

담담한 시냇물 내가 내 코끝을 후려칩니다. (후각, 촉각 「번뇌」)

손에서는 쇠 비린내가 마치 생선을 만진 손 같구려. (후각 「번뇌」)

이마는 따갑고, 땀방울이 흐르고 먼지가 연기같이 끼어 그의 코밑이 매워 견딜 수 없다. (촉각, 시각, 후각 「지하촌」)

어머니는 갈잎 내를 확 풍기면서 그의 곁으로 다가선다. (후각 「지하촌」)

큰년네 집에서는 모깃불을 피우는지 향긋한 쑥 내가 솔솔 넘어오고 이따금 모깃불이 껌벅껌벅 하는데 두런두런 하는 소리에 귀를 세우니 바자가 바작바작 소리를 내고 호박잎의 솜털이 그의 볼에 따끔거린다. (후각, 시각, 청각, 촉각 「지하촌」)

두세 작품 속에서 등장하는 그의 감각 묘사의 예를 십여 개 들어보았거니와 그의 감각을 통한 묘사는 소설에 생동감을 주고 그리하여 소설과 독자의 거리를 좁혀 독자로 하여금 소설 속에 몰입하게 하는 효과를 낸다. 이러한 감각적 묘사는 그의 소설이나 수필에서 얼마든지 찾아볼 수 있다. 그가 얼마나 효과적 표현을 위해 노력하였는지 알 수 있는 점이다. 강경애의 문학에서 느껴지는 감칠맛은 바로 이 감각묘사에서 오는 효과가 적지 않을 것이다.

그러나 그의 궁핍묘사에서 가장 중요한 '먹는' 묘사는 미각에 대한 묘사가 극히 드물다. 먹는 묘사를 살펴봄으로써 작가의 글쓰기 방식 또는 사상적 방향을 가늠해보기로 한다. 그의 초기작 『어머니와 딸』에서 궁핍의 묘사는 둘째의 극심한 무지와 궁핍, 그리고 예쁜이 첩으로 팔려가 개까지 쌀밥을 먹는 것을 보고 충격을 받는 정도의 것이다.

> 둘째는 "부엌으로 나가서 들그렁들그렁 하더니 조밥바리와 된장그릇을 안고 들어왔다. 그는 씩씩하며 나뭇단 끌어들이듯이 밥술은 큼직큼직하였다. 부리나케 푹푹 퍼먹은 그는 숟갈을 공중에 던지고"

지주 춘식의 첩으로 팔려온 예쁜은 아버지가 손까지 베어가며 수확한 쌀을 지주에게 홀랑 빼앗겨 자신들은 먹어보지도 못한 쌀밥을 지주네 개까지 먹는 것을 목격한다.

> "그는 남몰래 눈물을 씻고 나서 다시 개밥을 보았다. 어김없는 아버지가 애써 지어놓은 쌀밥이었다. 만일 아버지가 저 쌀밥을 보시게 되면 얼마나 아끼실 쌀알이랴!"
>
> "…다 늙으신 아버지는 장 위도 성하시지 못하시건만 파슬파슬한 호 좁쌀 밥을 잡수시며 잘 넘어가지 않는 탓으로 이따금 물 한 모금씩 마시던 것이 방금 보이는 듯 했다."

먹는 장면이건만 미각묘사가 없다. 밥에서 쌀을 보고 있으며 그리고 아버지는 호 좁쌀 밥을 약 먹듯 물로 삼킨다. 음식에서 맛이 빠져있으며 미각묘사는 찾아볼 수 없다.

다음 「소금」을 보자. 소금 한 말에 이원 이십 전, 백미 한 말에 75전인데, 소금 값이 쌀값의 세 곱이다 보니 모든 음식이 싱겁다. 역시 맛이 빠져있다.

> "남편은 입 밖에 말은 내지 않으나 번번이 얼굴을 찡그리고 밥술이 차츰 느려지다가 맥없이 술을 놓곤 할 때가 종종 있었다. 이 모양을 바라보는 그는 입안의 밥알이 갑자기 돌로 변하는 것을 느끼며 슬며시 술을 놓고 돌아앉았다."

미각묘사는 돌로 굳어버리고 만다. 「소금」의 궁핍묘사에서 유명한 해산 후 극도의 시장기를 견디다 못해 '파를 먹는 장면' 역시 미각은 없다.

> 마침내 그는 파를 입 속에 넣었다. 그리고 우쩍 씹었다. 그 때 이가 시끔하며 딱 맞질린다. 그래서 그는 얼굴을 찡그리며 입을 쩍 벌린 채 한참이나 벌리고 있었다.
>
> 침이 턱 밑으로 흘러내릴 때에야 그는 얼른 손으로 침을 몰아넣으며 이 침이라도 삼켜야 그가 살 것 같았다. 그는 다시 파를 입에 넣고 혀끝으로 우물우물하여 목으로 넘겼다. 넘어가는 파는 어찌 그리도 뻣뻣한지, 그의 목구멍은 찢어지는 듯, 눈물이 쑥 비어졌다. '파를 먹구도 사는가.' 그는 이렇게 생각하며 헛간 문 사이로 보이는 하늘을 멍하니 쳐다보았다.[7]

헛간에서 새는 비를 맞으며 해산을 하고 나서 추위와 허기에 빠져있

---

7 강경애, 「소금」, 『신가정』, 1934.8, 201~202면.

는 산모가 뻣뻣한 파를 먹는 장면이라 그 비극적 효과는 극대화되는데 이 장면에서도 미각은 없으며 먹는 상황묘사만 이어진다. '뻣뻣한' 촉각이 있을 뿐이요, 다만 공복을 채우기 위한 물질의 부피가 있을 뿐이다. 이 해산한 산모보다 더욱 비참한 것은 어머니의 젖을 빼앗기고 언니 봉염의 손에 자라는 영양실조의 봉희이다. "젖 빨듯이 입을 뜨물동이에 대고 뜨물을 꼴깍꼴깍 들여 마시고 있다." 뜨물동이란 구정물동이이다. 이에 이르러서 미각은 이미 실종이다. 『인간문제』에서는 어머니까지 밥으로 보일 지경이어서 역시 공복으로 얻어온 도토리며 밥을 움켜쥐어 먹을 뿐 미각이 문제가 되지 않는다. 이제 궁핍묘사의 극이라는 「지하촌」을 보자.

> 그는 파리를 건져내고 밥을 푹 떠서 입에 넣었다. 밥이란 도토리뿐으로 밥알은 어쩌다 씹히곤 했다. 씹히는 그 밥알이야말로 극히 부드럽고 풀기가 있으며 그 맛이 달큼해서 기침을 할 지경이었다. 그러나 그 맛은 잠깐이고 또 도토리가 미끈하게 씹혀 밥맛이 쓰디쓴 맛으로 변한다. 그래 도토리만은 잘 씹지 않고 우물우물해서 얼른 삼키려면 그만큼 더 넘어가지 않고 쓴 물을 뿌리며 혀끝에 넘나들었다.[8]

밥알은 씹으면 달큼해서 기침을 할 지경인데 도토리를 씹으면 밥맛은 쓰디쓰게 변한다. 모처럼 등장한 밥알에 대한 미각묘사는 도토리의 쓴 맛을 표현하는데 동원된 대조법용임을 알 수 있다. 여기에서는 먹는다는 것이 이미 저주 그것으로 변질되어 있다. 강경애 소설의 궁핍묘사는 이처럼 미각이 실종된 채 이루어져 있다. 미각이 문제가 아닌 시대, 우선 공복을 채우는 것만이 절박한 시대를 이처럼 명징하게 보여주는 묘

---

8 강경애, 「지하촌」, 『조선일보』, 1936.

사가 있을 수 없다. 시각이나 후각, 청각, 촉각 등 감각묘사에 탁월한 기법을 보인 강경애가 유독 미각묘사에 있어서만은 감각적 묘사를 보여주지 않을 뿐 아니라 후기에 갈수록 먹는다는 일을 저주받은 상황으로 그리고 있음은 무엇을 뜻하겠는가. 이는 강경애가 식민지 현실의 궁핍을 가장 문제 삼고 있으며 이 궁핍한 현실은 갈수록 더욱 비참해지고 있음을 드러내려 한 것이다. 궁핍을 절박하게 체험한 작가 강경애는 음식에 관한 묘사에서 이처럼 절실하되 절박한 묘사를 꾸밈없이 보여주었다. 우리는 여기에서 강경애 소설이 생동감을 주는 한 근원을 확인함과 동시에 궁핍의 문제 극복을 소설의 방향으로 삼고 있는 작가를 만난다. 그는 프로문학의 공식인 창작방법을 따르지 않고도 자신의 궁핍 체험을 묘사함으로써 자신의 세계관을 나타내 '빈궁소설'에 성공한 작가이다.

2) 현실체험의 묘사와 경향소설

강경애의 현실체험 묘사와 경향소설을 논의하기 위해 『인간문제』를 보기로 한다. 논의를 시작하기 전에 『인간문제』의 정본확정 과정에 대하여 설명이 필요하다. 『인간문제』는 신문연재 후 남한에서나 북한에서 출판하면서 수정 또는 개작되는 등 복잡한 사연이 있었던 것이다. 『인간문제』는 1949년 북한에서 단행본으로 출간되었으나[9] 남한의 경우 1970년 성음사에서 『한국장편문학대계』 12권에 『인간문제』가 실린 것이 최초인데 이 남한 최초의 판본이 변개되는 비극이 있었다. 그런데 북한의 『인간문제』 출판 역시 신문연재 당시와는 다르게 수정된 채 출판되었

---

9 해방 이전 출판한다는 광고가 나왔으나 현재까지 확인되지 않았기 때문에 1949년 출판을 첫 출판으로 보아야 할 것이다.

다. 이 『인간문제』를 구하여 『강경애전집』[10]에 수록한 이상경 교수에 의하면 이 판본은 북한의 노동신문사 부주필이었던 강경애의 남편 장하일이 신문을 스크랩하여 보관하였다가 출판한 것으로 보인다고 한다. 신문연재본과 달리 수정이 가해진 것은 작가가 퇴고하는 과정에서 생긴 것으로 보이나 장하일이나 노동신문사 편집부에서 첨삭을 가했을 가능성도 전혀 없는 것은 아니라고 하였다. 말하자면 이 판본에서 장하일 등 제3의 손에 의한 첨삭을 시인하고 있는 것이다.

한편 북한과 달리 남한에서는 『인간문제』가 위에 쓴 대로 1970년에야 출판되는데 이 『인간문제』는 작가 이외의 손에 의하여 변개되어 출판되는 있을 수 없는 일이 벌어진다. 변개란 자구나 문장 등을 수정하는 정도가 아니라 줄거리가 바뀌는 것을 말한다. 변개한 작가가 그 사유로 북한에서 호평을 받는 소설을 용서할 수 없었기 때문이라고 하였듯이[11] 이는 반공이데올로기가 낳은 비극이었다. 이로 인하여 많은 연구자가 잘못된 이 판본으로 강경애 소설을 읽어 강경애 평가에 혼선을 낳았다. 이처럼 남한의 변개된 『인간문제』는 1978년 삼성출판사 판 『한국현대문학전집』 12권에서야 『동아일보』에 연재된 원본대로 출판, 복원이 된다. 이 원본 복원이 이루어지기까지의 사정이 담긴 장문평의 수필 「교정과 교정」이 『현대문학』 1979년 6월호에 실렸는데 필자는 최근에야 우연히 이 글을 '발견'하였다. 강경애의 『인간문제』가 남한에서 제대로 평가를 받게 되기까지는 삼성출판사 편집자의 숨은 노력이 있었던 것이다. 삼성출판사의 제2편집장을 맡았던 문학평론가 장문평은 절판된 성음사판의 『인간문제』를 저본으로 문학전집 강경애 편 출간준비를 하다가 이

---

10 이상경, 『강경애전집』, 소명출판사, 1999(증보판, 2002).
11 장문평, 「교정과 교정」, 『유고집 낙관주의의 거부』, 돋을새김, 2004, 400~404면.

문학전집의 편집위원으로부터 『인간문제』가 원본과 다르다는 지적을
받는다. 지적을 해준 편집위원이 복사해준 신문연재본을 보고 그 다름
에 놀라 장 편집장은 원본대로 다시 조판 출간을 하게 되었다는 것이다.
삼성출판사 판의 『인간문제』가 91회와 116회가 누락되었다고 해도 남한
에서 원본을 최초로 복원 출간한 공적이 과소평가 되어서는 안 될 것이
다. 이 강경애 편은 원본에 충실한 작품을 실었을 뿐 아니라 김윤식 교
수의 해설을 붙이고, 화보에 『인간문제』와 「지하촌」의 신문연재 첫 회분
사진, 또 얻기에 쉽지 않은 강경애 사진자료들을 처음으로 모아놓고 있
어 강경애 문학출판에서 자료적 가치가 매우 높다.[12]

　　남한 쪽의 터무니없는 변개와 달리 북한판 『인간문제』의 수정은 강경
애의 세계관과 창작방법과 기술의 통일을 기한 것이다. 강경애는 원본
인 신문연재본에서 세계관에 따라 작중인물을 성격화하면서 세계관이
나 주제에 반하더라도 자신의 체험에 충실한 기술을 하였다. 말하자면
그의 문학에서 가장 세계관과 창작방법, 기술의 통일을 보여주는 작품
『인간문제』이건만 통일이 이루어지지 않은 대목이 적지 않은 것이다.
그러나 되풀이 말하거니와 이처럼 체험에 충실한 기술을 보여주는 것은
강경애 소설의 공통된 특징이다. 그러나 1949년 북한에서 출판된 노동
신문사주필 기석복 서문의 『인간문제』에서는 이러한 애매한 대목이 모
두 삭제되거나 수정되어 있다. 말하자면 볼록렌즈의 원리에 따라 세계

---

12 이 삼성출판사 한국문학전집의 편집위원과 통화가 되었으나 본인의 극구 사절로 이름
　을 밝히지 않는다. 대조적으로 『인간문제』를 변개 출판하는데 직접 관여한 분을 만났
　는데 그는 자신의 이름을 밝혀도 좋다고 하였다. 양쪽의 이름 밝히는 것을 유보한다.
　이후 『인간문제』는 1988년 임헌영·오현주 엮음으로 열사람 출판사에서 단행본으로
　나왔고, 1992년 창작과비평사에서 단행본으로 나왔으며 1996년 소담출판사와 신원출
　판사에서 역시 단행본으로 출판했다.

관에 맞게 성격묘사 및 문체나 어조를 통일한 것이다. 『인간문제』의 수정본과 원본을 대조하여 그 차이를 살펴보면 강경애가 소설 기술에서 체험을 얼마나 중요시하였는지를 다시 한 번 확인할 수 있다. 신문연재본과 북한판 『인간문제』를 대조해보면 강경애의 체험을 기조로 하는 기법의 특성을 그대로 드러내는 작업이 되고 만다.

수정된 부분은 다음과 같다. 첫째, 방언이나 일본어가 표준어나 우리말로 바뀌어있다.

어머이, 어마이→엄마, 어머니. 아심찮으이 원→안심찮으이 원, 부랑한→불량한, 온가지→온갖 등 방언이 표준어로 바뀐 예인데 아심찮으이→안심찮으이의 경우 의미가 달라지는 데도 바뀌어 있다.

용어를 바꾼 경우는 종내→일생, 도급기→탈곡기, 여직공→부인, 인부→노동자 등이다. 북한의 표준어 적용이 이루어진 부분으로 보인다.

일어의 경우, 아라마 이야다와→그런 말씀은 싫어요. 고레 안따노 하트(이게 당신의 가슴)?→이 딸기 빛 내 심장 같애. 구루마→우차. 와가마마갓데(제멋대로 굴려는)→철없는 데가 있니라. 가께 우동→점심 한 그릇. 카이상→해산 등으로서 일본어는 삭제하고 우리말로 대체하고 있는데 이 역시 작가가 사망한 후인 해방 후 수정된 것으로 추정된다.

둘째, 문장 수정의 경우, 통일성의 원리에 따라 묘사의 톤을 고쳤다. 예를 들어 덕호가 면장이 되어 집에 왔을 때 할멈과 선비는 "어딘가 모르게 미덥지 못하던 덕호가 차츰 미더운 것을 깨달았다"고 쓴 것을→ "그 영감님이 면장이 되었는가? 하였다."로 바꾸어 감상적 생각을 배제하고 있다. 거기에 "이애 영감님이 잘나기는 하셨니라. 글세 면장까지 했으니"도 삭제하였다. 또한 선비가 자기 아버지가 덕호에게 맞은 것이 원인이 되어 돌아가셨다는 말을 생각하고 "그러나 그 말이 참말 같지는 않았다. 지금 덕호가 선비에게 구는 것을 보아"라는 문장에→그렇지 않을 것 같으나, 소작인이나 또는 빚진 사람을 대할 때는 딴 사람같이 무섭게 되면서 잡아먹을 것 같이 돌변하는 것으로 보아 그럴싸도 싶었다"를 새로 덧붙여 넣어 성격묘사에 통일을 기하고 있다.

군수가 와서 연설을 할 때 농민들은 "저렇게 귀하신 어른의 입에서 자기들이 하는 농사를 찬사 하는 말이 나오니 이것이 꿈인가 하였다. 그리고 말할 수 없는 감격에 붙들리었다"라고 되어 있는 것을 →−농사는 천하지 대본이라 하였는데 왜 오늘까지 농사짓는 사람은 못살며 저 덕호같이 김 한 포기 쥐어도 못 본 사람은 잘 사는고?"로 바꾸어 넣은 것도 같은 맥락이다.

작가는 원본에서 농민이란 전체를 볼 수 없으며 따라서 현실을 직시할 수 없고 무지하다고 보아 덕호에 대한 생각이 상황에 따라 바뀌거나 군수가 하는 말에 내포된 의도를 알아채지 못하고 감격하기도 하는 것으로 쓰고 있다. 수정은 이런 부분을 삭제하고 성격에 통일성을 부여하는 쪽으로 이루어졌다. 첫째도 법에 대해서 의문을 갖는데서 그치는 것이 아니라 "그러나 덕호 같은 자가 면장이 되고는 나 같은 사람은 도저히 살 수 없다는 것을 첫째는 확실히 깨닫게 되었다"고 지주에 대한 반감을 추가하였다.

셋째, 첫째와 관련한 에피소드 중 첫째와 첫째 어머니와 관련한 부정적인 내용들을 삭제하여 첫째와 첫째 어머니를 신분 상승시킨 것이다. 개똥이네 마당질을 할 때 첫째가 분에 욱하고 내달아 구루마에 실린 볏섬을 내렸는데 그로 말미암아 주재소에 끌려가고 결국은 밭을 떼인다. 이 과정에서 어머니와 실랑이를 벌이는 묘사가 많이 달라졌다. 우선 어머니가 담배를 붙여 문다. 재떨이를 성급히 두드린다. 이런 대목은 담배를 피울 처지도 못되던 첫째 어머니의 궁핍상과는 달라진 모습이다. 무엇보다 첫째와 어머니의 관계설정이 좀 더 여유 있게 그려져 있다. 원본에는 "오냐 이놈아, 어려서부터 네놈이 어미의 머리끄덩이를 함부로 뜯어내더니, 그 버릇이 이때껏 남아서 밥 굶게 되었으니 좋겠다, 이놈!"이 →"오냐 이놈아, 어려서부터 남을 때리기 일쑤더니 그 버릇이 여태껏 남아서 밥 굶게 되었으니 좋겠다! 이놈"으로 바뀌어있다. 강경애가 본 밑바닥 인생 첫째의 삶은 어미의 머리끄덩이도 뜯어내는 무지와 본능대로 움직이는 성격 그것이었는데 수정본에서는 인물의 전형을 중요시하는 리얼리즘의 원칙을 존중하여 의식화 가능성이 있는 첫째로 만들고 있다.

나아가서 비어와 비정(非情)이 사정없이 등장하는 첫째와 어머니의 대화와 상황은 통으로 빠져있다. 밭을 떼여 장리쌀마저 얻을 길이 없고 밥을 얻어올 이서방마저 오지 않자 첫째 모자는 극심한 허기에 시달린다. 이때 첫째 어머니는 도토리 밥을 얻어오는데 첫째는 어머니를 돌아봄 없이 혼자 다 먹고 또 없수? 한다. 첫째 어머니는 첫째 혼자 다 먹자 야속한 생각과 같이 못 견디게 가슴이 쓰리다.

"이애 무섭다 흥! 혼자 다 처먹구두, 뭐가 나뻐서 그러냐."
"이놈아, 너만 트림까지 하도록 처먹을 것이 뭐냐!"
"이애 이놈의 새끼야, 넌 트림까지 하지 않니. 처먹었기에 트림을 하지. 이놈아 그래 너만 처먹고 살려느냐. 다른 사람은 다 죽고……그것을 같이 먹겠다고 가지고 오니게 저만 다 처먹어. 어데보자 이놈아, 에미를 그렇게 하는 데가 어데 있나, 하늘이 있니라! 응… 응…."

이런 식으로 모자가 먹을 것을 놓고 싸우는 모습 등이 들어있는 긴 대목이→첫째 어머니는 자기도 몇 술 얻어먹을까 하였다가, 아들이 저렇게 덤비고 있으니 도토리 한 알 입에 대어볼 맘조차 못 내었다. "어머니도 잡수!" "나는 몇 술 먹고 왔다"로 간단히 바뀌었다. 원본의 첫째와 어머니는 거지 수준인데 비하여 수정본의 첫째와 어머니는 거지 수준을 벗어나 있다.

그 외 신철이 옥점의 방에서 보내는 한 회분(59회)과 신철이 옥에서 잡념에 빠지는 한 회분(115회)이 빠져있는데 신철의 비중을 더 줄이기 위한 것인 듯싶다.

이상 신문연재본과 북한판 수정본을 비교해본 결과 ①항의 방언을 북한식 표준어로 바꾼 것은 작가의 뜻이 아닐 것으로 판단되었다. 일어로 된 대화도 현실감을 살리기 위해 그대로 두는 편이 나은 것은 더 말할 것이 없다. 체험과 현장감을 존중하여 글을 쓰는 강경애가 표준어와 우리말로 수정하였다고는 생각되지 않는다. 또한 ②항의 문장 수정 역시 세계관에 맞게 성격묘사와 어조를 통일한 것이 리얼리즘 기술법에 맞다고 해도 강경애가 그린 최하층 계급의 첫째는 강경애만이 그릴 수 있는 인물이었다는 점에서 전형에 맞추어 수정한 첫째는 강경애의 수법이라고 보기 어렵다는 것이 필자가 보는 견해이다. 오히려 원본과 수정본의 대조로써 체험을 소중히 하여 기술하고 있는 강경애 글쓰기 방식을 다시금 확인하게 된다. 『인간문제』는 강경애가 스승으로 하였던 장하일의 사상적 지도가 없지 않았을 것, 따라서 북한판 『인간문제』에도 장하일의 첨삭이 있지 않았을까 하는 가정을 불식할 수만은 없다고 할 때 강경애의 글쓰기는 프롤레타리아 창작방법에 준한 『인간문제』 외에 전문학적 특징으로 드러나는 체험의 글쓰기에 주목해야 하지 않을까 생각한다.

경향소설의 모형[13]으로 본 이재선 교수도 강경애의 『인간문제』는 이런 식민지 사회의 모순, 정치적 표현양식이면서도 정치성의 투명성이 덜 첨예화된 용연의 묘사나 형상화가(인천보다 : 인용자) 훨씬 자연스럽다고 하였다. 그리고 이것은 "어쩌면 작가의 경험과 관념의 거리를 드러

---

13 이재선, 「경향소설의 모형」, 『인간문제』, 소담출판사, 1996, 304면.

내주는 현상일는지도 모른다"고 하여 체험을 바탕으로 한 강경애의 글쓰기가 관념을 드러내는 방식보다 주목됨을 말하고 있다. 중편소설「소금」이 그렇듯이 강경애 소설의 주인공은 결말부분에 이르러서야 자각을 하는 구조로서 등장인물들은 무지하여 현실에 대한 인식을 제대로 하지 못한다는 특징을 지닌다는 점을 생각할 때『인간문제』의 정본은 역시 이런 특성이 그대로 드러나는 신문연재본이 되어야 할 것으로 본다.

3) 간도체험과 항일서사

강경애는 31년 장하일과 결혼하여 처음 간도에 간 것으로 되어 있다. 그러나 연변의 문학사와 북한의 강경애론에는 "그 이전 약 2년 동안 용정 일대에서 교육기관의 임시고원으로 일해보기도 하고 끼니를 넘기는 고초를 겪어보기도 했[14]으며 또한 간도에서 빨치산의 진면목을 포착하고자 유격대에 들어가려고 한 일도 있었다"[15]고 쓰고 있다. 박화성은 앞서의 인터뷰에서 강경애가 간도에 간 이유를 "가난과 처녀 때부터 양주동과 이러고, 저러고 하여 사생활이 복잡하고 재주는 있고 해서 흘러간 것"이라고 하였다. 필자는 87년 쓴 논문에서 이 대목에서 '가난' 만을 그 이유로 제시하였었다.[16] 그러나 북한의 연구자료와 고일신의 증언으로 미루어 볼 때 박화성의 증언이 신빙성이 있다고 생각된다. 박화성은 이때 강경애의 생활은 '말할 수 없이' 복잡한 것이었다고 하였다. 이 방랑에서

---

14 김헌순,「강경애론」,『현대작가론』, 조선작가동맹출판사, 1961, 297면. 이상경,『강경애 전집』, 845면에서 재인용.

15 은종섭,『조선근대 및 해방 전 현대소설사 연구 2』, 평양 : 김일성 종합대학출판사, 1986, 77면. 이상경, 위의 책, 846면에서 재인용.

16 서정자,「일제강점기 한국여류소설연구」, 숙명여대 박사학위논문, 1987.『한국근대여성소설연구』, 국학자료원, 1999, 128면.

강경애는 병을 얻어 돌아온 것으로 되어 있는데 그렇다면 그의 수필에서 간도에 처음 간 시기가 1931년이라고 되어 있는 것은 착오가 된다. 어쨌든 이때의 간도(만주?)체험과 장하일과 결혼하여 간도로 가서 10여 년 거주한 체험을 바탕으로 강경애는 간도체험을 소설화하기 시작한다.

강경애의 모든 소설은 간도에서 쓴 것이라고 단정한 연구자가 있지만 장편 『어머니와 딸』(1931), 「파금」(1931)은 간도로 이주하기 전에 썼다고 본다. 이 두 작품은 발표시기로 보아 간도방랑 이후 고향에 돌아와 언니가 경영하는 서선여관에 있거나 최문려의 사랑방에서 자취하면서, 또 어머니와 함께 살면서 써서 게재를 부탁하고 간도로 갔다고 보아야 무리가 없다. 왜냐하면 이 두 작품 뒤에 발표된 단편 「그 여자」(1932)부터 작품 경향이 달라지고 본격적 간도 이야기가 등장하기 때문이다.

장하일을 만나기 전 쓴 장편 『어머니와 딸』, 단편 「파금」도 경향성이 없는 것은 아니나 「그 여자」 이후 간도체험이 반영된 소설은 이념적 경사가 뚜렷이 나타난다. 단편 「부자」(1933), 「채전」(1933), 「축구전」(1933) 등이 그것이다. 간도에서 쓴 이 초기소설들은 계급의식을 뚜렷이 드러내는 대신 인물의 성격화에서는 미숙을 보이는 경우이다. 필자는 이 시기의 강경애의 소설이 장하일과의 만남에서 받은 영향을 드러내는 것이 아닌가 한다. 강경애의 소설이 본궤도에 오른 것은 두 말할 것 없이 중편 「소금」, 장편 『인간문제』가 쓰이면서부터이다. 간도체험을 반영하는 소설에서도 체험은 그로 하여금 새로운 창작방법을 구사하게 하였다. 「소금」과 『인간문제』는 그런 점에서 좋은 대조를 이룬다.[17] 강경애는 서

---

17 서정자, 『한국근대여성소설연구』, 앞의 책, 145면. 현실과 소설구조 참조. 앞장에서 체험을 중시한 『인간문제』의 기술을 살펴보았지만 『인간문제』는 프롤레타리아 창작방법에 충실히 따른 작품이다. 이에 반하여 「소금」은 프로문학의 공식을 따르지 않았다. 체험을 극적으로 부각하는 수법으로 주인공이 체험을 통해 차츰 각성하는 구조이다.

울과 장연, 간도를 오가면서 작품활동을 하였는데 때로는 장연에 오래 머물기도 해서 그 기간 장하일은 어디에 있었는지 궁금한 대목으로 지목되는 점도 주목해야 할 것이다.[18]

간도에 와서 강경애의 의식이 바뀌었음을 증명하는 소설 「그 여자」를 보자. 「그 여자」에 앞서 쓴 『어머니와 딸』(1931)의 주인공 옥이는 소설 말미에서 고향에서 올라온 김영철 선생으로부터 고향소식을 듣는다. 작년 가을에 쇠돌네가 북만주로 가고 올 봄에도 십여 가구가 만주로 떠났다는 말을 하자 옥이는 "만주에서는 누가 이마에 손 없고 기다린답더이까?" 하면서 이렇게 말한다.

> 땅이 흔하면 거저 준다나요! 내 땅을 떠나서 가면 무얼 해요. 이제는 떠나겠다는 어리석은 사람이 있거들랑 선생님께서 말려주세요. 아니 반쯤 죽여주세요! 굶어죽어도 내 땅에서 죽고 빌어먹어도 내 고향에서 먹어야지요.[19]

그런데 『어머니와 딸』이후에 쓴 「그 여자」의 주인공 마리아가 부인청년회 초청연설에서 간도 농민을 향하여 비슷한 발언을 한다. 간도 농민들은 이 말을 듣자 무의식간에 흐응 하는 비웃음과 함께 욱 쓸어 일어나 "민족이 뭐냐, 내 땅이 뭐냐." 하면서 난동을 부리게 된다. 『어머니와 딸』에서 주인공 옥이의 목소리를 통해서 들려준 이 말은 곧 작가의 목소리라 할 수 있다. 작가는 긍정적 주인공을 통해서 자신의 목소리를 전달

---

18 채훈, 「강경애론」, 『재만 한국문학연구』, 깊은샘, 1990, 172면.
　　임헌영 교수는 "특히 지하활동을 하다가 전향한 남편 때문에 강경애는 정신적 물질적으로 외롭고 가난하게 지낸 성싶다."고 하였는데(임헌영, 「비판적 사실주의의 소중한 열매」, 『강경애전집』 1 해설, 열사람, 1988, 312면.), 이상경 교수는 북한의 연구자료에서 장하일에 대하여는 일체 언급이 없다고 쓰고 있다(이상경, 앞의 책). 장하일에 대한 자료가 매우 부족해 이러한 의문은 의문으로 남아있다.
19 강경애, 「어머니와 딸」, 『제일선』, 1932.12.

하기 때문이다. 그런데 똑같은 이야기를 「그 여자」의 부정적인 주인공을 통해서 전달하고 있다는 것은 곧 일찍이 내 비쳤던 자신의 생각이 바뀌었다는 뜻이 아니겠는가. 그 계기가 무엇이었는지는 작품 속에 나타나지 않는다. 앞의 옥이의 발화는 강경애가 혼자 간도방랑을 하면서 가졌던 생각인 것 같고, 뒤의 마리아의 발화는 장하일과 간도에 다시 간 후 자신의 생각을 반성하게 된 것인 듯하다.

그 증거처럼 간도에 와서 쓴 「부자」, 「채전」, 「축구전」은 이념적 조직과 연계된 이야기나 사회주의적 전망을 담고 있다. 장하일이나 강경애가 어떤 조직과 연계되어 있었는지 아직 밝혀진 것은 없다.[20] 그러나 소설 속에서 주인공은 조직과 연계되어 있는 경우가 많고 경향적 색채가 강하게 드러나고 있어서 강경애가 일종의 변화, 또는 새로운 시도를 하고 있음을 보게 한다. 하지만 이러한 과도기를 거쳐서 강경애는 이념을 앞세우기보다 이러한 이념에 눈 떠가는 체험을 제시하는 단편 「유무」, 중편 「소금」 등 강경애 특유의 현장감 넘치는 작품을 낳기 시작한다. 그리하여 간도에서 체험한 항일운동가들의 이야기가 태어난 것이다. 「소금」은 한·중·일·러·만 오족 불협화의 살육장이자 일본 관동군의 보조병력 자위단, 농민 자위대, 구 동북 군벌과 보위단, 반만 항일세력을 토벌하는 토벌단 등이 수시로 출몰하는 살벌한 분위기 속에서 중국인 지주 팡둥의 땅을 소작하다가 남편을 잃고 아들은 가출하여 단 둘만 남고만 모녀의 이야기이다. 이들은 고향에서 땅을 떼이고 이민을 왔으나 공산당에 남편을 잃고 아들은 공산당으로 잡혀 처형된다. 정조를 유린

---

20 임헌영은 "그녀의 체험의 범위를 넘어선 「소금」이나 『인간문제』 등에 나타난 사회운동과 노동현장의 생생한 묘사는 강경애 부부가 겉으로 나타내지 않았던 많은 활동에 연관되었음을 반증해주는 것이라 하였다. 임헌영, 위의 책, 312면.

하고 아이까지 배게 한 지주 팡둥으로부터 아들이 공산당이라는 이유로 쫓겨난 주인공은 해란강변 어떤 헛간에서 아이를 낳고 살기 위해 유모로 취직했다가 자신의 아이 둘을 열병에 잃는다. 주인공은 소금 밀수를 하는데 이때 만난 공산당의 따뜻한 위로가 밀수 사염 단속을 나온 순사에게 붙잡힐 때에야 생각나면서 봉식이 공산당이 된 이유를 깨닫는다는 줄거리이다.[21] 「소금」의 경우 세계관과 창작방법에 맞추었다기보다 자신의 체험에 비중을 둔 소설이다. 「모자」는 항일운동가의 가족이 겪는 고난을 그린 것이다. 남편의 하는 일에 동조하던 시형과 주변이, 시국이 바뀌자 일제에 영합하면서 오히려 멀리하는 인심 속에, 갈 곳이 없어 눈 속을 헤매는 이야기이다. 「원고료 이백 원」은 자전적 소설로서 아마도 『인간문제』를 연재하고 받은 듯한 원고료 이백 원의 용도를 둘러싸고 남편과 아내가 다툰 이야기이다. 처음 만져보는 큰돈을 보니 궁핍했던 과거가 생각나면서 가져보지 못한 반지와 외투 등을 사고 싶어하는 주인공과 독립운동을 하다가 옥살이를 하고 있는 동지의 뒷바라지를 하자는 남편과의 다툼 속에 간도에서 활동하는 항일운동가들의 삶이 비춰진 소설이다. 「번뇌」 역시 항일운동을 하다가 옥에 들어가 7년 만에 나온 주인공이 동지의 집에 머물면서 동지의 아내 계순을 사랑한 이야기를 담은 것이다. 주인공은 함흥에서 태어나 해삼위에서 성장하여 러시아의 적당에 들었다가 주의자가 되어 만주로 나오게 됐는데 관군과 홍의적에 쫓기면서 이 사상이 더욱 굳어져서 이에 일생을 바치리라고 굳게 결심하게 된다.

---

21 강경애의 「소금」은 발표 당시 검열로 마지막 부분이 지워져있다. 이 지워져있는 부분은 지워진 상태로 인쇄가 된 것이 아니라 한 권 한 권 먹물로 지웠다. 고려대 본과 영인본의 지워진 상태가 달라 붓으로 하나하나 지운 것을 알 수 있다.

  •• 우리 문학 속 타자의 복원과 젠더

되놈의 만두 몇 개만 포켓에 넣어 가지면 이 넓은 만주천지를 번개 불같이 뛰었지요. 여기에 따라 일어나는 민중의 의식이야말로 바람에 풍기는 불길 같았지요. 간도의 민중! 그들은 조선에서 살래야 살 수 없어 죽을 각오를 하고 뛰쳐나온 사람이 아닙니까. 어쨌든 간도의 군중처럼 총칼의 맛을 본 군중은 없으리다. 뚜렷이 드러난 사변만으로도 이번까지 몇 번입니까.[22]

간도에서 목격한 이러한 실감나는 묘사는 우리 근대사의 중요한 증언이기도 하며 항일문학으로 뚜렷한 자리를 차지하고 있다. 「어둠」은 간도지방에 있었던 제4차 간도공산당사건의 관련자들 18명이 사형당한 사건을 소설의 소재로 삼아 쓴 작품이다. 일찍이 최초의 여성문학평론가 임순득은 강경애가 이 사건을 소설로 쓴 용기를 극찬하고 이 사실을 외면한 작가들은 치인으로 매도한 바 있다.[23] 이처럼 간도를 배경으로 한 강경애의 항일서사들은 체험을 소설화하는 강경애 글쓰기 방식을 확증하는 것들이다.

3. 나오며

강경애의 체험과 그 글쓰기 방식에 역점을 두고 그의 문학을 살펴보았다. 그의 대표작 『인간문제』가 리얼리즘 소설의 탁월한 성과로 평가되는 반면 체험을 소설화하는 강경애의 글쓰기 방식이 낳은 그의 생동감 넘치는 소설적 특성이 주목되지 못하고 있음에 체험의 소설화 강경애의 글쓰기를 살펴본 것이다. 극도로 궁핍한 농촌과 도시의 체험, 유이

---

22 강경애, 「번뇌」, 『신가정』, 1935.6.
23 임순득, 「여류작가 재인식론」, 『조선일보』, 1938.1.28.
  서정자, 「최초의 여성문학평론가 임순득론」, 『청파문학』, 1990. 서정자, 『한국여성소설과 비평』, 푸른사상사, 2001, 205면.

민의 땅이자 항일 독립운동의 거점인 간도의 체험, 그리고 여성으로서의 체험은 그로 하여금 당시의 사상적 주류이자 현실극복의 논리인 계급사상을 받아들이게 하였다. 그러나 언제나 체험에서 얻은 현실을 정직하게 반영하고자 애쓴 강경애는 특유의 소설세계를 이룩하였다. 우선 감각묘사에 탁월한 그의 체험기술에서 궁핍을 드러내는 '먹는' 묘사에 미각묘사가 없는 것, 끝내는 먹는 일을 저주 그것으로 그림으로써 식민지 현실이 갈수록 비참해짐을 나타내 빈궁소설에 성공하고 있음을 살펴보았다. 다음 장편 『인간문제』의 판본 비교를 통해 작가의 체험을 기술하는 글쓰기 방식을 확인하였고 또한 이 체험을 중시하는 기법이 그대로 나타난 신문연재본이 정본이 되어야 함을 논증해보았다. 한편 간도체험이 항일서사를 낳은 것과 이 역시 체험을 기술하는 강경애의 글쓰기 방식의 하나임을 살펴보았다.

강경애의 여성체험이 반영된 여성체험의 서사에 대해서는 지면 관계로 줄였다. 어머니의 삶을 지켜보면서 전통적 여성의 삶에 대해 회의와 비판의식을 지녔을 강경애는 숭의여학교에 다니면서 보다 여성에 대해 적극적 인식을 지니게 됐을 것이다. 숭의여학교는 송죽회 등 애국여성 단체를 결성하는 등 여성운동의 주역을 많이 배출한 기독교계 학교이다. 여성해방의 선구적 의식에서 발간된 『여자계』는 1917년 숭의여중학교 동창회에서 창간하여 동경여자유학생 친목회에 넘겨주었는데 이 잡지는 여성의 자각을 고취하고 여성의 계몽과 교육의 중요성을 역설하는 등 시기적으로나 내용으로나 매우 선구적인 잡지이다. 강경애의 재학시기가 1921~1923년이므로 이의 영향을 추정해볼 만하다.[24] 강경애는 근

---

24 서정자, 「페미니스트 성장소설과 자기발견의 체험―강경애의 『어머니와 딸』, 『인간문제』, 「소금」을 중심으로―」, 『한국여성소설과 비평』, 푸른사상사, 2001, 16면.

우회 장연지회에 관여하기도 하였는데 강경애가 양주동과 서울에서 동거생활을 하는 등 대담한 행동을 한 데에는 문학에 대한 열정과 여성해방의식의 영향도 있었을 것이다. 이런 여성체험은 그로 하여금 페미니즘 문학을 낳게 하였는데 이에 대하여는 다른 글에서 언급한 바 있다.[25]

여기에 한 가지 덧붙이자면 강경애는 아이를 낳은 체험이 없는 것이 정설로 되어 있는데 채훈 교수가 강경애의 수필 「내가 좋아하는 솔」(발표지, 시기 미상, 삼성출판사 판 게재)에서 "흡사히 내가 집에 두고 온 내 애기의 다방머리 같았고"의 구절로 이 정설에 이의를 제기한 바 있다. 여기에 또 하나의 자료를 보태보면 강경애의 수필 「어촌점묘」(1935)에서도 "귀엽다 저 모양…내 애기의 머리털같이"라는 대목이 나온다. 그런데 최정희의 「여류작가군상」(『우리문학』, 1946.2 창간호)에 "강경애가 아이 낳으려고 병원에 왔다"는 말이 나온다. 중이염 등 지병이 있어 병원에 오는 길이 이렇게 잘못 전해졌는지 모르나 작가 자신이 쓴 수필에 "내 애기"라는 말이 두 번이나 나오는 것은 그에게 아이가 있었던 것이 아닌가 하는 의문을 떨치기 어렵게 한다.[26] 그의 소설 「소금」, 「마약」 등에서 모성의 묘사를 실감나게 하고 있기 때문에 자료를 제시해본 것이다.

(『여성문학연구』 제13호, 2005)

---

25 서정자, 위의 책.

26 현경준, 「문학풍토기—간도편」, 『인문평론』, 1940.6. 현경준은 1940년 쓴 글에서 강경애가 "어린애가 없어서 탄식이지만"이라고 아이가 없음을 분명히 하고 있다. 그러나 그 이전의 강경애의 글에서 '내 애기'에 대한 언급이 나오고 있으니 아기가 있었던 것인지 의문을 가져보게 된다.

김말봉—삶의 비극적 인식과
행동형 인간의 창조

1. 들어가면서

이 글은 89년에 발표한 필자의 「김말봉의 페미니즘 문학연구」[1]의 뒤에 이어지는 김말봉 문학연구의 두 번째 글이다. 86년 정하은 편저 『김

---

1 서정자, 「김말봉의 페미니즘 문학연구」, 필자는 김말봉의 페미니즘 문학을 살펴보는 과정에서 김말봉의 처녀작 「싀집사리」를 발굴했다. 이 소설이 김말봉의 소설이 확실하다는 판정을 내리기까지 적지 않은 어려움을 겪었는데 김말봉은 이 처녀작에서 당시로는 파격적이라 할 여성과 성의 문제를 주제로 삼았다. 이후 그의 소설은 언제나 여성의 문제와 관련이 있었다. 이 논문은 김말봉의 초기 글들을 발굴하여 김말봉이 아나키즘을 바탕으로 한 작가의식을 가지고 있었음을 고증하였고 그러한 그의 세계관으로 중앙일보 신춘문예 당선작 「망명녀」가 당시의 보편적인 소설의 문법을 따르지 않고 기독교도, 사회주의 사상도 비판적일 수 있음을 살펴보았으며 해방되자 『부인신보』에 연재한 「화려한 지옥—카인의 시장—」도 아나키스트의 정의감과 행동 내지는 실천을 강조하는 사상을 바탕으로 쓰였음을 밝혔다. 그는 공창폐지운동을 펼치면서 공창 폐지 입법화에 성공하였고 그 운동을 그대로 소설화하여 자신의 생각을 대중에게 전하였다. 그의 이런 페미니즘 의식은 56년에 『조선일보』에 연재한 「생명」에서 미혼모 문제를 주제로 한 소설에까지 이어진다. 『여성과 문학』 제1집, 문학세계사, 1989. 서정자, 『한국여성소설과 비평』, 푸른사상사, 2001 소수.

말봉의 문학과 사회』[2]가 출간되면서 신동욱, 윤남경, 김우규, 정하은의 김말봉 문학연구 논문[3]이 나왔고 그 후 몇 편의 김말봉 문학연구 논문이 쓰였으나 김말봉 문학연구는 아직도 시작의 단계에 머물러 있다. 신동욱 등의 연구 이후 김말봉의 문학은 크게 페미니즘 문학연구와 대중문학연구의 두 방향으로 진행되어 왔다고 볼 수 있다. 페미니즘 문학 성과로서 김말봉 문학연구는 전기한 필자의 논문과 이상진[4]의 논문이 있고 대중문학적 성과로 김말봉의 『찔레꽃』을 주로 다루고 있는 논문은 정영자, 김강호, 이경춘, 정희진의 논문을 필두로 적지 않은 숫자의 논문[5]이 나왔다.

그러나 필자의 연구 외 거의 모든 논문이 김말봉의 소설을 대중소설 내지는 멜로드라마적 성격의 소설로 규정하고 대중소설의 성격 규명에 초점이 모아져서 김말봉의 문학세계 전모는 거의 밝혀지지 않고 있는 것이 현실이다. 또한 50년대 이후 그러니까 6·25 이후 김말봉이 연재했던 소설이 실린 신문과 잡지를 구하는 일이 현재 너무 어려워 김말봉의 문학세계를 전체적으로 규명하기는 쉽지 않다는 문제가 있다. 그러

---

2 정하은 편저, 『김말봉의 문학과 사회』, 종로서적, 1986.
3 위의 책에 수록.
　신동욱, 「여성의 운명과 순결미의 인식」
　윤남경, 「『푸른 날개』와 그림자」
　김우규, 「김말봉 문학의 대중성과 종교성」
　정하은, 「반속 정신의 금자탑을 세운 『화려한 지옥』」
4 이상진, 「대중소설의 반 페미니즘적 경향」, 『페미니즘과 소설비평』, 한길사, 1995.
5 정영자, 『한국현대 여성문학론』, 도서출판 지평, 1988.
　이경춘, 「1930년대 대중소설 연구」, 경성대 교육대학원, 1990.
　김강호, 「1930년대 한국 통속소설연구」, 부산대 박사학위논문, 1994.
　정희진, 「김말봉의 찔레꽃 연구」, 공주대 대학원 석사학위논문, 2000.
　대중소설 및 신문 소설, 통속 소설 연구 서지는 위 논문의 각주 참고.

나 상대적으로 자료 구하기가 쉬운 일제 강점기의 그의 문학도 대중문학이라는 고정관념으로 하여 원본 텍스트를 확인보지 않는 등 김말봉이 이룩한 문학적 업적을 제대로 평가하려는 노력이 부족한 것이 현실이다.

지금까지 쓰인 김말봉 문학연구는 크게 다음 두 가지의 문제점을 안고 있다. 첫째는 작가의 생애 연구와 김말봉이 1922년부터 쓴 글들을 찾아 작가의식의 형성을 살핀 후 작품을 읽지 않아 그의 문학연구가 진전이 없는 점이고, 둘째는 김말봉의 초기 문학의 경우, 몇 개의 단편과 『찔레꽃』만을 논의의 대상으로 함으로써 김말봉 문학의 해명에 많은 결함이 보이고 있는 점이다. 김말봉의 문학적 성과가 대중소설의 성공에 있고 그의 작품 중에서도 장편소설 『찔레꽃』이 거둔 성과가 너무도 뚜렷하기 때문에 대중문화에 대한 관심이 날로 높아 가는 오늘날 그의 소설 『찔레꽃』에 관심이 모아지는 것은 당연하다 하겠지만 여성작가이고 대중소설가라는 점 때문에 김말봉의 문학은 매우 소홀히 다루어져온 것이 사실이다.

무엇보다 김말봉의 출세 장편 『밀림』에 대한 연구가 없는 것은 지적되어 마땅하다. 『찔레꽃』은 『밀림』이 연재 중단된 상황에서 『조선일보』에 연재된 작품이다. 김말봉은 『동아일보』의 4차 정간으로 『밀림』의 연재가 중단되자 『밀림』의 성공을 눈여겨본 『조선일보』가 장편 연재를 요청해와 이를 받아들여 연재한 소설인데 김말봉은 『찔레꽃』 연재를 끝낸 후 다시 복간한 『동아일보』에 『밀림』 연재를 계속했고 1935년 9월 26일부터 1938년 12월 25일까지 3년 3개월이 넘도록 거의 매일 소설을 써서 연재한 셈이 되었다. 그리하여 나온 것이 『밀림』과 『찔레꽃』인 것이다. 말하자면 김말봉의 소설 『찔레꽃』은 『밀림』 속에 안겨 있는 형국으로 태어난 것이다. 그러므로 『찔레꽃』은 『밀림』과 함께 읽지 않으면 안 된다고 본다. 『찔레꽃』을 제대로 이해하려면 『밀림』과 함께 읽어야 한다는 말이다. 이 말은 『찔레꽃』이 미완이거나 불완전한 작품이어서가 아니라 『밀림』이 보여주는 작가의 사상과 『찔레꽃』의 경우를 비교 검토하는 소설 읽기가 이루어져야 『찔레꽃』을 바르게 이해할 수 있다는 뜻이다.

앞에서도 잠깐 언급하였지만 또 한 가지 김말봉의 문학연구에서 짚고 넘어가지 않으면 안 되는 문제가 여성작가 작품에 임하는 연구자의 자세이다. 우선 김말봉 연구가 이루어지지 않은 점부터가 여성작가에 대한 폄시를 나타내는 것이지만(여성작가는 우리 문학 속의 타자이다) 연구자의 성별을 불문하고 여성작가의 작품은 남성작가의 작품을 대하는 자세에 비하여 무성의하다는 느낌을 저버릴 수가 없다. 원전 확인을 거치지 않아 작품해석에 잘못을 범하기도 하고, 줄거리를 잘못 파악하기도 하는 것은 여성작가의 작품이기에 그랬던 것은 아닐까?[6] 김말봉 연구에서 필자가 느낀 것은 김말봉이라는 작가의 거인적 풍모이다. 『밀림』과 『찔레꽃』이 연재되던 당시 김말봉은 일본의 국지관(菊池寬)에 비유되기도 했[7]는데 독자들은 『밀림』과 『찔레꽃』의 치밀한 구성, 박진감 넘치는 이야기에서 천부적인 작가적 소양을 읽었던 것이다. 그의 글에서 흠이라면 오자가 많은 것. 악필로 유명한데다 구술하여 원고를 정리하

---

6 여성작가를 반쪽이라고 불렀던 김문집이 그 좋은 예다. 그는 「조선판 여류 구미론―김말봉을 평함―」에서 작가와 면식도 없는 자기가 김말봉을 평할 자격이 없지만 "하나 나무될 것은 잎새부터 안다는 속담이 있고 또 어미가 딸자식을 꾸지람 할 때에 전제적으로 잘 사용해서 탄압적 효과를 보이는 속어에 「이년! 하나를 보문 열 가지를 알지!」 하는 말이 있다는 것을 나는 어릴 때의 기억으로 잘 알고 있"기에 김말봉을 평할 수 있다고 해서 마치 자신이 어미가 딸자식을 꾸지람하는 위치에 있는 듯이 말하고 있다. 김문집, 『비평문학』, 청색지사, 1938, 366면. 김말봉은 이에 대하여 물건 사러 보내 물건을 싸온 신문지의 연재소설 한 회분만 읽고 쓴 극도로 무성의한 비평에 분노하고 있다. 김말봉 「나의 분격」, 『삼천리』, 1936.12, 180쪽.
7 김남천은 「조선 인기 여인 예술가 군상」에서 김말봉을 평하면서 '일본의 국지관을 능가할 만하다니 사실인지' 라고 쓰고 있다. 『여성』, 1937.9, 19면.

게 한 탓인지 김말봉의 소설에는 오자가 많다. 오자가 많은 것이 독자로 하여금 이 작가의 작품을 성실하게 대하지 않게 하였는지 모른다.

이에 이 글은 김말봉의 초기 소설, 『밀림』과 『찔레꽃』을 대상으로 작가 김말봉이 문학을 통해 보여주고자 하였던 사상과 작품 전개방식을 살펴 대중소설이라는 고정관념으로 간과하기 쉬웠던 김말봉 문학의 진정한 주제와 사상, 문학적 가치의 일단을 밝혀보고자 한다.

2. 노초(露草)시대의 김말봉

노초시대의 김말봉을 살펴보는 것은 김말봉의 청년기, 그의 사상을 살펴보기 위함이다. 김말봉(1901.4.3~1961.2.9)의 본명은 말봉(末鳳), 필명은 김보옥(金步玉), 이문옥(李文玉), 또는 김말봉(金末峰)이며 아호는 노초(露草, 路草), 노엽(露葉), 끗뫼 등이다. 경남 밀양의 가난한 농가에서 출생한 김말봉은 부산시 영주동 517번지로 이사와 미국인 선교사 어을빈 부인이 경영하는 소학교를 마치고 1914년 동래 일신여학교에 입학한다. 큰언니 보배가 하와이로 사진결혼을 갈 만큼 어려웠으나 김말봉은 그 언니의 도움 등으로 일본으로 유학, 전문학교 과정까지 공부한다. 김말봉은 1922(21세)년부터 글을 발표하기 시작하였는데 『신생활』, 1922년 6, 7호 그리고 8, 9호에는 김말봉의 시, 평론과 일기 등이 노초(路草)라는 아호로 발표되었다. 이후 김말봉은 노초, 노엽, 끗뫼 등의 아호로 소설, 수필, 평론 등을 발표하였으며 1932년 김보옥이라는 필명으로 문단에 등단한 후부터는 아호로 글을 발표하는 일이 거의 없어 문단에 등단하기 전까지의 시기를 노초시대라고 부르기로 한다.[8]

---

8 서정자, 「김말봉의 페미니즘 문학연구」, 앞의 책, 437면.

노초시대는 약 10년간에 걸쳐 있다. 작가의 나이 21세부터 31세까지인 이 시기는 작가에게 매우 중요한 시기로 보이나 이 시기 작가의 행적이 알려져 있지 않아 김말봉 연구에 어려움이 있었다.[9] 특히 처음 발굴한 단편 「싀집사리」가 노초(露草)라는 아호로 연재되어 김말봉의 작품이라고 추정하였으나 이문옥이라는 필명으로 당선한 작품이었기 때문에 이에 대한 고증이 어려웠던 것이다. 이문옥이라는 이름과 함께 쓰인 주소 역시 실재하지 않음을 확인하고 작가에게 시집살이의 체험이 있었다는 증언을 받아냄으로써 「싀집사리」를 그의 작품으로 규정할 수 있었으나 1925년의 그가 어디에 있었는지, 그의 결혼은 어떻게 와해되었는지 등 확연히 밝혀지지 않은 대목은 문제로 남아있다.

말하자면 이 노초시대에 작가는 세계관을 형성하였고 작가가 평생 동안 추구해 마지않은 어떤 상처 내지 문제를 체험하였던 것이다. 김말봉의 일본 도쿄 송영고등여학교 학적부와 교토 동지사여학교 전문학부 영문과 학적을 열람하여 이 시기의 김말봉의 행적을 확인할 수 있게 된 것은 그의 문학연구를 위해 무척 다행한 일이 아닐 수 없다. 송영고등여학교의 학적부에 따르면 김말봉은 1919년 3월 정신여학교 4년을 졸업하고 1922년 11월에 도쿄 송영고등여학교 4년에 편입하여 1923년 제5학년 졸업을 한 것으로 되어 있다(고근여숙에 다시 입학하여 졸업한 것으로 되어 있는 『김말봉의 문학과 사회』의 작가연보는 잘못된 것인 듯. 학적부에 숙소가 고근여숙으로 되어 있다). 1924년 4월 11일 교토 동지사여학교 전문학부 영문과에 입학, 1927년 3월 21일 졸업한 것을 확인할 수 있

---

9 일신여학교, 정신여학교를 거쳐 일본으로 유학을 간 것으로 되어 있으나 일신과 정신 양쪽 모두에 김말봉의 학적이 없다. 일신의 경우 정신으로 전학을 간 탓인 듯하고, 정신의 경우, 6·25전쟁 당시 학적부를 일실한 탓이다.

었다. 1919년 정신여학교를 졸업하고 일본 도쿄의 송영고등여학교에 진학하기까지 2년 반 동안 김말봉은 황해도 재령의 명신여학교 교사로 근무하였고 3·1운동의 주모자로 투옥되어 고문으로 바른쪽 귀가 멀었다고[10] 되어 있다. 일본에 건너가기 전 1922년에 발표한 글들은 정신여학교 졸업만의 학력으로 쓰인 글이라고 믿기 어렵도록 세련되어 있다. 이때 김말봉은 이미 아나키스트 의식을 지녔다고 보인다. 가난하여 언니 등의 도움이 필요하였다든가 첫 남편과 동거하고 있었다던가 하는 사실에도[11] 불구하고 김말봉의 학적은 한 학기도 낙제가 없이 송영고등여학교부터 동지사여학교 전문학부까지 학업이 계속되고 있음을 보여준다. 다만 송영고등여학교 시기보다 전문학부의 성적이 다소 떨어진다는 정도의 변화(?)가 눈에 뜨일 뿐이다. 김말봉의 학업에 대한 의지가 상당히 강하였다는 반증이 아닌가 한다.

김말봉은 1929년에 상경, 『중외일보』 신문기자가 되었는데 귀국한 27~29년 사이에 첫 결혼이 와해되는 일이 있었다. 1930년 『삼천리』의 앙케트에서 김말봉은 이 세상에서 가장 소중한 것은 세 살짜리 딸 매매라고 쓰고 있어서,[12] 1927~8년경에 첫 딸 매매(재금)를 낳은 듯하며, 1924년 전문학교에 입학할 무렵 그의 첫 결혼이 이루어졌다고 보는 것

---

10 한무숙, 「아아, 김말봉 선생」, 『김말봉의 문학과 사회』, 위의 책, 47면.
11 단편 「싀집사리」가 1925년 신춘문예에 응모되었던 것을 보면 결혼은 그 이전에 하였으리라는 짐작도 가능하다. 김말봉의 유학비는 하와이에 있는 큰언니 보배와(박노석, 김선목 증언), 첫 남편 이씨가 대주어 학업을 마칠 수 있었다. 필자의 논문에서 김선목 씨도 제주사람 이씨라고 증언했지만 목포 출신 희곡작가 車凡錫 예술원 회장은 김말봉의 첫 남편의 이름이 이의현(李儀衒) 씨일 것이며 제주가 고향이며 목포에 살았다고 증언하여 주었다. 목포 유달산 등구(登口)에 시댁이 있었으며 김말봉 씨는 '안경 쓰고 양머리하고 웅변가였다' 고도 증언하였다.
12 김말봉, 「기회가 오면 단행」, 『삼천리』, 1930, 초추.

이 자연스러울 듯하다. 졸업하고 목포에서 살다가 결혼생활을 정리하고 상경하여 중외일보 기자로 활동하면서 소설 「망명녀」를 쓰고 장편 『밀림』을 구상하였다.[13]

송영고등여학교 재학시 숙소가 고근여숙으로 되어 있는 것을 보면 이때까지는 결혼하고 있지 않은 듯하며 결혼을 하고 동거생활을 하였다는 동지사여학교 전문학부 재학시절의 보증인은 그러나 남편의 이름이 아닌 유종열의 이름으로 되어 있다.[14] 그러니까 노초시대는 김말봉의 일본 유학기 전후가 되는 셈이며 이 시기에 아나키스트 의식도 확고해지고 한국의 초대 여성장로가 된 기독교신앙도(기독교 계열의 학교에 다니면서 심어졌겠지만) 독실하게 되며 첫 번 결혼체험으로 여성의 삶에 대한 비극적 인식을 갖게도 된 것이다. 초기의 글에서 김말봉의 사상을 살펴보자. 路草라는 아호로 발표된 시, 「암흑을 깨트리고」, 「비오는 빈촌」, 「광야에 누워」, 「머리 둘 곳은 어데?」를 보면 시에도 깊은 소양이 있어 보인다.

　「암흑을 깨트리고」
　쓰라린 가슴을 부둥켜안고는/ 허물어진 흙담을 돌아서/ 쓸쓸한 낡은 동

---

13 김말봉의 수필 「매매가 압흔 밤」을 보면 매매(김말봉의 딸 재금)는 주로 언니가 키우고 있다. 이 언니가 둘째 언니 선봉이인지 모른다. 결혼생활을 정리하고 김말봉은 아이 기르는 일과 살림을 언니에게 맡기고 사회활동에 나섰는데 중외일보 기자생활을 하는 직업여성에서 그치는 것이 아니라 본격적으로 작가가 되기 위해 준비하였던 것 같다. 『밀림』 연재시 작가소개를 보면 이 『밀림』을 위해 5년간 구상을 하였다고 되어 있다. 그의 첫 번 결혼이 와해된 이유에 대해서는 몇 가지 증언이 있다. 시집살이가 원인이었다, 경제적 어려움이 있었다, 등이다.
14 보증인으로 되어 있는 일본의 미술평론가인 柳宗悅과 이름이 같으나 동일인인지는 알수 없다. 그러나 김말봉이 유종열의 영향을 받은 듯한 글에 「여긔자시절의 감상」, 『조선지광』, 1930.1이 있다.

네를 걸어가노라니// 시커먼 밤은/ 별의 불 방울을/ 내 머리 위에서/ 한 덩이 두 덩이 떨어트린다// 암흑을 깨트리고 닷는 별 불을/ 행여나 길이 보고 저 우뚝 서나/ 아아 이미 스러진 뒤에 선 나의 애처로움.// 이 끓는 심장에 별들을 따서 담을 것처럼/ 허공을 치어다 보고/ 나는 정처 없는 발길을 떼어 놓는다.// 흐리고 우중충한 피리소리/ 느리게 흔들리어 오는 이 밤에/ 아아 나는 어디로 이리 가노.(1922.5.10)

(『신생활』, 1922.6, 117면)

「암흑을 깨트리고」는 시인 개인의 절망적인 상황을 노래하고 있지만 「비오는 빈촌」과 「머리 둘 곳은 어데?」는 빈민의 삶과 일제의 식민지 치하에서 살아야 하는 정복당한 자의 자유를 잃어버린 삶을 처절하게 절규하고 있다. 그는 시에서 빈궁민의 처참한 삶을 고발하면서 천당도 지옥도 돈으로 결정이 나는 황금만능의 시대를 신랄하게 비판하고 있다. 그런가 하면 "인간을 얽어맨 이 날의 모든 문화는 구속과 유린과 불안을 날로 내던져 주면서 그래도 순종하는 자가 복이 있다고 권위를 찬미하는, 문명을 구가하는 노래와 노래가 거리로 거리에 이었네"라고 해서 시인의 절망이 일제 식민지 치하라는 이 나라의 현실에만 머무는 것이 아니라 모든 문화 문명, 권위가 지배하는 전 지구적 현상에 대하여 선전포고를 하고 있음을 보게 된다. 김말봉은 상황에 대한 절망에서 울부짖는데 그치는 것이 아니라 무쇠 팔뚝을 한데 묶어 저 하늘을 찢고 지구를 밟아 으깨고 해와 달을 따다가 깨트리라는 대단히 과격한 부르짖음을 토하고 있다.

이 시기에 쓴 글 중 특히 주목되는 「일기 중에서」(『신생활』, 1922.9)를 보면 "자각은 과연 귀한 것이다 농무(濃霧) 속에서 갈팡질팡 헤매다가 일조의 광선을 붙드는 맛을 준다. 그러나 자각이 생긴다고 반드시 안위와 쾌감을 가져오는 것은 아니다. … 그러므로 자각이 만일에 반역이라는 아들을 낳지 못하고 쓰러지고 보면 그 자각은 다만 자기의 현상을 보고 하는데서 그칠 뿐"이라고 하였다. 남의 눈물과 노동과 생명을 착취하면서 또는 그 착취의 도구나 영리한 방관자가 되면서 상아탑 속에 바람을 가리고 달을 안고 뒹구느니보다는 차라리 가죽 채찍 아래에서 정의를 구하는 투사로 쓰러지기를 구하는 김말봉의 어조는 대단히 격하다.[15]

> 이론이 사실을 해결치 못한다. (중략) 그 사상으로서 용출하는 행동이 없으면 모든 그것은 지식적 수음의 한 도구일 뿐이다. 크로포트킨의 이른바 "행위에 의하여 너의 교의를 선전하라"한 말을 그 인격과 행동에 비추어 생각할 때에 얼마나 가슴의 피를 강도로 뛰게 하는 고! 이태리 무정부주의자 마라틱스타는 런던의 거리거리로 레몬수를 팔고 돌아다니다가 밤에는 이태리 신문에 보내는 글을 썼다 한다. 실로 주의선전의 자본은 외지로부터 구걸 해다가 먹는 그러한 선저비가 아니라 또는 부르주아의 턱 밑에서 받아오는 그러한 동정금이 아니라 노예의 권면 그것일 것이다. 선전자의 몸에서 솟아 나오는 피와 땀 그것일 것이다.[16]

이 시기 시나 일기를 읽어보면 김말봉이 아나키즘[17]에 깊이 영향 받

---

15 아나키즘의 근원에 깔려 있는 것은 분노와 저항이다. 방영준, 『아나키즘의 정의론에 관한 연구』, 서울대 박사학위논문, 1990.

16 김말봉, 위의 글, 위의 책, 같은 곳.

17 아나키즘 : 프랑스 혁명과 볼세비키 혁명 사이의 사상사적 불연속성의 시대에 구체화된 아나키즘은 다양한 모습과 이미지를 나타내고 있다. 정의라는 용어는 아나키스트들에 의해 가장 자주 쓰이고 애용되는 용어로서 인간의 행동원리에서부터 정치적 질서원리에 이르기까지 포괄적으로 사용되고 있다. 교의(doctrine)로서 아나키즘(anarchism)은 많은 혼란과 호기심을 불러일으키고 있다. 아나키즘이 많은 관심을 끄는 것은 그것이 자연적인 조화의 찬미와 권위에 대한 저항을 통치 기구의 부정으로 연결시키면서 정치 철학의 제 문제에 풍부한 상상과 충격을 던져주고 있기 때문이다.
아나키즘의 본질을 규명하는 것은 매우 어렵다. 왜냐하면 독단과 권위를 배제하고 또한 완벽한 흉내를 내는 이론을 피하면서 극도의 자유와 개인적 판단의 우위를 강조하는 아나키즘의 자유인적 태도의 성격은 각양각색의 견해가 발생할 가능성을 이미 열어놓고 있기 때문이다. 방영준, 위의 논문에서 인용.

고 있음을 알게 된다. 김말봉이 해방 후 아나키스트 유림이 이끄는 독립 노동당의 부녀부장이었음은 잘 알려진 사실이지만[18] 이 글들을 보면 김말봉이 아나키즘에 매우 깊이 공감하고 있으며 그의 문학이나 그의 삶 모두가 아나키즘 사상을 바탕으로 전개되었다고 보아도 크게 틀리지 않을 것을 알게 된다. 민중, 또는 대중계층에 대한 연민, 부르주아 계층에 대한 불신, 아나키스트적 정의감에 불타는 의지, 실천 및 행동을 강조하는 투사적 삶의 선택 … 이런 것들은 바로 그의 소설 주인공에게 부여한 캐릭터이자 김말봉 개인이 공창폐지운동 등 그의 삶에서 보여준 바다. 그는 그의 아나키즘 사상에 따라 '대중'에 애정을 갖고 '대중'을 위한 소설가가 되었던 것이다.

3. 삶의 비극적 인식과 행동형 인간의 창조

거듭 강조하거니와 노초시대의 김말봉이 아나키즘에 깊이 공감하고 있다는 사실은 김말봉의 소설을 해석하는데 반드시 참고하여야 할 중요한 사항이다. 주지하다시피 해방공간에 김말봉은 부군과 함께 아나키스트 정당의 임원을 지냈으며 아나키즘의 작가의식은 그의 전 문학기간 이어지기 때문이다. 필자는 위에서 김말봉을 비평하는 이들이 김말봉의 소설을 성실하게 읽고 있지 못하다는 점을 지적하였다. 김말봉의 소설이 안티 페미니즘 소설이라든가, 대중의 말초신경만을 자극하는 흥미 위주의 소설이라는 단정은 그의 문학에서 일면만을 보았거나 그의 소설

---

18 부군되는 이종하(낙산) 씨는 농민부장이었다. 이종하 씨와 전상범 씨는 친한 친구사이 였다. 전상범 씨는 김말봉이 『밀림』을 쓸 때 그렇게 잘해주었다(박노석 증언)는 것 등 을 미루어 보면 그도 아나키즘 사상에 공감하고 있었는지 모른다.

을 원전으로 읽지 않은 데서 나온 오해인 것이다. 김말봉의 초기 소설에 나타난 현실에 대한 인식을 다음 세 가지의 경우로 나누어 살펴본다. 첫째가 아나키즘의 영향이라고 보이는 대중에 대한 관심과 그 구원이며 둘째가 여성의 삶에 대한 비극적 인식과 그 지향점, 셋째는 식민지 시대의 항일 애국의식이다. 김말봉의 이 세 가지 현실인식이 소설과 맺어지는 방식을 살펴봄으로써 김말봉 소설이 대중의 흥미에 영합하는 소설에 그치는 것이 아니라 보다 궁극적인 의미에서 대중에 기여하는 소설임을 밝혀본다.

1) 김말봉의 '대중'과 그 구원의 문제

김말봉은 매우 특이한 형태로 문단에 등장한 작가다. 하나는 장편소설을 들고 등장하여 장편소설의 작가로 일관하다시피 한 것이요, 또 하나는 대중소설가를 자처한 것이다. 아직까지 김말봉의 작품연보가 완전하지 못하여 단언할 수는 없으나 필자가 확인해본 바에 의하면 김말봉의 소설 중 장편이 30편인데 비하여 단편은 20편에 불과하다.[19] 단편 「쇠집사리」, 「망명녀」로 등단을 하였지만 해방 전 그가 쓴 단편은 「고행」, 「편지」까지 4편뿐이다. 장편, 그것도 신문연재소설을 쓰고 있었기 때문에 소위 순수문학이라고 할 단편소설을 쓸 겨를이 없었을 것이다.[20] 그런 점에서 김말봉이야말로 진정한 소설가(novelist)라 하겠다.

김말봉은 또한 스스로 '나는 대중소설가다'라고 자처하였는데 그가

---

19 장편 30편, 중 단편 21편 외에 청소년 소설 6편, 수필 콩트 평론 잡문이 66편, 시 6편 김말봉의 작품은 도합 129편이다.(2012년 현재 확인 분)
20 정하은 편저, 『김말봉의 문학과 사회』의 작품연보에 장편 25편과 1백여 편의 단편을 썼다는 기록은 확실하지 않은 것이다.

말한 대중소설가란 위의 빈민 대중에 대한 애정과 아나키즘적 사고를 고려해볼 때 저급소설가라는 뜻이라기보다도 대중을 위한 소설가라는 뜻이라고 보아야 한다. 앞서 노초시대의 그의 글에서 살펴본 대로 대중, 빈민에 대한 그의 연민은 대중에 봉사해야 할 의무로 이어지고 글로써 그들에게 가까이 다가가고자 했을 개연성이 큰 것이다. 김말봉은 빈궁한 대중, 또는 민중에 남다른 애정과 관심을 보이면서 부유한 조직, 권력 계층에 의하기보다 한 개인의 눈물과 피와 땀에서 인류의 구원을 찾았다. 1922년에 시와 일기 등에 썼던 김말봉의 이러한 생각은 1935년부터 연재를 시작한 장편 『밀림』과 『찔레꽃』의 등장인물에 그대로 반영된다.

우선 소설 제목을 보자. 『밀림』은 그가 그리고자 하는 이 세계가 바로 적자생존, 약육강식의 논리가 지배하는 자본주의 사회, 황금만능의 사회, 즉 밀림 바로 그것이라는 비유가 느껴지며[21] 『찔레꽃』은 꽃이 소박하고 향기롭지만 가시가 있다는 점에서 그의 비극적 세계관이 느껴진다. 그의 소설에서는 맹수와도 같은 강자이며 욕망의 화신인 인물이 반드시 출몰한다. 강자의 발에 짓밟히는 약자 역시 반드시 등장한다. 그러나 그의 소설이 프로소설과 같은 양식을 따르고 있지 않기 때문에 프로문학 일색인 당시의 소설만 읽은 눈에는 사상이 없는 흥미 위주의 저급한 소설로 읽히기 쉽다.

김말봉의 『밀림』 연구가 이루어지지 않은 것은 김말봉의 『밀림』이 미완이기 때문인지도 모른다. 김말봉은 이 『밀림』을 얼마나 오랫동안 연재할 작정이었는지 알 수 없다. 『밀림』의 전편이 1938년 2월 7일 293회

---

21 이 논문을 쓰는 시기 필자는 『밀림』의 의미를 진화론적 바탕에서 이해하였다. 그러나 이후 이호룡의 『한국의 아나키즘』 등을 공부한 후 한국의 아나키즘이 진화론을 극복하기 위한 노력이었던 것, 따라서 『밀림』은 제도나 권위의 지배가 없는 자연 상태 그대로의 의미가 있다고 이해하게 되었다.

로 끝나고 있으며 1938년 7월 1일부터 후편이 시작되어 12월 25일 96회로 다시 중단, 『밀림』의 후편은 미완인 채로 남아있다. 이후『동아일보』에서 『밀림』은 찾아지지 않는다.[22] 그러나 장편 『밀림』은 전편만으로도 충분히 완결된 소설이다. 우선 길이만도 전편만 2백 자 원고지 3천 장의 분량이며 작가는 후편도 아마 이 정도의 길이를 예상하였을 터이니 비록 4천여 장으로 후편이 미완이지만 『밀림』은 실로 작가의 처녀 장편이자 야심작이었다 하지 않을 수 없는 것이다. 그러므로 『밀림』의 논의는 가능하며 반드시 되어야 한다.

장편 『밀림』은 생존을 위해 위험을 무릅쓰고 인천 축항공사 채석장에서 돌을 깨 나르는 가난한 노동자들의 실태를 묘사하면서 시작된다. 배가 고파 서양사람 공동묘지 옆에서 클로버를 뜯어다가 나물로 먹는 기아의 현장이자 혹사의 현장이요, 활 지옥인 이곳의 묘사는 소설이 시작하자부터 7회나 계속된다.[23]

이 축항공사 현장에 공사를 맡은 서정연 사장의 양아들 유동섭이 나

---

22 『밀림』의 중단 이유는 알 수 없다. 다만 일어로 글을 쓰도록 강요하는 상황에서 작가 스스로 중단하였을 가능성이 있다. 김말봉은 일어로 글쓰기를 강력히 거부하였다. 김항명, 「눌린 여성과 민족을 사랑한 민중작가」, 『김말봉의 문학과 사회』 소수글 참조. 『밀림』 단행본도 전편만이 출판되어 있다. 신문연재 당시 「전편 완」으로 되어 있으므로 소설 뒤에 「전편 완」으로 표기한 듯 하며 후편은 출간되어 있지 않다.
『밀림』이 연재되는 동안 부군 전상범이 장질부사로 사망하여 1936년 1월 25일부터 2월 25일까지 한 달간 중단되기도 했다. 『밀림』은 연재기간이 길기도 했지만 중단의 사연도 많은 소설이다.
23 1955년에 출간된 단행본 『밀림』 상(영창서관)에는 이러한 장면이 많이 삭제 됐다. 제1장의 제목이 '전장'에서 '일터'로 바뀌어 있듯이 살벌하다고 생각되는 부분이 많이 빠져 있다. 1952년 문연사 판인 『밀림』 하에도 파업 장면이나 사회주의 운동가들이 등장, 전향하고 자살하는 대목 등이 많이 잘려 나가 이 단행본으로 소설을 읽는 독자는 소설의 내용을 오해하게 되어 있다. 다른 판본도 이런 오류가 있을 것으로 생각된다. 본고는 동아일보에 연재된 소설원본을 텍스트로 하였다.

타나 밥도 나눠먹고 병든 자는 돈을 주어 치료하게도 한다. 유복한 환경에서 자라 구주대학에서 의학을 전공하고 현재 의학박사 학위 논문을 쓰고 있는 동섭은 빈민들의 처참한 삶을 목격하고 비로소 현실에 눈을 뜬다. 동섭은 세상의 모순과 인간문제로 고민하면서 공사장에서 의료봉사를 하는 한편, 야학에서 빈민의 자식들을 가르치기 시작한다. 그러다 동섭은 결심한 바 있어 쓰던 박사논문의 원고를 쓰레기통에 던지고 박사학위를 포기하는데(이 대목은 아나키스트 크로포트킨의 결단과 유사하다) 어떤 권위에 기대 시혜의식으로 봉사를 하기보다 맨몸으로 대중 속에 뛰어들어 그들과 삶을 함께 하기로 한 동섭은 사회주의 운동가가 된 친구를 돕다 옥살이를 하게 되고 이때 약혼한 자경이 상만과 결혼을 하게 되자 절망에 빠진 나머지 자살까지 생각하게 된다. 그러나 동섭은 "한 계집아이의 사랑은 잃었다. 그러나 나에게는 대중이 있다"[24]라고 하며 면도날을 던져버린다. 그는 다시 가난한 노동자들 곁으로 돌아가 인천 축항공사장 근처에 실비병원을 차리고 가난한 사람들을 돕기 시작한다. 작가는 주인공 동섭의 입을 통해 이들을 대중이라고 부르고 있는 것이다. 고아 출신 상만이가 고상 졸업논문을 대필해준 대가로 부잣집 아들의 도움을 받아 취직을 하려하나 못하게 되자 절치부심, 자신을 대중이라 이들을 부르주아로 규정하면서 복수를 맹세하고 있으나 작가는 상만을 대중으로 보고 있지는 않다.

『찔레꽃』의 경우 대중은 농민이다. 주인공 정순의 애인 민수네 집안의 몰락을 통해 식민지 시대 농민의 현실을 작가는 고발한다. 과다한 경조비 지출은 체면을 중시하는 유교문화의 부정적 측면이고 은행 빚을

---

24 김말봉, 『밀림』, 『동아일보』, 1936.5.20. 문연사 판(하)에서는 이 '대중'이라는 단어가 '사회'로 바뀌어 있다.

얻어 대사를 치를 때는 추수하여 갚을 예산이었지만 쌀값이 연이어 폭락하는 바람에 자작농은 어이없이 소작농으로 전락하고 마는 것으로 된다. 이 과정은 여러 연구자들이 인용한 바 있지만 민수 아버지 이도사를 더욱 비참하게 하는 것은 자신의 토지를 경락해 간 서울 지주의 사음에게 토지를 빼앗긴 설움을 서러워할 겨를도 없이 곧장 달려가서 소작권을 달라고 사정하는 일이다. 친구의 자식인 사음에게 생원을 붙여가며 사정을 한 늙은 농부는 집으로 오자 곧 기르던 암탉 두 마리와 장닭 한 마리를 보낸다. 이도사의 모습은 식민지 시대 가난한 농민, 바로 대중의 모습이다. 우리는 소설 『밀림』에서 도시노동자와 빈민의 현실을 그린 작가가 『찔레꽃』에서 농민의 현실을 그리고 있는 치밀하게 의도된 작가의 작업을 읽게 된다. 『찔레꽃』과 『밀림』을 나란히 읽어야 하는 이유를 여기에서 확인할 수 있다.

　이러한 대중의 구원은 지식인 청년에 의해서 시도된다. 『밀림』의 경우 유동섭의 의료봉사 및 야학지도이고 『찔레꽃』의 경우 조경구의 농업진흥회 운동이다. 앞서 살핀 대로 양아버지 서정연 사장이 청부를 맡은 인천 축항매립공사장에서 노동자들의 비참한 모습을 목격한 유동섭은 의학박사 학위를 집어던지고 빈민촌으로 들어가 의료와 야학을 통해 대중을 위한 봉사에 나선다. 동섭의 약혼자 자경은 친구 인애에게 자신의 근심을 털어놓는다. "저러다가 사회주의자가 된다면 큰일이겠지. 감옥살이하고 고문당하고…" 이때 인애는 "이봐 자경, 조금도 걱정할 것 없는 것 아니냐? 오히려 기뻐해야지. 그만한 사람으로 시대적 양심이 없다면 그걸 어따 쓰겠니?"라고 말하는데서 작가가 동섭을 시대적 양심을 지닌 인물로 설정하고 있음을 알 수 있다.[25] 박사학위 논문을 휴지통에

---

25 『밀림』, 『동아일보』, 1935.11.12.

찢어버린 것을 보고 실망할 뿐 아니라 자신의 의사를 묻지도 않았다며 항의하는 자경에게 동섭은 대중 속으로 들어가 일하려고 하는 이유를 다음과 같이 말한다.

> "내가 자경의 고마운 뜻을 모르는 것은 아니오. 그렇지만 조선 사람은 박사보다도 단 한 개의 의사가 더 필요하다는 것을 깨달았기 때문이오. 내가 박사가 되려고 오 년이나 십 년 동안 서재에 들어앉아 있는 것보다 나는 감기약과 소화제와 고약을 가지고 거리로 나가겠소. 사실 감기약을 얻지 못하여 장질부사나 폐병이 되고 소화제로 나을 것이 만성 위장병이 되고"[26]

동섭이 빈민을 위해 봉사를 하지만 사회주의자가 되지는 않는다. 그러나 자경이 염려한 대로 병든 친구 창수를 돕다가 감옥에까지 가게 되며 동섭은 옥에서 풀려나자 인천으로 가 실비병원을 내고 적극적으로 노동자들을 돌본다. 행동과 실천으로 대중에 대한 사랑을 보여주는 것이다. 집을 나와 인천의 빈민촌에서 봉사활동을 하던 동섭이 사회주의 운동가가 된 중학 동창 창수와 만나 그로 인하여 감옥에 가고 창수가 사상전향을 하게 되는 과정은 작가의 사회주의 사상에 대한 의식을 보여주는 중요한 대목이다. 동섭은 병든 친구 창수의 입원과 수술비를 감당하기 위해 사랑하는 자경의 약혼반지를 살 돈으로 그의 수술비와 입원비를 내고 약혼반지는 조촐한 금반지로 산다. 또 창수가 탈출에 필요한 자금을 요구하자 책이며 현미경, 시계까지 전당을 잡혀 마련해준다. 그러나 창수는 동료로 믿었던 영수의 밀고로 다시 붙잡히게 되고 자금을 마련해준 빌미로 동섭도 감옥엘 가게 된다. 창수는 사상전향을 한 것으로 되나 끝내는 자살을 한다. 프롤레타리아 대중의 구원을 내세운 사회

---

26 「밀림」, 「동아일보」, 1935.11.26.

주의 운동가 조창수가 자살을 하게 이야기가 전개되는 것은 당시 사상
전향이 흔하게 이루어진 현실도 원인이겠지만 작가가 사회주의 운동 자
체를 긍정적으로 보지 않는데 원인이 있다. 조창수가 사상전향을 선언
하자 동섭은 크게 실망하고 감옥에 돌아와 다음과 같은 독백을 한다.

> "다 가거라. 갈 것은 가야한다. 겨는 날아가 버려라. 쭉정이도 가거라. 한
> 포기 붉은 꽃을 위하여는 모든 잡초는 다 버혀지라. 한 알의 금강석을 얻기
> 까지 크나큰 석탄광은 헐리고 만다. 그렇다, 참 일꾼 하나가 생기는 동안 모
> 든 밀고자 모든 배반자의 검은 그림자가 어지럽게 뛰놀 것이다. 그러나 태
> 양이 올 때 뭇별이 숨는 것처럼 참된 일꾼들이 올 때 비로소 거짓 삯꾼들은
> 그 자취를 감출 것이다."[27]

이처럼 작가는 사회주의 운동가 또는 변절자들을 거짓 삯꾼으로 그리
고 있어서 창수의 자살 설정이 의도적임을 알게 한다. 또 한 사람 사회
주의 운동가로 나오는 정평산도 순수한 인간애로 도와주는 자경을 자금
줄로만 인식, 자경을 실망시키는 등 아나키스트인 작가는 사회주의 사
상을 신뢰하고 있지 않음을 웅변으로 보여준다. 아나키즘은 독단과 권
위를 배제한다. 아나키즘이 대항하려고 하는 것은 가혹한 규율을 갖고
민중 위에 군림하여 권력을 행사하려고 하는 소수의 통치자에 의한 입
법에 모든 희망을 걸고 있는 사람들의 활동이다. 한 권력을 다른 권력으
로 바꿔놓는 것이 아니라 민중적 제도 위에 덮어 씌워진 권력을 배제하
고 그런 연후에 그 자리에다 다른 권력을 창설하려고 하지 않는 개인과
사상과 행동의 조류가 아나키즘이다.[28] 사회주의자가 자살을 하거나 변

---

27 위의 글, 1936년 5월 1일. 이 대목 역시 삭제되었다. 이 대목 전후가 중략으로 되어 있
   는데 단행본에 삭제되어 있으니 중략 부분을 알 길이 없다.
28 크로포트킨, 이을규 역, 『아나키즘』, 창문각, 1973, 11~12면.

절을 하고 밀고를 하고 있는데서 작가의 의도를 읽지 못한 연구자가 『밀림』을 오해하는 것은 앞서도 말한 것처럼 원본을 읽지 못한 탓이고, 김말봉의 생애나 초기 글들을 참고하지 않은 결과 김말봉의 아나키스트 사상 수용을 알지 못한 탓이다.[29]

『찔레꽃』의 경우 이 대중을 위한 행동이 구체화하는 단계에까지 나아가지는 못한다. 작가는 그러나 경구를 통해서 지식인의 사명을 분명히 하면서 작가의 현실인식―다시 말해서 대중에 대한 구원의 방향을 뚜렷이 제시하고 있다. 도쿄에서 대학을 졸업한 경구는 세계 일주를 마치고 돌아와 농촌진흥을 시급히 해야 할 일로 보고 동지를 규합한다. "오라 뜻이 같은 젊은이들이여! 우리는 이제까지 생각하고 번민만 하는 시절은 지나갔다. 산과 들은 바야흐로 우리들의 계획을 손들어 부르고 있지 아니하냐. 하나님의 것은 하나님에게로, 가이사의 것은 가이사에게로 돌려보내라 부르짖는 그리스도의 음성은 오늘도 조선 하늘에 들리고 있다. 넓은 들은 임자를 기다려 메마르고 있지만 땅의 주인인 농부는 자기들의 무기요, 직장이요, 생업인 농장으로 안심하고 돌아가지 못한다. 아니 거기서 할아버지가 죽고 아버지가 늙고 자기 몸이 나서 돌아갈 그 땅 그 들에서 쫓기어 도회로만 몰려가고 있다. 무저항의 입과 같은 도회는

---

29 이상진은 「대중소설의 반 페미니즘 경향」에서 "사회적인 문제를 제법 진지하게 제기하면서 시작되는 『밀림』을 보자. 이 작품에서 동섭을 비롯하여 이른바 '사상운동'을 하는 사람들이 주 인물과 얽혀 있다. (중략) 동섭과 인애처럼 특별한 사상 없이 동정심의 차원에서 직접적인 봉사를 하는 사람이 있는가 하면 (중략) 그러나 대개가 사기꾼에 가까운 부정적인 인물로 그려지거나 긍정적이더라도 그저 장식적인 역할밖에 하지 않는다. (중략) 여기까지 이르면 멜로드라마적 속성이 독자 대중의 흥미를 끄는데 확고한 기반이 되지만 그만큼 반사회적인 면을 보임을 알 수 있다"라고 김말봉 소설을 반사회적이라고 단정하고 있다. 그러나 이것은 원본을 참고하지 않고 삭제된 단행본을 읽은 탓이다. 이 글은 인용한 작품의 출전도 밝히지 않고 있어서 어떤 책을 보고 이런 결론을 냈는지도 알 수 없게 되어 있다. 『페미니즘과 소설비평』, 한길사, 1995, 306~307면.

날마다, 날마다 농촌의 청년을 몰아다 직접 간접으로 그들을 참살하고 있는 것이다. 공장에서 돌아가는 기계들은 시시각각으로 그들의 생명을 위협하는 마물이 아니고 무엇이냐? 아니 그보다도 도회 특유의 먼지와 병균으로 탁하여진 공기 속에서 가지각색의 질병과 죄악이 그들의 영혼을 좀 먹고 있다. 아아 동무여! 우리는 그들을 늙은 어머니의 품으로, 기다리는 아내와 어린아이들의 집으로, 그리하여 그들이 쫓겨나온 그들의 논과 밭으로 돌려 보내주지 않으면 안 될 것이다." 민수로부터 입으로 떠드는 부잣집 아들의 장난이라고 비판을 받자 실천을 해보이기 위해 경구는 아버지로부터 거액을 받아내는데 이 모두가 작가의 아나키스트 의식에서 나오는 행동을 중시하는 대중의 구원방식이다.[30]

김말봉의 소설에서 대중은 이렇듯 가난하고 병들고 아무 힘이 없는 무력한 존재들이자 돌보아 주어야 할 노동자, 빈민, 농민들이다. 그리고 이들의 구원은 사회주의운동과 같은 새로운 권력조직이 아니라 의식 있는 지식인들의 행동 위에 이루어지는 것으로 그려지고 있다.

2) 여성의 수난과 삶의 비극적 인식

그의 소설 제목에는 찔레꽃이나 장미와 같이 가시가 있는 꽃의 이름이 들어가는 제목이 많다. 『찔레꽃』, 『푸른 장미』, 『장미의 고향』…. 『찔

---

30 아나키스트의 행동지침을 보면 "아나키즘의 기초이념은 자유와 자발성을 강조함으로써 경직한 조직을 만들 가능성, 특히 권력을 잡고 그것을 유지할 목적을 가진 당파란 성격의 것을 만들 가능성을 배제한다. '예외 없이 모든 당파는 그것이 권력을 구하는 한 절대주의의 배경이다' 라고 푸르동은 말하고 그의 후계자들도 누구나 그렇게 생각해왔다. 당의 조직이란 생각 대신에 아나키스트들은 개인적인 민중적 충격이란 그들의 신비를 바꿔 놓는다. 실제로는 그 충격은 사람들을 지도한다기보다 오히려 계몽하고 그들에게 시범하는 것을 의무로 생각하는 선전자들의 일련의 자유로운 일시적 집단과 연합이란 형태로 나타난다"고 되어 있다. 죠지 우드코크, 『아나키즘』, 형설출판사, 1972, 21면.

레꽃」을 낮게 하였다는 기다하라 학슈(北原白秋)의 시를 보면 소설제목을
『찔레꽃』으로 한 작가의 의도가 느껴진다.

> 찔레꽃이 피었네/ 하얀 하얀 꽃이/ 찔레꽃의 가시는 아프다네/ 파아란 침
> 의 가시는 아프다네/ 찔레는 밭 언덕에 가지를 펴고/ 언제나 지나는 길목을
> 지키네/ 찔레도 가을이면 열매를 맺네/ 황금빛 동그란 구슬을 맺네/ 나는
> 찔레꽃 곁에서 울었네/ 모두 모두 상냥스런 미소를 보내는데/ 나만은 찔레
> 꽃 곁에서 울었다네.[31]

소박하나 향기로운 찔레꽃에는 가시가 있다…. 이 진부한 비유가 삶
의 아픔을 체험한 이에게는 새삼스런 진리로 다가올 수 있다. 『밀림』 집
필 중 타계한 부군 전상범이 좋아하던 시였기 때문만은 아니었을 것이
다. 김말봉은 전상범과 만나기 전 이미 삶에 대한 비극적 체험을 하고
있었다. 가난 속에서 성장하였고 시집살이를 호되게 치르면서 결혼에
실패하기도 하였다. 직업여성으로 냉혹한 현실을 마주하면서 야나기(柳
宗悅)의 글로 보이는 '이국인'의 생각에 김말봉은 새삼 공감하였는지 모
른다.[32] "이러한 말이 교단에 섰는 이국인의 입으로 외오쳐질 때 나는
눈물에 젖은 내 눈을 남이 볼까 두려워 내 책상만 내려다보고 앉았던 것

---

31 김항명, 「찔레꽃 일화」에서 인용. 『김말봉의 문학과 사회』, 앞의 책.
32 —곡선이 직선보다 긴 것은 물론이다. 조선의 건축을 보라 의복을 보라 그리고 일상에
  소용되는 모든 가구들까지도 어느 것 하나 곡선의 모임이 아닌 것이 없다. 이 곡선이
  라는 것은 무엇을 의미하는 것인가. 그것은 현실을—이 저주스럽고 미운 현실을 떠나
  서 어떠한 꿈을 그리는 것이다. 현재가 불만한 까닭에 보다 나은 미래를 동경하거나
  즐거웠던 과거를 추억하여 비로소 만족하는 것이다. 조선가옥의 처마가 조금 위로 들
  린 것 같은 것이라든지 김치 담그는 항아리가 땅에 놓여지는 곳이 동구래서 불안스럽
  게 보이는 것(그밖에도 예를 들자면 수없이 많지마는)은 조선사람이 얼마나 현실에 대
  하여 괴로워하는가를 그 제작품을 통하여 말하고 있다." 끗뫼, 「여기자생활의 감상」,
  『조선지광』, 1930.1, 136면.

이 생각난다."[33]

　대중소설로서 『밀림』과 『찔레꽃』을 본 연구자들은 주인공 안정순과 주인애를 청순가련형 여성으로서 멜로드라마의 전형이라고 말한다. 지극히 헌신적이며 복종적이며 소박하고 보수적이며 순수한 이미지의 여성, 가부장적 이데올로기에 비추어볼 때 가장 이상적인 여성이라는 것이다.[34] 인물을 유형으로 분석하거나 여성의 순결을 절대 도덕으로 보고 있는 점 등을 오늘의 페미니즘 시각에서 본다면 김말봉의 소설에서 안티 페미니즘적 요소를 지적할 수 없는 것은 아니다. 그러나 김말봉이 처녀작 「싀집사리」에서부터 여성의 성적 억압을 문제 삼았고, 성의 상품화를 문제 삼으면서 공창폐지운동에 앞장 선 작가였음을 감안한다면 그의 소설을 페미니즘 문학적 성과로 평가하는 일이 우선되어야 함은 재언을 요치 않는다.

　김말봉은 『밀림』과 『찔레꽃』에서 여성들의 비극적 삶을 그렸다. 그러나 대중소설의 연구자들이 주장하는 것처럼 헌신적이고 희생적이며 복종적인 여성만이 결국 행복에 이를 수 있다고 그렸다는 주장은 잘못된 것이다. 순결을 잃었기에 『밀림』의 서자경은 동섭에게 가지 못하고 상만과 결혼하지만 오만하고 순종을 모르는 발랄한 자경이 아이를 낳은 후 순종, 헌신, 인내의 덕목을 갖춘 아내로 변신한다. 그러나 자경은 끝내 이혼하게 되며 "한 남자의 사랑만 믿고 살아가던 인애는 상만과 헤어진 후에도 동섭의 사랑을 얻는" 것이 아니라 수녀의 길로 가게 된다.[35] 『찔레꽃』의 안정순이 청순가련형의 여성이라는 주장도 이의가 있다는

---

33 위의 글, 같은 곳.
34 이상진, 앞의 글, 307면.
35 이 대목을 연구자가 오해한 이유를 알 수 없다. 텍스트의 오류가 아닐까?

것이 필자의 생각이다.

　안정순이 병든 아버지의 치료비와 극도로 궁핍한 경제 사정으로 가정
교사직을 그만둘 수 없었기 때문에 온갖 수모를 견디는 것이지 소극적
이고 운명을 받아들이는 여성이어서 인내하는 것은 아니다. 재치 있고
발랄하며 적극적 성품을 지닌 여성이 『찔레꽃』의 안정순이다. 민수와
자유연애 중인 정순은 자기의 고용인인 조만호를 하마에, 주인마누라를
칠면조에 비유하고 그들의 행동을 만화라고 생각할 만큼 대담한 면모를
지니고 있다.

> 틈만 있으면 거기에 웃음을 찾아내고 모든 사물의 하나하나에서 유모어
> 를 발견해내는 정순의 성격을 민수는 항상
> "내 우울한 맘의 짙은 그늘을 쫓아내주는 오직 하나의 태양!"[36]

　이렇게 밝고 명랑한 정순이가 가정교사 노릇을 하면서 겪는 수난은
정순의 성격 때문이 아니라, 가정이라는 공간 속에서 수행해야 하는 가
정교사라는 직업의 성격상 직업과 여성에 대한 고정관념이 분리되지 않
은 탓이다. 직업의식을 가지고 일을 하려는 정순을 타자화한 여성으로
만 보고 있는 주인부부(주인마누라는 앓아누운 채 들어오는 가정교사와
남편의 사이에 불미스런 일이 있을까봐 침모를 시켜 노상 감시를 해 두
달이 멀게 갈아치우고 있고, 주인영감은 가정교사를 보자마자 애욕의
대상으로 점을 찍는다), 가정교사를 자신의 말동무나 하인쯤으로 이중
의 타자화한 시선으로 보는 주인딸 경애, 자신의 이상적인 결혼 대상으
로 보고 있는 주인아들 경구, 고용인인 침모조차 정순을 가정교사로 보

---

36 김말봉, 『찔레꽃』, 『신문연재소설전집』, 깊은샘, 217면.

기보다 여성으로만 보는 등 정순을 보는 눈은 오직 타자로서의 여성에 국한되어 있다. 따라서 정순의 주위는 청순가련할 수 없도록 살벌하다. 이 소설을 애정소설로 보게 하는 것은 이처럼 주인공 안정순을 생활전선에 나선 직업인 안정순으로 보는 것이 아니라 타자로만 보기 때문이다. 작가는 정순이, 민수가 결국 경애와 약혼을 한 것을 알고 난 후 다음과 같이 자조하는 대목에서 이 소설의 궁극적 주제가 애정소설이 아님을 넌지시 암시하고 있다.

> "생활은 전쟁이다. 그리고 직업은 전쟁의 제일선이다. 더욱이 여자에게 있어서" 중얼거리며 머플러로 목을 감고 복도로 나오는 정순은,
> 「살아야 되겠다.」
> 는 의식이 탄환처럼 가슴 한복판을 꿰뚫고 지나가는 것을 감각하였다.
> 「연애라는 것은 인생에게 값 높은 예술이다. 그러나 … 전쟁에 나선 이상 생명은 예술보다 귀하다.」[37]

주인아들 경구가 세계 일주에서 돌아오고 경애가 미친 말로 하여 죽을 고비에서 민수의 구원으로 살아오게 된데 대한 축하연이 벌어지는 날의 정순의 상황을 보자. 이날의 주인공인 경애는 새로 배달된 이브닝드레스를 입으면 노출되는 가슴 등허리 두 팔에 얼기 없이 화장을 해야 해서 정순을 불러왔다. 축하연의 여흥에 출연시킬 아이들의 유희를 가르치고 있던 정순은 경애의 시키는 대로 경애의 등허리에 콜드크림을 발라 마사지를 하고 가제로 닦아낸 뒤 폼피아 마사지크림으로 또 한 번 등과 어깨를 마찰하고 가제로 닦아내고 … 더운 물수건과 찬 물수건이 몇 번이나 경애의 팔과 등허리를 싸고 … 화장수, 배니싱크림, 물분, 가

---

37 김말봉, 『찔레꽃』, 위의 책.

루분, 연지….

> 아아 정순은 언제부터 미용사가 되었던고? 화장이 끝나자 이번에 정순은
> 꿇어앉아 경애의 양말을 신는 것을 도와주지 않으면 안 되었다. 최후로 경
> 애가 신는 에나멜 구두를 수건으로 닦아 경애의 발에 신기고 그리고
> "참 훌륭하게 어울리십니다."
> 이 말 한마디를 중얼거리는 정순의 음성은 목을 졸리는 듯 어색하게 들렸
> 다.[38]

경애는 이어 민수가 왔는지 현관에 나가보라고 한다. "상전의 명령 앞
에서는 인제는 길들인 로봇이 되지 않으면 안 되는 정순"은 이 집의 미
용사뿐 아니라 의사이자 교사이고 하인 역할까지 일인다역을 해내지 않
으면 안 되는 것이다. 천상병은 「사회와 윤리 - 김말봉의 『찔레꽃』론」에
서 『찔레꽃』을 흔한 애정소설의 하나라고 못 박고 시대상을 반영한데
약간의 가치를 부여하였다. 그러나 그는 '흔한' 애정소설이면서도 주인
공이 사랑을 성취하는 해피엔딩이 이루어지지 않은 것은 "김말봉이 이
상적으로 생각하였던 결합이거나 바람직한 결합은 아닌 것 같다"[39]고
여운을 남겨 놓았다. 이 소설의 결말은 등장인물들 아무도 행복을 느끼
게 되어 있지 못하다는 것이다. 이것이 멜로물일까? 김말봉의 소설은
대중소설이라는 선입견으로 얼마나 잘못 읽혀지고 있는지 알 수 있는
대목이다.

김말봉 소설의 여성들은 사랑을 성취하여 행복하게 되는 경우가 없
다. 세상에 거칠 것 없이 행복할 것 같았던 부잣집 외동딸 『밀림』의 자

---

38 김말봉, 『찔레꽃』, 위의 책, 239면.
39 천상병, 「사회와 윤리 - 김말봉의 『찔레꽃』론」, 『한국장편문학대계 13』, 410면.

경도 상만의 아내가 되었다가 남편의 방종을 목격하고 이혼 후 정처 없이 멀리 떠나고, 인애도 자경에게 약혼자 상만을 빼앗기고 끝내 종교에 귀의하며 오꾸마도 요시애도 모두 사랑에 실패한 채 불행한 삶을 살고 있다. 『찔레꽃』의 경애도 일본에서 첫사랑의 쓴잔을 맛본 후 정순의 애인 민수를 사랑하여 결혼에까지 이르게 되지만 민수의 사랑을 얻은 것은 아니다. 안정순의 경우, 오해 속에서 복수의 염으로 경애와 약혼한 민수가 경애와 파혼할 수 있다고 하지만 "이미 한 여자를 울렸으니 또다시 한 여자를 울리는 것은 너무 잔인하지 않느냐"고 완곡하게 거절을 한다. 그런 안정순에게 다가온 경구의 사랑 역시 성취라고 볼 수 없다. 매회 흥미와 긴장으로 팽팽하였던 '재미있는' 소설 『찔레꽃』은 여성에 대한 비극적 인식의 소설화다. 찔레꽃 그것처럼 가시가 있는 인생을 작가는 '대중'을 위해 흥미 있게 그렸고 그 재미있는 이야기 속에 대중의 삶을 농민의 현실을 중심으로 고발하였으며 지식인의 행동을 통한 구원을 역설한 것이다.

여기에서 작가 김말봉이 제시한 모성에 대하여 잠깐 살펴보자. 김말봉은 여성의 구원을 사랑에서 찾게 하는 것이 아니라 모성에서 찾게 한다. 『밀림』의 자경은 상만과 애정 없는 결혼생활과 상만의 방종한 생활로 절망하나 새로운 생명을 낳아 기르면서 새 생활의 소망을 갖게 된다. 이러한 모성과 생명에 의한 구원의식은 『화려한 지옥』(46년)이나 『생명』(56년)에까지 이어진다. 이는 모성에 대한 고정관념에 의한 것이라기보다 작가 자신의 체험에서 온 절실한 목소리가 아닌가 생각된다.[40]

---

40 모성에 의한 구원의식은 30년 이전 그의 첫 결혼시 체험했을 법하다. 30년, 그는 딸 매매가 세상에서 가장 소중하다고 말했다. 앞의 노초시대의 김말봉 참조.

3) 식민지 시대의 항일 애국의식

김말봉의 소설에는 항일 애국의식이 강하게 투영되어 있다. 그 소설
화 방식이 에피소드에 불과하다 하더라도 소설 속에 김말봉처럼 일본인
들의 작태에 대한 분노를 거의 직설적으로 표현한 경우는 없는 듯하다.
『밀림』과 『찔레꽃』이 연재되고 있던 시기가 일제 말임을 감안하면 이러
한 대담한 표현은 작가 김말봉의 항일 애국의식을 새삼 평가하게 되는
부분이다. 작가 김말봉을 증언하는 글들에는 김말봉의 항일 애국의식이
남다른 것을 말하는 내용이 많다. 첫째, 3·1운동 당시 주모자로 투옥되
어 고문으로 바른편 귀가 먼 것.[41] 둘째, 일어로 글을 쓰라는 강요를 끝
끝내 물리친 일.[42] 셋째, 일신여학교 시절, 일본 명치천황 부인의 사진
을 긁어 놓고 나온 일.[43] 넷째, 조병화 시집 출판기념회에서 어떤 시인
이 술김에 조국을 모욕하는 말을 했다고 해서 대판으로 싸운 일[44] 등을
보면 김말봉의 애국의식이 매우 확고하였음을 알 수 있는데 『밀림』과
『찔레꽃』에도 그의 항일 애국의식이 드러나 있다.

무엇보다도 먼저 이야기하고 싶은 것이 『찔레꽃』의 손기정 선수 이야
기이다. 일장기 말살 사건으로 『동아일보』가 강제 폐간이 되었는데도
『찔레꽃』에는 손기정 선수 이야기가 나온다. 물론 가정모임에서 어린이

---

41 한무숙, 앞의 글.

42 89년 필자가 부산에서 인터뷰한 박노석 시인의 증언에 의하면 일제 말 김말봉은 극심
한 궁핍에 시달렸다고 한다. 부군 이종하 씨는 일본에서 오지 않고, 초량동 장판도 없
어 발을 딛을 수도 없는 집에서 살면서 손수 부엌일을 해 손이 튼 그런 상황이었는데
도 『부산일보』에서 일어로 글을 쓰라고 해도 쓰지 않았다고 한다.
김항명의 「눌린 여성과 민족을 사랑한 민중 작가」(앞의 글)에서 일어로 글쓰기를 단호
히 거절하는 이야기가 나온다.

43 공덕귀, 「명치천황의 사진을 긁어놓고」, 『김말봉의 문학과 사회』, 앞의 글, 175면.

44 조병화, 「애국심」, 『김말봉의 문학과 사회』, 위의 책, 173면.

가 하는 인사말이고 대단치 않은 내용이지만 인기 신문소설 속에 손기
정 선수의 이름을 올린다는 것은 애국의식을 바탕으로 한 용기가 아니
고서는 어려운 일이다. 정순이가 지도하는 영길이는 자기 누나가 미친
말에 탄 채 기차에 치어 죽을 번한 것을 살려낸 민수에게 감사하는 자리
에서 이렇게 인사말을 한다.

"세상에서 제일 용하고 제일착하고 그리고 제일 훌륭한 언니를 뵙는 우
리 식구들은 참 정말 기쁜 맘뿐입니다. 이민수라고 하는 언니는 손기정 언
니같이, 아니 그보다도 더 훌륭하고…"[45]

필자가 알기에 신문소설에 이와 같은 내용이 실린 적은 없는 듯하다.
김말봉은 『밀림』에서도 항일 애국의식을 드러내는 에피소드를 삽입하
고 있는데 웬일인지 이 대목도 해방 후 나온 판본에서 삭제되어 있다.
서정연 사장은 노동자들의 파업을 무사히 해결해준 상만을 전격 비서
로 채용을 하고 함께 동경 출장을 떠난다. 서울역에서 목단강행 차표를
사 들고 만주로 이민을 떠나는 농민 가족을 묘사한 작가는 동경으로 가
는 기차 속에서 봉변을 겪는 서사장과 상만을 그린다. 이등실 침대에 탄
두 조선인을 힐끗거리며 인삼장사일거라느니, 광산 브로커일 것이라느
니 멋대로 단정하는 일인들의 경박한 작태는 급기야 서사장과 상만을
지갑을 훔친 도적으로 신고, 형사들이 와서 가방을 수색하고 옷까지 벗
기고 몸수색을 하는 수모를 안긴다. 돈을 잃어버렸다는 노파가 자신의
띠 속에서 지갑을 찾아내 혐의는 벗었지만 조선인은 '인찌기가 돼놔
서…' 라면서 무조건 무시하고 의심하는 일본인들의 오만 무례한 모습을

---

45 김말봉, 『찔레꽃』, 앞의 책, 240면.

실감 있게 그려 주인공들뿐 아니라 독자들도 분노하게 만든다. 작가의 항일 애국의식을 충분히 읽을 수 있는 대목이다.

행동형 인물 동섭이 감옥에 갇힌 상황의 묘사는 작가의 3·1 운동 시 투옥되었던 체험을 쓴 듯하고 창수의 전향을 보고 동섭이 토해내는 탄식은 그대로 애국충정의 그것이다(사상전향에는 금전제공 등 특전이 주어졌다).

> 한 가지가 모자라… 너의 피 속에는 끈적끈적하고 쩍쩍 들어붙는 응고력이 적단 말이야. 너무 맑아. 네 피는 저 파란 너의 하늘빛처럼 투명해. 흘러가는 맑은 물 같이 음영이 적어. 네 피에는 독소도 없고, 병균도 없어… 그 때문에 사람들이 너를 먹을 것으로 알고, 아주 쉽고 만만한 과일로 아는 지도 모르지… 보아라, 너는 백합 조개처럼 내장을 흘리어 네 속에 간직한 모든 귀한 것을 다 가져가건만 너는 무엇을 말하느냐. 너의 살진 등허리에 낯선 장기가 들어오고 그리고 너의 자손이 남으로 북으로 쫓기건만 너는 그래도 잠잠하지 않느냐. 사람이 너의 아들을 동으로 몰아넣거나 너의 딸을 창기로 팔거나… 조선아 너는 너무도 반발력이 없어. (중략) "한 가지를 붙잡으면 목이 달아날 때까지 붙잡고 나갈 파악력이 있기에는 너는 너무도 영양분이 부족하다."[46]

조선민족의 현실을 성서 속의 유태민족에 비유하여 어제의 동지가 오늘 적의 주구가 되어 밀고하는 현실, 그렇다고 전생을 걸었던 자신의 사상을 헌신짝처럼 버리는 소위 운동가들… 가뭄과 흉년으로 굶주린 민족은 식량을 구하러 만주로 유리 방랑을 떠나건만 이들을 구하고 인도하여야 할 지도자들은 나약하여 돈과 회유에 지조를 파는 세상… 기막힌 조선의 현실을 한탄하고 있는 작가의 목소리는 자못 웅변이다. 초기 작

---

46 김말봉, 『밀림』, 『동아일보』, 1956.4.30.

품에서부터 기독교적 관심이 반영되고 있으나 작가는 비유로 인용하고 있을 뿐 기독교적 주제를 소설화하는 의도는 보이지 않는다. 기독교적 비유를 통해 말하고 있기는 하나 항일 애국의식이 거의 직설적으로 표현되고 있는 이 글을 보면 작가의 애국의식 역시 아나키즘의 영향(한국적 아나키즘)을 보여주는 것이라고 해석해 무리가 없을 듯하다. 아나키즘의 본질이라 할 정의감이 애국의식의 밑바탕을 이루고 있는 것이다.

4. 나오면서

이 글은 김말봉의 초기 소설 『밀림』과 『찔레꽃』을 중심으로 김말봉 소설의 현실인식과 그 소설화 방식을 살펴보기 위해 쓰였다. 대중들의 흥미만을 위해서 쓰일 뿐 시대와 사회에 대한 문제의식이 없을 뿐 아니라 대중들의 저급한 감정을 자극하는 소설에 지나지 않는 것이 대중소설이라는 고정관념으로 지금까지 김말봉 소설은 우리 비평계나 문학사에서 제대로 평가를 받지 못하였다. 대중문화에 대한 관심의 고조로 다시 집중 조명을 받고 있는 『찔레꽃』도 작가와 김말봉 문학에 대한 이해가 없이 대중문학이론에 맞추어 분석함으로써 김말봉 문학의 진수를 해명해내지 못하는 안타까움이 있었다.

단편으로 등단을 하였으나 곧바로 장편소설로 활동을 시작한 김말봉은 『밀림』과 『찔레꽃』으로 한국 신문소설의 신기원을 이룩하였다. 작가 스스로 대중소설가라 천명함으로써 김말봉의 소설은 대중들의 오락을 위한 소설로만 알려져 온 것이 사실이다. 김말봉이 소위 순수문학이 문학권력으로 자리 잡고 있는 문단에 대중소설가로 당당하게 나설 수 있었던 것은 아나키즘 사상에 공감하여 권위나 권력을 낳는 조직을 불신하였기 때문이다. 그런 점에서 김말봉이 대중소설가라 천명한 것은 대중을 위한 소설가라는 의미가 강하다.

본 논문은 김말봉의 알려지지 않은 생애를 새 자료를 바탕으로 재구성하고 창작활동을 하기 전 노초시대의 글들에서 김말봉의 작가의식 형성을 살펴보고 그의 아나키즘 사상에 입각하여 김말봉의 시대와 사회의식을 살펴보았다. 1935년부터 『동아일보』에 연재하던 『밀림』은 일제의 강제 폐간으로 중단되고 복간되어 다시 연재를 계속하는 그 사이에 『조선일보』에 『찔레꽃』이 연재되었으므로 이 두 소설을 함께 읽어야 한다는 전제 아래 김말봉의 초기 두 소설에 나타난 작가의 아나키즘 사상과 그 소설화 방식을 살펴본 것이다.

그는 첫째, 대중의 비참한 삶의 모습과 그 문제점을 부각하였는데 장편 『밀림』에서는 식민 자본주의가 지배하는 삶의 현장을 그리는 것을 줄거리로 하여 도시노동자와 빈민의 현실을, 그리고 『찔레꽃』에서는 사랑이라는 허울을 쓰고 벌어지는 인간의 슬픈 욕망의 지도를 그리면서 자작농이 소작농으로 전락하는 농민의 참상을 그려 그가 생각하는 대중이 도시노동자, 빈민, 농민임을 알 수 있었으며 이들의 비참한 현실을 고발하였다. 작가는 고발에서 그친 것이 아니라 역시 아나키스트적 사고를 하고 있는 지식인―『밀림』의 경우, 유동섭, 『찔레꽃』의 경우, 조경구를 통해서 선전문구나 떠드는 구원의식이 아니라 빈민 가운데 뛰어들어 그들과 삶을 함께 하는 행동형 인간을 창조하고 그들의 활동을 통해 대중 구원의 비전을 제시하였다.

둘째, 김말봉의 소설에 등장하는 여성은 많은 수난을 겪으며 그리고 대중소설 내지 멜로드라마의 공식인 해피엔드에 이르지 않는다. 소설의 제목에서도 그 의도가 알려지듯이 가시가 있는 여성의 삶을 그려 삶에 대한 비극적 인식을 소설화하였다. 『찔레꽃』을 애정소설이라, 통속소설이라고만 규정해온 지금까지의 『찔레꽃』에 대한 평가는 재고되어 마땅하다.

셋째, 김말봉의 소설에는 항일 애국의식을 드러내는 에피소드와 문맥이 많이 등장한다. 역시 아나키즘의 본질적 성격인 '정의감'의 발로로 보이는 항일 애국의식은 만인이 주시하는 인기 신문소설임에도 불구하고 적나라하게 쓰였다. 일본인들의 조선인들을 의심부터 하고 보는 작태, 그런가하면 사태가 바뀌자 여반장으로 굽실대는 비굴성, 이런 것들을 고발하는 에피소드는 우리 소설에서 흔히 만날 수 있는 장면이 아니다. 사회주의자들의 밀고와 전향을 비판하면서 조선의 하늘을 영양결핍이라 한탄하는 작가의 목소리에서 일제 암흑기, 검열과 감시 속에서도 의연하였던 작가 김말봉을 만나게 된다.

김말봉의 연구가 아직 초기 단계인 탓으로 기초자료 탐색에 많은 시간과 노력이 주어져 본격적 작품분석이 미흡한 아쉬움이 있으나 지금까지 가려지고 묻혀 밝혀지지 않은 김말봉 문학의 사상과 사회의식, 그리고 올바른 주제 탐색 등은 보람 있는 작업이었다고 생각한다.

(『여성문학연구』 제9호, 2003.6)

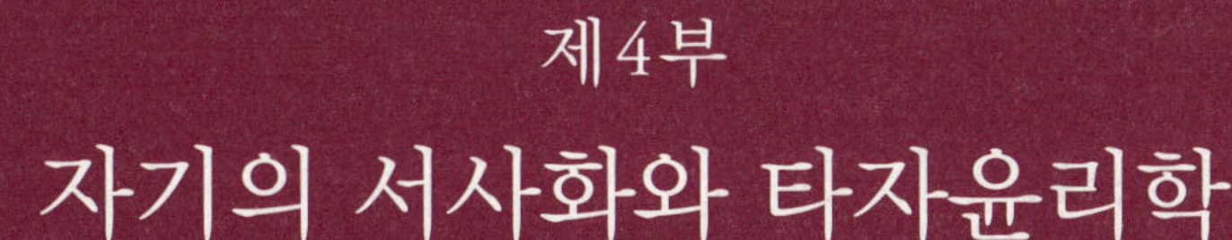
제4부
자기의 서사화와 타자윤리학

자기의 서사화와 진정성의 문제

• • •

임옥인의 「일상의 모험」을 중심으로

1. 들어가면서

임옥인[1]은 「월남전후(越南前後)」(1956)로 이름이 알려진 작가다. 「월남전후」는 북한이 고향인 주인공 나, 김영인이 해방 후 삼수갑산 산골(대오천)에서 문맹퇴치 교육을 실천함으로써 해방조국에 봉사하려다가 공산화하는 북한의 압박을 견디지 못해 월남하기까지 체험을 소설화한 것이다. 「월남전후」 이전 임옥인은 1939년부터 1940년까지 『문장』을 통해 등단하면서 발표한 「봉선화」, 「고영」, 「후처기」 중 단편 「후처기(後妻記)」

---

1 임옥인 : 1911년 함북 길주군 장백면에서 출생. 1931년 함흥 영생여고보 졸업. 1932년 나라여고사 문과 입학. 1935년 졸업, 모교인 영생여고보 교사. 루씨여고보에서 근무. 1939년 『문장』 8월호에 단편 「봉선화」, 1940년 『문장』 5월호에 「고영」, 1940년 『문장』 11월호에 「후처기」가 추천되어 문단에 등단, 「전처기」, 「산」 발표 후 해방까지 절필, 해방 후 다시 왕성한 활동 시작. 1959년 「월남전후」로 아세아자유문학상 수상. 1969년 「일상의 모험」으로 제6회 한국여류문학상 수상. 건국대 교수, 건국대여자대학장 겸 가정대학장 역임. 1995년 별세. 향년 85세.

로 이미 그 작가적 성가를 알렸다. 1939년부터 95년 타계하기 수년 전까지 50여 년간 집필활동을 계속하여 장편 13편, 단편 85편을 발표한 외에 두 권의 시집과 열권이 넘는 수필집을 냈다. 대표작 「월남전후」가 첫 장편이라고 작가는 말하고 있으나[2] 「월남전후」 이전에 이미 두 편의 장편을 발표하였다. 작가는 「월남전후」와 몇 편의 단편을 묶어 단행본 『월남전후』를 펴내면서 「사변전후」, 「환도전후」를 더 써서 해방부터 육이오를 거쳐 육이오 이후까지 역사적 현장을 삼부작 소설로 완성하겠다는 의욕을 보였다.[3] 이 삼부작은 이루어지지 않았고 작가는 후일 자신의 삼부작으로 「월남전후(越南前後)」(1956), 「일상의 모험(冒險)」(1968~1969), 「방풍림(防風林)」(1972~1975)을 든다.[4] 이 삼부작은 작가가 처음 의도했던 역사적 증언의 소설이 아니라 자기의 탐구, 자기의 서사이다. 본고는 작가가 처음 의도했던 「월남전후」, 「사변전후」, 「환도전후」를 쓰는 대신 위의 삼부작을 쓰고 대표작으로 말하게 된 점, 해방부터 6·25전쟁 이후, 다시 말해서 6·25전쟁 전후를 소설화하려던 생각이 바뀐 지점에 주목한다.

지금까지 임옥인에 대한 연구는 김복순, 전혜자 두 교수에 의해서 이루어졌으나 대상 작품을 「월남전후(越南前後)」 등 몇 작품에 한하고 있어 임옥인의 소설에서 반드시 짚어보아야 할 장편소설 「일상의 모험」을 논외로 한 아쉬움이 있다. 김복순은 장편 「월남전후」, 「장미의 문」, 「힘의 서정」, 「들에 핀 백합화를 보아라」와 단편 등을 중심으로 임옥인 문학

---

2 임옥인, 「문학과 신앙의 생애」, 『현대문학』, 1981.11, 290면. 첫 단행본을 이름이 아닌가 생각된다.
3 임옥인, 『월남전후』, 「서문」, 여원사. 1957,
4 임옥인, 「문학과 신앙의 생애」, 『현대문학』, 앞의 글, 290면.

의 젠더의식을 살폈는데 진정한 인간다움, 진정한 삶, 진정한 여성, 진정한 자유를 탐구하며 무엇보다도 진정한 사랑을 모색하는데 주력하였으나[5] 낭만적 사랑을 추구한 주인공들은 여성의 진정한 해방을 가로막고, 이상적 여성상의 최대치인 기독교적 여성상, 천사형은 가부장제 현실이 누천년 끊임없이 요구 형성해온 순종적 희생적 여성상과 다를 바 없어 진정한 지향형태가 되지 못했으며 서사적 파탄을 가져오는 원인이 되었다고 하였다. 전혜자는 작가 임옥인의 종합적 연구를 지향하면서 「월남전후」를 중심으로 임옥인 소설의 문법을 분석하였는데 「월남전후」는 자전적 소설, 사소설, 사회수기소설이라기보다 다큐멘터리 성격을 강하게 지니며 독자 나름의 창조적 비판이 존재하기 어려운 텍스트라고 규정하였다.[6] 작가 임옥인의 사소설적 성격의 결정판은 「일상의 모험」인 바 분석 대상을 「월남전후」에만 국한함으로써 임옥인의 자기서사화 전략 파악에 미흡했다는 것이 본고의 입장이다. 본고는 레비나스의 타자이론 및 '환대이론'에 비추어 임옥인 소설의 자기의 서사화 성격을 구명하는 동시에 진정성을 추구하는 글쓰기를 통해 드러난 일종의 무의식, 아브젝시옹을 통해 문학 속에 구현된 임옥인 소설의 전복성을 포착할 것이다.

임옥인은 그의 장편소설에서 '나'를 주인공으로 한 사소설을 쓰기보다 삼인칭 시점의 정통 양식의 소설을 더 많이 썼다. 그러나 시점의 문제와 상관없이 소설 속에 '자기'가 투영되어 있는 소설을 쓴다면 소설

---

5 김복순, 「분단초기 여성작가의 진정성 추구양상」, 『페미니즘과 한국소설―현대편』, 한길사, 1997.6, 25~65면.

6 전혜자, 「모성적 이데올로기로의 회귀―임옥인의 「월남전후」론」, 『김동인과 오스커리즘』, 국학자료원, 2003.4, 125~149면.

양식은 크게 사소설, 심경소설의 범주로 묶을 수 있다.[7] 임옥인은 정통적 소설기법에서 사소설 양식으로 소설쓰기 방식을 바꾸어 나가는 '진정한 자기' 추구의 궤적을 보여줌으로써 본고는 임옥인이 작가의 진정성 추구와 소설 양식의 관계를 논의할 수 있는 적절한 경우로 판단하였다.[8] 따라서 연구자들이 임옥인의 소설을 널리 읽고 있지 않음으로 해서 임옥인 소설의 진면목이 미처 드러나지 못하였다고 보고 장편 13편을 기본 자료로 소설의 전개 및 흐름을 살피면서 「일상의 모험」을 중심으로 임옥인이 이룩한 자기의 서사화와 진정성의 문제를 살펴보기로 한다. 「일상의 모험」은 삼성출판사의 『한국문학전집』에 수록된 「일상의 모험」 작품해설[9]이 이 작품에 대해 언급한 거의 유일의 것이다. 최홍규 교수는 이 작품을 작가로서의 공적 자아와 생활인으로서의 사적 자아 두 자아의 끊임없는 갈등과 반복이라고 보았다. 공감대로서 주체가 되는 작가의식의 배후에는 병고와 죽음의 의식, 고향의 어머니=사랑의 상실감, 적빈의 체험과 자의식, 신앙의 세계 등이 깊이 도사리고 앉아 현

---

7 스즈키 토미, 한일문학연구회 역, 『이야기된 자기』, 사소설 담론이 전형적 사소설로 규정한 대부분의 작품들은 사실 3인칭으로 서술되어있다. …사소설은 대상 지시적, 주제적 형식적 특성과 같은 그 어떤 객관적 특성에 의해서 정의될 수 있는 장르가 아니다. 그 대신 독자가 해당 텍스트의 작중 인물과 화자 그리고 작자의 동일성을 기대하고 믿는 것이 궁극적으로 그 텍스트를 사소설로 만든다. 사소설은 일종의 읽기모드로 정의하는 것이 가장 타당하다. 그것은 사소설이 단일한 목소리로 작자의 '자기'를 '직접적으로' 표현한 것이고, 거기에 씌어진 말은 '투명하다'고 상정하는 읽기모드이다. 생각의 나무, 2004, 29~31면.

8 예를 들면 김의정도 자기탐구의 소설이자 자전적 소설인 「인간에의 길」로 작품활동을 시작하여 정통 소설기법에 충실한 작품을 쓰다가 만년에 다시 자전적 소설 「바람결에 들려오는 시간들」 등을 썼다. 한편 전혜자 교수는 임옥인과 최정희의 작품을 자매텍스트라고 한 바 있다. 전혜자, 앞의 책.

9 최홍규, 「고통과 좌절의 공감대─임옥인의 「일상의 모험」」, 삼성신서 한국문학전집 별권 1 『수록작가·작품해설집』, 삼성출판사, 1973(1975 중판), 163~168면.

실의 배후를 인식하려는 작가의 공적 자아를 중량감으로 누르고 있다고 하여 임옥인 소설의 분열된 자아를 언급하고 있다. 한편 『문예대사전』에는 임옥인 소설은 생명을 본위로 해서 세계를 형성하며 그의 생명관에는 기독교적 가르침이 정연하게 자리 잡고 있으며 "어느 작가보다 생사의 문제를 폭 넓고 다양하게 다루었다"[10]고 하여 임옥인의 소설이 선험적 가치에 지나치게 의존하였다는 통념에서 한 걸음 나아가고 있다.

2. 자기의 서사화와 진정성의 문제

1) 이야기된 자기 - 「일상의 모험」

(1) 자기탐구 양식과 사(심경)소설

임옥인은 그의 수필 「창작노트에서」에서 "사소설도 소설의 형식으로 가장 믿음직한 것이다. 그것은 작가의 체험을 재생하는 것이기에 실수가 적기 때문이다. 그러나 많은 독자가 사소설을 환영하지 않는다. 그것은 작가가 사소설을 그리기 때문이다. 만약에 작가가 사소설을 쓰되 사소설을 그리지 않고 사사로운 감정(혹은 정신이래도 좋다)을 그리는 것을 사소설로 한다면 좀 더 시원스럽고 박력이 있어질는지 모른다."[11] 라고 쓰고 있다. 작가가 사소설 형식을 '가장 믿음직한' 진정성의 소설 양식으로 보았음을 증명하는 글이다.

1957년에 첫 창작집 『후처기』를 내면서 작가는 "나는 내가 살아가는

---

10 문덕수 편, 『세계문예대사전』, 성문각, 1975. 임옥인 편. 권영민 편 『한국근대문인대사전』, 아세아문화사, 1990, 임옥인 편.

11 임옥인, 「창작노트에서」, 『문학과 생활의 탐구』, 대한기독교서회, 1966. 267면.

데 있어서 자기탐구의 표현을 어떠한 형식을 통할 것이냐 하는 것이 되기도 전에 거의 숙명적으로 문학의 형태를 빌리지 않을 수 없었던 것이다. 문학이란 어떤 것이라는 것을 희미하게나마 촉수(觸手)할 수 있는 시기로 옮아가는 자신을 회고할 때…"[12]라고 해서 이 시기에 자신이 모색하던 문학형식을 드디어 찾았다는 인식을 내보였다. 창작집 『후처기』와 나란히 단행본 『월남전후』를 여원사에서 펴낸 1957년은 1954년부터 보인 새로운 변화의 시도(장편 「그리운 지대」)가 작가의 창작방법으로 안착하여 작품활동에 자신감을 갖게 된 시기였다 하겠다.

임옥인의 장편소설 13편[13]은 매체의 성격에 따라 소설의 특징이 달라져 크게 세 작품 군으로 나눌 수 있다. 하나는 기독교소설이며[14] 기독교 단체에서 발행하는 미디어에 연재된 것들이다. 두 번째 작품군은 신문과 잡지에 연재된 소설로 대중성을 고려한 기독교계몽소설들이다.[15] 세 번째 작품군은 문학전문지에 연재한 소설로 작가가 말한 삼부작이다.[16] (「방풍림」 (『월간문학』)은 기독교소설과 문학전문지 소설 양쪽에 분류된다)

세 작품군에서 기독교소설군의 「그리운 지대」(1954.1.25~ 1955.9.12)

---

12 임옥인, 『후처기』, 여원사, 1957, 「후기」.

13 임옥인의 장편소설은 「그리운 지대」(1954), 「기다리는 사람들」(1956), 「월남전후」(1956), 「들에 핀 백합화를 보아라」(1960), 「젊은 설계도」(1957), 「당신과 나의 계절」(1960), 「장미의 문」(1961), 「힘의 서정」(1962), 「소의 집」(1962), 「돈도 말도 없을 때」(1966), 「일상의 모험」(1969), 「일용의 양식」(1972), 「방풍림」(1975) 등이다.

14 「그리운 지대」(『기독공보』), 「들에 핀 백합화를 보아라」(『새가정』), 「돈도 말도 없을 때」(『새가정』), 「일용의 양식」(『새가정』), 「방풍림」(『월간문학』)이 그것이다.

15 「기다리는 사람들」(『신태양』), 「젊은 설계도」(『조선일보』), 「당신과 나의 계절」(『주간새나라』), 「장미의 문」(『자유문학』), 「힘의 서정」(『동아일보』), 「소의 집」(『최고회의보』) 등이다.

16 「월남전후」(『문학예술』), 「일상의 모험」(『현대문학』), 「방풍림」(『월간문학』) 등이다.

는 임옥인의 첫 장편소설이며 기독교소설의 기점이 된 작품이다.[17], [18] 이 소설에는 월남 이후 가난과 외로움이 점철되었던 해방공간의 시기와 육이오를 겪으면서 제2의 회심에 해당할 대구 피난시절 신앙체험이 반영되어있다.[19] 전쟁으로 팔 다리를 잃어버린 김학길 대위와 실명과 얼굴에 흉측한 흉터를 갖게 된 이윤학 상이용사, 북에 두고 온 아내와 가족을 생각해 내내 홀아비로 살아가는 신집사 등 전쟁으로 상처받은 사람들의 이야기가 주를 이룬 가운데 주인공 허윤주가 신앙을 받아들이는 과정을 그린 소설이다. 작가가 앞서 말했듯이 자기탐구의 표현에 대한 모색의 답을 마련하기도 전에 썼던 시기를 지나 자신의 문학관을 뚜렷이 세우고 집필에 임한 첫 작품이라는 의의가 있다.

작가는 이 「그리운 지대」 이후 「기다리는 사람들」을 『신태양』에 연재하기도 하나 곧이어 「월남전후」를 『문학예술』에 연재하며 이 글은 초기 단편 「후처기」와 「전처기」에서 보여준 '나'의 시점으로 쓰면서 양식의 변화를 꾀한다. 이 '나'의 시점, 이히로만(Ich roman)은 사소설과 일치하는 것은 아니다. 이히로만이 단순히 형식상 일인칭소설에 불과한 반면

---

17 ─나는 취학 전부터 주일학교엘 다녔고, 여고시절은 선교학교에서 수학했다. 문학생활의 험난한 길을 방황했던 때도 교회를 찾았다. 교회는 피곤한 나를 따뜻이 품어주는 엄마의 가슴이기도 했다. 특히 나의 몸과 마음이 피투성이가 되었던 6·25 피난시절 나 자신을 할퀴고 매질하면서 날마다 새벽재단에 나가던 천막교회를 잊지 못한다."라고 「그리운 지대」를 쓰던 시기를 회상하면서도 작가는 「월남전후」를 첫 장편으로 기억하기도 하였다. 『현대문학』, 「문학과 신앙의 생애」, 앞의 글, 291면.

18 임옥인, 작자의 말, 『기독공보』 1954.1.18, 연재소설 예고. "작가의 문학수련 십여 성상 비로소 나는 내 붓끝이 어떤 목적을 향하여 움직여야 되겠는가를 새벽 종소리 듣듯 깨닫게 된다."

19 임옥인의 자서전 『나의 이력서』를 보면 대구 피난시절 나간 칠성교회에서 한국의 헬렌 켈러라는 양정신 여사를 만나 받은 감동이 기록되어있다. 『그리운 지대』에는 양정신 여사가 모델이 된 맹인 여성 백경선이 나온다. 임옥인 『나의 이력서』, 정우사, 1985, 114면.

사소설은 "작가가 자신을 가장 직절하게 털어놓은 소설"을 의미한다.[20] 구메 마사오에 의하면 소설의 첫 번째 기능은 "'나'가 아무리 보잘것없고 평범한 인간일지라도" "진짜의 '나'를 충실하게 표현하고 묘사하는" 일이다. 사소설은 자기의 서사화이며 진정성의 추구 양식인 것이다. 작가는 오랜 모색 끝에 자기탐구의 표현 양식으로 사소설 양식이 가장 적절하다고 판단, 선택하여 「월남전후」를 쓰기 시작하였다고 보인다. 거의 비슷한 시기에 작가가 쓴, 연재 매체가 일반 신문이나 대중잡지인 경우의 소설은 사소설 형식의 자기탐구소설이 아니라 가면으로의 글쓰기이며 본격소설이자 통속소설인 허구적 양식을 글쓰기방식으로 택하고 있다.[21] 「힘의 서정」(『동아일보』)이나 「소의 집」(『최고회의보』)처럼 작가의 계몽정신이 5·16혁명 직후 재건운동이념과 일치를 보이면서 임옥인 특유의 계몽소설을 낳은 것이나, 「기다리는 사람들」(『신태양』), 「젊은 설계도」(『조선일보』), 「장미의 문」(『자유문학』) 등과 같이 전쟁의 폐허 속에서 무너진 윤리와 상처받은 영혼을 신앙과 교육으로 일으켜보려는 열정을 담는 한편, 인간의 원죄[22]와 임옥인 소설 특유의 우울증 등 내면세계를 문제 삼은 소설들은 이 가면의 글쓰기 방식으로 썼다. 요컨대 작가로서는 「월남전후」에서 해방 직후의 현장증언과 여성교육 등 계몽의식을 담았으나 이 역시 자기탐구 작업의 일환이었으며 「일상의 모

---

20 스츠키 토미, 『이야기된 자기』, 앞의 책, 97~98면.

21 위의 책, 구메 마사오는 나카무라 무라오가 '본격소설'의 전형적인 모델이라고 보았던 19세기의 유럽소설-톨스토이의 「전쟁과 평화」 도스토예프스키의 「죄와 벌」 플로베르의 「보봐리부인」-을 '만들어진 것'이라는 의미에서 통속소설로 보았다. 100면.

22 임옥인은 원죄를 아득한 슬픔 같은 것이라고 하였다. "원죄란 무엇입니까? 아무 이유도 없이 당신의 마음에 슬픔이 깃드는 적이 있지 않습니까? 그 슬픔은 몇 만 년 후에 살아있을 인간의 가슴속에 한 가지로 깃들여있는 법입니다." 임옥인, 「창작노트에서」, 『문학과 생활의 탐구』, 앞의 책. 265면.

험」은 그 연장이자 발전된 양식이었던 것이다. 「일상의 모험」은 그런 점
에서 작가의 자기서사의 결정판이다. 「방풍림」은 기독교소설의 양식에
더 가까우므로 본고에서는 「일상의 모험」을 중점으로 임옥인의 자기의
서사화와 진정성의 문제를 살핀다.

(2) 글쓰기와 자아의 창조

김현은 "글은 왜 쓰는가," 질문하고 "미는 세계를 구할 것이다"라는
도스토예프스키의 말을 솔제니친이 "예술작품이 세계를 구할 수 있는 것
은 그것이 거짓을 싫어하기 때문이다"라고 덧붙였다고 하면서 "그것은
정신을 더욱 고문하고 자극하여 허무감이나 공동을 더욱 크게 드러나게
하는 자극제인 것이다."라고 말했다.[23] 예술작품은 진정성(authenticity)
추구에 가장 적합한 양식이라는 말이다.[24] 루소에게서 발원한 진정성의
개념은 일본의 사소설 탄생에 결정적 영향을 미친다. 고바야시 히데오
의 사소설론(1935.5~8)은 루소의 참회록의 일부를 인용하면서 시작된
다. "한 사람의 인간을 전혀 본연의 진리에 있어서 사람들에게 보이고
싶다. 그 인간이란 나 자신이다. (중략) 사람들이 나의 고백을 듣고, 나
의 비열함에 비명을 울리고, 나의 비참한 것에 얼굴을 붉힐 것을."[25] 시
마자키 도손은 1894년 22세 때 영역으로 처음 루소의 『고백록』(『참회록』
과 동일)을 읽고 깊은 충격을 받아 처음으로 내부에 잠재되어있던 '자
기'를 발견하게 되었다고 술회하였다. 고바야시가 '진정한 개인주의 문

---

23 김현, 「글은 왜 쓰는가」, 『현대여성』, 1973.2.
24 한국문학평론가협회 편, 『문학비평용어사전』, 국학자료원, 2006, 하, '진정성' 항목.
25 고바야시 히데오, 「사소설론」, 백철 편, 『비평의 이해』, 민중서관, 1972 재판, 193면.
　　스즈키 토미, 『이야기된 자기』, 앞의 책, 82~83면.

학'을 제창한 것은 마르크스주의 이데올로기에 의해 시련을 맞게 된 '진정한 자기' '진정한 개인'이라는 이념을 옹호하고 재건하고자 한 그의 소망을 드러낸 것이라고 한다.[26] 임옥인의 사상은 「월남전후」에 뚜렷이 나타난 것처럼 자유주의 사상이다. 해방 직후 북한의 탄압 앞에서도 주인공은 결연한 발언을 하고 있다.[27] 일본 사소설의 탄생 배경과 성격을 보면 임옥인이 사소설 양식을 선호하게 된 것은 자연스러운 일처럼 보인다.

「일상의 모험」은 「월남전후」 이후 12년 만에 쓰인 소설이다. 두 소설의 차이라면 소위 문학에서 이데올로기성이 사라진 것이다. 그동안에 무슨 일이 있었는가. 작가로서는 1959년 무렵 건국대 교수로 취업이 되고 많은 연재소설을 쓴다. 반공이 국시의 제1호가 되었던 시절을 지나오는 동안 박정애 교수의 표현처럼 "죽음을 분배하는 남성적·공적 권력에 대하여 여성적·사적 일상이 참수의 공포에 압도당함으로써 침묵하거나 순응의 포즈를 취하는 자동인형 혹은 여성 로봇의 생존전략을 구사했던 시대"가 작가로 하여금 정치성에 관심을 갖지 않게 하였는지도 모른다. 이 소설에서는 이데올로기에 대한 부분이 거의 나오지 않는다. 감옥에서 비전향 사상범에게 전향을 권하는 정박사의 모습이 잠깐 스치듯 묘사될 뿐이다. 작가 임옥인은 전적으로 자신의 생활을 중심으로 '모험'을 적어나간다.

---

26 스즈키 토미, 위의 책, 110면.

27 "일제에 압박당해온 것만두 기가 막히다는데…말로는 해방이라면서 왜 뭣때메 누구한테 구속을 당해?" 그리고 한숨을 돌리고 나서 "너희들 공산주의가 이기나 자유주의가 이기나, 두개의 세계의 결말을 내 눈으루 보구야 말 테다. 야만의…." 내가 채 말을 맺기도 전에 을민의 바른 손은 왼쪽 허리띠에 찬 권총케이스 댄추를 끌르고 있었다. 「월남전후」, 『월남전후』, 여원사, 1957. 205면. 이것은 6·25 직후인 당시 남한의 현실감각이었을 것이다.

'일상의 모험' 이란 무엇인가. 작가는 『나의 이력서』에서 이 용어를 이렇게 사용한다. "숱한 눈물과 신고 속에 내 보통학교 공부는 정녕 어렵게 유지되었다. 그것은 바로 「일상의 모험」과 같은 것이었다고도 할 수 있다."28) 이로 볼 때 계획할 수도 없고 예측할 수 없이 이어지는 생활, 그 속에서 이루어진 일들을 일상의 모험이라 의미하였다고 풀이가 된다. 또 소설 속에서 주인공의 일상은 신의 체험을 말하기도 한다.29) 일상성(quotidienneté)이란 고도로 발달한 현대 산업사회의 도시적 특성이자 현대성과 함께 오늘날 우리 사회의 시대적 양 측면이다.30) '생활' 에서 '일상' 으로의 변화는 임옥인 문학세계가 식민지 계몽기로부터 현대 산업사회로의 이행에 대응하고 있는 증거로도 보인다. 일상성의 특징 중의 하나가 양식(style)의 부재이듯 소설의 기본 플롯은 시간의 역진이 거의 없는 일기처럼 매일 매일의 기록으로 짜인다. 편지는 사소설 양식에서 수시로 사용되는 양식으로 임옥인 소설에서 자주 이용된다.

「일상의 모험」은 우선 주인공이 어디로 가는지 방향을 의식하지 못한 채 버스를 타고 가다가 교통사고를 당해 원점인 집으로 돌아가는 사건으로 시작된다. 이것은 두 가지의 의미가 있다. 하나는 월남 이후 또는 「월남전후」를 쓴 이후 어디로 가야할지 알 수 없었던 작가의 내면상황에 대한 암시일 수 있고, 또 하나는 임옥인의 사소설의 방식을 암시하는

---

28 임옥인, 『나의 이력서』, 정우사, 1985, 32면.

29 "하느님이 내가 구하는 것이 내게 정말 필요한 것이라면 지급하지 않을 리가 없는 것이다. 나는 단순히 그걸 믿으면서 구할 뿐이다. 그러면 참말 시급한 것이라면 즉각 주시는 것이다. 나는 이런 체험을 너무나 많이 겪는 것이며, 그것이 나의 일상(日常)인 것이다."
임옥인, 「일상의 모험」 하, 삼성신서 『한국문학전집』, 삼성출판사, 1975, 356면. 줄 바꿈은 원문대로.

30 앙리 르페브르, 박정자 옮김, 『현대세계의 일상성』, 主流・一念, 1990, 14면.

것일 수 있다. 이미 이루어진 상황, 선험적 자기를 보여주는 글쓰기가
아니라 하루하루 자아를 창조해 나아가는 방식이다. 일상의 모험이라고
작가가 명명한 이 방식은 임옥인 사소설의 탈근대적 주체 개념을 보여
주는 부분이기도 하다. 데카르트의 코기토적 주체 개념을 주체의 죽음,
주체의 허구라고 선언한 니체는 "'나 자신'은 선험적으로 주어져 있지
않다. 내가 찾을 수 있는 나는 어디에도 없다." "우리는 그러나 우리 자
신인바 그것이 되고자 한다. ─새로운 사람, 단 한 번의 존재, 비교할 수
없는 자, 자기 스스로 입법하는 자, 자기 스스로 창조하는 자!" 논리적 보
편적 주체가 해체된 뒤, 내가 되고자 해야 할 주체는 내가 창조해야 할
주체이며, 그 주체는 자신을 스스로 창조하는 자율적 주체여야 한다"[31]
고 하였듯이 임옥인은 곧 니체적 주체, 스스로 창조하는 자율적 주체로
글쓰기를 지향하였던 것이 아닌가 생각한다. 임옥인의 「일상의 모험」은
곧 자아 창조의 글쓰기인 것이다.

이처럼 모두(冒頭)의 교통사고 장면, 타고 가던 만원 합승이 사고를 일
으켜 주인공은 부상을 입고 집으로 돌아가는데 주인공은 그제야 자신이
영천 교도소에 가려면서 후암동으로 가는 합승을 탔다는 사실을 알아차
린다. 그런가 하면 정신을 잠깐 잃었다가 깨어나는 사이, 자신이 치렀던
죽음의 체험을 떠올리면서 다시 살아났다는 데 대해 무감동한 모습을
보이기도 한다. 삶에 대해 집착을 하지 않는 일종의 의욕 제로, 가치 제
로의 지점에서 소설이 시작되고 있다. 그러나 주인공이 사형수를 면회
하러 가기까지는 '가슴 아픈 사이'라는 말이 나오듯 타인의 불행에 대
해 남다른 민감함을 갖고 있는 주인공이다. '가슴 아픈 사이'라는 말은
작가가 수필집 서문에 썼던 말로(소설 속에 사실이 그대로 등장한다)가

---

31 강영안, 『레비나스의 철학 · 타인의 얼굴』, 문학과지성사, 2005, 66면.

여운 것들을 보면 생리적, 심리적으로 통증을 느낌을 말한다. 사형수가 쓴 어머니를 그리는 시를 보고 가슴이 아파 주인공은 사형수와 만나기로 약속하고 교도소에 가던 길에 사고를 당했고 「일상의 모험」은 이런 '가슴 아픈 사이'의 만남이 주종을 이룬다. 레비나스는 서구문화와 철학의 탈인격화, 즉 '얼굴 없는 사유'의 정체를 폭로하고 "상처받을 수 있다는 것은 한 마디로 타인에 의해 사로잡히고, 타인을 위해 고통 받고, 타인을 위해 대신 설 수 있다는 뜻이다. (중략) 상처받을 수 있다는 것, 타인을 위해 책임질 수 있다는 것, 타인을 대신해서 고통 받을 수 있다는 것, 이것이 주체성의 의미"라고 강조한다.[32]

주인공은 '가슴 아픈 사이'의 타자에게 가슴을 열고, 대신 고통을 받거나 나누려고 노력한다. 주인공의 남다른 고난의 삶은 타자의 공감을 이끌어내는 좋은 매개가 된다. 이때 주인공이 작가이자 대학 교수라는 사실은 레비나스가 말한 타자에게 다가갈 수 있는 비대칭의 조건에 적중한다.

> 근래에 와선 학교나 사회단체나 특히 망각지대인 교도소나 나병 환자 촌에 가서 사람들 앞에서 무슨 말이든 얘기해야 할 경우를 당한다. 원래 말 주변이 없는 데다 준비할 틈도 없으니 항상 당황하지 않을 수 없다. 그런데 이상한 노릇이다. 나는 정상 사회인 앞에 서면 뭐라고 말할 바를 모르다가도 이른바 망각지대―환자들이나 나병환자들이나 교도소 수인들 앞에 서면 할 말이 없지도 않다. 아니, 의외로 다변해지는 수가 있다. 무엇을 어떻게 말할까 하는 아무 플랜도 없으면서 이를테면, 쉽게 시간을 때우고 분위기를 끌고 나갈 만큼의 분량을 감당해내는 것이다. 아니 대개는 "할 말은 많지만 시

---

32 위의 책, 79면. 레비나스의 주체성 확립과정 : 얼굴→계시→충격→책임→응답(환대)→ 주체(나의 나됨).

간이 모자라서…" 하는 식으로 강단을 물러서는 것이다.[33]

또한 임옥인의 자기의 서사에는 주인공 자신의 고백이 가감 없이 토로된다. 이 소설이 독자에게 주인공은 곧 작가라는 읽기모드의 합의가 되어있음에도 불구하고, 아니 그러하기에 작가는 더욱 적나라하게 자신의 이야기를 풀어놓는다. 루소적 고백이라 아니할 수 없다. 아홉 번의 대 소 수술과 그 수술보다 많이―그러니까 열 번이나 열 번 이상을 자살을 기도했다가 매번 실패하고 마지못해 부지해온 목숨[34]이라면서 자살 사건을 둘러싸고 주인공의 결혼과 남편의 죽음, 남편이 죽기 전에 이미 모종의 일로 남편과 헤어졌던 사실, 유부남을 사랑하였던 스캔들을 감춤 없이 고백한다. 그러나 이러한 고백이 주를 이루는 것은 아니다. 오히려 이러한 '과거'를 표백한 위에 주인공은 타자에 대한 '환대'로 하루하루를 모험처럼 살고자 한다. 불구자 화가 로토렉의 그림을 보면서 "일상적인 것, 남이 흘려버리는 것에 비상한 흥미와 애착을 갖고 즐겨 자유롭게 그린 그의 그림은" "자아에 직면하고, 그리고 기쁨과 미를 피해서 오히려 생활의 곤란이나 고통이나 노고에 직면해서 그것 속에서 진실을 찾아내려고 눈을 크게 뜨려고 했었다."는 평에 공감하며 "내가 일상 생각하고 있는 것도 바로 그 점이다."라고 한다. 사형수 강병길을 만나고 그에게 편지를 보내며 그의 어머니 춘천아주머니에게 친구가 되어주면서 진실을 찾아내려고 노력하는 눈을 크게 뜨는 주인공은 일상성에 사로잡힌 현대 사회에서 소외된 양로원의 골무 할머니, 호물때기 할머니, 혹부리 할머니, 집안일을 돌보아주는 처녀 아이들과 고학생, 고아학생

---

33 임옥인, 『일상의 모험』 상, 삼성출판사, 삼성신서 한국문학전집 24, 1972, 14면.
34 임옥인, 위의 책, 14면.

들을 만나고 돌본다. 그야말로 생활 속에서 만나는 일상적 이야기요, 남이 흘려버리는 것들을 소중하게 받아 안는다. 그 속엔 월남전에 참전한 아들 같은 학생 이야기도 있으며 남편인 할배와의 갈등과 신앙생활도 가감 없이 묘사되고 있다. 이러한 글쓰기를 통해 주인공의 자아는 창조되고 독자와는 진정성의 교감이 이루어진다.

2) 임옥인 소설과 진정성의 문제

(1) 주체의 형성과 아브젝트[35]

임옥인의 자기의 서사화와 함께 짚어보고 싶은 것이 진정성의 문제이다. 자아의 창조에 나아간 윤리적 존재 바깥에 수없이 능장하는 아브젝트의 요소다. 사소설 양식이 바로 진정성의 구현 양식이지만 작가가 의도하였던 하지 않았던 정직하게 기술된 임옥인의 소설에는 아브젝트의 개념과 이론으로 풀어볼 수밖에 없는 특유의 요소가 삽입되어있다. 그것은 피요, 똥이요, 해골이요, 시즙이요, 나병환자요, 광기요, 우울증이다. 임옥인의 소설엔 거의 빠짐없이 피가 튀긴다. 진정성의 양식 사소설을 통해 지극히 도덕적인 자아가 존재한 한편에 이처럼 어둡고 무거운 아브젝트가 출현하고 있다는 것은 무슨 의미인가.

「일상의 모험」에서 교통사고로 얼굴에 흐르는 피를 닦은 휴지의 '시

---

35 조셉 칠더스·게리헨치 엮음, 황종연 옮김, 『현대문학·문화비평용어사전』, 문학동네, 1999, 57면. abjection 앱젝션, 폐기 : "앱젝션에 관한 에세이"라는 부제를 가진 줄리아 크리스테바의 『공포의 권력』(1980)에 의하면 앱젝트(폐물 폐인)란 "정체성·체계·질서를 어지럽히는 것, 경계·위치·규칙을 무시하는 것"이다. 오물·쓰레기·체액·시신 그 자체가 모두 앱젝트이다. (중략) 앱젝트는 인간생활과 문화가 스스로를 유지하기 위해 배제하는 것이다. 그렇지만 그것은 역겨운 느낌을 주면서도 마음을 부추기고 홀리는 기묘함(uncanniness)을 갖고 있다.

뻘건' 핏자국을 보고 주인공은 "다시 내 본체를 대하듯 반가운 생각조차 들었다"고 쓸 정도로 작가는 '피'에 대해 어떤 거부감보다는 친화감을 보인다. 게다가 '빨간'에 비해 '시뻘건'의 표현은 빛깔이 주는 충격의 정도가 최상급이다. 십여 차례의 자살 기도 등 몸에 대한 자해를 계속해 온 주인공은 대 소 수술을 통해 엄청난 피를 흘렸다고 쓴다. 소설의 말미에서 할배의 독설에 견디다 못해 집밖으로 나가 영하의 밤거리를 방황하다 맨 발가락이 날카로운 얼음에 찢겨져 '선혈이 고무신에 넘친다.'[36]고도 썼다. 그리고 「핏자국」이라는 작가의 콩트를 인용하면서까지 흥건한 피를 소설에 올려놓는다. 어느 날 집에 돌아오니 담벼락 아래 한대접이나 푹 쏟아버린 핏자국이 주인공을 놀라게 했다는 것이다. 애들이 싸우다가 맥주병을 깨 그걸 갖고 상대방 소년의 혀를 찢어 흘린 핏자국은 주인공에게 자신의 '죄'를 돌아보게 한다. "남에게 인색했던 일을, 그리고 게으르고 때로는 주제넘게도 탐욕스럽거나 하여튼 모든 불미스러운 나 자신을 마치 저 붉은 액체위에 내동댕이치고 싶었다. 벌겨 벗겨서 길 위에 내동댕이치고 그것 위에 칼을 꽂고 콸콸콸 있는 대로의 피를 뽑아서, 내가 차마 눈을 뜨고 볼 수 없는 그 흥건히 땅에 배인 액체 위를 덮어버리고 싶었다.[37] 피를 대하고 주인공이 반응한 것은 스스로에 대한 정죄다. 모든 불미스러운 자신을 벌거벗겨 칼을 꽂음으로서 피를 뽑아 그 흥건히 배인 핏자국을 덮어버리고 싶다 한다. 피에 대한 주인공의 극단적인 반응은 무심히 넘어갈 수 없게 한다. 피투성이의 교통사고로 시작된 소설은 핏자국으로 끝이 나도록 배치되어 있는 것이다. 소설의 시종을 피로 물들여놓은 것이 결코 심상한 일일 수는 없다.

---

36 위의 책, 하, 428면.
37 임옥인, 위의 책, 432면.

부정(不淨)→ 희생제의(犧牲祭儀)→ 정화(淨化)를 떠올리게 하는 핏자국 장면이나 「일상의 모험」 전체를 이와 같은 형식으로 해석하고 만다면 이는 논리의 지나친 단순화이며 안이함이 아닐까? 이리하여 본고는 임옥인의 다른 작품에서 발견되는 아브젝트와 함께 살펴보지 않을 수 없다.

'피'는 장편 「장미의 문」의 폭행당한 어머니의 묘사가 그중 충격적이다. 이 역시 소설의 모두 부분에 나오는 장면인데 "은영은 어머니의 머리채를 소여물에서 건져 쥐어짜면서 또 깜짝 놀랐다. 소여물은 수수죽처럼 벌겋게 엉겨있었다. 어머니의 머리채는 한줌이나 뽑혀져있고, 그 뽑혀진 부분이 터져서 피가 자꾸 흐르고 있었다. 은영은 땅바닥에 뒹구는 어머니옷고름을 뭉쳐서 그 핏구멍을 틀어막고 소죽과 피에 엉긴 어머니의 머리를 가슴에 안았다."[38] 같은 소설에서 마지막에 남편의 뒤를 밟으라고 심부름 보낸 만수가 교통사고를 당해 피투성이가 된다. 그런가하면 「소의 집」에서는 역시 첫머리에 줄거리와 별 연관도 없는 군철이가 트럭에 치여서 죽는 이야기가 나오고, 단편 「기적」에선 사랑했던 남자의 시뻘건 각혈(이 든 요강)을 손에 든 영희가 있다. 이러한 예를 찾기는 임옥인의 소설에서 어렵지 않다. 아니 오히려 수없이 많을 정도다. 이외에도 「월남 전후」의 폭격 현장의 주검들이나, 은신할 곳이 없자 빈 절간에 든 주인공이 절간 마당에 흩어진 해골 상자를 치우는 모습은 괴기스럽다. 아편을 밀매하려고 몸속에 지녔다가 그 독으로 죽어가면서 흘린 똥물이 여관방을 더럽히고 악취를 풍기는 장면 역시 타기하고 배제해야 할 대상이다. 그 중에 극단적인 오물은 「장미의 문」의 시즙(屍汁)이다. 은영이 을규를 간호하느라 병원에 있을 때 토불 어머니는 폐결핵에 걸린 남편을 위해 시즙을 구해온다. 아내의 젖을 빨며 연명할 정도로 부부의 사랑이 끔찍

---

38 임옥인, 「장미의 문」, 『자유문학』, 1960.6, 51~52면.

한데 특효약이라는 시즙을 구해 먹이고 다음날 남편이 죽자 여자가 따라 죽는 장면은 임옥인 소설에서만 볼 수 있는 극도의 아브젝트다.

아브젝트는 주체, 즉 자율화되기 위해 타자를 향해 자신의 혐오를 하나로 약호화하는, 말하는 주체의 변별화 과정이라고[39]한다. 언어습득과 함께 억압된 충동에너지는 상징 언어에서는 배제된 몸짓이나 구문파괴, 아이러니 재담 등의 형태로 상징 언어 속으로 부단히 침투하여 부정성 파괴력으로 작용하는 것이다. 이 힘을 크리스테바는 코라세미오티크라고 이름 한다. 코라세미오티크가 출몰할 때 상징 언어의 주체는 그 단일성이라는 위상이 끊임없이 기호성의 의미작용에 의해 도전받고 교란 당하는, 그럼으로써 헤겔적인 의미로 새로운 과정을 향해 도약하는 과정 중의 주체가 될 수밖에 없다는 것이다.[40] 아브젝트가 되는 것, 아브젝시옹은 부적절하거나 건강하지 않은 것이라기보다 동일성이나 체계와 질서를 교란시키는 것에 더 가깝다.

임옥인 소설에 등장하는 피, 오물, 주검, 시즙 등이 동일성이나 체계와 질서를 교란시키는 것일 수 있다면 임옥인 소설의 진정성은 가부장제와 같은 체계와 질서의 모순에 파열을 가하는 아브젝트를 낳게 하였다고 하겠다. 한편 광기며 우울증, 이런 요소 역시 임옥인 소설에 거의 빠짐없이 등장하는데 토릴모이의 글에 따르면 "인간관계로의 진입에 완전히 실패하면 우리는 라캉의 용어로 말해 정신병자가 된"다고 한다.[41] (크리스테바가 가장 근본적인 기호계의 맥박으로 생각한 죽음의 충동을 위장한) 시인의 부정성은 상징 언어에 대한 일련의 파열, 부재, 중단으로 분석될

---

39 줄리아 크리스테바, 서민원 옮김, 『공포의 권력』, 동문선, 2001, 131면
40 위의 책, 17면.
41 토릴 모이, 임옥희 · 이명호 · 정경심 공역, 『성과 텍스트의 정치학』, 한신문화사, 1994, 200면.

수 있다. 토릴모이는 이를 크리스테바의 전복적 기획이라고 부른다.[42]

한편 전혜자가 임옥인의 「월남전후」를 감싸고 있는 생존의식 내지 삶에 대한 본능적 에너지는 크리스테바의 상징계 이전의 '코라' 바로 그것이며 모권체적 유토피아[43]라고 하였는데 임옥인의 장편소설 전체를 흐르고 있는 원초적 생명에의 그리움은 바로 '코라' 그것으로 해석이 가능하다. 그 유토피아는 때로 고향의 에덴동산으로 구체화되어 나타나기도 하고 어머니 모성에 대한 한없는 그리움으로 나타나기도 한다. 그리하여 「방풍림」에서는 이 모성을 그리워하는 아기의 노래가 불리기도 한다. 상징계로의 진입에 작가 임옥인은 실패했던 것인가, 임옥인 소설의 아브젝트는 임옥인이 자기탐구를 하는 소설 쓰기에서 거둔 또 하나의 진정성이자 기존의 질서를 교란하고 전복하는 파열성이다.

(2) 소설 양식과 진정성의 문제

임옥인의 소설에 대하여 김복순과 박정애는 '월남한 기독교인으로서 생래적인 보수성이 후기 문학을 파탄하게 하였다' 고 한다.[44] 한국전 후

---

42 위의 책, 같은 면.

43 전혜자, 앞의 책, 146면.

44 김복순, 앞의 책, 65면. 임옥인의 소설은 "1950년대의 현실을 직시하고 그 현실에 정공법으로 맞선 형태의 것이라기보다는 일종의 도피였던 것이다. 물론 1950년대 현실은 발전이데올로기 부재의 시대였으므로 뚜렷한 전망을 확보할 수 없는 시대적 제약이 있다. 종교의 이데올로기 속으로 들어갈 때 모든 갈등은 스스로 해소된다. 따라서 진정성지향의 최대치가 서사적 파탄을 초래하는 것은 예정된 결과였다".
박정애, 「전후 여성작가의 창작환경과 창작행위에 관한 자의식연구」, 『아세아여성연구』, 2002, 41호, 디지털 별쇄, 5면. "임옥인의 색다른 점은 그가 단신 월남(越南)하여 여고 교사에서 대학 학장에 이르기까지 교육자로 시종(始終)한 생활인이자 YWCA 회장을 지낸 독실한 기독교인이라는 전기적 사실에 기인한 것일 터이다. 물론 월남한 기독교인으로서의 생래적 보수성은 상기(上記)한 부르주아 여성작가들보다 훨씬 견고한 바 있어 임옥인 후기 문학의 파탄을 초래하는 원인이 되기도 한다."

의 시대는 과연 "죽음을 분배하는 남성적·공적 권력에 대하여 여성적·사적 일상이 참수의 공포에 압도당함으로써 침묵하거나 순응의 포즈를 취하는 자동인형 혹은 여성로봇의 생존전략을 구사했던 시대"였을지 모른다. 그러하기에 오히려 소설의 진정성 추구양상이 주목되는 것이 아닌가 한다. 해방공간에 월남하여 어머니와 떨어진 데다 가족 역시 없는 천애고아의 상황에서 극도의 외로움과 가난을 겪은 작가가 육이오전쟁으로 다시 피난생활을 하면서 시대적 폭압에서 자유로울 수 없었을 것은 자명하고, 더구나 병약한 작가로서는 스스로 설 수 있는 길을 모색하지 않으면 안 되었다고 되어있다. 이때 신앙은 그를 붙들어준 유일한 의지처이자 심정적으로 어머니 고향과도 통하는 절대였다. 각주에 올렸지만 그가 여고 교사에서 대학 학장에 이르기까지 교육자로 시종(始終)한 생활인이자 YWCA 회장을 지낸 독실한 기독교인이라는 약력은 화려해보이지만 그의 자서전 『나의 이력서』 등을 참고하건대 결과적으로 그렇게 되었을 뿐 거처가 없어 가로수를 가리켰다는 작가의 상황은 임옥인 소설연구에서 참고하여야 할 사항이라고 본다.

임옥인은 함흥영생여고보시절에 교사였던 김교신과 현원국으로부터 종교적 감화를, 조선어학회 사건의 중심인물 한글학자 정태진으로부터 문학과 민족의식을, 그리고 나라여고사 3학년 시절 서울역에서 만나 두 시간 독대하여 지도를 받은 도산 안창호의 무실역행 사상을 자신의 삶에 적용함으로써 문학과 교육 그리고 신앙을 평생의 세 가지 축으로 삼았다고 한 바 있다. 이것이 교육에서 생활의 개혁론으로 나타나며 문학에서는 '생활', '일상'의 중시로 나타나 문학형식에까지 영향을 미치는데 식민지 한국을 대표하는 큰 지도자와의 만남은 그로 하여금 평생 진정성을 추구하는 자세를 갖게 하였을 것으로 판단된다.

문학은 성실에서만 생산할 수 있다고 생각합니다. 그러한 의미에서 작품의 됨됨은 '나' 이상이 될 수 없다고 생각하는 것입니다. 그렇게 하면 나는 피와 땀과 눈물어린 합장의 자세를 흩트릴 수 없을 것입니다. 자기 인식과 자기 제어, 진 정신영역을 통하여 진통의 괴로움을 목숨과 더불어 이어갈 것입니다.[45]

소설은 진정한 자아가 욕망되고 생성되는 장소인 개인의 내면을 효과적으로 그려낼 수 있다는 점에서 진정성 추구를 다루는데 적합한 장르이다. 그리고 "어떠한 천재작가라도 자기 한 사람의 손으로 시대정신이라든가 사회사상이라든가 하는 것을 창작해낸다는 것은 있을 수 없다. 어떠한 하찮은 사상일지라도 작가는 이것을 전연 새롭게 발견하거나 하는 것은 아니다. 그는 이미 사람들 가운데 생겨나있는 사상을 작품에 실현시켜 명료화할 뿐이다."[46] 라는 고바야시 히데오의 말을 보더라도 작가가 시대를 뛰어넘을 수는 없다고 생각한다. 임옥인은 그래서 손에 닿지 않는 사회의 추상성에 머물기보다 '지금 여기' 생활의 현실을 정시하려고 한 것이다. 그러다보니 작가는 진정성의 양식으로 「일상의 모험」 등을 쓰게 되었던 것이며 이 소설 쓰기는 다시 작가 임옥인의 삶을 규율하게 된 것이다. 말하자면 사소설 쪽이 종종 그들 자신의 생활에 영향을 미치고 있었던 것이다.[47]

앞에서 인용한 김현의 글은 수필가 이경희의 수필집 『뜰이 보이는 창』을 읽고 쓴 글인데 이 책을 읽으면서 평론가는 "글이란 내부의 공동을 메워준다는 것이고 또 하나는 글이란 외부의 일에 충실하게 작가를

---

45 임옥인, 『문학과 생활의 탐구』, 앞의 책, 264면.

46 小林秀雄, 「사소설론」, 백철 편, 앞의 책, 199면.

47 스즈키 토미, 앞의 책 32면.

만든다.”는 명제를 찾아낸다. 아이들한테도 시어머니한테도 미움 받지 않는 글을 쓰기 위해 일부러 더 그들을 돌보게 된다고 쓴 대목을 읽고 쓴 것이다. 작가는 글을 쓰지만 글이 사람을 만들고 또 행동에 영향을 미친다는 이 논리는 임옥인의 자기의 서사화와 진정성의 문제를 압축적으로 설명해준다. 장 스타로뱅스키는 “진정성의 법칙은 작가가 어떤 불변의 과거 속에서 ‘진짜 자아’를 찾아내기를 포기하고 그 대신에 글쓰기를 통해 하나의 자아를 찾아내려는 것을 참아주며 심지어는 요구한다.”고 말하였다.[48] 글쓰기가 작가에게 영향을 미치지만 사소설의 경우 그 강도가 단연 압도적이다.

「일상의 모험」 주인공이 교도소를 방문하여 사형수를 만나며 그의 편지에 답을 써주며 음식을 해서 날라다 먹이고 하는 이런 선한 사마리아인과 같은 행동은 글쓰기가 촉발한 선행일 수 있는 것이다. 글쓰기를 위하여 삶을 선하고 아름답게 가꾸어나가는 일이 어찌 위선일 수 있겠는가. 이 소설의 할매(주인공)와 할배는 이 위선 때문에 주로 큰 싸움을 벌이거나 할매를 괴롭힌다. 하지만 그 할배는 드디어 회심을 하고 할매에게 돌아온다(할매의 신앙에 동의한다). 하루하루 삶 앞에서 작은 일부터 성실하도록 종교인과도 같은 자세를 보이는 작가는 앞에 인용하였듯이 “작품의 됨됨은 ‘나’ 이상이 될 수 없다고 생각하”기에 피와 땀과 눈물 어린 합장의 자세를 흩트릴 수 없다고 쓰고 있는 것이다. 자기인식과 자기제어, 진(眞) 정신영역을 통하여 진통의 괴로움을 목숨과 더불어 이어가려는 것 이것은 실상 글쓰기가 영향을 미친 일상의 모험일 수 있다는 이야기다.

근대적 과학성 합리성을 담보한 소설 양식에서 기독교적 신비나 교조

---

48 한국문학평론가협회 편, 앞의 책, 917면.

적 결말이 출몰하는 것은 과연 서사를 파탄으로 이끄는 것일는지 모른다. 그러나 이 역시 신뢰할 만한 작가가 진정성의 하나로 썼을 때 독자역시 작가가 찾은 자아를 용납하는 관용이 요구되는 것이 아닌가 생각한다. 「일상의 모험」에서도 이러한 신비가 등장한다. 혹부리 할머니의혹을 수술하도록 주인공의 마음을 움직인 기도라든가, 앞에서 인용한바 있는 일상의 의미, 즉 한밤중 치통이 낫는 기적 같은 것, 마지막에 병원에서 치료가 되지 않는 주인공의 병 치료를 위해 H권사를 찾아 떠나는 장면 같은 것이 그러하다.[49] 「일상의 모험」에서 중요한 문제는 이러한 디테일에 리얼리티가 있느냐 없느냐보다 진정성에 기반한 것이냐 아니냐, 라고 본다. 작가는 이 자기의 서사화 양식을 사소설 스타일로 받아들이고 50대 후반, 삶의 황혼에 거의 다다라서(임옥인은 1911년생이다. 「나의 이력서」에서 본인이 그렇게 술회하였다. 모든 사전의 기록은수정되어야 한다. 그러니 이때 작가는 우리 나이로 58세다) 자신을 정시하며 서사화함으로써 자기탐구의 길을 신앙의 길로 열어놓고 있다. 술을 진탕 마시고 할매와 가족을 괴롭히는 비정한 할배는 고양이 한 마리를 사랑하면서 자신의 내부에 감춰진 사랑을 발견하고 스스로 구원을받게 되는데 사형수와의 만남보다도 이 할배의 회심이 이 소설의 핵일것이다.

　나란히 기독교문학을 지향하였으나 김말봉이 일본 기독교여성단체가시작했던 폐창운동 등 여성운동으로 나아간 것과 비교가 된다.

---

49 2009년 6월 19일 문학의 집 · 서울에서 열린 제99회 「그립습니다―음악이 있는 문학마당」 '임옥인 소설가 추모의 밤'에서 작가 임옥인을 추억한 제자 김홍신 전 국회의원은 작가 임옥인이 H권사의 기도와 안수로 병석에서 일어나 벽을 짚고 일어나 걷는 것을 목격했다고 하였다.

3. 나오며

지금까지 본고는 임옥인이 정통적 소설기법에서 사소설 양식으로 소설 쓰기 방식을 바꾸어 나가는 '진정한 자기' 추구의 궤적을 보여줌으로써 작가의 진정성 추구와 소설 양식의 관계를 논의할 수 있는 작가로 보고 자기의 서사화와 진정성의 문제를 고찰해 나왔다. 임옥인의 사소설적 성격의 결정판은 「일상의 모험」인 바 본고는 레비나스의 타자이론 및 '환대이론'에 비추어 임옥인 소설의 자기의 서사화(Narrating the Self) 성격을 구명하는 동시에 진정성을 추구하는 글쓰기를 통해 드러난 일종의 무의식, 아브젝시옹을 통해 문학 속에 구현된 임옥인 소설의 전복성을 포착해보았다.

임옥인의 소설을 널리 읽고 있지 않음으로 해서 임옥인 소설의 진면목이 미처 드러나지 못하였다고 보고 장편 13편을 기본 자료로 소설의 전개 및 흐름을 살피면서 「일상의 모험」을 중심으로 임옥인이 이룩한 자기의 서사화와 진정성의 문제를 살펴본 것이다. 우선 본격적 기독교 소설이 1954년 장편 「그리운 지대」에서 출발하였으며 「월남전후」가 단행본으로 출간된 1957년은 1954년부터 보인 변화의 시도가 작가의 창작 방법으로 안착하여 작품활동에 자신감을 갖게 되었음을 밝혔다. 「월남전후」는 초기 단편 「후처기」와 「전처기」에서 보여준 '나'의 시점으로 썼으나 '나'의 시점, 이히로만(Ich roman)은 사소설과 일치하는 것은 아니다. 이히로만이 단순히 형식상 일인칭소설에 불과한 반면 사소설은 "작가가 자신을 가장 직절하게 털어놓은 소설"을 의미한다. 「월남전후」에서 해방직후의 현장증언과 여성교육 등 계몽의식을 담았으나 이 역시 자기탐구 작업의 일환이었으며 「일상의 모험」은 그 연장이자 발전된 양식이다. 「일상의 모험」은 그런 점에서 작가의 자기서사의 결정판이다.

　‘일상의 모험’ 이란 계획할 수도 없고 예측할 수 없이 이어지는 삶, 그 속에서 진실을 찾아가는 일들을 일상의 모험이라 의미하기도 하고 신의 체험을 의미하기도 한다. 주인공은 ‘가슴 아픈 사이’ 의 타자에게 가슴을 열고, 대신 고통을 받거나 나누려고 노력한다. 주인공의 남다른 고난의 삶은 타자의 공감을 이끌어내는 좋은 매개이며, 이때 주인공이 작가이자 대학 교수라는 사실은 레비나스가 말한 타자에게 다가갈 수 있는 비대칭의 조건에 합당하다. 이러한 진정성의 추구는 주인공으로 하여금 자아의 창조를 가능하게 한다.

　임옥인의 자기의 서사화와 함께 짚어본 것이 진정성의 문제이다. 자아의 창조에 나아간 윤리적 존재 바깥에 수없이 등장하는 아브젝트의 요소가 그것이다. 사소설 양식이 바로 진정성의 구현 양식이지만 작가가 의도하였던 하지 않았던 정직하게 기술된 임옥인의 소설에는 아브젝트의 개념과 이론으로 풀어볼 수밖에 없는 특유의 요소가 삽입되어있다. 그것은 피요, 똥이요, 해골이요, 시즙이요, 나병환자요, 광기요, 우울증이다. 임옥인의 소설엔 거의 빠짐없이 피가 튀긴다. 진정성의 양식 사소설을 통해 지극히 도덕적인 자아가 존재한 한편에 이처럼 어둡고 무거운 아브젝트가 출현하고 있다. 언어습득과 함께 억압된 충동에너지는 상징 언어에서는 배제된 몸짓이나 구문파괴, 아이러니 재담 등의 형태로 상징 언어 속으로 부단히 침투하여 부정성 파괴력으로 작용한다고 한다. 시인의 부정성은 상징 언어에 대한 일련의 파열, 부재, 중단으로 분석될 수 있다. 토릴모이는 이를 크리스테바의 전복적 기획이라고 하였다. 임옥인 소설의 아브젝트는 임옥인이 자기탐구를 하는 소설 쓰기에서 거둔 또 하나의 진정성이자 기존의 질서를 교란하고 전복하는 파열성이다.

　임옥인은 5, 60년대 경직된 시대 상황에서 손에 닿지 않는 사회적 자아의 추상성에 머물기보다 '지금 여기' 생활의 현실을 정시하려고 한다. 그러다보니 작가는 진정성의 양식으로 「일상의 모험」 등을 쓰게 되었던 것이며 이 소설 쓰기는 다시 작가 임옥인의 삶을 규율하게 된다. 말하자면 사소설 쪽이 그들 자신의 생활에 영향을 미치는 현상이다. 김현은 글을 쓰는 이유는 글쓰기가 삶을 충실하게 하기 때문이라고 하였지만 사소설의 경우 그 강도가 단연 압도적이다. 그리하여 자아는 창조되어가는 것이다.

작가는 이 자기의 서사화 양식을 사소설 스타일로 받아들이고 50대 후반, 삶의 황혼에 거의 다다라 자신을 정시하며 서사화함으로써 자기탐구의 길을 신앙의 길로 열어놓고 있다. 술을 진탕 마시고 할매와 가족을 괴롭히는 비정한 할배는 고양이 한 마리를 사랑하면서 자신의 내부에 감춰진 사랑을 발견하고 스스로 구원을 받게 되는데 사형수와의 만남보다도 이 할배의 회심이 이 소설의 핵이라고 본다. 임옥인의 「일상의 모험」을 중심으로 작가의 진정성 추구와 소설 양식의 관계를 살펴보았다.

(『세계한국어문학』 제2집, 2009)

이석봉 소설의 타자윤리학

● ● ●

사무친 어둠의 해구(海溝)에 구원의 빛을 쌓다

1. 밤의 산책자

이석봉의 등단작 『빛이 쌓이는 해구』는 분노의 소설이며 예술가소설이며 지식인여성의 소설이다. 작가가 36세에 『동아일보』현상 장편소설 모집에 당선(가작), 작가로 등단한 것처럼 소설 속의 주인공도 결혼하였으나 남편을 떠나 친정에 와 있는 나이 지긋한 여성이다. 이 소설의 주인공 혜영은 무엇에 분노하는가. 남편의 비열, 허세, 교활 등에 무능력과 무기력을 더하고 의처증에 폭력과 행패를 자행하며, 이혼요구에 응해주지 않을 뿐 아니라 직장에 나갈 수 없게 무함하여 허위폭로기사로 아내를 곤경에 빠트리는 파렴치에 대한 분노다. 주인공은 결혼 후에 남편의 비열과 무능력을 발견하고 견디다 못해 집을 뛰쳐나와 친정에 머물면서 하릴없이 거리를 거니는 '산책자'가 된다. 산책자란 대도시 군중 속의 고독, 자기소외로부터 회복을 위해 자기침체의 과정이 필요하다는 자각을 가진 자다. 주인공은 밤에도 곧잘 어둠을 걷는다. 밤의 산책자는 도시를 산책하되 그 눈이 자신의 내면, 자기성찰을 향해 있다. 소설에서 주인공은 남편과 함께 여자라면 일단 비하하거나 희롱의 대상으로 여기는 남성들에게 분노하며 그 분노에 상응하는 자기동일성을 회복하고자 '산책'하지만 여성이란 존재에 회의하여 각성(覺醒)하거나 페미니스트가 되는 것은 아니다. 왜 그러한가. 이석봉의 분노가 페미니스트로 이어지지 않은 이 대목은 60년대 여성소설에게 주어지는 의문이기도 하다. 한 마디로 답하자면 이석봉의 분노의 바탕에 자리한 인간 긍정이 작가 이석봉으로 하여금 '저항'보다 '구원'을 향하게 한 것으로 보인다. 남편으로부터 이어지는 수난과 자신의 성실과 진실을 인정받고자하는 이 방황 또는 산책이 이 소설에 두 가지 축을 이루며 전개된다. 이러한 주인공의 분노와 젠더의식은 주인공이 밤의 산책을 통해서 만난 안석규라는 타자의 '성실'과 '참됨'을 만나면서 소설은 젠더의식을 드러내는 수준을 넘어서 타자의 윤리학에 나아가는 이석봉 소설의 우주를 창조해낸다. 분노가 고발과 비판을 넘어 성실과 참됨의 윤리적 가치를 지향하는 곳에 이석봉 소설의 미학이 있다. 『빛이 쌓이는 해구』에서 예술가 인물의 등장은 그래서 주목된다.

주인공은 영문학도이고, 오빠 혜진은 작곡가를 꿈꾼 음악지망생이며 정애의 남편 민호는 화가이고 혜영이 사랑하는 안석규는 바이올리니스트이다. 겉으로는 민호가 고산식물의 파란 꽃을 연상하며 혜영을 사랑하고, 혜영은 글루미선데이의 주인공 같은 안석규를 사랑하는, 모두가 일렬로 앞만 보고 가는 짝사랑의 구조 같지만, 이들의 관계는 예술가로서 서로가 인정하는 농도에 따라 지향이 결정되는 형국을 보인다. 민호가 아내가 있음에도 혜영을 사랑하는 것은 그 예술적 센스를 높이 산데 있다고 보이고, 친구 석규를 대하는 태도 역시 석규의 예술적 천분을 아끼는─또는 부러워하는─ 친구의 것으로 보아야 이해가 된다. 동시에 혜영이 민호보다 석규를 아끼고 따르는 것은 삶에 대해 절망한 자로서의 공감이라기보다 정직하게 절망을 고통하는 예술적 성실성의 강도가 민호에 비교할 수 없다고 판단한 것으로 보는 것이 옳을 것이다. 이런 측면에서 볼 때 소설은 그 예술적 정수를 윤리성에 두고 사랑의 형식을 통해 삶의 본질에 이르고자 나아가는 구조이다. 문학에 있어서 윤리란 무엇인가. 희랍어로 윤리는 올바른 존재방식의 추구, 또는 행위의 지혜를 뜻한다. 윤리에서 윤(倫)이란 순서를 뜻하나 윤리 앞에 문학이 오는 순간 '정해진 순서를 의심하고 부정하고 뒤집어 보는 것' 그것이 문학의 본성이고 윤리다.[1] 『빛이 쌓이는 해구』의 등장인물 거의가 죽음에 이름으로써 작가를 '악의 사제'라고까지 명명하게 된 것은 바로 이러한 윤리의식이 부정의 수사학과 만나 죽음에 이르도록 지향을 한 결과이다. 주요인물 모두가 문학, 그림, 음악 등 예술가들이라는 점에서 이 소설은 예술가소설이며 그 중심을 타자의 윤리학이 가로지르고 있다. 주인공은 대학을 졸업하고 교사로 근무하였으며 한국의 시를 영역할 정도의 실력을 지닌 지식여성이다. 이석봉의 『빛이 쌓이는 해구』가 나오기까지 우리 소설사는 지식인여성이 자신의 삶을 성찰하여 주체로 서는 과정으로서 자신과 정면으로 대결한 내면 탐색을 보여주는 소설을 일찍이 갖지 못했다. 주인공 혜영이 밤마다 방황하거나 끝없이 산책하는 것은 바람직한 타자를 발견하기 위한 과정이었다. 『빛이 쌓이는 해구』에서 혜영은 바람직한 타자 안석규를 만나고 그를 사랑하면서 주체로 선다. 레비나스의 용어로 '남(타인)의 얼굴'로 나아가는 것이다. 레비나스는 주체의 주체성, 즉 주체가 주체로서 자신의 모습을 갖출 수 있는 조건을 타인과의 관계를 통해서 찾고자 한다. '나'는 다른 사람에

---

1 서영채, 『문학의 윤리』, 문학동네, 2005, 서문 참조.

대해 무한한 책임이 있다. 다른 사람의 얼굴이 그것을 요구한다. 나는 그의 종이 됨으로써(sujetion) 주체(sujet)가 된다. 근대는 준 만큼 받고, 받은 만큼 주는 상호성의 원리에 바탕을 두고 정의(正義)를 이루었으나 여기에는 만남이 없으며 같은 것의 틀 속에 집어넣으려고 하는 폭력을 낳았다. 레비나스의 철학은 하이데거가 말하는 존재, 즉 기본적으로 홀로 있는 주체들을 다시 붙인다. 레비나스에게서 정의는 사랑인 정의 문제가 된다. 레비나스에게 윤리는 제일 철학이다. 작가는 분노로써 여성의 현실을 고발하고자 했던 것이 아니라 자신의 성실과 참됨을, 아니 안석규의 얼굴에서 성실하려 하고 참되려고 하는 노력을 인정받아 주체로 선다.

> 그것은 기쁨인 것도 같고, 슬픔인 것도 같고, 분노인 것도 같았다. 어쩌면 그것은 그 모든 것을 한데 뭉친 것인지도 몰랐다. 자신이 전력을 다하여 추구하던 것이 이루어졌다 하더라도 그것으로 끝이 될 수는 없는 것이었다. 깊은 바닷물을 뚫고 들어가 아무리 빛이 쌓인대도 해구(海溝)를 메울 수 없는 것과 마찬가지였다. 하지만 그것은 절망과는 거리가 먼 것이었다. 해구에는 영원한 희구(希求)가 있는 것이다. 지심(地心)에까지 사무친 어둠을 빛으로 메우려는…그것이 삶이며 또한 그 이유인 것이다.[2]

죽음을 앞둔 석규가 아내의 배신으로 던져버리려다가, 어쩌면 가장 성실하고 참된 여인을 만나게 될지도 모른다는 생각으로 간직했던 반지를 혜영에게 끼워주자 혜영은 "비로소 어떤 한 사람에게 자신의 성실과 참됨을, 아니 성실하려 하고 참되려고 하는 노력을 인정받았다는 감동을" 느낀다. 그리고 위와 같은 생각을 하는 것이다. 여기에서 되풀이 등

---

2 이석봉, 『빛이 쌓이는 해구』, 삼성신서 한국문학전집 96. 삼성출판사 1975.

장하는 단어, 성실과 참됨은 사랑과 동의어이자 작가가 가장 중요하게 생각하는 윤리의 요체이며 사랑의 형식과 윤리가 만나는 지점이다. 교활과 속된 것을 참지 못하는[3], 윤리에 남다르게 예민한 촉수를 지닌 작가 이석봉은 생리적으로 육이오 전쟁을 포함해 전쟁과 집단학살을 낳은 근대의 비인간성을 극복하는데 윤리의 회복이 무엇보다도 중요하다고 느꼈던 지도 모른다. 이석봉의 소설은 윤리학으로 읽어야만 그 세계를 제대로 이해할 수 있으며 이석봉 소설의 가치는 바로 타자의 윤리학을 구현한 데에 있다.

2. 분노를 넘어서

『빛이 쌓이는 해구』 이후 작가가 어떤 소설을 써 나가게 될 것인지 우리는 이로써 대강 짐작할 수 있다. 처녀작 『빛이 쌓이는 해구』에서 보인 윤리학이 어떤 굴절을 이루면서 그의 작품생활 34년 동안 탐구되고 있는지 그리고 작가가 궁극에 도달한 빛나는 지점은 무엇인지 살피면 작가 이석봉의 작품세계의 일단이 밝혀질 것이다. 작가 역시 『빛이 쌓이는 해구』(성문각, 1964.12.7) 후기에서 "작자에게는 첫 작품입니다. 따라서 미흡한 점이 적지 않습니다. 그러나 앞으로 이뤄가야 할 이 세계, 즉 혼돈에 어떤 질서를 부여하려는 첫 번째 청사진이라는 점에서 퍽 소중한 것이 아닐 수 없습니다."라고 해서 『빛이 쌓이는 해구』가 앞으로 이룩할 자신의 작품세계의 첫 번째 청사진이라는데 의미를 부여하고 있다.

현상소설 심사소감에서 박화성은 "『빛이 쌓이는 해구』는 예선에 들어온 아홉 편 중에서 가장 문장력이 세고 또한 탐나도록 아름다운 표현을

---

3 지기였던 추은희 시인의 증언.

가장 많이 가진 작품"이라고 했다. 안수길과 박영준도 이석봉의 시적인 문장과 소설적 깊이를 극찬하고 있다. 이석봉은 시인으로 문학적 출발을 했다. 『빛이 쌓이는 해구』라는 같은 제목으로 소설을 써서 전해에도 응모를 해서 최종심에까지 올랐었다고 하나 소설을 쓴 것은 60년대에 들어서이고 이전에 그는 시를 썼다. 10여 년 시로 단련된 응축과 절제의 세련된 문장과 지적 감수성은 『빛이 쌓이는 해구』를 성공시키는 저력이 되었다. 소설가로 화려한 탄생을 하기까지 작가는 적지 않은 시련을 겪은 것으로 알려져 있는데 이수복이 「박흡씨가 자살하기까지」[4]를 써서 발표한 것이 이 소설을 쓰고 있을 1963년 1월인 것만 보아도 작가의 당시 상황이 어떠하였는지 대략 짐작할 수 있다.

> 밤마다 숨 막히는 어둠 속에서 불길처럼 치솟는 憤怒에 잠을 태워야했다. 그것은 어떤 개인을 焦點하여 宇宙적인 깊이로 팽창해갔다. 그러나 끝내는 자신의 작은 胸廓 속으로 몰려오기 마련이었다.
>
> 나는 그만 기진해서 책상 위에 엎디고 만다. 서글픔이 엄습해온다. 이대로 말 수는 없다는 소리 없는 絕叫가 터져 나온다. 憤怒로 枯渴된 피를 찾아야한다. 三伏의 태양처럼 지글거리는 돌부리 위에 점점이 흘려버린 내 피를─그것은 반드시 回收가 아니래도 좋다. 「그 핏자국 위에 꽃을 피운다면 어떨까?」[5]

작가가 쓴 이 소감에는 실로 피를 토하는 고통의 절규가 있다. 이러한 피맺힘이 있기에 그의 남은 생애 34년간 쉼 없는 집필이 이어질 수 있었을 것이다.

---

4 이 시련은 그의 작품에 여러 차례 등장한다.
5 『동아일보』 현상소설 가작당선 소감, 『동아일보』, 1963.8.12.

이석봉은 1928년 김천에서 출생하여 1945년 김천공립고등여학교를 졸업하고 1948년 숙명여대 전문부 국문과를 졸업하였다. 추은희 시인에 의하면 초등학교부터 전문학교에 이르기까지 1등을 놓치지 않은 재원이었다 한다. 전문부 졸업 후 교편을 잡아 15년 동안 교직에 있으면서 시작활동을 했다. 일찍이 1951년 『갈매기』[6]에 시 「여교사」를 발표한 적이 있으며 이후 지방의 동인지 『신문학』을 통해 시작활동을 했으나[7] 이석봉이 『현대문학』에 시로 등단한 것은 아니다. 『동아일보』에 소설이 당선된 이후 『현대문학』(1964.11)의 「여류시인집」에 이석봉의 시가 실린 것은 10여 년에 걸친 시작활동의 경력을 인정한 탓으로 보인다. 등단 후 작가는 거의 전업 작가생활을 한 듯 작품집 뒤에 실린 작가연보는 늘 간략하며 특기할 변화가 없다. 1963년부터 1997년까지(1999년 12월 21일 타계) 약 34년간 장편 11편, 단편 70여 편과 수필 다수를 썼다. 이 숫자는 60여 년 작품활동을 한 여성작가 박화성의 작품 숫자와 맞먹는 분량이다. 작가는 틈틈이 번역에도 힘을 써 시몬느 드 보부아르와 엔도 슈샤쿠 등의 책 6권을 번역하였다. 이외에도 두 권의 편저가 있고 수필집도 한권이 있다. 장편은 『여성동아』, 『주부생활』, 『여성중앙』 등 여성지에 연재된 것이 많고 문예지 『현대문학』과 『월간문학』에도 연재하고 있다. 신문연재는 『국제신보』가 유일하며 전작으로 쓰인 것도 두 편이나 된다. 장편은 모두 단행본으로 출간되었으며 제목을 바꾸어 재판으로 찍은 것이 두 편(『검은 녹지』를 『바람 부는 날의 찬가』로, 『겨울과 봄 사이』를 『토요일 같은 남자』로 개체하여 출간)이다. 단편과 중편은 『현대

---

6 이석봉, 「여교사」, 『갈매기』 창간호, 해군목포경비부정훈실, 1951.1.23, 52면.
7 『동아일보』 현상소설 가작당선 인터뷰, 「이석봉 片貌」, 『동아일보』 1963.8.12. 어떤 작품연보에 「봉선화」(『현대문학』)가 낀 것은 이석을 이석봉으로 오해한 잘못이다.

문학」, 『한국문학』, 『소설문학』, 『소설계』 등 문예지에 주로 발표하였고 네 권의 단편집에 다 수록되지 않았다.

이석봉에 대한 연구나 비평적 접근은 많지 않다. 문학전집 등에 작품 해설 차원으로 구중서, 이보영의 작품론이 있고 이광훈의 『추림』론이 있다. 논문으로 박선애와 임영천, 정영자의 것이 있으나 모두 이석봉 작품의 일부를 다루고 있어서 작가 이석봉의 전 문학세계를 꿰뚫는 논고가 나오지 못한 상황이다. 구중서는 「우수와 죽음의 미학」이라고 해서 『빛이 쌓이는 해구』를 우수와 죽음의 미학이면서도 퇴폐에 떨어질 위험을 극복하고 인간구원의 정신을 보여주려 하였다고 보았다. 단편 「우습」은 일종의 인간적 부조리를 시정적(市井的) 풍경 위에 객관화하였으며, 단편 「장미이야기」는 거의 구도적인 자세마저 보여주고 있다고 하였다.

평론가 이보영은 「삶의 비극과 구제」라고 해서 이석봉은 비극을 그리는 중에 구제를 보여주고 있다고 하였다. 「화장장에서」, 「아델라」, 「취당」, 「산사」 등에 작가의 독자성이 드러난다고 보았다. 「화장장에서」의 주인공 소영은 이지적이라 하고, 「아델라」, 「우습」, 「산사」 등 이석봉 소설의 독자성은 "밀폐된 듯한 실험적 공간에 처한 인물들의 비극의 취급에 있"고 비극적 상황이 그로테스크하게 강조되는 것에 주목했다. 「탑」, 「비취반지」, 「교수형」은 작가의 독자성에서 볼 때 파생적인 작품으로 치부했다.

이광훈은 「갱년기 현상의 문학적 해부」에서 이석봉의 『추림』은 갱년기 남자들의 세계를 비교적 상세한 필치로 그려내고 있어 놀라움을 안겨주었으며 치밀한 취재와 구성으로 거의 완벽한 갱년기의 남성 심리를 정확하게 그린 것을 긍정적으로 평가하였다. 박선애는 논문 「과도기적 삶에 나타난 좌절과 갈등」에서 『빛이 쌓이는 해구』, 『검은 녹지』, 『광상곡이 흐르는 언덕』과 단편집 『끝없는 층계』를 대상으로 하여 남성의 외도와 변화된 여성의 성의식으로 이석봉의 소설에 비정상적 부부관계가 나타난다고 하였다. 동시에 주체적 자아 탐색에 나선 지식인 여성들은 낭만적 사랑을 좇음으로써 실패하고 있는 것이 이석봉의 소설이라고 하였다. 이러한 결론은 주체적 자아에 대한 개념이 확실하지 않은 문제가 있고, 이석봉의 소설을 60년대 작품으로 제한한 한계가 있다. 한국여성문학인회가 주최한 작고문인 재조명 세미나에서 임영천 교수는 「인간화 지향적인 구원의 문학」이라고 해서 단편 「새벽빛」, 「속죄」, 「지하실에서」, 「취당」과 장편 『여정』 등 이석봉의 문학을 가톨릭의 정신이나 그 분위기의 구원의 문학으로 보았다. 정영자는 「이석봉소설연구」에서 이석봉의 초기(60년대 소설)소설 『빛이 쌓이는 해구』, 『광상곡이 흐르는 언덕』, 「노을」, 「화장장에서」, 「성탄절 전야」 등에서 주목되는 것은 현대적 의미의 결혼이란 개별적인 두 주체가 만나서 서로의 꿈을 대등하게 섞어 하나로 만드는 과정인데 그 '공동의 꿈'이 좌절함으로써 이혼이 되는 등 현대적 결혼의 구조와 그 갈등을 묘사하였으며 중기의 소설들(70년대 전후) 「비취반지」, 「우습」, 「제3자」, 「증오의 수렁」에서는 가부장적 가족 질서의 갈등을 주로 다루었다고 보았다. 현대적 가족관계로서 인륜적 관계(결혼)와 천륜적 관계(가족)의 갈등을 다룬 시기라는 것이다. 후기(80년대 중반 이후)의 소설 「탑」, 「새벽빛」, 「아델라」, 「취당」, 「고성산록」, 「산사」 등은 삶에 대한 여성적 부드러움의 태도로서 이전 소설들과 달리 긍정적인 해결방식이 나타난다고 하여 이석봉 소설의 일부 경향은 밝혔으나 본질에 이르는 논의에 나아가지는 못하였다.

이상 몇 편의 평론과 논문의 필자들이 이석봉 소설에서 공통으로 짚어낸 것은 이석봉 소설이 구도, 구제, 구원의 성격을 지니고 있다고 본 점이다. 우리는 위에서 『빛이 쌓이는 해구』가 사랑을 탐구하는 서사의 중심을 윤리가 가로지르고 있음을 살펴보았다. 그의 분노도 사랑도 성실과 참됨이라는 윤리의 희구에 닿아 있었다는 말이다. 이석봉은 타자와의 만남에서 무엇보다 윤리를 소중하게 여긴다. 윤리의식만이 도달하게 할 수 있는 빛, 그 예술적 정수를 작가는 성실하게 탐색해 나간 것이다. 작가가 출발점에서 '憤怒로 枯渴된 피를 찾아야 한다'고 외친 절규는 자신이 윤리를 저버린 자로 오해받는 데서 비롯하였던 것 같다. 「화장장에서」의 주인공처럼 아무리 억울하게 당했더라도 상대가 죽음으로 당당하게 된 것을 보자 단번에 그를 인정하는 태도를 보이는 것이 작가 이석봉의 윤리의식이다. 돌부리 위에 점점이 흘려버린 자신의 핏자국 위에 그는 결국, 용서의 꽃을 피운다.

3. 이석봉의 젠더의식

작가 이석봉의 핏자국은 무엇일까? 분노로 고갈된 피라고 했으니 젠더의식의 변화가 있었을 법하다. 그가 분노한 것은 남편의 비열, 위선, 허위가 아니었던가? 여성의 페미니스트 의식이 소멸하고 낭만적 사랑을 추구하는 양상을 보인 것이 60년대 여성소설의 주류라고 해도 여성들의 사회적 진출은 차츰 활발해지고 다양해졌으며 따라서 가부장주의에 의한 여성억압에 저항하고 남성의 에고이즘을 고발하는 여성작가의 소설이 차츰 등장하기 시작하기 시작한 것도 사실이었다. 그러나 강신재가 일찍이 단편 「안개」에서 비열과 허위를 드러내는 우열한 남편을 리얼하게 그린 다음, 남편의 외도로 고난을 겪는 이야기를 줄곧 쓰면서도 가부장주의 이데올로기에 저항하는 글을 다시 쓰지 않고 끝내 침묵한 것은 수수께끼이다. 박순녀의 『마리아의 간통』처럼 일부 작품에서 남성들의 독선과 여성억압을 다룬 경우 외에 60년대 여성작가들은 가부장주의의 실체를 고발하는데 그렇게 적극적이지 않았다. 가부장주의의 폭력성이나 남성의 허위의식에 대한 소설적 비판을 이석봉만큼 치열하게 그려 간 작가는 없다. 그러나 그의 가부장주의나 남성의 허위의식 비판은 모순을 안고 있다. 이석봉의 소설에서 남성인물은 두 유형으로 뚜렷이 나뉜다. 도덕적 인간과 부도덕한 인간이 그것이다. 남성의 허위의식과 가부장적 폭력을 비판하면서도 그것은 『빛이 쌓이는 해구』 주인공의 남편 기수나, 『여정(旅程)』의 아버지 최한도 같은 일부 남성에 국한하고 『동거인』의 원호준같이 간질을 앓는 아내를 배신하지 않고 끝까지 안고 가거나 『꽃잎을 씹는 여인』의 허창구처럼 고관절결핵을 앓고 있는 아내를 배신하지 않으며, 상처 받은 주인공을 너그럽고 따뜻하게 감싸주는 등 이석봉의 소설에는 자애로운 남성이 많이 등장한다. 바로 이 점이 이석봉으로 하여금 젠더의식의 변화를 모색하는 대신에 구극적 삶의 본질을 탐색하는 작가가 되게 하였을 것이다.

이석봉의 단편 중 「성탄절 전야」는 30년대 작가 이선희의 「계산서」와 비슷하게 아이를 낳은 후 고관절결핵으로 한 쪽 다리에 깁스를 한 채 두 해를 보낸 상황인데 「계산서」의 주인공 '나'는 외도하는 남편에게 이혼해주는 대가로 남편에게 다리 하나를 청구하는 계산서를 띄우고 가출한다. 이 계산서는 나의 계산서이자 모든 아내의 계산서라고 하면서 남편과 아내가 동등한 선에 서 있다. 이에 비해서 이석봉의 단편 「성탄절 전야」의 주인공 효정은 자신이 병들어 남편의 성욕을 해결해 주지 못하는 것을 괴로워할 망정 자신의 불만을 남편에게 말하지 못한다. 남편이 크리스마스 전야를 다른 여자와 즐기고 있음을 효숙의 정보로 알고 있는데도 남편이 친구들과 밤을 새우고 아침에 들어가마고 하면서 "몸부림이다, 몸부림이야, 너나 나나 외롭긴 매한가지다. 그럼 잘 자"라는 말에 한 마디 저항도 하지 못하고 반지나 사오라고 맥 빠진 청구를 한다. 30

년대 소설의 젠더의식으로부터 퇴보라 할 거리가 느껴진다. 병든 아내의 외로움은 단지 반지로 보상될 뿐 아니라, 앞으로는 그것마저도 받을 수 없을 것이라는 암시로 소설은 마무리된다.

이석봉이 여성의 권리나 사회문제보다 관심을 갖고 있는 것은 앞에서 본 것처럼 인간의 '성실'과 '참됨'의 윤리이다. 이를 가장 함축적으로 보여주는 것이 단편 「장미이야기」이다. 70년에 발표된 「장미이야기」는 주인공 진숙이 미군 스미스 대위에게 버림을 받은 후 아들 앤디를 미국으로 양자로 보내고 결국 자살함으로써 아들에게 속죄하는 이야기다. 양자로 보낸 아들 앤디가 어머니가 보고 싶다고 졸라 귀국했다는 양어머니 더글라스 부인의 연락을 받고 진숙은 엄마는 죽었다고 전하라 한다. 주인 없는 무덤을 자신의 무덤이라 일러 준 후 무덤 근처에 숨어서 아들이 장미꽃다발을 가지고 다녀가는 것을 본 진숙은 그때부터 자신은 죽은 사람이라고 생각한다. 아들에 대한 그리움과 죄의식에 몸부림치는 진숙은 하루는 바위를 안고 산으로 올라가고 하루는 바위를 안아 내려오는 육체적 고행으로 정신적 고뇌를 상쇄하고자 하나 여의치 않자 끝내 무덤에서 가져 온 마른 장미다발을 안은 채 자살을 한다. 죽음으로 아들에게 속죄한 친구의 시신을 보며 소설의 화자이자 시인인 '나'는 울음 같은 웃음을 흘린다는 이야기다. 죽음으로 대신하지 않을 수 없었던 진숙의 성실하고 참된 모성을 '나'는 윤리의식의 승리로 본 것이다. 이 소설은 흔한 고아수출에 대한 사회문제 제기를 덮어두고 자식을 버린 어미가 목숨을 버려 속죄하는 윤리의식을 소설화하는, 작가 이석봉의 소설 쓰기의 한 전형을 보여주고 있다.

「산 위에 드러나는 마을」 역시 사회문제 제기의 소설이면서 궁극으로는 인간 구원의 길을 기독교사상에서 제시해 본 소설이다. 서울의 동북쪽 황무지에 한남동과 청계천 판자촌에서 철거당한 사람들이 옮겨져 형성된 동네가 이번에 다시 새로 개통을 본 전철의 가시권(可視圈)이 된다고 해서 재개발지역으로 확정 고시된다. 4평짜리 집에 살던 사람들은 35평에서 40평 아파트단지가 들어선다고 하자 그것이 자기 집이 되는 줄 알았다가 이사비용 5백만 원을 받고 뿔뿔이 흩어져 간다. 4평짜리 축사 같은 집에 전세보증금도 없어서 30만원 보증금에 월 3만원을 내고 사는 밑바닥 인생 주민들은 재개발지역 확정으로 다락같이 오른 방세와 집세로 갈 곳이 없게 되어 시에서 무차별 철거를 해오는 중에도 떠나지 못한다. 이들의 현실을 작가는 자세하게 취재하여 300장이 넘는 중편으로 철거민촌의 현실을 그리고 있는데 당연히 이 소설에 해결의 계기는 주어지지 않는다. 단지 서울 시내 중앙에 자리 잡고 있는 성역(聖域)으로 가서 '가난하게 살 수 있는 권리의 보장'을 위해 그곳에 천막을 치고 공동생활을 하기로 하는 것이 소설의 결구다. 이들과 함께 천막생활을 함께 해온 문종기 신부는 어떤 해결책을 마련해주는 것이 아니라 그들과 고난을 함께 함으로써 이들의 희망이 된다. 작가는 이들 중 신자 한 사람의 입을 빌어 "너희는 세상의 빛이다. 산위에 있는 마을은 드러나게 마련이다."라는 말로 그들의 꿈이 꼭 이루어지리라는 암시를 남기고 소설을 마무리한다. 소련이 아직 무너지기 전이고, 운동권문학이 주류를 이루던 시점이라 작가의 관심이 사회문제로 이동한 것 같지만 힘없고, 눌린 자, 가난한 자와 함께하는 그리스도정신과 고난을 함께함으로써 인간 구원에 이르는 구도적 자세를 보여주는 소설을 쓰고 있다. 작가 이석봉이 피를 흘린 타자의 비열함과 부도덕함으로 받은 상처와 분노는 가난한 자, 약자와 고난을 함께 하는 신부의 헌신에서 그가 추구한 윤리의 새 전형, 구원을 만난 것으로 보인다.

4. 타자의 윤리학

장편으로 등단한 작가 이석봉이 『빛이 쌓이는 해구』 이후 어떤 장편
을 썼는지 살펴 볼 때가 되었다. 위에서 대표단편 몇 편을 통해 이석봉
이 자신의 피맺혔던 분노를 젠더의식에 연결하기보다 부도덕이나 허위
와 대결하는데 집중하였음을 보았다. 그런 점에서 주목되는 장편이 『동
거인』과 『겨울과 봄 사이』이다. 『빛이 쌓이는 해구』 이후 처음 쓴 『광상
곡이 흐르는 언덕』과 『꽃잎을 씹는 여인』이 제도적 틀 안에서 전통적 윤
리담론에 갇힌 채 갈등하는 인물의 이야기라면 『동거인』은 제목 그대로
결혼한 사이도 아닌 두 남녀가 사랑의 윤리로 승리하기까지의 이야기를
담아 작가의 윤리의식의 진일보를 보인 작품이다. 『광상곡이 흐르는 언
덕』의 우직하고 성실한 인간 한철진이 상대방과 '교제'를 통해 사랑을
이루어 가는 것이 아니라 성실이 지나쳐 자신의 사랑을 강요하는 형식
에, 타협이나 절제가 없다 보니 자신의 가정도 파괴되고 주인공 서지연
의 가정 역시 파괴되고만 이야기라면 『꽃잎을 씹는 여인』도 남편의 부
도덕한 과오가 폭로되기를 기다려서 차갑게 돌아서는 아내로 끝나 비록
남편이 부도덕하다 할지라도 소설에서 양자 모두 각자 입장만 고집하고
대화가 없었던 경직된 윤리의식을 『동거인』은 넘어선다. 『겨울과 봄 사
이』 역시 제도적 보호막이 없는 상황에서 남녀의 사랑이 부딪치는 고통
을 촘촘히 그린 소설로 이 두 작품은 『빛이 쌓이는 해구』와 함께 이석봉
소설의 대표작이라 할 만하다.

이석봉의 소설세계를 시기로 구분한다면 작가가 가톨릭신앙에 귀의
하는 1984년을 기준으로 하여 전기와 후기로 나누어 볼 수 있다. 이때
작품세계의 변화가 보이기 때문이다. 임영천과 정영자가 각각 인간화
지향적인 구원의 문학이라거나 삶에 대한 여성적 부드러움의 태도를 말

하는 것이 이 후기의 경향을 말함이다. 이런 분류라면 『동거인』과 『겨울과 봄 사이』는 전기에 해당하는 소설이며 이석봉 장편의 여섯 번째와 여덟 번째 작품인데 작가는 이 두 장편에서 신앙에 필적할 윤리의식을 그려 작가가 추구한 윤리의식의 구극이 신앙의 그것과 상통한 것임을 나타내고 있다. 『동거인』과 『겨울과 봄 사이』는 『빛이 쌓이는 해구』와 달리 주인공이 기혼녀가 아닌 미혼의 처녀이다. 『동거인』의 진숙은 아버지에게 숨은 여자가 있다는 사실을 알게 된 어머니가 목을 매어 스스로 목숨을 끊었는데, 어머니를 충격으로 죽게 한 여자가 어머니의 자리에 앉게 되자 집을 뛰쳐나와 서울에 온다. 어머니의 유물인 은장도로 자결을 할 생각인 진숙은 한 돈쯤 금반지를 처분한 돈을 다 써버리기 위해 카바레에 들어간다. 카바레에서 만난 강윤배의 따스한 목소리에 자살할 생각을 거둔 진숙은 윤배의 아파트로 가서 윤배의 따뜻한 돌봄을 받는다. 윤배는 진숙이 착각한 것처럼 착한 남자가 아니라 도박과 사기, 돈 있는 여자의 기둥서방 따위로 근근 살아가는 처지다. 결국 윤배의 동거인이 된 진숙은 로망살롱의 피아니스트로 일하면서 소설가가 되는 윤배의 꿈이 이루어지게 돕기로 하지만 주변에서 뻗쳐오는 유혹들은 진숙이 동거인이라는 약점을 노리고, 한편 윤배에게도 전의 하숙집 여자가 찾아와 유혹한다. 이 소설의 감동은 비열한 윤배를 끝까지 배신하지 않고 사랑을 지켜내는 진숙의 윤리의식에서 온다. 부잣집 아들 이태균, 바람둥이 약국주인 최광식, 무주구천동 호텔의 사장 오재홍, 구치과주인 등 남진숙을 소유하려는 남자들이 사랑의 장애물로 등장하나, 무주구천동의 지배인 이성학, 로망살롱의 사장 원호준 등 남진숙을 감싸주는 따뜻한 손길이 있어 진숙은 장애를 이겨낸다. 다른 여자의 남자가 되어 상습 도박단의 일원으로 경찰에 붙들려 간 윤배를 원호준을 통해서 돕는 진숙의 마음은 변함이 없고, 한 번도 면회를 가지 않은 윤배의 동거녀는

차제에 윤배와 갈라서려고 살롱을 팔고 윤배의 통장을 쥐고 도장 찾아
올 생각만 하고 있다. 초범이라 경찰에서 풀려난 윤배는 진숙을 만나 통
장의 돈을 동거녀에게 돌려주겠다고 한다. 윤배에게 큰 변화가 일어난
것이다. 연탄 배달을 하는 등 윤배가 새사람으로 바로 선 순간 이제 윤
배가 자기에게서 벗어났음을 느끼고 진숙은 중풍으로 쓰러진 아버지를
간호하러 시골로 간다. "한 인간관계가 건전하고 진실한 것이라면 세속
적인 절차는 자연히 따르게 마련이라는" 작가의 해설을 여기 인용하는
것은 사족일 것이다. 진숙이 윤배를 떠날 순간은 많았다. 도박, 여자,
돈, 거짓말… 그중에 압권은 임신중절수술을 시킨 윤배가 휴식을 빙자
하여 진숙을 무주구천동에 데려다 주며 가진 돈을 다 앗아 가는 대목이
다. 윤배는 하숙집 여자와 동거하기 위해 진숙을 유배 보낸 것이고 돌아
오지 못하게 돈을 압수한 것이다. 윤배의 이런 야비함에도 불구하고 윤
배를 불쌍히 여기는 마음으로 그에 대한 사랑을 지켜가는 진숙의 선택
이야말로 타인에 대한 무한 책임의 윤리학이 아닐 수 없다.

『겨울과 봄 사이』의 민애는 신문기자로서 문 교수를 존경하고 사랑한
다. 문 교수는 아내가 있는 남자, 남의 눈에 띌까봐 공동묘지에서 만나
는 등 그늘의 사랑을 끝내고자 민애는 더운 날 에어컨이 있다는 이유만
으로 들어간 치과의 의사 김창호와 결혼하기로 하고 문 교수와 헤어지
자고 말한다. 그러나 민애가 떠난다는 사실을 앞에 하고야 민애가 자기
에게 얼마나 소중한 사람인지 깨달은 문 교수는 민애에게 떠나지 말라
고 한다. 민애의 떠날 결심은 두 사람의 사랑에 기름을 부은 격으로 불
타오르고, 불륜에 틀림없는 두 사람의 사랑에 고행은 시작된다. 상 하 3
천 장에 달하는 이 소설은 두 사람 앞에 다가오는 고난과 문 교수와 민
애의 희생이 차곡차곡 쌓이듯 묘사된다. 제도를 등에 진 문 교수 부인의
악착같은 방해와 협박은 민애의 직장인 신문사를 찾아가 불륜관계를 폭

로, 직장을 떠나게 하는 데서 그치지 않고, 민애의 어머니를 찾아가 비난하고 협박하여 심장마비로 죽게 하고, 학생들에게 강의거부를 하도록 선동하여 도의적 책임을 느껴 문 교수가 사표를 내게 한다. 나아가 깡패 동생을 시켜 민애를 해코지 하려는 문 교수 부인의 악의를 피해 민애는 제주도로 잠적하고 한편 문 교수는 아내와 이혼하려는 과정에서 역시 수많은 협박을 받는다. 민애는 제주도에서 만난 고해일의 인간적 매력과 조건들에 유혹을 느끼는데 곁에서 지켜본 친구 병숙이 문 교수를 제주도로 불러 민애를 데리고 가게 하지만 그 불씨는 드디어 서울로 온 고해일과 민애의 깊은 관계로 발전하고 만다. 가진 재산을 모두 주고 이혼에 성공한 문 교수는 이 사실을 알게 되었으나 민애를 고해일에게 내주고 자신은 시골로 간다. 그러나 민애는 청혼하는 고해일을 끝내 거절하고 문 교수도 잃고 고해일도 잃었다고 생각하며 취직하여 혼자 살 생각을 한다. 그러나 결국은 문 교수에게 돌아간다. 소위 불륜에 해당할 이런 이야기가 작가의 성실한 묘사로 절실한 공감을 불러일으키는 것이다. 작중인물의 심리나 움직임을 그리는 정도로 이 길이를 다 채운 것부터가 놀라운 일이며 작가의 심리묘사가 대단하다는 것을 인정하지 않을 수 없다. 이 역시 사랑에서 윤리문제를 다룬 이야기인데 그 중 문 교수의 결단과 행동은 이 소설로 하여금 사랑을 성공으로 이끄는 결정적 요소가 되게 한다. 민애를 얻기 위해 모든 것을 희생하는 것이 그것이다. 돈과 명예, 그리고 가족까지 포기하는데(아들은 아버지에게 돌아온다) 타인을 위해 무한 책임—모든 것을 희생하자 모든 것을 얻은 것이다. 『동거인』이 결혼이라는 제도적 보호막을 갖지 못한 남녀가 사랑이라는 윤리를 지킴으로써 승리하게 되는 것처럼 이 소설도 제도적 보호가 없는 상황에서 사랑이 겪어야 하는 겨울 이야기다. 사랑이라는 것이 지극히 개인적인 것 같으나 실은 제도적으로 얼마나 통제되고 있는지를 보여주는 소설이기도 하다. 전혀 사랑할 수 없는 아내는 법적 지위만으로 남편과 그 애인에게 말할 수 없는 폭력을 자행할 수 있다. 사회 여론이라는 것도 그러하다. 작가의 윤리추구는 이처럼 제도로 강요된 것으로가 아니라 인간의 내면에서 솟아나는 인도적 의미로 나타난다.

5. 죽음에서 생명에로

이석봉의 윤리의식을 말하면서 『또 다른 만남의 시작』과 『여정(旅程)』을 빼놓을 수 없다. 『또 다른 만남의 시작』은 1968년 『검은 녹지』의 후편에 해당하는 소설이다. 『검은 녹지』의 주인공 민정은 결혼 전날 약혼자가 자신의 형수와 사랑하던 불륜을 끊고자 민정과 결혼을 결심했다가 죽음을 택한 배신으로 마음을 닫고 산다. 히스테리컬한 어머니의 피를 타고 난 동생 우경은 민정에게 상처를 주기 위해 민정의 새 약혼자 정혁과 육체관계를 맺게 되나 결국 자살하고, 정혁은 유전인 정신병 발작을 일으킨다. 도덕적으로 병든 현대의 인간상 속에 4 · 19 의거 때 다리를 잃고 그 보상을 기대할 수 없는 현실을 반항하던 태훈과 지은의 도덕성이 구원의 가능성으로 그려진다. 30여 년 후 작가는 같은 주인공의 달라진 삶을 그림으로써 타자윤리학을 완성한다. 『또 다른 만남의 시작』에서 낙태수술을 전문으로 하던 산부인과 의사 송민정은 이제 그분을 안 뒤 자신이 지금까지 저지른 살인이 얼마나 큰 죄였는지를 깨닫는다. 그분이란 예수그리스도를 의미함은 재언이 필요 없다. 신앙으로 들어서기 전에 이석봉은 이미 신앙에 버금갈 윤리의식을 지니고 소설화하고 있었기에 그가 가톨릭에 입문하였다고 하는 고백이 새삼스럽게 느껴진다. 병원 수입의 대부분을 차지했던 낙태수술을 하지 않으면서부터 병원운영은 어려워진다. 그러나 낙태수술을 하러왔던 여인에게 아이를 낳게 한다든가 낙태를 하러왔던 김윤자에게 아이를 낳게 하고 건실한 삶을 살아가게 하는 등 민정은 살인의 죄를 속죄하는 심경으로 의사의 본분인 생명 지킴이의 역할을 하려 노력한다. 지은이의 생모 윤여옥이 평생 동안 모은 거액을 지은에게 물려줌으로써 뜻하지 아니하게 돈의 마력에 시련을 겪다가 제자리로 찾아드는 지은이 내외의 이야기, 자신의 예술 세계에 교만하였던 고모 정영애 여사가 겸손한 자세로 자신의 부족을 인정하는 대목, 주인공 민정이 이진흠 신부를 차츰 이해하여가는 과정 등이 따뜻하게 전개되어 작가의 후반기에 가톨릭 신앙이 그의 작품세계에 미친 영향을 확인할 수 있는 소설이다. 결국 민정은 도시의 병원을 정리하고 시골 보건소 의사로 지원해서 떠난다.

이석봉의 『여정』은 전작장편으로 아버지의 딸자식에 대한 무자비한 폭력, 자식을 수단화하는 비인간의 면모, 아내를 짓밟는 가부장주의의 독선, 이러한 악의 표상으로 아버지, 남편을 그린 소설이다. 아버지의 비인간적 행위와 맞물려 녹엽이 타고 난 재능으로 어렵지 않게 소리꾼으로 성공하여 아버지에 복수하고 어머니를 구해내는 것으로 서사가 진행된다. 아버지의 죄악이 그 끝에 이르렀나 싶을 때 가톨릭에 귀의한 어머니의 관용과 사랑으로 아버지의 극적인 회개가 이루어진다. 이 회개 장면은 상당히 감동적이다. 여기까지가 윤리의식의 소설화라면 아버지에 복수하는 것이 삶의 목표였던 녹엽이 막상 아버지가 가톨릭 신앙을 받아들이고 회개하자 삶의 의욕을 상실하고 공황에 빠지는 마지막이야기는 이 소설을 예술가소설로 보아야 한다는 암시를 준다. 예술이 생계를 위해 수단이 되기는 하였으나 주인공 녹엽은 기어코 자신만의 예술 세계로 도약하리라고 하고 있지 않은가. 돈과 관련하여 현실적인 것이 여성작가라고 로잘린 마일스가 말한 적이 있듯이 여성작가(예술가?)와 돈은 관련이 있다. 그런 점에서 『여정』의 녹엽이 보여준 길은 곧 예술가의 여정이다. 우현수가 찾아와 녹엽에게 달란트 비유로서 희망을 주어 녹엽은 자신의 예술에서 원한을 한으로 승화해 나갈 힘을 얻는다. 일종의 복수극이라는 점에서 『모우』와 같은 계열의 소설이라고 할 수 있으나 예술가의 삶을 그렸다는 점에서 처녀작 『빛이 쌓이는 해구』는 예술가소설 성격의 일면을 이어나간 소설이라고도 할 수 있다. 우연히 만난 사람으로부터 큰 도움을 받는 일이 적지 않다든가, 소리꾼으로 성장하는 과정이 지나치게 순탄한 점 등 안이한 처리를 지적할 수 있지만, 철저한 이기주의에 극악무도한 아버지가 회개하기까지 어머니가 치른 희생과 원수라고 할 수 있는 첩 연이 어머니에 베푼 관용 등 타인에 대한 책임, 환대, 이런 것이 그려져 이 작품 『여정』은 작가의 타자윤리학이 도달한 중요한 작품이라 하겠다.

『모우』나 『추림』은 이석봉 장편의 본질적 성격에서 벗어나 있으므로 마지막으로 단편 「새벽빛」과 「취당」을 언급하기로 하겠다. 「새벽빛」은 제3단편집 제목이 된 소설이다. 부부가 오해로 6년 동안 한 지붕 밑에서 각방을 써 오다가 남편의 회갑날 아이들에 등 떠밀려 부산으로 온천여행 다녀올 참으로 집을 나섰다가 화해하게 된 이야기다. 소박한 이야기이지만 상대의 마음을 헤아리기보다 자기의 생각 속에 갇혀 지옥을 사는 실존적 삶을 소통과 화해로 풀어나가는 작가의 너그러운 시선이 느껴지는 작품이다. 장편에서도 살펴 본 바와 같이 소통이 막힌 부부에게서 이혼이나 비극이 싹텄다. 「새벽빛」에서 남편의 입이 열리고 아내의 귀가 열려서 소통이 되고 화해에 이른 것은 작가의 작품세계가 분노를 넘어서 관용과 구원에 나아가고 있음을 보여주는 것이다.

「취당」은 제4단편집의 제목이 된 단편이기도 하고 작가가 드물게 개작을 한 작품이다. 정통한국문학대계에 실릴 때까지도 발표 당시의 작품 그대로였으나 단편집 『취당』에 게재할 때 수정한 것으로 보인다. 「취당」

을 발표할 당시에도 가톨릭 신앙을 갖고 있었으나 개작에서 보듯이 90
년대에 들어 작가는 소설에서 죽음을 씻어내기 시작한다. 취당의 남편
권종국은 아버지 권한규의 매국행위에 보상하는 심리로 의병에 가담하
여 열아홉 젊은 나이에 전사한다. 유복자인 상철은 할아버지의 매국행
위를 비난하면서 조부의 인감을 도용하여 가산을 축낸다. 동경유학시절
에 만나 결혼한 옥비의 생모는 동경 뒷골목의 어느 술집 여급이었다. 옥
비의 생모는 시집의 문턱을 넘는 것조차 허락되지 않은 채 단칸 셋방에
서 옥비와 둘이 숨을 죽이고 지내다가 네 살 된 옥비를 버려두고 어디론
가 자취를 감춘다. 옥비는 그때부터 취당의 품에 안기게 되었고 취당의
후반을 지탱하게 한 이유이며 의미가 되었다.

옥비는 이혼 후 비노덕적인 남성 편력에 양주를 파는 술집을 차려놓
고 뒷구멍으로는, 윤락가에 줄을 대놓고 범법행위까지 하고 있다. 취당
은 이 사실을 전혀 모르면서도 옥비 일이 막연한 의심과 불안으로 와 닿
는다. 옥비는 와서 어딘지 모르게 풀이 죽은 모습을 보이고 할머니에게
서 자고 가겠다고 한다. 경찰이 와서 옥비를 마약법을 위반했다며 만나
겠다고 해서 보니 옥비는 잠을 깨지 않는다. 옥비는 그날 저녁에 숨을
거두었고 취당이 자결한 것은 옥비가 화장되어 그 재가 강에 뿌려진 날
밤이었다. 이렇게 친일 매국노의 후예 옥비의 죽음과 할머니 취당의 자
결로 끝냈던 단편 「취당」은 단편집 『취당』에 게재될 때 개작이 된다. 개
작된 「취당」에서 옥비는 깊은 잠에서 깨어 일어나 할머니에게 자기가
하던 사업이 실패로 끝났음을 고백한다. 취당은 옥비가 무슨 사업을 했
는지는 모르지만 세상에 별로 유익되는 일은 아니었을 거라며 이제부턴
세상에 유익되는 삶을 살도록 하자고 말한다. 선하게 사는 것은 나를 위
해서만 사는 게 아니고 남을 위해 사랑을 베푸는 일이라고 가르치는데
아주머니가 와서 셋방살이 하던 한 가족이 쫓겨나 갈 데가 없다고 하자

그들을 넓은 취당의 저택으로 받아들이는 것으로 결말을 바꾼 것이다. 죽음으로 보인 윤리적 결말을 타인의 삶을 돕는 생명의 그것으로 바꾼 것이다. 윤리를 저버린 권대감댁의 몰락사를 보여주는 소설이며 세상에 유익한 일을 찾아 하게 됨으로써 옥비가 갱생하리라는 암시의 이야기로 역시 윤리가 주제인 단편이다.

　작가 이석봉에게 있어 세상에서 가장 중요한 것은 밥도 아니고 돈도 아니고 윤리다. 이석봉은 전 문학기간 윤리가 그 어떤 것보다도 중요하다고 보고 이를 일관되게 그리고 다양한 상황 속에서 탐구하는 소설을 썼다. 개개로 서게 마련인 존재론에서 만남과 관계로 나아가는 윤리가 아우슈비츠 근대를 극복할 논리라는 점에서 오늘날 윤리라고 하는 지극히 고전적인 가치에 관심이 고조되고 있는 가운데 타자의 윤리를 추구한 이석봉의 소설적 가치가 돋보인다. 이석봉은 그 자신이 말했듯이 "깊은 바닷물을 뚫고 들어가 아무리 빛이 쌓인대도 해구(海溝)를 메울 수는 없지만 해구에는 영원한 희구(希求)가 있는 것이다." 이석봉은 지심(地心)에까지 사무친 어둠을 빛으로 메우려는 의식으로 전 문학기간 그의 해구(海溝)에 윤리의 빛을 쌓아 간 작가다

(『淑明文學』 창간호, 2010)

소멸의 추적과 나무의 시간

● ● ●

이규희의 『그리움이 우리를 보듬어 올 때』[1]

1. 나무의 시간

이규희는 오래된 미래의 작가다. 눈앞의 새것보다는 앞뒤를 길게 살펴 장구한 세월 속에 자연스럽게 우러나온 근원적 힘을 생각하고 그러한 오래된 미래성에 기반하여 더디더라도 긴 호흡으로 시간을 숨 쉬는 (임규찬의 용어, 『작품과 시간』) 그런 작가다. 『그리움이 우리를 보듬어 올 때』는 광주민주화운동이 일어나는 시점, 한 언론인이 강제 연행되어 수난을 겪는 이야기가 중심이 된 소설이다. 광주민주화운동을 정면으로 그린 것이 아니라 광주민주화운동이 일어나기까지 그 배면을 이루었던 시대의 어둠이 강제 연행되어 간 언론인의 수난사를 통해 리얼하게 그려진다. 그 아내가 행방조차 알 수 없는 남편을 뒤쫓으며 목격하게 된 신군부세력의 탄압과 감시의 현장이 꼼꼼하게 기술되고, 더불어 운명적

---

1 이규희, 『그리움이 우리를 보듬어 올 때』, 지식산업사, 2009.

으로 얽힌 두 이복자매의 원한과 갈등이 풀려가면서 작가의 오래된 미래의 근원적 힘이 제시된다.

그러나 왜 이제 이 소설인가? 문제는 이 시간이다. 이 소설은 소설 속 사건으로부터 20년이 지난, 1999년 2월부터 2000년 6월까지『월간문학』에 일차 연재 발표되었으며, 책으로 엮어져 나오기까지 다시 10년이 걸렸다. 30년 전의 수난을 증언하고 있지만 그것이 발표되는 시점이 그때와 멀어져 현장감이 떨어지는 것에 대해서 작가는 별로 문제를 삼지 않은 셈이다. 아니 강산은 세 차례나 바뀌었지만 지금도 그 상황은 끝이 나지 않았다는 의미로 읽히기도 한다. 그런 점에서 이 소설은 증언의 문학을 넘어 소위 운동권문학의 범주에 넣어야 하는지 모른다. 망각을 거스르는 기억과의 투쟁이라는 점에서 이 소설은 충분히 문제적이다. 그러나 이 소설은 시대적 어둠을 증언하는 데서 그치지 않고 주인공 명지와 세라 자매의 얽힌 갈등을 풀어나가는 가운데『그리움이 우리를 보듬어 올 때』라는 제목이 포회하는 의미를 부각하는데 무게를 둔다.

이규희는 1963년 1월『동아일보』100만원 현상 장편소설 모집에서 『속솔이 뜸의 댕이』가 당선하여 문단에 등단하였다. 가난을 이기지 못해 지게 품팔이라도 해보려고 도시로 떠나는 이농민이 줄을 잇는 상황에서 끝내 마을을 떠나지 않고 농촌을 지키는 흙의 딸 댕이의 생명력 넘치는 삶의 의지를 그린 작가는 산업화 도시화의 물결에 밀려 몰락하는 농촌의 현실(「배추농사」, 「낭떠러지 목장」)과 끝내는 농촌을 떠나 도시의 아들딸에 의지하여 사는 비참한 노인들의 삶(「황홀한 여름의 소멸」, 「그 여자의 뜀박질은 끝나지 않았다」)에 이르기까지 한국농촌과 농민의 실상을 파헤치는 작품세계를 보여 왔다.

이규희의 소설을 읽으면 작가가 어느 수필에서 쓴 자갈을 씻는 모습이 떠오른다. 마당에 까는 자갈, 돌멩이도 고르고 물로 깨끗이 씻어서야 까는 그 완벽성이다. 그의 문장은 바로 마당에 까는 자갈도 씻는 그런 정성으로 고르고 씻고 깎고 다듬어 정갈하고 깔끔하기 짝이 없다. 문장만이 그런 것이 아니다. 하나의 주제를 천착하는 그 끈기는 문학전문지나 대중지, 또는 신문에 연재되는 소설에 관계없이 그대로 긴장감을 유지한다. 그의 이런 작가적 특성은 바로 오래된 미래, 흙의 상상력에 그 근원이 있다.

그는 나무의 비유를 좋아한다. 『그리움이 우리를 보듬어 올 때』의 원제목은 『몸부림치는 소나무, 느티나무, 아가위나무』였다. 『월간문학』에 17회 연재된 이 소설 제목에서 세계를 하나의 유기체로 보고 있는 작가의 내면이 나무로 형상화되어 있음을 발견한다. 농촌에 문학적 근원을 두고 있는 그의 문학은 나무의 시간을 내면화하여 흐르지 않는 것 같으나 성장하는 식물적 시간관을 바탕에 깔고 있다. 하찮은 돌멩이도 고르고 골라 물에 씻고야 까는 그에겐 현대의 갈수록 빨라지는 시간의 속도를 단숨에 배반하는 나무의 시계가 있다. 그는 흙에 뿌리를 둔 나무와도 같이 대기를 숨쉬며 하늘을 향해 묵묵히 성장하는 유기적 문학관을 지닌 듯하다. 그러므로 그 토양이 박토이거나 뿌리가 뽑힐 때 고통하며 고발과 증언의 문학을 이루는 것이다.

『그리움이 우리를 보듬어 올 때』의 제1장은 「생나무가 찢겨 나가듯」이라는 소제목으로 시작된다. 주인공 명지는 푸르게 온전한 나무가 생으로 찢겨지는 듯한 느낌에 잠을 깬다. 남편 순우와 포옹의 뒤끝에 언제나 생나무가 찢겨 나가는 느낌을 갖는 것이 주인공 명지다. 그리고 그것은 우리 삶의 미래라고 생각한다. 육체적으로나 정신적으로 모든 면에 온전함을 추구하는, 퍽은 이상주의적인 작가의 시각이 상징화되어 있다. 이 부부는 분리되기 전에 온전한 합일을 이루었거나 꿈꾸었다는 의미도 되고 온전한 나무처럼 합일하였던 부부일지라도 언젠가는 죽음과 같은 이유로 이별하게 되어있는 것이라는 뜻이기도 하다. 그러나 이 생나무가 찢기는 일은 천구백팔십년 오월십칠일 자정에 남편 순우가 강제 연행되는 일로 현실화된다. 한밤중 십여 명의 체포조가 군홧발로 들이닥쳐 남편을 연행해가고 집안을 뒤져 증거물들을 압수해 가면서 아내 명지의 수난 역시 시작된다. 이 수난은 그러니까 생나무가 찢겨나가는, 생의 한 파행성을 그린 이야기다. 이 소설은 아내의 시각으로 언론인 남편 순우의 수난을 그리고 있다는 것이 여타 광주민주항쟁소설들과 다른 점이다.

이 소설의 주인공 명지는 번역가다. 문헌이 명시되지는 않아 어떤 언어의 어떤 저작을 번역하였는지 모르나 그를 일단 지식인으로 규정할 수 있는 조건이다. 그러나 명지는 남편이 연행된 사유를 정확하게 파악하고 있지 못하다. 방송국 뉴스 앵커인 남편의 시국관이 날카로웠다는 정도만을 떠올릴 뿐이다. 연행된 혐의점을 변호사를 선임하여 알아내고 기소중지가 되어 풀려날 때까지 명지가 겪는 심리적인 고통과 불안이 이규희 소설이 주로 그렇듯이 선조적인 구성을 통해 순차적으로 제시되며 긴장은 차츰 고조된다. 명지가 남편이 겪는 수난을 중심으로 시대의 어둠을 실감해 가는 것으로 되어있으나 그렇다고 해서 지식인의 고뇌를 다루고 있지 않다고 말할 수는 없다. 명지가 만나는 상황과 사람들을 통해 시대와 맞서 싸우다 희생되어가는 인물이 측면으로나마 절실히 그려지고 있기 때문이다.

한편 명지네와 대척되는 지점에 세라네가 있다. 세라네와 오래 왕래가 끊긴 사이이나 남편 순우의 구명을 위해 신군부의 핵심세력을 남편으로 둔 세라를 찾아감으로써 자매의 갈등은 수면 위로 올라온다. 세라 자매는 명지 아버지가 아들을 보기 위해 들였던 첩의 딸들이다. 한지붕 아래에서 첩의 저고리까지 지어 바친 명지 어머니는 세라 자매에게 가혹했다. 그러나 명지는 눈앞에서 벌어지는 시앗의 작태에 분노하여 다리미의 벌건 숯에 발을 지지면서도 아픔을 느끼지 못하던 어머니의 원한을 가슴에 묻으면서 성장했다. 그런가 하면 아들은 낳지 못하고 딸만 낳아 구박을 견디지 못한 세라 생모가 머슴 표서방이 종적을 감춘 밤에 사라진 뒤 세라 자매는 자라면서 온갖 궂은일을 도맡는 설움 속에 자란다. 명지가 작은 아파트에서 개다리소반을 끌어안고 번역을 한다든가 남편의 해직으로 생활에 당장 위협을 느끼는 서민인데 반해 군인과 결혼한 세라는 신군부의 핵심세력이 되어 궁궐에 못지않은 거대한 저택에 부와 권력을 한손에 거머쥐고 있다. 세라는 두 동생의 어미노릇까지 해내는 언니로서 자부심을 갖고 있으나 실은 동생 세인이는 형부의 성적 학대에 시달리고 있는 형편이다.

여성은 국가나 사회의 권력이 가부장주의 이데올로기의 확대판이 되었을 때 희생되는 첫 대상이며 그 구체적인 억압자의 존재가 남성으로 그려진 것은 강경애의 『인간문제』나 이규희 소설 『수렁을 날으는 새들』, 그리고 『그리움이 우리를 보듬어 올 때』가 서로 비슷하다. 강경애의 『인간문제』에 나오는 정덕호에 비견될 남성인물이 『수렁을 날으는 새들』의 문억조이고, 『그리움이 우리를 보듬어 올 때』의 박석규다. 신군부의 핵심세력으로 박석규가 처제를 유린하는 장면을 포탄에 비유한 것은 작가가 여성을 유린하는 박석규와 신군부를 동일시한 증거이다.

2. 소멸의 추적

명지네와 세라네를 피억압계층과 억압계층을 대변하는 모습으로 그리면서 두 자매가 화해하는 구조로 소설은 진행된다. 두 자매는 갈등의 해소를 체험하며 새로운 세상을 얻어 나가지만 두 계층의 화해가 이루어지는 것은 아니다. 그렇기에 망각을 거스르는 기억과의 투쟁은 필요했다(387면). 명지가 싸움을 거는 대상은 세라와 다르다. 명지가 보이지 않는 거대권력과의 싸움에 뛰어들었다면 세라는 타자화된 자신의 실지회복을 위해 명지를 타자화하고 억압하는 지배계층에 올라 고통당하는 명지를 외면한다. 보이지 않는 지배권력의 횡포는 한편은 언론탄압으로, 다른 한편으론 무소불위의 권력에 따르기 마련인 박석규의 성적 타락으로 그려지는데 이런 지배권력과 남성의 폭력은 앞서도 말한 바『수렁을 날으는 새들』에서도 심도 있게 그려졌다. 작가의 소설에서 아버지는 대체로 부정적 이미지로 등장하는데 그들은 주인공이 성장할 때 죽거나, 피신 중인 비겁한 이이고(『수렁을 날으는 새들』) 멀리 떠나 있어 찾아 갔을 때 다시 쫓아내는 비정한 아버지(『잃어버린 눈물』)다. 이 부정적 아버지와 국가가 이규희 소설에서 억압하는 존재로 겹쳐지는 것은 주목되는 점이다.

명지의 보이지 않는 권력과의 싸움은 어떤 의미에서 소멸의 추적이다. 스피박은『서발턴은 말할 수 있는가』에서 역사에서 포착하지 않은 서발턴의 목소리를 찾아야 한다고 주장한다. 이는 힘을 박탈당한 특정 집단들의 발화행위가 재현의 지배적인 정치체계 안에서 다른 사람들에게 들리거나 인식하지 못하게 만든다는 뜻이다. 스피박은 '젠더의 이데올로기 구성'이 '남성 지배를 유지하기 때문'에 삭제된 서발턴 여성들의 소멸을 추적해야 한다고 주장한다. 기록과정에서 서발턴의 목소리는 삭제되기 마련이라는 뜻이다. 『그리움이 우리를 보듬어 올 때』에 쓰인 명지의 발화행위는 따라서 소멸의 추적이라는 의미를 지닌다. 그것은 단순히 망각을 거스르는 기억과의 투쟁에 그치는 것이 아니라 당시 언론에 보도되지 않았을 뿐만 아니라 이후 기록에서도 삭제되거나 재현되지 않을 힘없는 집단의 증언을 남긴다는 의미가 짙기 때문이다. 명지의 시각은 순우의 강제 연행 이후 보고 느끼고 겪었던 경험을 충실히 증언하고 있다는 점에서 억압의 파장을 증언하는 의의도 있다. 또한 대학생 은애의 행동반경을 중심으로 그린 당시의 학생운동의 현장 역시 재현의 지배적인 정치체계 안에서 '삭제된' 진실이다. 그렇기에 명지가 싸운 시간들을 읽는 것은 고통스러우나 우리가 남의 일처럼 잊거나 방관했던 역사의 현장과 마주하는 의의가 있으며 특히 서발턴 여성들의 역사적 투쟁을 그리고 있다는 점에서 소멸의 추적이라는 의미가 크다.

명지가 순우의 강제 연행 뒤 마주한 것은 첫째, 공포다. 억압과 위협은 있으나 상대가 보이지 않을 때 그 공포는 카프카의 그것처럼 극대화하기 마련이다. 군홧발로 쳐들어 온 십여 명의 체포조는 가족들에게 함구령을 내리고 사라진다. 가족이 왜 무슨 이유로 어디로 끌려갔는지 알 수 없는 막막한 상황에서 누구의 도움도 받을 수 없다는 것은 두려움 그 자체였다. 무엇보다 순우가 신문에 보도된 구속자명단에 이름이 올라있지 않아, 같은 시기 연행된 신부의 죽음 소문으로 명지는 더욱 불안하다.

둘째, 명지가 마주한 것은 이웃들로부터 당하는 소외다. 도움을 청해보려 친구에게 전화를 해보지만 비상계엄 전국 확대라는 서슬 퍼런 정국 아래서 모두가 외면한다. 마음 터놓고 지내는 이웃 나베로니카조차 겁이 나서 명지 집에 들르지 못했으며, 무섭고 자기까지 잡아갈 것 같은데 주위에서도 너무 가까이 하지 말라는 충고마저 들었다는 고백을 해온다. 광주의 비극도 나베로니카로부터 소리죽여 전하는 정보로 알게 되었다. 보도검열 지침에 따라 베껴 쓴 신문기사로 진실은 호도되고 유언비어의 정국에 불신은 양산된다.

셋째, 명지가 목격한 것은 순우와 함께 근무하는 동료들의 헌신과 사랑이다. 순우가 연행된 지 두 달이 다 되어가는 즈음에야 수도계엄사무소 합동수사단으로부터 구속통지서를 받아 드디어 남편 순우의 행방을 알게 된 명지는 이때부터 면회를 하는데 옥살이 전력이 있는 소재영과 김경용은 헌신적 우정을 보인다. 그들의 순우에 대한 애정과 특히 소재영의 몸을 아끼지 않는 정성에 명지는 감동한다. 그런가 하면 구치소 안의 순우가 면회 때마다 만나라는 친구는 알고 보니 군장성의 힘이 어떻다는 것을 알고 헛소문을 냈던 부동산 중개인에 불과한 친구였다. 절대 권력이 횡행하던 시대의 해프닝이었다 할까.

넷째 명지가 목격한 것은 도청정국이다. 거금을 들여 선임한 신선초 변호사는 군법무관 출신으로 갓 군에서 나온 사람인데 전화로 말하기를 무척 꺼린다. 마주 앉아서도 도청장치를 의식한 듯 필요한 사항은 글씨로 써서 보여준다. 당시의 상황을 상징적으로 보여주는 장면들이다.

다섯째 명지가 본 것은 출옥 후, 사찰과 고문 후유증의 무서움이다. 어느 날 기소중지가 되어 순우는 출옥한다. 그러나 출옥의 기쁨도 잠시, 순우는 해직되고, 해직으로 부닥친 경제적 어려움에 사찰이라는 새로운 억압이 이들 가족에 겹 씌워진다. 가축의 축사 같은 구치소가 오히려 편안했으리라는 생각을 하도록 보이게 안 보이게 사찰의 눈초리에 시달리는 순우는 까실까실 야위어가고, 가족 모두가 사찰의 마수에 걸린 채 불치의 병마에서 헤어 나오지 못한다. 또한 명지가 목격한 것은 고문의 실체이다. 밤이면 잠들지 못하고 일어나 앉아있는 순우, 「한 지식인의 양심선언」이라는 한 장의 유피에서 모진 고문의 고백을 본 명지는 순우가 잠들지 못하는 이유가 물고문, 고춧가루 고문, 칠성판 고문, 전기 고문과 핏빛처럼 붉은 방에 갇힌 기억으로 고통 받고 있는 것을 알게 된다.

여섯째 명지가 알게 된 스톡홀름 증후군이라는 단어다. 방황하는 순우와 찾아간 작은 성당에서 연행되었던 신부의 강론에서 스톡홀름 증후군이라는 단어를 듣고 귀가 쫑긋 세워진다. 스톡홀름 증후군이란 피억류자가 억류자와 함께 오래 동거함으로써 오히려 억류자의 위치를 이해하고 한 술 더 떠서 동정하게 되는 정신분열의 심리다. 아우슈비츠에서 살아남은 쁘리모 레비가 생각나는 단어다. 쁘리모는 이런 사람들 속에 살기를 포기하고 자신의 아파트 난간에서 떨어져 자살을 하고 만 사실이 있다. (그는『이것이 인간인가』라는 책을 썼다.)

일곱째, 명지가 마주해야 했던 것은 순우를 도왔던 동료가 모두 해직 당하고 희생되는 것을 지켜보아야 했던 일이다. 게다가 소재영은 운동을 막고자 아버지가 강권한 암자에 머물기를 거부하고 돌아오다 영영 행방불명이 되고, 이른바 신군부의 언론대책반에서 대대적으로 작성한 강제 해직 언론인 명단에 포함되어있지 않았지만 희생자들과 운명을 같이하려 동조사퇴를 했던 은형렬 기자는 생계를 위해 막노동판에서 벽돌장을 지고 위험천만한 사다리를 오른다. 그 아내는 병들어 정신을 놓고 있는 것을 보아야 했던 명지 내외는 이 모든 것을 기록하여 망각을 거스르는 투쟁을 할 것을 결심한다.

한편 딸 은애를 중심으로 기술되는 학생운동의 양상은 작가가 남기는 시대적 증언이면서 미래의 비전이기도 하다. 은애는 동아리에서 인재경, 고준석, 최명근, 하선희, 김의수 등과 유필재 선배로부터 지도를 받는다. 유필재는 "억눌린 자는 자신의 인간성을 되찾기 위한 투쟁이 의미를 지니게 하려면 억누르는 자에 대한 또 다른 억누르는 자가 되지 말고 오히려 서로의 인간성을 회복시키는 자들이 되어야 한다(135면)"고 해서 후배들로부터 팔자 좋은 소리를 한다는 비아냥거림을 듣지만 이는 학생운동을 하는 은애들의 의식을 보여주는 중요한 발언이다. 인재경은 쫓기는 몸으로 임산부를 가장하여 탈출, 방직공장으로 위장취업한 후 거기서 만난 이인각과 노동자들의 권익을 위해 헌신하고, 하선희는 학교에서 투신하여 죽어가는 학생들의 의식에 불씨를 지핀다. 파쇼 타도를 외치며 투신한 하선희는 다행히 생명은 건졌으나 하반신이 깨어져 일어나 앉지 못한다. 여학생 하선희의 용감한 데모주동사건은 그러나 신문에 단 한 줄도 보도되지 않는다. 서발턴 여성의 목소리는 삭제되었던 것이다.

가족만이 면회가 허락되기에 면회를 위해 임시 약혼녀가 되었던 은애는 유필재가 고문으로 남성을 잃었다는 귀띔을 듣고도 자신의 결정을 바꾸지 않는다. 그 후 이감한 대전으로 찾아간 은애에게 유필재는 하선희도 치유가 될 거라며 자연치유의 신비한 힘을 말한다. "…인체란 원래 그 스스로 치유가 되어가는 기능을 보유하고 있다, 의학이 아무리 발달했다 해도 그 신비의 세계에 도달하지 못했거든…이건 내가 직접 체험을 한 때문에 확신을 갖고 말하는 거다." 오래된 미래의 작가 이규희의 세계관을 보여주는 대목이다. 어느 시인은 꽃과 잎은 여린 가지 위에서 피어난다고 하였다. 어린잎이 나무의 생명을 끌고 가듯이 새로운 시대도 그렇게 온다(도종환, 「마음의 쉼표」)고 썼다. 이 시인의 글처럼 나무의 작가 이규희 소설의 미래는 은애와 같은 젊은이, 여린 가지에서 꽃과 잎으로 피어나게 설계된다. 북한산 자락의 한 수련원에서 종교단체의 청년쇄신단합대회에 참가한 학우들의 뜨거운 열기는 태풍의 눈이 되어 민주화를 위한 구국선언 시국미사에 합세하기로 한다.

3. 타자의 윤리

이와 같이 이규희 소설의 비전은 젊은이와 신비의 세계, 종교적인 것에 닿아있다. 세라 자매의 삶을 중심으로 한 이야기에도 이 '섭리'가 등장한다. 명지 어머니가 세라 생모에 대한 원한을 세라 자매에 대한 가혹한 구박으로 표출함으로써 가슴속에 뱀의 똬리와 같은 한을 품게 하였지만 명지어머니가 세라 생모를 너무나도 미워한 나머지 명지는 세라 생모의 큰 콧구멍을 닮은 채 태어났다는 것이다. 자랄 때도 그런 말을 들었지만 나이가 들어 피차 노년에 이르러 만난 이복자매는 이 사실을 다시 확인하며 세라 생모와 명지 어머니의 몸서리쳐지는 생애를 되살리게 된다. 이 섭리는 세인의 기막힌 삶에 극적인 반전을 이루면서 다시 한 번 등장한다.

세인은 하학 길에 형부 박석규를 만나 산속으로 끌려간 후 강간을 당한다. 이후 언니 세라를 위한다면, 이라는 박석규의 위협에 계속 성폭력의 희생양이 된 채 죽음 같은 날을 이어간다. 언니 외에는 아무도 돌보아 줄 이 없는 이들 세인 세진 자매에게 언니 세라는 절대적 존재였다. 윤리를 특히 중요시하는 작가는 세인을 유린하고 결혼 후에도 찾아가 강박하는 후안무치의 사나이 박석규를 똑똑한 세진(세진은 언니 세인이 형부에게 유린당하고 있음을 알고 있다)을 시켜 통쾌하게 때려눕힌다. 박석규는 세인에 이어 세진까지 소유하려 갖가지 유인책을 써보다가 세진에게 혼쭐이 나고 부인 세라에게도 자칫 덜미 잡힐 실수를 한다. 그럼에도 박석규는 결혼한 세인을 찾아가 줄곧 괴롭히는데 박석규의 부하인 한동수와 결혼한 후 처음으로 따뜻한 인간적 사랑을 맛본 세인은 박석규로부터 도망치기 위해 호주이민을 계획한다. 임신한 세인은 호주이민이 결정되기 전날 아이를 낳는데 묘하게도 아이는 박석규를 꼭 닮은 채 태어난다. 사람들도 이 사실 앞에 아연실색한다. 선량한 한동수의 의심을 풀어주기 위함인지, 자신도 모든 것을 운명에 맡김인지, 세인은 용기를 내서 유전자검사를 제안한다. 한동수의 마지못한 수락으로 의뢰한 유전자 검사에서 놀랍게도 한동수의 아이에 의심 없음이라는 결과가 나온다. 박석규의 북두칠성 점까지 똑같이 닮은 아이는 박석규의 피와 아무런 관련이 없다는 것이다. 이 역시 미워하는 사람을 닮게 마련이라는 우리나라의 신비한 속설의 증명이자 이규희 작가의 섭리가 적용된 결과이다. 이는 그 의미가 단순히 자연의 신비라거나 섭리에서 그치는 것이 아니다. 타자를 철저히 배제하지만 결국 타자를 닮고 만다는 놀라운 이치, 결국은 서로를 용납하고 화해하는 것만이 온전한 길이며 이것이 타자의 윤리라는 것을 이 오래된 미래의 작가는 보여주고 있는 것이다.

그것은 또한 집장으로 나타난다. 다 늙은 세라와 명지가 머리를 맞대고 과거를 떠올리며 숱하게 쌓인 애증에 서먹해 하고 있을 때 세라가 담근 집장 이야기를 듣자 명지의 가슴이 찡 저려오며 늘 버겁게 짓눌러오던 그 힘들었던 시절의 애증이 일시에 '애틋하게' 다가온다. 명지 어머니만이 담글 수 있었던 집장은 곁에서 심부름하며 눈에 익힌 세라에게 전수되어 유기농 마을의 풀 더미를 보자 문득 흉내 내어 담가보니 되더라는 이야기였다. 그때 세라는 "이 덜떨어진 말썽꾸러기가 바로 큰어머니가 되는 것 같았다"고 한다. 큰어머니 밑에서 꾸중 들으며 자란 거 그게 자기에게 얼마나 소중한지를 알았다고 말한다. 집장으로 하여 명지와 세라는 마법에라도 걸린 듯 그리움의 이녕으로 점점 더 깊이 빠져든다. 화해가 이루어진 것이다. 비록 해결되지 않은 불꽃이 아픔으로 남아 있으나 명지는 세라와 함께 한강 상류 이평, 유기농 마을을 방문하기로 한다. 명지가 환경과 생명과 평화를 위한 일에 연계되어 갈 것이라는 암시는 너무나 당연한 일이다.

동물이 완벽한 소비자인데 비해 지구 위의 유일한 생산자는 식물이라고 한다. 농촌에 상상력의 근원을 두고 눈앞의 새것보다는 앞뒤를 길게 살펴 장구한 세월 속에 자연스럽게 우러나온 근원적 힘을 생각하고 사유하는 작가 이규희의 작품을 읽는 일은 행복하였다. 삶에 성실하고 작은 진실에 무한한 애정과 관심을 기울이는 진지한 작가를 재발견하며 글을 쓰는 일은 또 얼마만한 기쁨인지 모른다.

(『그리움이 우리를 보듬어 올 때』 해설, 2009)

손소희 소설과 역사적 상상력

• • •

『남풍』(1963), 『그 캄캄한 밤을』(1974),
『그 우기의 해와 달』(1981) 세 편의 장편을 중심으로

11편의 장편소설과 1백여 편의 단편소설을 남긴 손소희의 문학세계는 『남풍』(1963), 『그 캄캄한 밤을』(1974), 『그 우기의 해와 달』(1981) 세 편의 장편에서 그 진면목을 찾을 수 있다. 걸작이란 하나의 작품 속에서 실로 다양한 의미를 찾아낼 수 있는 것이라고 한다면 손소희의 『남풍』은 바로 그런 예라 할 것이다. 손소희의 『남풍』은 진세영과 최남희 두 사람의 어린 시절 싹텄던 사랑이 수많은 장애를 넘어 늦게나마 이루어지는 연애소설이다. 그러나 『남풍』은 경직된 전근대적 전통과 질곡으로부터 자유를 찾아나가는 구조로 읽을 수 있고, 동시에 일제 식민지 치하의 제국주의적 억압을 고발하는 구조로도 읽힌다. 또한 신화적 상상력 내지 주술적 모티브를 통해 제시하고 있는 민족의식 또한 약여하며, 가치중립이 가능한 의사라는 직업을 지닌 주인공이 좌나 우의 이데올로기를 넘어서서 경계인의 행보를 보이는가 하면, 상징과 신화적 시각으로 우리 역사의 방향을 제시하는 등 포스트모던적 역사소설의 성격조차 드러내 보인다. 손소희 소설은 단순한 사실주의 시각을 넘어서 식민지시

대로부터 육이오까지 우리의 현실을 그리면서 그 역사적 방향을 탐색해
본 주목되는 소설이다.

진세영의 어머니 정과수가 실절하고 임신하여 자살을 하는데 최남희
의 아버지 장의 영감 최치만은 정과수의 관에 아홉 대의 태형을 가하는
괴기하고도 잔인한 벌을 내린다. 어머니의 간통죄에 대한 공개심판에
충격을 받은 소년 진세영은 수치감에 그길로 마을을 탈출하여 일본인
목수의 도움으로 공부하여 의사가 되어 돌아오나 금의환향이 아니라 어
두운 밤의 귀향이다. 최남희와 결혼하고자 하나 최치만으로부터 거절을
당하며 어머니의 실절과 그 시신의 관에 내린 태형은 주홍글자와도 같
이 그의 삶을 주박하고, 남희에 대한 사랑 역시 운명처럼 그의 삶을 지
배한다. 한편 최남희는 부잣집 아들이자 비열한인 이상준에게 시집을
가 불행한 결혼생활을 하다 정신이상에 걸린다. 진세영은 만주 장춘병
원에서 일본인 간호원 오까 유리꼬와 미다 아끼꼬의 구애를 받는데 특
히 일본인 아버지와 조선인 어머니 사이에 태어난 미다 아끼꼬라는 인
물 제시는 문제적이다. 소위 크레올의 제시로서 제국주의 시선으로 조
선인을 멸시하던 미다 아끼꼬가 조선인 어머니 황인애를 거부하며 갈등
하는 대목은 일본 제국주의의 허상을 고발하는 대목이자 탈식민주의의
시각을 보여주는 인물설정이 아닐 수 없다.

진세영은 해방을 맞아 귀향하는데 인민재판에서 악덕지주요, 정과수
를 범한 파렴치한으로 고발을 당한 최치만이 자신의 죄를 인정하고 자
백하는 장면을 목격한다. 『주홍글자』의 딤즈데일 목사의 고백에 비견할
극적 장면이다. 자신이 정과수에게 지은 죄로 딸 남희가 정신이상에 걸
리는 등 저주를 받았다고 괴로워해왔기 때문이지만 전시대라면 있을 수
없는 최치만의 자백과 자결은 시대적 변화를 상징하며 이로써 진세영의
주홍글자의 주박은 풀린다. 정신이상에 걸려 이혼당한 최남희와 결혼함

으로써 진세영의 사랑은 이루어지고, 따라서 진세영과 최남희의 결혼은 사랑의 성취 그 자체에만 의미가 있는 것이 아니라 인간이 사상된 경직된 전근대적 도덕으로부터의 해방, 일제 식민지 치하 제국주의에 대한 억압으로부터의 해방이라는 사랑 그 이상의, 작가의 역사의식이 나타나는 의미 있는 사건이다.

작가의 일제 식민지에 대한 비판 내지 고발은 소설 곳곳에 여러 문학적 장치로 숨어있다. 주을온천장 주인 미사꼬의 아버지 무라이 씨는 주을에 선장이라는 호텔을 지으려 터를 닦다가 백발노인이 이틀 연달아 꿈에 나타나 이곳에 집을 짓지 말라고 경고하지만 호텔을 지음으로써 이질로 아내가 죽고, 맏딸이 폐를 앓아 죽고, 둘째딸도 같은 병으로 죽는 저주를 벗어나지 못한다. 백발귀신이 끝내 자신조차 척추카리에스로 병상에 눕게 하였다고 생각한 무라이씨는 이 또한 괴이한 것이지만 귀신을 속이기 위해 막내딸 미사꼬를 하녀로 변장시켜 선장의 운영을 맡긴다. 그러나 미사꼬는 장님 안마사의 마수에 걸려 있다. 이때 꿈에 나타난 백발노인은 민족의식의 상징이라고 풀이해 볼 수 있다. 이외에도 일본인들의 당치도 않은 행패와 폭력을 목격하고 이로 하여 옥살이를 한 최치만의 아들 동준과 일본의 패망을 예견하는 동호의 존재, 그러나 사회주의자 김옥숙이나 주금련 등에 대한 비판적 묘사 등은 이 소설의 역사의식과 그 성격을 분명히 해주는 대목이다. 일본인이나 조선인이나 어려운 형편이면 돕는 진세영의 인간옹호적 자세와 경계인적 행보는 이 소설에 생명력을 더해준다. 『만선일보』의 기자생활을 거쳐 『신세대』등의 잡지사 주간을 한 바 있는 손소희의 기자경력은 시대와 사회의 문제에 주목하게 하였으나 이를 소설로 육화 내지 승화하는데 성공한 노력파 작가다. 이데올로기와 관련하여 생경한 그 어떤 단어나 이름도 그의 소설에 등장하지 못하게 절제한 그는 상징과 은유로 역사의식을 충분히 표현해내고 있다.

게다가 손소희 소설은 우리 문학사가 거의 갖지 못하거나 빈약하기 짝이 없는 북방문학을 풍요롭게 이룩한 미덕을 지니고 있다. 간도에서 더 나아가지 못했던 우리 소설의 지역적 한계를 만주와 러시아까지 그 범위를 확대함으로써 소재의 확대라는 면에서 획기적 성과를 이룩한 것이다. 루즈다니크를 아시는가. 질냐개와 당아재를 아시는가. 시베리아는 들어보았으되 부라고베센스크, 러그, 이만, 찰라툰 등 지명은 귀에 설 것이다. '치치하얼'과 '낭낭치'에 '북술기' '두만' '뚜스리까'도 마찬가지다. 단순히 소재의 확대에 그치는 것이 아니라 작가는 우리의 독립운동가들이 북방 광야를 달리던 땅으로서, 민족의식의 피맺힌 현장으로서 만주와 시베리아를 그리고 있다. 전장을 그린 것이 아니라 김좌진 장군의 청산리대첩을 있게 한 보급 담당의 후방 인물의 삶을 그림으로써 독립운동의 위험과 희생을 더욱 실감 있게 전달하는 구조다. 『남풍』의 주인공 진세영이 근무하는 만주의 수도 (신경)장춘도 소설의 배경으로서 의미심장하거니와, 10년을 격하여 쓰인『그 캄캄한 밤을』은 그 소설 배경이 위의 단어들이 등장하는 시베리아이다. 일제 밀정이 곳곳에 따라 붙는 만주와 러시아에서 주인공 최용준이 만나는 사람들은 모두가 수수께끼적 인물이다. 추리소설 기법으로 쓰인 이 소설은 독립운동가 그들이 처한 위험과 함께 그 치열한 민족과 조국애를 그리는데 끝까지 긴장을 유지하기 위한 방법으로 원용되었다. 최용준과 카추샤 정진주가 맺어지면서 숲으로 가서 겨울의 새에게 모이와 물을 주도록 루즈다니크를 만드는 것은 작가가 지향하는 인도주의의 상징으로 보인다.

다시 10년 후에 손소희는『그 우기의 해와 달』을 썼다. 국민방위군의 현실을 취재해 소설화하면서 "어느 골짜기에서 왜인의 총부리에 목숨을

잃은 우리의 선열인 독립군의 혼령이 있어서(국회의원과 고위 장성의)
실속도 알심도 없는 시찰행차를 안다면 그들의 혼령은 또 한 번 죽어야
하겠다고 생각할 것이다."라고 딱 한 줄 쓰고 있는 데서 우리는 손소희
가 어찌하여 북방문학을 이룩했는지 알 수 있게 된다.

(『문학의 집 · 서울』 120호, 2011.10)

여성성장소설과 아브젝트

• • •

한상윤의 『침묵 지키기, 그 아름다운 슬픔』론[1]

1. 여성성장소설의 양식

남성성장소설이 주인공의 유년시절과 성년을 묘사하는데 반해, 여성
장소설은 보다 광범위한 연령을 커버한다. 여성의 성장 내지 자기 발견
은 결혼 이후, 또는 인생의 늦은 단계에서 일어난다. 남성의 경우 모든
사회적 행위를 포기하고 순수한 내적 발전의 형식을 취하는데 반해서,
여성의 경우는 내적 세계로부터 외적 세계로, 내성으로부터 활동을 지
향하는 반대방향을 그려낸다.(졸고, 「페미니스트성장소설과 자기발견
의 체험」 참조) 한상윤의 연작소설 『침묵 지키기, 그 아름다운 슬픔』은
연작으로 쓰인 여성성장소설이다. 12편의 중·단편으로 엮어진 이 여
성성장소설은 한 여성의 평생이라는 짧지 않은 시간을 다루면서도
중·단편으로 응축해 놓음으로써 다양하고 깊이 있는 여성의 성장을

---

1 한상윤, 『침묵 지키기, 그 아름다운 슬픔』, 계간문예, 2010.

묘사하는 데 성공하고 있다. 소설은 제1부와 제2부로 나뉘어 엮어졌는데 이 분류대로라면 주인공이 남편을 만나 결혼생활을 하는 시기를 다룬 것이 제1부이고, 남편을 떠나보내고 홀로 지내는 시기를 그린 것이 제2부라고 할 수 있다. 여성성장소설의 양식대로 이 연작소설의 주인공이 성장을 이루는 것은 결혼 이후다. '가난한 천재' 남편의 성공을 자신의 성공으로 생각하며 뒷바라지를 해오던 주인공이 어느 날 그 허구의 진실을 깨닫고 스스로 주체로 서기까지가 일차적 여성 성장이었다면 남편이 떠난 이후 노년을 살아가면서 주변으로 시선을 돌려 무너져가는 마을의 도덕상실과 가족의 해체 등 '마을로 간 전쟁' 현장을 증언함으로써 여성성장이자 성숙의 단계를 보여주는 것이 이차적 여성성장소설의 양상이다.

「귀여운 도둑들」은 해방공간에서 한국전쟁 이후까지, 자본주의의 침투로 수공업이 차츰 설 자리를 잃고 사양 산업이 됨으로써 기울어 가는 한 집안의 풍경을 비추고 있다. 주인공은 경기도 어느 시골 읍내에서 농기구 등을 제작하는 대장간의 아들 다섯, 딸 셋, 8남매의 막내로 태어났다. 아버지의 사업은 한때 정부 산하기관에 납품을 할 정도로 호황을 누리기도 했으나 당연한 순서로 수공업을 위주로 한 사업은 차츰 기울어 주인공은 학교에서 납부금을 독촉 받아 집으로 쫓겨 오는 지경에 이른다. 주인공의 유년과 소녀시절은 차츰 기우는 집안과 함께 큰오빠와 올케 보케언니의 비정상적인 결혼생활 등으로 어두움이 점철되어 있는 형국이다. 이 시기의 주인공의 환경을 상징적으로 보여주는 것이 있다면 옷장서랍이나 아버지의 쌈지에서 무시로 돈을 덜어내는 어머니가 돈을 헤어보지도 않고 건네주는 장면과 아버지 역시 지갑이나 주머니에서 돈이 줄어든 것을 알지 못하는 일이다. 자본주의 전단계의 돈에 대한 의식을 이보다 더 잘 보여주는 것이 있을 것 같지 않다. 이에 대응하는 주인

공은 어머니보다는 좀 더 계산적이기는 하나 주인공이 그 앞날의 선택
에서 어떤 결정을 하게 될지, 예견케 하는 상징적 대목이라 하겠다. 돈
에 대해 아무런 의식이 없는 가족과 달리 「지겨운 오빠들」에서 약국을
하는 넷째오빠는 돈에 대해 지독한 노랑이 정신을 보인다.

　여성성장소설에는 주인공이 성장에 이르기까지 도움을 주는 조력자
가 있기 마련이다. 조력자는 친구나 가족 중 오빠가 그 역할을 맡는 경
우가 많은데(나혜석도 박화성도 오빠가 조력자가 되어준다) 이 연작소
설의 경우에도 그 조력자가 막내오빠다. 막내오빠는 물이 나는 자취방
연탄아궁이를 고치도록 돈을 주었고, 청계천 고서점을 뒤져 한아름이나
되는 책을 사서 들려주었다. 주인공의 남편은 바로 막내오빠의 고교 동
창이자 문학 동아리의 동인이었다. 작가가 되는 것이 꿈이었던 주인공
은 '동리 교수'의 제자가 되어 소설가가 될 것이었으나 무기한 휴교령
과 큰오빠의 갑작스런 타계로 좌절한다(「미아리고개의 늦봄」).

　전술하였듯이 여성이 성장하는 데는 결혼이나 그에 준하는 체험이 계
기가 된다. 주인공은 오빠 친구인 남편과 혼전임신을 하고 결혼은 '그
남자의 청량리 자취방으로 보퉁이 몇 개와 거처를 옮기는' 것으로 대신
한다(「빈집 이야기」). 청첩장이니 결혼식이니 예물이니 모두 생략된 결
혼이었으나 주인공은 여섯 번 옮기는 셋방이나, 바퀴벌레가 극성을 떠
는 풍납동 집이나 오직 남편 '가난한 천재'가 글을 쓰고 공부하는데 방
해가 되지 않도록 노력했을 뿐, 자신을 위해서 무엇을 할 생각은 해보지
도 않았다. 그러던 어느 날 남편은 중학생이 된 아들을 캥거루처럼 끼고
누워 티브이를 보면서 키득거리는 중이었고, 나는 이민을 떠나게 된 이
웃집 이야기를 하다가 그만 나의 짧은 상식이 탄로 나는 일이 벌어진다.
엘에이와 로스엔젤래스를 각기 다른 지역으로 착오를 일으킨 것이다.
이때 "엄마 좀 봐. 그 도시가 그 도시예요. 라고 말한 것은 아들이었고,

느 엄마가 그렇단다, 라고 토를 달아 준 것은 남편이었다." 아들은 엄마, 대학 나온 여자 맞아요? 했고, 남편은 어서 부엌일이나 하라고, 자식 앞에서 더 망신을 당하기 전에….(「풍납동 집 그리고 위기」)라고 말한다. "아들은 봇둑을 터뜨린 격이었고 남편은 붉은 봇물이 되어 안일의 벽을 무참하게 무너뜨렸다."

아내가, 남편으로부터 지식이 부족하다고 모멸을 당하는 이 장면은 의미심장하다. 신여성 김명순을 깔아뭉개기 위해 김동인이 『김연실전』에서 꺼내든 칼이 지식 없음, 무식이었고, 김기진이 김원주를 깎아내리던 칼도 바로 '무식한 여자 만들기'였던 것이다. 타자화된 삶을 사는 여성은 주체로 선 다음에도 남성들로부터 인정을 받아야 한다는 또 하나의 강박에 시달려 왔던 것이 우리 근대 여성의 역사다. 주인공은 "보루가 통째로 무너지는 굉음을 들으면서 밥상을 들고 주방으로 나왔다." 먼저 머리를 짧게 끊고, 주인공은 안방을 자신의 서재로 하고 가족의 출입을 차단한다. 가족이라는 명분의 늪에 괴어 썩던 시간을 방출하고, 문화센터에서 주관하는 소설 창작 강좌에 나가 소설 쓰기에 도전한다.

주인공의 자기 찾기 기획에 장애물로 나타난 것은 당연하게도 시집식구들이다. 두 시누이는 시어머니를 대동하고 나타나, 손자 또는 조카를 부려먹는 며느리이자 올케인 주인공을 향해 총공격을 날린다. "언니 어쩌자고 내일 모레 대학 들어갈 수험생한테 연탄 갈기를 시켜요? 그것도 하나밖에 없는 아들한테…" 안부전화를 넣었더니 언니는 외출 중이고 녀석이 기침을 쿨럭쿨럭 해대기에 웬 기침이냐고 물었더니 연탄불을 갈던 참이라고 했다는 것이다. "어찌나 가슴이 아프던지." 찾아 왔다는 거다. 그들은 가부장의식에 철저히 길들여진, 젠더이데올로기 소유자들로서 아들과 손자만을 위한, 남성우월주의에 한 점 의혹도 없이 동의하는 자들이다. 그들은 주인공의 아들에게(만) 용돈을 찔러주며 "엄마가 아무리 시켜도 하지마라 알았지? 시킬 걸 시켜야지. 지금이 어떤 시대라고. 공부만 잘해줘도 부모한테 효도하는 건 줄 모르고…. 자식들이 공부 잘하고 착하니까 느 엄마가 정신을 못 차리는구나. 밥하기 싫다, 도시락 싸기 싫다, 투정부린다며? 옆구리에 바람이 든 모양이야. 남편은 살아보려고 봉두난발에 저 지경이 됐는데…." 모자간을 있는 대로 이간질하고, 세 여자들은 혈육애를 빌미로 집안의 경제, 질서, 정서 따위를 마구 뒤집어놓는다.

그러나 주인공은 드디어 소설가로 입신하였으며 양명한다. 딸이 첫 출산을 할 때 남편이 "자기 언제까지 자식 뒷바라지 할 거야? 늦은 나이에 소설가로 등단을 했고, 등단 십여 년이 가깝구만. 출간한 창작집, 반응도 괜찮은 모양이니 지금부터라도 소설이나 바지런히 쓰지 그래?"(「울음소리」)라고 말한 것이 그 증거다. 주인공은 주체로 우뚝 서게 된 것이며 일차 성장을 이룩하였다.

2. 주체의 형성과 아브젝트

연작소설 『침묵 지키기, 그 아름다운 슬픔』에서 보인 한상윤의 한 변화는 도전적인 문장이다. 창작집 『고리』의 단편을 읽어보면 깔끔한 문장과 어휘 하나도 허투루 하지 않은 섬세함이 이 작가의 미덕임을 단번에 알 수 있다. 그런데 이번 연작은 어느 평론가가 쓴 용어처럼 비루한 것들이 난무한다. 똥, 오줌, 피, 매독 등 성병, 요강, 득시글거리는 병원체, 쉬파리 끓는 두엄터 등 아브젝트적 요소가 범람하는 것이다. 줄리아 크리스테바에 의하면 아브젝트(폐물, 폐인)는 정체성·체계·질서를 어지럽히는 것, 경계·위치·규칙을 무시하는 것이다. 아브젝트는 주체 즉 자율화되기 위해 타자를 향해 자신의 혐오를 하나로 약호화하는, 말

하는 주체의 변별화 과정이며 동일성이나 체계와 질서를 교란시키는 것
에 가깝다(졸고, 「자기의 서사화와 진정성의 문제」 참조).

「귀여운 도둑들」 첫머리, 여고 졸업반인 주인공은 교훈은 먼지를 '뒤
집어쓰고' 있는 것으로 보였고, 교장의 말씀은 '지겨웠'으며, 모교에 대
한 애정은 '손톱만큼도 없었다.' 매우 도전적인 서술이다. 이 문장들의
앞에 놓인 교훈은 '박애 자주 봉사 순결'이었고, 교장은 '현모양처의 길
을 장조 하였으며' 모교는 '중간고사 기말고사 때마다 학기금을 독촉 하
는' 곳이었다. 이렇게 보면 여성성장소설을 기획하고 있는 작가가 여성
에게만 강조하는 '현모양처'라든가 '박애 자주 봉사 순결'의 관념에 균
열을 내려고 처음부터 도전적인 문장을 구사하고 있다는 것을 알 수 있
다. 그렇기에 오빠의 여자들이 쌀을 퍼내고 돈을 훔쳐 달아나도 '귀여운'
도둑이 될 수 있었다. 그들로서는 본처가 버티고 있고, 시부모는 그만 두
고라도 키워 짝 지워 내보낼 시누이 시동생이 일곱이나 되는 이곳을 탈
주하기 위해선 그 방법 외엔 없었던 것이라고 작가는 이해한 것이다.

요즘 시끌벅적한 월드컵 축구경기에 곧잘 쓰는 관전 포인트라는 문자
를 소설 읽기에도 적용해 본다면 한상윤 연작소설 관전 포인트의 하나
는 앞의 여성성장소설의 전개이고 또 하나가 바로 작가가 싸워야했던
젠더이데올로기와의 전쟁이며, 다음, 마을로 간 전쟁이다. 작가는 다섯
오라비의 막내 누이로서 아버지보다 오라비의 감시와 통제를 받아야 했
다. 고교생인 누이는 책가방 속까지 검사를 받는 처지다. 주인공은 그런
오빠를 '괴뢰군처럼 불가항력적인 존재로 군림하는 수컷들'이라고 타
매해 보지만 젠더이데올로기에 길들여진 어머니는 "그런 소리 하는 것
아니다. 너 시집 갈 때 옷장도 사주고, 놋요강, 놋세숫대야도 사주고, 혼
인식 치른 다음 시집에 널 데려다 주는 후행도 갈" 아버지에 비견될 든
든한 후견인임을 늘 강조한다. 약국을 하는 넷째오빠가 초등학교밖에

나오지 않은 약국 점원아이를 데리고 노는 동안 감히 올케 자리를 넘보는 것을 막자고 넷째 오빠의 여색 행각을 낱낱이 까발린 일이 오빠의 분노를 사서 주인공은 피투성이가 되도록 얻어맞는다. 부도덕에 폭력까지 휘두른 것이다. 주인공이 과외지도를 해서 푼푼이 모은 돈을 빌려가서는 기억에도 없다는 듯이 시치미를 떼는 후안무치의 넷째오빠는 당연히 점원아이네로부터 혼인빙자간음죄로 고소당한다.(「지겨운 오빠들」. 큰오빠도 조강지처는 부엌데기로 소박한 채 객지에서 공비를 토벌한다는 위대한 직장(경찰)생활을 하는 동안 여자를 셋씩 끌어들인 경력이 있다 「미아리고개의 눈물」).

  젠더이데올로기에 예속된 자로서 남편은 어떻게 그려지고 있는지 보자. 셋방을 여섯 번 옮기는 동안 남편은 한 마디 의논이 없었고, 혼자 나갔다 돌아와 이사날짜만 통고하는 식이었다. 양가의 불만 속에 이루어진 결혼은 끝내 남편의 가출과 이혼 청구로 이어지기도 했고 남편이 대학원에 진학하여 학계로 나가도록 각방을 고집한 것이 돈만 아는 며느리가 되고, 친정오빠는 동생을 돕는다며 가져온 돈을 동생이 아니라 그 남편에게 주어 동생을 안타깝게 한다. 남성 중심 사고의 표본들이다. '가난한 천재' 남편은 일어판 대중소설의 번역이나 하고 연구소의 일을 맡아오곤 하면서 평론 몇 줄 쓰자고 몇백 매, 몇천 매짜리 소설을 읽을 수 없다, "문단이란 곳이 글만 잘 쓰면 되는 곳인 줄 알았어."라며 세상과 타협하는 나약함을 보인다. 입장이 난처해지면 성으로 해결하려 드는 남편, "나는 절대로 군대에 갈 생각이 없다. 이북에는 배다른 고모 세분, 숙부 두 분이 계시다. 총부리를 그들에게 겨눌 수는 없다."는 변명 아래 7~8년을 병역 기피자로 살아오다 기어이 어느 날 입대하는 위선. 이 입대를 증명하는 사진을 보면서도 주인공 '나'는 남편이 고단한 일상이 거미줄처럼 얽히고설켜 휴식을 잃은 성내동 집으로 돌아오고 싶어 하지 않을 수도 있다고 생각한다. 이 대목은 약간 애매한데 가출한 남편에게 딴 여자가 있었던 일이나, 가끔 들러 주급처럼 생활비를 주고 가기도 했던 남편을 주인공인 아내는 믿지 않게 되었다는 뜻임은 분명하다. 남편은 아내와 대화나 의논이 없고 남자라는 커다란 성채에 머물며 군림한다.

거기에 아들의 태도 역시 주인공을 서글프게 한다. 남편의 고집으로 양계업을 추진했고 실패했건만, 엄마 억울하시겠네요,라고 남의 말 하듯 할 뿐 아니라 외가의 도움으로 집을 늘린 이야기를 해도 "잘 기억하거든요?" "그러니까 우리 엄마 무척 억울하시겠다 그 말예요."라고 대꾸한다. 아들은 마지막 순간까지 무엇인지 모를 까탈로 어미를 물고 늘어졌고, 아들에게 사사건건 면박을 당하기 수차례에 주인공은 구차스런 대화의 시도를 그만두기로 한다. 아들은 아버지의 가부장이데올로기를 고스란히 물려받은 것이다. 소설가가 되는 길은 멀어 이를 견디기 어려워하는 남편과의 불목으로, 이번에는 주인공이 가출을 하지 않을 수 없게 된다. 만덕사라는 곳에서 겨우 하루 만에 다시 어미의 자리로 귀환하지 않을 수 없을 때 전화를 받은 남편은 침묵으로 일관한다(「풍납동 집 그리고 위기」).

딸이 아이를 낳았다. 부부는 첫 출산을 한 딸을 보러 길을 떠난다. 새벽까지도 가겠다든가 안 가겠다든가 태도 표시가 없던 남편이 따라나선다. 부부는 대화가 끊긴 상태, 천호동에서 의정부까지 몇 번이나 버스를 갈아타고 택시를 타고 내리면서 두 사람은 말이 없다. 딸은 친정에 가서 어머니가 끓여준 미역국이 먹고 싶다고 하나 남편이 거부하여 금일봉만 자리 아래 넣어주고 온다. 딸이 출산을 앞두고 해산바라지를 은근히 간청해 왔을 때 "절대로 안 돼. 그 집안의 씨를 낳았지, 우리 집안 씨를 낳은 것은 아니잖아? 섣부르게 친정어미노릇 하려고 들지 말라고! 시집갔으면 그걸로 그만야!"(「울음소리」).

자장면 사건은 비정한 남편을 보여주는 상징적 사건이다. 아들 며느리가 직장을 쉬는 주말이면(주중에 보던) 손자를 맡기고 밭을 매러 나갔다. 그날도 불볕더위 속에 바랭이, 사초, 약쑥, 개망초들과 사투를 벌이고 난 뒤, 주인공은 몹시 시장했다. 막걸리를 주둥이 째 물고 목을 축이다가, 배뇨를 하거나, 계곡물에 손이나 얼굴을 씻고 서늘하게 쉬던 남편은 "자장면 한 그릇 사먹고 갑시다. 집에 가면 밥도 없는데." 하는 아내의 청을 끝내 들어주지 않고 집에 가서 오이냉국을 타달라고 한다. 물 한 모금도 마시지 않고 일한 여자에게 자장면 한 그릇도 안 먹이는 저 남자하고 도대체 언제까지 한지붕 밑에서 살아야 하지? 주인공은 후일 남편이 이승을 떠난 다음, 제일 먼저 중국요리 집을 찾아가서 혼자서 해본 일이 호젓하게 자장면을 먹어 치운 일이었다.(「불빛과 어둠」).

주인공이 소설 모두에서 '박애 자주 봉사 순결'의 교훈과 '현모양처의 길을 강조하'는 교장에게 냉소와 도전적 문장을 날린 것은 이런 남성들의 이기적이고, 한 번도 아내를 동등한 반려자로 대하지 않은 가부장주의 이데올로기, 젠더이데올로기에 함몰된 남성이라는 타자에게 날린 혐오의 약호이었으며 똥, 오줌, 피, 쉬파리, 벌창한 돼지 똥들은 남성 중심 사회에 균열을 가하는 전략이었던 것이다.

3. 마을로 간 전쟁

한상윤 소설의 관전 포인트의 또 하나는 오늘의 농촌 마을의 현실을 읽는 것이다. 귀농 등을 목적으로 시골로 이주하는 외지인은 전통적 농촌사회가 지닌 보수성으로 하여 적지 않은 갈등을 야기할 수 있다. 소규모 출판사의 편집 책임자로 전전하던 주인공의 남편이 농장주의 꿈을 꾸었다. 서울 근교의 폐가를 낀 바위투성이에 경사가 만만치 않은 악산

한 자락을 매입하고 먼저 칠면조를 분양받아 길렀다. 알고 보니 사기를 당했던 것으로 칠면조를 판매할 길이 막혀 이 양계업은 실패하였으나 가족은 시골에 이동하여 정주하게 된다. 작가인 주인공은 그리하여 농촌의 현실을 목격하는 산증인이 될 수 있었다. 그러나 주인공은 남편을 병으로 보내야 해서, 홀로 농촌에 남겨진다. 독거노인이나 구르는 돌처럼 외지에서 흘러들어와 사는 노인들의 삶에 관심을 갖고 그들을 돕거나, 사진을 찍어 홈페이지나 카페에 올리고 외부와 소통을 도모한다. 진정한 의미의 동호인을 만나지는 못하나, 메아리 없는 빈집 이야기는 우리가 오늘날 무엇을 정시해야 하며, 또 다가올 미래를 위해 무엇을 근심해야 하는지를 일깨운다.

일본 작가들과 우리나라 작가들의 자전적 소설을 비교해 보면 일본 작가들과 달리 우리나라 작가들은 자전적 소설에 자기 개인 이야기만 쓰는 것이 아니라 반드시 대사회적인 발언을 하는 것이 한 특징을 이룬다고 한다. 여성성장소설을 쓰는 중에 작가 한상윤은 노인들의 삶을 그리면서 자본주의 경제가 낳은 물신주의가 농촌공동체에까지 어떻게 심대하게 영향을 끼쳐 가족이 해체되고, 부자간이나 모자간의 효 사상 등 가치관의 상실은 어떻게 끔찍한 살인사건을 낳는지 그 현실을 고발하고 있다. 인간성 상실이라는 현대 우리 사회의 첨예한 문제는 바로 우리의 코 앞, 우리의 농촌, 마을에서 한 전쟁을 치루고 있는 것이다.

그 중 문제작이 「빈집 이야기」이다. 주인공이 사진을 찍어 올린 빈집 이야기가 줄거리인데 그중 한 빈집의 사연이 박노인네 이야기다. 박노인은 70대의 홀아비로서 중풍 든 큰아들과 살았었는데 며칠 전 두 사람이 변사체로 발견되는 불상사가 일어난다. 사연인즉 동네 이장이 일제시대 정신대에 갔다가 돌아온 망구를 이 박노인의 말동무로 중신을 서서 함께 살게 해주자, 이를 알고 외지에 나가 살던 큰아들 용해가 2년 만에 나타나, 밤 내내 아버지한테 수중에 있는 돈 내놔라 고함과 욕설이 오고갔다는 것이다. 이를 본 망구는 마을회관으로 도망쳐 나왔고, 끝내 아들은 박노인의 머리를 문지방에 짓이겨 사망시키고, 자신은 목을 매 자살을 하였다는 끔찍한 이야기다. 노인들은 자식들이 드러내놓고 돈 내놔라, 집 내놔라 온갖 협박을 하는 때문에 홀아비 신세를 면하지 못한다. 할멈과 살려면 집을 나가라고 대놓고 요구하는 맏며느리도 있다. 전 같으면 상상도 하지 못할 패륜아가 활개를 치고 다니는 시대다.

또 한 빈집의 사연은 돈 못 버는 아들이 식당 일을 해서 돈 벌이를 하는 며느리와 앙앙불락하여 결국 돈 때문에 부부는 갈라선 모양, 아비는 어린 자식들을 두들겨 패고 불량기를 보이며 통곡을 하곤 해서, 90이 된 할머니가 초등학생 두 손주를 거두는데 고령에 불만이 없을 수 없었을 것. 어느 날 밤 이들이 살던 컨테이너에 불이 나, 아이들과 할머니 모두 형체를 알아볼 수 없게 불에 타 죽는다. 아들이 방화한 것이 분명한 증언이 있었으나 할머니의 치매로 인한 방화로 처리되고 집은 빈집이 된다. 물신숭배가 낳은 가족해체요, 비극이다. 자식이 없는 노인에게 지급하는 기초생활자금을 받기 위해 평생을 호적에 아들을 올리지 않아 아들에게 어머니의 사랑을 받아보지 못한 상처를 준 골짜기 건넛집 여자라든가, 아들에게서 생활비를 받아 사는 정지리댁은 꽃무늬 팬티와 화장품을 사는 사치를 했다고, 아들로부터 당장 짐 싸라는 명령을 듣는다. 온정과 가족애의 표상이던 농촌사회가 물신이 지배하는 살벌한 전쟁터와 같이 되고 만 현실이 주인공의 노년생활 묘사와 함께 실감나게 묘사되어 있다.

한편 토착 주민과 외지에서 흘러 들어간 이주민과의 갈등도 만만치 않다. 골짜기 건넛집 여자는 종친회로부터 재실을 짓는데 골짜기 건넛집 땅이 몇 평 걸린다고 그 땅을 팔라는 통보를 받는다. 손해 보는 거래

는 하지 못하겠다고 버티다가 동네 여자들이 몰려와 데모를 하는 지경
에 이른다.

> "이 동네에서 나가라. 이 따위는 쫓아 버려야 해. 길 내놓지 않으려거든
> 두 다리를 둘러메고 다녀라. 이런 화냥년이 감히 우리 동네에 와서 재실을
> 못 짓게 해?" 종친회의 여자들이 악을 썼다.

대토를 받기로 합의를 봤으나 골짜기 건너 여자네 집이 재실을 내려
다보는 형국이 되자 아예 골짜기 건넛집을 매수하자는 결의를 하고 그
들은 다시 찾아온다. 50여 평의 밭뙈기에 무허가 판잣집이란 한 입 거리
밖에 안 된다고 매수조건을 내놓으나 골짜기 건넛집 여자는 천금을 준
대도 안 판다고 한다(「골짜기 건넛집 여자」). 결과는 어찌되었는지 알
수 없으나 돈과 아들을 바꾸어(어떤 자식이 월 25만원을 꼬박 통장에 넣
어 줄까보냐고) 찾아오는 자식도 없이 살던 골짜기 건넛집 여자는 이런
물질 중심 사고로 하여 동네 사람들로부터 배척을 받고 작가인 주인공
으로부터도 지지를 받지 못한다(「모사꾼들」). 작가인 주인공은 꽃집처
럼 잘 가꾸어 놓은 골짜기 건넛집 여자에게 호감을 갖고, 외지인이라는
동병상련의 처지에서 가까이 지냈으나 골짜기 건넛집 여자는 끝내 부정
적 인물로 낙착이 된다.

서글픈 일은 이 연작소설에서 긍정적 인물은 오직 막내오빠 한 사람
뿐이라는 사실이다. 작가는 주인공이 아직 임종연습을 더 해야 한다고
말하게 함으로써(「묘지 가는 길」), 성장은 아직도 계속 중이라는 여운을
남긴다. 젠더이데올로기에 균열을 내고자 도전했던 작가는 이제 내적
성숙을 지향하면서 여성성장소설을 일단락 짓는다.

(『침묵 지키기, 그 아름다운 슬픔』 해설, 2010)

나혜석 문학과 일본 체험(대담)

대담자 : 에구사 미츠코(文敎大學), 서정자(草堂大學)
사회 : 하타노 세츠코(新潟縣立大學)
통역 : 신은주(新潟國際情報大學), 야마다 요시코(新潟縣立大學)
장소 : 在日本 한국YMCA
날짜 : 2008년 11월 2일 10:00－12:00

하타노 : 지금부터 대담을 시작하겠습니다. 오늘은 10시부터 12시까지 2시간에 걸쳐 한국 초당대학의 서정자(徐正子) 선생님과 일본 분쿄대학(文京大學)의 에구사 미쓰코(江種滿子) 선생님을 모시고 나혜석(羅蕙錫)의 1910년대 일본 체험에 대해서 이야기를 나누겠습니다. 두 선생님께서는 사전에 필요한 자료를 작성하여 이 자리를 위해서 준비를 해 주셨습니다. 오늘 대담이 기대됩니다. 미리 서정자 선생님께서 대담안(對談案)을 작성해 주셨습니다. 이 대담안의 1번, 두 선생님께서 처음에 어떻게 나혜석을 만나게 되었는지 그리고 자신이 나혜석에 대해 어떤 감정을, 인상을 가지고 있는가에 대해 이야기를 시작하도록 하겠습니다. 어느 분께서 먼저 말씀해 주시겠습니까? 먼저 서정자 선생님께서 만남, 그리고 인상에 대해서 말씀해 주십시오.

서정자 : 제가 나혜석을 만나게 된 것은 1988년입니다. 1910년대 한국에는 세 여성작가가 있었는데, 나혜석과 김명순과 김일엽입니다. 이들

은 출신 성분이 각각 다릅니다. 나혜석은 양반집 딸이고 김일엽은 기독교 목사의 딸입니다. 김명순은 부잣집 첩의 딸입니다. 그럼에도 불구하고 이들은 비슷한 인생을 살았고, 똑같은 파멸의 인생을 살게 됩니다. 한국에서는 이 세 사람을 스캔들의 주인공으로 기억하고 완전히 매장해 왔습니다. 그 출신 성분이 다른데, 왜 똑같은 길을 갔을까 의문을 갖고, 자료를 찾아보았습니다. 그랬더니 1910년대에 나혜석이 쓴 소설「경희」와「회생한 손녀에게」를 찾았습니다. 그것을 학회에 보고하여 굉장히 화제를 모았습니다. 그로부터 나혜석은 저와 인연을 맺게 되었습니다.

하타노 : 다음으로 에구사 선생님께서 말씀해 주십시오.

에구사 : 십 년 전쯤 한국에서 온 유학생이 미야모토 유리코(宮本百合子)라는 일본 근대 여성작가와 나혜석을 비교하여 연구하고 싶다고 말했습니다. 나혜석과 미야모토는 세 살이 차이가 나는데, 아주 비슷한 경험을 했습니다. 부잣집에 태어나서 조숙한 문학적 재능을 가지고 태어나서 유학체험이 있고, 이혼을 했습니다. 단, 두 사람의 마지막 종결 부분이 다릅니다. 그 유학생의 졸업논문을 통해서 한국에 나혜석이라는 작가가 있다는 것을 알았습니다. 그 유학생은 졸업논문을 마치고 대학원에 진학을 해서 계속 공부를 했습니다. 그리고 또 하나가 2006년 여름, 한국에 있는 한국외국어대학교에서 한국일본문학회라는 것이 열렸습니다. 시라카바(白樺)파를 중심으로 한 심포지엄이었습니다. 그때 그 학회에서 일본측 연구자로서 강연을 했습니다. 그때 제가 나혜석이 있었던 1920년대 일본사회의 문화 환경에 대해서 발표를 했습니다. 이를 계기로 제 자신이 한국, 조선의 문학에 대해서 관심을 가지게 되었습니다.

하타노 : 두 분 선생님께서는 나혜석과 만나 어떤 인상을 받으셨습니까? 간단하게 말씀해 주시겠습니까?

서정자 : 그보다 먼저 제가 쓴 논문을 보시고 코멘트를 해 주셔서 새

로운 사실을 알게 해 주신 것에 대해서 감사를 드립니다. 나혜석에 대한 제 첫인상은 그가 페미니즘 소설을 썼다는 것입니다. 저는 그 점에 대해서 가장 큰 충격을 받았습니다. 그리고 최초로 여성 지식인 주인공, 일본 유학 여학생이 주인공인 소설이 쓰여졌다는 것, 이것은 한국문학사의 첫 페이지를 장식하는 소설이라고 생각했습니다. 그뿐 아니라 한국 신문학사에서 근대소설적 양식을 완벽하게 갖춘 소설이라는 점에서도 놀랐습니다.

하타노 : 에구사 선생님, 말씀 부탁 드립니다.

에구사 : 나혜석 작품을 처음 읽은 것은 「경희」입니다. 그리고 「이상적 부인」, 말기 소설 「현숙」을 접했습니다. 무엇보다도 감동을 받은 것은 「경희」를 처음 읽었을 때 구성이 뛰어나다는 점이었습니다. 그리고 주장이 확실하다는 것이었습니다. 그런 주장을 문학작품으로 완성해서 성공시킨 작가는 일본 작가 중에는 없는 게 아닌가 생각합니다. 미야모토 유리코라는 작가가 있긴 합니다만, 히구치 이치요(樋口一葉), 다무라 도시코(田村俊子)라는 작가가 있습니다만, 요사노 아키코(与謝野晶子)도 기반이 시 쪽이기 때문에 역시 비교하기는 어려울 것 같습니다. 대단한 힘을 가진 여성작가구나 하는 인상을 받았습니다.

하타노 : 감사합니다. 다음으로 에구사 선생님께서 나혜석이 왔을 때 1910년대 일본 상황에 대해서 말씀해 주십시오.

에구사 : 조금 길어질지도 모르겠습니다.

하타노 : 자료가 있으니 그것을 보면서 들으시면 되겠습니다.

에구사 : 서정자 교수님으로부터 미리 그 당시 1910년대 일본의 미술계가 어떤 상황이었나 하는 것을 질문을 받았습니다, 바로 1910년 전후부터 미술뿐 아니라 문학세계에 커다란 대전환을 맞이한 시기다 이렇게 말씀드릴 수 있습니다. 나혜석은 유화를 배우러 일본에 온 걸로 알고 있

습니다. 따라서 일본의 미술계의 변화를 아주 민감하게 받아들였을 것
이라고 저는 생각합니다. 제가 미리 준비한 메모입니다만, 여러분 가지
고 계십니다. 빨간 글씨로 나와 있는 부분은 앞 사람과 새로 등장한 세
력 사이에서 대립이 일어난 것을 나타내고 있습니다. 미술 그리고 문
학 · 평론 두 종류가 있습니다. 위쪽은 미술입니다. 1909년 빨간 글씨로
나와 있는 부분입니다만, 그 당시 젊은 화가였던 야마와키 신토쿠(山脇信
德)의 「정거장의 아침(停車場の朝)」이라는 작품이 문전(文展)에서 수상을
했습니다. 문전은 아시다시피 문부성이 힘을 기울이고 있는 전시회입니
다. 그리고 그 후 1911년 2년 후에 야마와키 신토쿠의 개인전이 화랑 로
칸도(琅玕洞)에서 열렸습니다. 가타카나로 쓰여 있는데, 원래 한자가 있
습니다만 잘 나오지 않아서 가타카나로 표기했습니다. 이 화랑은 다카
무라 코타로(高村光太郎)가 가지고 있던 화랑입니다. 1909년에 「정거장의
아침」으로 등장한 야마와키입니다만 2년 후에 코타로가 경영하는 개인
전을 열었던 점에서도 알 수 있듯이 다카무라는 야마와키를 지지했습니
다. 어떤 점이 전 미술계와 대립하는 부분이었냐 하면 야마와키의 그림
은 빛과 자연에 대한 표현이 주관적인 것이었습니다. 이 주관적인 것에
대해서 긍정적이냐 부정적이냐가 대립점입니다. 제가 이러한 대립을 둘
러싸고 가장 중요한 평론이라고 생각하는 것은 다카무라 코타로의 「녹
색의 태양(綠色の太陽)」입니다. 그리고 또 한 가지 있는데요, 무샤노코지
사네아쓰(武者小路實篤)의 「자기를 위해 그리고 그 밖에 대하여(自己の爲及
び其他について)」입니다. 이 두 논문의 내용을 가장 간략하게 정리한 부분
이 맨 위에 메모해 놓은 부분입니다. 야마와키의 그림을 둘러싸고 벌어
진 논쟁을 미술사에서는 '회화의 약속'이라고 부릅니다. 회화의 약속을
야마와키는 지키지 않는다는 것입니다. 표현을 달리하면 외광파입니다.
외광파는 즉 쿠로다 세이키(黑田淸輝)를 중심으로 하는 인상파입니다. 당

시 쿠로다의 인상파는 소위 말하는 전기인상파가 되겠습니다. 모네나 마네이지요. 그에 대해서 일본에서는 후기인상파라고 부르는 네오앙크레니즘입니다. 아시다시피 둘 다 빛을 중시하는 겁니다. 쿠로다 중심의 인상파에서 중요시하는 것은 그려진 세계가 객관성이 있느냐 하는 것입니다. 그에 대해서 후기인상파는 화가 자신의 주관을 절대시하는 경향이 아주 강합니다. 이런 두 개의 흐름이 아주 첨예한 대립을 하게 됩니다. 이런 논쟁의 계기가 된 것이 야마와키의 「정거장의 아침」입니다. 몇 년 후에는 쿠로다 중심의 하쿠바카이(白馬會)라는 것이 해산을 하게 됩니다. 미술에 대해서는 이 정도로 마치겠습니다. 한 가지 『세이토(靑鞜)』와 『시라카바(白樺)』를 중심으로 한 언어의 세계에 대해서 언급하겠습니다. 1911년 『세이토(靑鞜)』가 창간이 됩니다. 1년 전인 1910년에는 『시라카바(白樺)』가 창간됩니다. 같은 시기에 『미타분가쿠(三田文學)』, 『신시초(新思潮)』 등 새로운 젊은 작가 들이 중심이 된 동인지들이 많이 만들어집니다. 미술계에서 보인 표현자의 주관을 중시하는 경향이 『세이토』에서도 문학의 장에서 그대로 보여졌다고 생각합니다. 대표적인 글로 히라츠카 라이초(平塚らいてう)의 「원시 여성은 태양이었다(元始女性は太陽であった)」, 요사노 아키코의 「부질없는 말(そぞろごと)」, 라이초의 「고원의 가을(高原の秋)」이라는 글이 있습니다. 『세이토』는 여성들만의 그룹이었습니다만 여성 자신들의 자유로운 행동의 가능성을 확인할 수 있게 됩니다. 예를 들면 밑부분에 빨간 글씨로 나와 있습니다만, 1912년 후반기, 오타케 고마치(尾竹紅吉)가 고시키노사케(五色の酒) 사건을 일으키고, 요시하라(吉原) 유곽에 여자들끼리 놀러 갔습니다. 이런 사실들이 신문기자에게 들통이 나서 『세이토』의 여자들이 비판을 받습니다. 그렇게 비판을 받은 점이 제가 볼 때는 『세이토』의 여성들이 아주 멋있었다고 생각합니다. 『세이토』에서는 비판을 받은 그 다음해 1913년 1월호, 2월호에 이것에 대해 반론을 하는 움직임을 보입니다. 『세이토』에 대한 비판은 한마디로 하면 새로이 등장하는 여자들에 대한 비판이라고 말할 수 있습니다. 『세이토』의 사람들은 라이초를 중심으로 해서 "우리들은 새로운 여성들입니다."라는 주장을 확실히 내놓게 됩니다. 『세이토』 지상을 통해서 「새로운 여자 그밖의 부인문제에 관하여(新しい女其他婦人問題に就て)」라는 논문을 발표하게 됩니다. 여기서 『세이토』의 여성들은 세상 일반이 가지고 있는 여자에 대한 인식에 대해서 본격적으로 싸워나가게 됩니다. 이러한 움직임은 한마디로 말씀드리면 '여성의 삶 그 자체를 개인으로서의 삶으로 살아가겠다' 라는 것입니다. 지금까지 말씀드린 바대로 화가를 지향했던 나혜석이 일본의 미술계, 문학계, 평론계가 대전환기를 맞이한 시기에 유학했던 것입니다. 나혜석은 이런 새로운 주장에 아주 크게 공감을 하고 있습니다. 니혜석이 유학한 시기가 5년 빨랐어도 5년 늦었어도 이러한 멋진 경험은 못했을 거라고 생각합니다. 이상입니다만, 선생님 쪽에서 확인하고 싶은 것이 있으시면 말씀해 주십시오.

서정자 : 네, 말씀 아주 잘 들었습니다. 제가 궁금한 것을 말씀해 주셔서 대단히 감사합니다. 저로서는 『세이토』와 『시라카바』 잡지를 보고 싶은데, 자료도 구하지 못했고, 그래서 아직 보지 못해서 궁금한 것이 많습니다. 특히 궁금한 것은 『시라카바』의 기획 특집들, 로댕의 특집이라든지, 서구미술의 유입 경로 이것이 알고 싶고, 그리고 『세이토』를 통해서도 여성작가들의 문학경향이라든지 여성해방사상이라든지 이런 것들이 많이 알고 싶습니다. 나혜석이 화가 지망이었기 때문에 『시라카바』에 대해서 관심을 많이 가졌을 것 같고 또 『세이토』를 통해서 여성해방과 여성문학에 대해서 많은 관심을 가졌으리라고 생각합니다.

에구사 : 『시라카바』도 『세이토』도 가져올까 생각하고, 준비를 하긴 했는데, 무거워서 가지고 오지 못했습니다. 미리 말씀해 주셨다면 무거

워도 가져왔을텐데 아쉽습니다. 아시다시피 『시라카바』는 미술분야와 문학분야 양쪽을 다 다루고 있는데요, 서양회화 부분에서는 체계적인 유입이 처음으로 『시라카바』 잡지를 통해서 소개되었다고 말씀드릴 수 있습니다.

서정자 : 네, 감사합니다.

에구사 : 『시라카바』 동인들은 부잣집 도련님들입니다. 예를 들면 이 사람들은 일본의 우키요에(浮世繪)를 로댕에게 직접 보냅니다. 그 답례로 로댕이 조각을 보내옵니다. 일본에 로댕의 작품이 제일 먼저 유입된 것은 이때입니다. 그리고 『시라카바』 잡지 지상에는 사진판으로 그 당시의 새로운 그림들이 계속해서 소개가 됩니다. 현역으로 활동하고 있는 서양화가들의 편지가 몇 번이나 소개됩니다. 앞에서 말씀드렸듯이 시라카바파는 후기인상파가 중심입니다. 『시라카바』에 앞서 『묘죠(明星)』라는 잡지가 있습니다. 이것은 요사노 텟캉(与謝野鐵幹), 요사노 아키코가 중심이 되어서 10년 전에 만든 잡지입니다. 이 『명성』은 좀 전에 말씀드린 쿠로다 세이키가 협력을 하고 있는 잡지입니다. 『묘죠』를 통해서도 그 당시 인상파 화가들의 작품들이 많이 소개되어 있습니다. 『묘죠』 시대와 『시라카바』의 차이를 확실히 알 수 있는 것은, 일본의 대응방식의 차이이겠습니다만, 차이가 가장 두드러지게 나타나는 것은 여성의 누드입니다. 누드에 대해서 『묘죠』 시대에는 엄격한 검열이 있었습니다. 소묘에서 여성의 누드가 그려지는 것, 조각을 소묘한 것입니다. 그것을 실은 것으로 『묘죠』는 그 당시 발매 금지를 당합니다. 『시라카바』 잡지에 실린 그림들을 보면 위험한 것이 아닌가 생각되는 것이 아주 많이 있습니다만, 발매 금지를 받은 적은 한 번도 없습니다. 여담입니다.

서정자 : 한 가지만 물어보면, 나혜석처럼 그림도 그리고 글도 쓴 분이 일본에 있습니까?

에구사 : 여성 말이지요? 있기는 합니다만, 그림이든 글이든 하는 사람이 있긴 있습니다마는, 그렇게 높이 평가할 만한 작가는 없습니다. 제가 사실 나혜석의 그림은 많이 보질 못했습니다. 그림에 대해서는 구체적인 말씀을 드리기가 어렵습니다.

서정자 : 네, 감사합니다.

하타노 : 지금까지 에구사 선생님께서 말씀해 주셨습니다. 선생님께서는 나혜석이 유학했던 1910년대, 그 시기가 5년 늦었어도, 5년 빨랐어도 이런 경험들은 못했을 것이라고 하셨습니다. 에구사 선생님은 논문에 나혜석은 이런 시기에 일본에 내려섰다고 쓰고 계십니다만, 이 시기가 어떤 상황이었는지 매우 자세하게 말씀해 주셨습니다. 그러면 이제 나혜석의 작품에 대해서 이야기를 시작하겠습니다.

일본에서 받은 영향이 느껴지는 부분

우선 서정자 선생님께서 질문을 하셨는데, 나혜석의 에세이 「이상적 부인」, 「잡감 1」, 「잡감 2」 그리고 「경희」에 일본에서 받은 영향이 있지 않을까 하고 선생님 느낀 부분을 알고 싶다고 하셨습니다. 4번, 5번입니다.

서정자 : 그럼 선생님께서 먼저 말씀해 주시고, 그 다음에 하겠습니다.

에구사 : 네, 먼저 말씀 드리겠습니다. 「이상적 부인」을 보면 1910년대가 아주 강하게 반영되어 있다고 생각합니다. 「잡감 1」, 「잡감 2」를 보면 이상적 부인에 비하면 그렇게 현저하지는 않다고 생각합니다. 「잡감 1」, 「잡감 2」에는 조선인이라는 인식이 확실히 드러납니다. 자료의 오른쪽을 봐 주십시오, 중간부분을 보면 초기 나혜석의 텍스트, 문학·평론이 있습니다. 「이상적 부인」은 문제의식이 뚜렷한 짧은 에세이입니다. "이상이란 무엇인가?" 스스로 던진 질문에 대해서 대답을 나혜석은 준

비하고 있습니다. 아주 놀라운 대답을 제시하고 있습니다. "이상이란 욕망의 사상이다."라고 대답하고 있습니다. 제가 보기에는 이상이라는 단어와 욕망이라는 단어를 직결시킨 부분이 인상적이었습니다. 그리고 이어서 "감정적 이상", "영지적 이상"이라는 말도 쓰고 있습니다. "영지적 이상"은 원문에도 그렇게 되어 있습니까?

서정자 : 원문에도 그렇게 되어 있습니다. 한자로.

에구사 : 한자로 되어 있습니까? 아, 알겠습니다. 이 욕망이라는 말, 영지라고 하는 말이 구체적으로 어떤 것일까 하는 것을 서정자 선생님께 여쭤보고 싶습니다만, 제목인 「이상적 부인」, '이상적 부인'이 무엇인가가 욕망의 사상을 가지고 살아가는 여성 그것이 나혜석이 내린 결론이라고 생각합니다만.

서정자 : 예, 맞습니다. 그런데 여기서 욕망이라고 하는 것은 뭔가 추구한다 비커밍(becoming)하고 싶다 뭐 이런 것으로 저는 이해했습니다.

에구사 : 이 욕망이라고 하는 것이 무엇에 의해서 뒷받침되는가 생각해 보면, 여성 한 사람 한 사람의 개성이 아닐까 합니다.

서정자 : 본문에도 개성이 나오네요.

에구사 : 이것도 한자로 써 있습니까?

서정자 : 네, "개성에 대한 충분한 연구가 없는"이라고.

에구사 : 실제로 개성이 있는 여성이 쓰여 있고 제가 재미있게 느낀 것은 그런 사람들이 소설 속의 주인공이기도 하고 혹은 실재하는 여성이기도 합니다. 그 당시 많이 읽었던 작품들, 톨스토이의 『부활』의 주인공 카츄사, 헤르만 주더만의 『고향』의 주인공 막다, 그리고 입센이 쓴 『인형의 집』의 노라 등도 등장합니다. 좀 뒤로 가면 히라츠카 라이초, 요사노 아키코 등도 언급하고 있습니다. 이렇게 예로 들고 있는 인물들처럼 실제로 개성적인 여성이 되기 위해서는 어떻게 해야 하나에 대해

서 나혜석은 문제 삼고 있습니다. 나혜석이 가장 강하게 주장하고 있는 점은 '현모양처'라고 하는 가치관이 여성의 개성을 죽이는 것이다, 라는 것입니다. 나혜석이 질문을 던지고 있는 것은 현모양처의 교육은 하면서 반대로 양부현부의 교육은 하고 있지 않지 않느냐 하는 것입니다. 이런 현모양처를 이상으로 삼고 있는 앞선 세대에 대해서 나혜석은 확실히 대립하면서 그렇지 않다고 반대의 주장을 펼치고 있습니다. 이 개성을 살려서 살아가기 위해서는 지식과 기예(기술과 예술)가 필요하다고 주장하고 있습니다. 이 부분에서 제 마음에 와 닿는 부분은 나혜석의 「이상적 부인」결론 부분입니다. 개성을 가지고 여자가 자립적으로 살기 위해서는 "신비적 내적 광명이 있는 이상적 부인을 지향하지 않으면 안 된다."라고 나혜석은 말을 하고 있습니다. 이것도 한자로 쓰여 있습니다. 나혜석의 글을 읽고 키워드로 생각되는 것은 욕망, 신비, 개성이고, 그리고 쓰여 있지는 않지만 지식과 기예입니다. 그런데 여기서 이 신비, 지식, 기예라는 말은 히라츠카 라이초가 『세이토』를 통해서 주장한 세이토파의 주장과 일치합니다. 욕망이라고 하는 부분은 앞에서 말씀드린 무샤노코지 사네아츠의 「자기를 위해 그리고 그 밖에 대하여」라는 논문에서 볼 수 있듯이 무샤노코지는 '인간의 삶에 가장 중요한 것은 욕망이다'라는 말을 했습니다. 그런 점에서 보면 라이초와 세이토파와 시라카바파의 무샤노코지의 영향을 읽어낼 수 있습니다. 이러한 경향은 나혜석에게만 보이는 것은 아니지 않을까 이런 생각이 듭니다. 당시 조선에서 온 많은 유학생들이 이런 사상에 공감을 했던 것이 아닐까 생각하는데 어떻습니까?

서정자 : 「이상적 부인」은 제가 처음 읽었을 때부터 굉장히 이해하기 어려운 글이었습니다. 현모양처 교육이 부당하다는 것은 이해할 수 있었습니다만, 라이초, 요사노 아키코, 막다, 카츄사 등등의 여성들이 어

떤 인물인지 파악하는데 꽤 시간이 걸렸습니다. 또한 영지, 신비, 이상, 개성 이런 용어는 굉장히 한국에서는 생소한 것이었습니다. 그래서 선생님의 논문을 보고 이것이 무샤노코지와 라이초와 엘렌 케이 사상과 관련된 전문용어라는 것을 알게 되었습니다. 그런 점에서 감사하게 생각합니다. 아울러 일본으로 유입된 여성해방사상과 그 경로가 궁금합니다. 언제 어떤 사상이 어떻게 일본으로 들어왔는지 궁금합니다.

하타노 : 이 문제는 너무나 중요한 것인데, 문제가 매우 큽니다. 실은 서정자 선생님께서 꼭 알고 싶으시다고 쓰셨습니다만, 시간 문제가 있고 해서 이 문제에 대해 논의를 하면, 후반부의 논의를 못하게 됩니다. 죄송합니다. 지금까지 「이상적 부인」에 대해서 에구사 선생님께서 일본의 시라카바파나 『세이토』를 빼고 이해하기는 어렵다고 말씀하셨습니다. 서정자 선생님께서 읽으실 때도 어렵게 느끼셨다는 것을 알 수 있었습니다. 이번에는 소설 「경희」를 읽으시고 '이 부분은 일본의 사상이 들어 있는 것이 아닐까?' 하고 느끼신 부분에 대해서 듣고 싶습니다.

에구사 : 「경희」의 주인공은 일본에 유학을 하고 있습니다, 여름방학이 되어서 고향에 돌아왔습니다. 집에서 경희의 올케가 손으로 버선을 깁고 있습니다. 경희는 올케와 대조적으로 미싱을 사용하고 있습니다, 오라버니의 저고리를 깁고 있습니다, 미싱은 당시로서는 최신의 기계입니다, 당시 일본에서도 미싱을 사용하는 여성은 아주 적었다고 생각합니다. 당시 국산(일본산) 미싱은 나온 적이 없었습니다. 아마 싱거미싱이었을 것이라고 생각합니다, 이런 점은 경희가 일본에서 생활한 적이 있다는 것, 일본체험이 바로 경희 자신의 삶 속에 깊이 파고들어 있다는 것을 상징하는 것으로 보입니다. 「경희」를 단적으로 정리하면, 공부를 하고 있는 지식인 여성의 결혼 문제입니다. 아버지는 무슨 일이 있어도 결혼을 시키려고 합니다. 아주 좋은 혼담이 들어오고 있습니다. 그 혼담

을 경희는 받아들일 것인가 어떻게 해야 할 것인가 고민을 하고 있습니다만, 결국은 받아들이지 않습니다. 제가 보기에는 경희가 아버지에게 결혼을 안 하겠다고 말한 뒤에 고뇌하는 모습이 아주 감동적으로 그려져 있다고 생각합니다. 소설의 마지막 부분에, 작가로서의 나혜석과 화가로서의 나혜석의 모습이 훌륭하게 그려져 있습니다. 아버지에게 혼담을 거절하고 나서 경희는 캄캄하고 조그만 골방 속에 들어가서 고민을 합니다. 엉엉 울기도 하고 머리를 벽에 부딪치기도 하면서 고민합니다. 보통 다른 여자들처럼 평범하게 결혼해서 아이도 많이 낳고 그렇게 사는 게 좋지 않을까, 그렇게 못 하는 자신이 형편없는 여자가 아닐까 그런 갈등도 있습니다. 그런 고뇌 속에서 경희는 다시 한 번 개성을 살려 산다는 것이 무엇인가 생각합니다. 소설을 보면 경희가 자신의 몸을 직접 만지는 묘사가 있습니다, 그리고 또 하나 단번에 창문을 열어젖히니까 태양빛이 들어와 캄캄했던 골방이 환해지는 장면이 있습니다. 자신의 몸 전체로 받아들인 태양의 빛을 통해서 경희 자신이 그동안 생각했던 생각들을 새로이 재확인하는 그런 장면입니다. 이 마지막 장면에서 경희가 보여주는, 태양의 빛을 받아들이는 방식이 아주 신비적인 것으로 느껴집니다. 이 부분을 보면 눈이나 얼굴이 변형되는, 실제로는 있을 수 없지만, 그렇게 쓰여 있습니다. 그리고 "하나님, 하나님" 하고 외칩니다. 그리고 "나는 조선의 여자이기 전에 우주의 인간이다"라고 말합니다. 경희는 우주 속의 한 사람으로서 자신을 인식하고 있습니다, 이런 우주 속의 하나의 인간이라는 인식은 바로 히라츠카 라이초의 인식과 공통되는 부분이라고 볼 수 있습니다, 이러한 인식 속에서 절대적으로 작용하는 것이 바로 태양빛입니다. 태양빛에 주목해 보면 히라츠카의 「고원의 가을」을 떠올리게 됩니다. 제가 생각하기에는 나혜석은 히라츠카의 이 작품을 읽은 것 같습니다. 앞에서 세이토파 여성들이 사회로부터 많은 비판을 받았다고 말씀드렸습니다만, 히라츠카가 현모양처에 대해 대담한 반론을 하는데, 이 글은 검열에서 주의를 받습니다. 주의를 받은 에세이를 포함한 에세이집을 히라츠카가 펴냅니다. 다음 달에 주의 받은 부분을 빼고 또 한 번 단행본을 출간합니다. 그 안에 「고원의 가을」이라는 에세이가 들어있습니다. 하타노 선생님에 의하면 그 당시 발매금지를 당한 잡지들은 유학생들이 기를 쓰고 봤다고 합니다. 그런 점에서 보면 나혜석도 히라츠카 라이초의 잡지를 보지 않았을까 생각합니다. 물론 「고원의 가을」은 『세이토』에도 실려 있습니다. 이 「고원의 가을」의 키워드가 되는 것이 개성, 우주, 태양의 빛, 신체의 변형입니다. 예를 들면 산꼭대기에 올라가서 하늘을 향해 눕습니다. 파란 하늘의 태양빛을 받습니다. 태양의 빛을 우유처럼 흡수해서 몸이 터질 것처럼 부풀어 오릅니다. 마지막 장면을 보면 눈만이 공중에 떠서 그 눈이 변형된 자신의 모습을 바라보고 있는, 그런 구조를 하고 있습니다. 그 눈이 나중에 라이초 자신이 됩니다. 여기서 '라이초'라는 펜네임이 나옵니다.

청중 1 : '라이초'가 어떤 새입니까?

청중 2 : 선더버드(thunderbird)입니다.

에구사 : 제가 보기에는 히라츠카 라이초의 「고원의 가을」 후반부에 보이는 부분들이 나혜석의 「경희」에 살아 있는 것이 아닐까 생각합니다. 라이초의 문장도 그렇고 「경희」도 그렇고 문학작품 속에 그 장면만이 한 장의 그림처럼 묘사되어 있는 특징이 있다고 생각합니다. 이 부분에 대해서 서정자 선생님은 달리 해석하지 않을까 생각합니다만 어떠십니까?

하타노 : 여기서 이 질문에 대한 대답과 함께 「경희」가 한국에서 어떤 문학적 평가를 받고 있는가를 한꺼번에 정리해서 말씀해 주십시오.

서정자 : 선생님께서 하시는 말씀을 들으면서, 어제 우리가 문학산책 때 보았던 '해바라기(ひまわり)'의 현장을 생각을 했습니다.

하타노 : 나혜석이 살았던 장소를 보았습니다. 그곳이 히마와리(해바라기)라는 도시락 가게가 되어 있었습니다.

서정자 : 염상섭의 소설 제목이 「신혼기」에서 왜 「해바라기」가 됐을까 잘 알 수 없었는데, 이제 조금 알 것 같습니다.

에구사 : 나혜석은 바로 그 해바라기 같은 여성이 아니었나 싶습니다.

서정자 :「경희」라고 하는 작품에서 태양에 대한 부분이 그렇게 중요하다고 인식을 하지 못했어요. 그랬는데 선생님의 설명을 듣고 보니까 라이초의 영향이 분명한 것 같고, 염상섭은 나혜석이 라이초의 태양사상, 원시 여성은 태양이었다고 하는 그런 사상의 영향을 많이 받고 있었다는 것을 잘 알고 있었던 것 같습니다. 그래서 그 소설 제목을 『해바라기』라고 하고 그것은 여성해방사상을 좇는 것을 비유하면서도 약간의 풍자가 들어있다고 생각합니다. 「경희」에 대해서는 가장 중요한 점은 '예술을 통해서 사람이 되겠다'라고 하는 것으로 저는 보았습니다. 입센의 노라에서 나온 사상이 '여성도 사람이다, 사람으로 살고 싶다' 이런 사상이었다고 생각하는데, 나혜석은 「경희」라고 하는 소설을 통해서 미술과 문학을 절묘하게 접합을 해서 소설을 만들고 그리고 '예술을 통해서 사람이 되겠다'라고 하는 것을 보여주고 있습니다. 처음에는 그것을 잘 몰랐습니다. 그런데 경희가 아궁이에 불을 지피는 장면에서 피아노 연주를 연상을 합니다. 그것이 후기인상파의 '색조는 음파와 같다'는 아포리즘과 통한다는 것을 알게 되었고, 그것으로부터 이 「경희」라고 하는 소설은 완전히 미술학도가 쓴 소설이라는 단서를 잡았습니다, 그렇게 보고 나니까 「경희」라고 하는 소설은 확실하게 미술학도가 쓴 소설이라는 것을 알게 됐습니다. '예술을 통해서 사람이 된다'고 하는

독특한 히라츠카 라이초의 여성해방사상을 소설로 그대로 구현해냈다고 생각합니다.

에구사 : 서정자 선생님의 최근 논문에 언어를 통해서 나혜석의 예술세계를 읽어내는 그런 독특한 논점을 보여주셨는데, 저에게는 굉장히 자극적이었습니다.

서정자 : 이것을 너무 늦게 밝힌 것에 대해서 굉장히 부끄럽게 생각을 했습니다.

에구사 : 저는 오히려 서정자 선생님의 그런 관점을 힌트로 새로운 관점에서 나혜석의 「경희」를 볼 수 있게 되었습니다, 이제 일본에서의 「경희」에 대해서입니까?

하타노 : 예, 지금까지 나혜석의 「경희」에 일본, 특히 히라츠카 라이초의 영향이 많이 보이는 부분을 에구사 선생님께서 설명해 주시고 그것에 대해 서정자 선생님께서 「경희」에 대한 생각을 말씀해 주셨습니다. 이제 시간이 얼마 남지 않았기 때문에 다음 이야기를 하겠습니다. 서정자 선생님께서 에구사 선생님의 저서 『나의 신체, 나의 언어(私の身体私の言語)』에서 젠더의 시점으로 보면 나혜석의 「모(母)된 감상기」, 나혜석이 아이를 낳았을 때의 감상기를 다시 읽으시고 나혜석의 젠더 의식의 탁월함이 매우 잘 보인다고 하셨는데, 그것에 대해서 선생님의 소감을 듣고 싶다고 하셨습니다.

에구사 : 네, 알겠습니다. 「모된 감상기」를 보면 여성이 어떻게 어머니의식이 형성되는가가 잘 나타나 있습니다, 그 당시 백결생이라는 사람이 비판을 하고 있습니다. 이 사람은 지식인 남성입니까?

서정자 : 네. 그렇게 보고 있습니다.

에구사 : 이 사람이 보여주고 있는 비판이 당시의 모성애에 대한 일반적인 인식이라고 생각해도 되겠습니까?

서정자 : 그렇게 흔히 말합니다.

에구사 : 이 사람은 모성이라는 것은 여성이 태어날 때부터 가지고 있는 것이라고 말하고 있습니다, 그런 점에서 나혜석은 실제로 임신을 했을 때 혼란을 겪습니다. 낙태를 하고 싶을 정도로 굉장히 혼란을 겪습니다. 왜냐하면 일을 못 하게, 그림을 그리지 못 하게 되었기 때문입니다. 서둘러 결론 부분만 말씀 드리면 실제로 여성이 임신을 했을 때의 혼란을 솔직하게 그려내고 있다는 점, 다시 말씀 드려서 모성이나 모성애는 본질적으로 태어날 때부터 가지고 있는 것이 아니다라는 것을 확실히 말하고 있습니다. 여기서도 나혜석은 여성의 신체라는 문제를 직시하고 있습니다. 그런 점에서 나혜석은 자신이 어머니가 된다고 하는 것에 대해서 새로운 인식을 보여주고 있습니다. 임신했을 때의 입덧, 출산시의 말로 표현할 수 없는 고통 그리고 첫 수유의 경험 등 여성이 임신과정을 통해서 겪는 여성의 신체경험들을 아주 솔직하게 그려내고 있습니다. 여성은 수유과정을 통해서 자신의 아이에게 귀여움을 느낀다고 말하고 있습니다. 이것은 제가 보기에도 진실이라고 생각합니다. 나혜석의 이 글을 통해서 신체를 통해 어머니라는 개념을 새롭게 보여주었다는 것입니다. 말하자면 모성애에 관한 새로운 이야기라고 할 수 있습니다. 모성이라는 것은 태어날 때부터 누구나 가지고 있는 것이 아니라 실제로 몸의 변화를 통해서 새로이 인식해 가는 과정에서 생겨나는 것이라는 모성에 대한 새로운 인식을 보여준 글이라고 생각합니다. 서정자 선생님의 생각은 어떠십니까?

서정자 : 저도 공감합니다. 선생님께서 논문 속에서 이렇게 자기 신체에 대해서 솔직하게 긍정하는 사람만이 자신의 언어를 가질 수 있다고 말씀하셨는데, 따라서 나혜석은 이렇게 솔직하게 자신의 신체에 대해서 글을 씀으로써 그야말로 자기 정체성을 뚜렷이 파악할 수 있는 그런 여

성이 된 걸로 저도 이해했습니다.

에구사 : 이런 것들은 당시 일본에서 쓴 사람이 없었습니다.

서정자 : 저도 그걸 물어보고 싶었습니다.

에구사 : 요사노 아키코의 「출산에 관하여(お産のごと)」라는 글이 있습니다. 요사노 아키코는 전부 13명의 아이를 낳았습니다. 그중에 쌍둥이를 세 번 낳았습니다. 「출산에 관하여」를 보면 매번 출산이 힘들었다고 합니다. 요사노 아키코는 피임을 안했다고 합니다. 피임 방법은 알고 있었을 것입니다. 모리 오가이(森鷗外)는 두 번째의 젊고 예쁜 부인을 맞이했을 때, 주위 사람들에게 인사장을 보냈는데, '미술품 같은 부인을 맞이했다'는 표현을 했습니다. 따라서 모리 오가이는 아름다운 부인에게 아이를 낳게 하고 싶지 않았습니다. 그는 독일에 유학을 했었기 때문에 피임 방법을 잘 알고 있었을 것입니다. 그는 부인이 모르게 피임을 하고 있었습니다, 아침이 되어 부인에게 피임한 사실이 발각됩니다. 즉 부인 몰래 피임기구를 사용했던 것입니다. 부인은 그 사실을 알고 굉장히 화를 낸 일이 소설에 나옵니다. 피임에 대해 알고 있는 사람은 알고 있었을 것이라고 생각합니다. 그 당시에 모든 사람들이 알고 있었다고는 말할 수 없겠지만, 당시 어느 정도 지적인 사람들은 피임 방법을 알고 있지 않았을까 합니다. 요사노 아키코도 그랬을 것이라고 생각합니다. 그녀는 13명을 낳았고, 매번 죽을 고생을 하면서 아이를 낳았다고 쓰고 있습니다. 그렇지만 요사노 아키코는 모성애라고 하는 것이 어떻게 생겨나는가 하는 것에 대해서 한 번도 쓴 적이 없습니다, 그런 점에서 볼 때 나혜석이 생각하고 표현하는 방식이 더욱더 새롭고 솔직했다고 생각합니다.

하타노 : 정해진 시간이 거의 다 되었습니다, 여기서 결론을 내려야겠습니다만, 지금까지 이야기 나누신 것에서 분명해진 것은 나혜석의 예

술과 인생에서 일본 유학 체험이 아주 큰 중요성을 가지고 있다는 것입니다. 서정자 선생님께서 '지금까지는 나혜석이 이런 영향을 받았다, 누구에게 영향을 받았다 이런 것들이었는데, 그럼에도 불구하고 나혜석이 역시 조선인이다, 한국인이다라고 느끼셨던 부분이 있다면 꼭 말씀해 주십시오' 라고 요망하고 계십니다.

에구사 : 지금 제가 생각하는 것은 밖에서 일본에 들어온 사람들은 그 시대의 특징을 누구보다도 민감하게 느낄 수 있지 않았을까 하는 점입니다. 일본 안에서 일상 속에 있으면 그런 부분들이 보통처럼 여겨지게 되는 경우가 있습니다, 그런 점에서 볼 때 나혜석은 그 시대에 외부에서 온 사람이라는 의식을 가지고 있었기 때문에 그 시대의 대표적인 문제점들을 누구보다도 민감하게 느낄 수 있지 않았을까 생각합니다. 그런 점에서 나혜석의 글은 분명한 인상을 받습니다. 그런데 전체적으로 나혜석의 글을 보면 당시 일본과 조선의 삐뚤어진 관계에 대해서는 별로 쓰고 있지 않은 것 같습니다. 국가와 국가의 차원에서 뒤틀린 관계를 극복해 나가고 고쳐나가는 원점이 되는 것은 개인과 개인의 관계라고 나혜석은 생각합니다. 일본에 와서 유학을 하고 있었지만 실제로 나혜석이 겪은 것은 일본만이 아니라 세계가 아니었나 생각합니다. 그런 점에서 당시 조선이 안고 있던 민족 문제를 극복할 수 있는 힘을 가질 수 있었던 것이 아닐까 싶습니다. 저는 일본문학을 일본어밖에 모르는 사람으로서 연구해 왔습니다. 따라서 오래 이런 연구를 하다 보면 자가 중독에 빠져버리게 됩니다, 그런 점에서 다른 문화, 역사 속에서 자란 사람의 시점을 통해서 제 자신이 많은 자극을 받은 것이 사실입니다. 일본을 밖에서 본다고 하는 시점을 나혜석을 통해서 절실히 배웠습니다.

서정자 : 감사합니다. 시간이 다 되었지요? 저는 덧붙일 말이 없습니다.

하타노 : 여러 가지 질문이 있으리라 생각합니다만, 대답이라는 형식

 •• 우리 문학 속 타자의 복원과 젠더

으로 진행했고, 지금 마칠 시간도 되었습니다. 이것으로 서정자 선생님
과 에구사 선생님의 대담을 마치겠습니다. 감사드립니다.

(정리 : 윤미란)

* 대담 내용 중 몇 군데 문구를 수정했습니다. 일본의 한국문학 연구자들의 노고
  에 감사하는 뜻에서 공동연구자의 명단을 싣습니다 : 서정자

[과제번호: 18320060] 식민지기 조선문학자의 일본체험에 관한 종합적 연구-
2006년도~2008년도 과학연구비보조금 기반연구 B 2 연구대표자 : 波田野節子
(県立新潟大學)

공동 연구 참가자

최원식(인하대학교) 서정자(초당대학교) 김영민(연세대학교) 김철(연세대학교)
이경훈(연세대학교) 강영주(상명대학교) 大村益夫(早稻田大學 名譽敎授) 심원
섭(早稻田大學) 江種滿子(文敎大學) 渡辺直紀(武藏大學) 熊木勉(福岡大學) 신은
주(新潟國際情報大學) 山田佳子(県立新潟大學) 권영준(県立新潟大學) 白川豊
(九州産業大學) 芹川哲世(二松學舍大學) 武井一(日比谷高校) 浦川登久惠(熊本
大學) 鄭大成(東元大學) 岸川秀實(弘益大學校) 波田野節子(県立新潟大學)

●● 참고문헌

단행본

강경애, 『인간문제』, 창작과비평사, 1992.

______, 『인간문제』, 문학예술종합출판사, 1994.

______, 『인간문제』, 소담출판사, 1996.

______, 『인간문제』, 범한, 1999.

______, 조남철 엮음, 『중국내 조선인 소설선집』해방전편, 평민사, 1998.

______, 이주형 외 편저, 『한국근대단편소설대계 2』, 한국인문과학원, 1999.

______, 이상경 엮음, 『강경애 전집』, 소명출판, 1999(개정판 2002).

______ · 김사량, 『인간문제 · 낙조 외』, 동아출판사, 1995.

______ · 백신애 · 김명순 공저, 『해방 전 여류 작가 선집』, 범조사, 1987.

______ · 손소희, 『인간문제 · 남풍』, 동서문화사, 1984.

______ · 손소희, 『인간문제 · 남풍』, 양우당, 1986.

______ 외, 방민호 엮음, 『꽃을 잃고 나는 쓴다』, 대한교과서, 2004.

______ 외, 『인간문제』, 신원문화사, 1994.

______ 외, 『정통한국문학대계 63』, 어문각, 1994.

______ 외, 『지하촌 외』, 경림출판사. 1982.

______ 외, 『지하촌』, 예문사, 1977.

강영안, 『레비나스의 철학 · 타인의 얼굴』, 문학과지성사, 2005.

강인숙, 『한국현대작가론』, 동화출판공사, 1971

권명아, 『가족이야기는 어떻게 만들어 지는가』, 책세상, 2000.

______, 『맞장뜨는 여자들』, 소명출판, 2001.

권영민, 『한국현대문학사』, 민음사, 1993.

______ 편저, 『한국현대문학사 연표(1)』,서울대 출판부, 1987.

______ 편, 『한국근대문인대사전』, 아세아문화사, 1990.

금성출판사 편, 『현대한국단편문학전집 5』, 금성출판사, 1981.

금자당 편, 『한국대표단편선 2』, 금자당, 1990.

김미경, 『여성주의적 유토피아 그 대안적 미래』, 책세상, 2000.

김성수 엮음, 『카프대표소설선 1-2』, 사계절, 1988.

김영식 편, 『작고문인 48인의 육필서간집』, 민연, 2001

김윤식, 『문학과 미술사이』, 일지사, 1979.

김인덕, 『식민지시대 재일 조선인운동 연구』, 국학자료원, 1996.

김정화, 『강경애 연구』, 범학사, 2000.

김　진, 『그때는 그 길이 왜 그리 좁았던고』, 해누리, 2009.

김형경, 『사랑을 선택하는 특별한 기준』, 문이당, 2001.

나병철, 『근대성과 근대문학』, 문예출판사, 1995.

나영균, 『일제시대 우리가족은』, 황소자리, 2003.

나혜석, 『날아간 청조』, 신흥출판사, 1981.

______ 외, 서정자 엮음, 『한국여성소설선 1 : [1910-1950]』, 갑인출판사, 1991.

______, 서정자 편, 『(원본)정월 라혜석 전집』, 국학자료원, 2001.

문덕수 편, 『세계문예대사전』, 성문각, 1975.

문옥표 외, 『신여성』, 청년사, 2003.

문학평론가협회, 『문학비평용어사전』 하, 국학자료원, 2006.

박용옥, 『한국여성근대화의 역사적 맥락』, 지식산업사, 2001.

朴花城, 「ガラスの番人」, めんどりの會 編譯, 『韓國女性作家短編集 1925-1988』,
　　　凱風社, 1994.

______, 서정자 편, 『북국의 여명』, 푸른사상사, 2003.

______ 외, 엄혜숙·오현주 엮음, 『유리 파수꾼』, 동녘, 1989.

백　철 편, 『비평의 이해』, 민중서관, 1972 재판

______, 『문학 자서전』, 박영사, 1975.

변신원, 『박화성 소설연구』, 국학자료원, 2001.

서영은, 『전기소설 최정희·강물의 끝』, 문학사상사, 1984.

서은영, 「강경애 소설연구」, 연세대 석사학위논문, 1994.

서임수, 『삼천궁녀를 거느리는 뜻은』, 세명서관, 1990.

서정자, 『한국근대여성소설연구』, 국학자료원, 1999.

______, 『한국여성소설과 비평』, 푸른사상, 2001.

______ 편, 『지하련 전집』, 푸른사상, 2003.

______ 편, 『박화성문학전집』, 푸른사상, 2004.

______ 책임 편집, 강경애, 『인간문제』(외) 범우비평판한국문학 24-1, 범우, 2005.

______, 남은혜 공편, 『김명순 문학전집』, 푸른사상, 2010.

성균관대 동아시아 유교문화권 교육연구단 편, 『동아시아와 근대, 여성의 발견』, 청어람미디어, 2004.

송건호 외, 『해방전후사의 인식』, 한길사, 1979.

송지현, 『다시쓰는 여성과 문학』, 평민사, 1995.

심원섭, 『한·일 문학의 관계론적 연구』, 국학자료원, 1998.

심윤경, 『달의 제단』, 문이당, 2004.

아우구스트 베벨, 이순예 옮김, 『여성론』, 까치, 1987.

양주동, 『문주반생기』, 신태양사출판국, 1960.

엄흥섭, 『파경』, 중앙인서관, 1939.

여성문화이론연구소 정신분석 세미나 팀, 『페미니즘과 정신분석』, 도서출판 여이연, 2003.

역사문제연구소, 『한국의 근대와 '근대성' 비판』, 역사비평사, 1996.

윤범모, 『화가 나혜석』, 현암사, 2005.

______, 박영택, 서정자 외, 『나혜석, 한국 근대사를 거닐다』, 푸른사상, 2011.4.

이경훈, 『오빠의 탄생』, 문학과지성사, 2003.

이광수, 『혁명가의 아내』, 우신사, 1992.

______ 외, 방민호 엮음, 『구보씨의 얼굴』, 대한교과서, 2004.

이구열 편, 『에미는 선각자였느니라』, 동화출판공사, 1974.

이기영, 『고향』, 동아출판사, 1995.

이동하, 『한국문학과 인간해방의 정신』, 푸른사상, 2003.

이상경, 『이기영 시대와 문학』, 풀빛, 1994.

______, 『강경애』, 건국대학교출판부, 1997.

______, 『나혜석 전집』, 태학사, 2000.

______, 『인간으로 살고 싶다』, 태학사, 2000.

______, 『한국근대여성문학사론』, 소명출판, 2002.

이어령 · 이청준 · 권영민 편, 『에센스 한국단편문학 3』, 한양, 1993.

이이효재, 『조선조사회와 가족』, 한울아카데미, 2003.

이정희 엮음, 『(스무살을 위한) 페미니즘 소설』, 청동거울, 2002.

이태숙, 『문화와 섹슈얼리티』, 예림기획, 2004.

이혜령 외, 『성 · 사랑 · 사회』, 지식의 날개, 2006.

임옥인, 『월남전후』, 여원사, 1957.

______, 『후처기』, 여원사, 1957.

______, 『일상의 모험』, 상하, 삼성출판사, 삼성신서 한국문학전집 24, 1973.

______, 『나의 이력서』, 정우사, 1985.

임헌영 · 오현주 편, 『강경애전집 1 인간문제』, 열사람, 1988.

장문평, 『유고집 낙관주의의 거부』, 돋을새김, 2004.

전혜자, 『김동인과 오스커리즘』, 국학자료원, 2003.

정규웅, 『나혜석 평전 – 내 무덤에 꽃 한 송이 꽂아주오』, 중앙 M&B, 2003.

정영진, 『통한의 실종문인』, 문이당, 1989

______, 『바람이여 전하라』, 푸른사상, 2002.

정하은 편, 『김말봉의 문학과 사회』, 종로서적, 1986.

정한숙, 『한국현대문학사』, 고려대출판부, 1982,

정현백, 『민족과 페미니즘』, 당대, 2003.

조선일보사 편, 『여류단편걸작집』, 조선일보사출판부, 1939.

__________ 편, 『현대조선여류문학선집』, 조선일보사출판부, 1937.

조연현, 『한국현대작가연구』, 새문사, 1981.

조용훈, 『에로스와 타나토스』, 살림, 2005.

지하련, 지하련 창작집, 『도정』, 백양당, 1948.

채 훈, 『재만한국문학연구』, 깊은샘, 1990.

최혜실, 『신여성은 무엇을 꿈꾸었는가』, 생각의 나무, 2000.

최화성, 『조선여성독본』, 백우사, 1949.

한국문학평론가협회 편, 『문학비평용어사전』, 국학자료원, 2006.

한국여성문학학회 편, 『한국여성문학연구의 현황과 전망』, 소명출판, 2008.

한국현대소설학회 편, 『한국근대소설 1−2』, 이회문화사, 1999.

한상남, 『저것이 무엇인고』, 샘터, 2008.

한설야, 『황혼』, 동아출판사, 1995.

한일근대문학회 역, 『세이토』, 어문학사, 2007.

현진건 외, 『불』, 동서문화사, 1987.

홍신문화사 편, 『한국단편소설 5』, 홍신문화사, 1999.

가라타니 고진 외, 송태욱 옮김, 『근대일본의 비평』, 소명출판, 2002.

高田 求, 편집부 역, 『세계관의 역사』, 두레, 1986.

구노 오사무 · 쓰루미 슌스케, 심원섭 옮김, 일본 근대사상사, 문학과지성사, 1999.

다이애너 기튀스, 안호용 · 김홍주 · 배선희 역, 『가족은 없다』, 일신사, 1997.

大村益夫 訳, 姜敬愛, 『人間問題』, 平凡社, 2006.5.

랠프 프리드먼, 신동욱 외 역, 『서정소설론』, 현대문학사 1989.

레이몬드 윌리엄즈, 이일환 역, 『이념과 문학』, 문학과지성사, 1982.

리차드 M 자너, 최경호 역, 『신체의 현상학』, 인간사랑, 1993.

리타 펠스키, 김영찬 · 심진경 옮김, 『근대성과 페미니즘』, 거름, 1998.

寺尾とし, 『傳說の 時代−愛と革命の二十年』, 株式會社 未來社, 1980.

스즈키 토미, 한일 여성문학연구회 옮김, 『이야기된 자기』, 생각의 나무, 2004.

스티브 모튼 지음, 이운경 옮김, 『스피박 넘기』, 앨피, 2005.

실비아 월비, 『가부장제 이론』, 이화여대 출판부 1996.

앙리 리페르브, 박정자 옮김, 『현대세계의 일상성』, 세계일보사, 1990.

에구사 미츠코(江種滿子), 『わたしの身體, わたしの言葉』, 翰林書房, 2004.

우에노 치즈코, 『내셔날리즘과 젠더』, 박종철출판사, 1999.

__________, · 조한혜정 · 사사키 노리코, 김찬호 옮김, 『경계에서 말한다』, 생각의 나무, 2004.

이블린 폭스 켈러, 민경숙 · 이현주 역, 『과학과 젠더』, 동문선, 1996.

조셉 칠더스 · 게리헨치 엮음, 황종연 옮김, 『현대문학 · 문화비평용어사전』, 문학동네, 1999.

존 나이스비트, 『메가트랜드 아시아』, 한국경제, 1996.

줄리아 크리스테바, 서민원 옮김, 『공포의 권력』, 동문선, 2001.

케이트 밀레트, 『성의 정치학』, 현대사상사, 1976.

콜론타이 A., 김제헌 옮김, 『붉은사랑』, 도서출판 공동체, 1988.

__________, 林房雄 역, 『연애와 신도덕』, 신한사, 1947.

__________, 석미주 옮김, 『홀로된 사랑 이별(A Great Love)』, 푸른산, 1991.

크로포트킨 지음, 성정심 옮김, 『청년에게 호소함』, 도서출판 신명, 1993.

토릴 모이, 임옥희·이명호·정경심 공역, 『성과 텍스트의 정치학』, 한신문화사, 1994.

판스워드 B, 신만우 역, 『알렉산드라 콜론타이』, 풀빛, 1986.

하우저 A, 김대웅 옮김, 『역사와 사회의식』, 인간사, 1983.

히구치 이치요(樋口一葉) 외, 이지숙 안정화 옮김, 『일본근대여성문학입문』, 도서출판 어문학사, 2005.

논문

감호경, 「강신재소설의 주제연구」, 경기대 석사학위논문, 1998.

강덕금, 「히구치이치요오(樋口一葉)의 「키재기」와 강경애의 「어머니와 딸」에 대한 고찰」, 단국대 석사학위논문, 2000.

강신재, 「어린 날의 감동―당선소감」, 『문예』, 1949.

고바야시 히데오, 「사소설론」, 백철 편, 『비평의 이해』, 민중서관, 1972 재판.

고승현, 「강경애의 「인간문제」 연구」, 성균관대 석사학위논문, 2004.

고 은, 「실내작가론⑧ 강신재」, 『월간문학』, 1969. 11.

고은미, 「강경애 소설의 여성의식 연구」, 전북대 석사학위논문, 1996.

고재연, 「강신재소설연구」, 성균관대 석사학위논문, 2003.

곽미숙, 「강경애 소설 연구」, 국민대 석사학위논문, 2003.

구중서, 「우수와 죽음의 미학」, 『한국단편문학대계』 해설

구인환, 「순수한 성장적 삶과 관조적 소설의 미학」, 『한국대표작가 대표 중단편선』, 간신의 처 해설, 신원문화사, 1995.

김경희, 「강경애 소설에 있어서의 여성관」, 『동남어문논집』, 동아어문학회, 2000.

김기림 · 양주동, 「여류문인 편감 촌평」, 『신가정』, 1934. 2.

김기진, 「구각에서의 탈출」, 『신가정』, 1935. 1.

김도훈, 「강경애, 『인간문제』연구」, 한양대 석사학위논문, 1994.

김동리, 「천후소감」, 『문예』, 1949. 11.

김명순, 「강경애의 장편소설 연구」, 조선대 석사학위논문, 1996.

김미현, 「서정성 감각성 여성성 – 강신재론」, 『여성문학을 넘어서』, 민음사, 2002.

_____, 「가족이데올로기의 종언」, 『여성문학연구』 제13집, 한국여성문학학회, 2005.

_____, 「강경애 소설의 관념성 : 후기소설의 변화를 중심으로 한 재론」, 『한국 근대문학연구』, 한국근대문학회, 2001.

김민정, 「강경애 문학에 나타난 지배담론의 영향과 여성적 정체성의 형성에 관한 연구」, 『어문학』, 한국어문학회, 2004.

김병민, 「남북한 민중을 위한 문학 – 신채호, 강경애의 경우」, 『실천문학』, 실천문학사, 2000.

김복순, 「분단초기 여성작가의 진정성 추구양상」, 『페미니즘과 한국소설 – 현대 편』, 한길사, 1997.

_____, 「「경희」에 나타난 신여성기획과 타자성」, 『인문과학논총』 23호, 명지대 학교 인문과학연구소, 2001.

_____, 「여성의 신여성기획에 나타난 내부 식민 담론과 타자성의 주체 : 나혜석 의 「경희」」, 『페미니즘 미학과 보편성의 문제』, 소명출판, 2005.

김상일, 「악의 사제」, 삼성신서 별권 1 수록작가 작품 해설집

김승희, 「강경애의 「인간문제」 연구」, 대진대 석사학위논문, 2004.

김연희, 「강경애 소설 연구」, 연세대 석사학위논문, 1992.

김용희, 「「인간문제」에 나타난 여성의식」, 『이화어문논집』, 1989.

김윤식, 「강경애의 문학 – 장편의 중요성과 관련하여」, 강경애 편 해설, 『한국문 학전집 12』, 삼성출판사, 1978.

김윤정, 「강경애 소설 연구」, 중앙대 석사학위논문, 2000.

김윤정, 「강경애 소설에 나타난 여성의식 연구」, 단국대 석사학위논문, 2003.

김은경, 「강경애 장편소설 연구」, 목포대 석사학위논문, 1994.

김은미, 「강경애 소설의 인물 연구」, 한양대 석사학위논문, 1997.

김은정, 「강경애 장편소설 『인간문제』연구」, 한국외대 석사학위논문, 2000.

김은하, 「1930년대 리얼리즘 소설 연구」, 중앙대 석사학위논문, 1994.

김응교, 「이방인, 자이니치, 디아스포라문학」, 『한국근대문학』 21, 한국근대문학회, 2010 상반기.

김재영, 강경애 편 해설 「민중 속에서 변혁 꿈꾸기－여성리얼리스트 강경애론」, 『한국소설문학대계 17』, 동아출판사, 1995.

김정화, 「강경애소설연구」, 동국대 박사학위논문, 1992.

김종원, 「강경애 소설의 변모과정 연구」, 연세대 석사학위논문, 1993.

김 현, 「글은 왜 쓰는가」, 『현대여성』, 1973.2.

______, 「감정의 점묘화가」, 『한국단편문학대계 8』, 삼성출판사, 1979.

김현영, 「강경애의 「인간문제」 인물 연구」, 안동대 석사학위논문, 2000.

______, 「강경애 소설 연구」, 경상대 석사학위논문, 1992.

나병철, 「「지하촌」의 세계와 「사하촌」의 세계」, 『국제어문학』, 국제대학, 1989.

남은혜, 「김명순 문학연구」, 서울대 석사학위논문, 2008. 2.

남주희, 「강경애 연구」, 부산대 석사학위논문, 2004.

도애경, 「강경애연구」, 건국대 석사학위논문, 1987.

민병선, 「강경애 소설의 현실인식 양상 연구」, 충북대 석사학위논문, 2002.

민은홍, 「강경애의 소설에 나타난 여성문제 연구」, 덕성여대 석사학위논문, 1995.

박계리, 「나혜석의 회화와 페미니즘－풍경화를 중심으로－」, 제7회 나혜석 학술대회 주제발표논문, 2004. 4.23.

박금주, 「한국 근대 여성소설의 타자적 여성성 연구」, 한남대 박사학위논문, 2002.

박래경, 「나혜석 그림, 풀어야 할 당면과제들」, 『원본 라혜석전집』 발간기념 나혜석 바로알기 제4회 심포지엄 주제발표논문, 2001. 4. 27. 『나혜석 학술대회 논문집 1』, 2002

박미선, 「강신재소설연구」, 경희대 석사학위논문, 1996.

박미영, 「강경애의 소설 '인간문제' 연구」, 성신여대 석사학위논문, 1997.

박사문, 「강경애 소설 연구」, 경희대 석사학위논문, 2001.

박선애, 「과도기적 삶에 나타난 좌절과 갈등」, 『현대소설연구』, 1998. 12.

박수미, 「강신재 소설에 나타난 소외의 양상연구-50년대와 60년대의 단편을 중심으로-」, 울산대 석사학위논문, 2005.

박숙경, 「강신재 소설 변모양상 연구」, 신라대 석사학위논문, 2007.

박용수, 「강경애의 장편소설 연구」, 전남대 석사학위논문, 1992.

박정애, 「전후 여성작가의 창작환경과 창작행위에 관한 자의식연구」, 『아세아여성연구』, 2002, 41호. 디지털 별쇄,

박정희, 「강경애 소설 속의 『가난』연구」, 청주대 석사학위논문, 2003.

박혜경, 「강경애의 작품에 나타난 여성인식의 문제」, 『민족문학사연구』, 민족문학사학회, 2003.

배팔수, 「강경애의 『인간문제』연구」, 계명대 석사학위논문, 1990.

백윤정, 「강경애 소설 연구」, 계명대 석사학위논문, 1995.

백　철, 「강경애론」, 『여성』, 1938. 5.

＿＿＿, 「금년의 여류창작계」, 『여성』, 1936. 12.

사성국, 「강경애 소설 연구」, 연세대 석사학위논문, 1997.

서경희, 「강신재 단편소설의 기법연구」, 고려대 석사학위논문, 1999.

서상미, 「강경애 소설에 나타난 여성 문제 의식 연구」, 홍익대 석사학위논문, 1993.

서정자, 「강경애연구」, 『원우론총』 1집, 숙명여대 대학원 원우회, 1983.

＿＿＿, 「일제강점기 한국여류소설연구」, 숙명여대 박사학위논문, 1987.

＿＿＿, 「페미니스트 성장소설과 자기발견의 체험 : 강경애의 「어머니와 딸」「인간문제」, 「소금」을 중심으로」, 『한국여성학』 7집, 한국여성학회, 1991.

서현목, 「강경애 소설 연구」, 단국대 석사학위논문, 1999.

서형실, 「정열의 여성운동가 허정숙」, 『여성과 사회』 3호, 여성연구회, 1992.

소영현, 「강경애의 『인간문제』검토」, 『한국근대문학연구』, 한국근대문학회, 2001.

손영옥, 「강경애의 『인간문제』와 여성 노동자의 삶」, 『인문논총』 14집, 경남대 인문과학연구소, 2001.

손효정, 「강경애 소설 연구」, 경남대 석사학위논문, 1995.

송명희, 「문학적 양성성을 추구한 여성교양소설」, 『여성과 문학』, 1990.

______, 「강경애의 『인간문제』에 대한 여성비평적 연구」, 『비평문학』, 한국비평
    문학회, 1997.

______, 「이광수의 『개척자』와 나혜석의 「경희」」, 『이광수의 민족주의와 페미니
    즘』, 국학자료원, 1997.

______ · 안숙원 · 이태숙 편, 『페미니즘 정전 읽기』 1. 2, 푸른사상, 2002.

송백헌, 「강경애의 「인간문제」 연구」, 『여성문제연구』13집, 효성여대 한국여성
    문제연구소, 1984.

______, 「강경애의 『어머니와 딸』」, 『건국어문학』, 1985.

송연옥, 「민족주의와 페미니즘의 불행한 결렬－1930년대 한국 '신여성'」, 『페미
    니즘 연구』 1호, 한국여성연구소, 2001.

______, 「조선 '신여성'의 내셔널리즘과 젠더」, 『신여성』, 청년사, 2003.

______, 飯沼二郎 · 姜在彦 編, 「一九二〇年代朝鮮女性運動とその思想－槿友會
    を中心に」, 『近代朝鮮の社會と思想』, 未來社, 1981.

송영희, 「강경애 문학연구」, 숙명여대 석사학위논문, 1990.

송지현, 「강경애 소설에 나타난 여성의식 연구」, 『한국언어문학』, 한국언어문학회,
    1990.

______, 「1930년대 한국소설에 있어서의 자아정립양상연구」, 전남대 박사학위논문,
    1991.

신현주, 「강경애 · 백신애 비교 연구」, 국민대 석사학위논문, 1997.

신혜수, 「김명순 문학연구－작가의식의 변모양상을 중심으로」, 이화여대 석사학위
    논문, 2009. 7.

심문자, 「강경애 소설 연구」, 건국대 석사학위논문, 1996.

심진경, 「강경애 장편소설 연구」, 서강대 석사학위논문, 1993.

안나원, 「나혜석의 회화연구－나혜석의 회화와 페미니즘관계를 중심으로」, 이
    화여대 석사학위논문, 1998.

안숙원, 「강경애 연구」, 서강대 석사학위논문, 1976.

______, 「나혜석 문학과 미술의 만남」, 『나혜석 학술대회 논문집 Ⅰ』, 정월 나혜
    석기념사업회, 2002.

______, 「나혜석 소설 「경희」의 담화론적 연구」, 『한국여성서사체와 그 시학』,
    예림기획, 2003.

안연선, 「한국자본주의화 과정에서 여성노동의 성격에 관한 연구-1930년대 방직공장을 중심으로」, 이화여대 석사학위논문, 1988.

안현정, 「강경애 소설의 여성 성격」, 경희대 석사학위논문, 2001.

양지숙, 「강경애 소설 연구」, 전북대 석사학위논문, 1992.

엄현미, 「강경애 소설 연구」, 성신여대 석사학위논문, 1991.

에구사 미츠코(江種滿子), 「1910年代の日韓文學の 交点-「白樺」·「靑鞜」と 羅蕙錫-」, 『文學部紀要20-2』별쇄본, 文敎大學 文學部, 2007. 3.

염무웅, 「팬터마임의 미학-강신재론」, 『현대한국문학전집』, 신구문화사, 1967.

오양호, 「이민문학론」, 『영남어문학』 3집, 영남어문학회, 1976.

오원숙, 「강경애 소설세계의 변모 양상 연구」, 경북대 석사학위논문, 1993.

오현미, 「강경애 소설 연구」, 중앙대 석사학위논문, 1993.

우영길, 「강경애의 「인간문제」 연구」, 한양대 석사학위논문, 2000.

원종인, 「1930년대 여류소설연구-특히 여성의 현실문제를 중심으로」, 숙명여대 석사학위논문, 1988.

유금위, 「강경애 작품 연구」, 충남대 석사학위논문, 1988.

유종호, 「인간의 우연과 도로의 의미」 강신재 편, 『현대한국문학전집』, 신구문화사, 1967.

유홍준, 「나혜석을 다시 생각한다」, 『나혜석 학술대회 논문집 Ⅰ』, 제1회 나혜석 학술대회, 1999. 4. 27.

윤병로, 「강신재·박경리의 문학」, 『신한국문학전집』, 어문각, 1981.

이 정, 「지하련의 삶과 문학」, 『여성과 사회』 제6호, 한국여성연구회, 1995

이강언, 「강경애소설의 정신과 기법」, 『여성문제연구』 11집, 효성여대 한국여성문제연구소, 1982.

이경란, 「강경애 소설 연구」, 광운대 석사학위논문, 1996.

이규희, 「강경애론-빛과 어둠의 절규」, 이화여대 석사학위논문, 1975.

이광훈, 「갱년기 상황의 문학적 해부」, 『현대문학』, 1978.10

이금란, 「강경애 소설 연구」, 숭실대 석사학위논문, 1996.

＿＿＿, 「강경애 소설 연구」, 『숭실어문』 14집, 숭실어문연구회, 1998.

이기영, 「변절자의 안해」, 『신계단』, 1933. 5.

＿＿＿, 「혁명가의 안해와 이광수」, 『신계단』, 1933. 4.

이다영, 「1950년대 강신재소설연구」, 연세대 석사학위논문, 1994.

이덕화, 「소시민의 미학」, 『페미니즘과 소설비평』, 한길사, 1995.

이무영, 「여류작가개평」, 『신가정』, 1934. 2.

이미정, 「1950년대 여성작가 소설의 여성담론 연구―강신재 한말숙 박경리소설
　　　을 중심으로―」, 서강대 석사학위논문, 2002.

이미혜, 「강경애 소설 연구」, 연세대 석사학위논문, 1991.

이보영, 「삶의 비극과 구제」, 『정통 한국어문학대계』 해설, 어문각, 2005

이상경, 「강경애론―30년대의 궁핍형소설고」, 『한국학보』, 일지사, 1984.

＿＿＿, 「강경애연구―작가의 현실인식 태도를 중심으로」, 서울대 석사학위논문,
　　　1984.

＿＿＿, 「강경애의 삶과 문학」, 『여성과 사회』, 한국여성연구소, 1990.

이선옥, 「이기영소설의 여성의식 연구」, 숙명여대 박사학위논문, 1994.

이수미, 「강신재의 『희화』고찰―여성인물의 정체성을 중심으로」, 동국대 석사학
　　　위논문, 2007.

이수복, 「박흡씨가 자살하기까지」, 『현대문학』 1963. 1

이수현, 「1930년대 경향소설의 이중서사 연구」, 서강대 석사학위논문, 2002.

李順愛, 「在日 朝鮮 女性運動(上)―槿友會を中心として―」, 在日 朝鮮人 運動史
　　　研究會編, 『在日朝鮮人史研究』第三號, 1978.

이영숙, 「1930년대 여성작가의 여성인식에 관한 연구」, 이화여대 석사학위논문,
　　　1988.

이영심, 「강경애 소설에 나타난 여성 정체성 연구」, 제주대 석사학위논문, 1998.

이영조, 「근대 여성 수필 연구」, 대전대 석사학위논문, 2003.

이용순, 「강경애 소설의 변모 양상 연구」, 공주대 석사학위논문, 2000.

이유미, 「강경애 소설 연구」, 연세대 석사학위논문, 1996.

이은경, 「강경애 소설 연구」, 연세대 석사학위논문, 1990.

이재빈, 「강경애 소설에 나타난 여성인물 연구」, 공주대 석사학위논문, 1994.

이재선, 「경향소설의 모형」, 『인간문제』 해설, 소담출판사, 1996.

이정아, 「강경애 소설 연구」, 영남대 석사학위논문, 1996.

이정옥, 「한국여류소설연구」, 서강대 석사학위논문, 1988.

이진희, 「1930년대 소설에 나타난 母像 연구」, 서강대 석사학위논문, 1998.

이 　청, 「여류작가총평」, 『신가정』, 1935. 12.

이하윤, 「강경애『인간문제』의 문학사회학적 접근」, 원광대 석사학위논문, 1999.

이호숙, 「위악적 자기 방어기제와 에로티즘」, 『페미니즘과 소설비평』, 한길사, 1995.

이희수, 「강경애 연구」, 강원대 석사학위논문, 1981.

이희춘, 「강경애 소설 연구」, 『한국언어문학』 46집, 한국언어문학회, 2001.

임금복, 「강경애소설에 나타난 지식인 연구」, 『국제어문』, 국제어문학회, 1990.

임영천, 「인간화지향적인 구원의 문학 − 이석봉의 작품세계」, 한국여성문학인회 '작고문인 재조명' 제15회 정기세미나 발제논문 2010.9.1

임옥인, 「창작노트에서」, 『문학과 생활의 탐구』, 대한기독교서회, 1966.

______, 「문학과 신앙의 생애」, 『현대문학』, 1981.11.

임선애, 「강경애소설의 주제연구」, 『국문학연구』 9집, 효성여대 국어국문학연구실, 1986.

______, 「강경애 소설 연구」, 영남대 석사학위논문, 1983.

임은혜, 「강신재 단편소설연구」, 건국대 석사학위논문, 2007.

임헌영, 「비판적 사실주의의 소중한 열매 − 『인간문제』를 중심한 강경애의 소설」, 『강경애전집 1』 해설, 열사람, 1988.

장문평, 「요절한 여류들」, 『해방전여류작가선집』 해설, 범조사, 1987.

장윤영, 「지하련소설연구」, 상명여대 석사학위논문, 1996.

장혁주, 「강경애여사께」, 『신동아』, 1935. 7.

전기철, 「강경애의『인간문제』고」, 『어문논총』 7 · 8집, 전남대 어문학연구회, 1985.

전혜자, 「모성적 이데올로기로의 회귀 − 임옥인의 〈월남전후〉론」, 『김동인과 오스커리즘』, 국학자료원, 2003.

정규웅, 「비정상의 조화와 제약의 극복」, 『강신재 대표작전집 8, 사랑의 약 · 숲에는 그대향기』 해설, 삼익출판사, 1974.

정금자 · 서정자 · 이성림, 「한국문학에 나타난 전통적 여성상」, 『아세아여성연구』 제24집, 숙명여대 아세아여성문제연구소, 1985.

정덕훈, 「강경애 소설 연구」, 『서강어문』 5집, 서강어문학회, 1986.

정미숙, 「강경애 『인간문제』의 서술 시점」, 『국어국문학지』, 문창어문학회, 1997.

______, 「차용된 남성 시점과 여성 발견의 한계―강경애 단편소설의 시점―」, 『문창어문논집』, 문창어문학회, 1999.

정순진, 「정월 나혜석의 초가 단편소설 고―동시기 춘원 단편과 비교 대조를 중심으로」, 『한국문학과 여성주의 비평』, 국학자료원, 1992.

정영자, 「강경애소설연구―인물의 성격구조와 피해의식을 중심으로」, 『송랑 구연식박사화갑기념논총』, 화갑기념논총간행위, 1985.

______, 「강신재론―공간과 분위기를 중심으로」, 『한국현대 여성문학론』, 지평, 1988.

______, 「한국여성문학연구」, 동아대 박사학위논문, 1988.

______, 「이석봉 소설연구」, 한국여성문학인회 작고문인 재조명 제15회 정기세미나 발제논문, 2010.9.1.

정영화, 「1930년대 여성문학의 근대성 인식양상 연구―강경애와 이선희를 중심으로―」, 중앙대 박사학위논문, 2003.

정진희, 「강경애 소설의 공간 연구」, 한림대 석사학위논문, 1998.

정창범, 「38선적 여인상」, 『강신재 대표작전집 6, 북위 38도선』 해설, 삼익출판사, 1974.

______, 「사랑의 의미」, 『작가 작품해설』 삼성신서 별권 1, 삼성문고, 1972.

정태용, 「강신재론」, 『현대문학』, 1972. 11.

______, 「지하련과 소시민」, 『부인』 2 · 3호, 1949.

정혜경, 「강경애소설 연구」, 고려대 석사학위논문, 1991.

정혜영, 「강경애 소설연구」, 경북대 석사학위논문, 1989.

조남현, 「강경애연구」, 『예술원논문집』 25집, 대한민국예술원, 1986.

______, 「강경애의 「인간문제」, 그 종횡」, 『작가세계』, 세계사, 1990.

조옥라, 「가부장제의 이론」, 『한국여성연구 1―종교와 가부장제』, 청하, 1988.

주미연, 「에이드리언 리치와 강경애의 작품에 나타난 여성상」, 원광대 석사학위논문, 2003.

차은희, 「강경애연구」, 중앙대 석사학위논문, 1991.

채상우, 「강경애론」, 『국어국문학논문집』 18집, 동국대학교 국어국문학과, 1998.

채정남, 「강경애 소설연구」, 동국대 석사학위논문, 2000.

채　훈, 「1930년대 여류소설에 있어서의 빈궁의 문제」, 『아세아여성연구』 23집,
　　　　아세아여성연구소, 1984.

＿＿＿, 「재만문학동인지 『북향』고」, 『어문연구』 14집, 어문연구회, 1985.

천연희, 「강경애의 『어머니와 딸』과 에디스 워튼의 『연락(宴樂)의 집』에 나타난
　　　　어머니의 유산－삭임과 허영의 문제를 중심으로－」, 『신영어영문학』(구
　　　　영남저널), 신영어영문학회, 2003.

천이두, 「비누냄새의 이미지－젊은 느티나무」, 『현대한국문학전집』, 신구문화사,
　　　　1967.

최광현, 「강경애 소설 연구」, 인하대 석사학위논문, 1994.

최명숙, 「강신재 전후 단편소설 연구」, 경원대 석사학위논문, 1999.

최병헌, 「칼라일의 의상철학에 있어 메타포와 메시지」, 『영어영문학』 제40권 3
　　　　호, 영어영문학회, 1994.

최유진, 「강경애 소설 연구」, 경원대 석사학위논문, 2002.

최홍규, 「고통과 좌절의 공감대－임옥인의 「일상의 모험」」, 삼성신서 한국문학
　　　　전집 별권 1 『수록작가 · 작품해설집』, 삼성출판사, 1973(1975 중판).

토마스 칼라일, 「의상철학」, 이태동 역, 장백일 편, 『세계명수필선』, 현암사 1975.

한관웅, 「강경애의 『인간문제』연구」, 인하대 석사학위논문, 1995.

한금성, 「강경애 소설 연구」, 전남대 석사학위논문, 1999.

현종헌, 「강경애의 「인간문제」 연구」, 한국교원대 석사학위논문, 1994.

홍　구, 「1930년의 여류작가의 군상」, 『삼천리』, 1933. 3.

홍기삼, 「임옥인 · 손소희와 그 문학」, 『신한국문학전집』, 어문각, 1981.

홍소희, 「강경애 소설연구」, 서울여대 석사학위논문, 1992.

홍연실, 「간도소설연구」, 건국대 석사학위논문, 1993.

푸른사상 학술총서 15

우리 문학 속 타자의 복원과 젠더

인쇄 2012년 9월 20일 | 발행 2012년 9월 25일

지은이 · 서정자
펴낸이 · 한봉숙
펴낸곳 · 푸른사상사
주간 · 맹문재 | 편집 · 지순이 | 마케팅 · 박강태

등록   제2-2876호
주소   서울시 중구 초동 42번지 아시아미디어타워 502호
대표전화   02) 2268-8706~7 | 팩시밀리 02) 2268-8708
이메일   prun21c@yahoo.co.kr / prun21c@hanmail.net
홈페이지   www.prun21c.com

ⓒ 서정자, 2012

ISBN 978-89-5640-949-8 93810
　값 30,000원

　e-CIP 홈페이지(http://www.nl.go.kr/cip.php)에서 이용하실 수 있습니다.
　(CIP제어번호 : CIP2012004430)

저자 **서정자**(徐正子)

숙명여자대학교 국어국문학과를 졸업하고, 동 대학원 박사과정을 수료하였다. 초당대학교 교양과 교수 및 부총장을 역임하고 현재 초당대학교 명예교수, 한국여성문학학회 고문, 박화성연구회 회장, 세계한국어문학회 회장, 나혜석학회 회장, 숙대문학인회 회장(역임), 한국문인협회 회원(평론), 한국여성문학인회 이사로 활동 중이다. 저서로 『한국근대여성소설연구』(국학자료원, 1999) 『한국여성소설과 비평』(푸른사상, 2001), 수필집 『여성을 중심에 놓고 보다』(푸른사상, 2002), 편저 『한국여성소설선1』(갑인출판사, 1991) 『원본 정월 라혜석 전집』(국학자료원, 2001) 박화성의 『북국의 여명』(푸른사상, 2003, 발굴 출간) 『지하련 전집』(푸른사상, 2004) 『박화성 문학전집 20권』(푸른사상, 2004) 『강경애선집 인간문제 외』(2005, 범우 비평판 한국문학 24-1) 『김명순 문학전집』(푸른사상, 2010) 등이 있다.

우리 문학 속 타자의 복원과 젠더